Lincoln Child

Das Patent

Lincoln Child

Das Patent

Roman

Aus dem Amerikanischen übersetzt
von Ronald M. Hahn

DROEMER

Originaltitel: Utopia
Originalverlag: Doubleday, New York

Die Folie des Schutzumschlags sowie die Einschweißfolie
sind PE-Folien und biologisch abbaubar.
Dieses Buch wurde auf chlor- und säurefreiem Papier gedruckt.

Besuchen Sie uns im Internet:
www.droemer-knaur.de

Umschlaggestaltung: ZERO Werbeagentur, München
Umschlagabbildung: FinePic
Satz: Ventura Publisher im Verlag
Druck und Bindung: Ebner & Spiegel, Ulm
Printed in Germany
ISBN 3-426-19632-8

2 4 5 3 1

Für meine Tochter Veronica

Prolog

Eins wusste Corey genau: Es war der größte Hammer aller Zeiten. Er hatte nicht nur ein Jack-the-Ripper-T-Shirt ergattert – genau das, von dem seine Mutter drei Monate lang geschworen hatte, sie werde es ihm *nie* kaufen –, jetzt wollte die ganze Familie auch noch die »Notting-Hill-Hatz« mitmachen. Jeder wusste, dass diese Achterbahn die tollste in Gaslight war. Ach was, im ganzen Freizeitpark! Vor vier Wochen hatten zwei seiner Schulfreunde einen Ausflug hierher gemacht, aber die hatten die Fahrt nicht machen dürfen. Corey hingegen war dazu entschlossen. Er hatte bemerkt, dass es seinen Eltern hier saugut gefiel. Eigentlich gegen ihren Willen. Aber er hatte geahnt, dass es so kommen würde: Utopia war schließlich der neueste und beste Freizeitpark der Welt. Ein Familiengesetz nach dem anderen war den Bach runtergegangen, dann hatte er zum Generalangriff ausgeholt: Eine halbe Stunde heftigen Gequengels hatte seine Eltern geschafft. Und nun, da die Warteschlange vor ihnen kürzer wurde, wusste Corey, dass er das Spiel gewonnen hatte.

Man sah sofort, dass die Achterbahn sogar für hiesige Verhältnisse Pfiff hatte. Sie standen in einer ziemlich gewundenen Gasse. Zu beiden Seiten ragten alte Häuser auf. Eine kühle Brise umwehte sie. Sie roch irgendwie muffig. *Wie haben sie das wohl getrickst?* In den Leuchtkörpern der eisernen Straßenlaternen brannten Flämmchen. Natürlich war es neblig, wie überall in Gaslight. Jetzt konnte Corey schon die Einsteigeplattform erkennen. Zwei Frauen mit komisch aussehenden Hüten und langen schwarzen Kleidern halfen einer Besuchergruppe in eine niedrige offene Kutsche mit großen Holzrädern. Sie machten die Türen zu und traten zurück. Die Kutsche ruckelte vorwärts, die Räder drehten sich rhythmisch. Das Gefährt verschwand unter einem dunklen Überhang. Die nächste leere Kutsche kam und nahm seine Stelle ein. Wieder ging eine Gruppe an Bord. Das Gefährt rollte weiter, und Corey verlor es aus dem Blickfeld. Die nächste Kutsche kam. Jetzt waren sie an der Reihe.

Corey befürchtete einen kurzen Augenblick, er sei vielleicht zu klein für die Achterbahn, deshalb reckte er an der Stange, mit der die Größe der Passagiere gemessen wurde, in herkulischem Bemühen den Hals. Als eine der Damen ihn und seine Familie zur Kutsche führte, zitterte er vor Aufregung. Er schoss wie ein Spürhund zum Vordersitz und nahm ihn sofort in Beschlag.

Sein Vater runzelte die Stirn. »Willst du wirklich vorn sitzen, Skipper?«

Corey nickte energisch. Schließlich machte dies die Fahrt doch gerade so überwältigend. Die Kutschensitze lagen sich gegenüber. Also mussten die beiden, die vorn saßen, *rückwärts* fahren.

»Ich mag das nicht«, maulte seine Schwester und nahm neben ihm Platz.

Corey brachte sie mit einem festen Schubs zum Schweigen. Warum hatte er keinen lässigen großen Bruder wie Roger Prescott? Wieso war er mit einer Heulsuse von Schwester geschlagen, die Pferdebücher las und schon Videospiele für brutal hielt?

»Strecken Sie die Arme und Beine nie aus der Barouche heraus«, sagte die Dame mit einem komischen Akzent, von dem Corey vermutete, dass er britisch war. Er kannte zwar keine *Bruusch,* aber es spielte auch keine Rolle. Gleich ging die »Notting-Hill-Hatz« los. Jetzt hielt ihn niemand mehr auf.

Die Dame schloss die Tür. Die Haltestange ging automatisch vor Coreys Brustkorb in Position. Die Kutsche ruckte an. Seine Schwester quietschte leise, weil sie sich fürchtete. Corey schnaubte verächtlich.
Als sie sich in Bewegung setzten, schob er den Kopf seitlich heraus und blickte nach oben und unten. Seine Mutter rief ihn zwar schnell zur Ordnung, aber da hatte er schon entdeckt, dass die Kutsche auf einer Art Treibriemen fuhr, der schlau getarnt und in der Düsternis fast unsichtbar war. Die Räder drehten sich nur, weil es zur Show gehörte. Es war Corey egal. Die Kutsche zockelte tiefer in die Finsternis hinein. Das Klappern des elektronisch verstärkten Hufschlags wurde lauter. Corey hielt den Atem an. Als er spürte, dass die Kutsche einen Steilhang hinauffuhr, konnte er ein aufgeregtes Grinsen nicht unterdrücken. Nun erkannte er, dass sich in dem ihn umgebenden Dunkel die verschwommenen Umrisse einer Stadt ausbreiteten. Tausend in der Abendluft flimmernde, dampfende Spitzdächer. Und weiter entfernt: ein toll aussehender Turm. Die winzige Infrarotkamera, die in seinem obersten Fenster versteckt war, bemerkte er nicht.

Als der Junge im Jack-the-Ripper-T-Shirt die Steigung Alpha hinauffuhr, überwachte Allan Presley zwölf Meter tiefer uninteressiert den Monitor. Das Shirt war seit vier Monaten trotz seines Stückpreises von neunundzwanzig Dollar der beliebteste Artikel in Gaslight. Erstaunlich, wie die Brieftaschen sich öffneten, sobald die Leute hier waren. Und was das Thema Öffnen anbetraf, so riss das Bübchen den Mund nun so weit auf, dass es fast wie eine Karikatur wirkte: Als das Gefährt, in dem der Junge saß, über den Dächern des sich rings um ihn ausbreitenden viktorianischen

London dahinfuhr, schaute er sich so schnell um, dass seine Bewegungen grünliche Wärmespuren auf dem Infrarotmonitor hinterließen. Natürlich ahnte der Junge nicht, dass er in einem zylinderförmigen Projektionsschirm in die Höhe stieg, dessen digitales Bild von zwei Dutzend Kameras auf die Fiberoptiklichter der Stadtlandschaft geworfen wurde. Es war natürlich eine Illusion. In Utopia zählten nur Illusionen.

Presleys Blick fiel kurz auf das neben dem Jungen sitzende Mädchen. Zu jung, um interessant zu sein. Außerdem waren die Eltern dabei. Er seufzte.

In den meisten die Nerven kitzelnden Fahrgeschäften des Parks waren strategisch günstig an den letzten haarsträubenden Gefällen Kameras positioniert, die den Gesichtsausdruck der Fahrgäste einfingen. Wer am Ausgang fünf Dollar bezahlte, konnte eine Aufnahme von sich erwerben, auf der er in der Regel wie ein Blödmann grinste oder starr vor Furcht war. Unter den herausfordernden jungen Frauen hatte es sich jedoch inzwischen eingebürgert, vor der Kamera die Brüste zu entblößen. Natürlich bekam die Öffentlichkeit diese Fotos nie zu sehen. Die hinter den Kulissen tätige männliche Mannschaft fühlte sich von diesen Aufnahmen freilich gut unterhalten. Man hatte sogar einen Begriff für diese weibliche Praxis geprägt: mopsieren. Presley schüttelte den Kopf. Die Mannschaft vom »Wildbach« in Boardwalk kriegte dergleichen zwölf- bis fünfzehnmal am Tag zu sehen. Hier in Gaslight kam es seltener vor, besonders zu dieser frühen Stunde.

Er legte Vergils »Georgica« mit einem Seufzer beiseite und musterte flink den Rest der drei Dutzend an der Wand des Kontrollraums aufgereihten Monitore. Alles war in Ordnung, wie üblich. Nach dem technischen Standard Utopias war die »Hatz« zwar eine relativ einfach strukturierte Bahn, aber dafür lief sie mehr oder weniger von allein. Wenn Presley überhaupt einmal etwas Aufregendes zu sehen bekam, war es höchstens irgendein Idiot, der während der Fahrt auszusteigen versuchte. Auch für solche Fälle gab es eine eingefahrene Routine: An der Fahrtstrecke fuhren Störfallmatten aus, dann alarmierte Presley den Mann im Tower, der die Fahrt unterbrach, und schickte die Bereitschaft, die den Besucher wegführte.

Presleys Blick wanderte zu Kamera 4 zurück. Der Junge befand sich nun auf dem höchsten Punkt der Steigung. In einer Sekunde würde das ohnehin spärliche Licht ausgehen, das Gefährt würde ins erste Tal hinabrasen und der eigentliche Spaß begann. Presley konnte den Blick nicht von dem erregten Kindergesicht abwenden, das trotz des gespenstischen Infrarotlichts deutlich sichtbar blieb, und er versuchte sich an den Tag zu erinnern, an dem er zum ersten Mal die »Notting-Hill-Hatz« mitgemacht hatte. Trotz der vielen tausend Fahrten, die er inzwischen als Schichtführer beaufsichtigt hatte, fiel ihm auch jetzt nur ein Wort ein, das die Sache treffend beschrieb: Zauberei.

Der Konsolenlautsprecher knisterte. »He, Elvis.«

Presley antwortete nicht. Wenn man als Weißer in Amerika lebte und Presley hieß, musste man allerhand ertragen. Wie jemand, der Hitler hieß. Oder vielleicht Jesus. Nur Menschen spanischer Abstammung hatten die Stirn, ein Kind so zu nennen …

»Hörste mich, Elvis?«

Presley erkannte Cales nasale Stimme. Er saß drüben am »Hindernislauf«.

»Yeah, yeah«, sagte er in sein Mikro hinein.

»Is bei euch irgendwas los?«

»Nee. Tote Hose.«

»Hier auch. Tja, mehr oder weniger. Wir hatten heute Morgen vier Kotzer. Wumm. Einen nach dem anderen. Hättest du sehen sollen. Der Ausstieg sah aus wien Schlachtfeld. Die mussten zehn Minuten schließen, damit der Reinigungstrupp sauber machen konnte.«

»Faszinierend.« Der ganze Kontrollraum bebte, als eins der Gefährte das letzte Gefälle hinabraste und die Fahrt sich ihrem Ende näherte. Als die Kutsche dem Ausstieg entgegenfuhr, warf Presley automatisch einen Blick auf die Kamerareihen. Er sah benommene, aber glückliche Gesichter.

»Gib mir Bescheid, wenns was Gutes zu sehen gibt«, fuhr Cale fort. »Ein Restaurantkoch hat mir erzählt, dass heute Abend ne Prominentenmeute hier aufkreuzen soll. Vielleicht komm ich nach der Schicht vorbei.«

Auf der Schalttafel vor Presley blinkte eine rote Warnleuchte. »Muss Schluss machen«, sagte er. Er drückte einen Knopf, der ihn mit dem Tower verband. »Ich hab hier nen Sicherungskrallen-Ausfall an der Omegakurve.«

»Yeah, seh ich«, kam die Antwort. »Was machen die Roboter?«

»Schmierarbeiten am ›Gespensterteich‹.«

»Okay. Ich sag der Werkstatt Bescheid.«

»Verstanden.« Presley lehnte sich zurück und beobachtete erneut die Monitore. Die Warnlichter gingen alle Nase lang an. Die Achterbahnen verfügten über so viele überflüssige Sicherungen, dass es nie einen Grund zur Sorge gab. Die meisten Alarme waren ohnehin Fehlschüsse. In Gefahr befanden sich nur die Mechaniker, die rechtzeitig die Rübe und die Pfoten einziehen mussten, wenn die Achterbahn fuhr.

Corey hielt sich krampfhaft an der Haltestange fest und schrie aus vollem Halse. Er spürte den Druck der Schwerkraft auf seinem Brustkorb. Sie zerrte beharrlich an seinen Achselhöhlen und wollte ihn aus dem Wagen heben. An der höchsten Stelle der Erhebung, sagte die Beschreibung, wurden die imaginären Pferde von einer geisterhaften Erscheinung erschreckt und gingen durch. Corey war von einem lärmenden Pandämonium umgeben: dem Rattern der außer Rand und Band geratenden Kutsche, dem schrillen Wiehern der in Panik geratenen Pferde. Und alles wurde vom durchdringenden Kreischen seiner Schwester übertönt, das ihn sehr freute. So was Tolles hatte er noch nie erlebt.

Nun jagten sie einen gepflasterten Hügel hinab und fegten an einer Reihe erstaunlich realistischer Kulissen vorbei: einem einsamen Geistersee, einem Labyrinth finsterer, enger Gassen, einem Hafen mit verrottenden Kais, den die dunklen Schatten von Segelschiffen beherrschten. Dann ruckte die Kutsche – einmal, zweimal – so heftig hoch, dass Coreys Magen einen Purzelbaum schlug. Er klammerte sich noch fester an die Stange als zuvor, denn auch ihm waren die Gerüchte über das zu Ohren gekommen, was ihn am Ende der Fahrt erwartete: Die Kutsche würde den Hügel hinabstürzen und geradewegs durch das schwarze Nichts segeln.

»Ich bin an Kralle 91. Is nix dran. Hör mal, Dave, weißte eigentlich, warum Ärzte, wennse deine Nüsse inne Hand nehmen, immer sagen, du sollst den Kopf zur Seite drehen?«

»Nee.«

Presley lauschte dem Funkgeplapper der Mechaniker mehr oder weniger automatisch, hörte aber nicht richtig hin. Sein Blick wanderte über die Monitore, dann nahm er sich wieder die »Georgica« vor. Er hatte seinen Abschluss in Berkeley in klassischer Literatur gemacht und eigentlich immer seinen Doktor machen wollen, aber jetzt brachte er nicht mehr die Kraft auf, Utopia zu verlassen und das Studium noch mal aufzunehmen. Es sah so aus, als sei er der einzige Mensch in Nevada, der Latein sprach. Er hatte mal versucht, seine diesbezüglichen Kenntnisse anzuwenden, um eine Frau aufzureißen. Es hatte nicht geklappt.

» ... tja, jemand hats mir erklärt. Die Ärzte wollen nicht, dass man ihnen, wenn man hustet, ins Gesicht spuckt.«

»Echt? Das is alles? Und ich hab immer gedacht, die sagen das aus anatomischen Gründen, weil ... He, gütiger Himmel, Kralle 94 ist ausgebrannt.«

Presley richtete sich auf und hörte genauer hin.

»Was soll das heißen, Mann – ›ausgebrannt‹? Das ist doch keine Glühbirne, verdammt!«

»So, wie ichs gesagt hab. Sie qualmt und stinkt wie die Sau. Ist wahrscheinlich überlastet worden. Hab so was noch nie gesehen, nich mal im Simulator. Kralle 95 sieht so ähnlich aus ...«

Presley sprang auf. Hinter ihm rotierte ratternd sein Drehstuhl. Er warf einen Blick auf die Schaubildanzeige der Achterbahn. Die Sicherungskrallen 94 und 95 kontrollierten das letzte senkrechte Gefälle der Omegakurve.

Das war nicht gut. Na schön, die Sicherheitssysteme würden jeden sich nähernden Verkehr anhalten. Aber er hatte noch nie gehört, dass eine Kralle versagt hatte. Schon gar nicht zwei hintereinander. Es gefiel ihm nicht. Er griff nach dem Funkgerät und sprach den Operator im Tower an. »Frank, lass alles fallen! Schalt das Ding ab!«

»Schon dabei. Aber ... Oh, mein Gott ... Da kommt noch ne Fuhre ...«

Presleys fachmännischer Blick flog zu den Monitoren hinüber. Was er sah, ließ das Blut in seinen Adern erstarren.
Eine Kutsche fegte den letzten Abhang der »Notting-Hill-Hatz« hinab. Aber es war nicht die gleichmäßige, kontrollierte Fahrt in die Tiefe, die er so oft gesehen hatte. Die Kutsche kippte aus der vertikalen Spur; ihr freistehendes Fahrgestell schwang schrecklich hin und her. Die Insassen wurden an die Haltestangen gedrückt und klammerten sich aneinander fest. Das Weiß ihrer Augen und das Rosa ihrer Zungen erschienen auf dem Monitorbild blassgrün. Zwar hörte Presley keinen Ton, aber er wusste, dass die Leute schrien.
Als die Geschwindigkeit der Kutsche höher wurde, kippte sie noch mehr. Dann gab es einen kreischenden Ruck. Ein Insasse flog nach vorn. Seine kleinen Hände griffen panisch um sich, aber die Schwerkraft war zu stark. Seine Hand rutschte an der Haltestange ab und verfehlte die verzweifelt nach ihm greifenden Hände der Erwachsenen. Als er mit erschreckender Geschwindigkeit nach unten sauste und, sich mehrmals überschlagend, auf die Kamera zuflog, konnte Presley gerade noch das Jack-the-Ripper-T-Shirt erkennen. Dann setzte der Aufschlag die Überwachungskamera außer Gefecht.

Zwei Wochen später

7.30 Uhr

Oberhalb des Las Vegas Strip beginnt der Rancho Drive am Charleston Boulevard, biegt dann lässig nach links ab und führt auf geradem Weg nach Reno. Er zieht sich mit vollkommener Präzision nach Nordwesten und ignoriert alle natürlichen und künstlichen Verlockungen, sich zu schlängeln, als könne er es nicht erwarten, das Neonlicht und den grünen Filz weit hinter sich zu lassen. Man lässt Country-Clubs, Einkaufszentren und schließlich auch die traurig aussehenden Vorstädte aus Pseudoerdziegeln hinter sich. Die unter dem Asphalt und der Betonlandschaft verborgene Mojave-Wüste nimmt ihr eigenes Ich wieder an. Spinnenartige Sandtentakel laufen über das hinweg, was die Straßenschilder Route 95 nennen. Hier und da sieht man wie Punkte in der Wüste zottig vor sich hin wuchernde Joshuabäume. Kakteen stehen wie Standartenträger im Nichts. Nach dem hektischen und wimmelnden Prunk kommt einem der schrittweise Wechsel in den riesigen Leerraum wie ein Besuch auf einem anderen Planeten vor. Wenn man vom Highway absieht, scheint diesen Ort noch keine Menschenhand berührt zu haben.

Andrew Warne drehte den Rückspiegel steil nach rechts oben und seufzte erleichtert, als die blendende Helligkeit wich. »Wie konnte ich nur ohne Sonnenbrille nach Las Vegas fahren?«, sagte er. »Hier scheint die Sonne doch dreihundertfünfundsechzig Tage im Jahr.«

Das Mädchen auf dem Sitz neben ihm grinste schadenfroh und rückte seinen Kopfhörer zurecht. »Tja, so ist mein Papa eben. Ganz der zerstreute Professor.«

»Exprofessor, meinst du wohl.«

Die Straße vor ihnen war ein versengter weißer Strich. Die

Wüste um sie herum war vom Glast gebleicht, die Yucca- und Creosotebüsche kaum mehr als bleiche Gespenster. Warne kam gedankenlos mit der Hand ans Fenster und riss sie sofort zurück. Halb acht, und schon herrschten hier draußen fast dreißig Grad Celsius. Sogar der Mietwagen schien sich an die Bedingungen der Wüste angepasst zu haben: Die Klimaanlage arbeitete mit voller Kraft.

Als sie nach Indian Springs kamen, ragte östlich von ihnen ein Plateau auf. Der Luftwaffenstützpunkt Nellis. Nun stieß man alle paar Kilometer auf Tankstellen. In dieser Leere wirkten sie nicht nur völlig fehl am Platze, sie waren auch so blitzsauber, dass Warne den Eindruck gewann, man hätte sie gerade erst ausgepackt. Er warf einen Blick auf das bedruckte Papier, das an dem Klemmbrett zwischen den Sitzen hing. *Es ist nicht mehr weit.* Dann sah er es schon: Ein frisch geprägtes hellgrünes Ausfahrtsschild: »Utopia. 1,5 km.«

Auch dem Mädchen fiel das Schild auf. »Sind wir schon da?«

»Wirklich witzig, Prinzesschen.«

»Du weißt doch, dass ich es nicht ausstehen kann, wenn du mich so nennst. Ich bin vierzehn. So nennt man doch nur kleine Kinder.«

»Manchmal führst du dich wie ein kleines Kind auf.«

Das Mädchen setzte bei diesen Worten eine finstere Miene auf. Dann drehte es die Musik im Kopfhörer lauter. Das deutlich hörbare Pochen übertönte nun sogar das Geräusch der Klimaanlage.

»Wenn du nicht aufpasst, kriegst du eines Tages noch Tinnitus, Georgia. Was hörst du da überhaupt?«

»Swing.«

»Tja, das ist doch schon mal ein Fortschritt. Letzten Monat war es Gothic Rock. Und im Monat davor – wie hieß das noch?«

»Euro-House.«
»Euro-House. Kannst du dich nicht auf eine Richtung festlegen, die dir gefällt?«
Georgia zuckte die Achseln. »Dazu bin ich zu intelligent.«
Der Unterschied zeigte sich, als sie das Ende der Ausfahrt erreichten. Der Straßenbelag war anders. Im Gegensatz zum von Rissen übersäten Beton des US Highway 95, der wie die Haut eines Reptils von zahllosen Flickstellen wimmelte, war dieser hier blass, glatt und wesentlich breiter als die Fahrbahn, die sie gerade verlassen hatten. Aufwändige Lampen schwangen sich elegant über den Asphalt. Zum ersten Mal seit dreißig Kilometern sah Warne andere Fahrzeuge vor sich auf der Straße. Er folgt ihnen, als die Straße glatt und ebenmäßig aus der ausgelaugten Ebene anstieg. Die Schilder waren weiß und mit blauen Buchstaben beschriftet, die offenbar alle das Gleiche zu sagen hatten: »Besucherparkplatz geradeaus.«
Der um diese Zeit fast leere Parkplatz war so groß, dass er einen fast benommen machte. Warne folgte den Pfeilen und kam an einer Reihe überdimensionaler Werbetafeln vorbei, die aufgrund der Ausdehnung des Asphalts wie winzige Insekten wirkten. Als er erfahren hatte, dass im Park täglich siebzigtausend Besucher abgefertigt wurden, hatte er ungläubig geprustet. Doch nun neigte er dazu, es zu glauben. Georgia, auf dem Sitz neben ihm, schaute sich um. Trotz der einstudierten Blasiertheit des typischen Teenagers konnte sie ihre Gespanntheit nicht gänzlich verbergen.
Zwei Kilometer weiter erreichten sie das Ende des Parkplatzes und ein lang gestrecktes, flaches Gebäude. Art-déco-Buchstaben auf dem Dach verkündeten: »Einschiffung.« Hier standen weitere Autos. Außerdem wimmelte es von kurz behosten, Sandalen tragenden Menschen. Als Warne

auf ein Kassenhäuschen zufuhr, tauchte ein Parkplatzwächter auf und signalisierte ihm, er solle die Seitenscheibe herunterdrehen. Der Mann trug ein weißes Polohemd. Auf seiner linken Brusthälfte war das Emblem eines kleinen Vogels zu sehen.

Warne griff in einen Schnellhefter und entnahm ihm eine laminierte Karte. Der Angestellte studierte sie, dann nahm er ein Lesegerät vom Gürtel und schaute auf den Monitor. Kurz darauf händigte er Warne die Kennkarte wieder aus und winkte ihn durch.

Warne stellte den Wagen neben einer Reihe gelber Zubringerbusse ab und ließ die Karte in der Hemdtasche verschwinden. »Wir sind da«, sagte er. Dann schaute er reglos zum Einschiffungsgebäude hinüber und dachte kurz nach.

»Du hast doch wohl nicht vor, wieder mit Sarah anzubandeln, oder?«

Warne, von der Frage überrascht, drehte den Kopf. Georgia wich seinem Blick nicht aus.

Es war manchmal wirklich bemerkenswert, wie sie seine Gedanken las. Vielleicht lag es daran, dass sie so viel Zeit miteinander verbrachten; dass sie sich in den letzten Jahren sehr oft aufeinander hatten verlassen müssen. Doch egal, woran es lag: Es konnte einem gelegentlich auf die Nerven gehen. Besonders dann, wenn es um sensible Dinge ging.

Georgia nahm den Kopfhörer ab. »Tus nicht, Papa. Sie ist ne alte Aufreißerin.«

»Pass auf, was du sagst, Georgia!« Warne entnahm dem Schnellhefter einen kleinen weißen Umschlag. »Weißt du, ich glaube, dass es auf der ganzen Welt keine Frau gibt, mit der du zufrieden wärst. Willst du etwa, dass ich für den Rest meines Lebens Witwer bleibe?«

Er hatte etwas heftiger reagiert als beabsichtigt. Georgias ein-

zige Reaktion bestand darin, dass sie die Augen zum Himmel verdrehte und den Kopfhörer wieder aufsetzte.
Andrew Warne liebte Georgia so sehr, dass es fast wehtat. Trotzdem hatte er nie geahnt, wie schwierig es werden würde, alles allein zu tun und eine Tochter aufzuziehen. Manchmal fragte er sich, ob er dieser Aufgabe überhaupt gewachsen war. In Augenblicken wie diesen fehlte Charlotte ihm am meisten. Sie hätte gewusst, was zu tun war. Sie hatte es immer gewusst.
Er schaute Georgia noch einmal kurz an. Dann seufzte er, griff nach der Tür und stieß sie auf.
Sofort fegte die Hitze eines Feuerofens in den Wagen hinein. Warne stieg aus und warf die Tür zu. Er wartete, bis Georgia ihren Rucksack geschultert hatte und ihm folgte. Dann eilte er über den spiegelnden Asphalt zum Transportzentrum.
Im Inneren war es erfreulich kühl. Das Zentrum sah makellos und funktionell aus und war mit hellem Holz und poliertem Metall verkleidet. Mit Glasfenstern versehene Kassenschalter zogen sich in endlosen Reihen nach links und rechts, doch bis auf einen, der genau vor ihnen lag, waren alle unbesetzt. Warne zeigte die laminierte Karte noch einmal vor, dann waren sie drin und gingen durch einen hell erleuchteten Korridor. In etwa einer Stunde, das wusste er, würde es hier von genervten Eltern, quengelnden Kindern und schnatternden Fremdenführern nur so wimmeln. Doch jetzt gab es kaum etwas anderes als metallene Führungsgeländer und das Klicken von Absätzen auf blitzsauberen Böden.
Im Einstiegsbereich wartete bereits mit offenen Türen eine silberne Schwebebahn. Seitlich wölbten sich riesige Fenster, die an dem Antriebsmechanismus endeten, der sich an die über ihnen befindliche Metallschiene klammerte. Warne

war noch nie zuvor mit einer Schwebebahn gefahren. Er war auch nicht wild darauf. Im Inneren der Bahn erblickte er einen Haufen Passagiere, hauptsächlich Männer und Frauen in Bürokleidung. Ein Utopia-Mitarbeiter bedeutete ihnen, zum vordersten Wagen zu gehen. Der Wagen war blitzsauber wie alles hier. Die einzigen Insassen waren ein stämmiger Mann, der ganz vorn, und ein kleiner Brillenträger, der ganz hinten saß. Obwohl die Schwebebahn das Zentrum noch nicht verlassen hatte, schaute der Stämmige sich geschäftig um. Sein teigiges Gesicht mit den dichten Brauen wirkte aufgeregt und erwartungsvoll.
Warne überließ Georgia den Fensterplatz und ließ sich neben ihr nieder. Sie saßen kaum, als ein leises Läuten erklang und die Türen sich lautlos schlossen. Dann kam ein kurzer Ruck, und die Bahn setzte sich sanft in Bewegung. »Willkommen in der Utopia-Schwebebahn«, sagte eine weibliche Stimme, die von überall und nirgends kam. Es war nicht die Stimme, die Warne von den üblichen Ansagesystemen her kannte: Sie klang vielmehr volltönend und kultiviert und hatte einen leicht britischen Akzent. »Die Fahrtdauer zum Nexus beträgt ungefähr achteinhalb Minuten. Zu Ihrer Sicherheit und Bequemlichkeit bitten wir Sie, die Sitzplätze während der Fahrt nicht zu verlassen.«
Als das Zentrum hinter ihnen verschwand, wurde das Abteil plötzlich in helles Licht getaucht. Über ihnen zog sich die Doppelschiene der Schwebebahn sanft durch eine enge Sandsteinschlucht. Warne warf einen raschen Blick nach unten und riss überrascht die Füße hoch. Das, was er für festen Boden gehalten hatte, bestand in Wirklichkeit aus Glasplatten. Unter seinen Füßen gähnte ein deutlich sichtbarer Abgrund, der bis zum felsigen Schluchtboden etwa dreißig Meter tief war. Warne schnappte nach Luft und schaute weg.

»Boah«, sagte Georgia.
»Die Schlucht, die wir durchfahren, ist geologisch sehr alt«, fuhr die einschmeichelnde Stimme fort. »An ihrem Rand können Sie Wacholder, Salbeibüsche und Gestrüpp sehen, das für die Hochwüste typisch ist …«
»Ist es zu fassen?«, sagte eine Stimme neben ihm. Warne wandte sich um und sah, dass der Stämmige – in eklatantem Widerspruch zu dem Edikt, dass man sitzen bleiben sollte – durch die Bahn nach hinten gekommen war, um ihnen gegenüber Platz zu nehmen. Er trug ein ätzend orangerot geblümtes Hemd, hatte glänzend schwarze Augen und ein Lächeln, das für sein Gesicht zu groß wirkte. Er hielt wie Warne einen kleinen Umschlag in der Hand. »Pepper, Norman Pepper. Mein Gott, was für eine Aussicht! Und dann auch noch im ersten Waggon! Wir haben bestimmt eine tolle Aussicht auf den Nexus. Ich war zwar noch nie hier, aber ich habe gehört, es soll phänomenal sein. Phänomenal! Man muss es sich mal vorstellen – die haben einen ganzen Berg, oder eine Mesa oder wie man es nennt, gekauft, um einen Vergnügungspark daraus zu machen! Ist das Ihre Tochter? Da haben Sie aber ein hübsches Mädchen.«
»Sag danke, Georgia!«, sagte Warne.
»Danke, Georgia«, kam die wenig überzeugende Antwort.
»… Auf der Schluchtwand rechts von der Bahn sehen Sie eine Reihe von Piktogrammen. Diese rotweißen Anthropomorphen sind das Werk der prähistorischen Bewohner dieser Region aus der Periode, die wir nun Korbmacher zwei nennen und die vor fast dreitausend Jahren in voller Blüte stand …«
»Und was ist Ihre Spezialität?«, fragte Pepper.
»Wie bitte?«
Pepper hob seine eckigen Schultern an. »Tja, allem An-

schein nach arbeiten Sie nicht hier, weil Sie mit der Schwebebahn reinfahren. Da der Park noch nicht geöffnet hat, sind Sie wohl auch kein Besucher. Das bedeutet, dass Sie entweder Berater oder Experte sind. Nicht wahr? Wie alle anderen in dieser Bahn. Da gehe ich jede Wette ein.«

»Ich bin ... ich hab mit Robotik zu tun«, erwiderte Warne.

»Robotik?«

»Künstliche Intelligenz.«

»Künstliche Intelligenz«, wiederholte Pepper. »Aha.« Er holte Luft und öffnete den Mund zur nächsten Frage.

»Und Sie?«, wandte Warne schnell ein.

Peppers Lächeln wurde noch breiter. Er drückte einen Finger an sein Nasenbein und zwinkerte wie ein Verschwörer. »Dendrobium giganteum.«

Warne schenkte ihm einen verständnislosen Blick.

»Cattleya dowiana. Kennen Sie nicht?« Pepper wirkte entsetzt.

Warne breitete die Hände aus. »Bedaure.«

»Orchideen.« Pepper zog die Nase hoch. »Ich dachte, Sie hätten es vielleicht anhand meines Namens erraten. Ich bin der Exotenbotaniker, der im letzten Jahr die ganze Arbeit bei der New Yorker Weltausstellung gemacht hat. Vielleicht haben Sie was darüber gelesen? Na ja, die Leute hier wollen ein paar besondere Hybriden für das Athenäum, das in Atlantis gebaut wird. Außerdem haben sie ein paar Probleme mit den Nachtblühern in Gaslight. Denen bekommt die Feuchtigkeit wohl nicht.« Er breitete die Arme so weit aus, dass er Warne den Umschlag aus der Hand schlug und seinen eigenen gleich mit zu Boden fallen ließ. »Sie sind für alle Spesen aufgekommen, haben mir ein Erster-Klasse-Ticket geschickt und ein dickes Beraterhonorar überwiesen. In meiner Biografie wird es sich auch ganz gut machen.«

Warne nickte. Pepper hob die heruntergefallenen Umschläge auf und gab ihm den seinen zurück. Das war wohl wahr. Utopia war in der Genauigkeit seiner Themenwelten angeblich so fanatisch, dass man hier gelegentlich Gelehrte herumwandern sah, die sich mit zusammengebissenen Zähnen Notizen machten. Georgia schaute in die Schlucht hinunter und schenkte Pepper keine Beachtung.

»... Die dreißig Quadratkilometer, die Utopia umfasst, sind reich an natürlichen Ressourcen und Schönheiten, zu denen auch zwei Quellen und ein Auffangbecken gehören ...«

Pepper drehte sich um. »Und Sie?«

Warne hatte den schmächtigen, hinter ihnen sitzenden Mann mit der Brille fast vergessen. Der Mann blinzelte zurück, als denke er über die Frage nach. »Smythe«, sagte er. »Pyro.«

»Pyrotechniker? Meinen Sie so was wie Feuerwerke?«

Der Mann fuhr sich mit den Fingern über seinen dünnen, im Schatten seiner Nase wachsenden Zahnbürstenschnauzbart.

»Ich gestalte spezielle Vorstellungen, wie die Sechsmonatsfeier, die wir kürzlich hier hatten. Ich löse aber auch Probleme. Manche Raketen, die abends hier abgefeuert werden, fliegen zu hoch und zerdeppern die Glasplatten der alles umfassenden Kuppel.«

»Kaum zu glauben«, sagte Pepper.

»Bei der ›Greifenturm‹-Show beschweren sich die Besucher außerdem über die Lautstärke der Kanonenschläge, die am Ende der Vorstellung gezündet werden.« Smythe verfiel abrupt in Schweigen, zuckte die Achseln, drehte sich zur Seite und blickte aus dem Fenster.

Warnes Blick richtete sich auf die vorbeiziehenden rostbraunen Felsen. Dann wandte er sich wieder dem Inneren der Schwebebahn zu. Irgendetwas hatte ihn gestört. Jetzt wurde ihm plötzlich klar, was es war. Er wandte sich an Pepper. »Wo sind eigentlich die ganzen Figuren, die hier für die Action sorgen: Oberon, Morpheus, Pendragon? Ich hab noch keine Spur von ihnen gesehen.«

»Ach, die sind schon irgendwo – in den Läden und den Attraktionen für die Kleinen. Aber Typen, die in Mäusekostümen rumlaufen, kriegt man hier nicht zu sehen. Da war Nightingale, hab ich gehört, sehr bestimmt. Er hat sich große Gedanken über die Reinheit des Erlebnisses gemacht. Deswegen ist all dies auch ...« – Pepper schwenkte eine feiste Hand –, »... das Transportzentrum, die Schwebebahn und auch der Nexus, bewusst zurückhaltend aufgezogen. Ohne Kommerz. Macht die eigentlichen Welten viel realistischer. Hab ich jedenfalls so gehört.« Er drehte sich zu dem stillen Mann hinter ihnen um. »Nicht wahr?«

Smythe nickte.

Pepper beugte sich zu Warne vor. »Hab persönlich nie allzu viel von Nightingales Sachen gehalten. Die Zeichentrickfilme aus der ›Blackstone-Chronik‹, die auf seiner alten Zaubershow basieren, finde ich zu finster. Aber meine Kinder sind verrückt danach. Sie schauen sich diese Animationsfilmchen jede Woche an. Man kann die Uhr danach stellen. Sie haben mich fast umgebracht, als sie gehört haben, dass ich hierher komme und sie nicht mitdürfen.« Pepper kicherte und rieb sich die Hände. Warne kannte zwar Bücher, in denen sich Menschen in froher Erwartung die Hände rieben, aber er wusste nicht genau, ob er schon mal jemanden dabei beobachtet hatte.

»Meine Tochter hätte mich auch umgebracht, wenn ich sie nicht mitgenommen hätte«, erwiderte er. »Autsch!«, rief er, als Georgia ihn unter dem Sitz trat.

Ein kurzes Schweigen. Warne rieb sich den Unterschenkel.

»Glauben Sie auch, dass unter dem Park ein Atomreaktor vergraben ist?«, fragte Pepper.

»Häh?«

»Es gibt da so ein Gerücht. Denken Sie nur mal an den Stromverbrauch! Dieser Ort ist praktisch eine ganze Stadt. Stellen Sie sich mal den Strom vor, den man erzeugen muss, um die ganze Sache am Laufen zu halten – die Klimaanlagen, die Fahrgeschäfte, die Computer. Im Zentrum hab ich eine Frau von der Verwaltung gefragt, und sie hat gesagt, hier wird Wasserkraft eingesetzt. Wasserkraft! Mitten in der Wüste! Ich … He, schauen Sie mal – da ist es!«

Warne blickte nach vorn, dann erstarrte er unwillig. Er hörte, dass Georgia heftig nach Luft schnappte.

Die Schwebebahn hatte gerade eine besonders scharfe Kurve genommen. Vor ihnen wurde die Schlucht beträchtlich breiter. Eine gigantische kupferfarbene Fassade erstreckte sich von einer Felswand zur anderen, vom oberen Rand der Schlucht bis zum Boden. Sie schillerte hell in der Morgensonne. Es war, als würde die Schlucht plötzlich an einer massiven Mauer aus poliertem Metall enden. Die Sackgasse war natürlich eine Illusion, denn der hinter der Mauer liegende Park wurde von einem großen, kreisförmigen Felsental umgeben. Aber der Anblick war großartig, atemberaubend und auf seine spartanische Weise wunderschön. Die einzigen Öffnungen in der Fassade waren zwei in der Mitte des oberen Teils liegende winzige Quadrate, in die die Schienen der Schwebebahn hineinführten. Am oberen Rand der Wand war in riesigen Lettern aus irgendeiner schillernden Substanz das Wort »UTOPIA« angebracht. Die Buchstaben blinkten und glitzerten, und je nach dem Stand der Sonne gingen sie an und aus. Hinter der Schrift ragte eine hohe geodätische Kuppel auf, ein kompliziertes Gitterwerk aus kristallinen Polygonen und Metallverstrebungen. Auf ihrem Scheitelpunkt knatterte eine Flagge mit dem stilisierten Emblem eines violetten Vogels auf weißem Untergrund.

»Boah«, sagte Georgia leise.

»... Wir hoffen, dass Ihr Besuch Ihnen Vergnügen bereitet. Und vergessen Sie nicht: Falls Sie irgendwelche Fragen oder Bedenken haben, sind Sie eingeladen, unsere Besuchersalons im Inneren des Nexus oder in den einzelnen Welten aufzusuchen. Bitte, bleiben Sie auf Ihrem Platz, bis die Schwebebahn ihren Haltepunkt erreicht hat.«

In der Bahn breitete sich Stille aus, und sie glitten ins Dunkel hinein.

8.10 Uhr

Der Nexus, ein riesiger, lang gestreckter, freundlicher Raum, war mit dem gleichen polierten Metall und Holz verkleidet wie das Transportzentrum. Restaurants, Geschäfte, Andenkenbuden und Besuchersalons reihten sich rechts und links an den Wänden auf und schienen in endlose Fernen zu reichen. An der Endstation der Schwebebahn folgte Warne den anderen eine Rampe hinunter. Georgia in seinem Schlepptau schaute sich neugierig um. Er konnte bis zur hoch über ihnen aufragenden Glaskuppel sehen, die einen gewaltigen, wolkenlosen Himmel einrahmte, der sich wie eine blaue Glocke über dem Nexus wölbte. Vor ihm glänzten im schräg einfallenden Sonnenlicht Auskunftsstände und anmutige kleine Springbrunnen. Großflächige, doch diskrete Schilder wiesen den Besuchern den Weg in die vier »Welten«, aus denen der Park bestand: Camelot, Gaslight, Boardwalk und

Callisto. Die Luft war kühl, etwas feucht und voller gedämpfter Töne: menschliche Stimmen, das Plätschern von Wasser und irgendein leiserer Klang, den Warne nicht identifizieren konnte.

Am Ende der Rampe wartete eine Gruppe junger Männer und Frauen. Sie waren einheitlich mit weißen Blazern bekleidet und hatten Mappen unter dem Arm. Sie wirkten, als seien sie miteinander verwandt. Warne fragte sich halb im Scherz, ob die Utopia-Angestellten hinsichtlich ihrer Größe, ihres Gewicht und ihres Alters irgendwelchen Bestimmungen unterworfen waren. Als er dann sah, dass eine der Frauen mit festem Schritt auf ihn zukam, verwarf er die Idee.

»Dr. Warne?«, sagte die Frau. »Ich bin Amanda Freeman.« Sie schüttelte ihm die Hand.

»Ich sehe es«, erwiderte Warne und deutete mit dem Kopf auf das am Aufschlag ihres Blazers befestigte Namensschild. Er fragte sich, woran sie ihn erkannt hatte.

»Ich bin hier, um Sie in Utopia einzuweisen und Ihnen eine kurze Orientierungshilfe zu geben«, sagte die Frau. Ihre Stimme klang angenehm und war fast so flott wie ihr Gang. Sie deutete mit dem Kopf auf den kleinen Umschlag, den er in der Hand hielt. Der Rand war mit einem winzigen Strichcode versehen. »Darf ich mal?«

Warne gab ihr den Umschlag. Sie riss ihn auf und klopfte ihn hochkant auf ihre Handfläche. Ein stilisierter Vogel glitt heraus, doch er war grün. Amanda Freeman befestigte ihn an seiner Jacke. »Bitte, tragen Sie dieses Abzeichen, solange Sie bei uns sind.«

»Und warum?«

»Es weist Sie als Experten von außerhalb aus. Haben Sie eine Kennkarte? Gut. Mit ihr und dem Abzeichen können Sie sich auch hinter den Kulissen überall bewegen.«

»Das Ding ist ja besser als ne Eintrittskarte.«

»Halten Sie die Kennkarte immer bereit. Kann sein, dass Sie sie hin und wieder vorzeigen müssen. Die meisten Leute, die hier in der Unterwelt arbeiten, befestigen sie an einer Hemdtasche. Ist das Ihre Tochter?«

»Ja. Georgia.«

»Ich habe nicht gewusst, dass sie mitkommt. Ich muss auch ihr ein Abzeichen besorgen.«

»Danke.«

»Kein Problem. Solange ich Sie einweise, kann Georgia in der Kinderbetreuung warten. Sie können sie dann dort abholen.«

»In der *Kinderbetreuung?«,* fragte Georgia. Sie war so beleidigt, dass ihre Stimme wie Stahl klang.

Amanda Freeman lächelte kurz. »Eigentlich ist es die Abteilung für junge Erwachsene. Ich glaube, du wirst angenehm überrascht sein.«

Georgia warf Warne einen finsteren Blick zu. »Wehe, da ist nichts los, Papa!«, murmelte sie. »Ich spiel nämlich nicht mehr mit Legosteinen.«

Warne schaute an ihr vorbei in Richtung Ausstiegsrampe. Smythe, der Pyrotechniker, marschierte zielbewusst ins Innere des Nexus hinab. Norman Pepper unterhielt sich aufgedreht mit einem Mann in einem weißen Blazer. Die beiden entfernten sich, wobei Pepper sich mit einem breiten Lächeln die Hände rieb.

Sie lieferten Georgia an einem nicht weit entfernten Betreuungstresen ab und gingen dann durch den Hauptkorridor des Nexus.

»Sie haben eine sehr hübsche Tochter«, sagte Amanda Freeman unterwegs.

»Danke. Aber erzählen Sie ihr das bitte nicht! Sonst wird sie noch blasierter.«

»Wie wars in der Schwebebahn?«
»Hoch droben.«
»Wir bringen die für uns tätigen Experten am ersten Tag gern mit der Schwebebahn hierher. Damit sie ein besseres Gefühl für das kriegen, was die zahlenden Gäste erleben. Im Zuge der Einweisung werden Sie erfahren, wo die Mitarbeiter hier parken. Es ist natürlich landschaftlich weniger schön, aber es erspart einem etwa eine Viertelstunde Fahrtzeit. Oder wollen Sie hier wohnen?«
»Nein, wir wohnen im ›Luxor‹.« Im Gegensatz zu den meisten Freizeitparks war Utopia auf Tagesgäste eingerichtet: Es gab keine Übernachtungsmöglichkeiten für Touristen. Warne hatte jedoch erfahren, dass hinter den Kulissen ein kleines Hotel existierte: eine erstklassige Zuflucht für Prominente, in Utopia auftretende Stars und hochrangige Persönlichkeiten. Dort gab es auch einige einfachere Unterkünfte für Berater, Bands und über Nacht bleibendes Personal.
»Was ist mit den Uhren?«, fragte Warne und bemühte sich Schritt zu halten. Ihm war aufgefallen, dass die in die hohen Wände des Nexus eingelassenen Digitaluhren 0.45 Uhr anzeigten, obwohl es 8.15 Uhr war.
»Noch fünfundvierzig Minuten bis zur Stunde Null.«
»Häh?«
»Utopia ist dreihundertfünfundsechzig Tage im Jahr geöffnet, und zwar von neun bis einundzwanzig Uhr. Wenn wir schließen, beginnen die Uhren einen zwölf Stunden langen Countdown. Damit die Darsteller und Techniker wissen, wie viel Zeit sie noch bis zur Öffnung haben. In den so genannten Welten gibt es natürlich keine Uhren, aber …«
»Soll das heißen, Sie brauchen zwölf Stunden, um den Park wieder auf Vordermann zu bringen?«, fragte Warne ungläubig.

»Es gibt eine Menge zu tun«, sagte Amanda Freeman mit einem knappen Lächeln. »Kommen Sie, wir nehmen eine Abkürzung durch Camelot.«

Sie führte ihn zu einem massiven Portal in der nächsten Wand. Über dem Tor strahlte das Wort »Camelot« in Frakturschrift. Das Schriftbild war die bisher einzige Abweichung von der starren Formgebung des Nexus, die Warne bisher gesehen hatte: Sogar die Toilettentüren und Notausgangsschilder zeigten den gleichen Art-déco-Stil.

Drei Angestellte in weißen Blazern, die vor dem Camelot-Portal standen, nickten Freeman lächelnd zu. Die Frau führte Warne an ihnen vorbei und durch einen Wald von Führungsgeländern in einen breiten, leeren Warteraum. In der Wand gegenüber sah er ein halbes Dutzend riesige Metalltüren. Wie aufs Stichwort glitt eine Tür beiseite, und Amanda Freeman führte ihn in einen grottenartigen, finster gestalteten Aufzug.

Die Lifttür schloss sich und die hier übliche seidenweiche Frauenstimme sagte: »Sie betreten nun Camelot. Viel Vergnügen bei Ihrem Besuch.« Dann ertönte ein gedämpftes metallisches Pochen. Der Aufzug erwachte zum Leben. Warne fiel allerdings auf, dass er weder nach oben noch nach unten fuhr: Er bewegte sich horizontal voran.

»Ist es weit bis zum Park?«, fragte er.

»Wir bewegen uns eigentlich gar nicht«, erwiderte Freeman. »Die Liftkabine erzeugt nur eine dementsprechende Illusion. Untersuchungen haben ergeben, dass die Besucher sich leichter an eine Welt anpassen, wenn sie glauben, dass sie tatsächlich eine Reise dorthin machen – und wenn sie noch so kurz ist.«

Die Tür gegenüber ging auf. Zum zweiten Mal in einer halben Stunde registrierte Warne, dass er überrascht stehen blieb.

Vor ihm breitete sich eine dunkel gepflasterte Straße aus. Malerisch aussehende Bauwerke – manche hatten Reetdächer, andere spitze Giebel – säumten die Seiten und führten in einen Platz, der aus der Ferne wie ein großer Dorfplatz wirkte. Hinter diesem Platz führte die Pflasterstraße rechts und links um die Außenmauer einer gigantischen sandfarbenen Burg. Über hohen Zinnen flatterten hundert bunte Banner. In der Ferne sah man weitere Türme und das schartige, grausam wirkende Antlitz eines Berges, der über einem mit Gras bewachsenen Hügel aufragte. Um seinen Gipfel wirbelte Schnee. Hoch über Warne erzeugte die Wölbung der Kuppel die Illusion eines endlosen Raumes. Die Luft roch nach Erde, frisch gemähtem Gras und Sommer.

Warne ging langsam. Er fühlte sich fast wie Dorothy, die aus ihrem tristen Schwarzweiß-Bauernhaus trat und sich in der bunten Landschaft des Zauberlandes Oz wiederfand. *Das muss Georgia sehen,* dachte er. Heller Sonnenschein überdeckte die gesamte Szenerie und verlieh ihr einen sauberen, strahlenden Akzent. Da und dort bewegten sich eilige Parkmitarbeiter übers Straßenpflaster. Sie trugen andere Arbeitsjacken als die, die er schon gesehen hatte: Er erblickte Männer in bunten Beinkleidern, Frauen in fließenden Gewändern und Schleiern und einen Ritter in voller Rüstung. Nur ein Grüppchen von Aufsehern in weißen Blazern, die mit Palm Pilots und Walkie-Talkies herumliefen, und ein Mann von der Wartung, der das Pflaster abspritzte, zerstörten die Illusion.

»Was halten Sie davon?«, fragte Amanda Freeman.

»Es ist verblüffend«, erwiderte Warne ehrlich.

»Ja, das ist es.« Er drehte sich um und sah Amanda Freeman lächeln. »Ich beobachte gern die Reaktion der Leute, die zum ersten Mal hier sind. Leider kann ich keine Zeitreise unternehmen, um es selbst noch einmal zu erleben. Da ist das Beobachten anderer besser als nichts.«

Sie gingen eine breite Durchgangsstraße entlang, und wenn es etwas zu sehen gab, wies Amanda Freeman ihn darauf hin. Als sie an einer Bäckerei vorbeikamen, ging ein quadratisches Fenster auf und ein unwiderstehlicher Duft drang heraus. Irgendwo stimmte ein Barde seine Laute und sang ein uraltes Lied.

»Die Konstruktionsphilosophie aller vier Welten ist identisch«, sagte Amanda Freeman. »Zuerst gehen die Besucher durch eine Kulissenlandschaft – im Fall Camelot ist es dieses Dorf –, die ihnen hilft, sich zu orientieren und in Stimmung zu kommen. Wir bezeichnen diese Phase als Dekompression. Natürlich gibt es überall Restaurants, Geschäfte und Gewerbebetriebe, aber in erster Linie dienen alle Orte dazu, dass die Gäste sich umschauen und akklimatisieren können. Dringt man tiefer in die jeweilige Welt vor, stößt man in der Umgebung allmählich auf die Attraktionen: Fahrgeschäfte, Theaterbühnen, holografische Darstellungen. Was Sie wollen. Alles geht nahtlos ineinander über.«

»Kann mal wohl sagen.« Warne bemerkte, dass – abgesehen von den Schildern, die auf Geschäfte und Restaurants hinwiesen – hier nirgendwo moderne Schriftzeichen existierten. Auf Toiletten und klug integrierte Auskunftsstände wiesen nur höchst realistische holografische Symbole hin.

»Wissenschaftler kommen hierher, weil die Straße, durch die wir gerade gehen, eine wunderbar detaillierte Rekonstruktion Newbold Saucys ist, eines englischen Dorfes, das im vierzehnten Jahrhundert von den Bewohnern verlassen wurde«, sagte Amanda Freeman. »Die Besucher kommen hierher, weil der ›Drachenturm‹ möglicherweise die auf-

regendste Achterbahn dieses Parks ist – nach dem ›Kreischer‹ drüben in Boardwalk.«
Als sie den Dorfplatz erreichten, ragte die Burg finster vor ihnen auf. »Ein exakter Nachbau der walisischen Burg Caernarvon«, sagte Amanda Freeman. »Natürlich mit selektiver Kompression und erzwungener Perspektive.«
»Erzwungener Perspektive?«
»Die oberen Stockwerke entsprechen nicht der Wirklichkeit. Sie sind kleiner. Sie rufen zwar die Illusion korrekter Proportionen hervor, sind aber gemütlicher und weniger einschüchternd. Wir setzen diese Technik in Utopia auf vielen Ebenen ein. Die Abmessungen des Berges dort sind zum Beispiel reduziert, damit er die Illusion von Ferne hervorruft.« Sie deutete mit dem Kopf auf das hochgezogene Fallgitter. »In dieser Burg wird außerdem das Stück ›Der verzauberte Prinz‹ aufgeführt.«
Das Lied des Barden war längst hinter ihnen verstummt. Nun drangen andere Geräusche an Warnes Ohren: Vogelgezwitscher, das Plätschern von Springbrunnen und das leise Geräusch, das er schon im Nexus vernommen hatte. »Was ist das für ein Geräusch, das ich ständig höre?«, fragte er.
Amanda Freeman maß ihn mit einem kurzen Blick. »Sie sind sehr hellhörig. Unsere Fachleute haben in der Mutterleibsforschung Pionierarbeit geleistet. Wenn sich Besucher in Camelot aufhalten, hört man das Geräusch nicht mehr. Aber es ist trotzdem da.«
Warne schenkte ihr einen verdutzten Blick.
»Es geht um die Reproduktion bestimmter mutterleibähnlicher Effekte – Temperatur, Hintergrundgeräusche –, die auf subtile Weise das Gefühl von Ruhe und Frieden hervorrufen. Wir haben fünf Patente angemeldet. Die Utopia Holding verwaltet inzwischen über dreihundert Patente, die wir an die

chemische, medizinische und elektronische Industrie lizenzieren. Andere bleiben uns vorbehalten.«

Drei davon habe ich entwickelt, dachte Warne stumm und gestattete sich einen Anflug von Stolz. Ob die Frau überhaupt wusste, was er zum täglichen Gelingen Utopias beigetragen hatte? Er hatte das Metanet entwickelt, das die Aktivitäten und die Intelligenz der Parkroboter koordinierte. Doch Amanda Freemans Art, ihm die Gegend zu zeigen und mit ihm zu reden, als sei er irgendein Programmiererassistent, ließ vermuten, dass sie nichts davon wusste. Erneut fragte er sich, warum Sarah Boatwright ihn so plötzlich hierher bestellt hatte.

»Hier entlang«, sagte Amanda Freeman und bog in eine Seitengasse ab.

Ein Mann mit einem violetten Umhang und dunklen Kniehosen kam an ihnen vorbei und übte sich in Mittelenglisch. Vor ihnen waren zwei stämmige Wartungsarbeiter unterwegs, die einen großen Metallkäfig trugen. In ihm saß ein kleiner Drache. Sein Schweif zuckte, seine dunkelroten Schuppen schillerten in der Sonne. Warne schaute ihn an. Die feuchten Nüstern des Drachen flammten auf, als Luft durch sie fuhr. Er hätte schwören können, dass die gelben Augen des Wesens aufleuchteten, als es den Blick auf ihn richtete.

»Ein Fabelwesen«, sagte Amanda Freeman. »Unterwegs zum ›Greifenturm‹. Der Park ist noch geschlossen, deswegen transportieren sie ihn nicht unterirdisch. Was ist denn, Dr. Warne?«

Warne starrte noch immer hinter dem Drachen her. »Nichts Besonderes«, murmelte er. »Ich bin nur nicht dran gewöhnt, diese Dinger mit Haut zu sehen.«

»Wie bitte? Ach ja! Es ist ja Ihr Spezialgebiet.«

Warne befeuchtete seine Lippen. Die Kostüme, der Dialekt, der beinharte Realismus der Umgebung ... Er schüttelte langsam den Kopf.

»Ist ganz schön heftig, wenn keine Besucher da sind, die die Illusion zerstören, nicht wahr?« Amanda Freemans Stimme klang nun leiser und weniger forsch. »Lassen Sie mich mal raten. Als Sie hier angekommen sind, waren Sie der Meinung, dass der Nexus eher spartanisch aussieht – irgendwie trist.«

Warne nickte.

»Fast jeder, der zum ersten Mal nach Utopia kommt, hat am Anfang dieses Gefühl. Eine Besucherin hat mir mal erzählt, der Nexus sehe aus wie ein Milliardendollarflughafenterminal. Tja, er wurde bewusst so konstruiert.« Ihre Hand deutete auf die Umgebung. »Manchmal kann Realismus auf die Besucher desorientierend wirken. Deswegen sorgt der Nexus für eine neutrale Umgebung – als Übergang von einer Welt in eine andere.«

Sie wandte sich einem zwei Etagen hohen Fachwerkhaus zu und betätigte die eiserne Klinke der Eingangstür. Warne folgte ihr ins Innere. Zu seiner Überraschung war das Gebäude nur eine Hülse. Das Dach war offen. In der Rückwand befand sich eine einfache graue Tür, daneben erblickte er einen Fingerabdruck-Scanner und ein Kartenlesegerät. Amanda Freeman blieb vor dem Scanner stehen und drückte den Daumen in die Vertiefung. Ein Klicken ertönte, dann sprang die Tür auf. Dahinter sah Warne den kühlen grünen Schein einer Leuchtstoffröhre.

»Wir sind wieder in der wirklichen Welt«, sagte Amanda Freeman. »Beziehungsweise sind wir ihr so nahe, wie man ihr hier kommen kann.«

Sie winkte ihn durch die Tür.

8.50 Uhr

Sarah Boatwright, die Chefin des Freizeitparks, saß zehn Meter unter dem Nexus in ihrem Büro an einem von Menschen wimmelnden Konferenztisch. Das Büro war kalt, denn die Hauptrohre der Klimaanlage verliefen hinter der Wand, vor der sie saß. Ihre Hände umfassten eine riesige Teetasse. In Sachen Tee war Sarah Boatwright fanatisch. Einmal pro Stunde, pünktlich wie ein Uhrwerk, wurde ihr aus dem besten Restaurant von Gaslight eine Tasse der täglichen Empfehlung gebracht. Heute war es erstklassiger Jasmintee. Sarah schaute zu, wie die runden jungen Blüten sich in der heißen Flüssigkeit entfalteten, und beugte sich kurz vor, um das Aroma zu inhalieren. Es war exquisit, exotisch, verlockend.

Laut Utopia-Zeit war es 0.10 Uhr, und die verschiedenen Parkabteilungsleiter hatten sich zur täglichen Vorshow in ihrem Büro versammelt. Sarah trank einen kleinen Schluck und spürte, dass die Wärme sich langsam in ihren Gliedern ausbreitete. Erst *jetzt* begann für sie der wirkliche Tag: Sie richtete sich nicht nach dem Wecker, der Dusche oder der ersten morgendlichen Tasse. Für sie fing alles erst an, wenn sie den täglichen Marschbefehl an ihre Mitarbeiter ausgab, wenn sie das Steuer des großartigsten Freizeitparks der Welt in die Hand nahm. Ihre Aufgabe war es, dafür zu sorgen, dass für die Besucher jeder Tag gleich verlief – ungeachtet dessen, was täglich hinter den Kulissen passierte: ob zweitausend Pfadfinder hier herumtobten, ob es Unregelmäßigkeiten im Stromversorgungsnetz gab oder ein Premierminister samt Gefolge zu Besuch kam. Jeder Tag musste perfekt ablaufen. Sie konnte sich keinen Beruf vorstellen, der von einem Menschen mehr verlangte und lohnender gewesen wäre.

Und doch war der heutige Tag trotz der üblichen Gefühle irgendwie anders. Sarah Boatwright empfand jedoch weniger Besorgnis, vielmehr neigte sie zur Vorsicht, denn Furcht, gleich welcher Art, hatte sie nie als nützlich empfunden. *Andrew ist hier,* dachte sie. *Er ist hier, aber er kann den wahren Grund der Einladung unmöglich kennen.* Es war die erzwungene Doppelzüngigkeit, die sie vorsichtig machte. Sie spürte es sehr deutlich, als sie sich umschaute und die Gesichter im Geiste einschätzte. Forschung, Infrastruktur, Kasinobetrieb, Restauration, Medizin, Besucherbetreuung, Kontrolle, Kontrolle, Kontrolle. Alle waren da. Bob Allocco, der Chef der Sicherheitsabteilung, saß massig wie eine Bulldogge und fast ebenso klein am anderen Ende des Tisches. Sein sonnenverbranntes Gesicht blickte teilnahmslos in die Runde. Alle schauten Sarah wachsam und ernsthaft an, stellten sich auf ihre Stimmung ein. So gefiel es ihr am besten: ordentlich, geschäftsmäßig, lebhaft. Hier wurden nur selten Witze gerissen; es sei denn, *sie* fing damit an. Fred Barksdale genoss natürlich Narrenfreiheit: Seine Shakespeare-Zitate und sein typisch britischer Humor hatten die Versammlung schon mehr als einmal vor Lachen arbeitsunfähig gemacht. Und da kam er auch schon: Er balancierte vorsichtig einen Milchkaffee auf einem Stapel Computerausdrucke. Freddy Barksdale, der Chef der Systemverwaltung. Auf dem Kopf eine Mähne blonder Haare, auf der Stirn niedliche Kummerfalten. Schon sein Anblick erfüllte Sarah dermaßen mit Zuneigung, dass ihre Gedanken an Andrew Warne verdrängt wurden und ihr flotter Professionalismus umzukippen drohte. Sie stieß ein kurzes Betriebsleiterräuspern aus, trank noch einen Schluck Tee und wandte sich dann an die Versammlung.

»Na schön, lassen Sie uns also anfangen.« Sie musterte das vor ihr auf dem Tisch liegende Blatt Papier. »Geschätzte

Besucherzahl heute: sechsundsechzigtausend. Das System ist zu achtundneunzig Prozent ausgelastet. Wissen wir schon, wann ›Station Omega‹ wieder betriebsbereit ist?«

Tom Rose, der Leiter der Infrastruktur, schüttelte den Kopf. »Die Bahn läuft offenbar ganz gut. Wir haben überall grünes Licht. Aber die Diagnostik zeigt eine Fehlermeldung, deswegen wollen die Regulatoren keinen Saft vom Netz liefern.«

»Können Sie die Regulatoren umgehen?«

Rose zuckte die Achseln. »Klar, könnten wir. Aber dann haben wir ein Heer von Sicherheitsleuten am Hals.«

»Dumme Frage. Verzeihen Sie.« Sarah seufzte schwer. »Bleiben Sie aber an der Sache dran, Tom! Bleiben Sie *hart* dran. ›Station Omega‹ gehört zu den Attraktionen, die Callisto die meisten Besucher bringen. Wir können uns nicht erlauben, dass sie nicht in Betrieb ist. Wenn Sie wollen, schickt Fred Ihnen *troubleshooter.*«

»Klar«, sagte Barksdale und strich seine Krawatte glatt. Es handelte sich um ein wunderschönes Stück, das mit der gleichen außergewöhnlichen Detailsorgfalt gebunden war, die Barksdale in alles investierte, was er anfasste. Obwohl es ihm nicht behagte, bei öffentlichen Sitzungen dieser Art persönliche Gefühle auszudrücken, war Sarah aufgefallen, dass er seine Krawatte immer dann mit der Hand glatt strich, wenn er etwas plante.

Ihr Blick streifte die Runde. »Hat noch jemand was zu sagen, was ich *nicht* hören möchte?«

Der Chef der Unterhaltung meldete sich zu Wort. »Ich habe gerade erfahren, dass die Band, die heute im ›Umbilicus‹-Salon spielen soll, nicht auftreten kann. Man hat sie am LAX wegen eines Drogenvergehens oder dergleichen festgenommen.«

»Ach, wie schön! Wie schön! Dann muss irgendeine Hausband für sie einspringen.«

»Firmware könnte es machen, aber die sind für einen Auftritt bei ›Poor Richard‹ gebucht.«

Sarah schüttelte den Kopf. »›Umbilicus‹ zieht dreimal so viele Besucher an. Steckt die Musiker in die Kostüme, sobald sie eingetroffen sind. Wenn sie noch nie in Raumanzügen gespielt haben, müssen sie sich eben daran gewöhnen.« Sie schaute sich um. »Sonst noch was?«

»Im Gaslight-Kasino wurde zum dritten Mal der gleiche Betrüger geschnappt«, sagte der Chef der Spielabteilung. »Man fasst es nicht – der Mann ist fünfundsiebzig Jahre alt. Ein Himmelsauge hat ihn beim Manipulieren eines Spielautomaten erwischt.«

»Wie schade für ihn. Verteilen Sie sein Foto an die Überwachung, an das Sicherheitspersonal im Kasino und setzen Sie ihn auf die schwarze Liste!« Sarahs Blick fiel wieder auf den Zettel. »Gibt es Fortschritte in Sachen Atlantis?«

»Die Bauarbeiten verlaufen planmäßig«, meldete sich jemand. »Sieht aus, als könnten wir es bis zum Termin schaffen.«

»Gott sei Dank!« Atlantis war die neue – ziemlich umstrittene – Welt, die zum Jahresende eröffnet werden sollte. »Dr. Finch, haben Sie die Daten der letzten Woche?«

Der gelbgesichtige Chefmediziner hielt ein Schaubild hoch. »Fünf Geburten, alle ohne Komplikationen. Zwei Todesfälle: ein Herzinfarkt, ein Aneurysma. Neunundzwanzig Verletzte, wobei ein gebrochenes Handgelenk der schlimmste Fall war.« Er legte das Schaubild vor sich hin. »War ne ruhige Woche.«

Sarah Boatwright schaute die Personalchefin an. »Amy, gibts

was Neues über den ins Auge gefassten wilden Streik bei den Klempnern?«

»Nein. Aber ich weiß nicht, ob das gut oder schlecht ist.«

»Bleiben Sie auf Horchposten! Sobald Sie etwas hören, geben Sie mir Bescheid.« Sarah musterte erneut ihre Liste. »Mal sehen. Die Besucherzahlen in Camelot sind gesunken. Sie liegen etwa fünfzehn Prozent unter denen der anderen Welten. Die Hauptverwaltung hat uns gebeten, einen Arbeitskreis einzusetzen, um in Erfahrung zu bringen, woran es liegt.« Sie hielt inne. »Darum kümmern wir uns am besten, wenn ich aus San Francisco zurück bin, einverstanden?«

Sie kontrollierte den Rest des Zettels. Dann schob sie ihn beiseite und nahm einen anderen. »Okay, Zeit für einen Tusch. Tony Tischkas Band wird in Boardwalk auftreten. Sorgt dafür, dass die Mahlzeiten und die Quartiere der Musiker aufs Haus gehen. Zu den heutigen prominenten Gästen gehören Senator Chase aus Connecticut mit Familie, der Geschäftsführer von GeneDyne ... und der Earl of Wyndmoor.«

Bei der Nennung des letzten Namens ging ein Stöhnen durch den Raum.

»Wird Lady Wyndmoor wieder darauf bestehen, die Sache in der Burg durchzuziehen?«, fragte jemand.

»Wahrscheinlich.« Sarah legte den zweiten Zettel beiseite. »Nächste Woche Mittwoch kreuzen die Leute von der Kasinoaufsicht hier auf. Übt also alle schon mal ein freundliches Lächeln. Und noch was: Heute trifft der externe Spezialist Andrew Warne bei uns ein.« Da ihr einige verständnislose Blicke auffielen, fügte sie hinzu: »Er ist der Robotikexperte, der das Utopia-Metanet aufgebaut hat. Unterstützen Sie ihn bitte in jeder Hinsicht!«

Da man der Bekanntmachung mit Schweigen begegnete,

stand Sarah auf. »Na schön. Wir haben noch zwei Minuten bis zum Start. Satteln wir die Hühner!«

Während die anderen langsam das Büro verließen, trat Sarah an ihren Schreibtisch. Als sie sich umdrehte, war nur Fred Barksdale zurückgeblieben. Sie hatte es gewusst.

»Warum kommt Warne heute?«, fragte er. Sein eleganter Londoner Akzent klang irgendwie bedrückt. »Er sollte doch erst in einer Woche kommen.«

Das ist es also, dachte sie. »Ich habe ihn früher herbestellt.«

»Hättest du mich nicht informieren können, Sarah? Jetzt muss ich alle möglichen Arbeitspläne umstoßen, denn er wird eine Menge wissen wollen …«

Sarah legte einen Finger auf ihre Lippen. »Es war Emorys Idee. Er ist erst Donnerstag drauf gekommen. Nach dem Unfall auf der ›Notting-Hill-Hatz‹ vor zwei Wochen und nachdem das OSHA sich eingeschaltet hat, möchte die Hauptverwaltung, dass wir den Fall so schnell wie möglich klären. Aber hör zu.« Sie trat näher an Barksdale heran und sprach leiser. »Ich muss morgen zum Unterhaltungskongress nach San Francisco. Du hast es doch nicht vergessen?«

»Wie könnte ich das vergessen?« In Barksdales Pupillen flackerte plötzlich ein Licht auf. Dann spielte wieder ein Lächeln um seine Lippen. Es war zwar schwach, doch unübersehbar. »Aber auf der Tagung bist du dem problematischen Besucher fern, der möglicherweise noch immer unter den Qualen der … ähm … verschmähten Liebe leidet?«

»Nicht nur das. Ich wollte dich eigentlich fragen, ob du glaubst, dass wir Teresa Bonifacio zutrauen können, die Sache während meiner Abwesenheit zu deichseln. Sie soll mit Andrew zusammenarbeiten und die Sache in Ordnung bringen. Er ist zwar der Einzige, der es schaffen kann, aber allein kriegt er es auch nicht hin. Es wird für beide nicht einfach sein. Schließlich sind wir drauf und dran, sein Lebenswerk aufs Spiel zu setzen. Und du weißt, wie Teresa in dieser Sache empfindet.«

Barksdale nickte langsam. »Terri und ich hatten oft unterschiedliche Ansichten. Aber dabei ging es nie um die Qualität ihrer Arbeit. Auch wenn ihr vermutlich nicht gefällt, was getan werden muss ... Ich glaube, in diesem Fall können wir auf sie zählen.«

»Behältst du die Arbeit der beiden fest im Auge, solange ich fort bin?«

Barksdale nickte abermals.

»Danke, Freddy.« Sarah warf einen Blick auf die offene Bürotür, um sich zu vergewissern, dass der Korridor leer war. Dann packte sie seine Jackettaufschläge, zog ihn an sich und küsste ihn zärtlich. »Sobald ich zurück bin, kommst du auf deine Kosten«, murmelte sie.

Dann trat sie zurück und griff nach ihrer Tasse. »Jetzt aber los. Wir müssen den Park öffnen.«

9.00 Uhr

Kurz darauf schalteten in Utopia zehntausend Uhren gleichzeitig um. Die letzten Sekunden des Countdowns waren abgelaufen. Die Zifferblätter erloschen. Dann zeigten sie 9.00 Uhr an und gingen in den normalen Zeitverlauf über. Die Stunde null war angebrochen.

Das Transportzentrum war nun ein kontrolliertes Pandämonium. Fünfzig Angestellte mit kegelförmigen Signalleuchten verteilten sich auf dem Parkplatz und den zu ihm führenden Straßen und dirigierten den dichten Verkehrsfluss wie ein sorgfältig choreografiertes Ballett. Lange blauweiße Zubringerbusse schlängelten sich über die gewundenen Wege zwischen den Sammelpunkten und dem Zentrum. Die Reiseleiter in den Fahrerhäusern trugen kecke Barette mit einem hellen Nachtigallenemblem. Sie sprachen in einem Dutzend Sprachen in die Mikrofone, erläuterten den Besuchern die Grundregeln des Parks, rissen zwischendurch Witze und unterhielten ihr Publikum mit Utopia-Trivialitäten.

Im Zentrum waren nun alle Kassenhäuschen geöffnet. Man zahlte mit Kreditkarte – fünfundsiebzig Dollar pro Nase für alle Altersgruppen; Rabatte gab es nicht – und erhielt eine personalisierte nachtigallenförmige Anstecknadel, die, trug man sie am Hemd oder auf dem Revers, für einen Tag den Zutritt zu allen Wunderwelten garantierte. Schwebebahnen glitten unter den beiden Metallgerüsten dahin, die sich durch die Zufahrtsschlucht schlängelten. Sie fuhren im Stoßverkehr um fünfunddreißig Prozent schneller als üblich und transportierten alle zehn Minuten tausend Menschen zum Nexus.

Der gerade noch außergewöhnlich stille Nexus hallte nun von den Echos zahlloser Stimmen. Besucher, die zum ersten Mal hier waren, standen im Schatten von Palmwedeln und Springbrunnen, kratzten sich am Kopf und zogen Landkarten und Reiseführer zu Rate. Besucherveteranen – so genannte Utopier, die Clubs gegründet und Internetsites gestaltet hatten, um anderen von ihrer Leidenschaft zu berichten – schritten, Neulinge im Schlepptau, zielbewusst ihrer Lieblingswelt entgegen.

In Gaslight eilte eine Fish-and-Chips-Verkäuferin an der aufgrund von Renovierungsarbeiten geschlossenen »Notting-Hill-Hatz« vorbei zu ihrem Stand und rückte beim

Gehen ihren riesigen Hut gerade. In Boardwalk beendeten die Streckenläufer am »Kreischer« ihren Rundgang, gaben einen Autorisierungscode in die Kontrollraumkonsole ein und gestatteten dem Fahrdienstleiter, die Achterbahn anzufahren. Tief im Inneren von Caernarvon Castle nahm ein Bildingenieur einen letzten Kontrolllauf der Computer vor, die die holografischen Sequenzen des Stückes »Der verzauberte Prinz« steuerten.

Die neunzigminütigen Perioden nach der Öffnung und vor der Schließung, wenn eine Maximalzahl an Besuchern den Park betrat und verließ, waren für die Utopia-Betriebsleitung die gefährlichsten. Während dieser Zeit standen die Organisationsspezialisten in höchster Alarmbereitschaft, um sich sofort jeder Unregelmäßigkeit im Verkehrsfluss anzunehmen, die im Transportzentrum, im Nexus oder in den Welten selbst Staus erzeugen konnte. Tausende diskret hinter Einwegglas, in Kulissenmauern, Balken und Fassaden angebrachte Kameras tasteten den Park ab und sorgten dafür, dass sich die Welten reibungslos und ohne Stau füllten. Angehörige der Sicherheitskräfte – manche trugen schwarze Blazer, andere Zivil – infiltrierten die Menge und hielten Ausschau nach Taschendieben und Kindern, die sich verlaufen hatten. Dem Durchschnittsbesucher, der mit einem ahnungslosen Lächeln durch das Gelände und über die Wege streifte, blieb all dies verborgen.

Ein Ort, an dem keine Besucher herumstromerten – es war ihnen sogar untersagt, ihn zu betreten –, war die Unterwelt – die unterirdischen Ebenen des Parks. Die meisten Gäste wussten gar nicht, dass es sie gab: Sie glaubten, dass sie sich zu ebener Erde aufhielten und nicht vier Etagen über dem Schluchtboden. Obwohl es in der Unterwelt weder lebensechte Hologramme noch Lasershows oder Spritzgussmärchenfiguren gab, wurde hier die wahre Magie Utopias produziert. Mitarbeiter eilten geschäftig hin und her. Manche in den Kostümen, die man oben zwischen Attraktionen und Touristen sah. Andere waren Techniker, die die Besucher nie zu Gesicht bekamen. Sie trugen alle möglichen Overalls, Jeans und Anzüge. Lagepläne auf blanken Betonwänden zeigten die Position der Mitarbeitercafeterias, Garderoben, Friseurläden, Pausenräume, Lager, Rechnerzentren und Forschungslabors dieser blühenden Geheimstadt an, die unter dem Park lag. Fremdenführer und Besucherbetreuer benutzten die unterirdischen Gänge als Abkürzung zwischen den verschiedenen Welten. Techniker, Künstler und Bürokraten drängten sich in einem Dutzend Konferenzräumen und Labors, tüftelten neue Fahrgeschäfte aus oder besprachen neue Werbemaßnahmen. Elektrokarren schnurrten durch Labyrinthe. Sie brachten eilige Stargäste oder dringend benötigte Ersatzteile von einem Abschnitt Utopias zum anderen.

Tom Tibbald, in den Gängen der C-Ebene unterwegs, summte ein Liedchen vor sich hin. Er war Anfang dreißig, sein Kopf war voller glatt gekämmter brünetter Haare, und er setzte um die Taille allmählich einen Rettungsring an. Auf seinem weißen Blazer befand sich das Emblem eines Elektronikers. Obwohl er vor sich hin summte, fühlte er sich unsicher und gehemmt. Schuld daran waren kleine Gruppen von ihn schnell und wortlos passierenden Kollegen, in die gewölbte Gangdecke eingelassene Überwachungskameras und besonders die kleinen harten Kunststoff- und Kupferdinger in der Tasche seines Blazers. Tibbald ging an der Hauptmaskenbildnerei und der Maschinenwerkstatt 3 vorbei. Sein Summen verstummte, als er den Kontrollpunkt des Mitarbeitereingangs erreichte.

Der Wachmann warf einen Blick auf Tibbalds Ausweis, wandte sich einer Tastatur zu und machte eine Eingabe. Tibbald fing wieder an zu summen. Er schritt durch die automatische Tür und trat auf den Mitarbeiterparkplatz hinaus. Nach der kühlen Luft und dem gedämpften Licht in den Gängen versetzten ihm die Hitze und der strahlende Sonnenschein Nevadas geradezu einen Schlag. Tibbald verzog das Gesicht und wandte sich kurz ab, damit seine Augen sich an die Helligkeit anpassten. Dann zog er die Nase hoch und ging – nun langsamer – weiter. Er schaute sich vorsichtig auf dem Parkplatz um. Er suchte den Lieferwagen.

Die Rückseite Utopias hatte nichts von der theatralischen Schönheit des Haupteingangs. Die Schlucht fiel hier an beiden Seiten jäh ab und ging ins endlose Braun des tiefer liegenden Wüstenbodens über. Hinter Tibbald erhob sich die massive Rückwand des Parks: Beton, Schlacke, unregelmäßige Fenster, die wie winzige Pockennarben auf einer riesigen Fläche wirkten. Ziemlich hoch befanden sich auf beiden Seiten große grüne Tore, von denen Rampen sanft geschwungen nach unten führten: Besuchernotausgänge, außer bei Übungen noch nie benutzt. Dazwischen, auf der Bodenebene, konnte man zahllose Laderampen, Mitarbeitereingänge, Werkstätten und Fahrzeugschuppen sehen.

Da war er ja! Ein langer brauner Lieferwagen. Er stand an der Seite, von den anderen Fahrzeugen getrennt. Auf der fensterlosen Karosserie stand »Exoten-Vogeldressur Las Vegas«. Tibbald ging zu dem Lieferwagen und betete darum, dass er mit einer Klimaanlage ausgerüstet war. Die Fensterrollos waren unten – ein gutes Zeichen. Doch als er die Beifahrertür aufmachte, hieß ihn keinesfalls kühle Luft willkommen. Er seufzte bedauernd, zupfte an seinem Kragen und stieg ein.

Der Guanogestank war fast greifbar. Die Sitzbank des Wagens war mit einer olivfarbenen Ölhaut bedeckt. *Überrascht mich nicht,* dachte Tibbald, *bei all der Vogelscheiße in dieser Rostlaube.* Im hinteren Teil erspähte er einen hohen Käfig mit weißen Stangen, auf denen ein halbes Dutzend molukkische Kakadus hockten. Die Vögel waren groß und zartrosa. Sie schauten ihn schweigend an und sträubten ihre lachsfarbenen Kämme. Als Tibbald den Fahrer erblickte, blinzelte er überrascht.

»Wo ist der andere Typ?«, fragte er und zog die Nase hoch. »Ich mein den, mit dem ich zuerst gesprochen hab.«

Der Fahrer am Steuer wich seinem Blick nicht aus. Er hatte mandelförmige Augen und hohe Wangenknochen, die seinem Gesicht eine eigenartig herzförmige Symmetrie verliehen. »Hatn anderes Engagement«, erwiderte der Fahrer.

Tibbald dachte einen Moment nach. Es war wohl witzig gemeint. Er lachte pflichtschuldig.

»Hast du sie?«, fragte der Fahrer. Er artikulierte sorgfältig. Seine Aussprache wies nicht die Spur eines Akzents auf. Tibbald versuchte, ihn einzuordnen. Er hatte Freunde bei der Besucherbetreuung, die sich jeden Tag mit Ausländern unterhielten und deren Herkunft an einem einzigen Wort erkannten. Aber Tibbald hatte nie mit Besuchern zu tun, und so gab er schnell wieder auf.

»Hier.« Er griff in die Tasche seines Blazers, entnahm ihr die Plastikkarten, hob sie hoch und fächerte sie wie einen Satz Spielkarten auf. »Deine gesamten Lieblingsgeschmacksrichtungen: Zitronenlimo, Malzbier und frische Wildkirsche.«

Der Mann runzelte die Stirn und machte eine schnelle und verstohlene Geste. Tibbald ließ die Karten unter die Fensterhöhe sinken. »Weißt du, fürn paar Scheine mehr hätt ich dir

das Zeug für das Audio-Morphing-Verfahren, das ihr haben wollt, selbst besorgen können. Hätte euch ne Menge Unannehmlichkeiten erspart. Für welchen Park arbeitest du noch mal? Paradise Island? Fantasy World?«
»Hab nichts dergleichen erwähnt«, erwiderte der Fahrer. Er deutete auf die Kennkarten. »Ausprobiert?«
Tibbald nickte stolz. »Hab jede einzelne selbst umprogrammiert.« Er deutete mit dem Fingern auf die Karten. »Die hier gestattet den Zutritt zu allen Besucherzonen, die hier zur Wartung und die hier zum Zentrum.« Sein Finger deutete auf die letzte Karte. Sie war blassrot eingefärbt. »Und die hier ist der reinste Bösewicht. Erlaubt Zutritt zu allen gesicherten Orten bis zur dritten Ebene hinauf.« Er zog den Finger zurück. Sein Blick wurde nervös. »Hör mal, wenn sie dich erwischen, nenn bloß nicht meinen Namen. Ich weiß von nichts, klar?«
Der Fahrer nickte.
Tibbald lächelte, dann griff er in die Tasche und entnahm ihr eine Hand voll nachtigallenförmiger Abzeichen. »Hier, das sind die Identifikatoren, die ihr haben wolltet. Es sind Blankoexemplare, die nicht angepeilt werden können. Du brauchst dir nur eins an die Jacke zu heften, dann bist du drin.«
»Alles andere ist veranlasst?«
»Das tägliche Downlink ist schon gelaufen. Könnte jetzt nichts mehr ändern, um mein Leben zu retten.« Tibbald befeuchtete seine Lippen. »Kann ich jetzt das Geld kriegen?« Obwohl er es ziemlich beiläufig sagte, zog er gleich darauf die Nase hoch. Es war das trockene Hochziehen des typischen Koksers.
»Aber klar.« Der Fahrer griff in die Jackentasche – Tibbald nahm träge zur Kenntnis, dass der Mann trotz der Hitze eine

Lederjacke trug – und entnahm ihr einen dicken Umschlag mit Scheinen. Er reichte sie Tibbald. »Hast du gut gemacht«, sagte er.

Als Tibbald anfing, die Scheine zu zählen, legte der Fahrer anerkennend einen Arm um seine Schulter. Die andere fuhr wieder unter seine Lederjacke, doch diesmal kam sie mit einer kleinen automatischen Pistole hervor.

Tibbalds Blick war auf das Geld gerichtet, deswegen begriff er erst, was los war, als der Fahrer das Schießeisen gegen seine Rippen drückte und ihn fester an sich zog. Tibbald riss die Augen auf. Seine Lippen bewegten sich, er wollte protestieren, doch die Überraschung verlangsamte seine Reaktion.

Obwohl die Hohlspitzgeschosse so konstruiert waren, dass sie im Inneren eines Leibes explodierten, statt ihn zu durchschlagen, richtete der Lederjackenträger den Lauf der Waffe sorgfältig nach unten, aufs Rückgrat des sich nun zur Wehr setzenden Tibbald, um die Möglichkeit ausschließen, seinen eigenen Ellbogen zu treffen, mit dem er das Opfer festhielt.

Ein gedämpfter Knall, dann noch einer. Die Papageien kreischten begeistert. Tibbald zuckte und sackte zusammen. Ein dünner, quäkender Laut kam aus seiner Kehle, als entwiche Luft aus einem Blasebalg. Der Fahrer ließ ihn los, und Tibbald sank nach hinten. Dann riss der Lederjackenträger den Geldumschlag an sich, damit die blutrote Flut ihn nicht beschmutzte. Er zog die Ölhaut über die Leiche, wickelte Tibbald sorgfältig ein und rollte ihn über den Sitz ins Heck des Lieferwagens. Schließlich warf er einen raschen Blick aus dem Fenster und grunzte. Er war zufrieden, weil alles so glatt gegangen war.

Als er das Schießeisen wieder in die Jacke schieben wollte,

hielt er inne. Er war zwar schnell gewesen, aber nicht schnell genug: Eine dünne rote Linie zierte sein Hemd. Sie war feucht.

Der Fahrer steckte die Waffe mit einem Fluch ein, packte den Reißverschluss der Jacke und zog ihn fest hoch. Zwei Minuten auf einer Toilette würden das Problem schon aus der Welt schaffen.

Außerdem würde es niemandem auffallen, wenn er erst mal kostümiert war.

9.10 Uhr

Andrew Warne richtete sich in seinem Plüschsessel in einem großen Büro auf der A-Ebene auf. Amanda Freeman saß vor einem Monitor und gab Daten ein. In der letzten Viertelstunde hatte sie eine beträchtliche Anzahl von Fragen gestellt. Vor Jahren hatte Warne auch die CIA beraten. Der Beamte, der in Langley seine Sicherheitsüberprüfung vorgenommen hatte, war weniger wissbegierig gewesen.

Als Amanda mit den Eingaben fertig war, schaute sie ihn an. »Ich habe zwar gewusst, dass Sie in der Robotik arbeiten, aber ich hatte keine Ahnung, dass Sie das Gehirn hinter dem Metanet sind. Stimmt es, dass es sämtliche Parkroboter steuert?«

Warne nickte. »Außer einigen gänzlich autonomen.«

»Sehr beeindruckend.« Amanda Freeman schaute wieder auf den Monitor, dann kritzelte sie etwas auf einen Zettel und reichte ihn ihm. »Ich glaube, wir sind hier fertig. Ihre Konferenz ist für elf Uhr angesetzt. Dies ist die Nummer des Büros. Fragen Sie einfach jemanden von der Besucherbetreuung nach der Richtung. Vielleicht wollen Sie sich bis dahin noch ein bisschen umsehen?«

»Aber ja. Vielleicht schau ich mir den Atomreaktor an.«

Amanda Freemans Blick traf wie ein Pfeil sein Gesicht. Dann zeigte sie wieder ihr schwaches ironisches Lächeln. »Sie haben es also auch gehört. Man hat mich ausgebildet, darauf die Antwort zu geben, dass wir hydroelektrische Energie verwenden.« Sie stand auf. »Bleibt also nur noch die Orientierung. Ist Standard für alle Experten, die bei uns zu Besuch sind.«

»Was? Etwa ein *Schulungsfilm?* Ich wollte mich eigentlich mit meiner Tochter ein wenig im Park umsehen.«

»Es dauert nur fünf Minuten. Kommen Sie bitte mit!«

Sie führte ihn aus dem Büro und durch einen Gang. Warne folgte ihr. Er fühlte sich zunehmend verärgert. Er hatte schon jetzt mehr als genug Bürokratie ertragen. Jetzt auch noch eine Orientierung? War er denn nur irgendein Spezialist für Schaufensterdekoration? Hatte Sarah all dies inszeniert, um ihn persönlich zu kränken? Aber nein. Man konnte ihr viel nachsagen, aber engstirnig war sie nie gewesen.

Warne griff sich beim Gehen an die Schultern und rieb seine Oberarme. »Ich hab meinen alten Computerraum schon für kalt gehalten. Aber hier ist es so kalt, dass man Schweinehälften aufhängen könnte.«

»Eine Nebenwirkung des Reinigungsprozesses. Unter dem Park liegen siebenhunderttausend Quadratmeter Etagenfläche, aber die Luftreinheit ist fast so hoch wie in einer Chipfabrik.« Amanda Freeman deutete durch den Korridor. »Natürlich darf hier auch nicht geraucht werden. Sämtliche Roller und Karren werden mit Strom angetrieben. Das einzige nicht mit Strom betriebene Fahrzeug, das hier gestattet ist, ist der Panzerwagen, der einmal pro Woche die Kohle abholt.«

Sie kamen an einer Reihe von Büros vorbei, die mit jenem identisch waren, das sie gerade verlassen hatten. Warne blickte durch die Scheiben und rieb weiter seine Arme. In einem Büro sah er Norman Pepper, seinen Freund aus der Schwebebahn, der aufgekratzt mit den Händen gestikulierte. »Haben Sie eigentlich gewusst«, drang seine eifrige Stimme durch die offene Tür, »dass Orchideen die Sexsüchtigen der Pflanzenwelt sind? Statt sich wie andere Pflanzen selbst zu befruchten, legen sie unglaubliche Strecken zurück, um es mit anderen Orchideen zu treiben. Ja, die Blüte der Paphiopedilum venustum hat sogar etwas entwickelt, das einschließlich der Adern aussieht wie ein …«

»Es ist hier drin.« Amanda Freeman öffnete eine unbeschriftete Tür und bedeutete Warne, ihr in einen kleinen Raum zu folgen. Wände, Boden und Decke waren ausnahmslos im gleichen dunklen Material gehalten. Ansonsten sah er nur zwei identische, sich gegenüber stehende Stühle. Warne schaute sich neugierig um. Es war kein Vorführraum, wie er erwartet hatte. Der Raum wirkte eher wie das Büro eines Psychiaters, der keine Nase für Innenarchitektur hatte.

Amanda Freeman führte ihn zum ersten Stuhl. »Sie können den Raum allein wieder verlassen. Sie haben meine Karte. Bimmeln Sie mich an, wann immer Sie wollen. Der erste Besuch kann einem leicht den Atem nehmen.«

Sie ging hinaus und machte die Tür hinter sich zu.

Kurz darauf saß Eric Nightingale ihm auf dem zweiten Stuhl gegenüber.

Warne wäre vor Schreck beinahe aufgesprungen. Er starrte ihn überrascht an.

Die Einzelheiten des Hologramms waren unglaublich. Warne wusste natürlich, dass die Holografietechnik eine Spezialität dieses Freizeitparks war, aber er hatte keine Ahnung, dass man so große Fortschritte gemacht hatte. Das Abbild auf dem Stuhl hätte Nightingale selbst sein können. Der vollendete Zauberkünstler, der Visionär hinter Utopia, saß da und trug den Zylinder, der sein Markenzeichen war; dazu eine weiße Krawatte und einen Frack. Es war das gleiche intelligente Gesicht mit den strahlenden schwarzen Augen, dem kleinen Bärtchen auf dem jugendlich wirkenden Kinn und dem typischen Schnauzbart: der unglaublich erfolgreiche, legendäre, exzentrische Künstler, der für seine Bühnenextravaganzen, seinen Perfektionismus und seine Vorliebe berüchtigt war, die Grenzen zwischen Wirklichkeit und Illusion zu verwischen. Nightingale hatte traditionelle Bühnenshows mit Technik und düsterem Rollenspiel kombiniert und die Kunst der Magie in eine gigantische Unterhaltungsmaschinerie eingebaut. Zwei Trickfilmserien basierten auf Charakteren, die er entwickelt hatte. Sie waren bei den Fünf- bis Fünfzehnjährigen die größte Attraktion der Hauptsendezeit. Nightingales Bekanntheit hatte ein Konglomerat aus Firmen und Risikokapitalisten zusammengebracht, um die ursprüngliche Utopia Holding zu gründen. Außerdem war er bis zu seinem Tod bei einem Flugzeugabsturz der einzige Visionär hinter der Entwicklung Utopias gewesen. Sechs Monate vor der Eröffnung des Parks war er verunglückt.

Doch nun saß er da, ein hoch aufgelöstes Sammelsurium aus Lichtbrechung, und blickte Warne konzentriert an.

Dann sprach das Bild. »Danke, dass Sie nach Utopia gekommen sind. Wir wissen Ihren fachmännischen Beitrag zu schätzen, den Sie dem System zukommen lassen wollen, und hoffen, dass Sie einen erfreulichen Aufenthalt haben.«

Warne lauschte ihm mit halbem Ohr. Die Überraschung hatte ihn leicht benommen gemacht. *Das da* war der Mann, der vor zweieinhalb Jahren in seinem Computerraum an der Carnegie-Mellon-Universität gesessen, ihm seinen Traum von Utopia geschildert und ihn um Hilfe gebeten hatte. *Das da* war der Mann, der sein Leben beeinflusst hatte: zuerst zum Besseren hin, dann – unabsichtlich – zum Schlechteren.

Nightingale war seit über einem Jahr tot. Trotzdem war er hier. Warne starrte das Bild an. Er spürte, dass die Zuneigung, die er für Nightingale empfunden hatte, schlagartig zurückkehrte. Sie war fast schmerzhaft spürbar. Bei wie vielen Tassen Kaffee hatten sie zusammengesessen und Ideen ausgebrütet? Ihm war gar nicht aufgefallen, wie sehr ihm die intellektuelle Energie ihrer Freundschaft und der unausgesprochene beiderseitige Respekt fehlten. Seine Theorien zum Thema Robotik und Maschinenintelligenz hatten Nightingale verzaubert. Dass sie umstritten waren, hatte ihm Auftrieb gegeben. Er hatte sich zu Warnes energischstem Fürsprecher entwickelt. Er war genau jene Art Fürsprecher gewesen, den er auch jetzt brauchte. Warne empfand Trauer und leichtes Unbehagen. Ihm war, als sitze ihm ein Geist gegenüber.

Er wusste einiges über Holografien. 3-D-Videosysteme, die nur metergroße Abbilder produzierten, brauchten unglaubliche Mengen Rechnerleistung. Und doch war die vor ihm sitzende Gestalt lebensgroß, farbig und wirkte keinesfalls wie ein Kunstprodukt. Die Emulsion war nicht aufgeblasen. Das Abbild zeigte nichts von der geisterhaften, verschwommenen Eigenschaft der Hologramme der ersten Generation. Warnes Blick suchte die dunklen Wände ab. Er hielt vergebens nach dem Bildprojektor Ausschau. Dann wandte er sich wieder dem Hologramm zu, das ihm gegenübersaß, und er versuchte, sich auf das zu konzentrieren, was es – *er?* – sagte.

»Ungefähr fünfhundert Millionen Menschen werden in

diesem Jahr Freizeitparks aufsuchen«, sagte Nightingales Abbild. »Aber ich will Sie in ein Geheimnis einweihen. Ich habe diesen Leuten etwas Besseres zu bieten als einen Freizeitpark. Ich möchte nämlich, dass sie *alle nach Utopia* kommen. Wenn wir für ein hundertprozentiges Eintaucherlebnis sorgen können – ein utopisches Erlebnis, das ebenso bildet wie vergnügt –, ist unser Ziel erreichbar. Wir können es auch ohne Fahrgeschäftmätzchen oder billige Reißer zu Stande bringen. Und dabei kommt es auf *Sie* an.« Nightingale lächelte. Er zeigte das breite, aufgeregte, fast verschwörerische Lächeln, an das Warne sich sehr gut erinnerte. »Sie sind aufgrund Ihres speziellen Könnens hier. Und dieses Können, welcher Art es auch ist, wird dazu beitragen, aus Utopia einen realistischeren Ort zu machen. Oder einen Ort, in dem alles noch glatter über die Bühne geht. Oder einen Ort, der sich den Grenzen der Fantasie noch mehr annähert. Weil es in Utopia um Herausforderungen geht. Wenn wir uns nicht selbst fordern, werden wir uns auch nicht weiterentwickeln.«

Nightingales Abbild stand auf. Warne registrierte, dass das Hologramm irgendwie die gleiche körperliche Energie zeigte wie der echte Magier: abrupt, gelenkig, elektrisierend.

»Als ich meine Vorstellungen über Utopia schriftlich niederlegte, haben die angeblichen Weisen mich als Spinner bezeichnet. Niemand, so glaubten sie, würde kilometerweit in die Wüste fahren, um sich einen Themenpark anzusehen. Außerdem sei Las Vegas ein schrecklicher Ort. Ein Spielplatz für Erwachsene, nicht für die ganze Familie. Angeblich wollen die Leute keine thematisch festgelegten Welten, die ihre Vorstellungskraft anstrengen. Sie wollen, so hieß es, nur Achterbahn fahren. Aber ich weiß, dass Utopia sich seines Namens würdig erweisen wird. Und dank der Kunst freiberuflicher Experten, wie Sie einer sind, werden wir auch weiterhin wachsen.«

Nightingale lüpfte seinen Zylinder und drehte ihn um. »Sie werden erkennen, dass es in Utopia nur um Illusionen geht. Wir scheuen hier vor dem Artifiziellen nicht zurück. Im Gegenteil. Wir streben danach, unsere Gäste in Illusionen einzutauchen. Sie darin ertrinken zu lassen.« Er schob eine Hand in den Hut. Als er sie herauszog, saß eine weiße Taube auf seinem Zeigefinger. Sie hielt den Kopf schief, ihre runden Augen schauten Warne an. »Wenn sie mit den schönsten und lebhaftesten Erinnerungen ihres Lebens von hier fortgehen – sind diese Erinnerungen dann nicht so real wie alle anderen? Auf ebendiese Weise erschaffen wir aus der Illusion die Realität.« Er schwenkte die Hand und warf die Taube in die Luft. Der Vogel hob seinen glänzenden Kopf und breitete die Schwingen weit aus. Während Warne ihm zuschaute, fing sein weißes Gefieder mit fast metallischem Glanz an zu leuchten. Dann verwandelte er sich jäh in einen kleinen Drachen. Ein Feuerstrahl schoss aus seinem offenen Maul hervor, und Warne duckte sich instinktiv. Der Drache wirbelte über Nightingales Kopf dahin, dann verschwand er in einem Dunst aus blauem Rauch.

Das Nightingale-Abbild schaute Warne direkt an. Es lächelte noch immer breit, als genösse es den Eindruck, den es auf seinen Zuschauer machte. Zweifellos hatte Nightingale den Auftritt sorgfältig einstudiert, ohne zu ahnen, dass er zu einer Lobrede auf sich selbst werden würde.

Die schwarzen Augen des Abbildes glitzerten unter einer gerunzelten Stirn. »Seit das Utopia-Projekt in Angriff genommen wurde, haben wir viele der wichtigsten Innovationen themengebundener Unterhaltung entwickelt. Höchst realistische, *beständige* Welten. Unterschwelligen Stimmungsstimulus. Bahnbrechende Verfahren in der Holografie und in anderen Videosystemen. Intelligente, autonome, selbst handelnde Roboter.«

»Danke«, murmelte Warne in Richtung Abbild.

»Mit Ihrer Hilfe können wir diese Innovationen fortsetzen. Utopia wird weiterhin auf dem aufbauen, was es schon ist: die Vorhut einer neuen Ära der Familienunterhaltung. Ein Schmelztiegel neuer Technologien. Ich hoffe, Sie werden Ihren Spaß hier haben.«

Während Nightingale sprach, hielt er den Zylinder zwischen den Händen. Nun breitete er die Arme aus und das Bild verschwamm allmählich. Seine Ränder schillerten in Gold und Silber, das im gedämpften Licht des Raumes eigenartig glitzerte. Dann schrumpfte das Schillern schnell zusammen, bis das, was Nightingale gewesen war, wie das täuschende, menschenförmige Funkeln von Zauberstaub aussah. Die schillernde Wolke deutete eine leichte Verbeugung an. »Bis zum nächsten Mal«, sagte Nightingale. Seine Stimme wurde so körperlos und flach wie sein Abbild. Die glitzernde Umrandung leuchtete plötzlich auf, feuerte zahllose Lichtpunkte ab und löste sich in einem leichten Fadenschwung auf.

Warne starrte reglos dorthin, wo Nightingale gestanden hatte. Er fühlte sich auf unbehagliche Weise zwischen der Gegenwart und der Vergangenheit hin- und hergerissen und blinzelte das leichte Stechen fort, das er in den Augen spürte.

»Lebe wohl, Eric«, sagte er leise.

9.45 Uhr

Andrew Warne ging, blinzelnd im hellen Sonnenschein, an einem weißen Gartenzaun entlang. Menschenmassen strömten an ihm vorbei. Der Gehsteig, eine breite Fläche aus abgetretenen, gebleichten Holzschwellen, sah aus, als sei er seit Jahren dem Salz und der Sonne ausgesetzt. In der Nähe bearbeitete ein Leierkastenmann sein Instrument. Auf seiner Schulter hockte ein zahmes Äffchen. Auf der anderen Seite der Durchgangsstraße befand sich ein kleines Juwel von einem Stadtpark mit gepflegten Spazierwegen und hölzernen Bänken. In der Mitte stand ein Pavillon, in dem Ragtimemusiker mit Strohhüten und rotweiß gestreiften Jacketts eine unglaublich fröhliche Fassung des »Royal Garden Blues« spielten. Über allem ragte eine gigantische Achterbahn auf – der »Brighton Beach Express«. Ihr kompliziertes Netz aus hölzernen Stützbalken und die riesige Skisprungschanze ihres ersten Gefälles ließen sie wie eine auf magische Weise zum Leben erweckte alte Postkarte wirken.

Dies hier war Boardwalk, der sorgfältige Nachbau eines am Meeresstrand liegenden Freizeitparks des beginnenden zwanzigsten Jahrhunderts. Alles war bis zu den gusseisernen Straßenlaternen und – Warne registrierte es ziemlich überrascht – dem leichten, in der Luft hängenden Geruch von Pferdeäpfeln, der in diesem Zusammenhang eigenartig erfreulich war, echt. Und doch war Boardwalk eine Fälschung, denn kein Gehsteig von 1910 war so vollkommen gewesen. Boardwalk war eine idealisierte Nostalgiefassung dessen, was 1910 hätte sein *können* – eine ihrer Unvollkommenheit entkleidete Vergangenheit, die von einem Arsenal verborgener Technik in Schuss gehalten wurde. Warne bahnte sich einen Weg durch die Menge bis an den Rand des kleinen Parks,

dann nahm er einen Stadtplan aus der Tasche, zog ihn zu Rate und schlug den nächsten Pfad ein.
Vor sich erblickte er nun das blaue Oval des Teiches. Die glatte, helle Wölbung der Glaskuppel hoch über ihm verlieh der an sich schon exotischen Szenerie eine Aura von Unwirklichkeit. Kinder und Erwachsene knieten am marmornen Rand des Gewässers, spielten mit den Händen im Wasser und schauten den kleinen Segelbooten zu, die mit leichter Schräglage über den ruhigen Wasserspiegel flitzten.
Warne zuckte innerlich zusammen. Der Park war ihm als idealer Treffpunkt erschienen. Er lag zentral und war wahrscheinlich nicht überfüllt. Ihm war nicht mal die Idee gekommen, hier könnte es Segelboote geben. Er fragte sich, was Georgia wohl davon hielt.
Dann versuchte er, den Gedanken zu verdrängen. Sein Verlangen, sie zu beschützen, kam instinktiv, automatisch. Obwohl seit Charlottes Tod fast drei Jahre vergangen waren, schien der Impuls ihn nie zu verlassen. Und je öfter er zuließ, dass er ihn überkam, umso mehr schien Georgia sich zu ärgern. *Ich bin jetzt groß,* schien ihr Blick pausenlos zu sagen. *Ich kann selbst auf mich aufpassen.* Sie sprach es zwar nie aus – sie redete auch nicht oft über ihre Mutter –, aber er wusste es trotzdem. Dafür hatte er einen väterlichen sechsten Sinn. Komisch, obwohl sie sich in den letzten drei Jahren viel näher gekommen waren, existierte um Georgia herum noch immer ein unbekanntes Gebiet, in das vorzudringen ihm nicht gestattet war.
Dann sah er sie. Sie stand zwischen zwei fernöstlichen Touristengruppen am anderen Ende des Teiches und blickte aufs Wasser hinaus.
Einen Augenblick lang schaute er sie nur an, und in ihm mischten sich Liebe und Stolz. Die meisten Vierzehnjährigen

waren ziemlich ungelenk, schlaksig und bewegten sich unsicher zwischen Kindheit und Erwachsenendasein. Georgia war anders. Sie stand hoch gewachsen und schlank da, gelassen, ohne sich dessen bewusst zu sein. Wie ein Vollblut. Jede ihrer Bewegungen zeigte viel von ihrer Mutter: die Art, wie sie ihr kastanienbraunes Haar mit einem Finger aus dem Gesicht strich; wie ihre dunkelbraunen Brauen sich zusammenzogen, als sie auf den Teich hinausschaute. Trotzdem war sie auf eine ganz andere Weise schön als Charlotte. Warne fragte sich oft, von wem Georgia ihr gutes Aussehen hatte. Von *ihm* bestimmt nicht. Er schaute ins Wasser zu seinen Füßen. Ein hagerer, großer Mann mit dunklem Teint und einem breiten Kinn blickte zu ihm auf. Wenn er mit Georgia irgendwo hinging, war er in der Regel sowohl erfreut als auch leicht alarmiert. Nach dem Mädchen drehte man den Kopf um.

Er ging zu ihr, und als sie ihn sah, verdrehte sie in gespielter Wut die Augen. »Wird aber auch Zeit«, sagte sie und zog die Stöpsel aus ihren Ohren. »Also los, gehen wir.«

»Wohin denn?«, fragte Warne. Er versuchte, mit Georgia Schritt zu halten, und sie führte ihn zum Boulevard zurück. Es überraschte ihn, dass sie so zielbewusst sein konnte, wo sie doch von einem Überfluss an Möglichkeiten umgeben waren. Aber sie schritt aus und schlängelte sich durch die Massen, als habe sie eine Mission zu erfüllen.

»Dorthin natürlich«, sagte sie, ohne sich umzuschauen, und deutete mit einem Finger zum Himmel hinauf.

Warne schaute hoch. »Dorthin?« Dann verstand er. Sie meinte die riesigen hölzernen Stützen des »Brighton Beach Express«, die vor ihnen aufragten, und die gewundenen Schienen des Gleisbettes, das wie ein gigantisches Band auf und ab ging.

»Ach, das«, sagte er. »Willst du … ähm … wirklich damit fahren?«
Georgia machte sich nicht die Mühe zu antworten. »Ich hab alles geplant«, sagte sie. »Ich hab ne Unmenge Websites besucht und alle Attraktionen eingestuft, von der Besten zur Schlechtesten, und zwar in allen vier Welten. Deswegen fahren wir erst mit dem Ding da, dann mit dem ›Kreischer‹ und dann …«
»He, mach mal langsam!« So hatte Warne sich seinen ersten Besuch in Utopia nicht vorgestellt. Er hatte keine Lust, sich wie ein Blöder durch die Massen zu quetschen und sich dermaßen darauf zu konzentrieren, wohin er die Füße setzte, dass er keine Zeit mehr hatte, die Umgebung richtig zu sehen. »Was soll denn die Eile?«
»Tja, du hast nicht gesagt, wie lange du hier beansprucht wirst. Hier gibts ne Menge zu sehen, und ich möchte nichts verpassen. Jennifer aus meiner Klasse war im April hier. Es hat ihrer Familie so gut gefallen, dass sie einen Tag drangehängt haben, um auch wirklich nichts zu verpassen. Sie hat gesagt, es hätte fünfhundert Kröten gekostet, die Tickets umzuschreiben.«
»Ich weiß zwar nicht, wie lange ich hier beansprucht werde, Prinzesschen, aber es kann nicht allzu lange sein.« Sie kamen am »Verzauberten Karussell« vorbei. Warne hatte gelesen, dass es berühmt war, weil es mit den meisten Holzpferden protzen konnte. Durch die kühle, parfümierte Luft wehten ihnen träge Walzerklänge entgegen. »Die Besprechung mit Sarah ist um elf. Danach kann ich dir mehr sagen.«
»Was ist überhaupt das große Geheimnis? Warum hat sie dir nicht gesagt, um was es geht?«
»Es gibt kein großes Geheimnis. Ich glaube, es hat damit zu

tun, dass man das Metanet ausbauen will.« Eigentlich hatte Warne gar nicht mit Sarah Boatwright persönlich gesprochen; die Begegnung um elf hatte die Assistentin der Betriebsleiterin arrangiert. Obwohl Warne es nicht aussprach, waren Georgias Fragen auch diesmal ein Echo seiner eigenen. Er wechselte das Thema. »He, rat mal, mit wem ich gerade gesprochen habe! Mit Eric Nightingale.«

Nun wurden Georgias Schritte langsamer. Sie schaute ihn an, als versuche sie, den Witz zu ergründen. »Also, wirklich, Papa. Das ist doch Schwachsinn!«

»Achte auf deine Worte. Eigentlich hat nur *er* gesprochen. Es war ein Hologramm. Lebensgroß und erstaunlich real. Es redet mit allen Experten, die nicht zum Betrieb gehören. Es hält so ne Art Ermunterungsrede.«

»Als wenn du so was nötig hättest! Die Hälfte der Ideen für diesen Park stammt doch von dir.«

Warne musste über ihre Übertreibung lachen. »Ich hab nur das anfängliche KI-Zeug gemacht, die Robotiksachen.«

»He, wo sind die ganzen Roboter überhaupt?« Georgia schaute sich beim Gehen um. »Ich hab noch keinen gesehen.«

»Sie passen nicht in jede Landschaft. Warte ab, bis wir in Callisto sind!«

Der Eingang des »Brighton Beach Express« war ein großes Ziegelgebäude. Es lag gleich hinter dem »Aquarama« und war so gestaltet wie eine Spielhalle des neunzehnten Jahrhunderts. Flaggentücher hingen von den oberen Etagen herab. Handzettel und uralt aussehende Flugblätter waren an die Fassade des Hauses geklatscht und bewarben in klotzigen Lettern von Tanzhallenrevuen bis zur Patentmedizin alles und jedes. Drei gewölbte Bogengänge führten ins Innere. Jeder war mit einem anderen Hinweisschild versehen: »Panoptikum«, »Die brennenden Ruinen«, »Metamorphosen«. Vor jedem Bogengang wartete eine Besucherschlange.

»Metamorphose hatten wir gerade in Bio«, sagte Georgia. »Es war langweilig.«

»Kann schon sein, aber die Schlange ist die kürzeste.« Warne warf einen Blick auf seine Armbanduhr. »Gehen wir rein!«

Die Schlange kam gut voran. Warne hatte von dem Vorzug des Parks gelesen, dass wartende Besucher selbst dann bei Laune gehalten wurden, wenn sie lange irgendwo anstehen mussten. Wenige Minuten später befanden sie sich im Dunkel des Gebäudes. Hinter dem Bogen war der Gang finster. Dort teilte sich die Warteschlange, und eine Frau in einem streng geschnittenen Kleid winkte Georgia nach rechts hinüber. Warne folge ihr. Seine Augen passten sich an die matte Beleuchtung an. Die Luft erschien ihm kühler und feuchter. Vor sich konnte er Gelächter und leise Ohs hören. Er erspähte Leute, die sich hintereinander aufstellten und in etwas hineingafften, das an hohe Glasscheiben erinnerte. Diese waren in die Korridorwand eingesetzt.

Kurz darauf bauten Georgia und er sich vor den ersten beiden Glasscheiben auf. Warne schaute in seine Scheibe hinein und erspähte sein Ebenbild. *Ein Spiegel,* dachte er. *Wirklich toll!*

Georgia brach neben ihm plötzlich in Lachen aus. »Oh, mein Gott!«, kreischte sie. »Das hältste ja im Kopf nicht aus!«

Warnes Spiegel war urplötzlich leer. *Was, zum Teufel ... Es ist gar kein Spiegel.* Kurz darauf war sein Abbild wieder da. Aber irgendwas stimmte nicht mit ihm; das Bild hatte sich auf eine ihm nicht ganz geheure Weise verändert. Er konnte den Unterschied jedoch nicht erfassen, deswegen ging er achselzuckend zur nächsten Scheibe weiter, vor der Georgia stand.

Auch diesmal erblickte er sein Spiegelbild. Wieder löste es sich auf. Dann war es wieder da. Doch diesmal sah er, was mit seinem Abbild nicht stimmte. Er war urplötzlich dick geworden.
Der Andrew Warne, der ihn anschaute, schien in einer Sekunde fünfzig Kilo zugelegt zu haben. Sein Bauch war alarmierend gewachsen, sein hervorstehender Adamsapfel wurde von einem Doppelkinn verdeckt. Es war ein überraschendes, erschreckendes Bild. Und doch stellte es ihn unzweifelhaft dar – beziehungsweise einen Andrew Warne, den es hätte geben können. Vor der nächsten Scheibe deutete Georgia kichernd auf sich.
Metamorphosen, tatsächlich, dachte er. *Wie machen die das, verdammt?*
Er ging zur nächsten Scheibe. Nun war er nicht mehr dick, sondern Schrecken erregend dünn. Seine Augen, in der vorherigen Scheibe fast in Fettwülsten versunken, starrten ihn nun aus einem ausgemergelten Gesicht an. Sein ziemlich unübersehbares Kinn erschien ihm nun zu groß für seinen Hals, der kaum dicker war als ein Hühnerknochen.
Dann begriff er jäh, wie dieser Effekt erzeugt wurde. Es war ein holografisches Verfahren wie das Abbild Nightingales von vorhin. Hinter den Scheiben mussten sich Kameras befinden. Sie tasteten sein Bild ab und setzten dann Morphing-Software ein, um es zu verändern – um ihn dicker, dünner oder sonst was zu machen. Dann wurde das Bild neu projiziert. Ähnlich den gewellten Spiegeln eines Spiegelkabinetts. Nur war dieses Verfahren um Lichtjahre weiterentwickelt …
Ihm fiel auf, dass Georgia länger als üblich vor der Scheibe neben ihm verharrte. Als er zu ihr hinüberschaute, sah er, dass sie ihr Abbild konzentriert musterte. Er beugte sich neugierig zur Seite. Was er sah, ließ ihn nach Luft schnappen.

Der Spiegel zeigte Georgia, doch der Computer hatte sie etwa zwanzig Jahre älter gemacht. Sie hatte das gleiche kastanienbraune Haar, den gleichen nachdenklichen Blick, den gleichen herzförmigen Mund und die gleichen atemberaubenden Züge. Doch in ihrem Gesicht war noch etwas: das Abbild seiner verstorbenen Frau Charlotte. Es war schwach, doch unübersehbar. Es war wie ein Gespenst, das ihn durch die Augen seiner Tochter anschaute.

Sie blieben eine Weile stumm vor dem Bild stehen. Dann befeuchtete Warne seine Lippen und legte eine Hand auf Georgias Schulter. »Komm«, sagte er, »wir halten den Betrieb auf.«

Hinter der Galerie schlängelte sich die Besucherreihe dem Einstieg der Achterbahn entgegen. Der Raum war so gestaltet, dass er einer U-Bahn-Station am Anfang des zwanzigsten Jahrhunderts glich. »Brighton Beach Express« stand, aus schwarzen Quadraten gebildet, auf den gefliesten Wänden. »Einstieg geradeaus.« Männer und Frauen in historischer Kleidung mischten sich lachend und tratschend unter die anstehenden Besucher. An einer Wand stand ein Erdnussverkäufer und pries mit lauter Stimme seine Ware an. In der Nähe befanden sich Kioske, und einzelne Vaudevillekünstler zeigten, was sie konnten. Warne schüttelte den Kopf. Die Illusion war bemerkenswert. Ohne die anderen Besucher hätte er geschworen, eine Reise in die Vergangenheit gemacht zu haben – nach Coney Island, vor hundert Jahren.

Georgia war neben ihm ungewöhnlich still. Er dachte an das Spiegelbild, das sie gesehen hatten. »Mama und ich haben dich schon mal in einen so altmodischen Park mitgenommen. Da warst du sieben oder acht. Kennywood. Erinnerst du dich noch?«

»Nein. Hör mal, warum müssen wir eigentlich mit all den Leuten zusammen hier warten? Kannst du uns nicht an die Spitze der Schlange bringen? Du bist doch ein wichtiger Mann hier.«

»Das war ich mal, vor langer Zeit, Schätzchen.« Warne setzte ein spöttisches Grinsen auf. »Was ich noch fragen wollte: Wie wars in der Kinderbetreuung?«

Georgia zog die Nase kraus, um ihrer Antwort mehr Nachdruck zu verleihen. »Eigentlich echt locker. Da kann man sich jede vorstellbare alte ›Angstplanet‹-Folge anschauen, und da gibts auch jede Menge Computer und Spiele. Aber ich hab an diesem Zeug eigentlich nicht viel Zeit verbracht. Ich war hiermit beschäftigt.« Sie griff in eine Tasche ihrer Jeans und entnahm ihr ein zusammengefaltetes Blatt Papier.

»Was ist das?« Warne streckte automatisch die Hand aus.

Georgia zog das Blatt zurück. »Eine Liste – von Eigenschaften.«

Warne übte sich in Geduld.

Georgia zuckte die Achseln. »Du hast mich gefragt, mit welcher deiner Freundinnen ich auskommen würde. Da hab ich alles aufgeschrieben.« Sie schaute ihn an. »Willst du es hören oder nicht?«

Warne musterte sie neugierig. »Ja, ich wills hören.«

Die Schlange bewegte sich voran. Georgia rückte auf. Sie faltete das Blatt auseinander und las vor. »Erstens: Sie trägt keine Pumps. Zweitens: Sie ist keine Vegetarierin. Drittens: Sie spielt Schummeln, Schach und Backgammon – aber nicht zu gut.«

Warne lachte leise vor sich hin. Er war beim Backgammon ein Ass, aber manchmal vergaß er, Georgia auch mal gewinnen zu lassen.

»Sie bringt bei jedem Besuch Geschenke mit. Isst gern Schokoladenkuchen.«
Auch Warne mochte Schokoladenkuchen. Er fühlte sich gerührt: Georgia hatte beim Erstellen ihrer Liste nicht nur an sich gedacht, sondern auch an ihn.
»Viel Taschengeld findet sie gut. Sie darf keine roten Haare haben.« Dabei lächelte Georgia kurz. Sarah Boatwrights Haar war unübersehbar kupferrot.
»Sie spielt Online-RPGs. Macht nie Diät.«
Warne erblickte allmählich ein Muster, das ihm unbehaglich war: Obwohl Sarah kein Gramm zu viel am Leib hatte, schien sie ständig auf Diät zu sein.
»Sie isst mindestens einmal pro Woche bei McDonald's. Vanilleeis mit Malzbier mag sie aber lieber als Shakes. Die Three Stooges gefallen ihr besser als die Marx Brothers. Sie kann nicht, wie Sarah, gemein zu meinem Papa sein.«
»Sie war nicht gemein«, sagte Warne automatisch.
»Sie trägt oft Blue Jeans. Sie mag keine Anchovis, keine Ölsardinen und auch keine anderen Fische.«
Warne stieß einen stummen Seufzer aus. Ihm wurde immer klarer, dass es die Frau, die all diese Bedingungen erfüllte, nicht gab. »Wie lang ist deine Liste eigentlich?«, sagte er und entriss das Papier geschickt Georgias Händen. Als er ihre Handschrift sah, musste er automatisch lächeln: Georgia gab zwar ständig vor, erwachsen zu sein, aber ihre i-Pünktchen sahen noch immer wie kleine Kreise aus. Sein Lächeln gefror jedoch, als er die Liste sah. »Gütiger Gott! Siebenunddreißig Punkte!«
Georgia nickte stolz. »Hab fast die ganze Zeit dazu gebraucht, in der ich auf dich gewartet habe. Ich hab nur eins ausgelassen, weil es natürlich *völlig* selbstverständlich ist.«

»Und zwar?«
»Sie muss Fats Waller mögen. Aber wer mag den nicht?«
Du vielleicht – in etwa einem Monat, dachte Warne.
Sie waren nun fast am Anfang der Warteschlange. Warne erspähte vor sich einen Mann in Schaffneruniform, der ein Dutzend Besucher in eine Art offene Hochbahn einließ. Warne schluckte schwer.
»Wie spät ist es?«, fragte Georgia.
»Fünf vor zehn.«
»Gut. Dann haben wir noch jede Menge Zeit, um mit dem ›Kreischer‹ zu fahren, bevor deine Besprechung anfängt. Vielleicht auch noch mit dem Kanaldingsbums.«
Warne spürte, dass seine Lippen sich zusammenzogen. Vor ihm lagen lange sechzig Minuten.

9.55 Uhr

Der Mann, der sich Mr. Doe nannte, stand auf einer Galerie, von der aus man das Besucherzentrum überschauen konnte, und stützte sich auf ein Geländer. Ihm gefiel, wie lässig sein Leinenjackett über das frisch gestrichene Geländer fiel. Er blickte in den Nexus hinab, auf die breite Avenue, die zum Schwebebahnhof hinauf verlief. Obwohl es fast zehn Uhr war, strömten noch immer gewaltige Menschenmassen die Ausstiegrampen herab. *Ein wahrer Strom von Menschen,* dachte er. Das »Buch Joel« fiel ihm ein, und er sagte laut vor sich hin: »Getöse und Getümmel herrscht im Tal der Entscheidung.« Aber nein: Wenn er ehrlich war, hatte die Szenerie eine freudlosere, postmodernistischere Besetzung, die eher zu T. S. Eliot passte als zur Bibel. Da ihm der

Klang seiner Stimme gefiel, rezitierte er erneut, diesmal etwas lauter: »Massen strömten über die London Bridge – ich hatte nicht gewusst, dass der Tod so viele verschonen würde.«

Er warf erneut einen Blick aufs Zentrum hinab, doch die Angestellten hinter den sichelförmigen Tischen waren viel zu beschäftigt, um ihn zu hören. Der einzige Mensch, der seine Worte wirklich vernommen zu haben schien, trug eine Jacke aus Kordsamt und kam gerade aus der Herrentoilette. Ihre Blicke trafen sich. Der Mann tippte an seine Tweedmütze, drehte sich um und ging seiner Wege.

John Doe ließ den Blick erneut durch den Nexus schweifen. Er kam zu dem Schluss, dass die Konstruktion ihm nicht gefiel: Der Holz-und-Chrom-Bau erschien ihm wie eine monströse Synthese aus Walter Gropius und Piranesi.

Das Sicherheitssystem war freilich von anderem Kaliber. Sein Umfang und seine Grenzen beeindruckten ihn gleichermaßen. Die bewegungsaktivierten Kameras im Transportzentrum und in der Schwebebahn entstammten sämtlich der fünften Generation und waren Wunder der Verkleinerung. Mr. Doe warf einen Blick auf die Wand, die dem Besucherzentrum am nächsten lag. Man brauchte zum Beispiel nur den Bewegungsmelder zu nehmen, der hinter dem Schild mit der Aufschrift »Nur für Personal« verborgen war. Ein normaler Parkbesucher hätte ihn auch dann nicht gesehen, wenn er ihn gesucht hätte. Hätte er ihn gesehen, hätte er nicht gewusst, wozu er diente. Doch Mr. Does geübtes Auge identifizierte einen DeMinima-Sensor – neueste Version, sehr teuer –, den man nur schwer käuflich erwerben konnte, wenn man nicht gerade eine Weltmacht

vertrat. Und Utopia war auf eine gewisse Weise eine Weltmacht.
Doch jedes System war nur so gut wie die Menschen, die es sich ausgedacht hatten. Schließlich waren, wenn man es genau nahm, auch die Wälle von Troja nicht gefallen: Die Trottel, die den Ort bewohnt hatten, hatten das Trojanische Pferd eigenhändig hereingeholt. Die Sicherheitstrottel Utopias wirkten nicht mal annähernd so beeindruckend wie das Spielzeug, das sie zum Spielen bekommen hatten. Wenn sie so zielbewusst in schwarzen statt der üblichen weißen Blazer herumgingen und die passenden Funkstöpsel im Ohr trugen, waren sie ebenso auffällig, als hätten sie Uzis und Bomberjacken getragen. Selbst die Sicherheitstypen in Zivil waren leicht zu erkennen. Ach, er hatte eine Vielzahl von Verkleidungen gesehen: den dicken Touristen im Hawaiihemd, den langen, mit Fotoapparaten beladenen Dürren, die angeblich Schwangere. Aber alle trugen die gleichen dick besohlten schwarzen Standardschuhe wie die uniformierten Sicherheitskräfte.
Mr. Doe schüttelte den Kopf. Wenn er es für sich selbst so arrangiert hätte, hätte er es nicht besser machen können. Und in gewisser Weise hatte er es für sich selbst arrangiert.
Er wartete noch einen Augenblick und genoss die Wärme der Sonne auf seinen Schultern. Dann hob er seinen Tornister auf, bahnte sich einen Weg zur Bodenebene hinab und strebte dem Portal entgegen, das nach Gaslight führte.

Dort angekommen, schlenderte er, fern von den Massen, die Hände in den Taschen, durch gepflasterte Gassen und pfiff eine komplizierte Verzierung aus Bachs »Chromatischer Fantasie und Fuge«. Sein Blick blieb ständig in Bewegung. Doch im Gegensatz zu den anderen Besuchern betrachtete er weder die Sehenswürdigkeiten noch die Attraktionen oder kostümierten Darsteller. Er begutachtete stattdessen Dinge, die niemand sehen sollte: Beobachtungsposten des Sicherheitspersonals, Ein- und Ausgänge für die Mitarbeiter Utopias und Infrarotkameras. Seine gute Laune besserte sich noch. Er pfiff schneller vor sich hin.

Obwohl Mr. Doe noch nie in Utopia gewesen war, verfügte er, was diese Anlage anbetraf, über ein ziemlich intimes Wissen. Er fand mühelos den kürzesten Weg zum Gaslight-Kasino, einem sorgfältigen Nachbau des Wintergartens des Londoner Royal Agriculture Garden. Er blieb vor dem Südportal stehen und musterte in offener Bewunderung die glitzernde Glas- und Stahlfassade und die eleganten Umrisse. Also, *das* war schon besser. Er trat ein.

Die Atmosphäre im Inneren des Kasinos war ruhig, würdevoll. Hier sah man nichts von dem geschäftigen Treiben, das an den aufregenden Fahrgeschäften und Fresslokalen außerhalb dieser Mauern allgegenwärtig war. Kübelpalmen und viktorianische Flaggen säumten die Wände. In Taft und Seide gekleidete Cocktailkellnerinnen eilten umher und servierten gratis rosaroten Gin und Cola mit Weinbrand. Croupiers und Kartengeber in Gehröcken aus der Zeit König Edwards beugten sich über zahllose Tische. Im mittleren Querschiff ragten zwei lange Spielautomatenreihen auf, riesige Apparate aus Messing und Blech, mit mechanischen Scheiben und handgemalten Kirschen. Mr. Doe schlenderte an ihnen vorbei und wunderte sich, wie man in Utopia sämtliche Elemente des Spielbetriebs umgeformt hatte, um das Kasino mit dem Rest Gaslights zeitlich auf einen Nenner zu bringen.

Tatsächlich gab es hier nur ein Element, das eindeutig und absichtlich nicht der viktorianischen Ära entstammte: die

Himmelsaugen, zahllose Rauchglasblasen, die an der getäfelten Decke hingen. Im Gegensatz zu den übrigen Orten dieses Parks sollten die Sicherheitsmaßnahmen in den Kasinos sichtbar sein.

Mr. Doe schaute sich um und beobachtete die vielen hundert Besucher mit einem breiten Lächeln: Sie beugten sich über Würfeltische, deponierten Jetons vor Rouletterädern und bedienten automatenhaft einarmige Banditen. Wie viele Menschen hier waren! Und alle waren damit beschäftigt, Geld zu verlieren.

Als eifriger Student menschlicher Torheiten empfand Mr. Doe große Erheiterung angesichts der großartigen Ironie, die der Wintergarten darstellte. Er befand sich im Mittelpunkt einer noch nie da gewesenen Idee: in einem Themenpark, der nicht um ein Markenbier oder Trickfilmfiguren herum erbaut worden war, sondern um Spielkasinos. Welch wunderbare Pervertierung der ursprünglichen Idee Mr. Nightingales. Das von der Holding überarbeitete Post-Nightingale-Szenarium erschien Mr. Doe völlig logisch: Die Menschen kamen hierher, fielen unter einen sorgfältig orchestrierten Bann und verloren zuerst ihre Hemmungen und dann ihr Geld.

Es war wirklich bemerkenswert: Auch sechs Monate nach der Eröffnung Utopias hatte sich kaum jemand über das schmutzige kleine Geheimnis aufgeregt. Vielleicht ging es dem Laden deswegen so gut.

Mr. Doe musterte den Wintergarten mit einem letzten vorsichtigen Blick. Es war die blanke Ironie – doch absolut zwangsläufig.

Er kehrte in die nebelschwangeren Straßen Gaslights zurück. Vor einem kleinen Geschäft, dem *Blackpool Tabak- und Zigarrenhaus,* blieb er stehen. Halb im Dunkel verborgen gab es eine kleine Tür ohne jede Aufschrift. Mr. Doe warf einen beiläufigen Blick nach hinten, dann legte er die Hand auf den Türknauf und drehte ihn.

Hinter der Tür verlief ein langer Korridor aus grauem Beton in zwei Richtungen. Auf der Wand gegenüber war eine Fläche in Holzimitatmaserung gestrichen – gerade so weit, um vorbeigehende Besucher glauben zu lassen, die offene Tür sei ein Bestandteil der Attraktion. Mr. Doe machte die Tür sorgfältig hinter sich zu, orientierte sich auf seinem geistigen Stadtplan und durchquerte dann den Korridor. Er kam an eine breite Eisentreppe und ging in die A-Ebene hinab.

An der ersten Kreuzung blieb er stehen. Aus einem Gang mit der Aufschrift »Rechenzentrum« kam ihm ein Uniformierter entgegen. Mr. Doe wandte sich an ihn und setzte eine Miene auf, die den Eindruck erweckte, er habe sich verlaufen.

Der Wachmann sah ihn und blieb jäh stehen. »Kann ich Ihnen helfen, Sir?«, fragte er vorsichtig.

»Oh, aber gewiss doch! Ich suche die Tierbetreuung. Ich soll dort meinen Kollegen treffen.«

»Sind Sie Experte von außerhalb? Wo ist Ihr Abzeichen?«

»Abzeichen? Oh – natürlich, mein Abzeichen!«, stammelte Mr. Doe. Er griff in eine Jackentasche und zog die kleine grüne Nachtigall hervor. »Ich habs vergessen. Ich muss es ja tragen.« Er befestigte das Abzeichen an seinem Revers.

»Darf ich bitte Ihre Kennkarte sehen?«, fragte der Wachmann.

»Ich muss sie irgendwo hier haben.« Mr. Doe kramte in einer anderen Tasche und zog eine laminierte Karte hervor.

Der Wachmann begutachtete sie, dann gab er sie zurück.

»Danke. Gehen Sie durch diesen Korridor und biegen Sie am dritten Gang rechts ab. Es ist die zweite Tür links.«

»Tausend Dank.« Mr. Doe nickte lächelnd und schaute hinter dem Wachmann her, der seinen Weg fortsetzte. Der Mann hatte sich genau nach der Dienstvorschrift verhalten. Und genau dies hatte man Mr. Doe bestätigt: Er konnte sich darauf verlassen, dass die unteren Dienstgrade des Sicherheitspersonals stets nach Vorschrift handelten. Das war wirklich sehr gut.

Die Tierbetreuung war ein Dschungel aus Gekreisch, Geblöke und unerfreulichen exotischen Gerüchen. Mr. Doe bahnte sich naserümpfend einen Weg an einem Grüppchen streitender Schimpansen vorbei und lokalisierte die Tür mit der Aufschrift »Externe Bereitstellung 3«. Dahinter stieß er auf den Mann mit den mandelförmigen Augen und der Lederjacke. Er stand neben einem riesigen Papageienkäfig.

»Irgendwelche Probleme?« Mr. Doe machte die Tür hinter sich zu.

Der Mann schüttelte den Kopf. »Niemand war scharf drauf, sich das Ding genau anzusehen.« Er deutete mit einem Finger auf das stark verschmierte Zeitungspapier, das den Käfigboden bedeckte.

»Kann ich mir vorstellen. Und der Rest des Teams?«

»Arbeitet nach Plan.«

»Und unser kleines Computerwunderkind?«

»Ruht in Frieden.«

»Freut mich zu hören.«

Mr. Doe nickte in Richtung Käfig, und der andere zog eine in dessen Boden verborgene Schublade heraus. Mr. Doe trat näher heran, griff hinein und entnahm ihr ein flaches schwarzes Funkgerät, aus dessen oberem Ende eine Stummelantenne herausragte. Er aktivierte es, gab einen Code ein und hob es an den Mund.

»Water Buffalo, hier ist Prime Factor. Bitte um Lagebericht.«

Kurz darauf knisterte das Funkgerät. Dann kam die Antwort.

»In Stellung«, erwiderte eine Stimme.

»Verstanden. Um 13.00 Uhr melde ich mich wieder.«

Mr. Doe wechselte auf eine andere Frequenz und hob das Funkgerät erneut hoch. »Cracker Jack, Meldung. Hören Sie mich, Cracker Jack?«

Dieses Mal dauerte es etwas länger. Dann quäkte das Funkgerät erneut, diesmal viel lauter. »Bestätige.«

»Wir ziehen um. Sind Rauch und Spiegel fertig?«

»Bestätige«, wiederholte die Stimme.

»Roger. Ende.« Mr. Doe schob das Funkgerät in die Tasche, wandte sich wieder der Käfigschublade zu und begutachtete mit kritischen Blicken ihren Inhalt.

»Jetzt zur Waffe *du jour.«* Mr. Doe fasste zuerst eine Mauser ins Auge, doch dann lehnte er sie aus rein ästhetischen Gründen ab. Sein Blick fiel auf einen hübschen polierten Eisencolt, doch dann zog er den Schluss, dass er für ein Schießeisen mit einem so heftigen Rückstoß nicht in Stimmung war. Er entschied sich für eine Glock-9, weil sie leicht, wirkungsvoll und – falls etwas schief ging – sehr verlässlich war.

Er warf das Schießeisen von einer Hand in die andere, dann schob er es in das Schulterholster unter seinem Jackett. Er ging neben dem Mann mit den mandelförmigen Augen in die Hocke, öffnete seinen Tornister und packte die Gegenstände aus der Schublade vorsichtig in ihn hinein. Er arbeitete schnell und mit geübten Bewegungen, sodass der Tornister dreißig Sekunden später gefüllt war. Er zog den Reißverschluss zu, stand auf und reichte den Tornister dem anderen

Mann, der ihn sich über die Schulter warf und zur Tür ging. Als seine Hand auf dem Knauf lag, schaute er Mr. Doe an und nickte.
»Wissen Sie was?«, sagte Mr. Doe, der das Nicken erwiderte. »Sie sehen genauso aus wie Johnny Appleseed.« Und er lächelte.

11.00 Uhr

Das Forschungszentrum auf der B-Ebene sah nach Andrew Warnes Ansicht genauso aus wie seine alten Laborräume an der Carnegie-Mellon-Universität. Zumindest hätte sein Labor so ausgesehen, wenn ihm das zwanzigfache Budget zur Verfügung gestanden hätte. Die Räume waren riesengroß und strahlend hell erleuchtet. Warne und Georgia kamen an einem Datenzentrum vorbei, das von Terminals und Serverschränken nur so wimmelte – ein Computerraum, in dem weiß bekittelte Techniker sich über Apparaturen beugten, die holografischen Sendesystemen ähnelten.
Georgia hielt einen Lageplan in der Hand. »Musst du dich gerade *jetzt* mit Sarah Boatwright treffen?«, fragte sie. »Wo wir doch erst zwei Fahrten gemacht haben?«
Gott sei Dank, dachte Warne. Schon der »Brighton Beach Express« hatte ihn arg gebeutelt, aber die zweite Achterbahn, der »Kreischer«, war die Hölle gewesen. Sein Magen hing irgendwo in der Nähe seiner Speiseröhre. Wenn er die Augen schloss, sah er noch immer hölzerne Stützbalken, die wenige Zentimeter vor seinen Augen vorbeiflitzten. »Es dauert bestimmt nicht lange. Wir sind im Nu wieder draußen. – Außerdem«, wagte er einen Vorstoß, »müsstest du eigent-

lich neugierig sein, sie nach so langer Zeit mal wieder zu sehen. Sie ist bestimmt überrascht. Ich habe ihr nämlich nicht gesagt, dass du mitkommst.«
Georgias einzige Reaktion war ein nicht sehr begeistertes Schnauben.
Warnes Blick huschte über die Nummern der Türen hinweg, an denen sie vorbeikamen, dann schaute er sich die Anweisungen an, die Amanda Freeman ihm gegeben hatte. Konferenzraum B-2315. *Warum ein Konferenzraum?*, fragte er sich. Was für ein komischer Ort für eine informelle Begegnung mit Sarah. Ihre Assistentin hatte gesagt, bei dem Gespräch gehe es um die zukünftige Entwicklung des Metanets, der Computerinfrastruktur, die er für die Roboter des Parks entworfen hatte. Er konnte einen Auftrag, der den Funktionsausbau des Netzes betraf, sehr gut brauchen. Anfangs hatte er sich bemüht, keine zu große Euphorie zu empfinden. Schließlich war seine Trennung von der Utopia-Hauptverwaltung nicht gerade auf einer freundschaftlichen Ebene erfolgt. Doch dann hatte die Assistentin am vergangenen Donnerstag angerufen und den Termin um eine Woche vorverlegt. Man schien ihn also zu brauchen: Immerhin stand die Eröffnung von Atlantis vor der Tür. Das Metanet musste erweitert werden, damit es auch die Roboter dieser neuen Welt erfasste. Wahrscheinlich war dies der Grund. Das bevorstehende Gespräch war bestimmt nur ein kurzes Vorgeplänkel, um ihn über das Projekt zu informieren. Wenn Georgia und er sich dann den Park angesehen hatten, konnte er nach Hause fahren und seine Vorschläge zu Papier bringen. Später würden dann weitere, längere Konferenzen folgen. So lief die Sache in Utopia ab.
Warne erspähte rechts eine zweiflügelige Tür. »Wir sind da«, sagte er, packte den Knauf und drehte ihn. Seine Hand wäre

an dem polierten Metall beinahe abgerutscht. Die Vorstellung, Sarah zu begegnen, erfüllte ihn mit einer eigenartigen Mischung aus Neugier und Furcht. Er ließ Georgia eintreten, dann folgte er ihr durch die Tür und blieb überrascht stehen.

Der Konferenzraum war viel größer, als er erwartet hatte. Warne schloss die Tür, trat langsam vor und schaute sich um. In der Mitte ein großer Tisch, um den etwa ein Dutzend Stühle standen, eine mit krakeligen Ablaufdiagrammen bedeckte elektronische Projektionstafel an einem Ende. Das andere nahm ein LCD-Projektor ein. Mehrere Computerterminals auf fahrbaren Gestellen standen nebeneinander an einer Wand. Georgia blickte sich kurz um, dann näherte sie sich neugierig der Projektionstafel. Warne schaute ihr geistesabwesend zu.

Dann ging die Tür erneut auf, und Sarah Boatwright betrat den Raum.

Warne hatte sich gefragt, was er wohl empfinden würde, wenn er sie wiedersah. Er hatte mit Unannehmlichkeiten, dem einen oder anderen Vorwurf und vielleicht sogar mit Verärgerung gerechnet. Doch eins hatte er sich nicht ausgemalt: bloßes Verlangen. Doch die Sehnsucht, die ihn bei ihrem Anblick erfüllte, war unmissverständlich.

Vor einem Jahr hatte sie den Betriebsleiterposten in Utopia angenommen. Sie hatte die Carnegie-Mellon-Universität verlassen und ihre Beziehung zu Warne beendet. Trotzdem sah sie nun irgendwie jünger aus, als hätte die kalte Luft Utopias regenerative Eigenschaften. Im künstlichen Tageslicht der Unterwelt wirkten Sarahs kupferrote Haare fast zimtfarben und ihre grünen Augen wie mit Gold gesprenkelt. Sie stand wie immer stolz aufgerichtet da und schob das Kinn vor. Sie war stets selbstbeherrscht und selbstsicher und fraglos die stärkste Frau, der er je begegnet war. Doch nun war sie von einer neuen Aura umgeben. Ihre statuenhaften Gliedmaßen bewegten sich auf eine Weise, die er sofort verstand. Es war die Aura instinktiver Befehlsgewalt. Sarah hielt die allgegenwärtige Teetasse in der rechten Hand. Unter den linken Ellbogen hatte sie einen dünnen Stoß Papier geklemmt.

»Danke, dass du gekommen bist, Andrew«, sagte sie mit einem Nicken. Sie stellte die Tasse auf den Tisch und reichte ihm die Hand.

Warne schüttelte sie. Sarahs Berührung fiel kurz und geschäftsmäßig aus. Sie zeigte nicht im Geringsten, dass sie noch Zuneigung für ihn empfand.

Dann fiel ihr Blick auf Georgia, die ihnen schweigend von der Projektionstafel her zuschaute. Sarahs Arme sanken herab. Eine Sekunde zeigte ihr Gesicht Überraschung: einen leeren, ausdruckslosen Blick. Warne hatte ihn nur selten gesehen. Doch er verschwand so schnell, wie er gekommen war.

»Hallo, Georgia«, sagte Sarah mit einem Lächeln. »Ich wusste nicht, dass du mitkommst. Welche Überraschung. Welch schöne Überraschung.«

»Hallo«, erwiderte Georgia nur.

Dann folgte eine unbehagliche Stille. Sie dauerte etwa fünf Sekunden.

»Seit wir uns zuletzt gesehen haben, bist du um mindestens fünfzehn Zentimeter gewachsen. Und hübscher bist du auch geworden.«

Statt einer Antwort ließ Georgia die Projektionstafel hinter sich und baute sich neben ihrem Vater auf.

»Was macht die Schule? Soweit ich weiß, hattest du einige Probleme in Französisch.«

»Läuft ganz gut, glaub ich.«

»Wie schön.« Eine Sekunde Pause. »Warst du schon im Park? Hast du dir die Attraktionen angesehen?«

Georgia nickte. Sie schaute nicht groß auf.

Sarahs Blick richtete sich auf Warne. *Was macht sie hier, Drew?,* fragte ihr Gesichtsausdruck.

In diesem Moment tauchten zwei weitere Personen im Türrahmen auf: ein hoch gewachsener schlanker Mann von etwa vierzig Jahren und eine junge Asiatin in einem weißen Laborkittel.

Sarah maß sie mit einem kurzen Blick. »Kommt bitte rein!«, sagte sie forsch. »Ich möchte euch Dr. Warne vorstellen. – Andrew, das ist Fred Barksdale, unser technischer Direktor.«

Der Mann entblößte lächelnd zwei perfekte weiße Zahnreihen. »Ist mir eine Freude«, sagte er mit gepflegtem Londoner Akzent und trat vor, um Warne die Hand zu schütteln. »Willkommen in Utopia. *Endlich,* sollte ich vielleicht hinzufügen.«

»Und das ist Teresa Bonifacio, die mit Fred in der Robotik zusammenarbeitet.«

Als Warne den Namen hörte, musterte er die Asiatin mit frisch erwachter Neugier. Er hatte zwar einige Dutzend Male mit ihr telefoniert – oft genug, um aus der Ferne gut bekannt zu sein –, doch sie waren sich noch nie begegnet. Teresa war etwa einen Meter fünfundsechzig groß und hatte dunkle Augen und kurzes, pechschwarzes Haar. Als sie seinen Blick erwiderte, stellte er beinahe entsetzt fest, wie attraktiv sie war. Während ihrer zahlreichen Gespräche war er nie auf die Idee gekommen, der tiefen, lakonisch klingenden Telefonstimme ein Gesicht zuzuordnen.

»Teresa«, sagte er, »endlich lernen wir uns mal kennen!«

Die Frau reagierte mit einem Lächeln und zog den Kopf irgendwie vogelartig ein. »Ich fass es nicht! Ich hab das Gefühl, dass wir uns seit Jahren kennen.« Ihr Lächeln war herzlich, aber auch leicht schelmisch; es kräuselte ihre Nase und ihre Augenwinkel.

»Das ist Georgia«, fuhr Sarah fort. »Andrews Tochter.«

Barksdale und Bonifacio drehten sich neugierig zu dem Mädchen um. Als Warne sie beobachtete, kam ihm plötzlich eine Befürchtung. Die Sache hier war eindeutig kein informelles Gespräch, kein nostalgisches Tête-à-tête mit Sarah, wie er sich ausgemalt hatte. Er hatte sich eindeutig verrechnet.

Wieder kam es zu einem kurzen Schweigen. Warne spürte, dass Georgia sich etwas näher an ihn heranpirschte.

»Tja, wir fangen lieber an.« Sarah legte die Papiere auf den Tisch. »Hör mal, Georgia, wir müssen uns ein paar Minuten mit deinem Vater unterhalten. Würdest du bitte draußen warten?«

Georgia antwortete nicht. Es war auch unnötig. Ihr Stirnrunzeln und das plötzliche sture Vorschieben ihrer Unterlippe waren Antwort genug.

»Hört mal«, sagte Barksdale in die Stille hinein. »Ich hab eine Idee. Wie wäre es, wenn Terri mit ihr in die nächste Darstellercafeteria geht? Da gibts Limo in sämtlichen Geschmacksrichtungen, und alles ist gratis.«

Nun schaute Teresa gekränkt auf, aber Warne warf Barksdale einen dankbaren Blick zu. Der Mann hatte die unbehagliche Situation eindeutig erfasst und eine taktvolle Lösung vorgeschlagen.

Warne schaute Georgia an. »Na, was meinst du, Schätzchen?«, fragte er. Es war nicht zu übersehen, dass sich in Georgias Kopf die Räder drehten. Sie wusste, dass sie eine so freundliche Geste von einem Erwachsenen nicht einfach ablehnen konnte. Außerdem hoffte er, dass sie nicht vorhatte, ihren Papa in eine peinliche Lage zu bringen.

Die straffe Linie von Georgias Unterlippe weichte auf. »Auch Cherry Cola?«

»Ganze Ozeane von Cherry Cola«, sagte Barksdale lächelnd.

»In Ordnung.«

Teresa Bonifacio musterte zuerst Barksdale, dann Georgia und schließlich Warne. »Nett, Sie endlich mal kennen gelernt zu haben, Dr. Warne«, sagte sie mit einer witzig gemeinten Altstimme. »Dann mal los, Schätzchen.« Sie schob Georgia vor sich her in den Korridor hinaus und machte die Tür hinter sich zu.

11.15 Uhr

Noch ne Cherry Cola?«, fragte Teresa Bonifacio. Sie rutschte auf ihrem Sitz herum, um auf dem roten Kunststoffstuhl eine bequemere Stellung zu finden.

Die ihr am Tisch gegenübersitzende Georgia schüttelte den Kopf. »Nein.« Dann fügte sie hinzu: »Danke.«

Teresa lächelte. Dann warf sie einen diskreten Blick auf ihre Armbanduhr. Die Besprechung würde eine halbe Stunde, höchstens aber fünfundvierzig Minuten dauern. Doch es waren erst zehn Minuten vergangen und ihr fiel schon jetzt nichts mehr ein, über das sie sich mit dem Mädchen unterhalten konnte. Sie stieß einen schwer unterdrückbaren Seufzer aus. *Ich fass es nicht. Dafür hab ich einen Forschungsauftrag für hundertzwanzigtausend Dollar beim Rand Institute abgelehnt, um auf irgendein verzogenes Gör aufzupassen.*

Sie wechselte erneut die Position. So ärgerlich es auch war, den Babysitter zu spielen, es freute sie irgendwie, nicht im Konferenzraum sein zu müssen und Andrews Gesicht zu sehen, wenn er die Neuigkeit erfuhr. Im Laufe des letzten Jahres hatte sie eine Zuneigung zu dem Mann entwickelt, die weit über jede intellektuelle Bewunderung hinausging. Ein Robotiklabor konnte ein sehr einsamer Ort sein. Schließlich gaben Gegenstände keine Widerworte. Falls doch, war das, was sie zu sagen hatten, nur selten interessant. Teresa hatte sich schon dabei ertappt, ein Telefongespräch mit Warne geradezu herbeizusehnen. Es war schön, sich mit jemandem zu unterhalten, der einen verstand; dem es Vergnügen machte, von kleinen Siegen und ausgefallenen Theorien zu hören. Er schien sogar ihren schrägen Humor zu mögen – und dies besagte viel. Andrew Warne war ein toller Bursche. Was hier ablief, war eine miserable Entwicklung. Nicht nur für ihn.

Teresa schaute Georgia zu, die einen Mediaplayer aus der Tasche zog, den Kopfhörer aufsetzte und dann – als sei ihr erst jetzt klar geworden, wie unhöflich sie sich verhielt – beides wieder wegsteckte. Teresa fragte sich, warum Warne das Mädchen mitgebracht hatte. Doch ebenso schnell, wie ihr der Gedanke gekommen war, wusste sie die Antwort. *Er konnte schließlich nicht wissen, warum man ihn hergebeten hat. Er hat keine Ahnung von der ganzen Geheimnistuerei. Wahrscheinlich hat er gedacht, er könne mal einen Ausflug machen.*

Sie beschloss eine andere Vorgehensweise. »Was hörst du da?«, fragte sie und deutete mit dem Kinn auf das Abspielgerät.

»Benny Goodman. In der Carnegie Hall.«

»Nicht übel. Obwohl Benny Goodman etwas zu weißbrotartig für mich ist, wenn du verstehst, was ich meine. Gefällt dir Duke Ellington?«

Georgia schüttelte den Kopf. »Ich weiß nicht.«
»Du *weißt* es nicht? Ellington ist die Grundlage aller modernen Musik. Nicht nur des Jazz. Der Typ hat alles zum Swingen gebracht. Sein Konzert in Newport, 1956? Hör dir mal ›Diminuendo and Crescendo in Blue‹ an! Paul Gonsalves, der Saxophonist, bringt da ein Solo über siebenundzwanzig Chorusse. Über *siebenundzwanzig Chorusse,* verdammt. Unglaublich.«
Ihre Worte wurden mit Schweigen beantwortet. Teresa seufzte erneut. Ihr wurde klar, dass sie mit Georgia wie mit einer Erwachsenen sprach. Aber sie hatte keine Ahnung, wie man mit Heranwachsenden redete. Schon als Kind hatte sie nicht gewusst, wie so was ging. Verdammt noch mal, manchmal empfand sie sogar Unbehagen, wenn sie sich mit Erwachsenen unterhielt. Eins jedoch wusste sie: Wenn sie noch eine halbe Stunde hier sitzen musste, würde sie durchdrehen.
Sie stand abrupt auf. »Lass uns einen Spaziergang machen!«
Georgia schaute sie stumm und fragend an.
»Tja, du wirkst irgendwie so gelangweilt, wie mir zumute ist. Komm mit, ich möchte dir was zeigen.«
Mit Georgia im Schlepptau suchte Teresa sich einen Weg durch die verwinkelten Gänge der B-Ebene, bis sie schließlich eine kleine, unbeschriftete Tür erreichten. Ein schmales eisernes Treppenhaus tat sich dahinter auf. Teresa schob Georgia vor sich her, und sie stiegen hinauf.
Die Treppe schien endlos zu sein. Schließlich erreichten sie einen kleinen Absatz aus gerieftem Metall, der von einem hüfthohen Geländer umgeben war. Auf der Seite gegenüber setzte sich die Treppe – nun jedoch schmaler – fort und verschwand in einem umschlossenen Durchgang. Ohne sich

abzusprechen, hielten beide auf dem Absatz an und legten eine Verschnaufpause ein.
»Gibt es hier keinen Aufzug?«, keuchte Georgia.
»Doch. Aber ich kann Aufzüge nicht ausstehen.«
»Warum nicht?«
»Ich leide an Klaustrophobie.«
Sie rangen nach Atem. Stille setzte ein. Dann drehte Teresa sich zu Georgia um. »Wie ist es eigentlich, wenn man einen so brillanten Vater hat?«
Georgia schaute sie so überrascht an, als hätte sie noch nie über diese Frage nachgedacht. »Das ist ganz in Ordnung, glaub ich.«
»In Ordnung? Ich hätte für einen Vater wie deinen gemordet. Die Vorstellungen, die mein Vater von Mathematik hatte, erschöpften sich darin, die Perlen seines Rosenkranzes zu zählen.«
Georgia schien kurz zu überlegen. »Er ist wie alle anderen Väter. Wir haben schon unseren Spaß.«
»Interessierst du dich für Robotik?«
Georgia nickte. »Klar. Früher jedenfalls.«
Teresa überlegte. Es war noch immer schwer zu glauben, dass sie hier stand und sich mit der Tochter von Andrew Warne unterhielt – dem Vater des Metanets, dem kontroversen Pionier der Robotik und Maschinenintelligenz, der die Carnegie-Mellon-Universität erst kürzlich verlassen hatte. Im Zuge der Metanetverwaltung hatte sie so oft mit ihm telefoniert, dass es ihr nicht leicht fiel, sich ihn inmitten einer Familie vorzustellen. Aber natürlich wusste sie über seine Vergangenheit Bescheid. Sie hatte gehört, dass seine Frau, eine Schiffsarchitektin, vor vier Jahren beim Test einer neuen Segelbootkonstruktion in der Chesapeake Bay ertrunken war. Sie wusste auch, dass er bei den ersten Planungen dieses

Parks eng mit Eric Nightingale zusammengearbeitet hatte. Nach Nightingales Tod war er mit den Unternehmertypen aneinander geraten, die gekommen waren, um Utopia zu vollenden. Auch der Tratsch war ihr zu Ohren gekommen: dass Warne und Sarah Boatwright an der Carnegie Mellon etwas miteinander gehabt hätten; dass seine umstrittenen Theorien über das Lernvermögen von Maschinen die versprochenen Früchte nicht getragen hätten; dass die Firma, die er nach dem Weggang von der Universität gegründet hatte, kürzlich als Opfer der Dot-Com-Implosion den Bach runtergegangen sei. Natürlich stimmten nicht alle Gerüchte in Utopia. Aber wenn nur das Letzte stimmte, tat er ihr heute doppelt Leid.

Teresa stieß sich vom Gestänge ab. »Komm«, sagte sie. »Es sind nur noch einundsiebzig Stufen. Ich hab sie mal gezählt.«

Die nächste Treppe verlief steil nach oben durch eine Art Gehege, das von zwei langen, schlanken Balken gebildet wurde, die sich über ihnen bogen und irgendwo verschwanden. Hier gab es keine Fenster. Der röhrenartige Gang wurde von an der Wand befestigten Leuchtstoffröhren erhellt.

»Wir sind gleich da«, keuchte Teresa und zog sich am Geländer hoch.

Die Steile der Treppe ließ nun schrittweise nach. Teresa führte Georgia um eine scharfe Kurve, dann betrat sie die nächste Plattform, machte Platz und winkte Georgia, ihr zu folgen und sich neben sie zu stellen. Sie beobachtete das Mädchen, als es nach vorn trat und plötzlich erstaunt verharrte.

»Halt dich gut am Geländer fest!«, sagte Teresa lächelnd, als sie Georgias verdutzte Miene sah. »Es dauert eine ganze Weile, bis man sich dran gewöhnt hat. Wenn es dir hilft, mach für einen Moment die Augen zu.«

Sie standen hoch unter dem gläsernen Kuppeldach Utopias auf einer Besichtigungsplattform. Unter ihnen, hinter einer nur aus ihrer Richtung durchsichtigen Glasscheibe, breitete sich der gesamte Park aus. Man konnte sehen, wie sich der kühle Strang des Nexus bis in den Mittelpunkt hinabschraubte. Von ihm gingen wie die Stücke einer halbierten Grapefruit die einzelnen Welten aus: jede ein Chaos aus Farben und Formen, eine ganz anders als die andere. Die futuristische Raumstation Callisto hatte aus dieser Höhe den finsteren, polierten Glanz einer Schwarzlichtfotografie. Gaslight war in Nebelschleier gehüllt. Boardwalk bestand nur aus hellem Licht und Pastelltönen. Überall waren Menschen: Sie gingen über Boulevards und Gehsteige, standen in Warteschlangen, fotografierten, studierten Lagepläne, redeten mit Darstellern, aßen, tranken, lachten und riefen. Es war, als schaue man auf den Grundriss eines durch Zauberei zum Leben erweckten Parks. Und doch war es viel mehr, denn aus dieser Höhe konnte man sämtliche komplexen Maschinerien und Anlagen erkennen, die die Touristen nie zu sehen bekamen: versteckte Ein- und Ausgänge, offene Gebäuderückseiten, Elektrokarren, Requisiten, Ausrüstungsgegenstände und Geheimgänge, die den Raum zwischen den Mauern und hinter den Fassaden füllten.

Teresa deutete auf einen Arbeiter, der fast genau unter ihren Füßen mit einem Funkgerät in der Hand durch einen engen Korridor schritt. »Den Mann hinter den Kulissen beachtet man nicht«, sagte sie lachend. »Was hältst du davon?«

»Boah, ey.« Georgia starrte mit glänzenden Augen auf das Schauspiel hinab, das unter ihnen ablief. Plötzlich deutete sie in die Tiefe. »Schau mal – da ist der ›Brighton Beach Express‹.

Mit dem sind wir heute Morgen gefahren. Da ist auch der ›Kreischer‹. Ich wusste gar nicht, dass die beiden so nahe beieinander liegen.«

»Das gehört zur Freizeitparkphilosophie«, erwiderte Teresa. »Man baut den Ausgang einer Attraktion in die Nähe des Eingangs zur nächsten.«

Sie wich, noch immer lächelnd, zurück und behielt Georgia im Auge, die sich fasziniert umschaute. Im Gegensatz zu den meisten Konkurrenzunternehmen erlaubte Utopia keine Führungen hinter die Kulissen. Auch bekamen die Besucher – VIPs ausgenommen – die Unterwelt nie zu Gesicht. Bisher hatte sich noch kein Besucher den Park von *hier aus* ansehen dürfen. Es war irgendwie schade, denn der Anblick konnte jeden in Erstaunen versetzen – auch blasierte Vierzehnjährige, die glaubten, schon alles gesehen zu haben.

»Schau dir das mal an!«, sagte Teresa. Sie deutete auf eine kleine, vor ihnen am Geländer befestigte Tafel und las: »Eric Nightingale, 1956–2002.« Wir nennen diesen Ort das Nachtigallennest. Man hat es seiner Vision von Utopia gewidmet.« Sie schenkte Georgia erneut einen Blick. »Bist du ihm je begegnet?«

»Er kam immer zu uns nach Hause. Dann hat er sich mit Papa unterhalten. Über Robotik, glaub ich. Er hat ein paarmal Backgammon mit mir gespielt. Er hat mich öfter gewinnen lassen als mein Vater.«

Teresa schüttelte den Kopf. Es war irgendwie amüsant, sich Eric Nightingale mit einer Schülerin der Unterstufe beim Backgammon vorzustellen. Dann wandte auch sie sich um und ließ den Blick über den Park hinweg schweifen. »Jeder, der in Utopia arbeitet, kommt irgendwann mal hierher«, sagte sie. »Meist am ersten Tag. Es ist eine Art Initiation. Doch abgesehen davon ist es hier ziemlich ruhig. Wegen der vielen Stufen. Aber ich komm gern hier rauf. Und ich brauche weiß Gott Bewegung. Es ist so friedlich hier. Wenn ich wegen der Arbeit oder so niedergeschlagen bin, weiß ich immer: Wenn ich hier raufgehe, fällt mir immer wieder ein, wofür ich arbeite. Heute irgendwie auch.«

Sie verstummte jäh, denn ihr wurde bewusst, dass sie mehr gesagt hatte, als sie hatte sagen wollen. Als sie Georgia anschaute, fiel ihr auf, dass sie sie mit einem seltsamen Gesichtsausdruck musterte. *Sie denkt über mich nach,* dachte Teresa. *Über was wohl? Na ja, eigentlich möchte ich es lieber nicht wissen.*

»Ist was?«, fragte sie.

Georgia schaute kurz beiseite. Dann blickte sie Teresa wieder an. »Ich hab mich nur was gefragt. Magst du Fats Waller?«

»Ob ich ihn mag? Und wie! Ich glaub, ich hab meine CD von ›Handful of Keys‹ längst abgenudelt. Und seit ›Carolina Shout‹ hat sich das Pianospiel nicht mehr entwickelt.« Nun war sie an der Reihe, Georgia fragend anzusehen. »Warum fragst du?«

Georgia hielt ihrem Blick kurz stand, dann schaute sie schnell woanders hin. »Och, nichts«, sagte sie. Es war, als sei sie plötzlich schüchtern geworden.

Teresa warf einen Blick auf ihre Armbanduhr. »Tja, es ist uns gelungen, eine halbe Stunde totzuschlagen. Gehen wir zu deinem Vater zurück!« Sie stieg mit Georgia die vielen Treppen hinunter.

11.15 Uhr

Andrew Warne schaute von Sarah zu Fred Barksdale und wieder zu Sarah zurück.

Sie deutete auf den Tisch. »Bitte, Andrew, setz dich doch.« Sie stellte die Tasse und die Untertasse genau vor sich ab, dann nahm sie selbst Platz, griff nach den Papieren, schaute sie sich noch einmal an und reichte sie Warne. »Unterschreib, bevor wir weitermachen.«

Warne zog die Papiere zu sich und überflog sie kurz. Er schaute auf. »Das ist ja ein Nichtverlautbarungsvertrag.«

Sarah nickte.

»Das verstehe ich nicht. Ich hab doch schon in der Entwicklungsphase einen unterschrieben.«

»Chuck Emory und die Hauptverwaltung bestehen darauf. Man will sicher sein, dass nichts von dem, was wir heute besprechen, an die Öffentlichkeit dringt.«

Eine weitere Erklärung bot Sarah ihm nicht an. Sie erwiderte nur seinen Blick. Nach einer Weile seufzte Warne, senkte den Blick und kritzelte seinen Namen auf die Unterschriftlinie. *Bürokratischer Scheißdreck,* dachte er. *Die Erbsenzähler in New York werden von Jahr zu Jahr schlimmer.* Und doch war es nur logisch. Der Metanetausbau machte es erforderlich, dass er Zugriff auf neue und sensible Utopia-Technologien bekam.

Sarah nahm die Papiere wieder an sich. »Danke.« Sie legte sie ordentlich neben ihre Teetasse. »Tut mir Leid, dass wir dich nicht vorher in die Einzelheiten einweihen konnten, aber wir haben die Probleme erst kürzlich registriert und versucht, ein System hinter ihnen festzustellen.«

Warne schaute sie flink an. »Probleme?«

Sarah wandte sich an Barksdale. »Kannst du ihn auf den neuesten Stand bringen, Fred?«

»Klar«, sagte Barksdale. Er stützte die Ellbogen auf die Lehnen seines Stuhls, spreizte die Finger und musterte Warne unter seinem sauber gekämmten Haarschopf hervor. »In den letzten zwei Wochen ist uns aufgefallen, dass mit der Technik Utopias eigenartige Dinge passieren. Zum Beispiel kommt es zu Fehlfunktionen im Universalübersetzungssystem der Besucherbetreuung. Die KI, die die Diagnosen von ›Station Omega‹ steuert – das Freifallfahrgeschäft in Callisto –, hat fortwährend Ausfälle gemeldet und wollte keine Fahrten mehr durchführen. Aber die meisten Probleme haben wir mit der Robotik.« Er zählte die einzelnen Punkte an seinen sauber manikürten Fingern ab. »Ein Hausmeisterroboter auf der C-Ebene wollte eine Stromschalttafel abschrubben und wurde nur im letzten Moment deaktiviert. Ein Postzustellungsroboter hat die Post plötzlich in Mülltonnen abgeladen statt in den Eingangsfächern. Ein paar Feuerspeier im ›Drachenturm‹ haben ihren Zeitplan vergessen und im falschen Augenblick losgelegt. Sie hätten beinahe eine japanische Touristengruppe versengt.«

»Bestehen diese Probleme noch?«, fragte Warne.

»Das ist das Frustrierendste. Abgesehen von ›Station Omega‹ sind sie nur gelegentlich aufgetreten. Aber auch dieses Problem hat sich vor einer knappen Stunde erledigt, die Fahrtechniker haben grünes Licht erhalten. Niemand weiß, warum. Wir haben Störungstoleranztests und technische Bewertungen vorgenommen – sogar im unteren technischen Bereich, mit Oszilloskopen und Oszillografen. Es ist alles in Ordnung.«

»Phantomanomalitäten«, sagte Sarah. »In der einen Sekunde läuft alles normal, dann dreht alles durch. Und gleich darauf ist alles wieder normal.«

Warne wandte sich von Barksdale ab und schaute Sarah

Boatwright an. In seiner Magengrube breitete sich ein eiskaltes Gefühl aus.
»Stromschwankungen?«, fragte er.
Barksdale schüttelte den Kopf. »Alle Leitungen in Utopia sind absolut sauber. Es gibt keine Stromschwankungen.«
Warne nickte. »Richtig, ich habs vergessen. Der Atomreaktor.« Da niemand lachte, stellte er eine andere Frage. »Betatestüberbleibsel?«
»Nein«, sagte Barksdale. »So was müsste auch den normalen Programmbetrieb beeinflussen.«
»Programmfehler?«
»Nach so vielen Durchläufen? Und an so vielen Orten? Und dann verschwinden sie einfach wieder?«
»Haben Sie einen *clean room* aufgebaut und versucht, das Ereignis zu isolieren?«
»Bei den vielen autonomen Robotern, die wir hier haben, wüssten wir, offen gesagt, nicht, wo wir anfangen sollten.«
Schweigen senkte sich über den Raum. Die Kälte breitete sich rasch aus. »Periodisch auftretende Probleme wie diese deuten oft auf Eindringlinge von außerhalb hin«, sagte Warne mit sorgfältig abgewägten Worten.
Barksdale schüttelte erneut den Kopf. »Keinesfalls. Sämtliche Produktionsserver sind von Schutzwällen umgeben. Es gibt keine Verbindung nach außen. Das einzige Portal nach außerhalb ist das Besucherinformationsnetz, und das liegt anderswo und wird bis zur Oberkante Unterlippe von Firewalls geschützt.«
Sarah Boatwright nippte an ihrem Tee. »Um ganz sicherzugehen, hat Fred vor einem Monat eine Putzkolonne von KIS an die Sache rangesetzt. Die Leute haben gesagt, wir hätten das sicherste Abwehrsystem, das ihnen je untergekommen ist.«

Warne nickte zerstreut. Er hatte selbst vor einem Jahr mit den Leuten von Keyhole Intrusion Systems zusammengearbeitet, als der robotische Netzserver der Carnegie-Mellon-Universität von einem Denial-of-Service-Angriff heimgesucht worden war. Die Putzkolonne bestand aus lizenzierten Hackern und wurde von Unternehmen angeheuert, damit sie in ihre Computersysteme einbrachen und Schwachstellen erkannten. Die Putzkolonne von KIS war die beste der Branche.

Warne befeuchtete seine Lippen. Die nächste Frage musste er einfach stellen. »Na schön, es gibt also Ärger im Paradies. Tut mir Leid, das zu hören. Aber wie genau steht dies in Zusammenhang mit der – wie hat deine Assistentin es noch genannt? – Weiterentwicklung des Metanets?«

Barksdale und Sarah tauschten einen Blick. »Dr. Warne, ich weiß nicht genau, wie ich es ausdrücken soll«, erwiderte Barksdale schließlich. »Ich hatte gehofft, Sie ziehen den gleichen Schluss wie wir. Es sieht so aus, als liege das Problem gerade *am* Metanet.«

Obwohl Warne diese Antwort schon befürchtet hatte, war er sprachlos. Er spürte, dass sein Mund trocken wurde. »Glauben Sie nicht auch, dass dieser Gedankensprung ein wenig heftig ist?«

»All diese Dinge haben nur eins gemeinsam: das Metanet. Alles andere haben wir eliminiert. Es gibt keine andere Antwort.«

»Keine andere Antwort?« Warne nahm wahr, dass er schneller und lauter sprach als beabsichtigt.

Barksdale nickte. »Das Metanet ist ja lernfähig. Vielleicht hat es seine Grundsätze im Lauf der Zeit verschlimmbessert. Sie wissen doch: ›Wenn zum Besseren hin wir streben, oft das Gute wir verderben.‹«

»Nein, weiß ich *nicht*. Das System kriegt Nervenzucken, und Sie machen den Kopf dafür verantwortlich.«

»Es ist mehr als ein Nervenzucken«, sagte Barksdale. Ein seltsamer Ausdruck lag auf seinem fein geschnittenen Gesicht. Er wirkte wie ein Arzt, der einem Patienten eine schlechte Nachricht überbringen muss. »Das ist nämlich noch nicht alles. Freitag vor zwei Wochen ist bei der ›Notting-Hill-Hatz‹ etwas passiert.«

Warne hatte eine Meldung in der Zeitung über die Sache gelesen. »Es war technisches Versagen. Schlampige Arbeit oder dergleichen.«

»Unsere gesamten Hochgravitationsfahrgeschäfte werden von der Schweizer Firma Taittinger & Rochefort gebaut. Das ist der Rolls Royce der Achterbahnwelt.«

»Von mir aus. Es war ein Unfall. Wo ist der Bezug?«

»Dem Fahrgeschäft sind zwei Roboter zugeteilt. Tagsüber, wenn das Ding läuft, besorgen sie die Schmierung. Wenn der Park schließt, nehmen sie eine Sicherheitsinspektion des gesamten Gleises vor. Sie sind programmiert, nach Materialermüdung und überbeanspruchten Stellen zu suchen, und sorgen dafür, dass die elektronischen Sicherungskrallen, die die Wagenbewegung auf den Sperrklinkenhügeln und an den Gefällen steuern, in Ordnung sind. Aus irgendeinem uns unbekannten Grund haben die Roboter vor sieben Nächten ein Dutzend Krallen nicht gespannt, sondern *gelockert*, also genau das Gegenteil getan. Einen Tag später hatten fünf Krallen mitten im Betrieb einen Kurzschluss – zwei an kritischen Stellen. Ohne die ihn auf dem Gleis haltenden Krallen ist ein Wagen auf dem letzten Gefälle aus den Schienen gesprungen. Zusätzliche Sicherheitslamellen am Fahrgestell haben zwar verhindert, dass er völlig entgleiste, aber er hat auf dem gesamten zwanzig Meter tiefen Gefälle heftig Schrot gesägt.«

»Ich habe mir die Videoaufzeichnung des Zwischenfalls angesehen«, sagte Sarah. »Es sah aus, als würde ein Hund eine Ratte schütteln. Ein Junge, der vorn saß, hat den Halt verloren und ist rausgeschleudert worden. Er hat wie durch ein Wunder überlebt. Aber seine Beine sind zerschmettert, und er hat sich mehrere Rippen gebrochen. Er wird Monate im Rollstuhl sitzen. Die anderen Wageninsassen haben starke Abschürfungen davongetragen. Der Vater hat sich das Schlüsselbein gebrochen. Ich brauche wohl nicht zu erwähnen, dass wir seither von Anwälten belagert werden.«

Warne merkte plötzlich, dass er die Luft anhielt. Er atmete langsam aus. »Und ihr seid euch ganz sicher?«

Sarah und Barksdale nickten.

»Aber es passt trotzdem nicht zusammen. Habt ihr die Programmierung der Roboter untersucht?«

»Das haben wir als Erstes getan – nach der Schließung der Bahn. Ein von Terri Bonifacio geleitetes Code-Untersuchungsteam hat jede Zeile vom Befehlsstack bis zu den Mappingroutinen überprüft. Das Metanet hat die Roboter programmiert, die Sicherheitskrallen zu lockern.«

»Beide Roboter?«

»Jeder hat genau sechs Sicherheitskrallen gelockert.«

Warne spürte, dass ihm so etwas wie Panik in die Glieder fuhr. Er wehrte das Gefühl ab. »Moment mal. Wollen wir doch mal bei den Tatsachen bleiben und über die Aufgaben des Metanets nachdenken! Es ist ein neurales Netz, das den Funktionscode der Parkroboter überprüft und optimiert. *Mehr* tut es nicht. Es ist ein passiv lernfähiges System. Es könnte nicht einfach …« Warne hielt inne. »Habt ihr auch die Möglichkeit interner Eindringlinge in Betracht gezogen?«

Barksdale nickte und strich seinen Schlips glatt. »Jeder, der bei uns im IT-Bereich arbeitet, muss sich einer rigorosen psychologischen Prüfung unterziehen. Wir forschen auch nach, woher die Leute kommen. Die Gehälter, die wir zahlen, und unsere sozialen Leistungen sind die höchsten in der Branche, und unsere Mitarbeiter sind zu neunundneunzig Prozent mit ihrer Tätigkeit zufrieden ...«

»Moment, Moment«, fiel Warne ihm ins Wort. »Das ist ja alles gut und schön. Aber ich will einen Besen fressen, wenn hier nicht jemand Sabotage betreibt. Oder haben Sie eine andere Erklärung?«

Warne sah, dass Sarah und Barksdale einen Blick tauschten. Er wusste ziemlich genau, was sie dachten: *Er geht in die Defensive, weicht uns aus, sucht die Schuld überall, nur nicht bei seiner eigenen Schöpfung.*

Barksdale räusperte sich. »Wir haben ein strenges Codeimplementierungsverfahren. Hier wird nichts aktualisiert, ohne dass es von der Betriebsleitung und mir gesehen wird. Es steht aber fest, Dr. Warne, dass wir es hier nicht mit dem Werk eines Industriespions oder eines unzufriedenen Mitarbeiters zu tun haben. Aussetzer bei einem Postzustellungsroboter? Die Handschrift stimmt doch vorn und hinten nicht! Außerdem sind die Störungen zu breit gefächert. Trotzdem haben wir, um ganz sicherzugehen, damit angefangen, Befragungen vorzunehmen und Protokolldateien zu überprüfen.«

Sarah trank einen Schluck Tee und stellte die Tasse wieder auf der Untertasse ab. »Bis dahin möchten wir das Metanet abschalten, Andrew.«

Warne war für eine Weile zu erschreckt, um zu antworten. *Das Metanet abschalten! Gütiger Gott!* Er dachte an die Roboter der »Notting-Hill-Hatz«, die gelockerten Sicherheitskrallen.

War es wirklich möglich, dass er indirekt für eine so schreckliche …

Dann schüttelte er den Kopf. Es war nicht möglich. Es konnte nicht sein.

Sein Blick fiel wieder auf Sarah und Barksdale. Er sah an ihren Augen, dass dieses Gespräch nur eine Formsache für sie war. Sie hatten ihren Beschluss längst gefasst.

»Sarah«, sagte er so entgegenkommend wie möglich, »ich weiß, dass du in dieser Angelegenheit starkem Druck ausgesetzt bist. Aber ich halte deine Entscheidung für unbesonnen. Lass uns ein paar Tage investieren, um das Problem zu untersuchen. Ihr könnt mir die konkreten Fälle zeigen. Ich bin sicher, ich werde irgendwas ans Licht bringen.«

»Leider reise ich morgen früh nach San Francisco, Andrew«, erwiderte Sarah. »Fred wird dir alles geben, was du brauchst.«

Warne sah, dass sie schon wieder einen Blick tauschten. Dann wurde es ihm klar: Sarah und Barksdale waren ein Paar.

Seine Eifersucht mischte sich urplötzlich mit dem Entsetzen, dem Abscheu und der Kränkung, die ihn ohnehin schon beherrschten. Natürlich konnte er es Sarah nicht verübeln. Dass sie auf jemanden wie Barksdale flog, war fast natürlich. Der Bursche war auf jene britische Weise charmant, die ihm selbst stets irgendwie überflüssig erschienen war: Er sah gut aus, war höflich und gehörte, soweit er wusste, zu den hellsten Köpfen des Unternehmens. Das war fast zu viel. Warne kam sich wie ein Volvo vor, den jemand gegen einen Zwölf-Zylinder-Jaguar eingetauscht hatte.

Die bittere Ironie ließ ihn den Kopf schütteln. Und er hatte sich Sorgen gemacht, wie er vor Sarah auftreten solle. Er hatte sich gefragt, was sie wohl empfand und was Georgia vielleicht sagte oder nicht sagte. Über die Besprechung selbst hatte er kaum nachgedacht. Ihm war nur der Gedanke gekommen, sie könne seiner Laufbahn vielleicht einen neuen Schub geben … Als er sich in den Sessel zurücklehnte, kam er sich viel älter vor als in der Minute, in der er den Raum betreten hatte. »Ihr habt die Technik gekauft«, sagte er, wobei die Verärgerung seine Stimme härter klingen ließ. »Es liegt an euch, sie so einzusetzen, dass sie zu euren Anforderungen passt. Warum habt ihr mich so weit anreisen lassen, um mir dann eine schlechte Nachricht zu überbringen?«

»Wir möchten, dass Sie die Wartungsarbeiten leiten«, sagte Barksdale.

»Halten Sie das nicht für etwas gefühllos? Sie verpassen meiner Schöpfung nicht nur eine Lobotomie, Sie verlangen auch noch, dass ich das Skalpell schwinge?«

Barksdale schien darüber nachzudenken. »Es ist nun mal keine einfache Operation.«

»Sie gebieten doch bestimmt über genug Programmierdrohnen, die solche Klempnerarbeiten für Sie erledigen können. Sie brauchen meine Hilfe doch gar nicht …«

»Glauben Sie etwa, es war *meine* Idee, Dr. Warne?« Barksdale lächelte zwar, doch seine volltönenden britischen Vokale transportierten eine leichte Spur von Gereiztheit.

»Vielleicht suchen Sie auch nur einen Sündenbock.«

Barksdale warf ihm einen überraschten Blick zu. Sarah stand auf.

»Ich glaube, du hast alles gehört, was du wissen musst«, sagte sie forsch. »Belassen wir es dabei! Fred, wir sehen uns bei der Parkzustandsbesprechung. Andrew, bleib doch noch einen Moment hier!«

»In Ordnung.« Barksdale lächelte Sarah kurz an, dann nickte er Warne irgendwie vorsichtig zu und ging hinaus.

Sarah schaute hinter ihm her, dann wandte sie sich an Warne. »Tja, es freut mich zu sehen, dass du dein Talent, dein Publikum vor den Kopf zu stoßen, nicht verloren hast.«

»Wie soll ich deiner Meinung nach reagieren, wenn ich höre, dass mein größter Erfolg in der Tonne landet? Erfreut?«

»Du darfst es nicht so sehen. Die Abschaltung soll nur zeitweise erfolgen. Um das Metanet zu erforschen.«

»Ach, hör doch auf! Hast du vergessen, dass ich mich nach Nightingales Tod mit den Typen von der Hauptverwaltung auseinander gesetzt habe? Das Ergebnis ist dir doch bekannt. Wenn du das Metanet abschaltest, wird es nie wieder laufen.«

Sarah griff nach ihrer Teetasse. »Ich verstehe zwar, was du empfindest, Andrew, aber …«

»Da ist noch was. Warum immer Andrew und nicht Drew?«

»Ich glaube, es ist besser so.« Sarah zog die Hand zurück und schaute ihm in die Augen. »Du nicht?«

Einen Wettkampf im In-die-Augen-Schauen konnte gegen Sarah niemand gewinnen. Warnes Verärgerung war urplötzlich weg. Er kam sich geschlagen vor. Er stützte sich auf den Tisch und verschränkte die Arme.

Dann schaute er Sarah wieder an. »Mir ist gerade eingefallen, dass morgen der einundzwanzigste Juni ist.«

»Und?«

»Der erste Jahrestag seit deinem Auszug.«

»Ich bin nicht ausgezogen, Drew. Ich habe eine Stelle bei Utopia angenommen.«

»Hätte es dich umgebracht, etwas länger zu bleiben? Um einen Versuch zu machen, dich mit mir auszusprechen? Du weißt doch, dass wir beide sehr beschäftigt waren und weniger Zeit füreinander hatten, als wir gebraucht hätten.

Ich weiß auch, dass Georgia dir die Sache nicht gerade leicht gemacht hat. Aber du hast ihr auch keine große Chance eingeräumt. Du hast *uns* keine große Chance eingeräumt.«

»Ich habe so viel gegeben, wie ich konnte. Hast du etwa erwartet, ich würde meinen Beruf an den Nagel hängen?«

»Ich hab jedenfalls nicht erwartet, dass du packst und nach Nevada ziehst.«

»Es war die Chance meines Lebens! Wäre es dir lieber gewesen, ich wäre dort geblieben und hätte dich verabscheut, weil du sie mir vermasselt hast?«

Bei diesen Worten hatte Sarah sich ihm genähert. Nun hielt sie inne. Dann machte sie mit bedächtigen Bewegungen einen Schritt zurück, griff nach der Teetasse und trank einen Schluck.

»Lass uns nicht Archäologie spielen«, sagte sie dann in einem ruhigeren Tonfall. »Es führt ohnehin zu nichts.« Sie stellte die Tasse forsch ab. »Es war eine schwierige Entscheidung für mich, dich herzuholen. Aber ich hatte keine andere Wahl. Niemand versteht die Topologie des Metanet besser als du. Schließlich hast du es konstruiert. Und ... wir haben schon genug Probleme.«

Warne antwortete nicht. Er hatte den Eindruck, dass es nichts mehr zu sagen gab.

»Muss ich dich an die ursprünglichen Bedingungen deines Vertrages erinnern? Warum siehst du es nicht als günstige Gelegenheit? Das Ding hatte sechs volle Monate, um zu reifen und in einer Produktionsumwelt zu funktionieren, die du in deinem Labor nicht simulieren könntest.«

Ich hab im Moment gar kein Labor. Warne zuckte nur mit den Achseln. »Klar. Für nen schönen Nachruf wirds schon reichen.«

Sarah schaute ihn an. Schweigen breitete sich aus. Dann ging

sie wieder zum Tisch, legte die Papiere zusammen und nahm die Teetasse.
»Teresa müsste jeden Augenblick zurück sein«, sagte sie. »Ich schlage vor, ihr verliert keine Zeit. Mr. Barksdale erwartet heute Abend einen Aktionsplan.«
Sie verließ den Konferenzraum und ließ die Tür hinter sich offen.

11.45 Uhr

Callisto war Utopias Zukunftswelt, eine geschäftige Raumstation, die, so sollten die Besucher glauben, in einer geosynchronen Umlaufbahn um den sechsten Jupitermond kreiste. Andrew Warne fiel es schwer, nicht daran zu glauben. Nach einer kurzen pechschwarzen Shuttlefahrt hatte er neben Georgia die Andockzone durchschritten und war auf die von wimmelndem Leben erfüllte Promenade getreten, um anzuhalten und sich staunend umzuschauen. Vor ihnen breitete sich eine quirlige Welt aus Unterhaltung und Kommerz aus, die so aussah, als hätte man sie dem vierundzwanzigsten Jahrhundert entrissen. Seltsam aussehende Außerirdische und Darsteller in futuristischen Uniformen schlenderten durch Reihen pausenlos fotografierender Touristen. Über ihnen flackerten rubinrote und blaue Laserstrahlen. Überall waren unglaublich detailreiche holografische Bilder zu sehen: Sie wiesen den Weg zu den Fahrgeschäften und sonstigen Attraktionen und schwebten wie futuristische Firmenschilder über Restaurant- und Toilettentüren.
Wie überall spannte sich auch hier hoch über ihnen die gewölbte Kuppel. Doch dies war nicht der Ausschnitt hell-

blauen Himmels, den er im Nexus oder in Boardwalk gesehen hatte. Vielmehr sah man hier das Tiefschwarz des grenzenlosen Weltraums, in dem zahllose Sterne funkelten. Jupiter füllte als bunte Kugel den Himmel zu mehr als einem Viertel aus. Als Warne genauer hinsah, bemerkte er, dass sich die Wolken auf den Planeten zubewegten und sich in Stürmen zuckend zusammenballten.

»Boah.« Georgia schaute sich um. »Genau wie im Fernsehen. Aber was sollen wir hier? Wir sind doch noch nicht mit Boardwalk fertig.«

»Tja, dafür haben wir später noch jede Menge Zeit«, sagte Warne. »Ich möchte dir erst etwas zeigen.« Er war um 13.00 Uhr mit Teresa verabredet, somit blieb ihnen etwas mehr als eine Stunde. Er bemühte sich, leichtfüßig zu gehen und mit entspannter Stimme zu sprechen: Georgia war einfach zu gut darin, seine jeweilige Stimmung zu ahnen. Gott sei Dank hatte sie nicht nach dem Ausgang der Besprechung gefragt. Er warf einen Blick auf seine Armbanduhr.

Schließlich befragte er kurz seinen Lageplan und schloss sich mit Georgia dem Strom der plappernden Besucher an. Die Aufregung und die Energie nahmen zu; die kalte, steril riechende Luft war von einem fast greifbaren Gefühl der Fröhlichkeit erfüllt. Callisto war die einzige Welt, in der kostümierte Figuren aus Nightingales beliebter Trickfilmserie »Angstplanet« auftraten. Außerdem war Callisto der Standort zweier unerhörter Superfahrgeschäfte: »Ereignishorizont« und »Mondflug«. Dementsprechend wimmelte es hier von Kindern: Sie liefen zu lebensgroßen Holografien Eric Nightingales und den kostümierten Darstellern, zerrten ihre Eltern zu ihren Lieblingsattraktionen und quengelten nach Geld, um sich Actionfiguren zu kaufen.

Doch die Jahrmarktsatmosphäre und die futuristische Umgebung trugen wenig dazu bei, Warnes finstere Stimmung zu zerstreuen. *Das Metanet abschalten.* Er konnte es noch immer nicht ganz glauben. Erst vor zwei Stunden war er wie ein preisgekrönter Trottel durch Boardwalk spaziert und hatte sich gefragt, welche neuen und aufregenden Kunstwerke er seinem robotischen Netzwerk wohl hinzufügen sollte. Er schüttelte verbittert den Kopf.

»Was ist denn, Papa?«, fragte Georgia plötzlich.

»Nichts. Aber all das hier ... Die ganzen Fahrgeschäfte, die Läden ... Es ist alles so kommerziell. Nightingale würde sich im Grabe umdrehen.«

»Du bist *wirklich* unglaublich altmodisch, Papa. Es ist irre. Schau dir das da mal an!« Sie deutete auf ein leiseres Fahrgeschäft: eine spinnenartige Anordnung kindgroßer Raketen, die auf perlmuttfarbenen Metallbeinen kreisten, die hin und wieder zu verblassen schienen, sodass die Raketen frei schwebend und selbst gelenkt wirkten. »Sogar das Zeug für die Kleinen sieht toll aus.«

Warne nickte. Aber all dies hatte nur noch wenig mit den Vorstellungen zu tun, die Nightingale ihm an jenem Abend dargelegt hatte. Er hatte an seinem Küchentisch gesessen, ohne seinen Kaffee anzurühren. Warne fiel ein, dass die schwarzen Augen des Magiers fast mit manischer Energie gefunkelt hatten. Er war immer wieder von seinem Stuhl aufgesprungen und beim Sprechen umhergegangen. Seine Hände hatten sich ständig bewegt, als er seine Ideen für eine Kunstwelt geschildert hatte. Nightingale hatte die Welt bereist. Er hatte Themenparks, Burgen, Tempel und mittelalterliche Dörfer aufgesucht. Er hatte Scheinwelten erschaffen wollen, die in jeder Einzelheit authentisch waren: Welten der Vergangenheit und der Zukunft, die den Besucher ebenso bilden wie unterhalten sollten. Welten, in die man eintauchte, für die man keine Fahrgeschäfte nötig hatte, um Besucher zu unterhalten. Ein thematisches *System* hatte Nightingale es genannt. Es sollte neueste Entwicklungen aus den Bereichen digitale Medien, Holografie und Robotik nutzen, um eine eigene Magie zu weben. Außerdem hatte er gewollt, dass Warne die Grundlagen der Robotik entwickelte. Auch ohne Nightingales Gründlichkeit und Charisma war die Idee sehr verlockend gewesen. Sie passte perfekt zu Warnes eigenen höchst umstrittenen Theorien über künstliche Intelligenz und lernfähige Maschinen. So hatte er das Metanet entwickelt, das sämtliche Roboter des Parks mit einem Zentralrechner verband. Der Rechner sollte die Aktivitäten der Roboter studieren, vervollkommnen und über das Netz täglich jedem Einzelnen einen optimierten Code uploaden. Es wäre das perfekte Vehikel gewesen, um seine Theorien über maschinelle Lernfähigkeit zu demonstrieren. Aber auch nur der Anfang eines gigantischen Robotik- und KI-Netzes, das in letzter Konsequenz sämtliche Funktionen des Parks umfasste.

So war es zumindest geplant gewesen ...

»Ist Teresa Japanerin?«, fragte Georgia.

Warne fuhr aus seinen Gedanken auf. Die Frage überraschte ihn irgendwie. »Ich weiß nicht, Prinzesschen. Ich glaube, nicht.«

»Ich hab doch gesagt, du sollst mich nicht Prinzesschen nennen, Papa.«

Sie waren inzwischen weiter in Callisto vorgedrungen. Die Massen waren hier noch dichter. Die Leute drängelten, lachten und deuteten um sich. An einer Stelle versammelten sich Besucher um einen großen hageren Mann, der eine Rüstung des vierundzwanzigsten Jahrhunderts und einen glänzenden schwarzen Umhang trug: Morpheus, der dämonische, mit Zauberkräften ausgestattete Herrscher von Erde eins, ein Geschöpf, das fünfzig Millionen fernsehende Kinder inbrünstig hassten. Er posierte für ein Foto und legte die Hand auf die Schulter eines Jungen. Sein teuflischer Bart zerteilte sich zu einem Lächeln. Warne musterte ihn mit gerunzelter Stirn. Erst jetzt fiel ihm ein, dass er seit mindestens drei Wochen nicht mehr mit Teresa telefoniert hatte. Dies war ungewöhnlich, denn es war fast Tradition, dass sie mindestens einmal pro Woche miteinander redeten, über Berufliches und Privates tratschten, sich Witze erzählten und gegenseitig fachlich auf den neuesten Stand brachten.

Teresa verwaltete das Metanet. Hätte sie ihn nicht warnen können? Warum hatte sie es nicht getan? Zorn stieg in ihm auf. Er fragte sich, ob möglicherweise sie an der ganzen Misere schuld war. Vielleicht hatte sie – versehentlich oder mutwillig – irgendetwas getan, um seine Schöpfung zu sabotieren. Wenn er daran dachte, dass seine Reaktion bei ihrer ersten persönlichen Begegnung starke körperliche Anziehung gewesen war ... Er schüttelte den Kopf.

Sie wollten sich in ihrem Labor treffen. Warne nahm sich vor, Folgendes zu tun: Er würde hingehen. Er würde mit ihr eine Abschaltstrategie diskutieren, die sicherstellte, dass nichts einem glatten Übergang im Weg stand. Dann wollte er das tun, was er längst geplant hatte: sich mit seiner Tochter im Park vergnügen. Teresa und ihre Leute konnten das Metanet selbst abschalten. Zum Teufel mit seinem Vertrag! Er wollte lieber zur Hölle fahren als seiner größten Errungenschaft den Stecker rausziehen.

Vor ihm tauchte nun das Hologramm einer skelettartigen Sternenkonstellation auf. Sie strahlte über dem Eingang eines hell erleuchteten Restaurants namens »Big Dipper«. Eine murmelnde Menschenmenge hatte sich davor versammelt

und deutete auf etwas. Warne musste widerwillig lächeln. Er konnte sich vorstellen, was das Interesse der Leute erregte. Neben dem Restauranteingang befand sich ein großes Verkaufsfenster. Es war mit Chrom eingefasst und zum Promenadenplatz hin offen. Davor ragten auf niedrigen Pfosten mehrere runde Sitzgelegenheiten vor einem Tresen aus glänzendem transparentem Material in die Höhe. Hinter dem Tresen befand sich eine in gespenstische Schatten schwarzen Lichts gebadete futuristische Eisdiele. Sie wurde von einem großen mobilen Roboter bewirtschaftet, einem ausgelassenen, unbeholfenen Ding, das wie eine von einem Kind aus Eisenblöcken zusammengesetzte instabile Konstruktion wirkte. Sein Unterbau bestand aus einer kamerawagenähnlichen Plattform und sechs synchron laufenden Rädern. Auf dem Antriebsmechanismus befand sich ein großer Würfel, der den Rechner enthielt. Auf ihm ragte ein hoher Zylinder auf, der zwei Ultraschallsensorreihen stützte.
Warne nahm Georgia am Arm und zeigte ihr den Roboter. Sie maß ihn mit einem Blick, dann blieb sie jäh stehen. Langsam legte sich ein Grinsen auf ihr Gesicht. »Oh, Mann!«, sagte sie schließlich. »Ist ganz schön bizarr, ihn hier zu sehen – findest du nicht auch?«
Der Roboter mixte gerade ein Milchgetränk. Warne beobachtete ihn, als er fleißig Eiskrem in einen metallenen Mixer schaufelte und seine energischen Zangen sich mit kurzen, kontrollierten Rucken bewegten. Das war der schwierigste Teil gewesen: die Sonargeometrie. Da er gewusst hatte, dass der Roboter sich in einer starren Umgebung bewegen würde, war alles andere – die Radsteuerung des Wegfindungssystems, die topologische Landkarte – relativ einfach gewesen. Aber der Stereoblick, den er haben musste, um perfekte Eiskremportionen aus unberechenbar geformten Behältern zu

schaufeln, hatte Warne viele Nächte beschäftigt. Dieses Problem hatte zum Namen des Roboters geführt: Scylla. Charybdis, Scyllas Bruder, hielt sich zweifellos irgendwo im Inneren des Restaurants auf. Warne hatte ihn konstruiert, um Bars zu bewirtschaften: Das Einschenken zuvor abgemessener Getränke war eine leichtere Aufgabe und verlangte weniger genau abgestimmte Motorik als jene, die Scyllas Armfunktionen auszeichnete.

»Komm!« Warne legte einen Arm um Georgias Schulter. »Holen wir uns ein Eis.«

Als sie näher kamen, hatte Scylla das Mixgetränk gerade fertig und reichte es einem jungen Mädchen, das am Tresen stand. »Bitte schön«, sagte der Roboter, schwenkte seine Kamera und nickte der Kundin zu. »Ihre Kennkarte, bitte.« Warne schaute zu, als sein Sonarsystem die Karte abtastete. Dann gab Scylla sie zurück und setzte die Zangen ein, um den Becher sanft auf dem Tresen abzustellen. Georgia hatte Recht: Auch Warne war so sehr daran gewöhnt, Scylla in der überladenen Beengtheit seines Carnegie-Mellon-Labors zu sehen, dass er es als eigenartig empfand, dem Roboter in dieser surrealen Umgebung zu begegnen, in der er echte Eiskrem an echte Menschen verteilte.

Der Roboter vollführte eine Drehung und fuhr am Tresen entlang zum nächsten Kunden weiter. Warne geleitete Georgia durch die Reihen der Gaffer und entdeckte am anderen Ende des Tresens zwei Sitzplätze. Georgia hatte ihn auf die Idee gebracht, den Roboter mit einem schwenkbaren Ultraschallsensor auszustatten, damit er sich der nahesten menschlichen Stimme zuwandte. Er wusste noch, wie er seiner Tochter Scylla zum ersten Mal vorgeführt hatte. Sie hatte das Gesicht missbilligend verzogen und gesagt: »Dem Roboter fehlt noch der Kopf, Papa.«

Die beiden Roboter hatten für Nightingale bloße Blickfänge sein sollen; Objekte, um zu demonstrieren, wie man Stimmerkennung und Bildverarbeitung für kommerzielle Zwecke einsetzen konnte. Doch Nightingale hatte Details ebenso geliebt wie alles überspannende Visionen. Scylla und Charybdis hatten ihn ebenso entzückt wie Warnes preisgekrönte Thesen über hierarchische Neuralnetze und sein sich selbst vervollkommnendes Netzprojekt. Er hatte darauf bestanden, dass die beiden Roboter in Utopia ein Zuhause fanden.

Scylla kam nun auf sie zu. »Guten Tag«, rasselte der Roboter. »Was darfs denn sein?«

»Ein Vanilleeis mit Malzbier, bitte.« Warne brauchte nicht lang zu fragen: Georgia konnte von Vanilleeis mit Malzbier leben. Er hatte es dem Roboter als Erstes beigebracht.

»Ein Vanilleeis mit Malzbier«, echote Scylla. Warne hatte die künstliche Stimme fast vergessen: Es waren digitalisierte Samples seiner eigenen. Außerdem hatte er völlig vergessen, wie groß der Roboter war: Er maß bis zur Spitze seiner Sensorreihen ganze zwei Meter vierzig. »Darf es noch etwas sein?«

»Ja. Ein doppelter Pistazien-Schokolade-Eisbecher mit Schlagsahne, bitte.«

Scylla hielt plötzlich inne. »Dr. Warne?«, fragte der Roboter nach einer Weile.

»Ja, Scylla.«

Der Roboter pausierte erneut, diesmal etwas länger. »Ein doppelter Pistazien-Schokolade-Eisbecher mit Schlagsahne. Kommt sofort. Kemo sabe.«

Warne beobachtete den Roboter, als er sich umdrehte und fortbewegte. Die Anspielung auf die Fernsehserie »The lone Ranger« war ein privater Jux; seine Signatur am unteren Rand des Gemäldes. An dem Tag vor achtzehn Monaten, als er Scylla und Charybdis in die Kiste gelegt hatte, damit sie nach Nevada reisten, hatte er beschlossen, dem Roboter diese Routine einzubauen. Auch wenn es erst eineinhalb Jahre her war, heute sah die Welt ganz anders aus. Damals hatten Sarah und er sich angefreundet. Sie war eine erstaunlich zuversichtliche Frau und ihm intellektuell ebenbürtig geworden, eine potenzielle zweite Mutter für Georgia. Warne hatte seine Pioniertätigkeit für Eric Nightingale mit der Vorstellung in Angriff genommen, dass ihm noch allerhand bevorstand. Die Zukunft war ihm hell und verheißungsvoll erschienen.

Wie schnell die Dinge sich doch änderten! Georgia hatte sich Sarah nicht so geöffnet, wie er gehofft hatte. Es hatte sogar so ausgesehen, als könne sie sie nicht leiden. Sie war besitzergreifend geworden. Und seine Arbeit an der Carnegie-Mellon-Universität war zunehmend unter Beschuss geraten. Man hatte sie als umstritten und unerprobt eingestuft. Dann war Nightingale gestorben. Warnes Beziehung zu den Anzugtypen des Unternehmens und den Erbsenzählern, die Nightingale eilig ersetzt hatten, hatte sich schnell abgekühlt und war dann vollständig in die Brüche gegangen. Inzwischen waren die vertraglichen Verpflichtungen in Sachen Metanet seine einzige Verbindung zu Utopia. Sarah war ausgezogen und zur Betriebsleiterin des Parks aufgestiegen. Welche Ironie: Sie hatte Nightingale ausgerechnet durch ihn kennen gelernt! Warne hatte die Universität dank des Metanet-Gelds verlassen, um ein Forschungsunternehmen zu gründen, das helfen sollte, seine Theorien über lernfähige Maschinen zu beweisen. Doch seit der Dot-Com-Katastrophe waren auch seine Finanziers verschwunden. Immerhin hatte er noch das Metanet – zumindest hatte er das bis heute Morgen geglaubt.

Scylla glitt mit Georgias Bestellung zu ihnen zurück. »Hier, bitte«, sagte der Roboter. Er stellte die Schale auf den Tresen und wandte sich wieder den Eiskrembehältern zu. Seine KI-Routinen beschäftigten sich bereits mit dem Auftrag, einen doppelten Pistazien-Schokolade-Eisbecher mit Schlagsahne zuzubereiten. Die Bewegungen des Roboters machten auf Warne nun einen leicht sprunghaften und zögerlichen Eindruck. Dann fiel es ihm ein: Er wirkte, als seien seine Wegfindungsroutinen deoptimiert. War dies etwa ein Ergebnis des täglichen Uplink? War es möglich … War es wirklich möglich, dass das Metanet … Warne weigerte sich, die Gedankenkette weiter zu verfolgen. Er hatte für heute genug schlechte Nachrichten gehört.

»Kann ich mal den Lageplan haben?«, fragte Georgia.

»Klar.«

»Und vierzig Kröten?«

»Klar. Moment … Was? Vierzig Kröten? Wofür?«

»Ich möchte mir ein ›Angstplanet‹-T-Shirt kaufen. Eins von denen, die so unheimlich schillern. Hast du sie nicht gesehen?«

Warne hatte sie gesehen – zu Dutzenden. Sie zierten die Leiber der über den Promenadenplatz spazierenden Jugendlichen. Er öffnete mit einem Seufzer seine Brieftasche, gab Georgia das Geld und schaute ihr zu, als sie ihren Kopfhörer überstülpte und einen Schluck Malzbier trank.

Wenn er ehrlich war, musste er sich eingestehen, dass dieser Zwischenhalt ihm ebenso viel bedeutete wie ihr. Er brauchte ein Erfolgserlebnis, eine Erinnerung an bessere Zeiten. Bis heute – seit er wusste, dass es abgeschaltet werden sollte – war ihm nicht bewusst gewesen, wie wichtig ihm das Metanet war. Ungeachtet seiner trotzigen Haltung spürte er erst jetzt, dass ihn eine Woge der Verzweiflung überspülte. Was

sollte er jetzt tun? Er hatte an der Universität gekündigt. Er hatte alle Brücken hinter sich abgebrochen. Er warf Georgia einen heimlichen Blick zu. Wie sollte er es ihr je erklären?
In seiner Nähe schnurrte etwas, dann war Scylla wieder da. »Hier, bitte, Kemo sabe«, sagte der Roboter und stellte den Eisbecher vor ihm ab. Warne wartete. Gleich würde der Roboter um seine Kennkarte bitten und sein Utopia-Konto mit der Eiskrembestellung belasten.
Doch Scylla tat nichts dergleichen. Stattdessen drehte der Roboter seine Sensoren zuerst nach links und dann nach rechts. Schließlich fuhr er mit einem Schnurrgeräusch zurück und wieder vorwärts. Seine Bewegungen wirkten eigenartig zurückhaltend und unsicher.
Georgia blickte von ihrem Malzbier auf und zog den Kopfhörer von einem Ohr. »Papa?«, erkundigte sie sich.
Scylla fuhr mit einem jähen Knirschen auf Warne zu. Das kastenförmige Gehäuse kollidierte mit dem Tresen und warf Gläser und Strohhalmspender um. Überraschtes Gemurmel erhob sich aus den Reihen der Gäste. Scylla rollte plötzlich zurück, krachte fest gegen die Rückwand der Eisdiele und schoss dann wieder mit Höchstgeschwindigkeit vorwärts. Die Zangen drehten sich, die Sensoren wirbelten um ihre Achse.
»Georgia!«, schrie Warne. »Weg da!«
Der Roboter krachte erneut gegen den Tresen. Die Gäste schnappten nach Luft. Jemand schrie auf, als Menschen von den Hockern stürzten und andere sich eiligst vom Tresen entfernten. Scylla schoss erneut zurück und krachte abermals schwer gegen die Eisdielenrückwand. Ein Dutzend Flaschen mit farbigem Sirup fielen zu Boden und zerschellten. Mit aufheulenden Motoren fuhr der Roboter wieder nach vorn.

Warne sprang von seinem Hocker und starrte die Maschine erschreckt an. Er hatte noch nie gesehen, dass sich ein Roboter so benahm. Eigentlich *konnte* er sich gar nicht so aufführen; er hatte ihn doch selbst programmiert. *Was ist hier los, verdammt?* Es war fast so, als wolle die Maschine sich aus ihrem Gehege befreien und sich einen Weg auf die Promenade hinaus erzwingen. Wenn dies geschah, würde sie bei ihrer Schnelligkeit und Größe alles niedertrampeln, was sich ihr in den Weg stellte.

Wieder kollidierte der Roboter mit einem schmetternden Krachen mit dem Tresen. Der transparente Oberflächenbelag bebte, verformte sich und warf das, was noch auf ihm stand, stakkatoartig nach vorn. Scylla fuhr zurück, dann wieder vorwärts. Der Roboter wirkte wie ein wütender, in einem Käfig gefangener Stier.

Hinter Warne wurden Warnschreie laut. Die Leute waren erschreckt. Er schaute nach rechts: Georgia stand ein Stück von ihm entfernt und schaute mit aufgerissenen Augen zu. Warne dachte schnell nach. Er konnte nur eins tun: Er musste versuchen, den Trennschalter am Gehäuserücken der Maschine zu erreichen und zu deaktivieren.

Er trat behutsam vor. »Scylla«, sagte er laut und deutlich in der Hoffnung, die Aufmerksamkeit des Roboters auf sich zu ziehen. Er musste das bizarre Verhalten der Maschine beenden, dessen Ursache ihm völlig schleierhaft war. Im gleichen Moment hob er die linke Hand und spreizte in einer besänftigenden Geste die Finger. Er hielt die Rechte niedrig und schob sie langsam um das Gehäuse des Roboters.

Beim Ertönen seiner Stimme richteten sich Scyllas Sensoren auf Warne, und der Roboter sagte rasselnd: »Kemo sabe.«

Dann schoss eine seiner Zangen nach vorn und packte Warnes rechtes Handgelenk mit eisernem Griff.

Warne schrie vor Schmerz auf, denn Scylla drückte mit zerquetschender Stärke zu. Der Roboter riss ihn nach vorn. Warne flog über den Tresen und gegen die Eiskremschalen. Er gab dem Roboter verzweifelt nach, damit er ihm nicht das Gelenk brach.

»Papa!« Georgia sprang vor und streckte die Arme aus, um ihn von Scylla fortzuziehen.

»*Nicht,* Georgia!« Warne keuchte auf und gab sich alle Mühe, die linke Hand um das Gehäuse zu schieben. Seine Fingernägel schrammten über glattes Metall. Scylla fuhr zurück und zog Warne mit sich. Die Motoren heulten angestrengt. Der zweite Zangensatz des Roboters schoss nach vorn und zuckte auf den Hals seines Schöpfers zu, doch im gleichen Augenblick trafen Warnes Finger den kleinen Deaktivierungsschalter.

Scylla hielt urplötzlich inne. Funken sprühten aus den Wandlern des Roboters. Seine Sensorreihen sackten zusammen. Das Motorengeheul verstummte. Die Zangen klafften auseinander und ließen Warne frei. Er fiel schwer zu Boden, dann stand er zwischen den Eiskremschalen auf und rieb sein schmerzendes Gelenk. Georgia eilte zu ihm, und sie wichen gemeinsam von dem qualmenden, geschwärzten Roboter zurück.

Eine Menschenmenge hatte sich versammelt und den Ablauf der Ereignisse aus respektvoller Entfernung beobachtet. Warne schaute schwer atmend über die Zuschauer hinweg. Schokoladen- und Vanilleeis tröpfelte an ihm herab. Er massierte noch immer sein Handgelenk. Georgia stand neben ihm. Der Schreck hatte sie verstummen lassen.

Eine Weile sagte niemand etwas. Dann vernahm Warne einen leisen, anerkennenden Pfiff.

»Tolle Schau, Mann!«, sagte jemand. »Für einen Augenblick hab ich wirklich geglaubt, die Sache wäre echt.«
»Das war aber ziemlich übertrieben!«, rief ein anderer.
Dann fingen die Leute an zu klatschen: zuerst vereinzelt, dann immer mehr, bis die Luft von lautem Jubel erfüllt war.

12.45 Uhr

Als die Sonne am Himmel von Nevada höher stieg, verlor die darunter liegende Landschaft jegliche Farbe. Das Rot, Gelb, Braun und Violett der Sandsteinschluchten verblasste und wurde weiß. Die Vegetation der Hochwüste ragte in die Höhe und warf doch keinen Schatten.
Auf dem felsigen, schüsselartigen Steilabbruch, der Utopia umgab, beschien die Sonne eine riesige Mondlandschaft aus Senken und Graten. Der Mesagipfel war eine Flickendecke aus stummen und verlassenen Rinnen, die da und dort von vereinzelt wachsendem Wacholder und struppigen Fichten unterbrochen wurde. Der Himmel selbst war eine blassblaue Kuppel und bis auf ein einsames Flugzeug leer, das in zehntausend Meter Höhe eine weiße Linie zeichnete.
In einer schmalen Rinne vor dem Rand des Steilabbruchs rührte sich etwas. Der Mann, der sich bis zum Morgengrauen kaum bewegt hatte, streckte nun die Beine aus und schaute auf seine Armbanduhr. Trotz der brutalen Hitze hatte er gedöst. Er hatte den größten Teil seines beruflichen Lebens mit Warten zugebracht. Er hatte stunden- und manchmal tagelang gewartet – unter den Dschungelbaldachinen von Mosambik und in den fauligen Sümpfen Kambodschas, um-

geben von Blutegeln und Malaria hervorrufenden Moskitos. Im Vergleich dazu erschien ihm die Wüstenhitze Nevadas wie ein Urlaub.

Der Mann gähnte träge, ließ seine Knöchel knacken und drehte den Kopf, um eine Zerrung aus seinem mit kräftigen Muskeln bestückten Hals zu vertreiben. Hinter ihm ragte die Utopia überwölbende geodätische Kuppel wie die Schädeldecke eines Riesen aus der Schlucht auf. Endlose Reihen von Stahlrippen und Glasplatten zwinkerten und schillerten in der Mittagssonne. Die Kuppel wurde von mehreren schmalen Laufstegen umzogen. Sie lagen in Abständen von etwa fünfzehn Metern übereinander und waren mit Leitern verbunden. Ein Teil der Kuppeldecke, ein riesiges sichelförmiges Segment, war finster: das Dach über Callisto. Aus der Nähe und einer Höhe betrachtet, die kein Tourist je genießen würde, wirkte die Kuppel in ihrer massiven Schönheit fast überirdisch.

Doch der Mann auf der Mesa war kein Tourist. Er war nicht wegen der Aussicht hier.

Er fischte nach einer langen, flachen Leinensporttasche, die neben ihm in der Rinne lag, zog den Reißverschluss auf, griff hinein, nahm eine Feldflasche heraus und trank durstig einen großen Schluck. Obwohl es auf der kahlen Bergspitze weder Wachtposten noch Überwachungskameras gab, blieben seine Bewegungen gewohnheitsmäßig sparsam und direkt.

Er stellte die Feldflasche hin und wischte sich den Mund mit dem Handrücken ab. An seinem Hals baumelte ein großes Fernglas, das er nun an die Augen hob. Der Laserentfernungsmesser machte das Glas schwer, deswegen benützte er beide Hände, um es zu halten und langsam die Umgebung abzusuchen.

Von seinem Versteck aus hatte er eine ausgezeichnete Aussicht auf die Rückseite Utopias. Tief unter sich konnte er deutlich den stark befahrenen Zufahrtsweg sehen, der sich durch die Wüste schlängelte. Ein großer Kühllaster fuhr gerade eine Anhöhe hinauf. Der Mann beobachtete den Fahrer, der sich stumm durch die Gänge arbeitete. Es war ein guter Erkundungsposten: Von hier aus konnte man jedes flüchtende Fahrzeug und jede im Anmarsch befindliche Kavallerie sofort erkennen. Der Mann hob das Fernglas höher. Die roten Ziffern der Entfernungsanzeige wurden schnell höher, als er den weiter entfernten Hintergrund in Augenschein nahm.

Für den Bau ihres Parks hatte die Utopia-Holding ein Grundstück erworben, das im Süden an die U.S. 95 und im Norden an den Luftwaffenstützpunkt Nellis grenzte. Tief im Gebiet von Nellis, an einem Ort namens Groom Lake, gab es eine Einrichtung, die in regierungsamtlichen Landkarten einst unter der Bezeichnung Area 51 bekannt gewesen war. Das die Einrichtung bewachende Personal war autorisiert, mit tödlichen Waffen gegen unbefugte Eindringlinge vorzugehen. Im Osten und Westen war Utopia von einer Wildnis umgeben, die dem Bureau of Land Management unterstand. Der Park brauchte keine der riesigen Hecken und Randzäune, ohne die seine Konkurrenten nicht auskamen: Er ließ diese Aufgabe von der Natur und der Regierung erledigen.

Vielleicht hatte man sich bei Utopia und seinen Vorgängern von dem gleichen gedankenlosen Sicherheits- und Wohlergehensgefühl einlullen lassen, das man auch seinen Besuchern gern vermittelte. Falls Parkbetreiber überhaupt an ihre Peripherie dachten, waren sie meist nur darauf bedacht, nichtzahlende Besucher am Eindringen zu hindern.

Doch ihre Sicherheitsvorkehrungen rechneten natürlich nicht mit Leuten, deren Geschick in Sachen Entkommen und Eindringen in einem halben Dutzend feindlicher Umgebungen gestählt worden war.

Der Mann trank noch einen Schluck aus der Feldflasche. Dann legte er sie in die Sporttasche zurück und entnahm ihr ein M24-Heckenschützengewehr. Während er tonlos vor sich hin pfiff, nahm er schnell eine automatische Inspektion der Waffe vor. Sie basierte auf einer Remington-700-Basküle: Es gab neuere Gewehre, aber keine besseren. Mit neun Pfund war sie als Heckenschützenwaffe relativ leicht. Der Mündungsfeuerdämpfer und der Linsendeckel würden sie im Einsatz nicht verraten.

Der Mann legte das Gewehr über seine Knie, kramte in der Tasche herum und entnahm ihr vier mit 168-Körnung-Heckkonus bestückte Winchester-308-Patronen: die genauesten Patronen vom Kaliber .30, die der Markt hergab. Er füllte das Magazin, zog den Verschluss, um das erste Geschoss zu laden, und legte das Gewehr vorsichtig wieder in die Sporttasche. Er machte sich zwar keine Sorgen, dass die Sonne die Kevlar-Graphit-Schulterstütze verziehen könne, aber er wollte nicht, dass das schwere Zielrohr so heiß wurde, dass man es nicht mehr anfassen konnte.

Das zweite Gewehr, das er aus der Sporttasche holte, war eine Barret M-82 Light 50. Sie wirkte zwar beträchtlich tückischer und weniger akkurat als das M24, doch mit MG-Munition vom Kaliber .50 brachte sie alles zum Fallen, was sie in einer Entfernung von tausend Metern traf.

Mit den Gewehren und dem anderen Zeug in der Sporttasche hatte der Mann in der Nacht zuvor über siebzig Pfund Ausrüstung den Steilabbruch hinaufgeschleppt. Doch ein Übermaß an Waffen war eine Disziplin, die man ihm seit der Grundausbildung auf Parris Island eingehämmert hatte.

Sein Funkgerät stieß ein gedämpftes Zirpen aus, worauf er es vom Gürtel zog und schnell den Dechiffriercode für den Zerhacker eingab.

»Water Buffalo, Water Buffalo«, sagte eine Stimme. »Hier ist Prime Factor. Wie ist der Empfang?«

Der Mann hob das Funkgerät an die Lippen. »Noch immer bestens.«

»Status?«

»Partyreif.«

»Ausgezeichnet. Überwachen Sie diese Frequenz. Wir bringen Sie in einer Stunde auf den neuesten Stand. Prime Factor, Ende.«

Das Funkgerät verstummte. Der Mann steckte es wieder in den Gürtel. Erneut fiel sein Blick auf seine Armbanduhr. Es war genau 13.00 Uhr. Dann widmete er sich dem M-82 und überprüfte es ebenso instinktiv wie zuvor das andere Gewehr. Seine Hand fuhr zufrieden über das Zielfernrohr. Es war natürlich fest angebracht – bei abschraubbaren Zielfernrohren war die Nullstellung nicht zuverlässig –, und die Waffe war schon einvisiert. Er musterte die gigantische Kuppel, die hinter ihm aufragte, und sein Blick fiel auf einen kleinen schwarzen Fleck, der auf ihr herumkrabbelte. Er drückte den Biberschwanzschaft an seine Wange und das Auge ans Zielfernrohr. Der schwarze Fleck wurde nun zu einem Menschen in der weißen Kleidung eines Wartungsarbeiters. Er bewegte sich langsam über das Metallrippennetz, hielt nach gebrochenen Scheiben Ausschau und füllte zwei Gitter im Entfernungssucher des Zielfernrohrs aus. Er war ungefähr dreihundert Meter weit entfernt.

Der Finger des Mannes rutschte unter den Abzugbügel und

streichelte den Stecher. »Pass bloß auf«, sagte er leise vor sich hin. »Wir wollen doch nicht, dass du abstürzt.«
Dann schob er das Gewehr vorsichtig und liebevoll in die Sporttasche zurück.

13.05 Uhr

Die Personalwäscherei hatte Andrew Warnes Anzug gereinigt und gebügelt. Die Sicherheitsabteilung hatte eine Meldung über den Zwischenfall erhalten. Nun blieb er auf einem Gang der B-Ebene stehen und rieb sich verdutzt das Kinn. Als Kind hatte er nach besonders traumatischen Tagen einen oft wiederkehrenden Traum gehabt: Er ging in der Schule durch den Korridor zum Büro des Rektors und passierte ein Klassenzimmer nach dem anderen, ohne der einschüchternden Tür am Ende des Ganges auch nur einen Meter näher zu kommen. Jetzt war ihm, als erlebe er diesen Traum erneut.
Georgia machte sich neben ihm bemerkbar. »Hast du dich verlaufen?«
»Nein.«
»Glaube ich aber doch.«
»Und das sagst *du?* Habe ich dich nicht beauftragt, den Weg auf dem Lageplan zu suchen?«
Sie traten zur Seite und ließen einen Elektrokarren an sich vorbeischnurren. An der nächsten Kreuzung schaute Warne sich erneut in alle Richtungen um. Waren sie nicht schon mal hier gewesen? Die Gegend kam ihm bekannt vor. Doch die pausenlos wechselnden Ströme von Technikern und Darstellern erschwerten ihm die Orientierung.

Außerdem war er abgelenkt. Dort, wo Scylla sein Handgelenk gepackt hatte, schmerzte es noch immer. Ihm fiel plötzlich auf, dass er es geistesabwesend rieb.

Georgia schaute ihn an. »Alles in Ordnung mit dir, Papa?«

»Bin nur ein bisschen durcheinander. Tut mir Leid. Es muss dich ganz schön in Angst versetzt haben.«

Georgia schüttelte den Kopf. »Ich hatte keine Angst.«

Dies überraschte Warne. »Nicht? Aber *ich*.«

»Komm zu dir!« Georgia schaute ihn an, als sei ihr eine so grundlegende Ahnungslosigkeit unbegreiflich. »Du hast ihn doch gebaut, oder nicht? Er konnte doch gar nichts Böses tun. Dazu ist er doch gar nicht fähig.«

Warne schüttelte den Kopf. Georgia hatte nicht an der Besprechung teilgenommen. Sie wusste nicht, was er wusste. Wenn sie keine Fragen stellte, umso besser. Er jedoch hatte eine Menge Fragen auf Lager, die er Teresa Bonifacio stellen wollte – vorausgesetzt natürlich, er fand irgendwann ihr Büro.

Warnes Blick fiel auf ein Schild, das er seiner Meinung nach noch nicht gesehen hatte. »Neue Technologien.« Das musste es wohl sein. Er schaute sich um, damit sie nicht von einem anderen Wartungskarren überrollt wurden, dann führte er Georgia in die Richtung, die das Schild ihnen wies.

Eine Minute später – er wollte es nicht glauben – war es ihm gelungen, sich schon wieder zu verlaufen. Der Teil der B-Ebene, in den sie gestolpert waren, war offenbar für das Management reserviert: Er schritt über dicke Läufer, die Betonwände waren dezent tapeziert. Als er gerade aufgeben und umkehren wollte, erblickte er eine vertraute Gestalt und blieb abrupt stehen.

Sarah Boatwright stand im Türrahmen eines Büros, wandte ihm den Rücken zu und redete forsch auf zwei Männer in dunklen Anzügen ein, die ihr konzentriert und nickend lauschten. Ihr glattes, kupferfarbenes Haar wippte leicht, als sie mit den Armen gestikulierte.

Als Warne sie so von hinten sah, fiel ihm plötzlich etwas ein: Er dachte an den ersten Morgen, an dem sie zusammen aus dem Bett gestiegen waren. Bevor Sarah zur Arbeit gegangen war, hatte sie einige Minuten vor dem Spiegel verbracht und sich von allen Seiten betrachtet. Warne hatte ihr Verhalten zuerst für pure Eitelkeit gehalten, doch dann war ihm klar geworden, dass sie nur nach Unregelmäßigkeiten Ausschau hielt, etwa nach schlampig ausgeführten Bügelfalten. Sarah war ein ordnungsliebender Mensch. Aber wenn sie zur Arbeit ging, war sie geistig meist so beschäftigt, dass sie Einzelheiten wie ihr äußeres Erscheinungsbild hin und wieder vergaß. Nur deswegen unterzog sie sich dieser Inspektion. Warne hatte es als amüsant empfunden – und schließlich begriffen, dass ihr Verhalten, von ihrem Standpunkt aus betrachtet, eindeutig die beste aller Lösungen war.

Sarah drehte sich um und entdeckte die beiden. Sie lächelte kurz und winkte sie heran, dann drehte sie sich um und richtete noch ein paar Worte an die wartenden Männer. Die beiden nickten wieder, dann gingen sie ihrer Wege.

»Ich wollte dich nicht stören«, sagte Warne, als er vor ihr stand.

»Du störst mich nicht. Das waren nur die Vizepräsidenten der Abteilungen Transport und Konzept. Es gibt wieder ein halbes Dutzend neue Problemchen an der Atlantisbaustelle. Der übliche Kram.« Sarahs grüne Augen musterten zuerst Warne, dann Georgia, dann wieder ihn. »Du wirst dich zu deiner Besprechung mit Terri verspäten. Habt ihr euch verlaufen?«

»Ja«, sagte Warne.
»Nein«, sagte Georgia im gleichen Moment.
»Eigentlich seid ihr nicht weit von ihr weg. Terris Labor liegt gleich um die Ecke.« Sarah schaute erneut Georgia an. Sie zögerte. »Wollt ihr einen Moment reinkommen?«, fragte sie dann.
Ihr Büro war riesig, gut ausgestattet und sogar für die Unterwelt Utopias ungewöhnlich kalt. Nach den hell erleuchteten Gängen wirkte es gedämpft, fast düster. Sarahs Schreibtisch war bis auf ein paar Schnellhefter, ein Computerterminal und eine riesige Teetasse leer. Wie üblich stand nichts am falschen Platz. Sogar die Bilder an den Wänden – ein Foto Eric Nightingales, der den Arm um Sarah legte; ein Foto der »Swope«, des achtzehn Meter langen Bootes, mit dem sie am Newport-Bermuda-Rennen teilgenommen hatte – waren sorgfältig ausgerichtet.
»Sehr hübsch«, sagte Warne nickend. »Du hast es ganz schön weit gebracht. Vielleicht leih ich mir mal den Schlüssel zur Managertoilette von dir aus.«
»Utopia war gut zu mir.«
»Das sehe ich.«
Eine unbehagliche Stille breitete sich aus, als sei zwischen ihnen etwas, das noch der Erledigung harrte. Warne fragte sich vage, ob er sich für seinen Ausbruch bei der morgendlichen Besprechung entschuldigen solle. Doch so schnell ihm der Gedanke kam, so schnell wurde ihm auch klar, dass ihm überhaupt nicht daran gelegen war – mochte er nun im Recht oder im Unrecht sein.
»Ich hab von der Sache mit Scylla gehört«, sagte Sarah. »Ich bin froh, dass du nicht verletzt bist.«
»Falls man es so nennen kann.« Warne rieb sein Handgelenk.

Ich lasse Scyllas Hirn zur Analyse in Terris Computerraum bringen. Sarah sprach es zwar nicht aus – es war unnötig –, aber die Folgerung hing in der Luft.
Warne schaute zu Georgia hinüber. Sie hatte an Sarahs Konferenztisch Platz genommen und blätterte in einem überdimensionalen Bildband mit dem Titel »Utopia-Porträts«.
»Sarah«, sagte er etwas leiser und trat näher an sie heran. »Das Metanet ist nicht dafür verantwortlich. Es *kann* nicht dafür verantwortlich sein. Während der Entwicklung warst du an der Carnegie-Mellon. Du weißt, was es kann. Die Neuprogrammierung von Robotern ist einfach kein Bestandteil seiner Verhaltensmöglichkeiten.«
»Woher willst du so genau wissen, *was* es kann? Das Metanet ist ein lernfähiges, spezialisiertes System. Du hast es konstruiert, damit es sich ebenso weiterentwickelt wie die Roboter und sich an Veränderungen anpasst.«
»Aber du tust so, als ginge es um so was wie eine bösartige Software. Die Holding hätte die Installation doch nie genehmigt, wenn das Programm den Betatest nicht bestanden hätte. Es ist vor der Produktionsphase sechs Monate lang fehlerlos gelaufen. Oder?«
»Aber jetzt läuft es seit sechs Monaten in einer sich fortwährend verändernden Umgebung. Vielleicht hat es sich so modifiziert, dass es sich unserer Überwachung entzieht, weil wir nicht darauf vorbereitet waren. Das ist jedenfalls Fred Barksdales Theorie. Und er muss es ja wissen.«
»Aber …« Warne musste sich mit Mühe zurückhalten. Es brachte nichts, mit ihr zu streiten. Er musste sich die Diskussion für Teresa Bonifacio aufsparen. Er seufzte, dann schüttelte er den Kopf. »Fred Barksdale«, wiederholte er. »Sag mal, ist es ernst mit euch beiden? Oder ist es nur eine Sache, die den Sommer nicht übersteht?«

Sarah schaute ihn verdutzt an. Warne setzte ein Lächeln auf.

»Ist es so offensichtlich?«, fragte sie kurz darauf.

»Eine Neonreklame könnte es nicht heller verkünden.«

Sarah lächelte gequält. »Fred ist ein netter Kerl.«

»Hätte nicht gedacht, dass er dein Typ ist. Weil er wie ein typischer Oberklassenbrite aussieht, meine ich. Er wirkt so ... Ich weiß nicht. Jagdklub, Gin trinkend, gebügelte Ausgabe der ›Times‹. So was in der Art.«

»Er ist der kultivierteste Mensch, dem ich je begegnet bin. Vermutlich bin ich einfach zu oft mit Naturwissenschaftlern ausgegangen. Womit ich niemanden beleidigen will.«

»Fühl mich nicht angesprochen.« Trotzdem spürte Warne, dass das Lächeln auf seinem Gesicht leicht einfror.

Er sah nun, dass Sarah an ihm vorbeischaute, und warf einen Blick nach hinten. Georgia hatte das Buch hingelegt und verfolgte ihr Tête-à-tête mit missbilligender Miene.

Sarah ging lässig einen Schritt zurück. »Ich hab was für dich, Georgia.« Sie trat hinter ihren makellosen Schreibtisch und bückte sich. Warne vernahm das Knirschen eines sich in einem Schloss drehenden Schlüssels, dann das leise Heulen schneller werdender Ventilatoren. Dann trat Sarah zurück.

»Komm raus!«, sagte sie in einem lockenden Tonfall.

Warne hatte kurz den Eindruck, dass der Schreibtisch sich bewegte. Dann tauchte hinter ihm etwas auf: ein korpulentes, linkisches Ding, ein auf der Seite liegender Bierkrug auf überdimensionalen höckerigen Reifen. Es hielt an, die Sensoren auf seinem Oberteil drehten sich schnell. Das Ding schien nun Georgia und Warne zu erblicken. Es stieß ein eigenartiges, leises Geräusch aus, das irgendwo zwischen einem Bellen und einem Rülpsen angesiedelt war, dann kam es plötzlich näher.

Georgia sprang sofort auf und breitete die Arme aus. »Flügelmutter!«, sagte sie. »Komm her, altes Haus!«
Warne schaute zu, als das große Ding eifrig über den Boden auf seine Tochter zurollte. Leider hielt es nicht rechtzeitig an. Georgia wurde umgeworfen.
Warne hatte vergessen, wie viele Stereokameras auf dem Kopf des Dings Augen darstellten und wie gut der Kreisel, den er ins Fundament des Roboters eingebaut hatte, die ruckartigen, ungeduldigen Bewegungen eines riesigen Welpen imitierte. Auch Schwerfälligkeit gehörte zu Flügelmutters Charakter. Warne hatte den Roboter ursprünglich zu Demonstrationszwecken gebaut, als einfaches Vehikel, an dem er robotische Konzepte wie Wegberechnung und Kollisionsvermeidung erklären konnte. Als heftiger Gegner der Ethologie – der Verwendung tierischer Verhaltensweisen als Vorlage eines robusten KI-Aufbaus – hatte ihm Flügelmutter als perfektes Paradigma gedient. Der Roboter gehörte zu den frühesten Exemplaren, die Warne gebaut hatte, um seine Theorien in Sachen maschineller Lernfähigkeit zu ergänzen. Außerdem war er ihm wie ein ideales Haustier für Georgia erschienen, denn sie war gegen Hunde allergisch. Als ihr Interesse an Flügelmutter abgenommen hatte, hatte der Roboter im Institut ein neues Zuhause gefunden und war schnell zu einer Kuriosität geworden. Er verfügte über ein Dualprozessorsystem, gewaltige Speicher und teure Hardware, auch wenn sie jetzt nicht mehr aktuell war. Seit Warne seine umfangreiche Bastelei an ihm beendet hatte, verhielt sich Flügelmutter wie ein normaler Hund: Er konnte Dinge apportieren, betteln, Einbrecher aufspüren und erledigte insgesamt zwanzig Aufgaben. Außerdem hatte er entweder ein Softwarepatch zu viel abbekommen oder ein Student hatte Warne einen Streich gespielt, denn Flügelmutter war weni-

ger berechenbar als Warnes andere Schöpfungen. Das heißt bis heute Morgen.
Inzwischen hatten Flügelmutters Sensoren Warne erkannt. Der Roboter kam auf ihn zu und rieb sich nicht gerade sanft an der Hüfte seines Schöpfers, als wolle er gestreichelt werden. »Hallo, alter Junge«, sagte Warne. Er war stolz auf den Roboter und verspürte auch jetzt den irrationalen Impuls, dessen nicht existierende Ohren zu kraulen. Als er sich bückte, sah er zu seinem Erstaunen, dass sich um Flügelmutters Mikrofoneingang und seine Servos und Aktuatoren eine Staubschicht gebildet hatte. Als habe man ihn gerade aus einem Schrank geholt, weil er nicht im Geringsten zum Rest von Sarahs Büro passte.
Warne blies den Staub an einigen Stellen vorsichtig fort und richtete sich auf. »Spiel mit Georgia!«, sagte er.
Nightingale war während Flügelmutters Entwicklung entzückt gewesen. Warne hatte ihm den Roboter schließlich als Vorgeschmack auf weitere technologische Glanztaten geschenkt. Er hatte immer geglaubt, die Parkgestalter hätten den Roboter in eine Attraktion integriert. Höchstwahrscheinlich irgendwo in Callisto.
»Warum setzt ihr ihn nicht im Park ein?«, fragte er.
»Wir hatten es vor. Aber dann haben wir uns immer mehr in Richtung Wahrnehmungswelten entwickelt – Hologramme, Lasershows, computergesteuerte Fahrgeschäfte. Aufgrund von Besucherumfragen und so weiter.«
»Besucherumfragen? Nicht wegen Chuck Emory und seiner Erbsenzähler?«
»Man hatte auch den Eindruck, er könne ein wenig … ähm … einschüchternd auf die Besucher wirken.«
»Einschüchternd? Der kleine alte Roboter?«
»Klein ist er nun nicht.«

In Sarahs Bürotür tauchte ein Mann auf, der ein Bündel Blaupausen und technische Zeichnungen unter dem Arm trug. »Entschuldigt mich einen Moment«, sagte Sarah und ging zu dem Neuankömmling, um mit ihm zu sprechen.

Warne beobachtete sie kurz. Dann fiel sein Blick auf seine Tochter, die auf dem Boden kniete und dem Roboter etwas zumurmelte. Er schaute sich erneut im Büro um und sein Blick fiel auf das »Swope«-Foto. Damals war es ihm wie ein gutes Omen erschienen. Seine Frau Charlotte hatte Segelboote gebaut; Sarah steuerte welche. Er hatte nicht erkannt, dass Georgia auf diese Übereinstimmung genau gegenteilig reagierte. Und noch etwas: Seine Frau hatte Segelboote rein um ihrer selbst willen geliebt. Je besser er Sarah kennen gelernt hatte, umso klarer war ihm geworden, dass ihr Interesse am Segeln in erster Linie dazu diente, sich einer Herausforderung zu stellen.

Wieder musterte er seine Tochter. Georgia war die einzige Herausforderung gewesen, die Sarah nicht gemeistert hatte. Er dachte an das schwerfällige Zwischenspiel im Konferenzraum – Sarahs Begegnung mit Georgia. Sie hatte Georgia nicht spontan umarmt; sie hatte nur deutliche Zuneigung gezeigt, doch ziemlich vage und formell. Es war fast so, als »könne« Sarah nicht mit Kindern. Sie hatte sich zwar Mühe gegeben – doch auf eine Weise wie gerade eben: mit Flügelmutter. Warne wusste, dass sie damit nie Erfolg haben würde. Sarah war ein höchst logischer Mensch. Doch der ständige Einsatz von Logik funktionierte bei Kindern nicht. Kinder würden Sarahs Pläne stets durcheinander bringen und das Gegenteil von dem tun, was sie erwartete.

Das Telefon auf Sarahs Schreibtisch fing plötzlich an zu klingeln. Warne musterte es kurz und schaute dann auf die

Uhr. »Wir sollten lieber gehen«, sagte er. »Tut mir Leid. Wo ist noch mal Teresas Labor?«

»Im zweiten Gang rechts, dritte Tür links.« Sarah entließ den Mann an der Tür und kehrte an ihren Schreibtisch zurück. »Noch ein Wort über Teresa, Andrew. Sie ist keine typische Utopia-Angestellte.«

»Wie das?«

»Sie hat natürlich was auf dem Kasten, und was Roboterprogrammierung angeht, ist sie unschlagbar. Aber sie ist unkonventionell. Es war ziemlich schwierig, ihr den Geist Utopias zu vermitteln.«

»Du meinst, sie ist launisch? Renitent?«

»Sagen wir mal, sie schwimmt gegen den Strom. Vor ein paar Monaten hat sie zum Beispiel einen Postzustellungsroboter so programmiert, dass er diverse brave Postraumbuben in den Hintern kniff.«

Obwohl sie sehr leise gesprochen hatte, brach Georgia am anderen Ende des Raumes in ein schallendes Gelächter aus.

»Was du nicht sagst!«, erwiderte Warne.

»Außerdem wird sie verdächtigt, ein Aktfoto von Margaret Thatcher, auf dem Fred Barksdale über ihre Schulter linst, in der Damentoilette der Systemverwaltung aufgehängt zu haben. Sie hat seit der Parkeröffnung schon drei Abmahnungen erhalten.« Sarah presste missbilligend die Lippen aufeinander.

»Sie lässt sich wohl keine Gehirnwäsche verpassen, um das Leben lockerer zu sehen, was? Sie ist wohl ein typischer Querulant.«

Sarah öffnete den Mund zu einer Antwort. Dann verharrte sie, denn eine Frau in einem weißen Blazer schob den Kopf in ihr Büro herein.

»Hier gehts ja heute zu wie auf dem Hauptbahnhof«, murmelte Warne.
»Jeden Tag.« Sarah wandte sich der Frau zu. »Ja, Grace?«
»Tut mir Leid, dass ich stören muss, Miss Boatwright, aber Sie haben nicht abgehoben. Ein Herr möchte Sie sprechen.«
»Ein Herr?«
»Ein Experte von außerhalb. Sagt, Sie hätten ihn zu einem Gespräch gebeten.«
»Ich erinnere mich an keinen Termin.« Sarah kehrte an den Schreibtisch zurück, machte eine Tastatureingabe und schaute auf den Monitor. »Na schön. Bitten Sie ihn, noch einen Moment zu warten.«
Sie zog etwas aus einer Schublade, umrundete den Schreibtisch und händigte es Warne aus. »Das ist Flügelmutters Echoorter. Jetzt höre ich mir aber lieber an, was der Experte will.«
»Danke.« Warne befestigte das Ortungsgerät an seinem Handgelenk.
»Morgen früh bin ich weg. Falls wir uns heute nicht mehr sehen – viel Glück! Ich hoffe, du bringst alles wieder auf die Reihe.«
Warne lächelte frostig.
»Fred wird alles tun, um dir zu helfen. Vergiss nicht: Nichts ist von Bestand. Mit etwas Glück wirst du den Fehler korrigieren. Dann können wir New York um einen Neustart bitten.« Sie drehte sich um. »Leb wohl, Georgia! War nett, dich wiederzusehen. Ich wünsche dir alles Gute.«
»Danke.« Georgia stand auf.
Warne nickte Sarah zu, dann ging er mit Georgia zur Tür hinaus. Auf dem Korridor wartete die Frau im weißen Blazer bei einem großen schlanken Mann mit kurz geschorenem

Bart. Als sein Blick den Warnes aus der Ferne traf, lächelte er.

Hinter Warne ertönte ein hektisches, hupenartiges Hecheln. Als er sich umdrehte, sah er, dass Flügelmutter mit ruckenden Bewegungen zuerst vorwärts und dann rückwärts über den Teppichboden glitt. Die Sensoren des Roboters schwenkten wild umher.

»Worauf wartest du?«, fragte Warne. »Gehen wir!« Als sie durch den Korridor gingen, machten die Leute, die dem Mann, dem Mädchen und dem unförmigen, ruckartig hinter ihnen her wackelnden Roboter begegneten, großzügig Platz.

13.09 Uhr

Obwohl Warne längst abgebogen und aus ihrem Blickfeld verschwunden war, blieb Sarah noch einen Moment stehen und starrte auf die Stelle, an der er gestanden hatte. Das Gefühl der Wachsamkeit, das sie während der morgendlichen Konferenz empfunden hatte, beherrschte sie noch immer. Aber eigentlich war es weniger Vorsicht als das Wissen, dass in ihrem Inneren irgendetwas unbeendet geblieben war. Sie hatte nie zu den Menschen gehört, die allzu lange über sich selbst nachdachten. Taten waren ihr lieber als Reflexionen. Trotzdem wusste sie, dass dieses Gefühl irgendwas mit dem Zeitpunkt von Andrew Warnes Besuch zu tun hatte. Es war natürlich Chuck Emorys Idee gewesen. »Unternehmen Sie was, holen Sie ihn sofort her!«, hatte der Geschäftsführer in New York gesagt. »Ich möchte, dass das Metanet abgeschaltet wird, bevor irgendetwas Schlimmeres passiert. Aber weihen Sie ihn bloß nicht ein, bevor er bei Ihnen ist! Wir können es uns nicht leisten, dass etwas an die Öffentlichkeit dringt. Binden Sie ihm von mir aus irgendeinen Bären auf, aber sorgen Sie dafür, dass er kommt!« Natürlich hatte ihr das Täuschungsmanöver nicht gefallen. Und noch etwas: Sie hatte sich erleichtert gefühlt, als ihr bewusst geworden war, dass sie während der meisten Zeit von Warnes Besuch in San Francisco sein würde. Dies war freilich ein Zeichen von Schwäche – etwas, das sie verabscheute. Wieso machte sie sich Sorgen? Sie hatte die Missbilligung anderer Menschen noch nie gefürchtet, die Warnes eingeschlossen. Vielleicht empfand sie Mitgefühl für ihn. Die Tage hier würden ihm keinen Spaß machen. Es war schon schwer genug, dies zu verfolgen, da brauchte sie nicht noch dabei zu sein.

All diese Gedanken huschten in einer Sekunde durch ihren Kopf. Dann wandte sie sich dem draußen wartenden Mann zu. »Tut mir Leid. Kommen Sie doch rein!«

Der Mann betrat mit einem breiten Lächeln ihr Büro.

»Ich erinnere mich gar nicht daran, dass wir einen Termin haben, Sir«, sagte Sarah und nahm hinter ihrem Schreibtisch Platz.

Der Mann nickte und verschränkte die Arme elegant vor seiner Brust. Sarah registrierte unbewusst, dass sein Leinenanzug makellos geschnitten und eindeutig teuer war. Ihr Besucher strahlte etwas Ungewöhnliches aus, aber sie konnte nicht genau definieren, was.

»Ihre Erinnerung trügt Sie nicht, Miss Boatwright«, sagte der Mann. »Wir haben keinen Termin. Ich fürchte, ich habe ein kleines Täuschungsmanöver inszeniert.«

Er trat vor, und nun begriff Sarah, was sie an dem Besucher so irritierte. Seine Augen hatten unterschiedliche Farben. Das linke war braun, das rechte hellblau.

Sie war nicht beunruhigt. Solche Besucher gehörten zum

Alltag. Manche Utopia-Fans waren etwas zu engagiert. Es gab Leute, die den Park schon ein Dutzend Mal besucht hatten. Leute, die sich so altmodisch kleideten wie Eric Nightingale. Leute, die sich, um einen Blick hinter die Kulissen zu werfen, immer wieder um einen Arbeitsplatz bewarben, selbst um untergeordnete Tätigkeiten wie die eines Bonbonwagenfahrers. Hin und wieder fanden sie eine Möglichkeit, in die verbotenen Bezirke vorzudringen, und mussten – höflich, doch bestimmt – hinauskomplimentiert werden. Nun ja, bisher hatte noch keiner speziell sie sprechen wollen. Doch der Mann wirkte trotz der ungewöhnlichen Augen weder verrückt noch gefährlich. Sein Gesicht war attraktiv und würdevoll, sein Lächeln offen und aufrichtig. Er strahlte Gelassenheit und Ruhe aus. Sarah fühlte sich kurz an Fred Barksdale erinnert.

»Darf ich um Ihren Namen bitten?«

»Natürlich dürfen Sie, Sarah ... Sie haben doch nichts dagegen, wenn ich Sie Sarah nenne?« Seine Stimme war sanft und melodisch. Er sprach mit einem schwachen Akzent, der ihn möglicherweise als Australier auswies. »Vornamen sind wichtig, wenn man Vertrauen aufbauen will. Mein Name ist Mr. Doe, Sarah. Aber Sie dürfen mich John nennen.«

Ein kurzes Schweigen.

»Verstehe.« Sarah wandte sich ihrem Computer zu und betätigte einige Tasten. »Ich finde keine Unterlagen über einen externen Experten namens ... ähm ... John Doe, der heute in Utopia eintreffen soll.«

»Schon wieder richtig. Noch ein kleines Täuschungsmanöver. Es ist mir *so* unangenehm. Bitte, verzeihen Sie mir! Sagen Sie, trinken Sie etwa Jasmintee? Er duftet wunderbar.«

Mr. Doe lächelte Sarah noch immer ungezwungen an. Dann

tat er etwas höchst Eigenartiges. Er trat vor, setzte sich auf den Rand ihrer Schreibtischplatte, nahm Tasse und Untertasse an sich und trank einen Schluck. Dann schloss er genießerisch die Augen.

»Ah! Wirklich ausgezeichnet.« Er trank noch einen Schluck. »Aber er schmeckt nach Frühjahrsernte – *first flush,* wissen Sie? Für diese Tageszeit wäre *second flush* eine weitaus bessere Wahl gewesen.«

Sarah ließ ihre rechte Hand beiläufig auf die Tastatur sinken. Eine kurze Eingabe im Zahlenfeld brachte die Leute von der Sicherheitsabteilung innerhalb von neunzig Sekunden in ihr Büro. Doch als der Mann sich vorbeugte, um die Tasse wieder abzustellen, öffnete sich vorn sein Jackett, und aus einem Schulterholster leuchtete ihr der Griff einer Handfeuerwaffe entgegen. Sarahs Hand fiel von der Tastatur.

»Was wollen Sie?«, fragte sie.

Der Mann wirkte verletzt. »Warum so eilig, Sarah? Die Sache steigt noch früh genug. Gönnen wir uns noch einen Moment, um uns kennen zu lernen. Wie zivilisierte Menschen.«

Sarah schob ihren Sessel ein Stück zurück und beobachtete den Mann vorsichtig. »Okay. Wer sind Sie?«

Mr. Doe schien über die Frage nachzudenken – als habe er sie noch nie zuvor gehört. »Meinen Sie, was ich *mache?«* Er hielt inne. »Sie würden mich vermutlich als eine Art Expedient bezeichnen. Mir gefällt das Wort nicht – es klingt nach einer kurzlebigen Modetorheit. Aber ich weiß auch nicht genau, wie man meine Tätigkeit umschreiben soll. Ich beschaffe Dinge, die andere Menschen haben wollen. Mittelsmann klingt allerdings zu sehr unter Wert. Vielleicht fällt es Ihnen leichter, wenn Sie in mir einfach einen begabten Menschen sehen.«

Er schob eine Hand in seine Jackentasche. Sarah sammelte sich, damit sie sich, falls nötig, rasch bewegen konnte. Der Mann schüttelte tadelnd den Kopf, als sei er über ihren Argwohn bestürzt. Dann legte er mit schlanken, eleganten Fingern ein kleines Walkie-Talkie auf den Tisch, als wolle er sie in ein Geheimnis einweihen.

»Ich habe gute Nachrichten für Sie, Sarah«, sagte er. »Es steht in Ihrer Macht, dass in diesem Park heute niemand ums Leben kommt.«

Sarah musterte den Mann schweigend.

»Ich weiß, was dieser Park Ihnen bedeutet.« Während der Mann sprach, ließ er sie nicht aus den Augen. Seine Miene drückte Mitgefühl und grundsätzliches Verständnis für sie aus. »Ich weiß, dass Sie größten Wert darauf legen, dass hier alles funktioniert und die Sicherheit Ihrer Besucher gewährleistet ist. Es braucht nichts zu passieren, das Ihrem Wollen zuwiderläuft; überhaupt nichts. Dazu müssen Sie nur ein paar einfache Vorschriften befolgen.« Sein mitfühlender Blick und seine verständnisvolle Miene hielten sie in seinem Bann. »Sie dürfen weder die örtliche noch die Bundespolizei alarmieren. Und Sie dürfen *keinen* Versuch machen, den Park zu evakuieren. Das Geschäft geht wie üblich weiter. Die Besucher werden kommen und gehen wie an jedem Tag des Jahres. Alle vergnügen sich, niemand tut sich weh. Und wenn Sie mal darüber nachdenken: Ist nicht genau das Ihre Aufgabe? Bitte, Sarah, brechen Sie keine dieser Grundregeln.«

»Was also wollen Sie?«, fragte Sarah erneut.

Mr. Doe lehnte sich zurück. »Ich werde verschiedene Dinge von Ihnen fordern. Es ist sehr wichtig, dass Sie meine Anweisungen hundertprozentig befolgen. Wir werden uns hiermit verständigen.« Er drückte einen Knopf des Funkgeräts, und es summte leise. »Aber zuerst wollte ich persönlich mit Ihnen reden. Sie wissen ja: um das Eis zu brechen, den Dingen ein menschliches Gesicht zu verleihen und so weiter.« Er strich über sein Jackett. »Ich hoffe, Sie können mir verzeihen, aber nun komme ich zum unerfreulichen Teil unseres Gesprächs.«

Sarah spürte, dass ihr Unterkiefer sich spannte. »Ich reagiere nicht allzu gut auf Drohungen«, sagte sie mit steinerner Miene.

»Ach, es dauert nicht lange. Und es sind wirklich *gute* Drohungen, Sarah. Tun Sie, was ich sage, und zwar *wenn* ich es sage. Versuchen Sie nicht, mich aufzuhalten, zu behindern oder irgendwie zu täuschen. Sonst passiert etwas. Sie werden bald erfahren, dass ich mehr über Sie und Ihren Park weiß, als Sie für möglich halten. Meine Mitarbeiter sind längst nicht so kultiviert wie ich. Wir hatten eine Menge Zeit, um uns vorzubereiten. Wir überwachen alle Ein- und Ausgänge. Wenn Sie mitarbeiten, sind wir im Nu wieder fort. Dann können Sie mit Ihrer Arbeit fortfahren – und Ihre Gäste unterhalten.«

Er rutschte von der Schreibtischplatte. »Also … Es war doch nicht so übel, oder? Ich war schon immer der Meinung, dass eine ordentliche Drohung wie die Verabreichung einer Spritze sein muss. Es muss schnell gehen, dann tut es nicht so weh.« Er streckte die Hand aus. Sarah erstarrte erneut. Doch der Mann lächelte nur und fuhr zärtlich mit den Handknöcheln über ihre Wange. »Ich werde mich in Kürze melden. Genießen Sie Ihren Tee – er ist ziemlich erlesen. Aber vergessen Sie nicht, was ich über die erste Ernte gesagt habe!«

Als er sich umdrehte, um fortzufahren, bewegte sich Sarahs Hand erneut Richtung Tastatur. Doch dann dachte sie an das

Schießeisen und die außergewöhnliche Gelassenheit in John Does Blick und wartete ab.

Als der Mann an der Tür stand, drehte er sich um. »Noch etwas. Vielleicht neigen Sie dazu, meine Worte zu bezweifeln. Sie sind eindeutig eine Frau, die man nicht verängstigen kann. Sie könnten beispielsweise versucht sein, den Park für Neuankömmlinge zu sperren oder sich meiner Bitte zu widersetzen. Ich würde natürlich sofort darauf reagieren. Um allen diesbezüglichen Schwierigkeiten aus dem Weg zu gehen, habe ich eine kleine Vorstellung arrangiert. Nachdem Sie ja selbst so vielen Menschen so viel bieten ... Ist es da nicht an der Zeit, dass auch Sie mal was zu sehen kriegen? Ich wette, danach haben Sie keinerlei Zweifel mehr.«

Er schaute auf seine Armbanduhr.

»Punkt 13.30 Uhr geht es los. Ich hoffe, Sie haben Ihren Spaß daran.«

Dann ging er ohne ein weiteres Wort hinaus.

13.15 Uhr

Glaubst du, er hat einen Dachschaden?«, fragte Fred Barksdale. »Wie der Typ vor einer Woche, der sich für Abraham und Utopia für Sodom hielt?« Er drehte den Lenker des Elektrokarrens, um einem Fußgänger auszuweichen. Mit fünfzehn Kilometern pro Stunde bewegte sich das Wägelchen doppelt so schnell, wie es in den Gängen der Unterwelt erlaubt war.

Sarah schüttelte den Kopf. »Er klang nicht wie der typische Bombenspinner oder Telefonschwafler. Er war zu freundlich. Irgendwie zu fürsorglich ...« Sie schüttelte heftig den

Kopf, als wolle sie ihn leer kriegen. »Er wollte speziell zu mir. Er wusste genau, was er wollte. Außerdem haben wir noch *das* da.« Sie klopfte auf ihre Jackentasche.

Sie bogen um eine Ecke. Die Gummireifen des Wägelchens quietschten auf dem nackten Beton. Sarah schaute Barksdale von der Seite an. Seine fein geschnittenen Gesichtszüge wirkten gespannt. Seine blonden Brauen waren konzentriert gerunzelt.

Barksdale drehte den Kopf, schaute ihr in die Augen. »Bist du in Ordnung, Schatz?«

Sarah nickte. »Es geht mir gut.«

Vor einer Reihe unbeschrifteter Türen hielten sie an. Barksdale stellte den Karren quer im Gang ab, dann ging er zu den Türen und zog seine Kennkarte durch das Lesegerät. Als das Schloss sich klickend öffnete, drückte er die Tür nach innen auf und trat zurück, um Sarah zuerst eintreten zu lassen.

Beim Überwachungszentrum, von den Technikern und Darstellern Utopias Bienenstock genannt, handelte es sich um einen großen kreisförmigen Raum, der bis an die Decke mit in Regalen stehenden Monitoren bestückt war. In diese Kommandostation wurde die Bildzuführung der Hauptüberwachungskameras übertragen. Doch nicht alle Bildverbindungen Utopias waren hier einsehbar: Die Infrarotkameras im Inneren der Fahrgeschäfte und Attraktionen waren geschlossene Systeme, und auch die Himmelsaugen der vier Spielkasinos wurden von separaten Orten aus gesteuert. Doch die Kameras an über sechstausend Stellen im Park – von den Restaurants über die Warteschlangen bis zu den Wartungsabteilungen und Schwebebahnen – konnten vom Bienenstock aus unabhängig gesteuert werden.

Als Sarah eintrat, fiel ihr wie bei allen früheren Besuchen

ein, wie passend der Spitzname doch war. Die vielen hundert in gleichmäßigen Winkeln gekippten Bildschirme, die sie überall umgaben, erinnerten sie unweigerlich an eine riesige Ansammlung von Honigwaben.

Sie empfand keine Besorgnis – jedenfalls nicht im Übermaß. In den letzten Monaten hatten sie aufgrund von Drohanrufen und E-Mails zahlreiche Alarme gehabt, denen nie eine Tat gefolgt war. Doch keiner der Spinner und Scherzkekse hatte sich je namentlich vorgestellt. Niemand hatte ihr ein Funkgerät in die Hand gedrückt. Außerdem hatte nie jemand eine versteckte Waffe getragen. Deswegen hatte Sarah den Sicherheitschef Bob Allocco angerufen und eine Interdiktion angeordnet. Nur um sicherzugehen.

Im Inneren des Bienenstocks war die Luft kalt und trocken und hatte den schwachen, fast süßlichen Geruch höchster Reinheit. Ein Dutzend Sicherheitsexperten saßen an den kreisförmig angeordneten Überwachungsstationen, verfolgten Kameraschwenks oder sprachen in Mikrofone. Bob Allocco stand neben dem Experten, der dem Eingang am nächsten saß. Seine Finger pochten ungeduldig auf die schwarze Oberfläche eines Tisches. Als sie ihn erreichten, drehte er sich um, dann runzelte er die Stirn und gab ihnen mit einer Geste zu verstehen, dass sie ihm folgen sollten.

An der Wand gegenüber war zwischen zwei Monitorregalen eine Milchglastür. Allocco öffnete sie mit seiner Kennkarte und bat Sarah und Barksdale einzutreten. Dann machte er die Tür hinter sich zu.

Der Raum war klein und finster. Er enthielt mehrere große Monitore, drei Telefone, einen Computerarbeitsplatz und einige Sessel, doch sonst kaum etwas. Als das Türschloss einschnappte, sprang ein Ventilator an und sorgte für ein leises, kratziges Hintergrundsummen: Störgeräusche, die dazu dienten, dass man sie nicht abhören konnte.

Allocco drehte sich um. »Für wie ernst halten Sie die Sache?«, fragte er.

»Ich fürchte, wir müssen sie auf jeden Fall als ernst einstufen«, erwiderte Barksdale.

»Um 13.30 Uhr werden wir es wissen«, sagte Sarah leise.

Allocco schaute sie an. »Wieso?«

»Er hat gesagt, er wird es uns beweisen. Um uns zu zeigen, dass er es ernst meint und nicht blufft.«

»Aber er hat Ihnen keinen Hinweis gegeben, was er will?«

Sarah zog das Funkgerät aus der Tasche. »Er hat gesagt, er wird sich darüber melden.«

Allocco nahm das Gerät und drehte es in den Händen. »Tja, wer der Typ auch ist, er nagt jedenfalls nicht am Hungertuch. Schauen Sie: ein Zerhacker von militärischer Güteklasse. Ich wette, das Ding hat auch einen Frequenzspreizer. Es ist unmöglich, seine Position anzupeilen.«

Er gab ihr das Gerät zurück. »Hat er Sie bedroht?«

»Er hat angedeutet, dass Menschen sterben werden, wenn wir nicht genau das tun, was er sagt.«

»Für mich klingt das verdammt nach einer Erpressung«, sagte Barksdale.

»Er hat außerdem gesagt, ich soll weder die Polizei alarmieren noch den Park evakuieren. Wir sollen weitermachen wie bisher. Sonst passiert etwas.«

Ein kurzes Schweigen. Allocco musste die Neuigkeit erst verdauen.

»Dann hat er noch etwas gesagt: dass er nicht allein ist. Und dass sie eine Menge Zeit hatten, sich auf alles vorzubereiten.«

Sarah drehte sich um und fing Barksdales Blick auf. So-

gar in dem matten Licht wirkte sein Gesicht nun leicht grau.
»Was geht hier vor?«, fragte er. »Terroristen? Religiöse Eiferer? Irgendeine schwachköpfige Randgruppe?«
»Wir haben keine Zeit für Spekulationen«, erwiderte Allocco. »Wir haben aber unsere Geräte. Lasst uns den Burschen aufstöbern.« Er hob das Telefon neben dem PC ab und wählte eine Nummer. »Ralph? Bob Allocco. Ich bin im Bienenstock. Kannst du bitte mal kommen?«
Er legte den Hörer auf. »Ralph Peccam, mein bester Videotechniker«, erklärte er. »Hat früher in der Systemanalyse gearbeitet, kennt die ganze Infrastruktur wie seine Westentasche.«
»Ist er diskret?«, fragte Sarah.
Allocco nickte. »Wann hat dieser John Doe Ihr Büro verlassen?«
Sarah dachte kurz nach. »Etwa um 13.10 Uhr.«
»Okay.« Allocco machte sich an dem Arbeitsplatz zu schaffen und klickte sich durch eine Reihe von Menüs. »Nehmen wir also seine Witterung auf.«
Jemand klopfte leise an die Tür. Sarah stand auf, um sie zu öffnen. Draußen stand, vom ätherischen Leuchten zahlloser Bienenstockmonitore umgeben, ein dürrer kleiner Junge. Ein Vogelnest aus roten Haaren thronte auf seinem Kopf. Seine Nase und seine Wangenknochen waren mit Sommersprossen übersät. Er konnte nicht älter sein als zwanzig. Das goldene Abzeichen auf seiner altmodisch aussehenden Sportjacke wies ihn als Elektronikexperten aus.
»Setz dich hin, Ralph!«, sagte Allocco.
Der Junge schaute Sarah kurz an, dann nahm er vor dem PC Platz und zog laut die Nase hoch.

»Wir haben einen kleinen Suchauftrag für dich. Es geht um jemanden, der sich in diesem Gebäude aufhält. Okay?«

Peccam nickte stumm. Seine großen Augen flackerten noch einmal über Sarah hinweg. Er war eindeutig nicht daran gewöhnt, seiner obersten Vorgesetzten so nahe zu sein.

»Erinnerst du dich an die Interdiktübungen, die wir durchgezogen haben? Tja, diesmal ist es keine Übung. Vor ungefähr achtzehn Minuten hat ein Mann Miss Boatwrights Büro verlassen. Folgen wir doch mal seiner Spur!« Allocco deutete auf den Bildschirm. »Da ist eine Liste der Kameras auf diesem Korridor. Fang bei B-2023 an.«

Peccam gab eine Reihe von Befehlen ein. Auf einem Monitor erschien ein Bild: der Eingang zu Sarahs Büro, aufgenommen von einer Deckenkamera gegenüber. Der untere Bildschirmrand gab die Zeit an, in der die Aufzeichnung stattgefunden hatte. Als sie rückwärts lief, flogen Hundertstelsekunden an ihnen vorbei und wurden fast unlesbar. Daneben war eine lange Zahlenreihe zu sehen.

»Schwarzweißaufnahmen?«, fragte Sarah überrascht.

»Alle Kameras im Personalbereich nehmen in Schwarzweiß auf. Nur die öffentlichen Bereiche sind in Farbe. Das haben wir doch alles vor einem Monat auf einer Konferenz besprochen. Haben Sie nicht zugehört?«

»Offenbar nicht gut genug. Erzählen Sies noch mal!«

Alloccos Hand deutete auf den Monitor. »Die Videoüberwachung ist inzwischen vollkommen digitalisiert. Wir haben keine Analoggeräte mehr. Das bedeutet: kein Übertragungsverlust, unbegrenzte Speicherkapazität und theoretisch unbegrenzte Auflösung. Alles richtet sich nach einem einheitlichen SMPTE-Zeitcode mit … Wie viele sinds, Ralph?«

»Dreißig pro«, sagte Peccam mit heiserer Stimme.

»Dreißig Bilder pro Sekunde. Wir können zwei, drei, beliebig viele Videoquellen im Park präzise miteinander synchronisieren. Und wir können unbegrenzt protokollieren.«

Sarah nickte. »Das heißt, Sie zeichnen alles auf?«

»Bis zu einem gewissen Grad, weil die Kapazität des ... Wie ist die Konfiguration, Ralph?«

»Jeder Monitor ist per Fibre-Channel an ein RAID-Array angeschlossen, das gegenwärtig auf bis zu vier Terabyte skalierbar ist.« Peccam nieste laut.

»Hast dir wohl nen Schnipp geholt«, sagte Allocco.

»War vor zwei Stunden bei den Medizinern und hab mir Antihistamine geben lassen«, erwiderte Peccam. »Aber das Zeug macht mich nur müde.«

»Tja, aber jetzt brauchen wir Sie hellwach.« Sarah wandte sich wieder zu Allocco um. »Wenn ich es richtig verstehe, können wir die bisherigen Aufzeichnungen durchkämmen, ja? Um nachzuschauen, ob John Doe früher schon mal hier war. Vielleicht können wir dann sogar sehen, was er genau getan hat?«

Allocco kratzte sich am Kinn. »Theoretisch ja. Aber ich wollte gerade sagen, dass Echtzeit-Videoübertragungen viel Bandbreite brauchen. Eine *Menge* Bandbreite. Man kann sich kaum vorstellen, wie schnell vier Terabyte voll sind. Deswegen laufen die Unterweltkameras auch in Schwarzweiß. Das aufgezeichnete Material wird jeden Abend an die IT-Server weitergeleitet.« Er nickte Barksdale zu. »Und von da an sind Sie zuständig, Perry Rhodan.«

Sarah schaute Barksdale an. »Fred?«

Barksdale, der bisher schweigend zugehört hatte, räusperte sich. »Wir lagern die Aufzeichnungen zwei Wochen in unserem WAN. Dann werden sie außerhalb auf Eis gelegt.«

»Wie schnell kriegen wir sie zurück?«

»Über Nacht.«

»Das ist nicht schnell genug.«
»Eins nach dem anderen, bitte. Wir haben den Kerl doch noch gar nicht.« Allocco trat hinter Peccam und warf einen Blick auf das Bild, das der Hauptmonitor zeigte. »Gut. 13.10 Uhr. Jetzt vorwärts, zweihundert Bilder pro Sekunde.«
Auf dem Hauptmonitor zischten Gestalten wie graue Punkte an Sarahs Büro vorbei. Dann huschte ein Schatten aus ihrer Tür.
»Anhalten!«, sagte Allocco. »Hundert Bilder zurück!«
Fred Barksdale, der Sarahs Büro betrat, erstarrte auf dem Schirm.
»Das ist zu spät«, sagte Sarah. »Fred kam ungefähr zwei Minuten, nachdem John Doe gegangen war.«
»Weiter zurück!«, sagte Allocco.
Erneut verwischte Gestalten, diesmal langsamer. Sie bewegten sich wie stumme Pantomimen rückwärts. Dann flitzte eine Gestalt rückwärts ins Büro hinein, drehte sich um, verschwand im Inneren.
»Anhalten!«, wiederholte Allocco. »Vorwärts, zehn Bilder pro Sekunde!«
Auf dem Monitor kehrte John Doe in Zeitlupe ins Bild zurück. Er schaute in beide Korridorrichtungen, strich sich mit der Hand übers Jackett, trat durch den Türrahmen und verschwand aus dem Blickfeld der Kamera.
»Ist das der Schweinehund?«, fragte Allocco.
Sarah nickte. Als sie ihn wiedersah – den kurzen Bart, das gelassene, schmale Lächeln –, stiegen Zorn und ein Gefühl, das sie nicht identifizieren konnte, in ihr hoch. Dort, wo seine Knöchel sie gestreichelt hatten, brannte ihre Wange.
»Hundert zurück und anhalten!«
John Doe stand reglos im Türrahmen.
»Gesicht vergrößern! Zehnfach.«

Does Gesicht füllte nun den Bildschirm aus. Im Schatten einer Deckenleuchte wirkte es gestreift. Sarah stellte fest, dass sein linkes Auge einen dunkleren Grauton aufwies als das rechte.

»Können Sie das Bild bereinigen?«, fragte Barksdale. »Schärfer machen?«

»Ja«, sagte Peccam. »Aber das dauert ne Weile.«

»Dann machen wir es später«, sagte Allocco. »Bringen wir zuerst in Erfahrung, wo er hingegangen ist.« Er musterte das Protokoll, das am Rand des Bildschirms verlief. »Ruf B-2027 auf. Stimm die Zeit ab!«

Der Hauptmonitor wurde kurz schwarz. Dann sah man den Korridor aus einem anderen Blickwinkel. Zwei Türen von Sarahs Büro entfernt.

»Dreißig vorwärts«, murmelte Allocco.

Der Korridor war eine Sekunde lang leer. Dann ging eine Frau vorbei. Sie trug einen Reifrock aus der viktorianischen Zeit. Kurz darauf kam John Doe. Er ging zielbewusst, irgendwie lässig vom oberen Bildschirmrand nach unten.

»B-2025«, sagte Allocco. »Gleiche Abstimmung.«

Nun sah man zwei sich schneidende Korridore. Die Frau im Reifrock tauchte auf, bog nach links ab und betrat ein Treppenhaus. Ein Wartungskarren fuhr seitlich an der Kamera vorbei. Dann tauchte John Doe am oberen Rand auf. Er blieb kurz stehen, schaute sich um, ging dann nach links und nahm die gleiche Richtung wie die Frau.

»Er geht in Richtung A-Ebene, möglicherweise nach Gaslight.« Allocco musterte erneut das Protokoll. »Hol jetzt A-1904.«

»Vergessen Sie nicht, dass ich keine vollständige Interdiktion will«, sagte Sarah. »Noch nicht. Falls er für 13.30 Uhr wirklich etwas geplant hat, sehen wir uns an, wo er hingeht. Werfen wir ein Sicherheitsnetz aus, falls er noch auf dieser Ebene ist. Aber wir schlagen erst zu, wenn ich es sage.«

Der Korridor auf der A-Ebene, den der Monitor nun zeigte, war breiter und heller erleuchtet. Außerdem herrschte auf ihm mehr Verkehr. Utopia-Mitarbeiter gingen in Grüppchen unter der Kamera vorbei und unterhielten sich. Entweder waren sie zum Mittagessen in der nahen A-Cafeteria unterwegs oder sie kamen von dort. Die Frau im Reifrock traf ein. Sie hatte einen Freund erspäht. Die beiden gingen nun Arm in Arm langsam weiter.

»Na so was!«, sagte Allocco. »Eine ÖZZ. Welch ein Skandal!« Die öffentliche Zurschaustellung von Zuneigung zwischen Angehörigen der Technik und Darstellung war zwar hinter den Kulissen nicht verboten, wurde aber nicht gern gesehen.

Nun kam John Doe in den Bereich der Kamera. Er schlenderte dahin und blieb dann mitten im Verkehr stehen. Menschen gingen an ihm vorbei, ohne ihn wahrzunehmen.

»Was macht er da, verdammt?«, fragte Allocco.

John Doe schaute plötzlich hoch – genau in die Kamera. Er lächelte. Seine Hände berührten seine Krawatte, als wolle er sie gerade ziehen.

»Frecher Hund«, murmelte Barksdale. »Der verdammte Lump grinst auch noch.«

Die Übertragung riss brutal ab. Der Monitor zeigte nur noch Schnee.

»Was ist *das* denn für ne Scheiße?«, rief Allocco.

Peccams Hände flogen über die Tastatur. »Weiß nicht. Der Zeitcode läuft noch. Muss ein Softwarefehler sein.«

Einige Sekunden später war das Bild wieder da. Die Menschen bewegten sich unter der Kamera, ohne etwas bemerkt zu haben. Doch John Doe war verschwunden.

»Hol mir die A-1905!«, sagte Allocco und musterte die Infozeile. »Gleiche Abstimmung.«
Auch dort war nur der gleiche graue Schneesturm zu sehen wie auf der vorherigen Aufzeichnung. Kurz darauf legte er sich ebenfalls.
»A-1606. Mach schon, beeil dich!«
Auch diesmal: kein Bild.
»Herr im Himmel!«, grollte Allocco.
Er ging zur Tür und öffnete sie. »Hört mal her«, rief er den Männern im Bienenstock zu. »Gabs vor zehn Minuten ein Problem mit Videoübertragung fünf?«
Die Sicherheitsexperten wandten sich um und schauten ihn an. Einer der Männer nickte. »Yeah, das Signal war etwa zehn Sekunden weg.«
»*Was?* Im ganzen System?«
»Nein, Sir. Nur in einem Teil der A-Ebene und am Soho Square in Gaslight.«
Allocco schloss die Tür und wandte sich wieder an Peccam. »Folgen wir den offensichtlichen Routen, die er genommen haben könnte. Ruf die A-1940 auf! Lass sie zehn Sekunden vorlaufen!«
Peccam sprang mehrere Minuten lang von einer Kamera zur anderen, doch ohne Ergebnis. Schließlich seufzte Allocco und breitete die Hände aus.
»Was soll man davon halten?«, fragte er.
»Die Technik kanns nicht sein«, sagte Barksdale. »So kann sie nicht ausfallen, nicht bei einem in solchem Maße redundanten Cluster.« Er schaute Sarah an. »Noch ein Computerfehler.«
»Das glaube ich nicht«, sagte Sarah. »Die zeitliche Abstimmung passt einfach zu gut.« Dann kam ihr ein neuer – und unbehaglicher – Gedanke.

»Können wir seinen Identifikator verfolgen?«

»Haben wir schon versucht«, erwiderte Allocco. »Er muss nen Blanko benutzen. Such weiter, Ralph! Sag mir, wenn du über ihn stolperst.«

Allocco wandte sich vom Monitor ab. »Was jetzt?«

»Wir warten ab«, sagte Barksdale.

Sarah schaute auf ihr Handgelenk. Es war 13.25 Uhr.

13.15 Uhr

Teresa Bonifacios Robotiklabor war möglicherweise die schlampigste Bude, die Warne seit seiner Zeit im Studentenwohnheim des MIT gesehen hatte. In einer Umgebung wie Utopia, die auf Ordnung und Präzision aufgebaut war, wirkte sie wie eine Herausforderung. Wie eine Unabhängigkeitserklärung. Dicke technische Handbücher lagen mit der Titelseite nach unten herum. Ihre Bindung war gebrochen, und sie hatten Eselsohren. In einer Ecke stand ein skelettartig aussehender Roboter mit erhobenem Arm, als wolle er die Freiheitsstatue nachäffen. Er war mit grünweiß gestreiften Computerausdrucken bekleidet. Irgendwo im Hintergrund lief »Paradise City«. Warne entdeckte ein grelles, an die Wand getackertes Guns-'n'-Roses-Plakat, das ein mit einem dicken roten Filzstift geschriebenes Autogramm zierte: »Peace, Love, Slash.« Im Gegensatz zum relativ geruchlosen Rest der Utopia-Unterwelt hing hier ein bestimmter Duft in der Luft: eigenartig, irgendwie fischig. Warne schaute sich um und rümpfte unweigerlich die Nase. Teresas Büro war nicht mit den üblichen strahlenden Wandgemälden der wichtigsten Utopia-Attraktionen oder eingerahmten Motivationsphrasen verziert. Sie hatte lieber Plakate von Rockgruppen an die Wand geklatscht. Eine Postkarte mit dem Aufdruck »Borokay Beach, Philippinen« klebte an der Innenseite der Labortür. Daneben hing ein Zettel, auf dem handschriftlich stand:

»Ist eine Aufgabe aufgrund von Sachzwängen nicht aufteilbar, hat größere Anstrengung keine Auswirkung auf den Zeitplan. Das Austragen eines Kindes dauert neun Monate, egal, wie viele Frauen daran beteiligt sind.

Frederick P. Brooks jr.: ›Der mythische Männer-Monat‹«

Teresa saß in der Ecke gegenüber und war hinter Stapeln von Fachzeitschriften und alten Exemplaren des »Amusement Industry Digest« fast unsichtbar. Sie verlötete irgendwas, denn zwischen ihren Händen stieg ein dünnes Rauchwölkchen auf. Als sie Warne sah, legte sie den Lötkolben beiseite, schob die Schutzbrille auf ihre Stirn und bahnte sich einen Weg um die Stapel herum.

»Ist wirklich toll, Sie hier zu sehen«, sagte sie mit ihrer tiefen Stimme. Sie lächelte breit. »Ich kanns nicht fassen, dass Sie nach all dieser Zeit … O Gott!«

Warne folgte ihrem Blick. Georgia hatte gerade das Labor betreten. Flügelmutter folgte ihr auf dem Fuße. Der Roboter blieb urplötzlich stehen, seine Sensoren tasteten permanent die Umgebung ab, als könne er die ihn umgebenden Hindernisse nicht alle verarbeiten.

»Keine Angst«, sagte Georgia. »Es ist nur Flügelmutter.«

Teresa musterte den unförmigen Roboter kurz. Dann nahm sie Warne wieder in Augenschein und lachte: Es war die volltönende, ironische Altstimme, die er so oft am Telefon gehört hatte. »Wissen Sie, Sie sind hier so was wie eine Legende. Niemand hat Sie je gesehen. Die einzigen Menschen, die je mit Ihnen telefoniert haben, sind Barksdale und ich. Hier macht der Witz die Runde, dass Sie in Wirklichkeit gar nicht existieren, sondern nur eine Erfindung Nightingales sind. Als sich herumsprach, dass Sie heute hier sind, kamen zwei Kollegen vorbei, um nachzufragen, ob es stimmt.«

»Was Sie nicht sagen!« Warne schaute Georgia an, die nun neben ihm stand und das sie umgebende Chaos neugierig begutachtete. Solange sie in der Nähe war, konnte er Teresa nicht sagen, was er von der ganzen Sache hielt. Noch nicht. Trotzdem wollte er lieber zur Hölle fahren, als ihr diese Schmeichelei abzukaufen.

Hier war der Geruch stärker. Georgia rümpfte die Nase.

»Es ist Bagung«, sagte Teresa. Sie schaute Georgia an und lachte erneut.

»Bagu-was?«

»Garnelenpaste. Was man da riecht. Ist fantastisch auf grünen Mangos. Aber außer mir kann niemand den Geruch ertragen.« Ihr aufmüpfiges Lächeln wurde breiter. »Deswegen esse ich mittags auch meist hier statt im Café.«

Warne dachte an die Postkarte mit dem Strandfoto. Dann griff er tief in die Kiste seiner Erinnerungen. »Riecht *mabaho«*, sagte er. »Richtig? Schmeckt *masarap.«*

Teresa musterte ihn. »Sie sprechen Tagalog?«

»Ungefähr fünf Worte. Ich hatte mal einen philippinischen Laborassistenten.«

»Yeah. Gegenwärtig überschwemmen wir die heiligen Hallen der Naturwissenschaft.« Teresa wandte sich wieder an Georgia, die ziemlich ruhelos wirkte, als könne sie es kaum erwarten, in den Park zurückzukehren. »Ich hab hier was, das dir vielleicht gefällt. Den neuen Gameboy ›Archeopterix: die absolute Version‹.«

»Hab ich schon gespielt«, sagte Georgia.

»Diese Version aber noch nicht.« Teresa drehte sich um, zog eine Schublade auf und kramte kurz darin herum. Als sie sich wieder umwandte, hielt sie ein Taschenvideospiel in der Hand. Doch es sah anders aus als alles, was Warne je gesehen hatte: die Kunststoffhülle war abgelöst, ein halbes Dutzend Krokodilklemmen waren an den elektronischen Innereien befestigt. Bunte Kabel hingen wie Schwänze aus dem Ding heraus.

»Einige dieser Spiele haben eine bemerkenswerte KI«, sagte Teresa. »Hin und wieder schnüffle ich in der Pause im Programmcode rum und suche Routinen, die wir vielleicht klauen können. Als ich mit dem Ding gearbeitet habe, bin ich auf ein Dutzend geheime Ebenen gestoßen, die die Entwickler nie veröffentlicht haben.«

»Die Master-Levels?« Georgia riss die Augen auf. »Ich hab im Web darüber gelesen. Ich hab gedacht, es wäre nur Scheißdreck.«

»Georgia!«, sagte Warne scharf.

»Tja, es ist *kein* Scheißdreck.« Teresa reichte Georgia das Spiel. »Hier, viel Spaß damit! Mach bloß die Klammern nicht ab, sonst muss ich das Ding wieder ganz neu verkabeln. Du kannst dich da drüben an den Tisch setzen. Leg das Zeug einfach auf den Boden!«

Warne schaute Georgia zu, als sie, über das Spiel gebeugt, zum Tisch ging. Sie war schon jetzt ganz woanders. Teresa verbrachte ihre Pausen also mit dem Knacken von Gameboys. Hätte sie dem Metanet mehr Beachtung geschenkt, hätte er vielleicht gar nicht zu kommen brauchen.

Er drehte sich zu ihr um und sah, dass sie ihn beobachtete.

»Na, denn«, sagte sie kurz darauf. »Wie wollen Sie die Sache angehen?« Sie lächelte. Da Warne ihr Lächeln nicht erwiderte, schlich sich allmählich Unsicherheit in ihren Gesichtsausdruck.

»Sagen Sies mir«, erwiderte Warne. »Es ist doch Ihre kleine Party.«
Teresas Lächeln schwand. »Hören Sie, Andrew«, sagte sie nun leiser, »ich weiß, wie Ihnen zumute ist. Und es tut mir wirklich Leid, dass …«
»Davon bin ich überzeugt«, fiel Warne ihr etwas grob ins Wort. »Aber sparen Sie sich das für Ihren Bericht auf. Holen Sie Ihr Team, dann bringe ich Sie an den Start. Aber danach gehen wir. Sie können Ihr Chaos selbst entwirren.«
Seine Worte hingen ziemlich lange und unbehaglich in der Luft. Schließlich wandte Teresa sich ab. »Ich hole die Meldungen über die Zwischenfälle«, sagte sie über die Schulter hinweg. Sie begab sich zur Labortür, öffnete sie und ging hinaus, ohne sich die Mühe zu machen, sie hinter sich zuzuziehen.
Warne schloss die Augen und atmete langsam aus. Für einen Moment war das Labor bis auf das Piepsen des Gameboys still.
»Papa?«, meldete sich Georgia.
Warne schaute zu ihr hin. Sie war über das Spiel gebeugt und machte sich nicht die Mühe aufzuschauen. »Ja?«
»Warum warst du gerade so gemein zu ihr?«
»Gemein?«, wiederholte Warne überrascht. Er hatte nicht geahnt, dass Georgia alles mitgehört hatte. Normalerweise schenkte sie seinen beruflichen Gesprächen wenig Beachtung. Dann fiel ihm ein, dass sie gefragt hatte, ob er Teresa für eine Japanerin hielt. *Sie gefällt ihr,* wurde ihm überraschend klar.
Teresa tauchte wieder im Türrahmen auf. Sie hielt einen Papierstoß in der Hand, schloss die Tür und kam mit schnellen Schritten auf ihn zu. Ihr weißer Laborkittel raschelte. Sie hatte den Kopf eingezogen, ihre Lippen formten einen Strich. Sie wirkte beleidigt.

»Das Steuerterminal für das Metanet ist da drüben«, sagte sie, ohne Warne anzuschauen. Sie ging zu einem Schreibtisch am anderen Ende des Raumes. Warne folgte ihr. Vor dem großen Computermonitor standen zwei Holzstühle. Auf einem lag ein hoher Stapel von Ausdrucken. Teresa packte den Stuhl und schüttelte ihn mit einer jähen, wütend wirkenden Bewegung, sodass die Papiere zu Boden fielen. Dann nahm sie auf ihm Platz und rückte ihn dicht vor das Terminal. Warne setzte sich auf den anderen Stuhl. Teresa beugte sich vor, dicht an den Bildschirm. Ihre schwarzen Augen glitzerten, als sie Warne mit einem Finger aufforderte, es ihr gleichzutun.

»Na schön, Dr. Warne«, sagte sie leise. »Es deutet alles darauf hin, dass Sie – wie drücke ich es wissenschaftlich am besten aus? – einen ziemlichen Furz quer sitzen haben. Und ich weiß, zu welcher Spezies er gehört.«

»Beschreiben Sie ihn mir«, erwiderte Warne ebenso leise.

»Sie glauben, ich sei irgendwie daran schuld.«

»Tja, ist es nicht so? Sie oder irgendjemand aus Ihrem Team?«

»Aus meinem Team?«, sagte Teresa in gespielter Überraschung.

»Wir arbeiten nun seit fast einem Jahr zusammen«, sagte Warne. »Na schön, es ist nur übers Telefon gelaufen, aber ich hab geglaubt, wir hätten eine gute Beziehung zueinander entwickelt. Eine *Freundschaft.* Sie wissen, dass das Metanet zu einem solchen Fehlverhalten gar nicht fähig ist. Ich wette, Sie haben sich nicht im Geringsten dafür stark gemacht. Sie haben mich nicht mal *gewarnt,* verdammt. Sie haben zugelassen, dass ich wie ein Blödmann mit heruntergelassenen Hosen hier reinmarschiere.«

»Aus meinem *Team!«,* wiederholte Teresa, als könne sie seine

Worte noch immer nicht fassen. Sie lehnte sich zurück. »Oh, mein Gott. Sie haben doch was auf dem Kasten! Da dachte ich, Sie wüssten längst, was hier Sache ist.«

»Was hätte ich längst wissen sollen?«

»Mit wem haben Sie je über das Metanet gesprochen – von mir mal abgesehen?«

Warne dachte kurz nach. »Mit diesem Laborassistenten … Clay …«

»Barnett? Clay arbeitet seit fünf Monaten in der Bildtechnik.« Teresa beugte sich wieder vor. »Ich hab gar kein Team, verdammt noch mal. Hier gibts nur mich, Andrew.«

»Was?«, sagte Warne ungläubig. »Sie sind die Einzige, die mit den Robotern zu tun hat?«

»Es gibt noch einen Wartungstrupp für Servo-Ersatz, Diagnose und so. Aber ich bin die einzige Technikerin.«

Einen Moment lang schwiegen beide. Warne musste die Überraschung erst mal verdauen.

»Und was die Warnung angeht, die Sie vermisst haben: Man hat mir verboten, mit irgendjemandem über die Sache zu reden. Ganz besonders mit *Ihnen.*«

»Papa?«, wurde Georgias Stimme aus dem Laborhintergrund hörbar. »Worüber redet ihr? Und warum flüstert ihr?«

»Über nichts, Schätzchen.« Warne richtete sich auf. »Wir arbeiten nur … an einem kleinen Problem, das ist alles.«

Er beugte sich wieder zu Teresa vor.

»Sie glauben, ich hätte nicht um das Metanet gekämpft«, flüsterte sie aufgebracht. »Ich hab es mit Zähnen und Klauen verteidigt. Ich lebe doch davon. Gerade jetzt.«

Warne musterte sie konzentriert. »Na schön. Packen Sie aus!«

Teresa nahm die Schutzbrille von der Stirn und fuhr sich mit den Fingern durchs Haar. »Es ging kurz nach der Parkeröffnung los. Anfangs hat man mir erzählt, wir befänden uns vorübergehend im Wartungsmodus. Dass wir den Robotikstab aber ausbauen würden, sobald das Komitee für neue Attraktionen einen Bericht herausgebe. Nun, der Bericht kam dann irgendwann, aber ich hab ihn nie gesehen. Die neuen Mitarbeiter, die von der Abteilung Robotik budgetiert wurden, sind anderswo gelandet: bei der Bildbearbeitung und in der Akustik. Und dann, vor ein paar Monaten, fing man an zu reduzieren.«

»Zu *reduzieren?«*

»Entbehrliche Roboter wurden abgeschaltet. Man hat sie durch Menschen ersetzt oder einfach ausgemustert. Die einzigen hinzugekommenen Roboter sind keine echten Autonomen. Es sind animierte Maschinen, wie die Drachen und Alraunen in Camelot. Und um die kümmern sich die Abteilungsleiter der einzelnen Welten, nicht ich.«

Warne strich sich mit dem Handrücken über die Stirn. »Aber warum?«

»Verstehen Sie es denn nicht? Es sind die Erbsenzähler in der Hauptverwaltung. Roboter sind nicht sexy genug. Zu akademisch, intellektuell zu abgehoben. Klar, es ist schön, wenn man ein paar als Blickfang hat, damit die Touristen in Callisto etwas bewundern können und die PR-Typen was haben, über das sie schreiben können. Aber Roboter verkaufen keine Eintrittskarten. Die Hauptverwaltung hält Roboter für passé. Barksdale hat es mir selbst erzählt. Sie waren zwar ursprünglich sehr viel versprechend, wie auch die KI, aber sie zahlen sich nicht aus. Heutzutage hat jede Rotznase einen Roboter zu Hause; kleine, hirntote Dinger, die den Begriff Roboter zu einem Schimpfwort machen. Allen ist gleich-

gültig, ob Roboter oder Sauerstoffatmer den Boden in der C-Ebene putzen.«

»Eric Nightingale war es nicht gleichgültig. Hat er selbst gesagt.«

Teresa lehnte sich zurück. »Nightingale war ein Visionär. Für ihn war Utopia etwas mehr als ein New-Age-Freizeitpark voller ausgefallenen Schnickschnacks. Für ihn war das Projekt ein Schmelztiegel für neue Technologien.«

»Ein Schmelztiegel für neue Technologien. Ich habe diese Rede erst heute Morgen von ihm gehört.«

»Und er hat daran geglaubt!«, entgegnete Teresa trotzig. »Ich glaube jetzt noch daran. Deswegen habe ich einen Vertrag unterschrieben. Aber jetzt ist Nightingale tot. Der Park wird nicht mehr nach seinen Vorstellungen betrieben. Man führt ihn auf der Grundlage von Umfragen bei den Besuchern und demografischen Forschungen. Man orientiert sich am Überflüssigen. Holt Kunsthistoriker rein, damit es authentischer aussieht. Setzt größere und bessere Hologramme ein. Macht die Fahrgeschäfte schneller.« Sie sprach nun wieder leiser. »Außerdem war niemand darauf vorbereitet, wie viel die Spielkasinos einbringen. Die ganze Einstellung zu diesem Ort hat sich gewandelt.«

Warne beobachtete sie, als sie in Schweigen verfiel. Sie war auf ziemlich unutopische Weise offen. Und er war hier voller rechtschaffener Entrüstung reingestürmt, beleidigt bis zum Gehtnichtmehr, und hatte ihre aufgestaute Frustration freigesetzt.

»Papa?«, rief Georgia nun wieder. »Seid ihr fertig? Gehen wir wieder in den Park?«

»Warte noch ne Weile!«, rief Teresa zu ihr hinüber. »Wir sind gleich so weit.«

Sie und Warne tauschten einen Blick.

»Tut mir Leid, Teresa«, sagte Warne. »Ich habe wohl die falschen Schlüsse gezogen.«
»Ist schon in Ordnung. Wie gesagt, ich weiß, wie Ihnen zumute ist. Mir gehts nicht anders. Und nennen Sie mich bitte Terri. Teresa kann ich nicht ausstehen.«
»Man hat Sie wohl nach der Heiligen benannt, was?«
»Natürlich. Ich bin möglicherweise die einzige nicht fromme Philippina auf dieser Welt. War seit zehn Jahren nicht mehr in der Kirche. Meine Eltern rotieren vermutlich im Grabe.«
Wieder eine Weile der Stille. Warne fühlte sich verwirrt, er wusste nicht genau, was er tun oder sagen sollte.
»Tja, Nightingale würde sich wenigstens über die Hologramme freuen«, sagte er schließlich. »Die sind wirklich erstaunlich.«
»Da haben Sie Recht.« Terris Gesichtsausdruck schien sich leicht zu verändern. »Vielleicht sollten Sie nicht alles auf die Goldwaage legen, was ich sage, Dr. Warne. Einiges ist auf puren Neid zurückzuführen. Hier gibts jede Menge neue Technologien. Es ist halt nur so, dass die Holografietypen nach ihren großen Entdeckungen das meiste abgezockt haben. Und natürlich haben sie das dazu passende Budget. Ursprünglich waren in der Bildbearbeitung nur acht Mann beschäftigt. Jetzt sind es vierzig.«
»Was für große Entdeckungen haben sie genau gemacht?«
»Sie haben rausgekriegt, wie man zigarettenschachtelgroße Hologramme lebensgroß macht. Das war die erste Entdeckung. Der größte Durchbruch kam dann nach Nightingales Tod: das ›Patent.‹«
Warne warf ihr einen raschen Blick zu.
»Ich kenne die technischen Einzelheiten nicht – sie werden noch immer unter strengem Verschluss gehalten. Aber es ist

ein System, das mit Hilfe von Computern fantastisch komplexe Hologramme erzeugt. Natürlich braucht man für diese Arbeit jede Menge Rechenleistung. Doch Laser und Fotopolymere und all das Zeug sind jetzt überflüssig. Es ist fast wie bei den 3-D-Programmen, die bei computeranimierten Filmen einsetzt werden. Nur, dass das ›Patent‹ keine zweidimensionalen Gestalten erschafft, sondern holografische Projektionen, die sich täuschend echt bewegen.«

»Gütiger Gott.« Warne verfiel für einen Moment in Schweigen. »Das Potenzial muss man sich mal vorstellen!«

»Ja, genau. Aber gerade dieses und ähnliche Patente werden *nicht* lizenziert. Man behält die Zauberei für sich und macht sie zu Utopias Markenzeichen. Seit der Eröffnung des Parks wird die Sache immer weiterentwickelt. Die erste holografisch vergrößerte Attraktion war der Ripper drüben in Gaslight.«

»Davon hab ich noch nichts gehört.«

»Zuerst war er eigentlich nur ein Versuchsballon. Das Publikum sitzt im Theater – angeblich, um sich eine Show aus der viktorianischen Epoche anzusehen. Irgendwann ruft jemand, die Bobbys seien hinter Jack the Ripper her und hätten ihn draußen in die Enge getrieben. Dann schreit jemand, der Ripper sei *ins* Theater geflüchtet. Und dann geht das Licht aus.«

»Klingt nicht übel.«

»Man macht sich in die Hose. Ein unglaublich realistisches Ripper-Hologramm rennt durch das Theater, taucht plötzlich hinter Ihrem Sitz auf und schwingt ein blutiges Messer. Die Leute kreischen sich weg.« Teresa zuckte mit den Achseln. »Die Sache hat sofort unheimlich eingeschlagen. Die Mächte mit den großen Lauschern haben das Potenzial sofort erkannt. Also haben sie als Nächstes beschlossen, auch am

›Ereignishorizont‹ Hologramme einzusetzen. Das Ding war damals noch in der Entwicklung.«

»›Ereignishorizont‹ ist die Achterbahn in Callisto, nicht? Ich hab sie auf dem Lageplan gesehen.«

»Es kommt eher einer Generation *nach* den Achterbahnen gleich. Völlig dunkel. Eine Reihe von Sitzen, an eine Plattform genietet, von einem Computer darauf abgestimmt, rauf und runter und von einer Seite zur anderen zu hüpfen, während Bilder an einem vorbeifegen. Bloß, man blickt nicht auf einen flachen Bildschirm, man sieht dreidimensionale Kometen und Meteore, die einem knapp vorm Gesicht vorbeiflitzen. Da braucht man keine Brille, die einem was vorgaukelt. Man befindet sich praktisch im *Inneren* eines Hologramms.«

Warne schüttelte verwundert den Kopf.

»Dann kam jemand auf die glänzende Idee, die Technologie als Lockmittel einzusetzen. Haben Sie ›Das innere Auge‹ in Callisto und im Nexus gesehen?«

»Nee.«

»Es sind Studios, in denen man holografische Porträts von sich machen lassen kann. Allein, mit einem Darsteller oder mit Nightingale persönlich. Und wissen Sie was? Die Leute da können die Dinger nicht schnell genug produzieren. Wenn man also Utopia-Buchhalter ist, sieht man, dass das Geld in die Spielkasinos strömt und dass Papas sich um das Vorrecht raufen, ein paar hundert Kröten für ein holografisches Porträt ihres Kindes rauszuschmeißen. Werfen Sie dann mal einen Blick auf Terri Bonifacio und ihr Robotikprogramm. Was glauben Sie, welche Beschlüsse diese Typen fassen, wenn sie über die Budgets fürs nächste Quartal beraten?«

Die Frage hing unbeantwortet in der Luft.

»Aber das ist nur der Anfang.« Terri drehte sich um und

stand auf. »He, Georgia, kannst du mal kurz rüberkommen? Ich möchte dir was zeigen.« Sie wartete, bis Georgia mit dem Gameboy in der Hand kam. Dann wandte sie sich einem kleinen Apparat zu, den Warne für einen Roboter gehalten hatte – einem schwarzen Zylinder auf Rädern. Er war ungefähr neunzig Zentimeter hoch. »Sie arbeiten auch an so was.« Terri beugte sich über das Ding und drückte ein paar Knöpfe. In der Luft um sie herum flackerte es kurz auf, dann stand urplötzlich ein Elefantenbaby neben Warne.

Warne machte sich instinktiv klein und hätte Georgia in seiner Verblüffung beinahe umgeworfen. Der Elefant war in jeder Einzelheit perfekt. Ein kleines schwarzes, in komplizierte graue Falten vergrabenes Auge schaute ihn glitzernd an. Die feinen Haare auf der Oberlippe glänzten. Es war ein Hologramm, aber realistischer als das Abbild Nightingales, das er heute Morgen gesehen hatte.

»Lieber Gott!«, sagte Warne.

»Boah, ey«, stieß Georgia hervor.

Als Terri einen anderen Knopf des Zylinders drückte, löste der Elefant sich auf. »Das ist ein fahrbarer Holoprojektor«, sagte sie. »Aber noch in der Entwicklung begriffen. Ich hab nur diesen alten Prototyp, weil ich ein paar Speicherchips aus meinen deaktivierten Robotern in ihn einbauen soll. Man will diese Dinger in den Nightingale-Zaubershows einsetzen, die ab nächstes Jahr in allen Welten aufgeführt werden.« Ihr Daumen deutete auf das schwarze Gehäuse. »Der Elefant war noch im Bildpuffer. Das Ding ist leicht zu bedienen. Schauen Sie mal.«

Sie stellte eine kleine Linse am Gehäuse ein und drückte einen Knopf mit der Aufschrift »Muster«. Dann wich sie ein paar Schritte zurück, baute sich vor der Linse auf und griff sich wie ein Kasper an den Kopf. Einige Warnpiepser waren zu hören, dann ein kurzer surrender Ton. Terri trat wieder vor und drückte einen Knopf mit der Aufschrift »Anzeige«. Im Nu tauchte eine zweite Terri Bonifacio auf, die der ersten wie aus dem Gesicht geschnitten war: Terri, so wie die Maschine ihr Bild Sekunden zuvor aufgenommen hatte.

»Die Kiste hier kann zwar nur starre Holos machen«, sagte Terri, »aber die Genauigkeit übertrifft alles bisher da Gewesene.« Sie musterte ihr regloses Abbild.

»Kannst du auch ein Holo von mir machen?«, fragte Georgia.

»Aber sicher.« Terri geleitete sie hinüber und zeigte Warne, wie man den Apparat bediente. Sekunden später standen zwei Georgias nebeneinander.

»Hab ich wirklich so ein dickes Gesicht?« Georgia musterte das Hologramm eingehend.

Warne schüttelte in widerwilliger und stummer Bewunderung den Kopf. Terri schaltete den Apparat aus. Die Projektion erlosch.

»Doch *wofür* nutzt man all diese Technologie?«, fragte Terri plötzlich. »Zur Unterhaltung. Um im Dunkeln Ungeheuer in eine Achterbahn zu projizieren, damit die Kleinen sich noch ein bisschen mehr ängstigen. Glauben Sie wirklich, Nightingale hätte *das* gutgeheißen? Ich glaube, er hätte es als kurzsichtig bezeichnet und …«

Genau über ihnen wurde urplötzlich ein Brüllen laut. Es war ein gewaltiges, durch Mark und Bein gehendes Geräusch, als würden zehn Vulkane gleichzeitig ausbrechen. Georgia schrie auf und klammerte sich instinktiv an ihren Vater. Warne zuckte zusammen und warf ebenso instinktiv die Arme um sie, um sie zu schützen. Der Hocker hinter ihm fiel krachend zu Boden. Flügelmutter stieß ein ängstlich klingendes Zirpen aus und verzog sich in die nächste Ecke.

Als Warne langsam die Arme sinken ließ, wich der betrübte Ausdruck in Terris Gesicht einem Grinsen.
»Was war das, verdammt?«, fragte er.
»Tut mir Leid. Ich hätte Sie wohl warnen sollen. Wir sind genau unter dem ›Greifenturm‹ in Camelot. Die Vorstellung fängt um 13.20 Uhr an.«
Warne stellte den Hocker auf und warf einen Blick zur Decke. »Wie viele Vorstellungen finden täglich statt?«
»Eine morgens, zwei am Tag und eine abends.«
»Dann müssen Sie das viermal am Tag aushalten?«
Terris Grinsen wurde etwas breiter. »Es ist etwas erträglicher geworden, seit ich in das kleine Labor umgezogen bin. Vorher war ich unter dem ›Sturm auf der Themse‹ in Gaslight. Der Fluss hat immer durch die Decke getröpfelt.«
Warne wartete einen Augenblick, bis das Klingeln in seinen Ohren abnahm.
Georgia schaute ungeduldig von einem zum anderen. »Dann seid ihr also fertig? Also, wie lange dauert es, das Metanet stillzulegen oder was immer ihr tun müsst?«
Warne schaute sie überrascht an. »Du hast es gewusst?« Er wandte sich zu Terri um. »Haben Sie ihr etwas erzählt?«
»Also wirklich, Papa. Seit der Besprechung stand es dir doch im Gesicht geschrieben.«
Warne schüttelte den Kopf und kratzte sich verlegen am Nacken. Über ihnen ertönte nun eine weitere, leisere Explosion. Er glaubte, das Geschrei und Getöse erregter Zuschauer zu hören.
»Falls du meine Meinung hören willst«, sagte Georgia, »so halte ich die Sache für ganz schön blöd.«
»Was meinst du?«
»Das Abschalten. Was Sarah auch sagt: Das Programm hat keine Fehler.«

Terris Augen blitzten schalkhaft. »Und woher willst du das wissen?«
Georgia setzte sich gerade hin und schaute sie ehrlich an. »Weil mein Vater es geschrieben hat.«
Warne wandte sich ab und blinzelte. Einen Moment lang hatte er Probleme, das Wort zu ergreifen. Im Labor breitete sich Stille aus.
»Sarah hat gesagt, man möchte bis heute Abend einen Aktionsplan sehen«, sagte er schließlich.
»Emorys Erbsenzähler in New York haben uns eine Woche gegeben, um das Metanet abzuschalten. Im Grunde bedeutet es, dass wir ungefähr hundert Roboter seiner Kontrolle entziehen müssen. Fred muss wissen, welches die sicherste und schnellste Methode ist, um es zu bewerkstelligen.«
Warne nahm wieder auf seinem Hocker Platz. Er atmete tief durch. »Zuerst müsste man die Uplink-Fähigkeit deaktivieren.« Er dachte kurz nach. »So wie das Metanet jetzt funktioniert, analysiert es jeden Abend die Datenströme, die es von den einzelnen Robotern erhält, und sucht nach Möglichkeiten, ihre Effektivität zu erhöhen. Wenn es eine solche Möglichkeit findet, sendet es am nächsten Morgen beim Downlink einen neuen Code an die Roboter. Richtig?«
»Stimmt.«
»Also muss zuerst das Maschinenlernsubsystem außer Kraft gesetzt werden. Ist das getan, deaktiviert man einfach den Uplink. So kann man trotzdem aus der Ferne neue Anweisungen und Firmwarepatches an die Roboter senden. Aber das Metanet nimmt keine eigenen Modifikationen mehr vor.«
Terri nickte. »Klingt logisch.«
»Das Ausschalten der Intelligenz wird der komplizierteste Teil sein. Man muss das Verfahren natürlich zuerst in einer

Testumgebung ausprobieren. Wenn das geschehen ist, ist der Rest einfach. Erstellen Sie eine Liste der Roboter und ihrer Arbeitsabläufe! Markieren Sie ihre wichtigen und unwichtigen Aufgaben!«

»Sie, Sie«, sagte Terri. »Was soll das ganze ›Erstellen Sie‹, ›Markieren Sie‹?«

Warne schaute sie an. Er hatte eigentlich nur ein paar Minuten hier verbringen wollen. Er hatte sich ein Bild von der Lage machen, ein paar kurze Anweisungen erteilen und es dann Terri überlassen wollen, die Lobotomie vorzunehmen. Doch nun kam ihm ein neuer Gedanke.

Er warf Georgia, die an dem Holoprojektor herumspielte, einen kurzen Blick zu. *Das Programm hat keine Fehler,* hatte sie gesagt. *Weil mein Vater es geschrieben hat.*

»Ich muss diese Frage stellen, Terri«, sagte er und wandte sich wieder um. »Haben Sie als Administrator irgendwas am Metanet verändert, das möglicherweise die Ursache für diese Fehler sein könnte?«

Terris braune Augen wurden groß und flammten in plötzlicher Entrüstung auf. Warne sah, dass sie sich zusammenriss. »*Nada.* Es ist autonom. Ich habe seine Aktualisierungen nur protokolliert.«

»Dann haben Sie die Veränderungen überwacht, die das Metanet an den Roboteraktivitäten vorgenommen hat?«

»Die meisten waren nicht der Rede wert. Sie haben nur ihr Verhalten rationalisiert und die Regelsysteme aktualisiert. Das Programm hat alles allein gemacht.«

Warne stand nachdenklich auf und rieb sein zerschrammtes Handgelenk, das nach dem Angriff Scyllas noch immer schmerzte.

»An was denken Sie gerade?«, fragte Terri stirnrunzelnd.

Weil mein Vater es geschrieben hat.

Neben Georgia war das Metanet alles, was Warne noch hatte. Es war die Referenz, die er brauchte, wenn er je wieder an einer Universität oder in der Forschung arbeiten wollte. Verdammt noch mal, er wollte den Platz nicht kampflos räumen. Er schaute Terri an. Falls er alles richtig verstanden hatte und die Robotikarbeit hier reduziert worden war, musste das Metanet ihr ebenso viel bedeuten wie ihm.

Er streckte plötzlich die Hand aus und legte sie auf ihren Arm. »Korrigieren Sie mich, falls ich mich irre, aber haben wir nicht gerade einen Aktionsplan entwickelt?«

Terri nickte vorsichtig.

»Tja, das gibt uns etwas Zeit. Was halten Sie davon, wenn wir, statt die Karre auf den Schrottplatz zu schaffen, die Motorhaube öffnen und versuchen, das verdammte Ding zu reparieren?«

Terri schaute ihn kurz an. Dann verschwand das Stirnrunzeln aus ihrem fremdländischen Gesicht. Ihr aufmüpfiges Lächeln kehrte zurück.

»Ich glaub, mir gefällt, wie Sie denken – Seemann …« Sie warf Warne einen anzüglichen Blick zu und verfiel in Pidginenglisch. »… du haben gerade gekauft eine Mädchen.«

13.17 Uhr

Achtung«, kam es knisternd durch das Lautsprechersystem hinter den Kulissen, »die Vorstellung beginnt in drei Minuten.«

Roger Hagen überprüfte auf dem Weg zur Garderobe die Uhr. Sie ging wie immer auf die Sekunde genau. Manchmal war ihre Genauigkeit niederschmetternd.

Um ihn herum wurden die letzten Vorbereitungen für die »Greifenturm«-Show getroffen. Der Hausingenieur saß in seinem Kabuff und stellte die Kontrolltafel ein. Die Inspizientin ging die Checkliste durch. Leute von der Wartung überprüften Leucht- und Nebeleffektmaschinen und luden Farbrauchgeneratoren auf. Kulissenschieber, Vorarbeiter, Elektriker, Bühnen- und Maskenbildner huschten hin und her. Ein Effektemann zog die Leitungen zu den Bühnenblitzen straff. Einige kostümierte Schauspieler probten Fechtszenen. Andere saßen in den Ecken und übten mit Sprachlehrern Mittelenglisch.

Die in anderen Parks hinter den Kulissen tätigen Akteure waren dafür bekannt, dass sie sich aufführten, als befänden sie sich auf einer Studentenverbindungsfete. Doch die Akteure in Utopia ähnelten eher Jurastudenten, die sich aufs Staatsexamen vorbereiten. Hagen duckte sich zwischen die Kulissen und achtete darauf, nicht auf einem der Kabel auszurutschen, die den Boden bedeckten. Dann eilte er eine kurze Treppe hinunter.

In der »Greifenturm«-Garderobe wimmelte es von Menschen: Zauberer, verschleierte Jungfern und Knappen standen in den unterschiedlichsten Stadien des Angezogenseins herum. Man hörte das eifrige Surren von Nähmaschinen und sah Assistenten, die Gestelle mit altertümlicher Kleidung von hier nach dort rollten. Harvey Schwartz, der beleibte Garderobier, erblickte Hagen und grinste breit. »He, schaut mal alle her!«, rief er, tauchte aus einem Rudel Wäscherinnen auf und deutete in Hagens Richtung. »Da ist die lahme Ente!«

»Yeah, yeah«, murmelte Hagen. Er riss sich das Hemd vom Leib, öffnete seinen Spind und schlüpfte in das darin hängende feuerfeste Nomex-Wams. Er blickte sich leicht unbehaglich um. Trotz der bemüht fleißigen Atmosphäre kannte man im Bereich hinter der Bühne Traditionen wie in jedem anderen Park. Ein Brauch etwa bestand darin, jenen Kollegen, die ihren letzten Arbeitstag absolvierten, einen Streich zu spielen.

Ein Kostümassistent kam, um Hagen in die Rüstung zu helfen. Hagen inspizierte jedes einzelne Teil – Kettenhemd, Beinkleider, Stiefel – und suchte argwöhnisch nach irgendwelchen unwillkommenen Beigaben. Im vergangenen Monat hatte man Hundekacke in den Helm eines Burschen gepackt, der den letzten Ensembletag hatte. Bis der arme Hund das Zeug entdeckte, war es zu spät gewesen. Er hatte die ganze Vorstellung durchspielen müssen, während der Dreck durch seine Rüstung gesickert war.

Die Prüfung ergab jedoch nichts Nachteiliges, und so gab Hagen dem Assistenten das Zeichen, ihm den Helm aufzusetzen. Auf der Stelle schrumpfte seine Welt zu dem kleinen Rechteck aus Licht zusammen, das durch das Visier fiel. Es war eigentlich weniger die Rüstung, die ihm auf den Keks ging – Aluminium war schließlich leicht und relativ flexibel –, es war der Sichtverlust. Und dann der Geruch: Am Ende der Vorstellung roch das Innere der Rüstung meist wie eine ungelüftete Umkleidekabine.

Als der Vorhang sich hob und die Show begann, hörte er die Fanfaren und den anschwellenden Jubel des Publikums. Der Assistent schloss die letzte Schnalle, schaltete den kleinen, am Helm befestigten IF-Sender ein, reichte ihm Schwert und Schild und klopfte ihm auf den Rücken, um anzuzeigen, dass er fertig war. Hagen nickte zu Harvey Schwartz hinüber und bahnte sich den Weg über die Treppe hinter die Kulissen zurück. Es war sehr schwierig, in einer Rüstung zu gehen. Er musste aufpassen, wohin er trat: Wenn er aus-

rutschte und hinfiel, konnte er ohne fremde Hilfe nicht wieder aufstehen.
Als Hagen sich in der Seitenkulisse befand, lugte er durch einen Verdunkelungsvorhang hinaus. Er erblickte eine Menge Köpfe. Das mit dreitausend Sitzplätzen versehene Theater war rammelvoll. »Der Kampf um den Greifenturm« war vor etwa vier Monaten uraufgeführt worden und zählte seither zu den heißesten Live-Action-Shows von Utopia. Besonders kleine Kinder waren wild darauf, die Charaktere aus der »Feverstone-Chronik« – Nightingales Trickfilmserie über ein mythisches, magisches Camelot – in Lebensgröße zu sehen. Als Hagen die von fünfundzwanzigtausend Watt starken Röhrenblitzen und flackernden Lasern beleuchteten Kindergesichter lächeln sah, verspürte er ein leises, bohrendes Nagen von Selbstzweifel.
Utopia war ein guter Arbeitsplatz gewesen. Vor Jahren, während der Collegezeit, hatte er als Disney-Flussbootkapitän gearbeitet und auf Besucher eingequasselt. Utopia war ganz anders. Na schön, das Beharren auf Authentizität, dieser Geschichtsunterricht, nutzte sich ziemlich schnell ab. Bei jeder Vorstellung waren immer ein bis zwei »Kindermädchen« anwesend, um die historische Genauigkeit zu überprüfen und Punkte an die besten Darsteller zu verteilen. Aber die Gage hier war die beste in der Branche. Jede Woche kriegte man für zweihundert Kröten Gratisjetons fürs Kasino. Und schwere Arbeit wurde belohnt: Wer gut war, konnte öfter auftreten. Da kam man schnell zu einer Sprechrolle oder wurde gar Solist.
Und doch: Hagen konnte sich nicht mit der Wüste anfreunden. Viele Akteure – jene, die sich scheuten, täglich rund fünfundvierzig Kilometer aus den nördlichen Bezirken von Las Vegas hin- und herzufahren – hatten sich in der Ortschaft

Creosote niedergelassen, die nur wenige Kilometer im Norden des Parks an der U.S. 95 lag. Im letzten Jahr hatte sich aus dem, was zuvor kaum mehr als eine Wüstenraststätte gewesen war, eine geschäftige Ansiedlung aus Wohnmobilen und Bungalows entwickelt – mit einem turbulenten Nachtleben und der Aura einer Universitätscampus. Doch für das Leben eines dreißig Jahre alten Studenten hatte Hagen nicht viel übrig.

Auf der Bühne stieß der Erzmagier Mymanteus gerade den bösen Fluch aus, der die Greifen zum Leben erweckte. Jemand klopfte auf Hagens Rüstung. Er trat vom Vorhang zurück und sah Olmstead, den Burschen, der seinen Schildknappen mimte, seinen *écuyer,* wie die »Kindermädchen« sie ständig zu sagen zwangen.

»He, Alter.« Olmsteads grinsender Kopf ragte aus einem großzügig mit Feuergel bestrichenen Kettenhemd. »Wie gehts und stehts?«

»In dieser Montur steht nichts.«

Olmsteads Grinsen wurde breiter. »Komm, vergnüg dich! Heute ist dein letzter Tag, hast dus vergessen? Was mich angeht, so hab ich bis zum Wochenende noch acht Vorstellungen.«

Theatralische Musik schwoll an. Sie donnerte aus ganzen Batterien von Lautsprechern, die hinter den Kulissen verborgen waren. Der Erzmagier hatte seine Zauberformeln nun fast aufgesagt. Hinter der Bühne konnte man die Spannung fast mit den Händen greifen. Gleich würde der Teufel los sein. Hagen warf einen kurzen Blick auf die Inspizientin. Sie stand hinter den Kulissen vor einer Reihe von Monitoren. Ihr Finger verharrte auf der Steuerkonsole über dem Knopf, der die Effekte auslöste. Neben ihr stand der Bühneningenieur an der pyromusikalischen Abschusstafel und überwachte den von einem Rechner choreograiferten Feuersturm, der gleich einsetzen würde. Hinter den beiden stand ein kleiner bebrillter Gelehrtentyp, den Hagen nicht kannte. Er hielt einen Dezibelmesser in der Hand. *Wahrscheinlich der Feuerwerkexperte, auf den alle gewartet haben,* dachte er. Die im Finale als Salut verwendeten Kanonenschläge waren zwar eine Schau, aber wahnsinnig laut. Es gab immer Gäste, die sich beschwerten. Außerdem litten zwei Angehörige der Mannschaft inzwischen an Tinnitus. Hagen warf noch einen Blick auf den Kahlkopf, den man geholt hatte, damit er die Dinge in Ordnung brachte. *Ein leises Feuerwerk,* dachte er. *Gott, was für ne grässliche Vorstellung!*

Heute würde es nicht leise sein. In wenigen Sekunden war hier die Hölle los. Die Greifen würden erwachen und Königin Kalina und den Prinzregenten umzingeln. Der böse Erzmagier Mymanteus würde mit Eisbolzen und magischen Raketen gegen sie antreten. Alle Kinder im Publikum würden laut schreien. Dann würde Hagen höchstpersönlich ins Szenenbild marschieren. Er würde auf die Bühne eilen, heldenhaft kämpfen und zwei Minuten später sterben. Und das dreimal täglich. Aber heute zum letzten Mal. Dann wollte er seinen Schild an die Wand hängen, das Schwert zurückgeben und hoffen, dass er nach Creosote kam, ohne dass die Kollegen einen Feuerwehrschlauch auf ihn richteten oder ihn anderweitig malträtierten.

Die Techniker gerieten nun wirklich ins Schwitzen. Die Nebelmaschinen machten Überstunden und bliesen Ströme grauen Dunstes ins Theater. Die Inspizientin hatte das elektronische pyrotechnische System scharf gemacht, drückte nun den Einschaltknopf und nickte in Richtung Kontrollraum.

Ein ungeheures Krachen, das den Boden erbeben ließ, ertönte und wurde von Rufen und Schreien aus dem Publikum begleitet. Die Greifen hatten ihren Auftritt. *Dreißig Sekunden.* Schwaches rotes Geflacker schien durch die gazeartigen Vorhänge. Hin und wieder durchschnitt ein helleres Aufleuchten die Düsternis: die Lasereffekte, die der Zauberspruch des Erzmagiers hervorbrachte. Olmstead grinste erneut und nickte. In Hagens Adern fing das Bühnenadrenalin an zu rotieren. Ein Techniker kletterte am äußersten rechten Rand auf einen Laufgang, um dafür zu sorgen, dass der kleine Roboter, der den Laser abfeuerte, auf der Spur und abmarschbereit war. Als die Subwoofer unter der Bühne losschlugen, bebte wieder der Boden. Hagen schaute auf die Uhr: 13.28. Noch mehr Blitze, dann ein hysterisches, bösartiges Lachen. Das Zeichen für seinen Auftritt.

Die Inspizientin machte das Handzeichen. »Hagen! Los!«

Hagen atmete tief durch, packte sein Schwert mit fester Hand, hob den Schild vor den Brustpanzer und tappte schwerfällig los. Der Assistent der Inspizientin hob den Daumen. Ein Bühnenarbeiter teilte den Verdunkelungsvorhang. Rauchschleier und Korditdünste wehten Hagen entgegen. Dann stand er auf der Bühne.

Hagen hatte rund dreihundert Vorstellungen hinter sich. Doch heute, am letzten Tag, wollte er sich bemühen, alles mit anderen Augen zu sehen: Um die Erinnerung zu bewahren. Wie es aussah, wie es roch, wie es sich *anfühlte*, im »Greifenturm« auf der Bühne zu stehen.

Am deutlichsten war der Lärm. Das Geschrei des Publikums, das Brüllen der wütend über die Bühne stolzierenden Greifen, das jähe Kreischen der magischen Blitze des Erzmagiers – eine erstickende, einhüllende Präsenz. Als Hagen ins Licht trat und die Nebel- und Dunstströme ihm Platz machten, jubelte das Publikum erneut auf.

Der »Greifenturm« war ein bemerkenswerter Raum: ein riesiger rechteckiger Außenhof, acht Etagen hoch und bis zur fernen Decke offen. Es roch nach Moder und feuchtem Gestein. Brennende Fackeln und hoch an den Wänden befestigte Kohlenpfannen ließen Lichter flackern. Die Luft war von Ausbrüchen sengender Farben erfüllt. Über Hagen heulte der Erzmagier erneut auf und schleuderte mit Unterstützung der Effektleute hinter der Bühne Feuerbälle auf die entsetzte Königin und den Prinzregenten. Ein Feuerball traf die Turmwand gegenüber: Dröhnend löste sich ein massives Stück Mauerwerk, zerbrach, sauste auf unsichtbaren Schienen auf das Publikum zu und wich in letzter Sekunde zur Seite aus. Freudenschreie ertönten.
Auf der Bühne wurde der arme Olmstead laut Drehbuch von den wütenden Greifen attackiert. Hagen schwang sein Schwert, eilte vorwärts und griff sie an. Ein Greif wandte sich zu ihm um. Seine mechanischen Augen funkelten hellrot. Hagen, der sorgfältig darauf achtete, dass das Geschöpf zwischen ihm und dem Publikum blieb, schlug mit der Klinge um sich und verfehlte es um fünfzehn Zentimeter. Hinter der Bühne bediente der Betreuer des Roboters die Fernbedienung. Die mechanische Bestie zuckte, fiel auf die Nase, wälzte sich auf dem Boden herum und spie Rauch aus. Es war ein sehr realistischer Effekt. Die Menge jubelte wild.
Nun sprang Hagen über die Leiche seines gestürzten Schildknappen, eilte auf die Königin zu und erledigte nebenher einen zweiten Greifen. Allmählich wurde ihm unter der Rüstung warm. Auf seiner Stirn perlte Schweiß. Eine Reihe kleiner Monitore war hinter den Rampenlichtern an der Bühnenöffnung versteckt, damit die Schauspieler das Geschehen aus der Zuschauerperspektive verfolgen konnten.

Hagen hatte gelernt, sie vorsichtig im Auge zu behalten. Auch wenn seine Rolle nur zwei Minuten dauerte, konnte man inmitten des Rauchs und der Laserlichter leicht die Orientierung verlieren.

Er trat vor, baute sich vor der Königin auf und hob seinen Schild in Richtung Erzmagier.

»Du Schuft!«, schrie er. »Im Namen Gottes – entsage deiner Alchimie!«

Der Zauberer stieß erneut ein hysterisches Lachen aus und setzte zum nächsten Zauberspruch an. Die Lampen flackerten und die Bühne bebte, als die Subwoofer wieder einsetzten. Hagen schaute durch das Visier auf die Monitore, überprüfte seinen Standort und versicherte sich, dass er dem Publikum halb zugewandt war. Sobald Mymanteus seinen Spruch abgelassen hatte, würde ein von heftigem Donner begleiteter Laserstrahl gegen Hagens Helm prallen und wild durchs Bühnenbild karambolieren. Hagen würde mit ausgebreiteten Armen hinfallen: ein Opfer der Zauberkräfte des bösen Erzmagiers. Es war ein toller Effekt; die Menge würde ausrasten. Hagen wollte ihn an seinem letzten Arbeitstag um keinen Preis vermasseln.

Dann ertönte ein unheimliches Kreischen. Der Zauberer hob die Arme in die Luft. Ein bläulicher Strahl schoss aus seinen gespreizten Fingern hervor. Hagens Blick blieb auf dem Monitor haften. Er konnte den Effekt nicht oft genug sehen.

Allerdings sah er diesmal anders aus. Der Strahl des Zauberers prallte nicht schillernd von seinem Helm ab und löste sich schließlich in Rauch und Dunst auf, vielmehr durchbohrte er Hagens Helm und Kopf. Er trat an der anderen Seite wieder aus und setzte sich in einer geraden Linie unerschütterlich zur linken Bühnenseite fort. Auf dem Monitor sah es

so aus, als habe jemand eine leuchtende Stricknadel durch Hagens Unterkiefer gestoßen. Die Menge brüllte begeistert auf.
Doch Hagen hörte nichts. Er empfand eigentlich keinen Schmerz. Es spürte nur eine gleichmäßige Hitze, die partout nicht weichen wollte – und den Druck im Inneren seines Schädels, der immer mehr zunahm, bis seine Sinne sich nacheinander abschalteten und er auf der Bühne zusammensackte.

Wenige Augenblicke später fiel der Vorhang zum Donnern eines Feuerwerks, das vor den Turmzinnen hochging und ein buntes Flechtwerk aus Licht auf das Publikum warf. Die heftigen Echos wurden gleich darauf von Applaus und dem wilden Jubeln der Menge übertönt, die sich wie ein Mann von den Sitzen erhob.
Hinter dem Vorhang brach nun hektische Aktivität aus. Schauspieler eilten in die Garderobe; Näherinnen überprüften die Kostüme fieberhaft nach Verschleiß; Techniker bereiteten die Requisiten für die nächste Vorstellung vor. Alle ignorierten den dröhnenden Klangteppich hinter dem Vorhang. Der Feuerwerkexperte warf einen Blick auf seinen Dezibelmesser und machte sich ein paar Notizen. In einer fernen Ecke schimpfte ein »Kindermädchen« ein kaum zehn Jahre altes Bürschlein aus, das seine Trompete nicht richtig gehalten hatte. Nur Roger Hagen blieb reglos mit ausgebreiteten Armen und Beinen und dem Gesicht nach unten auf den Bühnenbrettern liegen.
Olmstead, sein Schildknappe, näherte sich ihm. »He, keine Müdigkeit vortäuschen!«, sagte er grinsend und stupste Hagen mit einem Stiefel an.
Da Hagen sich nicht rührte, insistierte Olmstead weiter.

»Was soll das sein, ne neue Methode der Darstellung? Also, ich hab mir den Oscar inzwischen abgeschminkt, Kumpel.«

Noch immer keine Reaktion. Olmsteads Grinsen verblasste. »He, Roger«, fragte er, »wo ist der Gag bei der Sache?« Er kniete sich neben den reglosen Ritter und schüttelte ihn sanft.

Als Olmstead seinen Kollegen zum zweiten Mal schüttelte, fiel ihm etwas auf. Ein Loch in Hagens Helm. Er beugte sich dichter heran, schnupperte und registrierte den Geruch verbrannten Fleisches.

Dann sprang er auf. Doch seine entsetzten Schreie waren angesichts des nicht endenden Gebrülls der Menge kaum zu hören.

13.34 Uhr

Bob Allocco, der Chef des Sicherheitsdienstes, hatte in den sechs Monaten seit der Eröffnung Utopias so ziemlich alles gesehen und gehört. Aber so etwas noch nie.

Er stand im Überwachungsraum am »Greifenturm«-Ausgang und beobachtete das aus dem Theater strömende Publikum durch eine Einwegscheibe. Die Menschen lachten und pfiffen. Einige kasperten auch herum. Es war das übliche Verhalten einer Menge, der eine aufregende Vorstellung den Blutdruck hochgetrieben hat. Alle wirkten ziemlich aufgedreht. Allocco schaltete ein Mikro ein, um sich anzuhören, was die Leute beim Verlassen des Theaters so redeten.

»Boah, ey«, sagte ein Halbwüchsiger zu einem anderen. »Haste die tollen Drachen gesehen?«

»Das waren keine Drachen, du Nase!«, sagte der andere. »Es waren Greifen. Weißt du eigentlich *überhaupt nichts?«*
Eine alte Dame ging an der Geheimtür vorbei und fächelte sich mit einem Lageplan Luft zu. »Gütiger Himmel«, sagte sie zu ihrer noch älteren Begleiterin. »Dieses Feuerwerk ... Es ist fast vor meinem Gesicht explodiert ... Ich dachte schon, ich geh lieber raus ... Wo ichs doch am Herzen habe.«
»Haste gesehen, wie der Ritter gestorben ist?«, sagte ein Mann, der einen Kindersportwagen schob, zu seiner Frau. »Patsch! Mitten durch den Kopf. Wie machen die das bloß?«
»Das war doch nichts Besonderes«, erwiderte die Frau. »Heutzutage können die mit Spezialeffekten alles machen. Aber als der riesige Turmklotz fast auf uns gefallen wäre – also, *das* war schon was.«
Allocco fuhr sich schweigend mit einem Fettstift über die Lippen. Er wartete, bis die letzten Zuschauer den Saal verlassen hatten, dann öffnete er die Tür, nickte den kostümierten Platzanweisern und Platzanweiserinnen zu und betrat das Theater. Der eingestürzte Turmabschnitt wurde mit einem hydraulischen Heulen wieder an seinen Platz gehievt. Große Luftreiniger saugten Qualm und Schießpulver durch oben angebrachte Röhren ab.
Allocco stand zwischen den Sitzreihen und warf einen Blick auf die hohen Mauern aus künstlichem Gestein. Er hatte natürlich ein schlechtes Gefühl, aber andererseits hatte er es immer, sobald der Park öffnete. Am besten gefiel ihm Utopia um 18.00 Uhr – dann sah alles so aus, wie es aussehen sollte. Dann war der Stab auf ein Minimum reduziert und die Gäste, die die Illusion stören konnten, waren weg. Zu dieser Stunde konnte man durch die gepflasterten Gassen Gaslights oder

die Hochstraßen Callistos gehen, ohne sich Sorgen um verlaufene Kinder, Kranke oder Prozesshansel zu machen, ganz zu schweigen von besoffenen Studenten.

Erst vor einer Woche hatten drei Motorradrocker beschlossen, sich pudelnackt in den Bootsteich von Boardwalk zu stürzen. Acht Wachmänner waren nötig gewesen, um sie zu überzeugen, dass es besser war, sich wieder anzuziehen und zu gehen. In der Woche davor hatte ein portugiesischer Tourist, sauer darüber, dass er am »Ereignishorizont« zwei Stunden in der Schlange hatte stehen müssen, ein Messer gezogen und sich auf einen Mitarbeiter gestürzt. Allocco schüttelte den Kopf. Das Wachpersonal durfte keine Waffen tragen, nicht mal zur Selbstverteidigung. Keine chemische Keule, keinen Schlagstock – Schießeisen schon mal gar nicht. Sie mussten sich auf ihr Lächeln und ihre Überredungskunst verlassen. Was einer 9-Millimeter-Kanone natürlich nicht ebenbürtig war. Einem Portugiesisch sprechenden Wachmann war es schließlich gelungen, den Burschen zur Aufgabe zu bewegen – aber einige Minuten lang war der Ausgang der Sache ungewiss gewesen.

Allocco ging durch den ausgelegten Mittelgang zur Bühne, stieg hinauf und verschwand hinter dem Vorhang. Kostümierte Schauspieler standen in Grüppchen herum und unterhielten sich leise miteinander. Allocco bedeutete ihnen hinauszugehen. Dann ging er zu der weiß gekleideten Gestalt hinüber, die neben dem reglos auf der Bühne liegenden Mann in der Rüstung kniete.

Ein Ritterhelm lag neben ihm. Allocco hob ihn auf und drehte ihn in den Händen. Kleine, doch sehr präzise Löcher waren durch beide Wangenplatten gebohrt. Er hob den Helm höher und blickte durch die Löcher. Er sah bemerkenswert wenig Blut. Der Helm roch nach verschmortem Metall und

angebranntem Hamburger. Allocco legte ihn beiseite und wandte sich an den knienden Mediziner.
»Wie geht's ihm?«, fragte er.
»Der Laserstrahl hat beide Wangen sauber durchbohrt«, erwiderte der Arzt. »Hautabschürfungen, Gewebeschäden, Muskeltrauma. Was zu erwarten war. Die Zunge ist versengt. Er wird vermutlich zwei, drei Zähne einbüßen. Außerdem wird er, wenn er zu sich kommt, mörderische Kopfschmerzen haben. Aber glücklicherweise lebt er.« Er schaute auf. »Wenn ihn der Strahl ein paar Zentimeter höher getroffen hätte, bräuchten wir statt einer Trage einen Leichensack.«
Allocco brummte.
»Wir können ihn in die medizinische Hauptstation bringen, aber wahrscheinlich braucht er auch ein wenig kosmetische Chirurgie. Soll ich Lake Mead anrufen und einen Krankenwagen bestellen?«
Allocco dachte an John Doe. »Nein. Noch nicht. Stabilisieren Sie ihn unten! Geben Sie mir Bescheid, wenn sein Zustand sich verändert!«
Der Arzt gab einem wartenden Pfleger ein Zeichen, und Allocco wandte sich ab. Auf der Bühne, neben den Seitenkulissen, behielt die Inspizientin zwei Techniker im Auge, die etwas eine Leiter hinabschleppten. Als Allocco näher kam, sah er, dass es sich um einen Roboter handelte. Er sah aus wie ein Karren auf Rädern mit einem langen weißen Rohr – dem Laserkopf. An einem Ende befand sich eine Linse, aus dem anderen schlängelte sich ein Bündel Steuerungskabel. Die Linse war zerbrochen und hing lose in ihrer Fassung. Das Oberteil des Laserkopfes war wie ein Reißverschluss aufgerissen, schartige Enden bloßen Metalls, verkohlt und qualmend.

Die beiden Techniker stellten den Roboter vorsichtig auf dem Boden ab.
»Wer von euch ist für die Lasersicherheit zuständig?«, fragte Allocco.
Der Größere der beiden sagte: »Ich bin der Sicherheitsbeauftragte für Camelot, Sir.«
»Können Sie mir sagen, was passiert ist?«
»Ich weiß nicht, Sir.« Der SB schluckte verlegen. Er wirkte sehr verängstigt. »Es ist doch nur ein Dreißigwattkopfstück. Ich versteh das nicht. Das kann doch gar nicht passieren.«
»Immer langsam, mein Sohn!« Allocco deutete auf den Roboter. »Sagen Sie mir nur, was schief gegangen ist!«
»Das Ding ist ein Argonlaser mit einem verstellbaren luftgekühlten Kopfstück. Wir brauchen Argon, weil der Strahl zum Blau der Blitze des Erzmagiers passen muss.«
»Fahren Sie fort!« Wenn er den Burschen lange genug labern ließ, sagte er vielleicht irgendetwas Wichtiges.
»Wir können keinen Standard-Lightshow-Controller einsetzen, weil das Ding sich nicht hundertprozentig ans Drehbuch halten kann. Verstehen Sie?«
Allocco nickte. Das Verfahren war ihm bekannt. »Der Laser muss den Ritter immer treffen. Aber man kann nicht vorher bestimmen, wo er gerade steht, wenn der Effekt ausgelöst wird.«
Der Mann nickte. »Da war mal ein Roboter übrig, der nur rumstand. Früher wurde er für Wartungsarbeiten eingesetzt, aber dann brauchte ihn niemand mehr. Dann kam jemand auf ne gute Idee.«
Die Furcht in den Augen des Mannes war nun noch deutlicher sichtbar. *Ich kann mir vorstellen, wer dieser Jemand war,* dachte Allocco. Doch er sagte nichts.

»Na ja, man hat ihm ein Argonkopfstück verpasst und ihn auf die Hochspur gesetzt, auf der rechten Bühnenseite.« Der SB deutete in die Richtung. »Die Frau aus der Robotikabteilung – Teresa? – hat ihn so umgebaut, dass der Strahl einem auf den Helm gerichteten Infrarotstrahl folgt. Im entscheidenden Moment wird der Laser genau auf das IR-Signal abgefeuert.«

»Wie lange ist das Ding schon im Einsatz?«

»Seit ein paar Wochen nach der Uraufführung. Es ist jetzt fast drei Monate her. Viermal täglich. Ohne Probleme.«

»Ohne Probleme.« Allocco deutete auf das ruinierte Gehäuse. »Was kann den Laser so überlastet haben?«

»Ich hab so was noch nie gesehen, Sir. Er muss seinen normalen Ausstoß verhundertfacht haben.«

Allocco schaute den Mann kurz von der Seite an. »Dass die OSHA diesen Unfall untersuchen wird, ist Ihnen doch wohl klar.«

Der Lasersicherheitsbeauftragte erbleichte, als würde er gleich die Besinnung verlieren.

»Die Sicherheitsbestimmungen sind auf dem neuesten Stand?«, fragte Allocco besänftigender.

Der Mann nickte. »Wir folgen der Z-136 wie der Bibel.« ANSI Z-136 war der Lasersicherheitsstandard, den die Industrie und die Forschung mit der Regierung festgelegt hatten. »Wöchentliche Inspektion, wie die Vorschrift es verlangt. Gefahrenzonenbewertung, Instandhaltung, Verriegelungen …«

»Brav. Bringen Sie das Ding jetzt bitte runter und untersuchen Sie es! Geben Sie mir Bescheid, wenn Sie was finden!«

Er schaute die Inspizientin an, die das Gespräch schweigend verfolgt hatte. »Für den Erzmagier hat es sich ausgelasert, jedenfalls für die nächste Zukunft«, sagte er. »Können Sie

für die Vorstellung um 16.20 Uhr irgendwas zusammenstoppeln?«
»Ich hab wohl keine andere Wahl, oder?« Die Inspizientin drehte sich um und folgte den Technikern hinter die Bühne. Sie verschwanden in dem halbdunklen Gang, der zu den Garderoben führte.
Allocco schaute hinter ihr her. Dann zog er sein Funkgerät aus der Tasche und sprach hinein. »Kommandobereich neun sieben, hier ist dreiunddreißig.«
»Ja, Sir?«
»Schauen Sie sich mal die ›Greifenturm‹-Meldungen an. Gab es in den letzten vierundzwanzig Stunden einen Störungsalarm?«
»Moment.« Allocco wartete und lauschte dem leisen Rauschen. »Nein, Sir. Ein Strahl ist offen, sonst ist alles sauber.«
»Ein Strahl ist offen? Wo liegt die Störung vor?«
Er hörte das Klacken einer Tastatur. »›Greifenturm‹ 206. Westseite, Laufsteg 4.«
»Wann hat der Strahl das Offensignal gemeldet?«
»Vor ungefähr fünf Minuten, Sir. Soll ich jemanden raufschicken, um die Sache zu beheben?«
»Nein, danke. Ich überprüfe es selbst. Ignorieren Sie jeden weiteren Alarm von hier, bis ich mich wieder melde!«
Allocco schob das Funkgerät wieder in die Tasche. Er begab sich tiefer hinter die Bühne und blickte nachdenklich zu dem Sparren- und Eisenträgernetz hinauf, das das Skelett des »Greifenturm« bildete.
Die öffentlich zugänglichen Gebiete Utopias waren von zahlreichen Bewegungsmeldern und Netzen neuzeitlicher Infrarotstrahler umgeben. Sie sorgten dafür, dass die Gäste während einer Fahrt nicht ausstiegen und absichtlich oder

unabsichtlich in potenziell gefährlichen Bereichen hinter den Kulissen herumliefen. Jemand, der im Vorbeigehen in einen Infrarotstrahl geriet, rief nur eine zeitweilige Störung hervor. Wenn ein Strahl aber offen blieb, bedeutete dies fast immer ein Versagen der Technik.

Außerdem ... Welcher Besucher würde zu den Metallsparren hinaufklettern, sämtlichen Störungssensoren aus dem Weg gehen und dann reglos vor ausgerechnet diesem Ding Platz nehmen?

Allocco schaute zu der Metallschiene hinauf, über die der Laserroboter gefahren war. Dann warf er einen Blick auf jene Stelle auf der Bühne, an der kurz zuvor der verletzte Ritter gelegen hatte.

Es war verrückt. Doch Allocco wusste, dass er es überprüfen musste.

Die grau gestrichenen Sprossen der Eisenleiter fühlten sich kalt an. Allocco setzte eine Hand vor die andere und zog sich vorsichtig hinauf. Da er schon lange keine Leiter mehr hinaufgestiegen war und außer Spazierengehen keiner körperlichen Betätigung nachging, fing er nach einer knappen Minute an zu schnaufen. Er passierte mehrere Schichten Bühnentechnik: Spanndrähte, Vorhangflaschenzüge, schwarze Kabelkanäle für die Kommunikation, Stromleitungen.

Es wurde dunkler. Unter ihm wurden die Geräusche des Lebens – Stimmengemurmel, das kurze Geklimper eines Barden – leiser. Über ihm kam nun ein Laufsteg in Sicht. Seine Unterseite trug in weißer Farbe die Nummer 2. Allocco zog sich hinauf und schnaufte heftiger. An einer Seite des Laufstegs befand sich ein Beobachterplatz. Er war mit einem Fernglas und einem Telefon ausgerüstet. Während der Vorstellungen gab es hier oben reichlich Aktivität. Nun war alles leer. An der Wand über dem Laufsteg befand sich eine schmale Leuchtstoffröhre, die dafür sorgte, dass die Bühnenarbeiter sich nicht ins Gehege gerieten, wenn sie hier zugange waren.

Allocco brachte den etwa acht Meter langen Laufsteg bis zur nächsten Leiter hinter sich, packte die Sprossen und kletterte mit einem Seufzer weiter.

Der Weg zu Laufsteg 3 war weiter. Als er oben ankam, schwang er sich hinauf, setzte sich auf das harte Gitterwerk und lehnte sich mit dem Rücken an das Geländer. Er spürte, dass sein Rücken verschwitzt war, wo sein Hemd das Metall berührte, war es feucht. Es war verrückt. Er hätte einfach ein Standardsicherheitsteam hier raufschicken oder – noch besser – die Sache dem Wartungsdienst übergeben sollen. Aber nachdem er schon mal so weit oben war, konnte er auch weitermachen. Er hatte körperliche Bewegung weiß Gott dringend nötig.

Allocco schaute sich schwer atmend um. Er war nun auf Höhe der Decke der Hinterbühne. Das Licht war hier zwar schwächer, aber am anderen Ende des Laufstegs sah er eine große Schutzwand: das Gehäuse der Hydraulik, die das Mauerstück auf dem Höhepunkt der Vorstellung in Richtung Publikum warf. Über seinem Kopf trafen die Innen- und Außenwände zusammen: eine schmale senkrechte Rinne bildete den eigentlichen Greifenturm. Am Ende von Laufsteg 3 erkannte er die unteren Sprossen einer neuerlichen Leiter, die über ihm in die Dunkelheit führte. Er wartete ein, zwei Minuten, um wieder zu Atem zu kommen, dann zog er sich hoch. Es war viel zu tun, er konnte nicht den ganzen Tag hier rumsitzen.

Der Aufstieg durch die Innenhaut des Turms erwies sich als noch schwieriger. Wenn er sich zu weit von der Leiter fort reckte, schrammte sein Rücken an der Oberfläche der Innenwand entlang. Das imitierte Gestein war rau und erhaben. Er musste sich dicht an die Sprossen drücken und die Arme einsetzen, um sich hochzuziehen. Als über ihm die finsteren Umrisse von Laufsteg 4 sichtbar wurden, zitterten Alloccos Armmuskeln. Er schnappte nach Luft und hievte sich hinauf.

Dieser Laufsteg wurde nur vom Wartungspersonal und bei seltenen Sicherheitsüberprüfungen benutzt. Es war sehr dunkel hier oben. Kaum zu glauben, dass gleich hinter der Wand heller Sonnenschein herrschte, dass dort Spielmänner umherschlenderten und Touristen lachten. Allocco stützte sich auf die Leiter und spürte das Hämmern seines Herzens. Großartig: Wenn er hier einen Herzinfarkt bekam, dauerte es bestimmt eine Woche, bis man ihn fand.

Eine Minute später, als er wieder ruhiger atmete, griff er in seine Hemdtasche und entnahm ihr eine winzige Taschenlampe. Sie warf einen schwächlichen, fadendicken Strahl auf den Laufsteg über ihm. Wieso hatte er nicht daran gedacht, einen richtigen Strahler mitzunehmen?

Allocco brachte die letzten Sprossen hinter sich und betrat Laufsteg 4. Dieser war schmal und mit einem hohen Geländer gesichert. Obwohl unter seinen Füßen nur Finsternis herrschte, war er sich der tief unter ihm liegenden Bühne sehr bewusst. Er fühlte sich unbehaglich und kam sich vor wie ein kleines Insekt, das über die Innenwand eines Einmachglases krabbelte.

Der Laufsteg führte in zwei Richtungen und tauchte in der Schwärze unter. *Westseite,* hatte es geheißen. Allocco gönnte sich einen Moment zur Orientierung, dann ging er vorsichtig los. Das Lämpchen beleuchtete den vor ihm liegenden Laufsteg.

Nach einer Weile streifte der Lichtstrahl das Gehäuse eines Infrarotsensors, der etwa dreißig Zentimeter über dem Boden am Geländer befestigt war. Geschickt verborgen, aber dennoch leicht aufzustöbern, wenn man wusste, wonach man suchte. Allocco kniete sich neben das Ding und richtete das Licht auf die Deckplatte: GT-205. Also musste der defekte Bewegungsmelder der Nächste in der Reihe sein. *Gott sei Dank!* Er stand auf und ging weiter.

Plötzlich blieb er stehen, mit angespannten Muskeln spitzte er die Ohren. Er öffnete den Mund, um einen Ausruf der Überraschung zu tun, doch sein sechster Sinn sagte ihm, er solle ruhig bleiben.

Dann geschah etwas Eigenartiges: Seine rechte Hand sank automatisch zu seinem Gürtel hinab. Und griff ins Leere.

Allocco musterte sprachlos und ungläubig seine Hand.

Vor Jahren, in einem anderen Leben, war er bei der Bostoner Polizei gewesen. In einem Dutzend Dienstjahren hatte er nie die Waffe gezogen. Welcher atavistische Impuls trieb ihn jetzt dazu, nach einem Revolver zu greifen?

Er musterte den Laufsteg, richtete das Lämpchen ins Dunkel, suchte das Flackern einer Bewegung, das Aufblitzen von Metall – irgendetwas, das vielleicht eine Bedrohung darstellte. Sein Herz raste, seine Instinkte schlugen brüllend Alarm. Aber weder hörte er ein Geräusch, noch erblickte er den Anflug einer Bewegung. Nach einigen Minuten zwang er sich, sich zu entspannen. Er richtete sich mit einem Seufzer auf, griff nach dem Funkgerät und hielt es vor seinen Mund. Dann schob er es wieder in die Tasche. Er hatte den Sensor doch schon erreicht. Welchen Nutzen hatte es da noch, Verstärkung zu rufen?

Allocco schüttelte den Kopf über seine Torheit. Er hatte John Doe gestattet, ihm Angst zu machen. Zum Glück sah Sarah

Boatwright ihn jetzt nicht. Sie konnte Schwäche, gleich welcher Art, nicht ausstehen. Jetzt stand er hier: Er schwitzte und keuchte, sein Herz wummerte in seinem Brustkorb wie das eines jungen Polizisten, der zum ersten Mal wirklich in Gefahr geriet. Es war peinlich. Unprofessionell. Vielleicht war der Typ nur ein Dilettant und alles nur ein Spiel wie die Bombendrohungen, die alle naselang bei ihnen eingingen. Welche Terroristen, Gangster oder Berufssöldner kamen schon auf die Idee, einen *Freizeitpark* anzugreifen? In Utopia gab es doch nichts, was diese Leute brauchen konnten.

Allocco lachte leise vor sich hin, dann ging er weiter und suchte mit dem Lämpchen nach dem defekten Sensor. Da war er auch schon: dicht am Boden, in der gleichen Position wie der Letzte, vielleicht sieben Meter von ihm entfernt.

Dann sah er plötzlich, dass der Sensor nicht defekt war. Da lag etwas – irgendwas, das den Strahl unterbrach.

Allocco schlich näher. Langsamer. Dann sog er jäh die Luft ein.

»Gott im Himmel!«, sagte er leise. Er sank auf die Knie. Sein Blick konnte sich nicht vom Laufstegboden vor ihm lösen.

Was immer hier auch vorging: Nun wusste er ohne den geringsten Zweifel, dass es *kein* Spiel war.

13.42 Uhr

Sarah Boatwright beobachtete Allocco, der die Tür ihres Büros sorgfältig zuzog und abschloss. Dann ruckte er an der Rollokordel und machte die Anwesenden für jeden Blick von außen unsichtbar. Schließlich trat er vor und legte einen Metallbehälter auf den Konferenztisch. Fred Barksdale, der am anderen Ende des Raumes gestanden hatte, kam näher. Seine Miene war finster, die aristokratische Wölbung seiner Lippen war einer harten Linie gewichen.

Sarah beugte sich im Sessel vor. »Okay, Bob. Dann klären Sie uns mal auf!«

Alloccos Gesicht war rot, das Hemd unter seinem Anzugjackett durchgeschwitzt. »Ich hab mir den Sicherheitsbeauftragten für die Laser gegriffen. Er glaubt, das Ding hat sich überladen. Es hat mit dreitausend Watt geschossen statt mit den üblichen dreißig. Das Ding ist total durchgebrannt, der Laserkopf ist völlig hinüber.«

»Das ist unmöglich. Wir verwenden hier nur Laser der Klasse zwei, und die ...« Sarah hielt inne. »Wurde er von einem Roboter gesteuert?«

»Ja! Der Strahl folgte in einer Linie einem Infrarotsignal am Helm des armen Kerls.«

Schweigen.

»Schon wieder das Metanet«, sagte Barksdale leise.

»Ich bin erst am Anfang«, fuhr Allocco fort. »Ich hab ne Meldung erhalten, dass am ›Greifenturm‹ irgendwas einen Bewegungsmelder lahm gelegt hat. Ich habs überprüft und das hier gefunden.«

Er ließ die Schlösser des Behälters aufschnappen, klappte ihn auf und zog etwas heraus. Für Sarah sah es aus wie ein

Block aus grauer Knetmasse, der in eine transparente Membran gehüllt und mit einer Zahlenkolonne versehen war. Allocco legte den Block vorsichtig auf den Tisch. »C-4«, sagte er.

»C-4?«, echote Sarah. Sie stand auf, um sich das Ding genauer anzusehen.

»Hochexplosiv. Aus militärischen Beständen. Ein Fünfpfundpaket.«

Sarah erstarrte mitten in der Bewegung. Sie nahm langsam wieder hinter dem Schreibtisch Platz und ließ den grauen Klotz nicht aus den Augen.

»Ich hab es auf einem Laufsteg im Theater entdeckt. Es wurde mit Absicht an einem Bewegungsmelder deponiert.«

»Mein Gott«, sagte Barksdale. »Sie wollten das Theater in die Luft sprengen.«

Allocco schüttelte den Kopf. »Das glaube ich nicht.«

»Und warum nicht, verdammt noch mal?«

Ein eigenartiges Lächeln spielte um Alloccos Züge. »Weil ... Schauen Sie sich mal an, was ich anstelle eines Zünders gefunden habe!«

Er schob eine Hand in seine Brusttasche und zog einen in purpurrotes Papier eingepackten Dauerlutscher hervor.

Niemand sagte etwas. Sarah glotzte den kleinen runden Lutscher am Ende des weißen Stäbchens an.

»Weintraube«, murmelte sie.

»Ich hab mit den Bühnenarbeitern und den Laufstegjockeys gesprochen. Niemand hat was gesehen. Aber irgendwie ist es jemandem gelungen, an sämtlichen Sensoren vorbeizukommen, den Sprengstoff da oben abzulegen und wieder zu verschwinden.«

»Ich fürchte, das verstehe ich nicht«, sagte Barksdale.

»Aber ich.« Allocco legte den Lutscher neben den Behälter.

»Dieser Jemand teilt uns ganz einfach mit, dass er Menschen wehtun kann. Dass er die Fahrgeschäfte ungestraft zerstören kann. Jetzt, wo ich darüber nachdenke, frage ich mich, ob die ganzen Fehler im Metanet, die wir registriert haben, überhaupt Fehler waren. Man hat uns eine Show geliefert. Ich glaube, unser Freund John Doe übermittelt uns eine doppelte Botschaft: dass er die Horizontale *und* die Vertikale kontrolliert.«

Barksdales Blick wanderte von Allocco zu Sarah und wieder zurück.

»Bob will damit sagen, dass sie uns doppelt im Griff haben«, sagte Sarah langsam und bedächtig. Sie registrierte gleich mehrere Gefühle: Überraschung, Besorgnis, Zorn. Aber sie wollte nicht, dass auch nur eines die Entscheidungen beeinflusste, die sie nun treffen musste. »Sie haben einige Roboter umprogrammiert, damit sie Chaos im Park erzeugen, indem sie Achterbahnbremsen lösen und Laser überlasten. Aber sie verfügen auch über die Mittel, uns alle in die Luft zu jagen.«

»Was hat John Doe noch mal gesagt?«, fragte Allocco. »Wollte er nicht Ihre letzten Zweifel beseitigen? Tja, in mir hat er einen Gläubigen gefunden.« Er trat an den Schreibtisch und hob den Hörer von Sarahs Telefon ab.

»Was haben Sie vor?«, fragte Sarah.

»Ich ordne die Evakuierung des Parks an«, erwiderte Allocco und wählte eine Nummer. »Dann rufe ich die State Police an. Es wird meine alten Kumpels bestimmt interessieren, was ich zu sagen habe. Wir brauchen zwei, vielleicht sogar drei Antiterroreinheiten und Bundesagenten in Zivil, die ausgebildet sind Menschenmengen aufzulösen, die sich in Beschusszonen aufhalten …«

Barksdale trat vor und legte plötzlich die Hand auf die Hörerablage. Die Geste war so untypisch für ihn, dass Sarah ihn überrascht anstarrte.

»Was machen Sie da, verdammt?«, brüllte Allocco.

»Das Gleiche könnte ich Sie fragen. Haben Sie etwa vergessen, warum er uns seine Macht demonstriert? Um uns zu warnen – damit wir nichts Unbedachtes tun.«

Allocco stierte ihn finster an. Dann hob er erneut den Hörer hoch.

»Legen Sie den Hörer auf!«, sagte Sarah sofort.

Allocco erstarrte und schaute sie an. Seine Miene spiegelte deutlich die in ihm widerstreitenden Gefühle. Aber er konnte sich Sarahs kaltem Befehlston nicht widersetzen. Seine Hand sank herab. Er legte den Hörer auf.

»Bevor wir etwas tun, das wir *nicht* tun sollen, müssen wir mehr darüber erfahren, womit wir es zu tun haben«, sagte sie, nun etwas leiser.

Allocco schaute sie noch immer an. »Womit wir es zu tun haben?«, sagte er. »Das kann ich Ihnen sagen. Ich habe den Besuchern zugeschaut, die den ›Greifenturm‹ nach der Vorstellung verließen. Wissen Sie was? Sie haben sich alle großartig amüsiert. Keiner hat mitgekriegt – niemand hat auch nur den Hauch einer Ahnung –, dass jemand schwer verletzt wurde.« Er deutete auf den Sprengstoff. »Wäre das Semtex explodiert, hätte es den ganzen Turm fortgeblasen. Er wäre über dreitausend Besuchern zusammengekracht. Und wissen Sie, was dann passiert wäre? Es hätte den Leuten gefallen – bis zu dem Moment, in dem sie zerschmettert worden wären. Weil nämlich kurz zuvor ein Teil der Mauer schon auf sie runtergekracht ist. Showgetöse.«

Er umrundete langsam den Tisch und baute sich vor Sarah auf. »Heute sind ungefähr sechsundsechzigtausend Besucher hier. Keiner von denen hat in Sachen Selbsterhaltungstrieb auch nur den Instinkt eines Kindes. Sie haben ihren Fluchtinstinkt an der Kasse abgegeben. Denn dafür haben sie bezahlt. Sie sehen eine Feuersbrunst, hören eine Explosion, spüren, dass ihre Achterbahn sich allmählich vom Gleis löst – und was tun sie? Sie schreien vor Vergnügen. Weil sie glauben, dass es *dazugehört.* Und das macht jeden Einzelnen zu einer leichten Beute.«

Er wandte sich an Barksdale. »Wie viele autonome Roboter haben wir im Park?«

Barksdale dachte kurz nach. »Meinen Sie die, die mit dem Metanet verbunden sind? Nach der Reduktion im letzten Monat achtzig plus/minus fünf.«

»Achtzig. Und jeder ist eine potenzielle Zeitbombe. Selbst wenn wir sie, ohne größere Probleme zu kriegen, abschalten könnten – uns fehlt die Zeit, jeden Einzelnen zu erreichen. Aber es geht nicht nur um die Roboter. Wir haben diesem John Doe einen perfekten Spielplatz eingerichtet.« Allocco beugte sich über den Schreibtisch. »Er hat Sprengstoff in den ›Greifenturm‹-Wänden deponiert. Aber er hätte ebenso gut die Gasleitungen der Flammeneffekte sabotieren können. Oder ...«

»Und genau darum geht es«, sagte Barksdale. »Sie haben es selbst gesagt. Wir können nicht alles nachprüfen. Diese Lumpen haben alle Karten in der Hand. Wir müssen an die Sicherheit unserer Gäste denken. Dass wir jetzt evakuieren und die Polizei benachrichtigen, ist *keine* Option.«

»Entschuldigen Sie, aber es ist die *einzige* Option. Wir sind nicht ausgerüstet, um uns gegen eine solche Bedrohung zu wehren.« Allocco deutete auf den Plastiksprengstoff. »Was unsere Gäste angeht – glauben Sie, dass die Leute, die das Zeug da deponiert haben, einen Scheiß darauf geben, ob ein paar Touristen ins Gras beißen oder nicht?«

»Wahrscheinlich nicht«, erwiderte Barksdale. »Genau deswegen dürfen wir sie nicht gegen uns aufbringen.«
Die beiden Männer wandten sich zu Sarah um, als erwarteten sie, dass sie den Schiedsrichter spiele. Sarah wich ihren Blicken nicht aus. Allocco stand mit steinerner Miene da und wirkte entschlossen. Barksdales aristokratischen Zügen war deutlich Besorgnis anzusehen.
»Wir rufen die Polizei nicht an«, sagte Sarah.
Barksdale wirkte erleichtert, doch Allocco wurde rot vor Zorn. »Was?«, sagte er. »Wollen Sie für diesen Lumpen einfach die Beine breit machen?«
»Nein«, sagte Sarah. »Das werde ich nicht tun.« Im gleichen Moment spürte sie, dass sie die Zähne zusammenbiss. Kalte Wut ersetzte nun alle anderen Emotionen. Sie dachte an die Hochnäsigkeit, mit der John Doe in ihr Büro geschlendert war, ihren Tee getrunken und seine Forderungen gestellt hatte. Er hatte ihre Wange gestreichelt. Die Art und Weise, wie er ihren Park bewusst und fast beiläufig schändete und ihre Angestellten verletzte ... Er ging davon aus, dass seine Drohungen sie kirre machten. Er hatte sich getäuscht.
»Laut John Doe werden die Ein- und Ausgänge überwacht«, sagte sie. »Er hat angedeutet, dass es Tote gibt, falls wir evakuieren. Ich habe keinen Grund zu der Annahme, dass er lügt. Es ist keine Lösung, Utopia mit Bullen zu überfluten. Wir müssen uns mit John Doe auseinander setzen. Aber zu *unseren* Bedingungen und mit *unseren* Leuten.« Sie wandte sich an Barksdale. »Fred, du hast gesagt, er hat alle Karten in der Hand. Das glaube ich nicht. Der Park gehört uns. Und das gibt uns einen Heimvorteil.«
Barksdale hob protestierend die Hände. Dann ließ er sie wieder sinken.

»Aber eins nach dem anderen. Da sie auch die Schwebebahn beobachten, können wir keine allgemeine Evakuierung durchführen – jedenfalls jetzt noch nicht. Machen wir also erst mal das, was wir bei Bombendrohungen immer machen. Bob, Sie alarmieren die Wachführer, geben aber keine Einzelheiten weiter. Treiben Sie die VIPs zusammen und bringen Sie sie in die Besuchersuite. Erzählen Sie ihnen, der Präsident sei im Anmarsch. Erzählen Sie ihnen *irgendwas,* aber bringen Sie sie dorthin. Inzwischen rufe ich in Las Vegas an und sag die Melkerfahrt ab. Fred, machst du das mit der Buchhaltung klar?«
Barksdale nickte. Obwohl die meisten Finanztransaktionen im Park über die Guthabenstreifen der Besucherkennkarten abliefen, wurde an vielen Orten noch immer bar gezahlt, besonders in den Spielkasinos. Die Melkerfahrt war ein utopianesischer Ausdruck für den einmal wöchentlich hier eintreffenden Geldtransporter aus Las Vegas.
Sarah schaute Allocco an. »Wir können die Eingänge zwar nicht schließen, aber fangen wir damit an, dass die Kassen etwas früher zumachen. Sagen wir ... vier Stück jede halbe Stunde. Wir können auch die Schwebebahn öfter fahren lassen, damit mehr Leute hier rauskommen.«
»Wir könnten ein bis zwei Hauptattraktionen abschalten«, sagte Allocco. »Wenn die Leute glauben, sie hätten schon alles gesehen, oder wenn die Warteschlangen zu lang werden, fahren sie vielleicht früher nach Hause.«
»Gute Idee. Aber machen Sie es unauffällig! Außerdem muss der Laserroboter aus dem ›Greifenturm‹ in Terri Bonifacios Büro gebracht werden. Dr. Warne soll ihn sich anschauen. Vielleicht findet er in den Fehlfunktionen der Maschinen irgendwelche Gemeinsamkeiten, die uns nutzen können, um rauszukriegen, welche Roboter sonst noch manipuliert wurden.«

»Das kann ich sofort machen.« Allocco griff erneut nach dem Telefon.

Barksdale schaute ihm stirnrunzelnd zu. Dann wandte er sich an Sarah. »Aber wenn es kein Aufsehen geben soll …«

»Andrew wird nicht mehr erfahren, als er wissen muss. Aber im Moment brauchen wir seine Hilfe. Besonders seit …« – sie hielt inne –, »… seit es so aussieht, als sei das Metanet *doch* nicht an der Sache schuld.«

Barksdale stand neben ihr und strich geistesabwesend über seine Krawatte. Sein Gesicht drückte Besorgnis aus. Sarah spürte ein plötzliches, unerwartetes Aufwallen von Zuneigung. Dann schob sie es rigoros zur Seite. Dafür würde sie später Zeit haben.

»Was geht dir im Kopf herum, Fred?«, fragte sie.

»Ich hab Schwierigkeiten, es zu verstehen. Wenn das Metanet also doch keinen Rappel hat, was geht dann hier vor? Wie können diese Burschen dann Instruktionen an die Roboter senden? Unser Standort ist absolut sicher. Es ist unmöglich, dass jemand von außerhalb …«

Barksdale verstummte plötzlich. Das einzige Geräusch im Büro verursachte Allocco, der den Hörer auflegte.

Sarah musterte konzentriert Barksdales Gesicht. Freddy war der gebildetste und entzückendste Mann, den sie je kennen gelernt hatte. Aber er war auch ein seltsamer Hybride: Hinter ihm lagen eine privilegierte Jugend in britischen Privatschulen und eine Laufbahn in den höheren Chargen der Informationsdienste. Standen Probleme an, witterte er instinktiv maschinelles Versagen. *Menschliches* Versagen oder Betrug in Erwägung zu ziehen wäre ihm nicht in den Sinn gekommen. Dergleichen war kein Cricket. Dergleichen war unsportlich. Dergleichen tat man einfach nicht. Doch als Sarah ihn nun anschaute, sah sie in seinen Augen, dass ihm

etwas dämmerte. Er begriff allmählich die Wahrheit, die sie längst kannte.
»Freddy«, sagte sie leise, »erstell eine Liste aller Angehörigen deines IT-Stabes, die den entsprechenden Zugang haben und genug können, um eine solche Sache durchzuziehen! Ich will wissen, wer von ihnen heute hier ist.«
Barksdale erstarrte einen Moment, als hätte die bloße Vorstellung ihn zu Stein werden lassen. Dann nickte er langsam.
»Meiner Meinung nach solltest du es sofort tun.«
Er wandte sich zum Gehen.
»Ach, Fred … Und sei verschwiegen! Verschwiegen wie ein Grab.«
Sarah schaute zu, als die Tür hinter ihm ins Schloss fiel. Dann richtete sie den Blick auf Allocco.
»Das gilt auch für Sie. Machen Sie mir eine Aufstellung aller Wachmänner, die entweder die Mittel oder ein Motiv haben! Schreiben Sie jeden auf, der berufliche Bauchschmerzen oder Ärger mit seinem Vorgesetzten hat. Jeden mit einem Drogenproblem oder mit Geldschwierigkeiten.«
Als ihre letzten Worte verklangen, ging ein überaus bedeutsamer Blick zwischen ihnen hin und her. Dann nickte Allocco.
»Der Techniker, der für Sie arbeitet, dieser Ralph Peccam. Hat er irgendwas gefunden?«
»Er überprüft noch immer die Videoprotokolldateien.«
Sarah überlegte. »Er könnte den Fehler im Bienenstock doch nicht selbst verursacht haben, oder? Als wir John Does Spur verloren haben?«
»Nein. Jedenfalls nicht ohne entsprechende Vorbereitung.«
»Sie haben gesagt, er war früher in der Systemanalyse tätig. Haben Sie volles Vertrauen zu ihm?«

»Ich würde meine Hand für ihn ins Feuer legen. Er würde sich nie in so was reinziehen lassen. Dazu kenne ich ihn zu gut.«

Sarah nickte. »Ausgezeichnet. Dann soll er also an den Protokollen dranbleiben.« Sie verließ den Schreibtisch und ging zu einem Lageplan des Parks. »Ich habe für alle Vorschläge ein offenes Ohr, Bob. Wenn Ihnen ein Plan einfällt, der diese Sache schon im Vorfeld beenden kann, ohne den Park und die Besucher einem Risiko auszusetzen, würde ich gern davon hören.«

Ein leises Summen unterbrach sie.

Zuerst konnte Sarah das Geräusch nicht identifizieren. Dann fragte sie sich unter einem Stromschlag der Erkenntnis, wieso sie es, wenn auch nur kurz, hatte vergessen können.

Sie griff in die Tasche und zückte das kleine Funkgerät.

»Miss Boatwright?«, meldete sich John Does angenehme, kaum einen Akzent aufweisende Stimme. »Sarah?«

Sarah schaute Allocco an. Der Sicherheitschef griff in eine Tasche, entnahm ihr einen Mikrorecorder und drückte ihn ihr in die Hand.

»Sarah? Sind Sie da?«

»Ich bin hier«, erwiderte sie. Sie schaltete den Recorder ein und hielt ihn an das Funkgerät.

»Haben Sie die Vorstellung um 13.30 Uhr gesehen?«

»Nicht persönlich. Aber ich hab die Berichte gehört.«

»Dann können wir also ohne weitere Unannehmlichkeiten zum Geschäft kommen?«

»Legen Sie mal los!«

»Wie Sie wünschen. Ich muss Ihnen eine kleine Geschichte erzählen. Hören Sie bitte sehr aufmerksam zu! Sie ist nicht lang, aber ich glaube, Sie werden sie äußerst spannend finden.«

13.45 Uhr

Kann ich ein Terminal haben, um ins Netz zu gehen?« Georgia hatte die letzte Gameboyebene siegreich absolviert. Nun saß sie, zu Tode gelangweilt, im Schneidersitz auf dem Boden und warf einen Papierball durch den Raum, damit Flügelmutter ihn auffing. »Vielleicht könnte ich mir Musik von Duke Ellington runterladen.«

Am anderen Ende des Labors strich Terri Bonifacio fleißig braune Garnelenpaste auf eine gelbe Mangoscheibe. »Nein, geht nicht, Schätzchen.«

Georgia musterte das unbemannte Rechnerdutzend mit einem Blick, der deutlich sagte: *Was, ihr könnt nicht mal eins dieser Dinger entbehren?*

Als Terri diesen Blick sah, lächelte sie. »Unser System ist geschlossen. Es gibt hier keine Verbindung nach draußen. Das Sicherheitsrisiko wäre zu groß. Ich hab aber einen Haufen raubkopierte Guns-'n'-Roses-Konzerte, falls du daran interessiert bist.«

»Nein, danke.«

Warne hatte das Metanetterminal genau untersucht. Nun rutschte er zurück und schaute sich trübe um. »Die California-Post-Punk-Hard-Rock-Phase hatte sie letzten Dezember.« Sein Blick fiel auf die Mango. »Tut mir Leid, aber sie sieht wirklich abscheulich aus.«

»Sie können von Glück reden. Irgendwann bringe ich zum Mittagessen Dinuguan mit.«

»Ich trau mich gar nicht zu fragen, was das ist.«

»Schweinskopf, Herz und Leber in Schweineblutsoße. Und dann gibts noch Balun-Balunan, das …«

»Okay, okay.«

Georgia vollführte auf dem Boden eine pantomimische

Geste, indem sie sich einen Finger in den Rachen schob. Terris Lächeln wurde breiter.
Georgia warf den Papierball in die äußerste Ecke des Labors. Der Roboter lief sofort hinter ihm her. Seine Sensoren drehten sich. Als er das Knäuel erreichte, schwenkten sie nach vor und er öffnete lange, maulähnliche Zangen. Sie packten den Ball. Flügelmutter rollte mit alarmierendem Tempo zu Georgia zurück. Es gelang ihm, den Ball überraschend sanft in ihre ausgestreckte Hand fallen zu lassen.
»Braver Hund!«, säuselte Georgia. Der Roboter hechelte aufgeregt und drehte sich schwerfällig im Kreis.
»Schaut mal, er jagt seinen eigenen Schwanz«, sagte Terri. »Wie ein echter Hund.«
Georgia ließ den Ball zu Boden fallen und wandte sich an Warne. »Bist du noch *immer* nicht fertig, Papa? Wir sind mindestens schon eine Stunde hier.«
»Eine halbe Stunde, Prinzesschen.«
»Nenn mich nicht so!« Georgia schaute auf ihre Armbanduhr. »Es ist fast zwei Uhr.«
»Es dauert nicht mehr lange.« Warne schaute Terri kurz an, dann deutete er auf den Terminal. »Mit dem Metanet ist alles in Ordnung. Ich habe es mit jeder mir bekannten Methode zu knacken versucht. Ich habe es mit mehreren parallelen Downlinks, fehlenden Parametern und allem anderen überhäuft. Es stürzt immer elegant ab.«
Terri, inzwischen mit der Mango fertig, zuckte mit den Achseln, als wolle sie sagen: *Hab ich doch gesagt.*
»Es ist, wie Sie gesagt haben. Alle Programmänderungen waren positiver Natur.« Warne wandte sich wieder zum Terminal um und arbeitete nun mit der Maus. »Was mich wirklich auf die Palme bringt, sind die Ereignismeldungen.

Ich habe fast alle Roboterfehler nachgeprüft. Wissen Sie was? Laut den Protokolldateien wurde keiner dieser Roboter auch nur *angerührt.* Das Metanet hat keine Modifikationen an ihrem Code vorgenommen. Und das ist unlogisch.«

Er starrte auf den Bildschirm. Sein blasses, leicht abgespanntes Gesicht schaute ihn aus dem reflektierenden Glas heraus an. Schon wenn er an diesem Terminal saß, kamen ihm starke, bittersüße Erinnerungen. Beim letzten Mal im Labor an der Carnegie-Mellon-Universität hatte er fast väterlichen Stolz für seine Schöpfung empfunden, die kurz darauf nach Nevada umgesiedelt war. Dieses Metanet sollte die erste einer ganzen Reihe revolutionärer Entwicklungen sein, die seinem Labor entstammten. Seine Theorien über die Lernfähigkeit von Maschinen waren in der Robotikszene *das* Thema gewesen. Und in Eric Nightingale hatte er einen energischen Fürsprecher gefunden …

Doch seinem Spiegelbild stellten sich die Dinge nun ganz anders dar. Warne schloss die Augen und senkte den Kopf. *Was ist eigentlich passiert?,* fragte er sich. *Wie konnte alles nur so schnell aus dem Gleis laufen? Es ist mir schleierhaft.*

Das Surren von Schrittmotoren ertönte, ein lautes, metallisch schepperndes Jaulen. Flügelmutter rollte mitten im Labor hin und her, als suche er etwas. Dann blieb er unter einer Reihe von Leuchtstoffröhren stehen.

»Was macht er da?«, fragte Terri.

»Er lädt seine Solarzellen auf. Da sein Avatar – im Moment ist das Georgia – sich nicht bewegt, geht er in die Wartephase und erledigt Hintergrundarbeiten. Zum Beispiel, indem er die hellste Lichtquelle ausfindig macht und sich auf sie zu bewegt. Wissen Sie noch, was Sie in den höheren Fachsemestern über Kybernetik gehört haben? Die Sache mit Grey Walters Schildkröte? Ihr simples Verhalten? Dass sie einmal Lichtquellen sucht und sie dann wieder meidet? Es ist die gleiche Idee.«

Terri musterte den reglos unter den Leuchtstoffröhren stehenden Roboter. »Er ist autonom, nicht wahr? Wäre er ans Metanet angeschlossen, müsste ich es wissen.«

»Ja.«

»Verwendet er zur Wegfindung einen A-Star-Algorithmus? Wie haben Sie denn die Zickzackbewegungen vermieden?«

»Ich habe bei der Vorberechnung etwas getrickst.«

»Und sein Aufbau? Ist er gänzlich reaktiv? Muss schon sein angesichts all der willkürlichen Berechnungen, die das arme Ding vornehmen muss.«

»Richtig. Aber ein hierarchischer Kern verleiht ihm einige persönliche Charakterzüge, damit er echter wirkt. Freilich funktionieren nicht alle so, wie sie sollten. Wenn ihm danach ist, kann er eine ziemlich unzuverlässige kleine Nervensäge sein.«

Warne musterte Terri heimlich. Klar, sie kannte sich eindeutig aus.

Die Robotikszene teilte sich in zwei Gruppen. Das ältere Lager glaubte an die Erschaffung von Robotern mit »abwägender« KI – an hoch strukturierte hierarchische Systeme mit einem starren internen Weltvorbild und festgelegten Voraussetzungen über diese Welt. Das jüngere Lager – in dem Warne ein umstrittener Anführer war – glaubte, »auf Verhalten basierende« Robotik sei die Methode der Zukunft: reaktive Systeme, deren Handlungen nicht auf vorprogrammierten Instruktionen basierten, sondern auf dem, was die Sensoren ihnen sagten.

»Irgendetwas an ihm flößt einem Unbehagen ein«, sagte Terri. »Ich weiß nie, was er als Nächstes macht. Und warum ist er so verdammt groß?«

»Als ich ihn konstruierte, waren die Bauelemente noch nicht so klein wie heute. Im Lauf der Zeit hab ich sein Innenleben mit kleineren und leistungsstärkeren Teilen aktualisiert. Nun wiegt er nur noch die Hälfte und hat mehr Platz für größere Motoren und Servos. Deswegen kann er jetzt auch so schnell herumflitzen.« Warne schaute Terri an. »Hört sich an, als hätten Sie ihn noch nie gesehen.«

»Nur aus der Ferne. Er saß in einer Ecke von Sarah Boatwrights Büro. Vielleicht auch bei Barksdale, ich weiß es nicht mehr genau.«

Warne seufzte. Irgendwie überraschte es ihn nicht.

»Erzählen Sie mir was über Fred Barksdale!«, sagte er. »Wie ist er denn so?«

»Mal überlegen ... Er ist charmant, verbindlich, kultiviert, lässig ... Natürlich muss man so was an einem Mann mögen. Er kann stundenlang Shakespeare zitieren. Alle Frauen in der Systemverwaltung sind wahnsinnig in ihn verliebt. Weswegen ich eben nicht in ihn verliebt bin.«

Warne lachte leise.

»Wenn die Gerüchteküche stimmt, hat er was mit Sarah Boatwright.«

Warnes Lachen erstickte. Er schaute zu Terri hinüber. Er hätte schwören können, dass ihr Tonfall auf etwas anspielte.

»Keine Sorge, Dr. Warne«, sagte sie. »Ich weiß alles. *Auch* über Sie. In Utopia wird noch mehr getratscht als in Peyton Place.«

Warne schaute seufzend in eine andere Richtung. »Das ist eine alte Geschichte.«

»So alt nun auch wieder nicht«, murmelte Georgia.

Terri musste lachen. »Also wirklich, Ihre Tochter gefällt mir.«

Georgia grinste und errötete.

Warne blickte wieder auf den Schirm und bewegte die Maus von einem Fenster zum anderen. Erneut überwältigte ihn eine Mischung von Gefühlen: teils Angst, teils Verzweiflung. Er war im Begriff, das Metanet zu verlieren. Es geschah vor seinen Augen. Trotzdem war mit dem System alles in Ordnung – er hatte jeden nur vorstellbaren Test durchgeführt. Aber irgendwas *konnte* einfach nicht stimmen. Der Unfall bei der »Notting-Hill-Hatz«. Und erst heute Morgen: Scylla, seine eigene Konstruktion ... Er sah keinen Zusammenhang. Er ließ die Maus los und rieb geistesabwesend sein Handgelenk.

Neben ihm brach plötzlich ein Tumult aus. Flügelmutter, nun mit frisch geladenen Batterien, sauste auf ihn zu, packte die Maus und eilte mit ihr fort. Dann gab es einen lauten Knall. Warne schaute zu dem klotzigen Roboter hinüber, der ihn ebenfalls ansah. Die Maus klemmte zwischen seinen metallenen Zangen, das herausgerissene Kabel hing wie ein schlapper Schwanz herab. Er schien darauf zu warten, dass Warne ihm seine Beute wieder abjagte.

»Keine Hatz, Flügelmutter«, sagte Warne mit müder Stimme und wandte sich an Terri. »Liegt hier zufällig noch eine Maus rum?«

»Klar. Reißt er öfters was an sich?«

»Er ist ganz wild darauf, Autos und Roboter zu jagen. Alles, was Räder hat. Fragen Sie mich nicht, woher er es hat. Es wurde so schlimm, dass ich gezwungen war, ihm einen speziellen Befehl einzutrichtern: ›Keine Hatz.‹ Aber es funktioniert nicht immer.« *Meine Laufbahn in der Nussschale,* dachte er und musterte den Roboter traurig. Kein Wunder, dass Flügelmutter ein verstaubtes Relikt geworden war.

Terri stand auf, um eine neue Maus zu holen. Die natürliche Anmut ihrer Bewegungen ließ sogar den Laborkittel verführerisch erscheinen. Warne warf einen kurzen Blick auf die gelangweilt in einer Fachzeitschrift blätternde Georgia, dann widmete er sich wieder dem Bildschirm.

Da war es wieder: das Gefühl, dass irgendwas nicht stimmte.

Dann begriff er schlagartig, was es war. Es war so einfach und offensichtlich, dass er den Zusammenhang nicht erkannt hatte.

»Terri«, sagte er. »Wenn das Metanet bestimmte Roboter zu unpassenden Handlungen modifiziert hat, wieso existieren dafür keine internen Modifikationsprotokolle? Ich habe die Metanetprotokolle durchforstet. Aber für die Roboter, die durchgedreht haben, sind keine da.«

Terri schüttelte den Kopf. »Das kann doch nicht sein.«

»Außerdem ist da *noch* etwas. Bei der Besprechung heute Morgen hat Barksdale gesagt, die Probleme träten periodisch auf: dass die Roboter sich heute daneben benehmen und morgen wieder brav sind.« Er hielt inne. »Wenn das Metanet die Roboter angewiesen hat, Possen zu treiben, wer hat ihnen dann gesagt, sie sollen damit aufhören?«

Terri schaute ihn an. Ihre dunklen Augen drückten Besorgnis aus. »Das könnte nur das Metanet tun.«

»Eben. Aber es existieren keinerlei interne Protokolle, die die Einführung oder die Korrektur dieser Fehler anzeigen.« Warne schob die Zwischenfallmeldungen beiseite. »Wie viele Fälle von falscher Programmierung haben Sie tatsächlich mit eigenen Augen gesehen?«

»Nur einen. Den bei der ›Notting-Hill-Hatz‹.«

»Wie haben Sie rausgekriegt, was schief gelaufen ist?«

»Die Jungs von der Wartung sind die Strecke abgelaufen und haben die gelösten Sicherungskrallen gefunden. Und in den internen Routinen habe ich inkorrektes Verhalten gefunden.«

»Welcher Art?«
»Der Code war dahingehend verändert, dass er die Krallen nicht spannen, sondern lockern sollte.«
Warne zuckte insgeheim zusammen. Roboter konnten nur auf zwei Arten solche Scheinanweisungen entgegennehmen. Nur Terri hatte Zugriff zum Metanetterminal. Entweder hatte sie die fehlgeleiteten Roboter absichtlich von Hand programmiert – oder das Metanet hatte deren Programmierung modifiziert. Dann hatte das Metanet verursacht. Seine Verzweiflung nahm spürbar zu.
»Papa«, sagte Georgia in das Schweigen hinein. »Komm jetzt! *Bitte.«*
»Georgia!« Warne drehte sich abrupt um. Dann holte er Luft und unterdrückte seinen Ärger. »Hör mal, es tut mir Leid, aber ich muss das hier erst fertig machen.« Er betrachtete den Bildschirm und dachte nach. Dann drehte er sich wieder zu Georgia um. »Hör mal ... Du kannst ruhig ein paar Fahrten allein machen. Was hältst du davon? Gib mir eine Stunde. Nein, neunzig Minuten.«
»Ich möchte aber nicht allein gehen«, sagte Georgia. »Das macht doch keinen Spaß.«
»Es geht aber nun mal nicht anders, Schätzchen. Tut mir Leid. Komm! Neunzig Minuten. Wir treffen uns ...« Er griff in die Tasche, holte den Lageplan heraus und faltete ihn auseinander. » ... bei der Besucherbetreuung im Nexus. Viertel nach drei. Dann schauen wir uns zusammen Boardwalk an. Okay?«
Georgia nagte kurz an ihrer Unterlippe. Dann nickte sie und stand auf. »Danke für den Gameboy«, sagte sie zu Terri. Sie setzte den Kopfhörer wieder auf, schulterte ihren Rucksack und ging zur Tür.
»Georgia?«, sagte Warne fragend.

Sie blieb im Türrahmen stehen und wandte sich um.
»Fahr nicht mit den großen Achterbahnen, ja? Das möchte ich mit dir zusammen machen.«
Georgia runzelte die Stirn.
»Versprochen?«
Sie seufzte. »Yeah.« Dann verschwand sie um die Ecke und zog die Tür hinter sich zu.
Im Labor brach kurz Stille aus. Warne ertappte sich dabei, dass er die Tür anstarrte.
»Sie ist ein liebes Mädchen«, sagte Terri. »Falls es so was überhaupt gibt.« Sie lächelte verlegen.
Warne schaute sie an. »Mögen Sie keine Kinder?«
»Das ist es nicht. Ich schätze, ich kann nur nicht viel mit ihnen anfangen. Ich konnte es auch nicht, als ich selbst eins war.« Terri hob die Schultern. »Ich hatte nie viele gleichaltrige Freunde. Eigentlich hatte ich überhaupt nie viele Freunde. Ich hab mich bei Erwachsenen immer wohler gefühlt.«
»Klingt fast nach Georgia. Manchmal mache ich mir Sorgen um sie. Seit ihre Mutter gestorben ist, wirkt sie fast so, als hätte sie sich abgekapselt. Ich bin der Einzige, dem sie wirklich nahe steht.«
»Wenigstens hat sie einen liebevollen Vater.«
»Hatten Sie keinen?«
Terri verdrehte die Augen. »Fragen Sie lieber nicht! Er war der böse Zauberer des Ostens.«
Wieder herrschte Stille.
Schließlich sagte Warne: »Hier habe ich ein Rätsel, das ich nicht kapiere.« Er deutete auf den Stapel mit den Zwischenfallmeldungen. »Nur das Metanet kann diese Fehler verursacht haben. Aber wieso haben Sie den veränderten Code nur in einem Fall – bei der ›Notting-Hill-Hatz‹ – gesehen? Was war an diesem speziellen Fehler anders?«

Terri schaute zu Boden. »Jemand ist verunglückt«, sagte sie.
Warne senkte kurz den Blick.
»Und Sie haben die Bahn abgeschaltet«, fuhr er fort. »Wann haben Sie die Roboter untersucht?«
»Am nächsten Morgen.«
»Waren Sie in dem Moment mit dem Metanet verbunden?«
»Natürlich nicht. Die ganze Bahn wurde abgeschaltet.«
»Selbstverständlich.« Warne nahm den Stapel mit den Zwischenfallmeldungen. »Und die Probleme mit den anderen Robotern? Wann wurden die überprüft?«
»In der Regel einen Tag nach Eingang der Meldung.«
»Wurden sie auch früher überprüft?«
»Wenn die Sache höchste Priorität hatte, haben wir sie sofort geprüft.«
»Und das bedeutet?«
»Gegen 9.30 Uhr. Gleich nach dem Downlink.«
»Gleich *nach* dem Downlink.« Warne blickte sie rasch an. »Das ist es. Nur deswegen haben Sie im Fall ›Notting-Hill-Hatz‹ den geänderten Code gesehen. Und bei den anderen nicht.«
»Ich glaube, ich verstehe nicht.«
»Ich wette, wenn wir die internen Routinen Scyllas untersuchen, werden wir auch was sehen. Herr im Himmel, verstehen Sie denn nicht? Der ganze Rest muss …«
In diesem Moment klopfte jemand an die Tür.
»Herein!«, rief Terri.
Die Tür ging auf. Ein großer dünner Mann in einem Laborkittel trat ein und schob einen Stahlkarren vor sich her. Auf ihm stand ein metallener Kasten von der Größe einer Milchtüte, aus dem verschiedenfarbige Kabel heraushingen.

Daneben lag ein kleiner Roboter. Warne erkannte den Typ. Es war eins der neuen autonomen Systeme, die meist für einfache Wartungsarbeiten eingesetzt wurden. Die Deckplatte sah jedoch eigenartig versengt aus; fast so, als hätte man sie mit einem Lötkolben attackiert.
Flügelmutters Sensoren richteten sich auf den Neuankömmling. Der Roboter knurrte leise und rollte dann schnell auf den Karren zu.
»Keine Hatz, Flügelmutter!«, sagte Warne sorgfältig artikuliert. Der Roboter blieb schlagartig stehen.
»Was sollen wir mit dem Zeug?«, fragte Terri.
»Miss Boatwright hat mich beauftragt, diese Sachen einem gewissen Dr. Warne zu bringen. Sie hat gesagt, er ist in Ihrem Büro.«
Der schlanke Mann schaute Warne an. Er war blass. Als Flügelmutter ihn in Augenschein nahm, wich er nervös zurück. »Sind Sie das?«
»Das Teil muss Scyllas Gehirn sein«, sagte Warne und deutete mit dem Kinn auf den metallenen Kasten. »Ich habe Ihnen doch erzählt, dass der Roboter auf mich losgegangen ist. Ich musste ihn manuell abschalten. Den anderen Roboter kenne ich nicht.«
»Er stammt aus dem ›Greifenturm‹«, sagte Terri. Sie wandte sich an den Techniker. »Was soll er hier?«, fragte sie, nun etwas lauter.
Der Mann befeuchtete seine Lippen. »Der Laser hat durchgedreht – in der Vorstellung um 13.20 Uhr.«
»Was?«
Der Mann nickte. »Überladen. Hat einem Typen auf der Bühne mitten durchs Gesicht geschossen.«
Terri wurde aschfahl. Sie trat an den Karren. Dann blieb sie stehen, als traue sie sich nicht, ihn anzufassen.

»Oh, mein Gott«, sagte sie. »Den hab *ich* programmiert. Das war *ich* ...« Sie schaute Warne entsetzt an.
Warne bemerkte jedoch nichts. Seine Gedanken waren woanders.

13.47 Uhr

Sarah Boatwright wartete. In der Amtsleitung war kein Ton zu hören. Keine Artefakte, kein Rauschen, nichts.
Dann endlich meldete sich Chuck Emorys gewichtige Stimme. »Sprengstoff?«
»Richtig, Mr. Emory.«
»Wissen Sie es genau?«
»Der Klotz liegt vor mir auf dem Schreibtisch.«
»Wie bitte?«
»Bob Allocco hat ihn gefunden. Er hat allerdings keinen Zünder. Er wurde dort abgelegt, um uns eine Botschaft zu übermitteln.«
»Eine schöne Botschaft. Und Sie wissen genau, dass es kein Scherz ist?«
»Laut Allocco ist die Sache diesmal ernst. Die Sache mit dem Laserroboter und der Unfall auf der ›Notting-Hill-Hatz‹ waren eindeutig auch keine Scherze.«
Es wurde wieder still. Während Sarah wartete, empfand sie zwiespältige Gefühle, weil sie Emory in die Sache eingeweiht hatte. Doch dann wurde ihr wieder bewusst, dass sie nichts in die Wege leiten konnte, ohne zuvor mit ihm zu sprechen.
Eric Nightingale war das schöpferische Genie hinter Utopia gewesen. Charles Emory III. war der Mann, der Nightingales

Ideen aufgenommen und ihnen Leben eingehaucht hatte. Nach dem Tod des Bühnenzauberers war Emory schnell vom Chefbuchhalter zum Geschäftsführer der Utopia Holding aufgestiegen. Er hatte es geschafft, die stillen Teilhaber und Spekulanten in der Endphase der Planung und beim Bau des Parks zusammenzuhalten. Viele Menschen glaubten, er habe den Park und die Steuerung seiner Entwicklung trotz des unerwarteten Todes von Nightingale gerettet. Andere – Utopia-Puristen und Menschen wie Andrew Warne, die Nightingales ursprüngliche Vorstellungen fasziniert hatten – behaupteten, Emory habe Nightingales Traum versilbert und mit Kommerz besudelt. Emory hatte den Park mit Achterbahnen, Andenkenständen und Merchandisingläden überzogen. Den größten Widerspruch hatten seine Spielkasinos hervorgerufen. Nightingale hatte in Boardwalk nur eine kleine Markthalle geplant, wo die Gäste sich mit Büffelkopfgroschen an Glücksspielen der Jahrhundertwende beteiligen konnten. Emory hatte das idyllische Glücksspielhaus durch vier gigantische Kasinos ersetzt, in denen es um echtes Geld ging.

Sarah respektierte Emorys Geschäftssinn. Sie wusste, dass die Eintrittspreise nur die Hälfte der laufenden Betriebskosten deckten. Der Rest kam aus den Restaurants, aus Andenken, Verpachtungen und nicht zuletzt den Spielkasinos – geschäftlichen Realitäten, die Nightingale nie hatte akzeptieren können. Man musste Emory zugestehen, dass er neue Trends wie die Holografietechnik erkannt und schnell gewinnträchtig verwertet hatte. Es war auch typisch für ihn, die Geschäfte aus der Ferne zu führen und die alltäglichen Unternehmungen den kreativen Geistern und dem Verwaltungspersonal zu überlassen. In Sachen Krisenbewältigung war er jedoch nicht ganz so gut. In der jüngeren Vergangenheit hatte es zwar nur eine Krise gegeben – einen unbegründeten Salmonellenalarm in Camelot –, doch Emorys Zaudern in einer Situation, die promptes Handeln verlangte, war Sarah unbehaglich stark in Erinnerung geblieben.

Heute durfte es weder Unentschlossenheit noch Zaudern geben. Je länger sie darüber nachdachte, desto überzeugter wurde sie, dass sie sofort etwas tun mussten.

»Wissen Sie, wie viele Leute in die Sache verwickelt sind?«, fragte Emory.

»Nein. Wenn ich nach dem äußeren Anschein urteile, scheint mir das Unternehmen gut geplant zu sein. Außerdem hätte man es ohne Hilfe von innen nicht durchführen können.«

»Großer Gott. Wissen wir, wer mit drinsteckt?«

»Noch nicht. Aber der Insider arbeitet höchstwahrscheinlich im Sicherheitsbereich oder in der Systemverwaltung.«

Emory schwieg. »Was sind das für Leute?«, fragte er dann. »Fanatiker? Irgendwelche Kultanhänger?«

»Das glaube ich nicht. Ich habe mich gerade per Funk mit ihrem Sprecher unterhalten. Er hat mir mitgeteilt, was sie haben wollen.«

»Und was wollen sie haben?«

»Das ›Patent‹, Mr. Emory.«

Erneutes Schweigen in der Leitung. Dann hörte Sarah, wie Emory lange und langsam ausatmete. Jedenfalls glaubte sie es zu hören.

»Das ›Patent‹«, wiederholte Emory.

»Ja. Dazu den gesamten Quellcode, die Bilddatenbanken und alles, was sonst noch dazugehört.«

Wieder Schweigen.

»Wir können alles auf eine nicht kopierbare DVD brennen«, fuhr Sarah fort. »Aber zum Entschüsseln der Kernroutinen brauchen wir drei digitale Schlüssel: Ihren, meinen und den von Fred Barksdale.«

»Hat der Mann gesagt, was passiert, wenn wir uns weigern?«

»In dieser Hinsicht war er sehr ausführlich. Er hat gesagt, dass er sich dann die Achterbahnen vornimmt. Er wird Warteräume in die Luft sprengen und Bomben in den Restaurants hochgehen lassen. Es wird Hunderte von Verletzten und Toten geben.«

»Können wir seine Höllenmaschinen aufspüren? Die Roboter abschalten? Die Besucher evakuieren?«

»Er hat angekündigt, dass dies eine prompte Vergeltung nach sich zieht. Er sagt, dass die Schwebebahnen beobachtet werden, und er hat angedeutet, dass sie mit Sprengladungen gespickt sind. Außerdem müssen wir ihm den Code in einer halben Stunde aushändigen. Wir haben keine Zeit für einen großen Aktionsplan.«

»Verstehe. Wer im Park weiß von der Sache – außer Ihnen?«

»Die Abteilungsleiter der Sicherheit wurden in allgemeinen Alarmzustand versetzt. Aber die vollständige Geschichte kennen nur Bob Allocco und Fred Barksdale.«

»Dann behalten wir dies so lange wie möglich bei.« Sarah hörte das Knarren eines Stuhls. »Aber ich verstehe nicht, was diese Leute sich erhoffen, Sarah. Die Technik des ›Patents‹ ist einmalig. Niemand würde wagen, es anzuwenden. Sobald wir Hologramme dieser speziellen Art in einem anderen Park oder bei einer Show in Las Vegas sehen, wissen wir doch sofort, wer der Täter ist.«

»Fred Barksdale hat eine diesbezügliche Theorie. Er glaubt, dass diese Typen das ›Patent‹ gar nicht für Unterhaltungszwecke einsetzen wollen.«

»Ich kann Ihnen nicht folgen.«

»Fred meint, man könne diese Technologie auch dahingehend verändern, dass sie für andere Zwecke verwendbar wird. Etwa, indem man Hologramme als Gütesiegel für unverfälschte Software und DVD-Filme verwendet. Aber er glaubt, dass diese Leute möglicherweise etwas viel Größeres planen. Vielleicht so was wie neue Superscheine.«

»Superscheine?«

»So nannte man die gefälschten Hundertdollarnoten, die vor einigen Jahren in den Verkehr kamen. Wissen Sie noch? Sie waren von echten Banknoten kaum zu unterscheiden. Niemand wusste, wo sie herkamen. Da sie so gut waren, ging man davon aus, nur eine mittelgroße Weltmacht oder ein Schurkenstaat könne sie produziert haben. Die Scheine haben die Regierung so erschreckt, dass sie neue entwickeln ließ – mit fälschungssicheren Zusätzen: mit Aufdrucken, die ihre Farbe verändern, mit holografischen Wasserzeichen und Sicherheitsfäden. Angenommen …« Sie hielt inne.

»Angenommen, man könnte das ›Patent‹ so anwenden, dass man so etwas wie diese Scheine programmiert.«

»Es ist eine Theorie. Fred meint, man könnte das ›Patent‹ auch für militärische Zwecke einsetzen. Es ließen sich vorgetäuschte Wärmequellen oder Radarbilder erzeugen, die intelligente Bomben verwirren. So was in der Art. Sie wissen doch, was die Regierung alles unternommen hat, um unsere anderen Patente in die Finger zu kriegen.«

»Hat Fred auch gesagt, wie schwer es wäre, so was durchzuziehen?«

»Es geht wohl weniger um die Programmierung als um Rechnerkapazitäten. Die Reproduktion kleiner Hologramme ist eine relativ triviale Angelegenheit. Aber für das Zeug, von dem Fred redet, müsste man Zugang zu Supercomputern haben. Und zwar zu Herzen von Supercomputern. Dazu braucht man die Ressourcen einer mittleren Weltmacht.«

»Oder eines Schurkenstaates.«

Emory verfiel in Schweigen. Sarah hörte fast, wie er in seinem Hirn die Möglichkeiten überschlug. Er war ein Geldmann; er würde sich in finanziellen Begriffen artikulieren: Der Verlust dieser Technologie kostete sie so und so viel, die Kollateralschäden, die der Verlust anrichtete, kosteten sie so und so viel, der Tod von ein, zwei Dutzend Besuchern kostete sie ... Wenn man darüber nachdachte, war die Gleichung eigentlich gar nicht kompliziert.

»Der Sprecher dieser Leute«, sagte Emory. »Hat er Ihnen garantiert, dass nichts passiert, wenn wir ihm das ›Patent‹ aushändigen?«

»Er hat nichts garantiert. Er hat nur gesagt, dass niemand sterben muss, wenn wir tun, was er sagt. Dass er und seine Leute dann verschwinden. Dass der Park dann wieder uns gehört.«

Am anderen Ende der Leitung holte Emory Luft. Sein Stuhl knarrte erneut. »Ich würde gern wissen, wie Sie die Sache sehen, Sarah. Sie sind am Tatort. Sie haben sich mit diesem Mann unterhalten. Meint er es ehrlich?«

Emory wollte also ihre Meinung hören. Sarah wusste nicht, ob dies ein gutes oder ein schlechtes Zeichen war. »Er ist unverschämt. Er ist arrogant. Er hat in meinem Büro gesessen und gegrinst wie ein Honigkuchenpferd.« Als es ihr einfiel, stieg wieder Wut in ihr hoch. »Er ist, soweit wir wissen, finanziell gut gepolstert. Und das ist gerade das Problem, das Bob Allocco und ich besprochen haben.«

»Fahren Sie fort!«

»Unsere erste Reaktion kam aus dem Bauch: Er ist gefährlich. Geben wir ihm also das, was er haben will. Aber dann haben wir angefangen nachzudenken. Was haben wir *wirklich* gesehen? Ein Schießeisen, ein paar Pfund Plastiksprengstoff, zwei Funkgeräte. Vielleicht sind sie echt, vielleicht aber auch nur teure Kopien. Seine Leute haben wir *nicht* gesehen. Wir wissen, dass in unseren Reihen jemand für ihn tätig sein muss. Sonst hätte er keine Möglichkeit, Roboter und Überwachungskameras zu manipulieren. Aber selbst das könnte noch immer bedeuten, dass es sich nur um zwei Mann handelt. Es ist gut möglich, dass er uns schon alles gezeigt hat, was er drauf hat. Und dass der Rest reiner Bluff ist.«

»Es kann aber auch alles todernst sein.«

»Stimmt. Das ›Patent‹ ist aber das Kronjuwel unseres Parks. Angenommen, wir haben es nur mit einem Mann und einem sorgfältig ausgetüftelten schrägen Plan zu tun? Wir können das Ding doch nicht einfach kampflos rausrücken.«

Beide schwiegen. »Wenns zum Kampf kommt«, sagte Emory, »werden Besucher dran glauben müssen.«

»Und das können wir nicht zulassen. Aber auch Honigkuchenpferde stoßen irgendwann auf jemanden mit Heißhunger. Allocco hat einen Plan entwickelt, um John Doe am Übergabeort das Handwerk zu legen.«

»Das ist ein sehr gefährliches Spiel, Sarah. Falls was schief geht.«

»Bob wird sehr vorsichtig sein. Er wird John Doe beschatten lassen und ihn packen, wenn er den Park verlässt. Die Disc mit unserer Geheimtechnologie kriegen wir schon zurück. Wenn sich erweist, dass John Doe nicht lügt, dass er wirklich ein schwer bewaffnetes Team hat, machen wir sofort einen Rückzieher und benachrichtigen die Polizei, damit sie ihn

sich vornimmt. Aber erst dann, wenn sie *draußen* sind, wenn sie den Park verlassen haben.«
Wieder Schweigen.
»Es gibt nur zwei andere Möglichkeiten«, sagte Sarah in die Stille hinein. »Wir könnten davon ausgehen, dass Doe nur blufft. Dann geben wir ihm die Disc nicht. Oder wir geben sie ihm und lassen ihn ziehen. Mit unserer wichtigsten Technologie in der Tasche.«
Ein Seufzer. »Trauen Sie Allocco zu, dass er es hinkriegt? Verstehen Sie, was ich meine?«
Sarah verstand, was er meinte. Außer ihr und Emory wusste niemand vom Utopia-Stab, dass Bob Allocco vor zehn Jahren wegen Geldschwierigkeiten bei der Bostoner Polizei ausgestiegen war – das Ergebnis allzu exzessiven Zockens.
»Das Unternehmen läuft unter meiner Ägide und meiner Verantwortung. Und ja, ich verlasse mich auf Allocco. Was passiert ist, ist viele Jahre her. Außerdem glaube ich, dass wir momentan keine andere Wahl haben.«
Diesmal dauerte die Stille so lange, dass Sarah sich fragte, ob die Verbindung unterbrochen war.
»Wir haben nur noch sechsundzwanzig Minuten«, sagte sie schließlich. »Wenn wir die Disc brennen wollen, brauche ich Ihren digitalen Schlüssel.«
Noch immer keine Antwort.
»Mr. Emory? Ich brauche eine Entscheidung.«
Schließlich antwortete der Utopia-Boss. »Geben Sie ihm das Ding«, sagte er. »Aber Allocco soll auf alle Fälle den Heißhungrigen spielen. Und um Gottes willen vorsichtig sein.«

13.50 Uhr

Am Eiskremtresen des »Big Dipper« füllte ein Angestellter in kupferfarbener Fliegerkluft einen Becher mit Schoko-Bananen-Eis. Jetzt, kurz nach Mittag, war hier mehr los als sonst. Eine Meute hungriger, enttäuscht wirkender Zuschauer stand auf dem Promenadenplatz, gaffte wortlos zum Tresen hinüber und fragte sich, was wohl mit dem Roboter passiert war, den zu sehen sie gekommen waren. Über ihnen schob sich der gigantische Planet Jupiter in die leere Finsternis des Weltraums. Der große rote Fleck drehte sich wogend ins Blickfeld. Er war so hell wie eine wütende Eiterbeule. Die in Luftschächten und Hohlmauern verborgenen Lautsprecher Callistos verbreiteten eine eigene Mischung aus Niedrigfrequenzlärm: Die elektronische Hintergrundmusik wurde vom Geplapper der Erwachsenen und von den Freudenschreien der Kinder übertönt.

An einem großen kreisförmigen Einlass, hundert Meter von der Eisdiele entfernt, ging es besonders laut zu. Hier befand sich der Eingang – beziehungsweise das Zugangsportal, wie die Verlademannschaft es nennen sollte – zur »Galaktischen Reise«. Dieses Fahrgeschäft war eine neuere Attraktion und von den Utopia-Konstrukteuren nach Nightingales Tod in Betrieb genommen worden. Die meisten Bahnen in Callisto waren für kleine Kinder viel zu heftig. Aus diesem Grund war die »Galaktische Reise« entstanden, ein Standardfahrgeschäft, bei dem Wägelchen auf einer Stromschiene an sich bewegenden Bildern entlangfuhren, die den Asteroidengürtel, den Pferdekopfnebel und die eine oder andere Supernova zeigten.

Kindern gefiel die »Galaktische Reise«. Wer älter war als fünf, fand die Sache jedoch tödlich langweilig und machte einen großen Bogen um sie. Da fast nur Kleinkinder und erschöpfte Eltern die Fahrt mitmachten, nahm sie, was den Einsatz von Sicherheitskräften anbetraf, den untersten Rang im gesamten Park ein.

Dementsprechend gab es hier kaum Aufsichtspersonal und keine Überwachungskameras und Infrarotbewegungsmelder. Da das Fahrgeschäft praktisch von allein lief, hatten die Operateure nur wenig zu tun. Dies machte die »Galaktische Reise« bei den Utopia-Angestellten fast so unbeliebt wie bei den erwachsenen Besuchern.

Die Einzigen, die gern hier arbeiteten, waren Romantiker. Wie bei allen Hauptfahrgeschäften gab es auch hinter den Kulissen der »Galaktischen Reise« einen riesigen labyrinthartigen Bereich, der Service- und Wartungszwecken diente. Ein besonders abgelegener Fleck war die Näherei, in der die dunklen Netze und schwarzen Veloursvorhänge, die als Hintergrund dienten, auf Format gebracht und repariert wurden. Die Mitarbeiter hatten in der Näherei einen idealen Ort für sexuelle Betätigungen und spontane Begegnungen mit Besuchern gesehen und den langen Zuschneidetisch des beliebten Rendezvoustreffpunkts »Stöhnbrett« getauft. Dann hatte die Geschäftsleitung davon erfahren und einen strategischen Personalaustausch vorgenommen. Nun waren die Mitarbeiter der »Galaktischen Reise« meist Frauen zwischen fünfzig und sechzig. Hier arbeiteten die ältesten Utopia-Angestellten und wurden nur noch, wenn auch selten, für die eigentlichen Aufgaben eingesetzt.

Im Moment saß nur John Doe auf dem Rand des Zuschneidetisches. Seine übereinander geschlagenen Beine baumelten lässig über dem Boden. Es war dunkel, das Weiße in seinen Augen leuchtete schwach in der gedämpften Phosphoreszenz des interstellaren Raumes. Wie Sarah Boatwright in ihrem tief unter ihm liegenden Büro sprach auch er in ein Telefon.

»Das ist sehr interessant«, sagte er. »Es war richtig, mich zu informieren. Ich erwarte, dass Sie mich nicht zu lange auf die Einzelheiten warten lassen.« Er lauschte kurz. Offenbar kam ihm irgendetwas komisch vor, denn er brach plötzlich in ein amüsiertes Lachen aus – wobei er so freundlich war, die Hand über die Sprechmuschel zu legen. »Nein«, sagte er, als das Echo seines Lachens erstarb. »Nein, nein, nein. Meiner Meinung nach ist dies kein Grund zur Besorgnis – geschweige denn zum Abblasen des Unternehmens. Mein lieber Freund, das wäre einfach *undenkbar.«* Er hörte zu. »Wie bitte? Ja, das war nicht schön, da stimme ich Ihnen zu. Aber wir reden doch jetzt über Laser und Sprengstoff, nicht über Hirnchirurgie. Da kann man nur schwerlich Voraussagen treffen.«

Er lauschte erneut in den Hörer hinein, diesmal länger. »Das haben wir doch schon mal besprochen«, sagte er gedehnt. »Wenn ich mich nicht irre, erst vor einer Woche.« Seine Stimme klang gelassen, zwanglos: Da sprach ein Mensch aus gutem Hause mit einem Ebenbürtigen, den er respektierte. »Lassen Sie mich wiederholen, was ich damals gesagt habe: Es gibt keinen Grund, sich Sorgen zu machen. Die Zeit, die wir mit der Planung, dem Ausschluss von Fehlern und dem Glätten der Macken verbracht haben, war keine Fehlinvestition. Wir haben jedes mögliche Ergebnis analysiert und jeden Zufall eingeplant. Das wissen Sie so gut wie ich. Man muss nur die Nerven behalten. Wie heißt es doch? ›Unsere Zweifel sind Verräter. Sie lassen uns das Gute, das wir oftmals erreichen könnten, verlieren, weil wir den Versuch fürchten.‹«

John Doe gefielen diese Worte, deswegen wiederholte er das

Zitat zum Nutzen seines Zuhörers. Er kicherte. Dann änderte sich sein Tonfall abrupt. Er wurde kalt, distanziert, herablassend. »Zweifellos haben Sie auch nicht vergessen, was ich sonst noch gesagt habe. Es war unerfreulich, ich wiederhole es nur ungern. Die Stelle, an der es keine Umkehr mehr gibt, liegt hinter uns. Wir haben uns festgelegt. Wir haben schon zu viel erreicht, als dass Sie jetzt noch schwanken könnten. Vergessen Sie nicht: Ein Wort ins richtige Ohr würde genügen, um Sie zu entlarven und für den Rest Ihres Lebens mit Figuren zusammenzusperren, die dringend einer … nun ja … amüsanten Gesellschaft bedürfen. Aber so weit braucht es natürlich nicht zu kommen. Meinen Gefährten fiele gewiss eine schnellere und permanentere Möglichkeit ein, die ausdrückt, wie unzufrieden sie mit Ihnen sind.«

So schnell er gekommen war, verschwand sein bedrohlich wirkender Tonfall wieder. »Aber dazu wird es natürlich nicht kommen. Ihre Hauptarbeit ist längst getan. Jetzt besteht Ihre Aufgabe darin, *nichts* zu tun. Ist es nicht eine erfreuliche Ironie?«

Er schaltete das Mobiltelefon aus und legte es neben sich auf den Tisch. Dann griff er in eine Tasche seines Jacketts, entnahm ihr ein Funkgerät, gab einen Code ein und wählte eine Frequenz. »Hardball, hier ist Prime Factor«, sagte er. »Botschaft um 13.45 Uhr übermittelt. Übernahme wie geplant um 14.15 Uhr. Allerdings habe ich gerade von einem kleinen Problem erfahren: Heute ist ein Bursche im Park anwesend, ein gewisser Andrew Warne. Er hat wohl das Utopia-Metanet konstruiert. Man hat ihn geholt, um es zu reparieren. Er sollte eigentlich erst in einer Woche hier sein, doch der Termin wurde vorverlegt. Nein, den Grund kenne ich nicht. Aber wir können nicht zulassen, dass er hier herumfummelt, seinen Rüssel in gewisse Angelegenheiten steckt und auf

Manipulationen stößt. Schneewittchen besorgt mir seine Beschreibung und seine aktuellste Position. Ich gebe sie dann weiter. Sie tun das Nötige, um die Bedrohung auszuschalten. Die kreativen Einzelheiten überlasse ich Ihnen. Ende.«

Mr. Doe ließ das Funkgerät sinken und schaute sich in dem abgelegenen Raum um. In der Ferne hörte er die leisen Töne kindlichen Gelächters. Kurz darauf schaute er wieder das Funkgerät an, wechselte die Frequenz und hob es erneut an den Mund.

»Water Buffalo, hier ist Prime Factor. Hören Sie mich?«

Ein Quäken ertönte. Dann ein kurzes Rauschen. »Bestätige.«

»Wie ist das Wetter da oben?«

»Sonnig. Null Prozent Wahrscheinlichkeit von Niederschlägen.«

»Tut mir Leid, das zu hören. Hören Sie, wir sind im Geschäft. Sie können die Eier legen, wenn Sie bereit sind.«

»Verstanden, Prime Factor, Ende.«

Das Funkgerät verstummte. Mr. Doe schob es in die Tasche seines Leinenjacketts zurück, dann verschränkte er die Arme und machte es sich wieder auf dem »Stöhnbrett« bequem. Er seufzte zufrieden und ließ die Beine baumeln.

13.52 Uhr

Der Mann auf dem Steilabbruch nahm das Funkgerät langsam vom Ohr. Diesmal schob er es jedoch nicht hinter den Gürtel, sondern verstaute es in der Sporttasche neben einem dicken zerlesenen Taschenbuch. Er musterte kurz den Umschlag: Band eins von Prousts »Auf der Suche nach der verlorenen Zeit«. Dann nahm er das Buch impulsiv in die Hand und blätterte die schmutzigen Seiten bis zu dem Eselsohr um, das er kurz zuvor gemacht hatte.

Water Buffalo war kein typischer Leser. In seiner Jugend war er meist damit beschäftigt gewesen, sich Ärger einzuhandeln, deswegen hatte ihm immer die Zeit zum Lesen gefehlt. In der Besserungsanstalt hatte ein Geistlicher einst eine Predigt gehalten und den Jungs erzählt, Bücher seien Türen zu neuen Welten. Water Buffalo hatte nicht auf ihn gehört. Als Marinescharfschütze hatte er später endlos lange in einsamen Winkeln warten müssen, in denen es außer Zeit nichts gab. Da war ihm die Predigt wieder eingefallen, und er hatte sich gefragt, wie diese Welten wohl aussahen.

Einen Vorteil hatten Zivilisten: Sie konnten bei der Arbeit lesen.

Daraufhin hatte er sich etwas vorgenommen: Sollte er je ein Buch lesen, musste es umfangreich sein. Ihm ging nicht in den Kopf, warum man sich so viel Zeit nehmen und Mühe geben sollte, wenn das Ding nach ein paar hundert Seiten zu Ende war. Dann musste man ja mit einem neuen Buch wieder von vorn anfangen. Dann hatte man wieder das Problem, sich neue Namen zu merken und sich auf eine neue Geschichte einzustellen. So was war nicht effektiv. Es war sinnlos.

Deswegen hatte er sich nach einiger Aufklärungsarbeit in einer Buchhandlung in Denver auf Proust festgelegt. Mit über dreitausendsiebenhundert Seiten war »Auf der Suche nach der verlorenen Zeit« bestimmt lang genug.

Der Schrei eines Wüstenvogels rüttelte ihn wach. Er legte das Buch in die Sporttasche zurück und entnahm ihr ein Fernglas von Bausch & Lamb und das M24-Heckenschützengewehr. Dann drehte er sich in der niedrigen Rinne um, richtete das Fernglas auf die gewaltige Kuppel Utopias und suchte die zahllosen Glaspolygone ab, bis er den Wartungsarbeiter entdeckte. Der Mann war gerade erst zu dem breiten, sichelförmigen schwarzen Segment hinübergeklettert, das die Callistodecke bildete.

Water Buffalo brummte. Das war gut. Sehr gut.

Er legte das Fernglas weg und hob das Gewehr. Dann schraubte er den Schalldämpfer fest, drückte das Auge ans Zielfernrohr und richtete die Waffe auf die Kuppel. Das Zielfernrohr war ein Leupold M3 Ultra mit Entfernungsmesser. Er hatte sorgfältig darauf geachtet, dass es in der Sporttasche neben der Feldflasche lag. Nun fühlte sich das Metall an der Rundung seines Schädels kühl und vertraut an.

Langsam suchte er die Kuppel ab. John Doe hatte ihm einst erzählt, dass japanische Heckenschützen im Zweiten Weltkrieg mit Eisenhaken an Palmen hinaufgeklettert waren. Sie hatten sich an den Stamm gebunden und tagelang auf Opfer gewartet. Water Buffalo konnte die Japaner verstehen. Das Arbeiten mit einem Zielfernrohr hatte fast etwas Beruhigendes. Im Grunde aber konnte man es Laien nie erklären. Die Welt schrumpfte urplötzlich zu einem kleinen Kreis am Ende eines Tunnels zusammen. Wenn man die Vorarbeiten richtig ausgeführt hatte, konnte man alles andere vergessen. Dann brauchte man nur noch an den kleinen Kreis zu denken. Er vereinfachte die Angelegenheit gewaltig.

Erneut dachte er an John Doe – wie er von ihm in einem chinesischen Tempel in Bangkok angeworben wurde. Was Teamführer anbetraf, war Water Buffalo sehr wählerisch. Aber John Doe hatte makellose Referenzen. Seine Führungsqualitäten und sein taktisches Geschick hatten sich zu Water Buffalos Zufriedenheit seither schon bei einem halben Dutzend Unternehmen bewiesen. Für einen Zivilisten hatte Doe ein seltenes Verständnis für die Anonymität, auf die Einzelgänger wie Water Buffalo Wert legten.

Andererseits war John Doe nicht immer Zivilist gewesen.

Water Buffalo verschob die Waffe ein Stück. Der Arbeiter kam, nun zehnfach vergrößert, wieder in Sicht. Er hatte etwa ein Drittel der Strecke zur Kuppelspitze zurückgelegt und balancierte über einen schmalen waagerechten Laufsteg. Er trug Schuhe mit Gummisohlen und trat so präzise auf wie eine Katze. An seinem Gürtel baumelte ein handtellergroßes Gerät zur Datenaufnahme. Water Buffalo beobachtete ihn, als er einen Scheitelpunkt der Glasscheiben erreichte. Der Mann hakte vorsichtig ein Halteseil ab, klemmte es an ein Geländer gegenüber dem Scheitelpunkt und umrundete ihn. Schließlich ging er wieder vorwärts, blieb stehen, griff nach dem Datengerät und gab etwas ein. Vielleicht hatte er eine gesplitterte Scheibe entdeckt. Der Mann ging weiter. Water Buffalo beobachtete ihn durchs Zielfernrohr.

Am nächsten Scheitelpunkt kreuzte eine Eisenleiter den Laufsteg. Sie führte auf der gewölbten Oberfläche der Kuppel senkrecht nach oben und unten. Der Mann hakte das Halteseil an ihr fest und kletterte über den dunklen Glasscheiben nach unten. Irgendwas an ihm erinnerte Water Buffalo an Proust. Vielleicht war es der weiße Overall, den der Mann trug. Irgendwo in der Einleitung des Buches stand, Proust habe sich gern in Weiß gekleidet.

In Band eins war Water Buffalo an einer Stelle angelangt, an der Proust eine alte Tante beschrieb. Die Lebenssphäre der Frau war nach und nach geschrumpft und begrenzte sich nur noch auf zwei Zimmer ihrer Wohnung. Auch dies konnte

Water Buffalo verstehen. Auch seine Großmutter war so gewesen. Allerdings hatte ihr schäbiges Zuhause nur aus zwei Zimmern bestanden. Doch im Alter hatte sie diese nie mehr verlassen – als wäre die Welt vor der Haustür ein anderes Universum gewesen, etwas, das man fürchtete und dem man aus dem Weg ging. Wenn die Menschen sehen wollten, wie es ihr ging, wenn sie sich von ihrem Gesundheitszustand überzeugen oder ihr Suppe bringen wollten, sollten sie gefälligst zu ihr kommen.

Proust erzählte von einem Besuch bei seiner Tante und beschrieb, wie er ihr Lindenblütentee gemacht hatte. Auch Water Buffalo hatte seine Großmutter ein- oder zweimal besucht. Dann hatte er es aufgegeben. Jetzt fragte er sich, wie Lindenblütentee schmeckte.

Als er mit dem Buch anfing, hatte er kein Wort verstanden. Seiner Meinung nach hatte da nur irgendein Franzose über seine Kindheit gelabert. Es interessierte doch keine Sau, wie lange der Typ brauchte, bis er einschlief. Doch dann hatte Water Buffalo an einem Unternehmen an der mexikanischen Grenze teilgenommen – einem ziemlich langwierigen und ermüdenden Unternehmen. Da hatte er dem Buch noch eine Chance gegeben. Und Schritt für Schritt, Erinnerung für Erinnerung hatte Prousts Leben Form und Struktur angenommen. Schließlich hatte er geglaubt, es zu verstehen. Vielleicht hatte der Geistliche doch Recht: Bücher waren wirklich Türen zu neuen Welten.

Der Arbeiter stieg nun nicht mehr an der Kuppel hinab, er ging über einen tiefer gelegenen waagerechten Laufsteg. Er befand sich jetzt nur noch ungefähr zehn Meter über dem Niveau des Steilabbruchs. Water Buffalo stützte sich vorsichtig in der Rinne ab. Er spreizte weit die Beine und bohrte seine Zehen in den steinigen Boden. Er baute die Gewehrstütze am Rand der Rinne vor einem kleinen Felsgrat auf und vergewisserte sich, ob sie fest saß. Eine Hand glitt vorwärts und ergriff den Vorderschaft des Gewehrs. Die Finger der anderen legten den Sicherungshebel um und umfassten den Abzugsbügel. Water Buffalo atmete tief ein. Dann noch einmal.

Der Arbeiter löste das Halteseil und bewegte sich sicher um die Eisenhaut des Scheitelpunktes zur nächsten Scheibe. Water Buffalo stimmte seinen Schuss auf die Zeit zwischen zwei Herzschlägen ab. Er betätigte den Abzug, als der Mann nach vorn griff, um das Halteseil erneut am Geländer zu befestigen.

Der Kopf des Arbeiters fuhr hoch, als hätte jemand seinen Namen gerufen. Water Buffalo sah durch das Zielfernrohr, wie auf seinem weißen Overall ein roter Fleck erblühte. Noch immer den Mann im Visier, betätigte er automatisch den Verschluss, um für den nächsten Schuss bereit zu sein. Doch der war nicht nötig: Die Kugel hatte, wie beabsichtigt, im Inneren des Körpers pilzförmig ihre Wirkung gezeigt und den größten Teil der lebenswichtigen Organe zerstört. Schon glitt der Mann, mit dem Kopf voran, über die dunkle Oberfläche der Kuppel hinab.

Water Buffalo verfolgte ihn mit dem Zielfernrohr und schaute zu, als der Mann in einer niedrigen Steinrinne am Fundament der Kuppel zur Ruhe kam. Er war fast unsichtbar und hatte eine Hand auf einem Fels liegen, als liege er dort zu einem Nickerchen. Water Buffalo wartete eine Minute, dann noch eine. Schließlich ließ er das Zielfernrohr sinken. Auf dem dunklen Dach Callistos war nichts zu sehen gewesen; nichts, das einen alarmieren musste. Es war genau nach Plan verlaufen. Und nun war er allein.

Er schob das Gewehr wieder in die Sporttasche und trank

einen großen Schluck Wasser aus der Feldflasche. Dann zog er eine Knarre Kaliber .45 hervor, die in ein Schulterholster kam. Es folgten das Funkgerät und ein voller Rucksack. Zuletzt kamen zwei Werkzeuggürtel in Tarnfarben mit riesigen prallen Taschen ans Tageslicht. Water Buffalo duckte sich in die Rinne und schnallte die Gürtel um. Dann wandte er sich erneut der Sporttasche zu. Mit der Hand am Reißverschluss zögerte er kurz und schaute bedauernd auf das Taschenbuch.

Dann zog er den Reißverschluss zu, erhob sich vorsichtig aus der Rinne und marschierte zwischen den Felsen in Richtung der Kuppel.

13.55 Uhr

Sarah Boatwright saß hinter ihrem Schreibtisch und wog einen Mikrokassettenrecorder in der Hand. Fred Barksdale stand neben ihr. Sie lauschten schweigend John Does ruhiger, angenehmer Stimme.

»Passen Sie jetzt auf, Sarah«, sagte er gerade. »Genau um 14.15 Uhr beauftragen Sie die Fahrdienstleitung der ›Galaktischen Reise‹, fünf leere Wagen loszuschicken. Das Päckchen legen Sie in den mittleren Wagen. Wenn die Wagen die Biegung am Krebsnebel erreichen, soll der Operateur die Fahrt neunzig Sekunden lang unterbrechen. Neunzig Sekunden. Dann kann sie weitergehen. Ansonsten läuft das Geschäft wie gewohnt. Sobald ich den Inhalt des Päckchens überprüft habe, hören Sie wieder von mir. Wenn alles nach Plan läuft, haben wir dann zum letzten Mal miteinander gesprochen.«

Ein kurzes Schweigen folgte. Sarah hörte das leise Klappern des Bandes.

»Haben Sie verstanden, was ich gerade gesagt habe, Sarah? Es ist sehr wichtig, dass Sie alles verstehen, was ich gesagt habe.«

»Ich verstehe.«

»Dann wiederholen Sie bitte.«

»Um 14.15 Uhr sollen fünf leere Wagen die ›Galaktische Reise‹ machen. Die Disc soll im mittleren Wagen liegen. Wenn er den Krebsnebel erreicht, soll die Fahrt für neunzig Sekunden unterbrochen werden.«

»Ausgezeichnet. Ich brauche Ihnen wohl nicht zu sagen, Sarah, dass es sich nicht auszahlt, wenn Sie Tricks versuchen. Jetzt ist nicht die Zeit für Ränke und Listen. Ich will den *gesamten* Quellcode haben, und zwar die aktuellste Version. Keine Heldentaten! Verstanden?«

»Ja.«

»Danke, Sarah. Sie möchten sich jetzt sicher an die Arbeit machen. Vor Ihnen liegt eine geschäftige halbe Stunde.«

Sarah schaltete den Recorder aus und legte ihn neben ihrer Teetasse ab. Im gleichen Augenblick drang der Duft von Barksdales Rasierwasser in ihre Nase. Wie immer fühlte sie sich auch diesmal an Tweed und Jagdpferde erinnert. Sie drehte sich um. Barksdale begutachtete den Recorder. Auf seinem Gesicht war ein eigenartig geistesabwesender Ausdruck.

»Ist auch bei dir alles klar?«, fragte sie.

Beim Klang ihrer Stimme kam Barksdale wieder zu sich. Er nickte. »Die Eingabe unserer drei digitalen Schlüssel reicht für die Sicherheitsprotokolle aus. Dann können wir eine einzelne entschlüsselte Kopie der Kernroutinen auf ein Speichermedium übertragen. Anschließend transferiere ich die einfachen Sicherheitsdateien. Du willst doch wohl, dass die Disc unkopierbar gemacht wird?«

»Natürlich.«

Barksdale überlegte kurz. »In Ordnung. Das Erzeugen absichtlicher Lesefehler dauert zwar einige Zeit, aber ich würde sagen, zehn Minuten haben wir noch.«

»Was ist mit der anderen Frage?«

»Wie bitte? Ach, ja.« Barksdales blaue Augen blickten noch bekümmerter drein. »Es steht fest, dass derjenige, der hinter der Sache steckt, unser System ausgezeichnet kennt. Und dass er die nötigen Privilegien hat, um sich nach eigenem Gutdünken zu bewegen.«

»Wie viele Leute aus deinem Stab kommen dafür in Frage?«

Barksdale schob eine schlanke Hand in sein Anzugjackett und entnahm ihm ein gefaltetes Stück Papier. Seine Bewegungen waren elegant und sparsam, wie immer. »Um sich ins Metanet zu hacken, den Einbruchsalarm auszuschalten, Kennkarten umzuprogrammieren und Zugang zu den Sicherheitsprotokollen des ›Patents‹ zu erhalten – acht Mann. Neun, wenn ich mich dazurechne. Hier ist die Aufstellung.«

Sarah nahm sie an sich und schaute sich schnell die Namen an. »Und wer von denen ist heute im Park?«

»Sechs. Bis auf Tom Tibbald habe ich alle lokalisiert. Seit heute Morgen hat ihn keiner mehr gesehen.«

»Gib Bob Allocco bitte eine Kopie der Liste. Er soll so schnell wie möglich nach Tibbald suchen lassen, aber diskret. Außerdem sollten wir die Sicherheitsprotokolldateien überprüfen. Doch zuerst brenn die Disc! Emory steht in New York bereit. Ruf mich an, wenn du unsere digitalen Schlüssel brauchst.«

Barksdale nickte und strich mit der Handfläche über ihre

Wange. Der besorgte Ausdruck wich nicht aus seinem Gesicht.

»Was ist denn, Fred?«, fragte Sarah.

»Eigentlich nichts.« Er zögerte. »Ich wollte dich nur fragen, ob du den ›Greifenturm‹-Roboter zu Warne runtergeschickt hast.«

»Bob Allocco wollte sich darum kümmern. Warum?«

»Es ist eigentlich nicht wichtig.« Barksdale fuhr sich über eine Braue. »Aber als ich die Aufstellung gemacht habe, bin ich ins Grübeln geraten. Sollten wir damit nicht warten?«

»Womit?«

»Warne einzuweihen. Er hat hier seinen eigenen Terminplan, aber es ist nicht der gleiche wie der unsere. Denk an Shakespeares Worte: ›Liebe alle, aber vertraue nur wenigen!‹ Nicht umgekehrt.«

»Du willst damit doch nicht etwa andeuten, er könnte möglicherweise in der Sache mit drinstecken? Das Metanet ist sein Kind. Du hast sein Gesicht doch heute Morgen bei der Besprechung gesehen.« Sarah maß Barksdale mit einem Seitenblick. Dann lächelte sie trotz allem. »Wissen Sie was, Mr. Frederick K. Barksdale? Ich glaube, Sie sind nur ein wenig eifersüchtig. Weil ich mal was mit ihm hatte und dergleichen.« Sie schob sich näher an ihn heran. »Hab ich Recht? *Bist* du eifersüchtig?«

Barksdale erwiderte ihren Blick. »Nein. Jedenfalls jetzt noch nicht.«

Sarah nahm seine Hand und streichelte sie. »Also, *das* kann ich jetzt wirklich nicht brauchen.«

Barksdale schaute kurz weg, dann wandte er sich wieder ihr zu. »Vielleicht habe ich mich nur gewundert«, sagte er, »dass er jetzt wieder hier ist. Wenn es mich nicht gäbe … Ich

meine, wenn zwischen uns nichts wäre … Würdest du dann wieder zu ihm zurückkehren?«
Sarahs Fingerkuppen erstarrten in der Bewegung. »Wie kannst du so was nur fragen? Jetzt habe ich doch dich. Ich will keinen anderen.« Sie nahm seine andere Hand und schmiegte sich an ihn. Doch der besorgte Ausdruck wich nicht gänzlich aus seinem Gesicht.
Die Bürotür ging auf, und Andrew Warne trat ein. Auf Sarah wirkte er wie ein Geist, den ihr Gespräch irgendwie beschworen hatte. Sein Blick wanderte von ihr zu Barksdale, dann zu ihren umschlungenen Händen. Einen Moment huschte ein schmerzlicher Ausdruck über sein Gesicht. Doch dann war dieser ebenso schnell wieder verschwunden.
»Ich wollte die Party nicht stören«, sagte er und blieb im Türrahmen stehen.
»Das ist keine Party«, sagte Sarah. Sie ließ Barksdales Hände los und trat zurück. »Fred wollte gerade gehen. Fred, wir treffen uns um 14.10 Uhr an der ›Galaktischen Reise‹. Und zwar *pünktlich,* verstanden?«
Barksdale nickte und ging zur Tür. Sarah sah, dass die beiden Männer sich anschauten. Urplötzlich rollte Flügelmutter hinter Warne ins Büro. Er zwang Barksdale, ihm halb springend, halb in den Korridor fliegend Platz zu machen. Hinter dem Roboter kam Teresa Bonifacio. Ihr kurzes schwarzes Haar schwang über ihr Gesicht. Normalerweise lag stets ein kleines Lächeln auf ihren Zügen, als dächte sie sich gerade einen Streich aus. Doch nun war von einem Lächeln nichts zu sehen.
»Tut mir Leid«, sagte Warne, als er auf Sarah zukam. »Ich wollte keinen intimen Moment unterbrechen.«
»Er war ganz und gar nicht intim«, erwiderte Sarah und begab sich wieder hinter den Schreibtisch.

»Außerdem ist er ein netter Mensch«, sagte Warne. »Freut mich für euch beide.«
Sarah musterte ihn neugierig. Er hatte die Stirn auf nachdenkliche Weise gerunzelt, wie fast immer. An der Carnegie-Mellon-Universität hatte er wie eine Wespe zwischen Motten gewirkt: der brillante Bösmann der Robotik mit seinen kontroversen Theorien und bemerkenswerten Schöpfungen. Doch bei der Besprechung heute Morgen hatte sie einen anderen Warne gesehen: einen Menschen, der belagert und beschossen wurde. Dieser Sarkasmus nun war aber völlig neu.
»Ich habe für so was jetzt keine Zeit, Drew«, sagte sie.
Terri schaute von einem zum anderen. »Ich glaub, ich geh mal in die Cafeteria und krall mir ne Tasse Kaffee«, sagte sie.
»Nein. Bleiben Sie hier! Sie sind die Einzige, der es zusteht, dies zu hören.« Warne zog einen Stuhl heran und ließ sich mit einem Lachen auf ihn sinken. Dann warf er einen Blick auf Sarah. *»Du* hast dafür jetzt keine Zeit? Mein Gott!«
Seine verbitterten Worte hingen eine Weile in der kühlen Luft.
»Na schön«, sagte Sarah. »Also raus damit!«
»Du lockst mich unter einem Vorwand hierher. Dann lässt du mich in einem Konferenzraum Platz nehmen und führst ein Kaspertheater über das Fehlverhalten des Metanets auf. Du redest mir sogar ein, dass ich daran schuld bin, damit ich mich für den Jungen verantwortlich fühle, der bei der ›Notting-Hill-Hatz‹ verletzt wurde. Du bittest mich, den Stecker rauszuziehen.«
Sarah sah, dass er sich zum Schreibtisch hin vorbeugte. »All das ist *Scheiße*. Du hattest nicht mal den Anstand, mir zu sagen, was hier wirklich los ist. Statt die Robotikabteilung

auszubauen, habt ihr sie zusammengestrichen. Ihr habt das Programm beeinträchtigt und Terri die Beine unter dem Hintern weggetreten.«

»Ich hab nicht gesagt, dass er das sagen soll«, sagte Terri.

Sarah schaute sie kurz an, dann wandte sie sich wieder Warne zu.

»Ich bin auch nicht froh darüber, wie man dich hergeholt hat, Andrew. Es war die Entscheidung der Hauptverwaltung. Was die Robotik anbetrifft, so ist es eine Schande, aber in diesem Laden werden Geschäfte gemacht. Wir sind keine Ideenfabrik. Das habe ich dir schon erzählt, als ich dir Flügelmutter übergeben habe. Es hat alles mit Demografie zu tun.« Sie nahm ihre Teetasse und warf einen Blick auf die Uhr. Es war 13.57 Uhr.

»Klar, Demografie. Nightingale würde sich im Grab umdrehen, wenn er wüsste, wie die Buchhalter und Umfrager seinen Park betreiben.« Warne lachte erneut, doch ohne Humor. »Weißt du, in einem anderen Zusammenhang wäre all dies vielleicht sogar witzig. Weil wir nämlich erfahren haben, dass mit dem Metanet alles in Ordnung ist. Dein gottverdammter *Park* ist kaputt.«

Sarah ließ die Tasse sinken. Sie musterte Warne eingehender. »Was willst du damit sagen?«

»Barksdale hat teilweise Recht. Das Metanet hat diese Dinge getan. Es hat die Roboterprozeduren und so weiter verändert. Aber er liegt auch falsch. Weil das Metanet nämlich nicht *eigene* Instruktionen an die Roboter übermittelt hat, sondern die eines *anderen.*«

Da Sarah schwieg, fuhr er fort. »Es muss sich ungefähr so abgespielt haben: Irgendjemand, der hier arbeitet – nennen wir ihn doch mal Mr. X –, schreibt eine Routine, die einen Roboter zu einem Fehlverhalten anleitet. Er gibt sie zusammen mit dem Rest der Metanetinstruktionen ein. Am nächsten Morgen nimmt das Metanet das übliche Downlink an den Robotern vor. Nur wird das Programm von Mr. X zusammen mit den üblichen Programmaktualisierungen und Firmwarepatches an einen bestimmten Roboter geschickt. Daraufhin macht dieser spezielle Roboter den dummen August. Dies wird natürlich pflichtgemäß in einer Zwischenfallmeldung festgehalten. Dann sorgt Mr. X dafür, dass dem Roboter mit dem Downlink am nächsten Morgen die reguläre Programmierung zugeschickt wird. Außerdem verwischt er seine Spuren, indem er das Metanet anweist, keine der Veränderungen aufzuzeichnen. Wenn sich dann ein Team aufmacht, um den durchgedrehten Roboter zu untersuchen, wirkt er wieder normal und war das Opfer irgendeines Phantomfehlers.«

Er schaute Terri kurz an. »Wie bin ich?«

Terri hob einen Daumen hoch.

»Bloß bei der Sache mit den ›Notting-Hill‹-Robotern ist es nicht so gelaufen. Es lag daran, dass sie nach dem Unfall abgeschaltet wurden. Vom Metanet getrennt. Da hatte Mr. X keine Chance mehr, zur normalen Programmierung zurückzukehren.«

Warne schaute Sarah an. »Wieso überrascht dich eigentlich nicht, was ich sage?«

Sarah überlegte schnell. »Akzeptieren wir deine Hypothese doch mal. Du kennst das Metanet besser als jeder andere. Könntest du nach Spuren des Hackers suchen? Herauskriegen, welche Roboter betroffen waren – betroffen *sind?«*

Warne schaute nicht auf. »Vielleicht. Es würde aber etwas dauern. Eins, was mir einen Hinweis gab, war das Fehlen von …«

Er hielt abrupt inne. Dann schaute er zu Sarah auf. »Moment

mal ... Diesen Blick kenn ich doch. Du weißt etwas, nicht wahr? Du verheimlichst mir etwas.«

Sarahs Blick fiel auf Barksdales Aufstellung möglicher Maulwürfe. Teresa Bonifacios Name stand an dritter Stelle.

»Antworte, Sarah. Was geht hier vor, verdammt?«

Ihr Verstand kalkulierte rasend schnell die Möglichkeiten. Warne befand sich in der einmaligen Position, ihnen zu helfen. Er war jemand, der zurückschlagen konnte, der die Lumpen dort erwischen konnte, wo sie waren. Erneut fiel ihr Blick auf die Liste. Sie konnte Terri fortschicken. Aber Warne würde sie vermutlich einweihen. Außerdem bestand die Möglichkeit, dass er die Arbeit allein nicht bewerkstelligen konnte. Jedenfalls nicht so schnell, wie sie getan werden musste. Er würde Hilfe brauchen.

Sarah hatte Terris unutopische Einstellung, ihre Renitenz und ihre Gewohnheit, ihre Meinung auch dann zu sagen, wenn man sie nicht darum gebeten hatte, stets missbilligt. Doch aus dem Bauch heraus glaubte sie nicht, dass Terri die Arbeit verriet, die sie liebte. Und ihrem Bauch hatte Sarah immer vertraut.

»Machen Sie die Tür zu, Teresa«, sagte sie leise.

Sie wartete, bis Terri zurückkehrte. »Was ich euch jetzt erzähle, muss in jedem Fall unter uns bleiben. Es ist *streng* vertraulich. Habt ihr verstanden?«

Sie sah, dass die beiden sich anschauten. Dann nickten sie.

»Utopia wird erpresst.«

Warne runzelte die Stirn. *»Was?«*

»Irgendein Kommando ist in den Park eingedrungen. Wir wissen nicht, wie viele es sind. Erinnerst du dich noch an den Mann, der in mein Büro kam, als du gingst? Er nennt sich John Doe. Er ist der Sprecher. Sie haben einige Roboter sabotiert – wahrscheinlich so, wie du vermutest. Außerdem behaupten sie, sie hätten in sämtlichen Welten Bomben deponiert. Vielleicht ist die Bedrohung real, vielleicht auch nicht. Wir müssen davon ausgehen, dass sie es ernst meinen. Wir müssen ihnen den Quellcode für das ›Patent‹ aushändigen, unsere holografische Technologie, oder …«

Warne war blass geworden. Sein Blick heftete sich auf Sarahs Gesicht.

»Oder was?«

Sarah antwortete nicht.

Ein Moment der Erstarrung. Dann sprang Warne auf.

»Mein Gott, Sarah! Georgia ist im Park!«

»Die Übergabe erfolgt in zwanzig Minuten. Man hat uns versprochen, dass niemandem etwas passiert. Drew, wenn du das Metanet einsetzen kannst, um in Erfahrung zu bringen, welche Roboter betroffen sind, können wir vielleicht …«

Doch Warne hörte ihr nicht zu. »Ich muss Georgia finden«, sagte er.

»Drew.«

»Wie kann ich sie finden, verdammt?«, schrie er und beugte sich über den Schreibtisch. »Es muss doch eine Möglichkeit geben. Hilf mir, Sarah!«

Sarah schaute ihn kurz an. Dann blickte sie wieder auf die Uhr. Es war 14.00 Uhr.

»Wir können ihren Identifikator anpeilen«, sagte Terri.

Warne drehte sich abrupt um. »Ihren Identifikator anpeilen?«

»Jeder Besucher erhält einen Identifikator, einen einmaligen bunten Aufkleber, den man tragen muss, solange man sich im Park aufhält. Du hast auch einen. Er steckt in deinem Anstecker.«

Warnes Blick fiel auf den stilisierten Vogel an seinem Revers. Dann wirbelte er zu Sarah herum. »Stimmt das?«

Sarah schaute ihn einen Moment an. Sie spürte, dass vor ihren Augen eine Chance dahinschmolz.
Sie atmete enttäuscht aus. Dann wandte sie sich zu ihrem Rechner um. Sie musste die Sache schnell erledigen.
»Überall im Park sind Kameras, die die Besucher und das Utopia-Personal fotografieren«, sagte sie und fing an zu tippen. »Jeden Abend, wenn der Park schließt, lassen wir Mustererkennungsalgorithmen über die Fotos laufen und isolieren die Identifikatoren der Besucher. Wir verarbeiten sie zusammen mit den Karten, die sie benutzen, um Nahrung, Andenken und so was zu kaufen. Intelligente Analysesoftware hilft uns, den Zustrom zu den Attraktionen, das Einkaufsverhalten und so weiter zu verfolgen.«
Als Warne ihr zuhörte, schien er sich leicht zu entspannen. »Der ›große Bruder‹ sammelt Daten«, sagte er. »Aber ich will mich nicht beschweren. Also los, stöbern wir Georgia auf!«
Sarah gab weitere Befehle ein. »Ich rufe die Anwendung auf, die die Identifikatoren anpeilt«, sagte sie, »und gebe Georgias Namen ein.«
Sie warteten einen Moment.
»Okay, da ist ihr Identifikator. Jetzt bitte ich um eine chronologische Aufschlüsselung der Kamerasichtungen.«
Sie warteten weiter, diesmal länger.
»Was dauert denn da so lange?«, fragte Warne ungeduldig.
»Ich ersuche um einen Sondereinsatz, und der erfordert eine Menge Rechenleistung. Normalerweise machen wir so was nur in den Abendstunden, wenn die Computer nicht mehr damit beschäftigt sind, die Parkfunktionen zu steuern.«
Der Bildschirm leerte sich. Ein neues Fenster tauchte auf. Es

enthielt eine kurze Liste. »Da haben wir sie schon«, sagte Sarah.

Warne und Terri bauten sich hinter ihr auf und schauten zusammen auf den Schirm.

»Ich versteh all die Abkürzungen nicht«, sagte Warne.

»Sie ist in Callisto. 13.56 Uhr. ›Saturnringe.‹«

Sarah drehte sich zu ihm um.

»Das war vor fünf Minuten«, sagte sie.

Warne schaute sie kurz an – seine Miene war angespannt und gequält. Dann drehte er sich um und eilte davon.

»Warten Sie!«, rief Terri hinter ihm her. »Ich komme mit.«

Auch sie verschwand aus dem Büro. Der überraschte Roboter Flügelmutter wandte sich rasch um und sprang in Richtung Korridor.

»Hier bleiben, Flügelmutter!«, befahl Sarah. »Bei Fuß!«

Der Roboter hielt an. Dann kehrte er mit einem frustrierten Bellen ins Büro zurück.

Sarah starrte die offene Tür eine Weile an. Dann kniff sie die Augen zusammen und massierte sie mit den Fingern.

Ihr Rechner stieß ein leises Piepsen aus. Sie schaute auf den Schirm.

Das ist aber eigenartig … Irgendjemand aktivierte ebenfalls das Identifikatorsuchprogramm.

Sie stand auf und schob John Does Funkgerät in ihre Tasche. Sie hatte keine Zeit mehr, sie musste jetzt sofort zur »Galaktischen Reise« gehen.

Aber sie blieb noch einen Moment neugierig stehen.

Wieder fiel ihr Blick auf den Schirm. Außer in Notfällen durfte niemand das kraftraubende Identifikatorsuchprogramm während der Öffnungszeit des Parks verwenden.

Sarah nahm wieder auf ihrem Stuhl Platz. Sie legte eine Hand auf die Maus, navigierte sich durch mehrere Menüs

und holte die anonyme Anfrage auf ihren Bildschirm. Sie war so überrascht, dass sie erstarrte.
Wer es auch war, er suchte nach Andrew Warne.

14.10 Uhr

»Das einzige Fahrgeschäft in Utopia ohne Überwachungskameras«, übertönte Bob Allocco das babylonische Stimmengewirr, das die Promenade Callistos erfüllte. »Das ist doch wohl kein Zufall.«
Sie standen in einer Ruhezone aus abgerundeten Lucitbänken und außerirdisch wirkenden Topfpalmen in einer kleinen Oase relativer Ruhe, nicht weit vom Eingangsportal der »Galaktischen Reise« entfernt.
»Elf Minuten nach«, sagte Sarah mit einem Blick auf ihre Armbanduhr. »Fred müsste längst hier sein.« Wie aufs Stichwort hin erspähte sie Barksdale, der im Dauerlauf über den Promenadenplatz kam und sich einen Weg durch die schlendernden Besuchergruppen bahnte.
Sie winkte Peggy Salazar zu, der nicht weit entfernt stehenden Callisto-Chefin. »Ist alles klar?«, fragte sie, als die Frau zu ihr kam.
Salazar nickte. »Ich habs dem Mann am Einstieg erklärt. Er ist leicht überrascht.« Sie musterte Sarah fragend.
»Es ist nur eine Stegreifübung. Die Hauptverwaltung möchte, dass wir ständig auf alles vorbereitet sind. Wenn man jede Woche die gleichen Notfallprozeduren übt, wird man irgendwann unaufmerksam.«
Salazar nickte langsam, als nehme sie es ihr ab.
Sarah schaute noch einmal schnell in die Runde. Das Wissen,

dass John Doe irgendwo in der Nähe war, schärfte ihre Sinne und beschleunigte ihren Herzschlag. Sie spürte, dass ihre Hände sich instinktiv zu Fäusten ballten.

»Na los«, sagte sie zu Allocco. »Gehen wir lieber rein.«

Sie traten durch das Portal der »Galaktischen Reise« und gingen ins Foyer. Salazar blieb hinter ihnen, als sie fern von der Warteschlange eine unauffällige Position einnahmen. Sarah beobachtete den Mann an der Verladestation, der die nächste Gruppe – eine Frau und drei kleine Kinder – in ein wartendes Gefährt winkte und die Haltestange vor ihnen einrasten ließ. Obwohl sie das Gesicht hinter dem Raumfahrerhelm nicht sah, wusste sie, dass er nicht allzu glücklich war. Wer arbeitete schon gern unter den Augen der Abteilungs- und Betriebsleitung?

Wie bei den anderen Hauptfahrgeschäften diente auch die Vorshow der »Galaktischen Reise« zwei Zielen: Einerseits versammelte sie die Besucher, die an der Fahrt teilnehmen wollten, andererseits erhielten die Leute hier einen Vorgeschmack von dem, was sie nach dem Beginn der Fahrt erwartete. Die Utopia-Betreiber wussten längst, dass es keinen Sinn hatte, an Eingängen von Attraktionen wie »Mondflug« oder »Notting-Hill-Hatz« Warnschilder aufzuhängen. Eltern bestanden immer darauf, ihre Kleinen auf die Fahrt mitzunehmen, um sich hinterher bitterböse darüber zu beschweren, dass ihre Knirpse sich erschreckt hatten.

Die Umgestaltung der Vorshowbereiche hatte das Problem gelöst. Der zu den schlimmsten Attraktionen gehörende »Ereignishorizont« war dieser Behandlung als Erster unterzogen worden. Seine ursprüngliche Verladezone hatte, zu Callisto passend, wie das Ladedock eines Raumschiffes ausgesehen. Die Utopia-Konstrukteure hatten sie sorgfältig umgebaut und ihr ein nur unterbewusst wahrnehmbares Poltern, funkensprühende Kabel und einen unter den Füßen unheimlich bebenden Boden hinzugefügt. Nach dieser Änderung zeigten sich Kleinkinder oft schon am Eingang so verängstigt, dass sie ihre Eltern baten, zu einem anderen Fahrgeschäft zu gehen. Das Verfahren war so durchschlagend, dass man die aufdringlichen und Utopia ungemäßen Warnschilder entfernt hatte.

Der Vorshowbereich der »Galaktischen Reise« unterschied sich in jeder Hinsicht von dem des »Ereignishorizonts«: Er war hell, freundlich und wie ein riesiger Kindergarten der Zukunft dekoriert: ein Sprungbrett für eine Reise durch den Kosmos.

Sarah musterte die Warteschlange. Einige Kleinkinder dösten. Andere, die schon lange warteten, kasperten ungeduldig herum. Nun, da sie endlich vorn standen, konnten sie es kaum noch erwarten. Viele hielten sich an der Hand meist nur eines Elternteils fest: Erwachsene, speziell jene, die die »Galaktische Reise« schon kannten, waren nicht wild darauf, die laue Erfahrung zu wiederholen.

Vor ihrem geistigen Auge sah Sarah wieder, wie Allocco den dicken Sprengstoffklotz vorsichtig auf den Konferenztisch legte. Sie schaute zu Boden und zwang sich, das Bild zu vergessen.

Barksdale tauchte neben ihr auf. Er nickte Peggy Salazar zu, griff in sein Jackett, entnahm ihm eine flache Schmuckkassette und händigte sie Sarah wortlos aus.

»Was ist das?«, fragte Salazar.

»Bestandteil der Übung«, erwiderte Sarah flink. »Können Sie uns eine Weile entschuldigen, Peggy?«

»Natürlich.« Salazar warf dem Trio einen argwöhnischen Blick zu, dann ging sie zum Fahrdienstleiter hinüber.

Sarah schaute sich die DVD in der Kassette an. Es war

schwer zu glauben, dass die kleine dünne Scheibe aus Aluminium und Polykarbonat Utopias kostbarsten Besitz enthielt: die Spezifikationen und die Software, die die »Patent«-Technologie ausmachte. Die Scheibe war mit den Worten »Gesetzlich geschützt« und »Vertraulich« für den betriebsinternen Gebrauch gekennzeichnet und wies unter dem Emblem einer Nachtigall in kleinerer Schrift darauf hin, was jenem blühte, der sie unautorisiert einsetzte. Sarah gab die Kassette an Allocco weiter. »Wiederholen Sie noch mal!«

Allocco deutete auf den Eingang des Fahrgeschäfts. »Der Kerl ist, wie schon gesagt, ein gerissener Hund. Er hat sich die ›Galaktische Reise‹ zur Übergabe ausgesucht, weil er hier weniger gut beobachtet werden kann als anderswo. Aber eins weiß er nicht – dass sich gleich neben der Kurve am Krebsnebel, wo er das Ding übernehmen will, eine Deckung befindet.«

»Eine was?«, fragte Barksdale. Er wirkte verdutzt. »Ich meine, was ist eine Deckung?«

»Ein Wartungsgang. Er ist groß genug, um einen Menschen zu verbergen. Einer meiner Leute hat sich da eingenistet. Er wird John Doe sehen, wenn er das Päckchen an sich nimmt. Dann kann er ihn beschatten. Oder ihn, wenn wir Schwein haben, überwältigen.«

Sarah runzelte die Stirn. »Wir haben darüber gesprochen, ihn zu verfolgen, bis er den Park verlässt. Und ihn erst dann festzunehmen.«

»Wir haben es hier mit abgefeimten Typen zu tun. Haben Sie vergessen, was im Bienenstock passiert ist? Wenn er den Eindruck erweckt, dass er allein arbeitet … Wenn wir an irgendwelchen Anzeichen erkennen, dass er tatsächlich nur blufft, müssen wir ihn schnappen, solange wir es können.«

Sarah überlegte. Man durfte John Does Drohungen nicht auf die leichte Schulter nehmen. Man musste sie als todernst einstufen. Sie musste in erster Linie an die Gäste denken. Und doch kam ihr die Vorstellung, die Bedrohung nicht überzubewerten und Doe sofort auszuschalten, statt ihn wie eine herrenlose Kanone durch den Park stromern zu lassen, sehr verführerisch vor. Sie war noch immer wütend und entrüstet, und dort, wo er sie berührt hatte, brannte ihre Wange.

»Es ist zu gefährlich.« Barksdale klang untypisch heftig.

»Der Mann, den ich auf ihn angesetzt habe, hat was drauf. Er war früher Polizist, wie ich. Er hat im Laufe seines Berufslebens Hunderte von Verbrechern festgenommen. Er hat den strikten Befehl, sich Doe nicht zu nähern, solange keine hundertprozentige Erfolgsgarantie besteht. Ich habe einen weiteren Mann in der Nähe des Ausgangs versteckt.« Allocco deutete diskret auf einen Wachmann, der in Zivilkleidung am Verladedock stand. »Und Chris Green, der da drüben steht, wird hinter dem Eingang aufpassen. Die drei gehören zu meinen besten Leuten. Sie heften sich getrennt voneinander an seine Fersen. Falls Doe auf sichere Weise ausgeschaltet werden kann, ziehen sie ihn aus dem Verkehr und bringen ihn in die Sicherheitsabteilung.«

Allocco nickte dem Wachmann namens Green zu. Green erwiderte das Nicken, dann verschwand er durch eine getarnte Tür neben dem Ladedock. Keiner der Besucher in der Warteschlange warf auch nur einen Blick in seine Richtung.

»Es ist verantwortungslos«, fuhr Barksdale fort. »Wir können das Risiko nicht eingehen.«

Sarah schaute erneut auf ihre Armbanduhr. Ihnen blieb noch eine Minute, um eine Entscheidung zu fällen.

»Hören Sie«, sagte Allocco. »Sie haben die Benachrichtigung der Polizei abgelehnt. Also liegt es nun an uns, etwas zu unternehmen, solange wir es noch können. Nehmen wir doch nur mal an, die Sache ist *kein* Bluff. Wer weiß, was diese Leute wirklich planen? Wer weiß, was sie als Nächstes haben wollen und wen sie als Geisel nehmen werden? Wir wissen nur eins: John Doe ist der Anführer. Wenn man einen Kopf abschneidet, stirbt der Körper. Dies ist die perfekte Gelegenheit, ihn ohne Verluste in die Hände zu kriegen.«

»Wollen Sie die Verantwortung für das übernehmen, was passiert, wenn wir ihn schnappen?«, fragte Barksdale.

»Wollen Sie die Verantwortung für das übernehmen, was passiert, wenn wir ihn *nicht* schnappen?«

Sarah schaute von einem zum anderen. Sie zögerte kurz. Dann wandte sie sich an Allocco.

»John Doe soll nur festgenommen werden, wenn ein Erfolg zu hundert Prozent feststeht. Beim ersten Anzeichen von Schwierigkeiten, wenn irgendetwas Unerwartetes passiert – bei der geringsten Kleinigkeit –, pfeifen Sie Ihre Leute zurück! Auch wenn sie ihn nur beschatten. Einverstanden?«

Allocco nickte heftig. »Einverstanden.«

»Dann los!« Sarah schaute Barksdale an, der sie mit einem fast entsetzten Ausdruck musterte. »Fred, kommst du mal mit?«

Sie gingen ein paar Schritte weiter zu der Wand, die der Warteschlange gegenüberlag.

»Tus nicht, Sarah!«, sagte Barksdale. Seine hellblauen Augen schauten sie fast bittend an.

»Ich habs schon getan.«

»Aber du weißt doch gar nicht, mit wem du es zu tun hast – wem du gegenüberstehst. Wir müssen in erster Linie an die Sicherheit der Besucher denken. Sie bezahlen nicht nur dafür, dass wir sie unterhalten, sondern auch dafür, dass sie hier sicher sind.«

Als Sarah hörte, dass er genau das aussprach, was sie kurz zuvor gedacht hatte, überfielen sie gemischte Gefühle: Irritation, Ungeduld, Unsicherheit. Sie verdrängte sie. »Hör zu, Freddy«, sagte sie mit fester Stimme. »Erinnerst du dich noch an unser erstes Abendessen? Bei André, in Las Vegas?«

Barksdales schmales, ansehnliches Gesicht zeigte ihr, dass er verdutzt war. »Natürlich.«

»Erinnerst du dich noch an den Wein?«

Er dachte kurz nach. »Lynch-Bages, 1969.«

»Nein, nein. Den Dessertwein.«

Barksdale nickte. »Château d'Yquem.«

»Richtig. Weißt du noch, dass ich vorher gar nicht wusste, dass es Dessertwein gibt? Dass ich glaubte, jeder liebliche Wein schmeckt wie Manischewitz?«

Barksdale gestattete sich ein kurzes kühles Lächeln.

»Du hast mir erklärt, was *Botrytis cinerea* ist. Weißt du noch?«

Barksdale nickte erneut.

»Edelfäule. Sie greift die Fruchtschale an, veredelt den Zucker, bringt den besten lieblichen Wein der Welt hervor. Ich habe es nicht geglaubt, als du es mir erzählt hast – ein Pilz, den die Winzer tatsächlich *kultivieren*. Du musstest es mir sogar zweimal erklären.« Sie beugte sich vor, fummelte an seinem Revers. »Freddy, wir haben eine faule Stelle in unserem Park. Hier und jetzt. Aber an ihr ist gar nichts edel. Wenn wir nichts unternehmen … Wenn wir uns selbst als angreifbar hinstellen, wenn wir uns zu einer leichten Beute machen … Wer sagt uns, dass es nicht wieder passiert? Und zwar bald?«

Barksdale schaute sie schweigend an. Seine Kiefer bewegten sich.

Sarah drückte sanft auf sein makelloses Revers. Dann wandte sie sich um und kehrte zu Peggy Salazar und Allocco zurück. Barksdale schloss sich ihnen kurz darauf an.

Gemeinsam näherte sich die Gruppe dem Verladedock. Einer südländisch aussehenden Frau mit Zwillingen wurde gerade ein Gefährt zugewiesen.

Sarah wartete, bis das abgefertigte Wägelchen unterwegs war. »Lassen Sie zwei Wagen leer fahren und stellen Sie einen dritten bereit«, sagte sie zu dem Mann am Einstieg. Er nickte, sein Gesicht – er war in den mittleren Jahren – wurde von dem Plexiglashelm auf eigenartige Weise vergrößert.

Die beiden Wagen verschwanden wackelnd in der Finsternis, und ein dritter kam heran. Allocco trat vor und beugte sich hinüber, um sich die Nummer zu merken, dann legte er die Schmuckkassette mit der Scheibe auf den Boden.

»Abschicken«, sagte Sarah zum Mann am Verladedock. Auch dieser Wagen zockelte davon. Sarah beobachtete ihn, bis er hinter einer dunklen Ecke aus ihrem Blickfeld verschwunden war.

»Schicken Sie jetzt zwei weitere leere Wagen los!«, sagte sie.

Hinter ihr wurde das unzufriedene Gemurmel der Menschen hörbar, die eigentlich an der Reihe gewesen wären. Sarah drehte sich um, schenkte ihnen ein strahlendes Lächeln und wies den Mann am Einstieg an, den normalen Betrieb wieder aufzunehmen.

Die »Galaktische Reise« dauerte etwas mehr als sechs Minuten. Die leeren Wagen mussten den Krebsnebel in vier Minuten erreichen.

Sarah trat vom Dock zurück und schaute sich im Vorshowbereich um. Irgendwo weinte ein Säugling, dessen Gewimmer das Plappern der Menge übertönte. Aus einem Seitenportal des Fahrgeschäfts kam jemand von der Wartung. Er war wie alle, die in einem der Öffentlichkeit zugänglichen Bereich arbeiteten, kostümiert: Nur die Farbe der Nachtigallenanstecknadel auf seinem Raumanzug deutete auf seine Funktion hin. Sarahs Blick tastete die Gesichter der Wartenden ab: Die Leute waren entweder aufgeregt, ungeduldig oder gelangweilt. Die Szene wirkte absolut normal. Alles ging seinen gewohnten Gang.

Abgesehen von der Schmuckkassette. Und von dem Mann, der tief im Inneren der »Galaktischen Reise« auf sie wartete.

»Gehen wir zum Kontrollraum«, sagte Allocco.

Sarah wartete noch immer. Ihr Blick schweifte suchend durch den hellen Raum. Dann drehte sie sich zu ihm um und nickte.

Der Kontrollraum der »Galaktischen Reise« war schon für den dort arbeitenden Techniker zu klein: Nun, da sich außer ihm noch drei Besucher dort aufhielten, fiel Sarah schon das Luftholen schwer.

»Wir haben nicht allzu viel Spielraum«, sagte Allocco gerade. »Der Laden hier ist vollständig computergesteuert. Wir müssen die Stromschiene zeitweilig abschalten.«

Er beugte sich über den Techniker. »Behalten Sie die Anzeige im Auge. Wenn Wagen 7470 den Krebsnebel erreicht, halten Sie ihn an.«

Der Techniker blickte unbehaglich von Allocco zu Sarah und dann wieder zurück. Er hatte Pistazien geknabbert, »Camembert für Doofe« gelesen und ganz sicher nicht damit gerechnet, dass die Betriebsleitung ihm einen Besuch abstattete.

»Soll ich einen Notstopp vornehmen?«, fragte er.

»Nein, nein. Nicht den ganzen Strom abschalten. Unterbrechen Sie nur die Fahrt. Wie bei einem Ausstiegsalarm. Für neunzig Sekunden. Nicht länger, nicht kürzer. Dann schalten Sie wieder ein.«

Allocco zog das Funkgerät aus der Tasche. »Dreiunddreißig an Späher. Sind Sie in Position? Ausgezeichnet. Nehmen Sie den Verdächtigen nicht – ich wiederhole: *nicht* – fest, wenn Sie sich nicht hundertprozentig sicher sind.«

Er schaute Sarah kurz an. »Ich habe die Posten am Ein- und Ausgang angewiesen, Funkstille zu halten.«

Ein, zwei Minuten lang war im Kontrollraum alles ruhig. Alle beobachteten die weißen Abrufnummern der Wagen, die sich einen Weg durch leuchtende Diagrammkurven bahnten.

»Zehn Sekunden«, sagte der Techniker.

Allocco hob erneut das Funkgerät. »Späher, Übernahme erfolgt in zehn Sekunden. Machen Sie sich fertig.« Diesmal ließ er das Funkgerät nicht wieder sinken.

Sarah sah, dass die digitale Zahl 7470 langsam über das Diagramm hinweg weiterfuhr. Dann wurde ihr plötzlich klar, dass sie unbewusst den Atem anhielt.

»Schlingen, um Waldschnepfen zu fangen«, zitierte Barksdale leise neben ihr. Seine Stimme klang angespannt.

»Jetzt«, sagte der Techniker. Er beugte sich vor, und Pistazienschalen fielen rasselnd zu Boden. Dann drückte er einen Knopf der Kontrollkonsole. Ein Alarmsignal ertönte. Die Wagen auf der Schaubildanzeige hielten an; die Abrufnummern wurden rot und fingen an zu blinken.

»Neunzig – und abwärts«, murmelte der Techniker.

Sarah registrierte, dass sie Wagen 7470 anstarrte. Er stand nun auf dem Diagramm neben einem Schild mit der Aufschrift »Krebsn.«. Irgendwo jenseits des Kontrollraums, in der realen Welt des Fahrgeschäfts, versteckten sich Männer im Dunkel, das den leeren Wagen umgab. Sarah holte tief Luft. So oder so: In weniger als zwei Minuten würde alles vorbei sein.

»Späher?«, sagte Allocco in das Funkgerät. »Ist was?«

»Ich seh was«, quäkte eine Stimme aus dem Apparat. »Es ist jemand im Wagen.«

»Sie meinen, er holt etwas aus dem Wagen.«

»Ich wiederhole: im Wagen. Er *sitzt* im Wagen.«

Allocco sprach den Techniker an. »Wissen Sie genau, dass Sie den richtigen Wagen angehalten haben?«

»Ja, klar.« Der Techniker deutete auf die Schaubildanzeige, die seine Aussage bestätigte. »Fünfzehn Sekunden.«

»Späher? Wie viele Leute sitzen in dem Wagen?«

»Sieht aus wie einer.«

»Verstanden. Gehen Sie raus und schauen Sie nach! Langsam!«

Sarah legte eine Hand auf Alloccos Arm. »Nein. Vielleicht ist es John Doe.«

»Und warum sollte er in dem Wagen sitzen, verdammt? Weil er auch mal ne Fahrt machen will?«

»Weil er auf eine Falle wartet. Um zu sehen, ob wir ihn reinlegen wollen.«

Allocco schaute sie kurz an. Dann sprach er wieder in das Funkgerät. »Späher? Befehl wird widerrufen. Bleiben Sie in Position!«

»Die Zeit ist um«, sagte der Techniker und drückte einen anderen Knopf. Die Wagenzahlen auf der Anzeige hörten auf zu blinken, wurden weiß und setzten sich wieder in Bewegung.

»Was ist da gerade passiert?«, fragte Sarah.
Allocco schaute zur Schaubildanzeige hinauf. »Ich glaube, unser Knabe hat die Schalttafel manipuliert – wie die Monitoren im Bienenstock. Er hat uns dazu gebracht, die Wagen in der falschen Position anzuhalten oder so was. Der Lump hat sich die Scheibe zweifellos längst gekrallt und ist auf und davon.« Er hob das Funkgerät hoch. »Alpha, Omega, hier ist Dreiunddreißig. Das Subjekt hat den Gegenstand möglicherweise schon an sich genommen. Bleiben Sie in Position. Melden Sie eventuelle Beobachtungen, aber greifen Sie nicht zu! Ich wiederhole: nicht zugreifen!«
»Omega, verstanden«, sagte eine Stimme.
Allocco ließ das Funkgerät sinken. »Die Scheibe ist längst weg«, sagte er mit plötzlich müder Stimme.
»Überprüfen wir die Ankunft«, erwiderte Sarah. »Damit wir ganz sicher sind.«

Als sie beim Ausstieg ankamen, half man der Frau mit den Zwillingen gerade aus dem Wagen. Sarah hörte, dass der ältere Mitarbeiter, der ihr behilflich war, sich für die Fahrtunterbrechung entschuldigte.
»Seien Sie vorsichtig!«, sagte Allocco zu Sarah und Barksdale. »Ich glaube zwar nicht, dass John Doe so dumm ist und einfach hier rauszuckelt, aber im Moment würde mich nichts überraschen.« Die beiden ersten leeren Wagen kamen auf die Sperre zu, und er ging zur Ausstiegrampe hinauf.
Sarah winkte Barksdale zu. Sie folgten Allocco gemeinsam. *Es zahlt sich nicht aus, wenn Sie Tricks versuchen, Sarah. Jetzt ist nicht die Zeit für Ränke und Listen.* Sie verspürte ein Gefühl, das sie kaum kannte: Unbehagen. Sie schaute kurz zur Seite. Abgesehen von der Frau und den Zwillingen war der zum Promenadenplatz zurückführende Gang leer.

Als sie sich umdrehte, hielt der dritte Wagen am Ausstieg an. In ihm saß ein einzelner Mann. Sarah erstarrte kurz und glaubte, es sei John Doe. Doch der Mann war zu klein, zu stämmig gebaut. Er sackte nach vorn, als sei er eingeschlafen.

Allocco rannte nun auf den Wagen zu. Sarah erkannte, dass der Mann, der in ihm saß, Chris Green war, der Wachmann, der hinter dem Eingang aufpassen sollte.

Der Wagen blieb stehen. Green sackte schwer nach vorn.

Sarah manövrierte sich um den Mann an der Abfertigung herum und stand nun neben Allocco. Sie schaute in den Wagen hinein und wurde plötzlich von einem schrecklichen Verdacht befallen. Unter einem Fuß des Wachmannes erblickte sie die zertrümmerte Schmuckkassette. Bruchstücke der DVD-Disc lagen überall herum.

»Chris?« Allocco legte eine Hand auf die Schulter des Wachmannes. Green rührte sich nicht. Er sackte weiter nach vorn.

Allocco schob den Mann vorsichtig in eine sitzende Position. Greens Kopf fiel nach hinten. Sarah spürte, dass sie vor Grauen erkaltete.

»Oh, gütiger Himmel!«, stöhnte Allocco.

Chris Greens Augen starrten ihn groß, doch blicklos an. Jemand hatte ein großes Bruchstück der DVD tief in seinen Mund gestoßen. Ein fadenförmiges Blutrinnsal lief langsam über sein Kinn und seinen Hals, bevor es auf seinem dunklen Hemd irgendwo versickerte.

14.22 Uhr

Die Leiche des Wachmannes war diskret ins medizinische Zentrum gebracht worden und lag dort hinter Schloss und Riegel. Niemand, nicht mal die Ärzte, durften sich ihr nähern, bevor die Polizei benachrichtigt war.

Die drei waren in den Bienenstock zurückgekehrt und spielten die Protokolldateien der wenigen Kameras ab, die die »Galaktische Reise« überwachten: um zu verstehen, was dort passiert war; um sich ein Bild von dem zu machen, was dort so schrecklich schief gegangen war.

»In Ordnung, da anhalten!«, sagte Allocco zu Ralph Peccam, dem Videotechniker. Es waren die ersten Worte, die seit mehreren Minuten gesprochen wurden. Sie hatten gerade eine Schnellsichtung der Kamera an der Ausstiegsrampe des Fahrgeschäfts vorgenommen. Nichts Ungewöhnliches. Keine Spurt von Joe Doe zwischen all den Eltern und Kindern.

»Was haben wir sonst noch?«, fragte Allocco müde.

Peccam konsultierte eine Tabelle. »Nur die Kamera im Vorshowbereich«, sagte er.

»Ausgezeichnet. Her damit! Gleiche Zeiteinstellung, zweihundert Bilder pro Sekunde.«

Peccam gab einige Befehle ein, dann betätigte er einen in die überdimensionale Tastatur eingebauten Schalter. Sarah starrte auf den Bildschirm, auf dem die Touristen, zu trägen Strömen beschleunigt, um die Barrieren flossen und sich – immer zu mehreren – in die leeren Wagen fallen ließen, die ihnen entgegenschossen. Sie wusste, dass sie nun etwas Richtiges empfinden musste: Trauer, Wut, Gewissensbisse. Doch sie spürte nur eine alles überwältigende Lähmung. Die Erinnerung an Chris Green – seine blicklosen Augen, das

glänzende, gezackte, aus seinem offenen Mund hervorschauende Bruchstück – wollte nicht weichen. Sie schaute Fred Barksdale an und musterte die im künstlichen Licht des Bienenstocks gespenstischen Züge seines Gesichts. Er wandte sich ihr kurz zu, dann blickte er wieder auf den Bildschirm. Er wirkte betroffen.
»Alles Routine«, murmelte Allocco verbittert. Auch er starrte auf den Schirm. »Ein gewöhnlicher Tag im Paradies.«
Sarah hielt den versiegelten Plastikbeutel in der Hand. Er enthielt die Bruchstücke der Disc, die sie auf dem Wagenboden gefunden hatten. Sie musste bei einem heftigen Kampf zerbrochen sein. Ohne es zu bemerken, drehte sie den Beutel immer wieder in den Händen. Dann schob sie ihn in die Tasche ihres Jacketts.
Auf der linken Bildschirmseite gab es eine Bewegung, als sich einige Gestalten an der Einstiegszone anstellten.
»Auf dreißig verlangsamen!«, sagte Allocco.
Nun nahmen die Schemen auf der linken Seite Gestalt an: Allocco, Peggy Salazar, sie selbst. Sarah zwang sich hinzusehen, als die keine halbe Stunde alte Szene erneut vor ihr ablief. Freddy marschierte mit der Kassette im Jackett ins Bild. Ein kleines Drama entfaltete sich, als er und Allocco ihre Standpunkte vertraten. Sarah fasste ihren Beschluss. Chris Green, der Wachmann, verschwand durch die Tür im Inneren des Fahrgeschäfts. Sarah beobachtete sich, als sie Fred Barksdale beiseite nahm, um ihm zu erläutern, wie klug es war, einen vorbeugenden Schlag gegen John Doe zu führen. Um ihm zu erläutern, warum sie, denn so sah das Ergebnis nun mal aus, einen Menschen zum Tode verurteilte.
Sie legten die Kassette in den Wagen, ließen ihn abfahren und verschwanden vom Bildschirm, um in den Kontrollraum zu gehen.

»Feierabend«, sagte Allocco zu Peccam. Der Monitor leerte sich. »Das wars. Wir haben alle fünf Kameras überprüft. Nichts.«

Stille senkte sich über den dunklen kleinen Raum.

Endlich ergriff Allocco das Wort. »Chris Green war immer einer, der sich nicht kleinkriegen ließ«, sagte er langsam. »Alles, was wir noch für ihn tun können, ist, rauszukriegen, was da passiert ist, verdammt.« Er drehte sich mit einem Seufzer zu Peccam um. »Ralph, zeig uns noch mal die Aufnahmen der letzten Kamera! Die leeren Wagen, wenn sie reinfahren.«

Peccam holte die Aufzeichnung aus dem Vorshowbereich erneut auf den Schirm. Sarah sah noch einmal, wie Allocco das Päckchen in den leeren Wagen legte. Der Wagen zockelte an der Stromschiene entlang los und verschwand im Dunkel der ersten Kurve außer Sicht.

»Es passt nicht zusammen«, murmelte Allocco vor sich hin. »Der Krebsnebel liegt tief im Inneren. Doe müsste sich zur Übernahme dort aufgehalten haben. Aber Chris war am Eingang stationiert. Warum sollte er ihm dort begegnet sein?«

Die Frage hing unbeantwortet in der Luft. Die Augen aller Anwesenden waren auf den Bildschirm gerichtet.

»Halt!«, bellte Allocco plötzlich. »Okay. Fünfzehn weiter.« Er deutete auf den Monitor. »Seht euch das an!«

Sarah erblickte den Mann von der Wartung, der ihr beiläufig aufgefallen war. Er trat aus dem Seitenportal und schlenderte in Zeitlupe durch den Vorshowbereich. Das taube Gefühl, das sie bisher wie ein Mantel umhüllt hatte, fiel schlagartig von ihr ab.

Der Mann trug einen klobigen Helm und den vorschriftsmäßigen Raumanzug, deswegen konnte man sich unmöglich sicher sein – aber sie wusste trotzdem irgendwie instinktiv, dass sie John Doe vor sich hatte.

Der Gesichtsausdruck der anderen machte ihr klar, dass sie zum gleichen Schluss gekommen waren.

»Scheiße«, sagte Allocco. »Die neunzig Sekunden Aufenthalt waren nur ein Bluff. Doe hat gar nicht an der Krebsnebelkurve gewartet. Er wollte sich die Scheibe aus dem Gefährt krallen, sobald es eingefahren war – und verschwinden, bevor das verdammte Ding anhielt. Aber da ist ihm Chris Green in die Quere gekommen.«

»Soll ich seine Spur aufnehmen?«, fragte Peccam.

»Nein. Ich meine, ja. Wann immer du willst, aber nicht jetzt. Daran hat er zweifellos auch was gedreht.« Alloccos Blick fiel auf Sarah. »Ich setz mal den Kostümfundus an die Sache. Die sollen mal Inventur machen. Um zu sehen, ob irgendwelche Raumfahrerklamotten fehlen.«

Sarah nickte. Sie wusste schon jetzt, wie das Ergebnis aussehen würde.

Ein leises Summen kam von dem Funkgerät in ihrer Tasche.

Im Kontrollraum wurde es still. Alle schauten Sarah an, die das Funkgerät nun herausholte.

Sie schaltete es ein und hob es langsam an den Mund. »Hier ist Sarah Boatwright.« Es waren die ersten Worte, die sie seit dem Betreten des Bienenstocks sprach.

»Sarah?«

»Ja.«

»Warum, Sarah?« Sie hörte die Stimme John Does, doch nun klang sie irgendwie anders. Sein ironisch-höflicher Tonfall war verschwunden. Er klang nun kälter, geschäftsmäßiger.

»Warum *was?*«

»Warum haben Sie mir eine Falle gestellt?«

Sarah rang nach Worten.

»War ich nicht aufrichtig zu Ihnen, Sarah? War nicht Ehrlichkeit die Grundlage unseres ganzen Geschäfts?«

»Mr. Doe, ich …«

»Habe ich mir nicht die Zeit genommen, Sie persönlich aufzusuchen, um Ihre Bekanntschaft zu machen? Habe ich nicht *genauestens* artikuliert, was Sie tun und was Sie nicht tun dürfen?«

»Doch.«

»Habe ich mir nicht die Mühe gemacht, Ihnen eine Demonstration zu liefern? Habe ich nicht jede erdenkliche Anstrengung unternommen, um Ihnen zu versichern, dass Sie, wenn dieser Tag zu Ende geht, keine Toten auf Ihrem Gewissen haben?«

Sarah schwieg.

»Mein Gott«, murmelte Barksdale, »was haben wir nur angerichtet?«

»Mr. Doe«, sagte Sarah langsam. »Ich werde mich persönlich darum kümmern, dass …«

»Nein«, erwiderte Doe. »Sie haben die Chance vertan, indem Sie mein Vertrauen missbraucht haben. Jetzt bin ich der Lehrer. Sie sind die Schülerin. Jetzt folgen Sie meinem Unterricht. Kennen Sie das Thema? Nein, sagen Sie nichts. Ich sage es Ihnen. Es heißt *Panik.*«

Sarah hörte ihm zu und drückte das Funkgerät ans Ohr.

»Wussten Sie eigentlich, dass es eine Kunst ist, Panik zu erzeugen, Sarah? Es ist ein wirklich faszinierendes Thema. Ich wollte sogar schon mal ein Buch darüber schreiben. Es würde mich berühmt machen – zum Aristoteles der Massensteuerung. Besonders interessant ist, dass man dabei sehr kreativ sein kann. Es stehen einem so viele Werkzeuge zur Verfügung. Man hat so viele Möglichkeiten, an die Sache heranzugehen, dass die Wahl der wirkungsvollsten Methode eine echte Herausforderung ist. Nehmen wir zum Beispiel … eine Feuersbrunst. Bei einer solchen geschieht mit der Massendynamik etwas Einmaliges, Sarah. Ich habe alle Großbrände studiert: den Triangle-Shirtwaist-Brand, die Brände im Iroquois Theater, im Coconut Grove, im Happyland Social Club. Sie waren alle sehr unterschiedlich. Allerdings hatten alle eins gemeinsam: eine extrem hohe Anzahl an Opfern, auch ohne den Einsatz künstlicher Beschleuniger. Die Leute stauten sich nämlich vor den Ausgängen. Den *verschlossenen* Ausgängen.«

»Unsere Ausgänge sind offen«, murmelte Sarah.

»Ach, wirklich? Aber all das tut jetzt nichts zur Sache. Ich greife schon voraus. Ich muss jetzt aufhören. Ich melde mich wieder.«

»Es hat schon einen Toten gegeben …«

»Ein Toter spielt in der Statistik keine Rolle.«

»Sie werden die Disc kriegen …«

»Das weiß ich doch. Aber vorher muss ich noch etwas erledigen. Sie glauben wohl, dass Ihr Park berühmt ist, was, Sarah? Bald wird er noch *viel* berühmter sein.«

»Nein! Warten Sie! *Warten* Sie …«

Aber die Verbindung war schon unterbrochen.

14.22 Uhr

Georgia Warne kam durch das Ausgangsportal der »Ekliptik« und tauchte in die auf der breiten Promenade flanierende Menge ein. Sie hatte gerade die Callisto-Version von Zuckerwatte erstanden: einen schillernden, mit auf der Zunge laut zerplatzenden Kohlenstoffkristallen durchsetzten Regenbogen, den sie mit entschlossener Zielstrebigkeit verzehrte. Sie hörte weder das Knacken der Kristalle noch die Rufe und das Gelächter der an ihr vorbeigehenden Besucher oder Utopias leises Hintergrundsummen: Sie trug ihren Kopfhörer, der die Geräuschkulisse mit Count Basies »Jumpin' at the Woodside« übertönte.

Eine Gruppe älterer Teenager mit purpurroten Haaren und »Greifenturm«-T-Shirts bahnte sich grob und unstet einen Weg in ihre Richtung. Georgia scherte seitlich aus, um sie passieren zu lassen. Sie hatte zwar von der »Ekliptik« nicht viel erwartet – schließlich war das Ding nur eine Art lumpiges Riesenrad –, doch dann hatte es sich als recht toll erwiesen, denn es umkreiste einen Planeten, der wie Saturn einen Ring hatte, nur dass dieser auf dem Kopf stand. Es war dunkel wie die meisten Fahrgeschäfte in Callisto, aber mit einem verblüffenden Gefühl von Tiefe, als wäre man wirklich im Weltraum. Die holografischen Ringe wirkten so absolut echt, dass sie glaubte, man könne sie anfassen, wenn man nur die Hand ausstreckte.

Da sie allein gewesen war, hatte man sie mit einem pausenlos herumzappelnden Mädchen aus einer Großfamilie zusammengesteckt, das ständig mit dem Finger auf alles gedeutet hatte, was ihnen begegnet war. Das Balg war einfach zu blöd gewesen, um die Klappe zu halten und die Fahrt zu genießen. Deswegen hatte Georgia nach der Hälfte der Tour den Kopfhörer aufgesetzt und die Lautstärke hochgedreht.

Nun blieb sie stehen und machte noch bei der Erinnerung daran eine finstere Miene. Rechts vor sich sah sie eine von der Promenade abbiegende Rampe. Sie endete an einem Laufsteg, der in einen niedrigen Tunnel führte. Darüber wölbten sich Neonstreifen und flackernde Laserstrahlen. Der

Eingang zur »Rückseite des Mondes«. Da sie im Internet viele tolle Dinge darüber gelesen hatte, zog sie ihren selbst fabrizierten Reiseplaner aus der Tasche. Klar: Das Ding protzte mit vier Sternen. Georgia ging darauf zu. Dann blieb sie stehen. Sie hatte ihrem Vater versprochen, die großen Achterbahnen links liegen zu lassen. Die »Rückseite des Mondes« fiel eindeutig in diese Kategorie. Die »Ekliptik« wahrscheinlich auch. Aber was erwartete ihr Vater von ihr? Sie hatte einigen Kinderkram ausprobiert, zum Beispiel die »Saturnringe«, aber in der Gesellschaft von Sechsjährigen kam sie sich blöd vor.

Georgia schaute zum Eingang der »Rückseite des Mondes« und ihre Miene verfinsterte sich noch mehr. Dann wandte sie sich unwillig ab und spazierte über den Promenadenplatz, bis sie an eine Bank kam. Sie setzte sich, zückte ihren Lageplan, warf einen Blick hinein und steckte ihn wieder weg. Nachdem sie den letzten Bissen Zuckerwatte verzehrt hatte, drehte sie sich um, um den langen weißen Stab in einen Abfalleimer zu werfen. Sie verharrte und musterte den schlanken Papierstängel, den sie in der Hand hielt.

Heute Morgen hatte sie ihrem Vater erzählt, sie könne sich nicht an die Fahrt erinnern, die sie vor vielen Jahren zum Kennywood Park gemacht hatten. Aber es stimmte nicht ganz. Sie wusste noch, dass ihre Mutter sie dort mit einem riesigen Berg Zuckerwatte überrascht hatte. Er hatte ebenso unsicher auf einem weißen Haltestab balanciert wie dieser hier. Ihr fiel ein, dass die rosafarbene Süßigkeit ihren achtjährigen Augen unglaublich groß erschienen war und die Sonne auf sie heruntergeknallt hatte. Sie erinnerte sich an das sonnengebräunte Gesicht ihrer Mutter, an ihren blassen Lippenstift und an die Art, wie ihre Augenwinkel beim Lächeln Fältchen gebildet hatten.

Sie hatte auch noch andere Erinnerungen an sie. Einmal hatte Mama sie zu einem Probetörn auf einem ihrer Segelboote mitgenommen. Sie waren in einem grünen Park auf Ponys geritten. Sie hatten, unter Decken begraben, an einem Fenster gesessen und gemeinsam Kiplings »Nur so Geschichten für Kinder« gelesen. Es waren bruchstückhafte Erinnerungen, verblasst wie betagte Fotografien. Georgia behielt sie für sich, als würde ihr alter Zauber vergehen, wenn sie darüber sprach. Sie sollten nicht für immer verschwinden.

Sie musterte kurz den Papierstängel und drehte ihn in ihren Händen. Dann warf sie ihn in den Abfalleimer, stand auf und setzte den Weg über die Promenade fort.

Vor sich erspähte sie die Galerie »Das innere Auge«. Darüber schwebte ein lebensgroßes Hologramm Eric Nightingales, der die Menschen mit dem Schwenken eines Seidenzylinders zum Eintreten einlud. Eine kleine Menschentraube hatte sich davor versammelt, begutachtete die Porträts im Galeriefenster und deutete auf das Abbild des Bühnenzauberers. Georgia verlangsamte ihren Schritt. Sie schaute neugierig zu. Sie erinnerte sich auch an Nightingale. Er hatte nie richtig stillsitzen können. Er war ihr immer zappelig erschienen und hatte ständig gestikuliert. Jeder Raum hatte zu klein für ihn gewirkt, auch wenn er für einen Erwachsenen nicht sehr groß gewesen war. An manchen Abenden hatte er ihren Vater besucht, dann hatten sie stundenlang am Küchentisch gesessen. Sie erinnerte sich an den Geruch von Kaffee und Pfeifentabak. Sie war unter den Tisch gekrabbelt, hatte dort gespielt, den Stimmen der Männer gelauscht und gewusst, dass sie länger aufbleiben durfte, wenn es ihr gelang, keine Aufmerksamkeit auf sich zu lenken.

»Jumpin' at the Woodside« endete. Das digitale Abspielgerät

schwieg für eine Weile, nun drangen die Geräusche Utopias auf Georgia ein: Rufe, Stimmengewirr, das ferne Echo eines Lautsprechers, der Freudenschrei eines Kindes. Dann fing »Swingin' the Blues« an, und die Geräusche verstummten wieder. Georgia schob die Hände in die Hosentaschen und ging weiter. Ihr fiel ein, wie Nightingale sie angeschaut hatte, wenn sie sprach. Er hatte ihr zugehört, als seien ihre Worte wirklich wichtig. Er war nicht so dumm gewesen, wie die meisten Erwachsenen wirkten. Er hatte auch nicht die gleichen dummen Sprüche geklopft wie sie; etwa, dass sie hübsch sei oder wie groß sie geworden war, seit er sie zum letzten Mal gesehen hatte.

Aus irgendeinem Grund musste sie an Terri Bonifacio denken. Terri war offenbar auch nicht dumm. Möglicherweise aß sie sogar gern Zuckerwatte. Normalerweise interessierte Georgia sich nicht für das, was Erwachsene so von sich gaben. Aber hinsichtlich einiger Dinge war sie sehr an Terris Meinung interessiert: Was sie von Bluegrass und Bop hielt; welche Bücher sie als Kind gelesen hatte; welche Farben sie gern trug; was sie am liebsten aß. Sie hoffte nur, dass es nicht das eklige, fischig riechende Zeug war. Das konnte ein Problem werden.

Inzwischen hatte sie das Ende der Promenade erreicht. Sie blieb stehen und hüpfte auf dem reflektierenden Pflaster von einem Bein aufs andere. Vor ihr mündete die Promenadenstraße in eine Art riesigen kreisförmigen Bahnhof. Es war der Weltraumhafen Callistos, auf dem ein halbes Dutzend Einschiffungszonen zu den beliebtesten Fahrgeschäften dieser Erlebniswelt führten. Überall war pulsierendes Stimmengewirr zu hören. Georgia zog ihren Lageplan zu Rate: »Mondflug«, »Ereignishorizont«, »Nachbrenner«. Es waren ausnahmslos Achterbahnen der Spitzenklasse, doch alle gehörten zu denen, deren Besuch ihr Vater ihr untersagt hatte.

Wie überall in Utopia war nirgendwo eine Uhr zu sehen. Georgia schaute auf ihre Armbanduhr. In einer Dreiviertelstunde sollte sie wieder bei ihm sein.

Es war ungerecht. *Ungerecht.* Sie hatte seit heute Morgen nur wenige gute Fahrten mitgemacht. Danach war sie lediglich in dämlichen Besprechungen gewesen und hatte in Labors herumgehangen. Außerdem machte es keinen Spaß, wenn man allein fuhr. Und es machte schon mal gar kein Vergnügen, wenn einem die wirklich tollen Fahrten verboten wurden.

Georgia seufzte untröstlich, dann drehte sie sich um und ging den Weg zurück, den sie gekommen war. Im gleichen Moment fiel ihr Blick auf eine Einschiffungszone mit dem Schild »Flucht von Finsterwasser«.

Sie musterte die schillernden holografischen Buchstaben. Sie hatte im Internet alles darüber gelesen. »Flucht von Finsterwasser« basierte auf ihrer Lieblingsszene in der Fernsehserie »Angstplanet«, in der eine Gruppe junger Helden auf dem Planeten Finsterwasser IV aus Morpheus' Kerker entfloh. Das Ding war neu, niemand aus ihrer Schule hatte es schon besucht. Außerdem war es aus zwei Gründen besonders toll: Die ganze Geschichte spielte im Inneren einer Welt, die nur aus Wasser bestand und auf der es ständig regnete. Angeblich war dieses das erste Fahrgeschäft der Welt, das mit Schwerelosigkeit arbeitete. Es war wirklich keine Schummelei. Die Schwerelosigkeit war echt.

Georgia fiel auf, dass die meisten Menschen ihr entgegenkamen, nicht fortgingen: Sie hatten die Weltraumhafenfahrgeschäfte schon absolviert und gingen nun ins Zentrum von Callisto zurück. Obwohl diese sechs Achterbahnen die

beliebtesten der Welt waren, warteten vor ihnen weniger Menschen als vor denen, in deren Schlangen sie schon gestanden hatte.
Die von den Utopia-Fanclubs herausgegebenen Zeitschriften listeten die Zeiten genau auf, in denen ein Besuch bestimmter Fahrgeschäfte angeraten war: Zeiten, zu denen die Warteschlangen aus unerfindlichen Gründen kürzer waren. Georgia scherte sich nicht darum. Sie wusste nur, dass sie von dem Kleinkinderkram genug und zum Herumlungern keinen Bock mehr hatte. Außerdem sah es so aus, als käme sie in »Finsterwasser« in nicht einmal zehn Minuten dran. Genau besehen war dies auch keine Achterbahn. Ihr Vater würde bestimmt nichts dagegen haben. Jedenfalls nicht viel.
Plötzlich wurde Georgia jäh zur Seite geschubst. Sie schaute auf. Zwei kleine Jungs, die sich an den Händen ihrer Mama festhielten, gingen auf dem Weg nach »Finsterwasser« an ihr vorbei. Die Mutter war jung, attraktiv, trug ein rotes Kleid und war von der Sonne gebräunt.
Georgia nahm den Kopfhörer ab. Dann lief sie los, grinste die Jungs im Vorbeilaufen an und nahm den Platz in der Warteschlange vor ihnen ein.

14.26 Uhr

Drängel nicht so, Arschgesicht!«
»*Ich* drängel doch gar nicht, du Sack. *Du* drängelst. Wenn dus noch mal machst, kriegste was aufs Maul.«
Angus Poole hörte uninteressiert dem bedeutungslosen Gequengel der drei Söhne seiner Kusine zu. Bisher hatten sie

sich an jeder Warteschlange so verhalten. Poole hatte anfangs mildes Erstaunen über das bemerkenswerte Arsenal an Schimpfwörtern empfunden, das sie gegeneinander ins Feld führten. In der Warteschlange am »Brighton Beach Express« in Boardwalk hatte er tatsächlich angefangen, sie zu zählen. Am »Kreischer« hatte er dann aufgehört – bei fünfzig.

Gott sei Dank war die Warteschlange hier kurz.

Der Weltraumhafen, in dem sie sich befanden, war eine riesige Zitadelle, die von Gesprächen widerhallte. Poole schaute sich an seinem Standort um. Die Konstrukteure hatten ausgezeichnete Arbeit geleistet, um die Umgebung so zu gestalten, dass sie einem futuristischen Flugsteig ähnelte – bis hin zum Abflugschalter und dem ständigen Gedröhn der Abfertigungsdurchsagen. Zudem bot der Weltraumhafen eine besondere Chance: Da alle sechs Fahrgeschäfte hier vom gleichen günstig gelegenen Ort abfuhren, konnte er sich vielleicht auf ein kühles Blondes davonschleichen. Sollte seine Kusine doch mal für eine Weile allein mit ihrer Familie fertig werden.

Wie aufs Stichwort drehte Sonya sich zu ihm um. Vor ihrem ansehnlichen Wanst baumelten drei Fotoapparate. Der Erzmagierzauberhut saß leicht schief auf ihrem Haupt. »Wie heißt das Ding noch mal, Angus?«

»›Flucht von Finsterwasser‹.« Dass der Name des verfluchten Dings als Hologramm genau über ihnen aufragte, juckte sie nicht. Sie musste trotzdem fragen.

»Und wo gehen wir anschließend hin?«

»Tja, von hier aus kann man fünf oder sechs tolle Fahrten machen. Schau dich mal um! Das hier ist ne Art Riesenflughafen. Jedes Tor führt zu ner anderen Attraktion. Lasst bloß keine Fahrt aus.« *Wehe!*

»Und was ist mit dir?«, fragte Sonya.

»Nach ›Finsterwasser‹ könnte ich mir mal im ›Meer der Stille‹ ein Bierchen greifen. Es ist die Bar vor dem Kasino. Ich hab sie dir gezeigt, als wir auf dem Promenadenplatz waren. Da können wir uns dann wieder treffen.«

Bei der bloßen Erwähnung des Wortes Bier erwachte Sonyas Gatte, ein Versicherungsrevisor, aus seiner Starre und warf Poole einen kurzen, gequälten Blick zu.

Sonya und Martin Klemm aus Lardoon, Iowa, und ihre drei entzückenden Jungs. Bevor Poole heute Morgen an die Tür ihrer Motelunterkunft geklopft hatte, hatte er Kusine Sonya mindestens zwölf Jahre nicht gesehen. Das Gleiche galt auch für seine Schwester Vicki, seinen Neffen Paul und sämtliche anderen nahen und entfernten Verwandten, die im letzten halben Jahr vom Arsch der Welt angereist waren, um ihn zu besuchen. Es war fast so, als glaubten sie, Utopia hätte ihm endlich gesagt, was der Sinn des Lebens sei. Der schrullige Onkel Angus war nämlich nach seiner Zeit beim Militär nach Las Vegas gezogen und hatte nie geheiratet. Der komische Vetter Angus, der Halbneffe Angus, der Viertelbruder Angus und so weiter, der angeblich arbeitete, um seinen Lebensunterhalt zu bestreiten, aber etwas tat, nach dem niemand fragte. Doch Poole ging mit den Einzelheiten auch nicht hausieren.

Nun jedoch hatte man ihn aufgrund irgendeiner unausgesprochenen Familienübereinkunft zum Fremdenführer in Utopia bestimmt.

Er hatte eigentlich nichts dagegen. Na ja, er war nicht wild auf diese Familientreffen – er wäre auch ohne sie gut klargekommen. Aber zu seiner Überraschung faszinierte der Park ihn immer mehr. In früheren Zeiten und früheren Leben war er in Disneyland, in den Universal Studios und in Busch

Gardens gewesen. Diese Anlagen hatten ihn jedoch kalt gelassen. Bei Utopia war es irgendwie anders. Es lag nicht nur daran, dass der Laden flotter und neuer war und auch mit tolleren Attraktionen aufwartete. Poole nahm an, dass es mit dem Eintauchen zu tun hatte: Irgendwie ertappte man sich immer dabei, dass man glaubte, man sei wirklich im London des neunzehnten Jahrhunderts oder im mittelalterlichen Camelot. Natürlich wusste jeder, dass er sich mitten in der Wüste von Nevada befand. Aber die Leute hier hatten tatsächlich so großartige Arbeit geleistet, um die Achterbahnen und sonstigen Attraktionen in die jeweiligen Welten zu integrieren, dass es richtig Vergnügen machte, diese Visionen auszuleben. Und für einen Menschen, der so fantasielos war wie Poole, sagte dies schon allerhand aus.
Freilich hatte jede Faszination ihre Grenzen. Und um 14.26 Uhr hing ihm die Familie Klemm eindeutig zum Halse heraus.
»Das mit der Schwerelosigkeit ist doch Beschiss.« Das älteste Kind der Klemms meldete sich zu Wort. »Es ist ein Trick. Gravitation ist eine Beschleunigungskraft von neun Komma acht Meter pro Sekunde in Richtung Erdmittelpunkt. Um einen schwerelosen Zustand zu erzeugen, müsste man eine Kraft aufbringen, die gegen die Schwerkraft arbeitet …«
Poole musterte den Halbwüchsigen. Ein schlaksiger Leptosome mit Hasenzähnen. Eigentlich fehlte nur die Klarsichthülle in der Hemdtasche. Er war das beste wandelnde und quasselnde Argument für einen Kindermord. Außerdem wusste der Blödmann nicht mal, wovon er redete. Sobald die Luftschleuse hinter ihm lag, würde er schon die Klappe halten.
Poole schaute sich mit einem Gähnen auf dem Weltraumhafen um. Er wimmelte natürlich von Menschen, aber so

schlimm wie sonst war es heute nicht. Er sah das übliche Meer fröhlicher Mienen, dazwischen dann und wann das zermürbte Gesicht eines Erwachsenen oder eines ungeduldigen Kindes. Typen in Raumanzügen latschten herum, führten die Wartenden weiter oder posierten für Fotos.

Eine Gestalt fiel Pooles geübtem Auge besonders auf. Im Gegensatz zu den anderen, die entweder in Warteschlangen standen oder zielsicher von einem Ort zum anderen gingen, lief der Mann ziemlich unstet herum. Pooles Blick verfolgte ihn leicht neugierig, als er zwischen den Wartenden auf dem Promenadenplatz hinter ihnen auf und ab lief: Er eilte an einen Souvenirstand, trat anschließend an eine Warteschlange heran, schaute nach hier und da und reckte den Hals, als suche er irgendwen.

Dann trabte der Mann wieder ab und verschwand im Gewimmel. Poole drehte sich um. Seine Schlange war vorangekommen. Gleich waren sie an der Einstiegsschleuse. »Flucht von Finsterwasser« war der einzige Grund, weswegen er sich nicht schon längst im »Meer der Stille« einen hinter die Binde kippte. Er fuhr sehr gern mit diesem Ding. Wenn die Schwerelosigkeit ein Trick war, war er so gut gemacht, dass es keine Rolle für ihn spielte.

Poole fragte sich leicht gelangweilt, was ihm an der Sache so gut gefiel. Da gab es nämlich nichts, bei dem einem die Haare zu Berge standen wie beim »Mondflug« da drüben links oder bei »Station Omega« am oberen Ende der futuristisch wirkenden Rolltreppe. Eigentlich konnte man das Erlebnis überhaupt nicht haarsträubend nennen, wenn man von den wenigen Rucken absah, die man am Anfang spürte, wenn die Kapseln aus dem Kerker von Finsterwasser entkamen und sich zum Raumschiff in der Kreisbahn durchschlugen. Wahrscheinlich lag es an dem absoluten Realismus: Man hatte wirklich das Gefühl, durch einen regenverhangenen Himmel aufwärts zu rasen – dem Weltraum entgegen. Vielleicht sollte er diesmal besser aufpassen, um rauszukriegen, welchen unterbewussten Knopf die Leute hier drückten; wie es kam, dass alles so realistisch wirkte. Poole erinnerte sich noch sehr lebhaft daran, dass die dicken, auf die Kapsel klatschenden Regentropfen beim Aufstieg in die Atmosphäre so gewirkt hatten, als verlangsamten sie sich. Wenn die Schwerkraft nachließ, standen sie außerhalb der Kapsel praktisch still und schwebten und tanzten in der Finsternis des Weltraums. Ihm fiel ein, dass sein Bauch an die Haltestange gedrückt wurde, als das Mutterschiff in Sicht gekommen war. Sein Limonadenbecher war scheinbar aus dem Halter geschwebt. Tja, *das* sollte dieses Klemm-Jüngelchen erst mal erleben!

Na, das war aber interessant: Der Mann, den er auf dem Promenadenplatz hatte rumlaufen sehen, war nun in den Weltraumhafen zurückgekehrt. Er stand genau in der Mitte und blickte sich um. Neben ihm stand eine junge Asiatin. Die beiden wechselten schnell ein paar Worte, dann trennten sie sich und eilten in verschiedene Richtungen. Kein Zweifel, sie suchten jemanden. Sie hatten es auch ziemlich eilig. *Viel Glück!*, dachte Poole. *An einem Ort wie dem hier werdet ihr nämlich so leicht niemanden finden.* Die Weltraumhafenattraktionen hatten keine Vorshowbezirke. Da sich hier jeder – möglicherweise, um die Illusion eines geschäftigen Transitzentrums zu verstärken – in der Wartehalle anstellen musste, hielten sich hier momentan wenigstens tausend Menschen auf. Doch das schien den Typen nicht abzuschrecken: Er eilte, nachdem er sich von der Frau getrennt hatte, zum »Nachbrenner«. Dort suchte er die Warteschlange ab, ohne sich um die verwunderten Blicke zu scheren.

Poole musterte den Mann genauer und versuchte, ihn einzustufen. Er passte in kein gängiges Profil: Sein Haar war dunkel, seine Hautfarbe hell, er war groß, hatte eine mittlere Figur, war etwa Anfang vierzig. Wenn man davon absah, dass er eindeutig aufgeregt wirkte, war an ihm nichts Auffälliges. Eins aber war komisch: Er zog diese Übung jetzt schon zum zweiten Mal durch. Poole schob den Gedanken beiseite und richtete die Aufmerksamkeit wieder auf seine Warteschlange.

Vor ihnen standen vielleicht noch vier oder fünf Gruppen. Selbst die Bälger seiner Kusine hielten jetzt gespannt die Klappe. Sie waren eindeutig zur richtigen Zeit hier aufgekreuzt – die Schlange hinter ihnen war mindestens doppelt so lang wie die bei ihrem Eintreffen. Wenn die Jungs alle sechs Fahrgeschäfte durchmachten, hatte er wenigstens zwei Stunden wunderbarer Einsamkeit im »Meer der Stille«: nur er, sein Bierchen und das Kreuzworträtsel in der »Journal-Review« aus Las Vegas. Es würde …

Pooles Gedanken wurden von einer Reihe verhaltener Rufe unterbrochen. Er drehte sich um. Es war wieder dieser Mann. Er stand an der Spitze der »Nachbrenner«-Warteschlange, rief etwas, das wie ein Name klang, und schaute ihn an. Nein, wurde Poole auf der Stelle klar, er schaute nicht ihn an, sondern jemanden, der vor ihm in der Schlange stand. Vielleicht meinte er das hübsche Mädchen dort, das gerade zur Luftschleuse unterwegs war. Der Mann kam nun auf das Mädchen zugerannt und drängte die ihm im Weg stehenden Besucher beiseite. Poole ließ instinktiv die Arme sinken und spreizte die Beine. Doch der Blick des Mannes war auf die Luftschleuse geheftet. Er rannte an der Warteschlange entlang und bahnte sich mit den Ellbogen einen Weg an den Besuchern vor Poole vorbei. Nun sprach er mit einer der Frauen am Einstieg, gestikulierte aufgeregt und deutete auf die Luftschleuse. Ein anderer Angestellter, eine große Gestalt in einem quecksilberfarbenen Raumanzug, gesellte sich zu den beiden und legte beschwichtigend eine Hand auf den Arm des Mannes. Der Mann schüttelte ihn ab.

»Was will der wohl?«, fragte Sonya.

Poole antwortete nicht. Er fragte sich kurz, ob er sich in die Sache einmischen solle. Dann entspannte er sich. *Scheiß drauf!* Er machte einen Ausflug. Der Mann hatte seine fünfundsiebzig Kröten ebenso bezahlt wie alle anderen. Sollte er seine kleine Schau doch abziehen.

14.26 Uhr

Andrew Warne legte auf dem reflektierenden Pflaster der Promenade schwer atmend eine Pause ein und schaute sich um. Es war ein sinnloses Bemühen, seine Tochter zwischen den zahllosen Besuchern zu finden. Die Wahrscheinlichkeit, dass ihr etwas zustieß, war minimal. Trotzdem war ihm der Gedanke unvorstellbar, die Stunde bis zu ihrem verabredeten Treffen *unwissend* mit Warten zu verbringen. Er und Terri hatten in der Hoffnung, Georgias schlanke Gestalt und ihr kastanienbraunes Haar irgendwo zu sehen, zwanzig Minuten lang die Warteschlangen und Souvenirläden abgesucht. Bisher ohne Erfolg. Nun schien ihm, dass seine Angst mit jeder weiteren Minute, die verging, zunahm.

Georgias Gesichtsausdruck beim Verlassen von Terris Labor hatte sich in sein Gedächtnis eingebrannt. *Ich möchte aber nicht allein gehen,* hatte ihre Miene besagt. Er hatte doch nur noch sie. Und er hatte sie in einen mit Bomben gespickten Vergnügungspark hinausgeschickt. Er hatte zwar nichts davon gewusst und in gutem Glauben gehandelt, aber trotzdem …

Terri trat neben ihn.

»Was gesehen?«, fragte Warne.

Sie schüttelte den Kopf. »Ich habe die ›Ekliptik‹- und die ›Angstplanet‹-Warteschlangen abgesucht«, sagte sie. »Nirgendwo eine Spur von ihr.«

»Sie kann überall sein.«

»Ich glaube, wir haben jetzt fast *überall* gesucht.«

Ungeduld und Frustration erfüllten Warne. Hatte Georgia Callisto vielleicht schon verlassen? War sie in eine andere Erlebniswelt gewechselt? Sie hatten das Ende der Promenade erreicht. Nur der Weltraumhafen lag noch vor ihnen.

Warne schaute Terri an. »Halten Sie mich für verrückt?«

»Ich weiß nicht. Vielleicht.« Sie zögerte. »Aber wenn es mein Kind wäre, würde ich das Gleiche tun.«

Warne deutete auf den Weltraumhafen. »Und was ist da drin?«

»All die Achterbahnen, bei denen sich einem die Haare sträuben. Aber sie hat doch versprochen, da nicht reinzugehen.«

»Wir überprüfen sie lieber trotzdem. Sie kennen Georgia nicht.«

»In Ordnung. Ich nehme die, die dem Abfertigungsschalter gegenüberliegen. Wir treffen uns dann hier.« Terri zog los.

Warne schaute dankbar hinter ihr her, als sie verschwand. Die meisten Menschen hätten seine Sorge an sich abprallen lassen und ihn zu überreden versucht, die Suche nach Georgia einzustellen. Aber nicht Terri. Vielleicht konnte sie sich gar nicht mit den Sorgen identifizieren, die sich ein Witwer um seine einzige Tochter machte, aber sie hatte sich freiwillig gemeldet, um ihm zu helfen. Und sie hatte ebenso angestrengt gesucht wie er.

Warne drehte sich um und betrat den Weltraumhafen. Er warf einen Blick auf die Warteschlange am »Nachbrenner«, das erste Fahrgeschäft auf seinem Weg. Wie erwartet, sah er nur die neugierigen und amüsierten Blicke von Touristen, wie überall. Er wandte sich ab. An seiner Seite des Abfertigungsschalters befanden sich die Einstiege zweier weiterer Fahrgeschäfte. Er wollte sich auch die dortigen Warteschlangen ansehen. Dann konnte er sich mit Terri treffen und …

Dann sah er Georgia plötzlich.

Erleichterung durchströmte ihn. Sie stand an der Spitze einer Warteschlange vor dem Eingang, der mit »Flucht von Finsterwasser« überschrieben war. *Gott sei Dank,* dachte er und rief ihren Namen. Hätte er einen Moment später hingesehen, wäre sie schon durch das Portal gegangen …

Und dann, bevor er richtig begriff, was geschah, half einer der Männer am Einstieg Georgia in eine Kapsel. Warne sah nur noch, dass die perlmuttfarbene Luke sich hinter ihr schloss.

Seine Erleichterung schwand im Nu. Sie zu sehen und doch zu wissen, dass sie im Begriff war, zu verschwinden, ließ ihn erstarren.

Er riss sich vom »Nachbrenner« los, durchquerte den Weltraumhafen und eilte genau auf das Portal zu. Er bahnte sich mit den Ellbogen eine Gasse an die Spitze der Warteschlange. Eine Frau schnappte überrascht nach Luft, und hinter sich hörte er einen Mann rufen: »He, Kumpel, stell dich gefälligst hinten an!«

Als Warne nach vorn stürmte, ließ die Assistentin am Einstieg gerade eine Frau in einem roten Kleid mit zwei Kindern hinein. Er erhaschte einen kurzen Blick auf eine klobig aussehende Druckausgleichskammer und ein Schild mit der Aufschrift »Warnung: Zone mit geringer Schwerkraft«. Dann schloss sich das Portal auch schon.

Er fegte auf die Angestellte zu und rief: »Anhalten!«

Die Frau mit dem Raumfahrerhelm blinzelte ihn an. »Wie bitte?«

»*Anhalten,* hab ich gesagt! Halten Sie das Ding an!«

Die zweite Einstiegshilfe kam herbei. »Tut mir Leid, Sir«, sagte der Mann und legte eine Hand auf Warnes Arm. »Alle haben es eilig, aus dem Gefängnis auszubrechen, aber Sie müssen leider wie die anderen …«

Warne schüttelte den Arm des Mannes ab. »Meine Tochter ist gerade da reingegangen. Ich muss sie rausholen.«

Der große dünne Mann blinzelte Warne durch den Helm an. Warne wusste, dass er im Geiste in dem Buch nachschlug, in dem stand, wie man mit den Gästen umging, um festzulegen, welche Strategie er bei diesem schwierigen Besucher anwenden sollte.

»Es ist unmöglich, den Betrieb anzuhalten, Sir«, sagte er etwas leiser und gab seine einstudierte Rolle auf. »Aber Ihre Tochter wird sich bestimmt vergnügen. ›Flucht von Finsterwasser‹ ist sehr beliebt. Wenn Sie auf sie warten möchten, ist der beste Platz dafür die Ausstiegszone da drüben.« Er wies Warne mit einem silbernen Handschuh die Richtung. »Die Fahrt dauert nur zwölf Minuten. Sie ist im Nu wieder draußen. Wollen Sie jetzt freundlicherweise Platz machen, damit wir uns um die anderen Gäste kümmern können?«

Warne schaute den Mann kurz an. *Er hat Recht,* dachte er. *Ich verhalte mich unvernünftig.*

Er trat stumm zurück.
»Vielen Dank, Sir«, sagte der Angestellte. Er wandte sich der Gruppe an der Spitze der Warteschlange zu und winkte sie heran: ein übergewichtiges Ehepaar mit einem einzelnen Kind. Der Vater musterte Warne hasserfüllt.
Der Einlassmann wandte sich seiner Konsole zu und drückte einen Knopf. Das Portal glitt mit dem Zischen entweichender Luft auf.
Warne visierte die Öffnung an. Dann schob er sich abrupt an dem Mann vorbei und hechtete hindurch.
Das Innere der Luftschleuse war kühl und trocken, das bläuliche Licht schwach. Er war von einem grollenden Geräusch umgeben, das sich wie das Brummen gewaltiger Turbinen anhörte. Er sah eine leere Rettungskapsel. Sie war niedrig, glatt konturiert und schwebte ohne sichtbare Hilfe vor seinen Füßen. Sie hatte Fenster aus transparentem Kunststoff, aber kein Dach. Hinter der Kapsel befand sich die Rückwand der Luftschleuse. Eine schwere kreisförmige Tür war in sie eingelassen, die von massiven Metallbolzen gesichert wurde. In ihrer Mitte befand sich ein Fenster aus dickem Glas. Durch das Glas sah Warne die Frau mit den beiden Kindern, die in einer eigenen Kapsel in die Höhe stiegen. Sie lächelten. Außerdem hörte er das Knistern einer leisen Stimme über das Kommunikationssystem der Kapsel: »Bitte, verhalten Sie sich so ruhig und leise wie möglich. Je weniger Sie sich bewegen, desto geringer ist die Möglichkeit, dass Sie die ›Finsterwasser‹-Garde alarmieren. Sobald wir das Gefängnis verlassen haben, beginnen wir mit dem Flug zum Mutterschiff. Wenn die Schwerkraft abnimmt, spüren Sie allmählich einige Auswirkungen der Schwerelosigkeit. Dies ist normal. Sobald wir am Mutterschiff andocken, tritt die Schwerkraft automatisch wieder in Kraft …«

Mit einem gemurmelten Fluch wurde Warne klar, dass es unmöglich war, Georgia von hier aus zu erwischen. Selbst wenn es ihm irgendwie gelang, sich der Rettungskapsel zu bemächtigen, würde es ihm nichts bringen.

Er fuhr herum und ging so schnell durch das Portal zurück, wie er hereingekommen war. Hinter ihm wurden aufgeregte Stimmen laut. Der Mann im Raumanzug sagte in ein Funkgerät: »Kontrollraum, hier ist Abflug zwei. Wir haben einen Fünf – eins – eins, ich wiederhole: einen Fünf – eins – eins in der Einstiegszone.«

Warne schenkte ihm keine Beachtung. Er huschte an den Leuten vorbei, verließ die Plattform und eilte in die Richtung, die der Angestellte ihm zuvor gewiesen hatte. Er suchte sich einen Weg durch die wimmelnden Massen auf dem Weltraumhafen und ging zu dem kleinen Hologramm, das »Mutterschiffausstieg. Kein Eingang« verkündete. Terri war nirgendwo zu sehen.

Die Ausstiegsrampe, ein karger, neutraler Korridor, war an den Wänden, der Decke und am Boden graublau ausgeschlagen. Warne ging an einer Gruppe aufgeregter Fahrgäste vorbei, die gerade lächelnd und plappernd ins Freie traten, und folgte dem Gang, der sanft gekrümmt zu einer Tür aus poliertem Metall führte. Die Tür ging mit einem leisen Zischen auf und entließ eine weitere Gruppe auf die Ausstiegsrampe. Warne schlüpfte schnell hinein.

Dies war das Mutterschiff: ein großer, mit einer niedrigen Decke versehener Kontrollraum voller blinkender Lichter. An der unteren Hälfte einer Wand entlang verlief ein großes Rohr aus Rauchglas. Fast den gesamten Rest des Raumes nahmen massenhafte Ansammlungen futuristisch wirkender elektronischer Gerätschaften ein.

Mit einem plötzlichen Luftzischen glitt im Inneren der

Rauchglasröhre eine Kapsel in Warnes Blickfeld und hielt auf einer kurzen Plattform an. Wasser lief an den Fenstern und der Triebwerkshaube hinab. Eine einzelne Angestellte ging auf die Kapsel zu und hob ihr Helmvisier. »Willkommen auf dem callistonischen Mutterschiff«, sagte sie, entriegelte eine Klappe an der Seite der Kapsel und zog sie auf. »Herzlichen Glückwunsch zu Ihrer Flucht von ›Finsterwasser‹!«

»Was fürn toller Flug!«, sagte ein etwa zwölfjähriger Junge. Er krabbelte aus der Kapsel und schaute sich um. Seine Arme waren feucht, seine Augen glänzten. »Können wir das noch mal machen?«

»Die Sache mit der Schwerelosigkeit war verblüffend«, sagte der Vater des Jungen. »Wie machen Sie das?«

»Wir haben nicht viel dazu beigetragen«, sagte die Frau und spielte standhaft ihre Rolle. »Gewichtslosigkeit gehört zur Raumfahrt. Das Mutterschiff dockt nun am Weltraumhafen an. Sie werden feststellen, dass die Schwerkraft dort zu hundert Prozent der der Erde entspricht.«

»Ich hab gehört, die haben eine Lizenz dieses Verfahrens an die NASA vergeben«, sagte der Junge.

Als die Ausstiegsassistentin sich der Luke zuwandte, um die Familie zum Ausgang zu begleiten, fiel ihr Blick auf Warne.

»Das hier ist kein Eingang, Sir«, sagte sie.

»Wo ist die Wartungsluke?«, fragte Warne.

Die Frau kniff die Augen zusammen. »Ich verstehe nicht.« Im gleichen Moment fiel ihr Blick aber verräterischerweise auf die Wand weit hinter Warne.

Er drehte sich sofort um und rannte durch den Kontrollraum in die Richtung, in die sie geschaut hatte. Die Wand bestand aus einer festen Masse von Scheintechnologie: telemetrische Apparate, Sauerstoffkontrollen, Tieftemperaturanzeigen. Warnes Hand fuhr frustriert darüber hinweg.

Die Raumfahrerin kam nach. »Ich muss Sie bitten zu gehen, Sir.«
Im gleichen Moment machte Warne inmitten der Instrumente eine schwache, rechteckig verlaufende Linie aus. Er berührte den Rand mit den Händen und drückte. Ein türgroßes Schott ging nach hinten auf und gab den Blick auf einen finsteren Gang frei. Warne stürzte hinein und schloss die Tür hinter sich. Der Protest der Angestellten verhallte.
In den Innereien des Fahrgeschäfts wirkte alles ganz anders. Die Luft war von Feuchtigkeit schwer. Von oben erklang das ungeduldige Trommeln von Regen. Da war auch ein Laufsteg: vom Gitterwerk tröpfelte Wasser. Das Geländer war bei der Berührung schlüpfrig. Warne blickte sich in der Finsternis um und versuchte sich zu orientieren. Als er den Kopf hob und Feuchtigkeitsperlen auf seinem Gesicht spürte, hörte er in seinem Hinterkopf eine leise Stimme. *Du führst dich wie ein Bekloppter auf, Mann. Was kannst du überhaupt machen? Warum gehst du nicht wieder und wartest draußen? In ein paar Minuten kommt sie doch ohnehin raus.*
Es war ihm egal. Ob er vernünftig oder unvernünftig war, er wollte bei seiner Tochter sein, und zwar *sofort.* Um das Schlimmste zu verhindern. Warne verdrängte die Stimme.
Er blieb auf dem in einer breiten Spirale nach oben führenden Hauptlaufsteg. Rechts von ihm, am Innenrand der Spirale entlang, schmiegte er sich an eine endlose Wand aus schwarzem Glas. Links befanden sich Reihen von Computern, eine schwere Hydraulik und ein verwickeltes Röhrennetz, das unter ihm begann und über ihm in der Dunkelheit verschwand.
Warne stieg weiter hinauf und empfand immer stärkere Verwirrung. Wo waren eigentlich die Kapseln? Sie stiegen doch angeblich durch den Weltraum nach oben, zum

Mutterschiff. Oder? Aber das Mutterschiff befand sich am Boden: Der Fahrtweg schien von oben nach unten zu verlaufen. Es passte überhaupt nicht zusammen. Der ganze Aufbau war falsch. Hatte er etwa die Orientierung verloren und bewegte sich in die falsche Richtung? Was es auch war, für Georgia würde die Fahrt in wenigen Minuten enden – und dann kletterte er noch immer völlig sinnlos hier herum. Die Stimme meldete sich erneut. Diesmal lauter. Vielleicht war es besser, wenn er rausging und wartete, bis Georgia ausstieg. Dann konnte er Terri suchen und sich eine Erklärung für sein dämliches Verhalten ausdenken. Warne verlangsamte sein Tempo, dann blieb er stehen, hielt sich am glatten Geländer fest und rang schmerzhaft um eine Entscheidung.
Ein paar Schritte vor ihm fiel ihm etwas auf, das wie eine Lücke in der schwarzen Wand wirkte: ein niedriger, schmaler Bogengang, der in gelbem Licht schwach leuchtete. Als er ihn in Augenschein nahm, entdeckte er schmale Wasserstreifen. Sie sprühten herein. Er näherte sich neugierig dem offenen Bogen, duckte sich und blickte hindurch.
Brüllend und heulend fiel etwas aus der Dunkelheit herab und schwebte etwa zwei Meter vor ihm.
Warne fiel nach hinten auf den Laufsteg und schrie erschreckt auf. Er hatte kaum genug Zeit, um zu erkennen, was er sah: eine Kapsel voller lachender und lächelnder Gesichter. Dann ruckte sie wieder nach unten und verschwand aus seinem Blickfeld.
Er rappelte sich auf und beugte sich neugierig in die Öffnung hinein. Vor ihm, von der Glaswand eingerahmt, lag ein Sternenhimmel. Auf der gegenüberliegenden Seite des Bogenganges war eine schmale Plattform, vielleicht siebzig Zentimeter im Quadrat. Sie war schwarz gestrichen, vor

dem sich schnell bewegenden Sternenhimmel fast unsichtbar und von einem ebenfalls schwarzen Geländer umgeben.

Warne wartete einen Moment. Dann atmete er tief durch, huschte durch die Öffnung und trat auf die Plattform hinaus.

Ihm war, als spaziere er durch die endlose Weite des Alls. Er war von unzähligen Sternen umgeben, die sich in unendliche Weiten erstreckten und wie der Teufel auf den Strudel zu seinen Füßen zurasten. Für einen Augenblick war die Illusion so überwältigend, dass er die Augen schloss und leicht wankend nach dem Geländer tastete. Er war sich vage bewusst, dass Wasser seine Kleider durchnässte. Er wartete ab, atmete langsam, kämpfte gegen die Höhenangst und konzentrierte sich auf die beruhigende Festigkeit des Geländers. So verharrte er eine ganze Weile, dann öffnete er vorsichtig die Augen und musterte den Regen.

Allmählich verstand er, was er sah. Er stand auf einer Plattform auf dem Innenrand eines riesigen Hohlzylinders. Die gekrümmte Oberfläche war eine Art Einwegspiegel, auf dem die zahllosen Sterne sich immer wieder reflektierten, bis sie ein beunruhigend realistisches Gefühl von Tiefe vermittelten.

Über ihm war ein Grollen zu hören, das schnell zu einem Brüllen anwuchs. Als er nach oben schaute, sah er eine weitere Kapsel, die durch den Regen kam und in einem spitzen Winkel zu ihm hinabsank. Dann beschrieb sie eine Kurve, verlangsamte und hielt neben der Plattform an. Als sich die Richtung des Regens, aller Vernunft zum Trotz, unmerklich zu verändern schien, wurde das Brüllen zu einem Heulen. Die Bewegung der Sterne auf den ihn umgebenden Wänden hörte langsam auf, bis sie reglos in der Leere hingen. Im

Inneren der Kapsel sah er eine fünfköpfige Familie. Alle stellten die gleiche benommene, glückliche Miene zur Schau, die er schon in der vorherigen Kapsel gesehen hatte. Die Insassen klammerten sich an die Haltestangen, als wollten sie verhindern, dass die Schwerelosigkeit sie aus dem Sitz hob. »Achtung, Achtung«, sagte eine Stimme über die Kommunikationsanlage der Kapsel. »Wir haben die Erlaubnis erhalten, uns dem Mutterschiff zu nähern. Wir leiten jetzt die Andocksequenz ein.«

Eins der Kinder, ein Mädchen, schaute sich um und entdeckte Warne. Einen Moment lang gaffte es nur, als traue es seinen Augen nicht. Dann stupste es seine Mutter an und deutete auf ihn.

Die Frau drehte sich um, ohne ihn im ersten Moment zu sehen. Dann schien ihr Blick ihn zu erfassen und ihre Verwunderung verwandelte sich in Bestürzung. Im gleichen Moment setzte das Brüllen wieder ein. Die Kapsel stieß von der Plattform ab und setzte den Weg zur Endstation fort.

Als die Sterne in seiner Umgebung sich wieder in Bewegung setzten, sah Warne, dass die Kapsel aus seinem Blickfeld verschwand. Wie alles andere an diesem Fahrgeschäft diente auch die Plattform eindeutig dem Zweck, die Illusion zu verstärken und die Wirklichkeit zu verschleiern. Zweifellos war jeder Beobachter, der sich hier aufhielt, schwarz gekleidet, damit er aus der Perspektive der Kapselinsassen unsichtbar blieb.

Allmählich verstand er den listigen Kunstgriff, der »Flucht von Finsterwasser« ausmachte. Das Fahrgeschäft war in einen Zylinder eingebaut – es war eigentlich ein Kegel, oben breiter als unten. Obwohl die Kapseln eigentlich in einer enger werdenden Spirale dem Mutterschiff am Fundament entgegen*sanken*, hatten die Insassen das Gefühl, in den Weltraum aufzusteigen. Sogar in diesem extremen Moment war Warne von der gewagten Brillanz dieses Konzepts beeindruckt. Während der Fahrt flogen die Kapseln angeblich von einer Burg zu einem Raumschiff in der Kreisbahn hinauf. Und doch lag das Burgverlies am höchsten Punkt der Fahrt: das Mutterschiff befand sich am Boden des Kegels. Die absolute Finsternis des Alls, die rechnergesteuerten Kapselbewegungen, die auf einen zurasenden Sterne, die Richtung des windgesteuerten Rhythmus des Regenwassers – alles war präzise berechnet und aufeinander abgestimmt und erlaubte es den Gestaltern Utopias, die Gesetze der Physik mit ihrer eigenen Realität zu übertünchen. Während die Kapseln auf verborgenen Speichen rotierten, nahm das Abstiegstempo zu und rief ein Gefühl von Schwerelosigkeit hervor. Die Kapselneigung wurde ständig korrigiert, damit die Insassen nicht merkten, dass sie sich in absteigenden Kreisen bewegten. Warne selbst stand auf einer Plattform, die der heimlichen Beobachtung der Passagiere diente. Oder auch dazu, um im Fall eines …

Über ihm ertönte ein Heulen, dann das Brüllen einer weiteren Kapsel, die sich in Halteposition begab. Als sie in sein Blickfeld geriet, lösten sich Warnes Gedankengänge sofort auf. Georgia saß in der Kapsel. Ihr Mund war offen, ihre großen, freudestrahlenden Augen reflektierten die Sterne.

Während die Kapsel in der Schwebe verharrte, ruckte er nach vorn, griff über das Geländer hinweg und packte den Lukengriff. Als er über das Geländer stieg, sich halb in die Kapsel hineinwarf und halb hineinfiel, drehte Georgia sich um.

Ihre verwunderte Miene zeigte nun Erschrecken und Verwirrung. »Papa? Was machst *du* denn hier? Wie bist du hier reingekommen?«

»Schon in Ordnung«, sagte Warne. Er schloss die Luke, kniete sich auf den Kapselboden und nahm ihre Hand. »Alles klar.«

»Boah«, sagte Georgia. »Du bist ja *klatschnass.«*

Warne setzte sich kurz hin. Die überwältigende Erleichterung, die er empfand, mischte sich nun mit Verlegenheit. Er spürte, dass das Wasser von seiner Nase und seinen Ohren tropfte. Wenn sie erst mal im Mutterschiff waren, wollte er ihr alles erklären. *Na ja, nicht die ganze Wahrheit,* dachte er und wartete darauf, dass die Kapsel den letzten Abstieg in Angriff nahm.

»Was ist los, Papa? Warum …«

Georgia schaute plötzlich in eine andere Richtung. Ihre fein geschnittenen Gesichtszüge wurden vom Sternenmeer erhellt. Sie runzelte die Stirn.

Dann hörte auch Warne die Stimmen. Anfangs waren sie fern, doch sie kamen näher.

»Da ist er. Plattform achtzehn.«

»›Finsterwasser‹-Kontrollraum, ich brauche einen Notstopp. Wiederhole: Notstopp.«

Das Trampeln von Füßen war zu hören, dann tauchten neben Warne auf der Plattform verschwommene Gestalten auf. Aus dem Kapselinneren waren sie zwar vor der Illusion des Weltraums schwer auszumachen, aber er nahm an, dass es sich um Angehörige des Sicherheitspersonals handelte.

»Entschuldigen Sie, Sir«, sagte einer der Männer, »aber Sie müssen mitkommen.«

»Nein«, sagte Warne. »Ist schon in Ordnung. Jetzt ist alles in Ordnung.«

»Verlassen Sie bitte die Kapsel und treten Sie auf den Laufsteg, Sir!«, sagte der Mann. Diesmal klang seine Stimme etwas härter.

Warne spürte, dass Georgias Hand sich fester an die seine klammerte.
Es war alles so lächerlich. Er war bei Georgia. Sie war nun in Sicherheit. Alles würde wieder in Ordnung kommen, wenn sie die Fahrt nur fortsetzen konnten.
Warne wandte sich um, um es den Männern auf der Plattform zu erklären. Dann aber stellte er fest, dass er seine Worte nicht hörte. Er hörte überhaupt nichts – außer dem plötzlichen schroffen Geräusch einer Detonation, die aus allen Richtungen zugleich zu kommen schien.
Über ihm flackerte Licht. Als er den Kopf hob, sah er gerade noch zwei riesige rotgelbe Flammenstrahlen, die auf ihn zu rasten. Einen Moment lang erhaschte er in der blendenden Helligkeit einen Blick auf den geheimen Aufbau des Fahrgeschäfts – den sich erweiternden Glaskegel, die Mittelnabe mit den regenschirmartigen Stützspeichen –, doch dann überlastete das grelle, vom Endlosspiegel vergrößerte Leuchten seine Sehkraft. Warne riss den Kopf herum und schloss die Augen. Auf der Plattform wurden Schreie laut. Die Kapsel ruckte plötzlich zur Seite. Der schreckliche Lärm verstummte und wurde durch das Krachen und Kreischen sich verbiegenden Metalls ersetzt.
»Papa!«, schrie Georgia.
Da beugte er sich in einem plötzlichen, krampfhaften Instinkt vor und schirmte seine Tochter mit dem Körper ab. Die Kapsel ruckte erneut, so heftig, dass sie Übelkeit erzeugte. Dann hüllte die Finsternis sie abrupt ein.

14.40 Uhr

Das medizinische Zentrum Utopias befand sich auf der A-Ebene, genau unter dem Nexus. Man hatte es so konstruiert, dass man es im Falle eines Unglücks oder einer Naturkatastrophe aus jeder Parkgegend, sei sie öffentlich oder nicht öffentlich, in kürzester Zeit erreichen konnte. Außerdem verfügte es über genug Notausrüstung, um ein Traumazentrum von Weltruf neidisch zu machen: Atemschutzgeräte, Ventilatoren, Defibrillatoren, Intubiergeräte, Überwachungssysteme, Transportwägelchen. Der größte Teil der teuren Gerätschaften stand still und unbenutzt in abgedunkelten Nischen und Lagerräumen: lebensrettende Kunstgegenstände, die in einer nicht sterilen Umgebung Staub angesetzt hätten. In den aufgewühlten Meeren Utopias war das medizinische Zentrum stets eine Insel der Ruhe gewesen: Krankenschwestern behandelten mit sanfter Stimme schon mal aufgeschrammte Knie oder verstauchte Knöchel; Hilfspfleger räumten Material ein; Techniker prüften vorschriftsmäßig Geräte, die nur selten zum Einsatz kamen.

Doch nun hatte sich das medizinische Zentrum in ein hektisches Chaos verwandelt. Schmerzensschreie mischten sich misstönend mit Rufen nach Plasma. Sanitäter flitzten von einem Raum zum anderen. Hilfskräfte, die normalerweise Medikamente verwalteten, schoben Geräte von einem OP in den anderen. In den Wartezimmern drängten sich Menschen, kauerten sich um schluchzende Gestalten oder fläzten sich auf Stühlen und schauten mit leerem Blick zur Decke hinauf.

Warne zog den hellblauen Vorhang um seine Erholungsnische, denn er wollte den Lärm so weit wie möglich dämpfen. Als er die Ringe an der Stange entlangzog, pochte seine linke Schulter. Er wandte sich wieder dem Bett zu und sah sein Gesicht im Spiegel über dem kleinen Waschbecken: Die Züge waren angespannt, seine Augen lagen tief in den Höhlen. Um seine Stirn spannte sich ein Gazeverband; er war dunkel von trocknendem Blut. Irgendwie sah er wie ein Pirat aus.

Georgia lag im Bett. Sie atmete langsam und regelmäßig. Ihre Augen unter den pergamentenen Lidern waren unbeweglich. In einer Hand hielt sie ihren Mediaplayer. Dort, wo sie sich an Warne gekrallt hatte, schmerzte sein Arm noch immer. Georgia hatte ihn keine Sekunde losgelassen; auch dann nicht, als das Rettungsteam sie auf einer Trage aus dem beschädigten Fahrgeschäft geholt hatte. Nicht mal dann, als der Elektrokarren sie hinter den Kulissen durch Gänge zum medizinischen Zentrum gefahren hatte.

Jetzt gingen ihre Lider flatternd auf. Sie schaute ihn an.

»Wie gehts dir?«, fragte Warne leise.

»Bin müde.«

»Das liegt am Demerol. An der Spritze, die der Arzt dir gegeben hat. Du wirst ne Weile flachliegen.«

»Hmm.« Georgia schloss die Augen. Warne schaute sie an, musterte die hässliche Schramme auf ihrer Wange. Er streckte die Hand aus und streichelte ihr Haar.

»Danke, dass du gekommen bist, um mich abzuholen. Aus der Kapsel, mein ich.«

»Schlaf gut, Georgia«, erwiderte er.

Georgia bewegte sich unter der Decke. »Du hast ja gar nicht Prinzesschen gesagt«, murmelte sie.

»Ich dachte, du hörst es nicht so gern.«

»Tu ich auch nicht. Aber sag es trotzdem. Dieses eine Mal noch.«

Warne beugte sich vor und küsste ihre zerschrammte Wange. »Ich liebe dich, Prinzesschen«, sagte er leise.

Aber sie war schon eingeschlafen.

Er stand einen Augenblick da und beobachtete das Heben und Senken ihres Brustkorbs unter dem dünnen Krankenhauslaken. Dann strich er die Ecken der Decke unter ihrem Kinn glatt und nahm ihr vorsichtig den Mediaplayer aus der Hand. Als er Georgias kleinen Rucksack vom Stuhl neben dem Bett hob und den Reißverschluss öffnete, um den Player hineinzulegen, fiel etwas auf den Boden. Warne stellte den Rucksack auf den Stuhl, bückte sich und hob es auf. Dann hielt er jäh inne, denn er sah, was es war.

Ein Armband. Ein einfaches silbernes Gliederkettchen. An den Schlaufen baumelte ein halbes Dutzend Segelboote: Jollen, Ketschen, schlanke Schaluppen. Er drehte es zwischen den Fingern und spürte, dass ihm Tränen in die Augen stiegen. Seine Frau hatte Georgia das Kettchen an ihrem siebenten Geburtstag geschenkt. Immer wenn sie ein neues Boot entworfen hatte, hatte sie ihr eine Kopie geschenkt und Georgia hatte sie am Kettchen befestigt. Er hatte das Ding völlig vergessen. Er hatte nicht gewusst, dass seine Tochter es während der ganzen Zeit still mit sich herumgetragen hatte. Warnes Finger ertasteten die eleganten Linien der »Bright Future«. Der letzte Entwurf seiner Frau. Das Boot, in dem sie ertrunken war, an ihrem freien Tag, an der Küste von Delaware.

»Charlotte«, hauchte er leise.

Ein leises Rascheln war zu hören, dann tauchte am Vorhangrand das Gesicht eines Mannes auf: Er war in den mittleren Jahren, sein Haar war schütter, über seinem kleinen Mund wuchs ein kleiner Schnauzbart. Als er Warne sah, schob er sich in die Nische herein. Ein anderer Mann folgte ihm. Sie trugen nicht die üblichen weißen Utopia-Blazer, sondern unauffällige dunkle Anzüge.

»Dr. Warne?« Der erste Mann warf einen Blick auf ein metallenes Klemmbrett.

Warne stand auf und wandte sich kurz ab, um sich über die Augen zu wischen. Dann nickte er.

»Tut mir Leid, dass ich Sie stören muss«, sagte der Mann mit dem Schnauzbart. »Mein Name ist Feldman. Das ist Mr. Whitmore. Ich würde Ihnen gern ein paar Fragen stellen.«

»Vielleicht können wir auch einige der Ihren beantworten«, sagte Whitmore. Er war groß, hatte eine dünne, hohe Stimme und blinzelte beim Sprechen schnell mit den Lidern.

Bevor Warne antworten konnte, teilte sich der Vorhang erneut und Sarah Boatwright trat forsch ein. Flügelmutter schnurrte gleich hinter ihr her.

Sarahs Blick fiel zuerst auf Warne, dann auf die Männer im Anzug. »Lassen Sie ihn in Ruhe«, sagte sie.

Die Männer nickten und verließen schnell die Erholungsnische.

»Wer waren die?«, fragte Warne ohne besondere Neugier.

»Feldman ist Jurist. Whitmore arbeitet für die Besucherbetreuung.«

Warne schaute zu, als eine unsichtbare Hand den Vorhang von außen zuzog. »Als Vertuscher«, sagte er.

»Damit der Zwischenfall nicht an die große Glocke gehängt wird.«

Warne nickte. »Wie viel wissen sie?«

»Nicht mehr, als man ihnen erzählt hat. Dass es sich um einen kleinen mechanischen Fehler handelt.« Sarah kam näher. »Wie gehts dir?«

»Wie nach nem Zusammenstoß mit ner Dampfwalze. Was ist da drin passiert?«

»Das wollte ich *dich* gerade fragen.«

»Ich weiß es nicht.« Warne atmete tief durch und überlegte. »Es gab eine Explosion. Einen Lichtblitz. Die ganze Anlage hat geruckt und gezuckt. Ich dachte schon, sie stürzt über uns zusammen.« Er hielt inne. »Ich hab die Augen zugemacht und Georgia an mich gezogen. An mehr erinnere ich mich nicht. Dann tauchten eure Notfallteams auf.« Er maß Sarah mit einem fragenden Blick.

»Ich will dich nicht belügen, Andrew. Es wäre fast ins Auge gegangen. Jemand hat eine Sprengladung am Hauptschacht angebracht. Der Schacht ist für die strukturelle Festigkeit des ganzen Dings zuständig. Wäre er eingestürzt, hätten sich sämtliche Kapseln ausgeklinkt und wären abgestürzt. Aber sie haben sich bei der Berechnung der Sprengkraft verhauen. Ein Stützsparren hat gehalten und den Einsturz des Schachts verhindert. Deswegen konnten wir die Insassen evakuieren.«

Verhauen. Einen winzigen Moment lang empfand Warne fast so etwas wie Erleichterung. Wer diese Leute auch waren, sie waren jedenfalls nicht unbesiegbar. Wenn sie einmal etwas vermasselten, hauten sie vielleicht noch mal daneben.

Sarah deutete mit dem Kinn auf das Bett. »Wie gehts Georgia?«

»Ist ein bisschen mitgenommen. Der Arzt sagt, sie wird bald wieder gesund. Sie ist ein tapferes Mädchen.«

Sarah musterte die schlafende Gestalt kurz. Dann streckte sie eine Hand aus und berührte Georgias Stirn.

Warnes Blick folgte ihr. Er schaute Sarah zum ersten Mal richtig an, seit sie in die Nische gekommen war. Auf ihrem stolzen Gesicht lag ein Ausdruck, der ihm, soweit er sich erinnerte, unbekannt war: Schmerz. Sie wirkte fast verletzlich.

Er dachte an ihr letztes Gespräch in ihrem Büro und ihm wurde klar, dass sie ihn noch nie zuvor um Hilfe gebeten hatte. *Der Park bedeutet ihr alles,* dachte er und schaute sie an. *So, wie Georgia mir alles bedeutet.*

Wut stieg in ihm hoch. Wut auf jene, die dies getan hatten; die Menschen wehtaten, die er liebte.

»Was kann ich tun?«, fragte er.

Sarah schaute auf.

»Im Büro hast du um Hilfe gebeten. Wenn ich kann, möchte ich dir helfen.«

Sarah zögerte. Ihr Blick fiel wieder auf Georgia. »Bestimmt?«

Warne nickte.

Nach einer Weile nahm Sarah die Hand von Georgias Stirn. »Man hat uns dringend geraten, die Polizei aus dem Spiel zu lassen. Wir wissen nicht, wo diese Leute mit ihren Pfoten schon waren und wo nicht. Wir wissen von mindestens einem faulen Apfel in diesem Park, aber wir haben keine Ahnung, wer es ist. Wir wissen nur, dass man das Metanet missbraucht hat, um sich in die Steuerungsroutinen einiger Roboter einzuhacken.«

»Ihr könnt nicht evakuieren?«

»Sie haben die Schwebebahn mit Bomben gespickt. Außerdem hat man uns mitgeteilt, dass auch die Notausgänge überwacht werden.«

»Weißt du, warum sie in ›Finsterwasser‹ eine Ladung angebracht haben?«

Der Schmerz in Sarahs Gesicht zeigte sich deutlicher. »Wir … Ich habe diese Leute unterschätzt. Wir waren zwar bereit, ihnen das ›Patent‹ auszuhändigen, aber wir wollten John Doe, den Anführer, beschatten, sobald er die Scheibe an sich nahm. Er hat es bemerkt.« Sarah schob eine Hand in die Tasche und zog eine Plastiktüte hervor. Sie enthielt ein halbes Dutzend silbriger Scherben. Sie legte die Tüte mit einem bitteren Lächeln auf die Bettkante. »Ein Wachmann wurde bei dem Gerangel umgebracht. Das ist alles, was von der ›Patent‹-Scheibe übrig ist. ›Finsterwasser‹ war unsere Strafe. Nun warte ich darauf, dass sie sich wieder melden, um die Ablieferung einer neuen DVD zu besprechen.«

Sie schaute ihm fest in die Augen.

»Was also kann ich tun?«, fragte Warne kurz darauf.

»Wenn du das Metanet einsetzen könntest, um in Erfahrung zu bringen, welche Roboter betroffen sind und wie ... Alles, der kleinste Hinweis wäre nützlich. Wenn wir wissen, was sie gemacht haben, können wir ihren nächsten Schritt vielleicht vorausberechnen. Uns darauf vorbereiten.«

Ein kurzes Schweigen brach aus.

»Ich tue, was ich kann. Solange wie ...« Er deutete auf das Bett.

»Ich sorge persönlich dafür, dass man sich um Georgia kümmert. Unsere Sicherheitsteams haben einige besondere Gebiete durchkämmt – das medizinische Zentrum, die VIP-Suiten –, um nach Anzeichen von Manipulation zu suchen. Hier ist sie sicherer als an jedem anderen Ort.« Sarahs Stimme wurde leiser. »Da ist noch etwas, das du wissen musst.«

»Und zwar?«

»Teresa Bonifacio steht auf der Liste der möglichen Verdächtigen.«

»Terri?«, sagte Warne ungläubig.

»Ich glaube es ja auch nicht. Aber es gibt nur eine Hand voll Leute, die die nötigen Fähigkeiten haben, um so etwas durchzuführen. Sie gehört dazu. Denk daran! Und noch etwas: Als wir Georgia in meinem Büro über ihren Identifikator gesucht haben ... Tja, ich habe bemerkt, dass auch jemand nach dir gesucht hat.«

»Nach mir?« Warne empfand zuerst Überraschung, dann das unbehagliche Prickeln von Furcht. »Warum denn?«

»Keine Ahnung. Aber sei vorsichtig! Vielleicht nimmst du dein Abzeichen lieber ab. Ich sorg dafür, dass es jemand am anderen Ende des Parks in einen Abfalleimer wirft.«

Warne warf einen Blick auf sein Revers und stellte fest, dass es leer war. »Es ist weg. Ich habs vermutlich während der Fahrt verloren.«

»Umso besser. Falls dich irgendein Mitarbeiter anhält, zeig ihm deine Kennkarte und sag ihm, er soll mich anrufen.«

Der Vorhang teilte sich erneut. Ein gelbgesichtiger Mann in einem weißen Kittel trat ein. »Ah, Sarah«, sagte er. »Ich hab gehört, dass Sie hier sind.«

»Dr. Finch.« Sarah nickte. »Wie ist die Lage?«

»Zu unserem Glück viel besser als vermutet. Es war ein Wunder, dass der Stützsparren das ganze Zeug verkeilt hat. Sonst hätten wir eine ganze Flotte von Leichenwagen gebraucht. Wir haben etwa zwei Dutzend Verletzte. Der schlimmste Fall ist ein Junge mit zwei gebrochenen Beinen.«

Sarahs Lippen wurden zu einem schmalen Strich. »Halten Sie mich auf dem Laufenden.«

Der Arzt ging. Sarah drehte sich wieder zu Warne um. »Du hast etwas in meinem Büro vergessen«, sagte sie, nahm seine Hand und band den Echoorter um sein Gelenk. »Weißt du noch?«

Warnes Haut kribbelte, als er ihre Berührung spürte. »Hast du ihn deswegen mitgebracht?«

»Er ist doch *dein* Hund. Hast dus etwa vergessen?«

Warne schaute zu dem klotzigen Roboter hinüber, und Flügelmutter erwiderte seinen Blick. Seine Hand umfasste unbewusst den Echoorter. Angesichts seines Schocks, seiner

Trauer und seiner Wut war es ein Augenblick fast surrealen Zuschnitts.

Erneut teilte sich der Vorhang. Ein stämmiger kleiner Mann trat ein und nickte Sarah zu. Er verbreitete eine Aura von Selbstsicherheit, und sein gebräuntes Gesicht ließ sein schütteres blondes Haar fast grau erscheinen. »Ist er das?«, fragte er Sarah.

»Nein, das ist Andrew Warne«, erwiderte sie. »Ich glaube, Poole ist in der nächsten Erholungsnische, bei Feldman und Whitmore.«

Der Mann setzte eine finstere Miene auf. »Der Kerl ist ein Held, verdammt. Sie sollten nicht zulassen, dass die PR-Fritzen ihm auf den Senkel gehen.«

Warne schaute Sarah stumm und fragend an.

»Das ist unser Sicherheitschef«, erläuterte Sarah. »Er ist gekommen, um einem Besucher namens Angus Poole zu danken. Er saß wohl in einer Kapsel hinter Georgia. Er hat sein Leben riskiert, um die restlichen Passagiere zu retten.«

Allocco nickte, brummte, bahnte sich einen Weg hinaus und verschwand.

»Ich glaube, ich werde ihm ebenfalls gratulieren«, sagte Sarah.

Warne wandte sich wieder der schlafenden Georgia zu. Als er sich über sie beugte, um ihre Wange zu küssen, sah er, dass Sarah die Tüte mit den DVD-Bruchstücken auf der Bettkante vergessen hatte. Er nahm sie, schaute seine Tochter noch einmal an und folgte Sarah durch den Vorhang hinaus.

In der nächsten Nische saß ein Mann auf einem Bett und begutachtete besorgt den frisch verarzteten Schnitt an seinem rechten Handgelenk. Er war eindeutig ein Besucher: Er trug eine braune Tweedmütze, eine Kordjacke und einen schwarzen Rollkragenpulli. Er war Mitte vierzig und muskulös, aber nicht bullig. Seine Lippen zeigten den Anflug eines Lächelns. Wenn man von den wachsamen, blassblauen, nie ruhenden Augen absah, wirkte sein Gesicht fast starr. Er musterte alles der Reihe nach und wirkte deutlich neugierig. Feldman und Whitmore waren nirgendwo zu sehen.

Die blauen Augen des Mannes richteten sich auf Warne, als dieser eintrat, und weiteten sich leicht überrascht. »Sie!«

Sarah trat vor. »Mein Name ist Sarah Boatwright, Mr. Poole. Das ist Bob Allocco, der Sicherheitschef von Utopia.«

»Wir wollten Ihnen für Ihren tapferen Einsatz während des Unfalls danken«, sagte Allocco und nickte anerkennend. »Weil Sie den Leuten geholfen haben, sicher aus der kaputten Kapsel zu entkommen.«

»Es sind Verwandte von mir«, sagte Poole. Obwohl er seine Worte an Allocco richtete, ließ er Warne nicht aus den Augen.

»Tut uns schrecklich Leid, was passiert ist«, sagte Sarah. »Utopia hat zwar die besten Sicherheitsbestimmungen aller Parks, aber ich fürchte, auch die strengsten Prüfungen können nicht garantieren, dass die Mechanik …«

Der Blick des Mannes wechselte plötzlich von Warne zu ihr. »Sind Sie die Chefin hier?«, fragte er.

»Ich bin die Betriebsleiterin, falls Sie das meinen. Ich möchte gern etwas für Sie tun. Um Sie, soweit meine begrenzten Mittel es erlauben, für das zu entschädigen, was Sie geleistet haben.«

Das Lächeln des Mannes wurde breiter. »Ich hatte eigentlich geglaubt, ich könnte etwas für *Sie* tun.«

Sarah runzelte die Stirn. »Ich verstehe nicht ganz.«

Der Mann schaute sie überrascht an. »Also, mit wie vielen von denen haben Sie es zu tun?«

»Von *denen?«*, echote Sarah.

»Von diesen Schurken. Mit welcher Art Gegner haben wir es zu tun? Mit taktisch ausgebildeten? Mit einer Bande von Lumpen?«

Warne sah, dass Sarah und Allocco einen Blick tauschten.

»Sir«, sagte Allocco, »ich glaube, Sie sollten jetzt vielleicht wieder zu Ihrer Familie …«

Sarah brachte ihn mit einer Geste zum Schweigen. »Tut mir Leid, aber wir sind etwas durcheinander.«

»Wovon?«

»Von Ihren Worten. Es hat zwar einen schweren Unfall gegeben, und …«

Poole lachte. Es war ein kurzes Bellen, fast ein Husten.

»Es ist ne ernste Angelegenheit, stimmt«, sagte er. »Aber bestimmt kein Unfall.«

Da niemand etwas sagte, fuhr er fort. »Ich kanns nicht fassen, dass all die Lichter angegangen sind«, sagte er mit seiner Baritonstimme fast traurig. »›Flucht von Finsterwasser‹ war meine Lieblingsbahn. Aber jetzt weiß ich, wie es abläuft. Jetzt ist mir der Spaß verdorben.«

Auch diesmal tauschten Sarah und Allocco einen Blick. Doch sie sagten nichts.

»Ich war noch ganz am Anfang der Fahrt, als das Ding hochging. Nachdem ich meine Verwandten rausgeholt hatte, war ich ziemlich lange da oben und hab gewartet. Später hat man mich dann an dem kaputten Sparren entlang runtergelassen. Inzwischen waren alle Lampen an und ich hatte eine wirklich gute Aussicht. Ein typisches Sprengstoffszenario. C-4, was? Drei Ladungen, seitlich angebracht. Man nennt es auch Club-Sandwich. Wirklich bemerkenswert. Präzise Arbeit. Und gerissen gemacht, wenn man das Arbeitsumfeld bedenkt.«

In der Nische herrschte Stille.

»Reden Sie weiter!«, sagte Allocco.

»Ist das denn nötig? Wenn Sie Sprengladungen nicht gerade als Spezialeffekte einsetzen, würde ich sagen, Sie haben es mit ein paar ungeladenen Gästen zu tun. Oder mit einem Besucher, der ernstlich sauer auf Sie ist.« Poole deutete mit der Hand auf den Vorhang. »Aber wo bleibt die Polizei? Warum wird der Tatort nicht abgesperrt? Stattdessen rennen hier jede Menge Anzüge rum und entschuldigen sich für den Unfall. Für den *Unfall*. Das stinkt doch förmlich nach Vertuschung. Irgendjemand jagt Ihnen Angst ein. Und ich glaube, ich weiß, wer es ist.«

»Ach, wirklich?«, sagte Sarah.

Poole nickte. »Heute Morgen hab ich im Nexus einen Kerl beobachtet. Er hat Selbstgespräche geführt. Ich bin auf ihn aufmerksam geworden, weil er irgendwelche Gedichte rezitiert hat. Als Zweites ist mir sein südafrikanischer Akzent aufgefallen. Und erst der Schnitt seines Anzugs! Kein Tourist rennt in einem italienischen Anzug für fünftausend Dollar in einem Freizeitpark herum. Aber richtig wach bin ich erst geworden, als ich gesehen habe, wie er sich umgesehen hat. Ich kenn diesen Blick. Er sah aus, als würde er den Laden hier in Kürze übernehmen. Oder als würde er ihm schon *gehören*. Als gäbs nichts, das ihn überraschen kann.«

Poole schüttelte leise lachend den Kopf. »Aber da heute mein freier Tag ist, hab ich es vergessen. Bis ich dann in der kaputten Kapsel saß ... Da hab ich angefangen, zwei und zwei zusammenzuzählen.«

»Sind Sie Polizist?«, fragte Sarah.

Der Mann lachte erneut. »Nicht ganz.«

»Was sind Sie genau?«

»Leibwächter. Personenschutz. Solche Sachen.«

Allocco verdrehte die Augen. »Ich dachte schon, Sie wären

Sherlock Holmes.« Sein Ton hatte sich in den letzten ein, zwei Minuten beträchtlich geändert.

Wieder schwiegen alle. Diesmal länger.

Schließlich holte Sarah tief Luft. »Sie haben gesagt, Sie könnten etwas für uns tun, Mr. Poole. An was haben Sie dabei genau gedacht?«

»Ich weiß nicht. Was brauchen Sie denn?«

Allocco mischte sich plötzlich ein. »Das reicht«, sagte er. »Können Sie uns bitte einen Moment entschuldigen, Mr. Poole?«

»Gewiss.«

Warne folgte Sarah und Allocco in Georgias Nische.

»Was haben Sie vor, verdammt?«, sagte Allocco zu Sarah. »Er ist doch nur irgendein Mietling. Und vor uns liegt eine Menge Arbeit.«

»Das ist ja das Problem«, erwiderte Sarah leise. »Was für eine Arbeit liegt denn genau vor uns? Gibts schon was Konkretes über die internen Verdächtigen, die auf Barksdales Liste stehen?«

»Nichts, das einen argwöhnisch macht. Ein Techniker namens Tibbald hat sich heute Morgen am Kontrollpunkt abgemeldet und ist nicht zurückgekehrt. Deswegen konnten wir ihn noch nicht verhören. Und die Protokolldateien der Überwachungskameras haben sich bisher als sauber erwiesen.«

»Sehen Sie, was ich meine? Wir haben bis jetzt nur unsere Wunden geleckt und darauf gewartet, dass das Telefon klingelt.«

Allocco deutete mit dem Daumen nach hinten auf den Vorhang. »Der könnte auch zu denen gehören.«

»Also, wirklich, Bob! Sie wissen doch, dass das Quatsch ist. Seine Verwandten haben die Fahrt mitgemacht. Er hat sein Leben riskiert, um sie zu retten.«

»Dann ist er eben nur ein Besucher. Das ist noch schlimmer. Ist Ihnen klar, wie das aussehen wird? Was er erzählen wird?«

»Was wird er denn Ihrer Meinung nach erzählen, wenn wir ihm sagen, dass er sich verziehen soll? Wir brauchen jede Hilfe, die wir kriegen können. Wenn Sie das Wachpersonal überall rumkrauchen lassen, wird es Argwohn erregen. Aber dieser Bursche – ein Tourist in Kordsakko mit einer Tweedmütze? Wohl kaum. Außerdem scheint er zu wissen, wovon er redet. Ich bin geneigt, ihn an Bord zu holen. Und, soviel ich weiß, ist Utopia *keine* Demokratie.«

Allocco schaute sie ungläubig an. Er öffnete den Mund zu einem Protest. Dann klappte er ihn wieder zu und schüttelte entnervt den Kopf. »Sie haben Recht. Utopia ist keine Demokratie. Aber ich möchte nichts mit ihm zu tun haben. Und er soll meinen Leuten bloß aus dem Weg gehen.«

»Kann ich nicht versprechen.« Sarah führte sie in Pooles Kabine zurück.

»Sie haben Verwandte hier, Mr. Poole?«, fragte sie, als sie wieder bei ihm waren.

Der Mann nickte. »Die Familie meiner Kusine. Aus Iowa. Gute, solide Herkunft.«

»Sind Ihre Verwandten in Ordnung? Nach dem ... Unfall, meine ich?«

»Wollen Sie mich auf den Arm nehmen? So wie Ihre PR-Sturmtruppen mit Essensgutscheinen und Kasinochips um sich geworfen haben? Die sind längst wieder ins Getümmel zurückgekehrt.«

»Aber Sie möchten sich ihnen nicht anschließen.«

»Es ist, wie ichs gesagt habe. Mein Lieblingsfahrgeschäft hat jeden Reiz für mich verloren.« Poole schüttelte den

Kopf. Sein unaufhörliches Lächeln wurde um eine Spur trauriger. »Jetzt würde mir nicht mal mein Bierchen schmecken.«

Wieder brach Schweigen aus.

»Sie haben von Personenschutz geredet. Sind Sie so eine Art Leibwächter?«

»Den Ausdruck hören wir weniger gern. Unsere Klienten wechseln ständig: Es sind Geschäftsleute, ausländische Prominente, VIPs. So in der Art.«

»Okay.« Warne sah, dass Sarah in seine Richtung deutete. »Mr. Poole, ich möchte Ihnen Andrew Warne vorstellen.«

Poole nickte ihm zu. »Ich hab Sie auf dem Weltraumhafen gesehen. Ich dachte, Sie wären nur ein Besucher, der einen Dauerlauf macht.« Er musterte Warne eingehender. »Gehts Ihnen gut, Kumpel?«

»Nun, er ist kein gewöhnlicher Besucher. Von nun an ist er der VIP, den Sie beschützen.«

Poole überlegte. Dann nickte er.

»Noch was, Mr. Poole«, sagte Sarah.

Pooles wasserblaue Augen richteten sich auf sie.

»Wenn Sie es schaffen, dass er den heutigen Tag überlebt, kriegen Sie vielleicht eine Freikarte auf Lebenszeit.«

Poole lächelte.

14.40 Uhr

Norman Pepper saß in der B-Ebene auf einem breiten Ledersofa im Salon für Spezialisten von außerhalb, nippte an einem Limonadenglas und las den Lokalteil der »New York

Times«. Er hatte gerade eine unterhaltsame halbe Stunde mit der Sektion A verbracht und die Absicht, mit der nächsten halben Stunde ebenso zu verfahren.
Der Tag war besser gelaufen als erwartet. Das Utopia-Personal wirkte auf ihn ausnahmslos intelligent, professionell und hilfsbereit. Seine Vorschläge bezüglich der Orchideengärten im Athenäum von Atlantis waren ausnahmslos angenommen worden. Außerdem hatte man ihm ein größeres Budget bewilligt als gefordert. Atlantis selbst war eine Sensation. Sobald der neue Parkabschnitt öffnete, da war er sich ganz sicher, würde er mehr Besucher anziehen als alle anderen Erlebniswelten. Dass man ihn Wasserpark nannte, wurde der Sache nicht gerecht: Es war fast ein Binnenmeer, in dem man mit Spezialbooten zu den einzelnen Fahrgeschäften und in die halb versunkene Stadt fuhr. Das Beste jedoch war der Eingang nach Atlantis. Selbst im unfertigen Zustand war er schlicht *einmalig* und zweifellos das cleverste Portal in ganz Utopia. Und er, Norman Pepper, hatte ihn als Erster gesehen! Wenn er seinen Kindern davon erzählte, würden sie abschnallen. Er empfand ein Gefühl klammheimlicher Selbstgefälligkeit, als hätte man ihn in ein Staatsgeheimnis eingeweiht. Er lachte leise vor sich hin.
Der Salon hier war das Sahnehäubchen. Gratisessen, Gratisgetränke, Aufzeichnungen sämtlicher Nightingaleshows, Billardtische, eine Minibibliothek, intime Rückzugsräume mit Fernseher und Telefon. Das Allerbeste war, dass offenbar niemand all dies in Anspruch nahm. Der Salon war leer. Pepper ging davon aus, dass seine Bezeichnung daran schuld war. Ein Name wie »Salon für externe Spezialisten« beschwor die Vorstellung einer Bushaltestelle: Plastikstühle, steinalte Zeitschriften, Instantkaffee aus Pappbechern. Nichts war weiter von der Wahrheit entfernt. Wie aber

konnte man diese Leere sonst erklären? Außer ihm war nur noch ein Besucher da. Er war erst vor ungefähr fünf Minuten gekommen. Vielleicht waren alle anderen Experten von außerhalb draußen und schauten sich den Park an. Pepper war nicht dazu aufgelegt. Er hatte um 18.00 Uhr noch einen Termin in Gaslight. Dort gab es Probleme mit den Nachtblühern. Morgen standen weitere Besprechungen an, außerdem die Abnahme seines Entwurfs und seines Installationsplans. Aber dann, am Mittwoch, wollte er sich den Park ansehen. Er würde es schon hinkriegen: Von 9.00 bis 21.00 Uhr wollte er alles von A bis Z, von Camelot bis Callisto abhaken. Er seufzte zufrieden und legte die großformatige Zeitung beiseite, um das Glas mit dem Rest aus seiner Dr.-Pepper-Dose zu füllen.

Seit seiner Kindheit hatte man ihn damit aufgezogen, dass er dieses Zeug trank. Er konnte nichts dagegen machen. Er hatte einfach eine Schwäche dafür. Trotz aller Sticheleien war er dabei geblieben. Heutzutage erzählte er den Leuten schon mal, Dr. Pepper sei sein Ururgroßvater gewesen. Es war natürlich nur ein Ulk. Aber, Mann, wie sie ihn dann immer anschauten! Pepper trank einen großen Schluck, nahm wieder die Zeitung und hielt das Glas in der rechten Hand. Ja, *das* war das wahre Leben!

Als er die Seiten umblätterte, erhaschte er einen Blick auf den anderen Salongast. Der Bursche trug ausländische Klamotten: ein Highlander-Cape und einen engen Wollanzug mit schmalen Aufschlägen und vielen Knöpfen. In der einen Hand hielt er einen Zylinderhut, in der anderen den Messingknauf eines Gehstocks. Er war bisher im Salon herumgewandert und hatte mal hierhin und mal dorthin geschaut. Nun kam er zu Pepper.

»Sehr ruhig hier«, sagte der Mann.

»Wie ein Grab. Sie sind der Einzige, den ich hab reinkommen sehen.«

Der Mann nickte. »Dann sind Sie schon eine Weile hier?«

»Aber ja«, sagte Pepper. *Aber was geht dich das an?* Der Ton des Mannes gefiel ihm nicht. Schließlich war er ein durchreisender Experte, oder? Er hatte das Recht, hier zu sein. Was man von diesem Kerl eigentlich kaum sagen konnte. Sein Aufzug zeigte, dass er wohl Darsteller war. Was machte er im Salon? Vermutlich schmarotzte er nur hier rum.

Der Blick des Mannes suchte nun die Decke ab. Er hatte mandelförmige Augen und ein breites, fast herzförmiges Gesicht.

Mit einer sorgfältigen, fast zierlichen Geste legte der Mann den Zylinder auf einem Tisch ab und wandte sich zielbewusst zu Pepper um. Er hielt den polierten Gehstock nun in der rechten Hand und schlug mit dem überdimensionalen Messingknauf auf die Handfläche seiner Linken. Pepper sah, dass das glänzende Metall im Licht der Leuchtstoffröhren blitzte. Er ließ die Zeitung sinken.

»War nicht einfach, Sie aufzuspüren, Mr. Warne«, sagte der Mann und kam auf Pepper zu. Er musste wohl einen Grund haben, warum er nicht rechtzeitig stehen blieb. Er ging weiter, bis seine Schienbeine gegen Peppers Knie drückten.

Pepper war von der friedlichen und freundlichen Atmosphäre Utopias so eingelullt, dass er einen Moment lang nur Neugier empfand. Dann kehrte die Wirklichkeit zurück. Er drückte sich an die Rückenlehne des Ledersofas. Seine Finger erschlafften, das Glas entfiel ihm. Eiswürfel und Limonade ergossen sich über das Zeitungspapier. Was hatte das zu bedeuten? Der Mann kam ihm entschieden zu nahe. Aber das war noch nicht alles. Seine Stimme … Was sprach er eigentlich für einen Akzent? Französisch oder Hebräisch? Er klang eindeutig bedrohlich. Pepper war plötzlich alarmiert. Es dauerte eine Weile, bis er die letzten Worte seines Gegenübers verarbeitet hatte.

»Warne?«, brabbelte er. Die vergossene Limonade machte seinen Hintern und seinen Rücken nass. »Ich heiße nicht Warne. So heiße ich nicht.«

Der Mann trat einen Schritt zurück. Er ließ den schweren Stock sinken und schien zu warten.

»Ach, nein?«

»Nein. Aber … Moment mal! Jetzt fällts mir wieder ein! Warne, klar. Der Kerl ist heute Morgen mit mir zusammen in der Schwebebahn gefahren. Ich bin nicht Warne. Ich heiße Pepper. Norman Pepper.«

Der Blick des Mannes wanderte von Peppers Gesicht zu der Limonadendose.

»Na klar, Sie heißen Pepper«, sagte er mit einem Lächeln. Dann kam er noch näher.

14.55 Uhr

Von seinem unbequemen Sitz an Terri Bonifacios Konsole aus sah Warne, dass der Mann, der sich Poole nannte, vorsichtig die Labortür öffnete. Er lugte in den Gang hinaus, drückte die Tür wieder zu und schloss sie ab. Mit der Tweedmütze, der Kordjacke und dem Rollkragenpullover sah er aus wie ein Tourist, der einen Geheimagenten spielt. Es war nicht gerade ein beruhigendes Bild.

»Ich werde schon nervös, wenn ich Ihnen nur zuschaue«, sagte Warne.

Poole schaute ihn an und entblößte die Zähne. Sie wirkten angesichts seiner Sonnenbräune strahlend weiß. »Gut«, erwiderte er. »Nervös ist gut. Das hält einen wach.« Er ging rasch von der Tür weg, machte langsam eine Runde durch das Büro und schaute sich die Wände und die Deckenplatten an. Als er mit der Runde fertig war, kam er zu Warne und baute sich mit vor der Brust verschränkten Armen hinter ihm auf.

Warne schüttelte den Kopf. Es kam ihm lächerlich vor, einen Leibwächter zu haben. Na schön: Vielleicht hatten die unbekannten Bösewichter von seinem Hiersein erfahren. Aber ob sie in ihm wirklich eine solche Bedrohung sahen? Vermutlich machte ihnen das Sicherheitspersonal mehr Sorgen. Wer war dieser Poole überhaupt? Warne kam sich immer unwirklicher vor. Er hatte in den letzten Stunden zu viele Überraschungen und zu viele Traumata erlebt.

»Müssten Sie nicht da drüben stehen, zwischen mir und der Tür?«, fragte Warne. »Um die Kugeln aufzufangen, die für mich bestimmt sind und so?«

»An meinem freien Tag spiele ich nur ungern Kugelfang. Tun Sie einfach, was Sie tun müssen.«

Warne musterte eine Weile Pooles unbeteiligtes Gesicht, dann stieß er einen dumpfen Seufzer aus. »Dann tue ich mal, was ich tun muss«, sagte er und drehte sich zu Terri um. Sie saß neben ihm. »Wo fangen wir an?«

Terri war still. Sie hatte Warne schließlich im medizinischen Zentrum gefunden, als er, mit Poole im Schlepptau, gerade gehen wollte. Als sie erfahren hatte, was in »Finsterwasser« passiert war und was laut Sarah im Park vor sich ging, war sie sichtlich erbleicht. Doch als sie Warnes Blick nun erwiderte, wirkten ihre dunklen asiatischen Augen klar und ausgeglichen. »Nach dem, was Sie mir alles gesagt haben, hört es

sich so an, als hätte Sarah Ihnen gleich zwei Aufträge erteilt«, sagte sie. »Sie sollen rauskriegen, welche Roboter manipuliert wurden und wer dafür verantwortlich ist.«
»Zwei Aufgaben.« Warne wiegte sich vor und zurück und begutachtete den Bildschirm. »Ich glaube, dass das eine zum anderen führt.«
»Ja? Und auf welche Weise?«
»Jeder Verbrecher – in diesem Fall: Hacker – hinterlässt eine Spur. Wenn wir rauskriegen, wie die Roboter manipuliert werden, kann uns das vielleicht dienlich sein, um zu verfolgen, wer sie manipuliert hat.«
»Sollten wir dann nicht mit Barksdale reden? Man hat doch in seiner Abteilung rummanipuliert. Wenn jemand die nötigen Werkzeuge hat, dann er.«
»Das wissen aber auch diese Kerle. Deswegen müssen sie Vorsichtsmaßnahmen ergriffen haben.« Warne überlegte. »Das Problem ist, dass wir nur spekulieren können. Wir haben nicht genügend Informationen.«
»Dann bringen Sie nen Kopfschuss an«, mischte Poole sich ein.
Warne schaute ihn wortlos und fragend an.
»Bringen Sie nen Kopfschuss an«, wiederholte Poole, als sei alles völlig offensichtlich. »Das war das Erste, was unser Kommandeur uns beigebracht hat. Wenn Sie in einer Kampfsituation sind, müssen Sie sich für ein Ziel entscheiden. Auf welches Ziel schießen Sie?«
Niemand antwortete.
»Auf denjenigen, der sich für einen sauberen Kopfschuss anbietet«, beantwortete Poole seine eigene Frage.
»Ihr Kommandeur«, echote Warne. »Dann kennen Sie also den Dienst an der Waffe?«
»Und ob ich Waffen kenne.«

Warne wandte sich an Terri. »Wenn wir die mörderische Einkleidung mal vergessen, schlägt er, glaube ich, vor, dass wir mit dem Naheliegendsten beginnen.«

»Dass wir den betroffenen Code finden.«

»Yeah. Wenn wir rauskriegen, wie das Metanet manipuliert wurde, können wir die Prozedur vielleicht rückgängig machen und die betroffenen Roboter lokalisieren.«

»Dann brauchen wir starke Schaufeln.«

Warne nickte seufzend.

»Schaufeln?« echote Poole.

Warnes linke Schulter pulsierte, aber diesmal machte er sich nicht die Mühe, sich umzudrehen. Dieser Leibwächter zeigte ein ungewöhnliches Interesse an dem, was sein Schützling machte.

»Wir graben uns durchs System«, erwiderte er. »Wir suchen nach den Krumen, die die Bösen zurückgelassen haben.«

Terri deutete mit dem Daumen auf den Metallkarren mit den Einzelteilen der durchgedrehten Roboter. »Mit denen könnten wir anfangen«, sagte sie. »Wir nehmen eine Diagnose vor und erstellen eine Liste ihrer letzten Arbeitsvorgänge.«

»Könnten wir machen.« Warne drehte sich auf seinem Sitz um und begutachtete den Haufen aus Kabeln und Chips, der noch vor wenigen Stunden das Hirn des besten Eisverkäufers von Callisto war. »Über Scylla hab ich nämlich schon nachgedacht.«

»Was ist mit ihm?«

»Es ist irgendwie eigenartig. Er wurde offenbar zum Durchdrehen und Randalieren umprogrammiert. Aber warum gerade zu *diesem* Zeitpunkt? War es nicht ein bisschen zu früh? Dieser John Doe hatte sein Spiel doch noch gar nicht angefangen.«

Terri überlegte kurz. »Ist Ihnen irgendwas Ungewöhnliches aufgefallen, bevor es losging?«

Warne schüttelte den Kopf. »Scylla hat sich verhalten wie in der Versuchsphase. Er hat für Georgia eine Portion Vanilleeis mit Malzbier gemacht. Dann habe ich ihm eine Sonderanweisung gegeben, die mich als seinen Schöpfer identifizierte.«

»Eine Sonderanweisung?«

»Ich habe ihm sozusagen ein privates Spielchen eingebaut. Es ist nichts Besonderes: eine doppelte Portion Pistazieneis mit Schlagsahne. Wenn er diese Anweisung hört, wird ein spezieller Prozess ausgelöst. Er nennt mich Kemo sabe und nimmt die Anweisung entgegen. Doch kaum hatte er mir meine Portion ausgehändigt, da drehte er auch schon durch. Er hat den Laden allmählich auseinander genommen. Bevor er wirklich Schaden anrichten oder jemanden verletzen konnte, ist es mir gelungen, den Trennschalter zu aktivieren. Eigentlich hat er nur mich verletzt.« Er rieb traurig sein Handgelenk.

»Hmm. Ein privates Spielchen.« Terri schaute ihn kurz an. »Ich wette, derjenige, der seinen Code verändert hat, hat nichts davon gewusst. Nicht mal *ich* hab es gewusst. Ist Ihnen schon mal die Idee gekommen, dass Sie mit der Aktivierung dieses Spielchens die Anweisungen der Lumpen möglicherweise erst ausgelöst haben? Dass Scylla sozusagen einen Frühstart hingelegt hat?«

Warne musterte sie überrascht. »Nein, daran hab ich noch nicht gedacht. Aber ich wette, genau das ist passiert. Ein prächtiger Gedankengang, Terri.«

»Quatsch. Ich wette, das sagen Sie zu *allen* Mädchen.« Terri konnte allerdings nicht verhindern, dass sie leicht errötete.

»Das werden wir später nachprüfen. Aber Scylla und die anderen sind ja unabhängige Roboter. Ich glaube, wir sollten lieber erst mal das Metanet inspizieren.« Warne legte beide Hände auf die Tastatur. »Bei der Besprechung heute Morgen hat Barksdale gesagt, das Intranet Utopias sei ein stabiles System und völlig von der Außenwelt isoliert. Stimmt das?«

»Ja.«

»Wenn also jemand Manipulationen vorgenommen hat, hat er es von innen heraus getan. Das heißt, wir können externe Hackerschritte wie *footprinting* und *enumerating* außen vor lassen. Wir können davon ausgehen, dass er seine Zugriffsrechte schon ausgedehnt hat. Richtig?«

Terri nickte erneut.

»Dann wenden wir uns gleich den letzten Schritten zu, die ein Hacker machen würde. Archivieren Sie die Verzeichnislisten?«

»Wöchentlich.«

»Können Sie mir bitte die letzten sechs Monate zeigen?«

»Klar.« Terri glitt von ihrem Sitz und ging zu einem besonders hohen Papierstapel auf einem nahen Tisch.

Poole war einige Schritte näher gekommen. Er stand nun neben Warne und blickte auf den Bildschirm. »Was machen Sie jetzt?«, fragte er.

»Wir schreiten zum Kopfschuss«, erwiderte Warne.

Pooles buschige Brauen runzelten sich.

Warne deutete auf das Metanet-Terminal. »Jemand hat diesen Rechner missbraucht. Er wurde dazu benutzt, ein fingiertes Programm an die Roboter im Park zu senden. Aber das Metanet von Utopia ist höchst sicher: Kein Hacker, auch kein Insider, könnte sich einfach hinsetzen und Eingaben machen. Er müsste einen Trojaner benützen, ein Programm, das sich in einem anderen Programm verbirgt und den schmutzigen Auftrag im Geheimen erledigt.« Warne zuckte mit den Achseln. »Es ist natürlich nur eine Annahme, aber die wahrscheinlichste. Wir suchen jetzt nach irgendwelchen Anzeichen dafür, dass jemand in den vergangenen Monaten am Programm rumgepfuscht hat.«

Terri kam zurück, einen Stapel bereits vergilbter Ausdrucke in der Hand. »Ich dachte, Ausdrucke sind Ihnen am liebsten«, sagte sie. »Die alte Art ist verlässlicher.«

»Find ich auch.« Warne gab schnell einige Befehle in das Terminal ein. Ein Fenster öffnete sich und eine Liste mit erweiterten Details spulte sich vor ihm ab. »Vergleichen wir die alten Ausdrucke doch mal mit dem gegenwärtigen Metanet-Status. Wir fangen mit dem aktuellsten an und arbeiten uns dann zurück.«

Die beiden beugten sich schweigend über die Papiere. Poole schaute ihnen eine Weile zu, dann machte er eine neue Runde durch den Raum. Flügelmutter neben Warne beobachtete Pooles Bewegungen genau und rollte auf seinen großen Rädern vor und zurück. Im Hintergrund bemühte sich Axl Rose von den Slash mit nölender Stimme, die hektischen Gitarrenriffs seiner Band zu übertönen.

»Ich kann Sie wohl nicht dazu überreden, das abzudrehen, was?«, sagte Warne und deutete mit dem Kopf auf den CD-Spieler.

»Hilft mir beim Denken.« Terri nahm ein neues Blatt. Dann kicherte sie.

»Was ist denn?«

»Ich hab nur nachgedacht. Ein doppelter Pistazien-Schokolade-Eisbecher mit Schlagsahne. Klingt absolut daneben.«

»Ja, besonders für jemanden, der unreifes Obst mit brauner

Fischpaste bestreicht.« Warne zögerte kurz, dann schaute er von den Ausdrucken auf. »Es ist wirklich komisch.«

»Was denn?«

»Dass wir fast ein ganzes Jahr lang wöchentlich miteinander telefoniert haben – und ich immer geglaubt habe, eine Frau, die Bonifacio heißt, müsse Italienerin sein.«

»Ach so. Da haben Sie bestimmt immer an Sofia Loren gedacht, die sich in einer viel zu engen Bluse über den Metanet-Rechner beugt. Doch was wird Ihnen stattdessen geboten? Ein ältliches Exemplar von den Pazifischen Inseln. Sind Sie enttäuscht?«

»Nein.« Warne schüttelte den Kopf. »Ganz und gar nicht.«

Vielleicht lag es an seinem herzlichen Tonfall, aber Terri quittierte seine Worte mit einem breiten Lächeln.

»Pssst«, sagte Poole. Er ging zur Tür und schloss sie auf. »Ich überprüf mal den Gang«, sagte er. »Lassen Sie außer mir niemanden rein!«

Warne schaute zu, als die Tür hinter ihm zufiel. Terri schloss sie ab, dann kehrte sie an ihren Platz zurück. Erneut trafen sich ihre Blicke.

»Glauben Sie, es handelt sich um ne Art Maulwurf?«, fragte sie. Ihr Lächeln schwand.

»Ich weiß nicht. Möglich ist alles. Laut Sarah gehören sogar Sie zu den Verdächtigen.«

»Vielleicht.« Terri verdrehte die Augen.

»Mein Bauch sagt mir, nein. Auch Poole kann ich mir nicht in der Rolle eines Bösewichts vorstellen.«

»Ich weiß, was Sie meinen. Außerdem … Welcher Terrorist würde sich schon so kleiden?«

Warne wandte sich wieder einem Ausdruck zu. Nach einer Minute ließ er ihn seufzend auf den Schreibtisch fallen.

»Was ist denn?« Terris Hand legte sich leicht auf seine Schulter.
»Haben Sie sich je Sorgen über etwas gemacht, von dem Sie wussten, dass es verrückt ist – und anschließend ist es doch passiert? So wie jetzt? Ich wusste, dass es bescheuert ist, Georgia zu suchen. Die Wahrscheinlichkeit, dass ihr etwas passiert, war fast null. Aber dann ist es *doch* eingetreten. Jetzt werde ich das Gefühl nicht mehr los, dass wir in Gefahr sind.« Er hielt inne. »Ergibt das einen Sinn?«
Terri schaute ihn noch eine Weile an. Ihre dunklen Augen wichen seinem Blick nicht aus. Dann rutschte ihre Hand von seiner Schulter. Sie schaute wieder auf die Ausdrucke und starrte sie schweigend an.
»Als ich noch auf den Philippinen lebte«, begann sie schließlich, »haben meine Eltern mich in eine Klosterschule gesteckt. Es war abscheulich, fast so wie in ›Oliver Twist‹. Ich war die Jüngste und Kleinste. Alle haben mich zur Schnecke gemacht. Da ich es nicht leiden kann, wenn man mich rumschubst, hab ich mich gewehrt. Aber irgendwie wurde immer nur ich bestraft. Die Nonnen haben mich mit dem Kochlöffel verdroschen. Manchmal konnte ich stundenlang nicht sitzen.« Die Erinnerung ließ sie den Kopf schütteln. »Ich hab mich damit abgefunden. Mit der Beichte allerdings nicht. Ich konnte sie nicht ausstehen. Ich konnte den engen, dunklen Beichtstuhl nicht ausstehen. Ich wusste genau, dass man mich eines Tages in so ein Ding einschließen und darin vergessen würde. Ich weiß auch nicht, warum es mich so gequält hat. Ich wusste nur eins: Sollte es je dazu kommen, würde ich sterben. Der Gedanke hat mich so verängstigt, dass ich mich eines Tages weigerte, zur Beichte zu gehen. So was war noch nie vorgekommen. Zur Strafe hat mich die Oberin in die Besenkammer gesperrt. In einen winzigen Raum ohne Licht.«

Obwohl Terri noch immer auf den Ausdruck starrte, erkannte Warne, dass sie sich bei der Erinnerung an ihr Erlebnis verkrampfte. »Was ist passiert?«, fragte er.

»Ich bin zusammengebrochen. Ich glaube, ich war ohnmächtig. Ich erinnere mich an nichts. Ich weiß nicht mal, wie lange ich in der Kammer war. Als ich zu mir kam, war ich in der Krankenstube.« Terri schüttelte sich. »Ich war zwar erst neun, aber ich war überzeugt, dass ich in der Kammer gestorben war. Am nächsten Tag bin ich abgehauen. Seitdem leide ich an Klaustrophobie. Ich kann nicht mal mit den Fahrgeschäften hier fahren.«

Schließlich schaute sie ihn an. »Ich will also damit sagen, dass ich sehr wohl weiß, was Sie empfinden. Irgendwann werden selbst die verrücktesten Befürchtungen wahr, die man sich zusammenspinnt.«

Das ihren Worten folgende Schweigen wurde durch Pooles leise Stimme hinter der Tür unterbrochen. Terri öffnete ihm.

»Gehen wir wieder an die Arbeit«, sagte sie, als sie zurückkehrte.

Es war eine ermüdende Tätigkeit: Sie suchten eine Datei auf dem Bildschirm, merkten sich ihr Datum und ihre Größe und verglichen sie dann mit dem Gegenstück auf dem Ausdruck. Sie suchten nach Unterschieden, nach irgendwelchen Veränderungen der Dateigröße oder im Zugriffsdatum, die auf Manipulationen von außerhalb hindeuteten. Warne beendete eine Liste und nahm sich die nächste und übernächste vor. *Es ist wie die Suche nach einer Nadel in einem virtuellen Heuhaufen. Ich werde mal …*

Plötzlich hielt er inne. »Das ist aber komisch.« Er deutete auf den Ausdruck. »Schauen Sie mal!«

Er deutete auf eine Datei, die */bin/spool/upd_display.exec* hieß.

»Die kenne ich nicht«, sagte Terri. »Wozu ist sie gut?«
»Hmm. Es ist eine Routine, die das Display vor dem morgendlichen Downlink an die Roboter neu zeichnet.«
»Klingt aber nicht bösartig.«
»Sie müssen wie ein Hacker denken. Würden Sie Ihren Code in einer Datei namens *Sabotageabwehr.Exe* verstecken oder in etwas Langweiligem und Unbedeutendem?« Warne deutete auf den Ausdruck. »Wichtig ist, dass es sich hier um eine Wartungsdatei handelt, um einen Teil der Standardroutine. Es besteht kein Grund, sie zu verändern. Aber schauen Sie sich mal die Dateigröße an.«
Terri schaute genauer hin. »Neunundsiebzigtausend Byte.«
»Und jetzt die gleiche Datei, wie sie im Metanet existiert.« Er deutete auf die Liste, die der Bildschirm zeigte.
Terri stieß einen Pfiff aus. »Zweihunderteinunddreißigtausend.«
Warne blätterte schon die anderen Ausdrucke durch. »Schauen Sie mal, die Dateigröße war immer gleich. Bis vor ...« Er blätterte zur nächsten Seite um. »Bis vor einem Monat.«
Sie schauten sich an.
»Gibts was?«, fragte Poole, der von seiner Runde durch das Labor zurückkehrte.
Warne nahm den Ausdruck schnell an sich, fuhr mit dem Finger über die Auflistung und verglich die einen Monat alten Dateigrößen mit den aktuellen auf dem Bildschirm. Abgesehen von Kleinigkeiten an den temporären Dateien hatte sich nichts verändert.
»Da haben wirs«, murmelte er.
»Keine Möglichkeit, dass wir uns irren?«
»Nee.«
»Es ist eine binäre Datei.«

»Erzählen Sie mir mehr.«

Terri verdrehte die Augen.

»Was ist denn?«, fragte Poole.

Warne ließ die Ausdrucke sinken und rieb sich mit den Händen übers Gesicht. »Irgendjemand hat eine Kernfunktion modifiziert. Sie ist dreimal so groß, wie sie sein dürfte. Man hat sie in ein bösartiges Programm umgewandelt. Sobald das Metanet in Betrieb ist, löst die Datei Dinge aus, von denen wir nichts wissen. Die einzige Hoffnung, überhaupt etwas herauszukriegen, ist Reverse Engineering.«

»Rever-was?«

»Deassemblieren. Sie auf Maschinencode-Ebene auseinander nehmen, um rauszukriegen, was sie macht. Und das ist kein Vergnügen.«

»Außerdem kostet es Zeit«, fügte Terri hinzu.

»Aber ich wette, dass *diese* Datei für das zuständig ist, was die Roboter ausrasten lässt. Wenn wir erkennen, was sie macht, können wir die Manipulation vielleicht rückgängig machen.« Warne schob sich vom Terminal zurück. »Besteht irgendein Grund, nicht fortzufahren?«

»Nur der naheliegendste«, sagte Poole.

Sie drehten sich beide um und schauten ihn an.

»Reden Sie weiter!«, sagte Warne. »Lassen Sie sich nicht jeden Wurm einzeln aus der Nase ziehen!«

»Die Eindringlinge haben gesagt, sie wollen keine Einmischung, nicht wahr? Tja, aber in meinen Ohren klingt das, was Sie vorhaben, eindeutig nach Einmischung. Die werden sich nicht darüber freuen.«

Warne hielt Pooles Blick eine Weile stand. Dann drehte er sich zu Terri um. Sie erwiderte seinen Blick – mit suchenden, fragenden Augen.

»Aber nur dann, wenn sie es merken«, sagte Warne. »Doch

das werden sie nicht. Es sei denn, sie sind bessere Programmierer als Terroristen. Und jetzt machen wir uns an die Arbeit.«
Er wandte sich wieder der Tastatur zu.

15.12 Uhr

Fast ebenso schnell wie das medizinische Zentrum von Geschrei widergehallt hatte, war es auch wieder in Stille verfallen. Abgesehen von einigen Grüppchen, die sich vor den Vorhängen der Erholungsnischen drängten, waren die meisten Besucher wieder gegangen. Einer oder zwei waren zwar resolut zum Ausgang geschritten und hatten mit einer Klage gedroht, doch die meisten kehrten mit Essensgutscheinen und Roulettejetons bestückt in den Park zurück.
Sarah Boatwright schaute mit gemischten Gefühlen hinter ihnen her. Sosehr ihr gerichtliche Auseinandersetzungen auch zuwider waren – in dieser Hinsicht empfanden die Techniker und Darsteller Utopias nicht anders –, wäre es ihr doch lieber gewesen, wenn mehr Gäste beschlossen hätten, in die Schwebebahn zu steigen. Ihnen nun bei der Rückkehr in die verschiedenen Erlebniswelten zuzuschauen, war fast so etwas wie der Anblick verwundeter Soldaten, die ahnungslos ins Kampfgebiet zurückmarschieren.
Sarah schritt durch den hell erleuchteten Hauptkorridor des medizinischen Zentrums und nickte im Vorbeigehen einigen Krankenschwestern zu. Sie blieb stehen und sprach mit einem Überwachungstechniker. Dann ging sie weiter und schlüpfte zwischen die Vorhänge der Nische, in der Georgia Warne lag. Laut Dr. Finch würde sie sich schnell erholen,

aber das Sedativum würde sie mindestens noch eine Stunde außer Gefecht setzen.
Sarah nahm auf einem Stuhl am Fußende des Bettes Platz und musterte die reglos unter der Decke liegende Gestalt. Georgia schlief ganz normal. Ihr Haar hing ihr in die Stirn, ihr Mund war leicht geöffnet. Die während der »Finsterwasser«-Fahrt ertragenen Schrecken waren vorübergehend der Vergessenheit anheim gefallen.
Sarah saß da und lauschte dem fernen Stimmengemurmel am Empfangstresen. Sie hätte jetzt viele Dinge tun können: Sie konnte Chuck Emory in New York auf den neuesten Stand bringen oder mit den Parkabteilungsleitern und Weltenmanagern quatschten, um so zu tun, als liefe der Betrieb völlig normal. Doch all dies erschien ihr irgendwie sinnlos. Nun war John Doe am Zug. Alles hing von ihm ab. Sarah lehnte sich zurück. Sie wollte ihre Muskeln zwingen, dass sie sich entspannten. Doch zu ihrer Überraschung weigerten sie sich.
Ihr Blick fiel wieder auf Georgia; auf die frische Schramme an ihrer Wange; auf die Art, wie ihre schlanken Hände sich ins Baumwolllaken krallten. Komisch, dass ihre ersten Schritte nach dem Unglück sie ausgerechnet ans Bett des ersten großen Fehlschlags ihres Lebens geführt hatten.
Als sie zu Andrew Warne gezogen war, hatte sie beschlossen, Georgia für sich einzunehmen und ihre Zuneigung zu gewinnen. Sarah wusste, dass jedes Problem lösbar war – vorausgesetzt, man wollte es lösen und bemühte sich. Trotzdem hatte sie den Eindruck gewonnen, dass Georgias Widerstand zunahm, je mehr sie sich anstrengte.
Wenn sie ehrlich war, musste sie sich allerdings eingestehen, dass Georgia daran nicht allein schuld war. Sicher, sie war in einem Augenblick in Georgias Leben getreten, in dem

der Tod ihrer Mutter in ihrem Bewusstsein noch frisch gewesen war. Außerdem war sie, was ihren Vater anbetraf, sehr besitzergreifend. Vielleicht hatte aber auch Georgia mit kindlichem Sinne gespürt, dass Sarah nie eine richtige Mutter sein konnte. Sarah wusste inzwischen selbst, dass sie eine solche Verpflichtung unmöglich erfüllen konnte. Ihr Beruf war ihr einfach zu wichtig. Sie hatte die Stelle in Utopia ohne das geringste Zögern angenommen. Sie erinnerte sich an Andrews langes Gesicht, als sie ihm davon erzählt hatte: Er war fest davon ausgegangen, dass sie mit nach Chapel Hill kam, um ihm zu helfen, seine neue Technologiefirma auf die Beine zu stellen. Doch die Gelegenheit, ein Unternehmen wie Utopia zu leiten, war ihr Lebenstraum. Nichts hätte sie davon abhalten können, Chefin eines solchen Parks zu werden.

Chefin eines solchen Parks zu werden …

Sarah rutschte ruhelos auf dem Stuhl hin und her. Ordnung war ihr wichtig. Ordnung war ihr Lebenselement. Utopia war eine hoch entwickelte Ordnungseinheit, ein kompliziertes, aber perfekt gestricktes geschlossenes System. Und John Doe war das willkürliche Element, das Unordnung und Chaos hierher gebracht hatte.

Sarah beugte sich vor und stützte das Kinn auf beide Hände. »Was soll ich nur tun, Georgia?«, fragte sie. »Zum ersten Mal im Leben weiß ich nicht, was ich tun soll.«

Die einzige Antwort, die sie erhielt, bestand aus einer Bewegung Georgias und einem leisen Seufzer.

Sarah wünschte sich plötzlich, Fred Barksdale wäre jetzt bei ihr. Normalerweise hätte sie ein Gefühl dieser Art als Sentimentalität oder Schwäche zurückgewiesen. Aber jetzt nicht. Freddy hatte bestimmt genau den Spruch auf Lager, den sie brauchte, um sich aufzurichten.

Als sie nach Utopia gekommen war, hatte sie keinen Gedanken an eine Romanze verschwendet. Dass sie sich in Fred Barksdale verlieben könnte, hatte sie nie und nimmer geglaubt. Sie war immer mit Männern wie Warne zusammen gewesen – mit Männern, die ungezwungen charismatisch und leicht arrogant waren und sich nicht davor fürchteten, der Welt zu zeigen, was sie auf dem Kasten hatten. Freddy war das genaue Gegenteil. Ach, natürlich konnte niemand bestreiten, dass auch *er* etwas auf dem Kasten hatte – die unglaublichen Herausforderungen Utopias anzunehmen und die Überwachung des Aufbaus der digitalen Infrastruktur war eine tolle Leistung. Aber er war einfach zu perfekt: Sein aristokratisches britisches Auftreten, sein Filmstargesicht und seine literarische Bildung entsprachen fast dem Klischee des idealen Mannes.

Doch dann, an einem Abend vor zwei Monaten, waren sie sich zufällig am Roulettetisch im Gaslightkasino begegnet. Kurz danach hatte die New Yorker Hauptverwaltung den Angehörigen der Betriebsleitung das Betreten der Spielpaläste Utopias untersagt. Barksdale hatte viel mehr Geld verspielt als beabsichtigt, hatte sie aber dennoch mit einigen Zitaten aus dem Munde Falstaffs über das Übel des Spiels entzückt. Sie hatten den Abend mit einem Gläschen in der nicht weit entfernten Bar »Poor Richard« ausklingen lassen und eine Woche später im besten französischen Restaurant von Las Vegas miteinander zu Abend gegessen. Fred hatte sich als Offenbarung entpuppt. Er hatte volle zwanzig Minuten mit dem Weinkellner über die Weinkarte diskutiert. Es war kein bloßes Posieren gewesen, auch keine Affektiertheit. Barksdale hatte echtes Interesse gezeigt und eindeutig mehr über die Châteaux von Saint Emilion gewusst als der Kellner. Einen großen Teil des Essens hatte er damit zu-

gebracht, Sarahs Fragen über Bordeauxweine zu beantworten und ihr Begriffe wie *Grand Cru* und *Appellation* zu erläutern.
Sarah war bestens vertraut mit Männern, die glaubten, sie müssten sich ihr so präsentieren, wie sie selbst war: stark. Männer, die den Macho mimten und wie Triumphatoren auftraten. Ihr war gar nicht bewusst gewesen, wie sehr sie sich danach sehnte, einfach nur wie eine Frau behandelt zu werden: dass man sie zu einem eleganten Essen ausführte, ihr sagte, wie hübsch sie war; dass man ihren Grips bewunderte, weltmännisch mit ihr schäkerte und sie hin und wieder auf ein Podest stellte. War es wirklich erst drei Wochen her, seit sie an einem sonnigen Samstagmorgen aufgewacht war und begriffen hatte, dass die Gefühle, die sie für Fred Barksdale empfand, viel stärker waren als erwartet?
Sarah richtete sich seufzend auf dem Stuhl auf. Utopia und Freddy waren inzwischen die beiden wichtigsten Dinge ihres Lebens. Eigentlich sogar die *einzigen*. Sie musste sie beschützen, und zwar um jeden Preis.
Sie stand auf, trat ans Kopfteil des Bettes und nahm Haltung an. Sie musste das medizinische Zentrum kurz verlassen und sich an einigen wichtigen Stellen zeigen. Dann musste sie Bob Allocco ausfindig machen und mit ihm über Schadensbegrenzungen sprechen …
Jemand klopfte leise an die Wand neben der Erholungsnische. Dann teilte sich der Vorhang und Fred Barksdales Gesicht kam zum Vorschein. Der Blick seiner wasserblauen Augen wanderte über das Bett, dann schaute er Sarah an.
»Sarah!« Angesichts der schlafenden Gestalt zuckte er leicht zusammen und sprach leiser. »Hallo. Ich hab gehört, ich könnte dich irgendwo hier finden.«

Einen Moment lang fiel es Sarah schwer, etwas zu sagen. Nach allem, worüber sie gerade nachgedacht hatte, führte sein überraschendes Auftauchen zu einer unerwarteten Gefühlsaufwallung. Sie näherte sich ihm.

»Fred«, sagte sie. »O Freddy. Ich bin völlig fertig.«

Barksdale nahm ihre Hände. »Warum? Was ist denn?«

»Ich habe zwei schreckliche Fehler gemacht. Ich habe zugelassen, dass meine Wut auf John Doe meinen Verstand beeinflusst. Chris Green ... Was in ›Finsterwasser‹ passiert ist ... Es war meine Schuld.«

»Wie kannst du das sagen, Sarah? Dafür ist John Doe verantwortlich. Du kannst es ihm zum Vorwurf machen, aber doch nicht dir! Außerdem war es Alloccos Plan. Du hast ihn nur gebilligt.«

»Und dafür bin ich verantwortlich.« Sie schüttelte den Kopf, weigerte sich, getröstet zu werden. »Weißt du noch, was du gesagt hast, als wir vor der ›Galaktischen Reise‹ standen? Du hast gesagt, unser Plan sei gefährlich. Unverantwortlich. Du hast gesagt, es sei unsere erste Pflicht, die Besucher zu schützen. Das habe ich in meiner Hast, John Doe zu stellen, vergessen.«

Barksdale schwieg.

»Mir geht ständig im Kopf herum, wie er in mein Büro gekommen ist und mit mir geredet hat. Ich kann es nicht erklären. Mir war, als würde er mich irgendwie kennen; als wüsste er, was ich hören will; als wüsste er, was mir wichtig ist. Mir persönlich. Ich weiß, es klingt komisch, aber er hat mit mir geredet, als wollte er nur das Beste für mich – und gleichzeitig hat er ständig sein Messer gewetzt. Und das Komischste war, dass ich ihm glauben wollte.« Sie seufzte. »Gott im Himmel, wer *ist* dieser Typ? Und warum quält er ausgerechnet uns?«

Barksdale antwortete nicht. Er sah mitgenommen aus.
»Freddy?« Sarah erschrak, als sie sah, wie sehr ihr Kummer ihn beschäftigte.
Barksdales blassblaue Augen schauten sie wieder an.
»Hat eigentlich Shakespeare nichts zu unserer momentanen Lage zu sagen?« Sarah zwang sich zu einem Lächeln. »Irgendwas Tröstendes oder Aufbauendes?«
Barksdale blieb noch immer stumm. Dann richtete er sich auf. »Du meinst aus seinem Stück ›Die beiden Terroristen von Verona‹?« Er erwiderte schwach ihr Lächeln. »Im Moment fällt mir nichts Passendes ein. Abgesehen von einem Titel: ›Ende gut, alles gut.‹«
Er wirkte, als würde er innerlich mit etwas ringen. »Sarah«, sagte er plötzlich. »Was ist, wenn wir einfach abhauen? Einfach alles hinter uns lassen?«
Sarah schaute ihn an. »Machen wir. Wenn alles vorbei ist, gehen wir fort. Irgendwohin, wo es kein Telefon gibt und alle Menschen barfuß gehen. Wir suchen uns eine kleine Bucht nur für uns zwei. Für uns allein. Für eine Woche, vielleicht auch für zwei. Okay?«
»Nein«, erwiderte Barksdale. »Das habe ich nicht gemeint. Ich …« Er hielt inne. »Meinst du es ernst, Sarah?«
»Natürlich.«
»Egal, was auch passiert?«
Angesichts seines Kummers kehrte Sarahs Kraft irgendwie zurück. »Es passiert schon nichts. Wir stehen es durch. Das verspreche ich dir.«
»Ich kann nur hoffen, dass du Recht hast«, sagte er so leise, dass sie es kaum hören konnte.
Der Augenblick verging. Sarahs Blick fiel auf das Bett.
»Warnes Tochter, nicht wahr?« Barksdales Blick folgte dem ihren. »Wie geht es ihr?«

»Sie hat ein paar Schrammen davongetragen, sonst geht es ihr gut.«

Barksdale nickte. Sarah löste eine Hand aus seinem Griff, strich ihm übers Gesicht und beugte sich vor, um ihn zu küssen.

»Die Sache wird so oder so bald zu Ende sein. Du solltest dich wieder an die Arbeit machen.«

»Natürlich«, sagte Barksdale. Er hielt ihrem Blick eine Weile stand, dann drehte er sich zum Vorhang um.

»Vergiss mein Versprechen nicht!«

Barksdale zögerte. Dann nickte er, ohne sich umzudrehen, und verschwand.

Sarah lauschte seinen Schritten. Sie verschmolzen mit den allgemeinen Hintergrundgeräuschen. Dann richtete sie Georgias Laken, streichelte die Stirn des Mädchens und wollte gehen. Im gleichen Moment teilte sich der Vorhang und eine Krankenschwester streckte den Kopf herein.

»Mr. Allocco ist am Telefon, Miss Boatwright. Er sagt, es ist wichtig.«

»In Ordnung.« Als sie der Schwester folgen wollte, summte leise das Funkgerät in ihrer Tasche.

Sarah, noch in der Erholungsnische, blieb sofort stehen und wartete, bis ihre Glieder sich entspannten. Dann griff sie nach dem Gerät und schaltete es ein.

»Sarah Boatwright.«

»Sarah.« John Doe sprach langsam. Er klang fast honigsüß und wieder umgänglich.

»Ja?«

»Ich hoffe, die Lektion war Ihnen nicht zu schmerzhaft.«

»Nicht alle sind dieser Meinung.«

»Ich wollte eigentlich noch etwas grober werden. Nehmen Sie die Sache als Patzer zu Ihren Gunsten – sozusagen.« Ein

trockenes Lachen. »Beim nächsten Mal haben Sie allerdings weniger Glück.«
Sarah sagte nichts.
»Ich meine das nicht als Drohung. Ich möchte nur, dass Ihnen die Konsequenzen jeder weiteren unverantwortlichen Handlung genau bewusst sind.«
Sarah schwieg weiterhin, hörte nur zu.
»Sie haben doch nichts dagegen, Ihren Betrug wieder gutzumachen, oder?«, fragte John Doe sanft.
»Was meinen Sie damit?«
»Eine Wiedergutmachung für den ganzen Ärger, den Ihr kleines Begrüßungskomitee verursacht hat, wäre angeraten. Sie könnte eine Menge Hindernisse zwischen uns beseitigen. Hätten Sie was dagegen, uns Andrew Warne auszuliefern? Er hat sich als recht flüchtiger Charakter erwiesen.«
Sarahs Griff um das Funkgerät wurde fester, aber sie antwortete nicht.
»Ich habe ohnehin nicht damit gerechnet. Sie sind eine entzückende Frau, Sarah Boatwright, aber ich habe die Faxen dicke. Sie erhalten noch eine Chance, um uns das ›Patent‹ auszuliefern.«
»Sprechen Sie!«
»Die Übergabe erfolgt im ›Holokabinett‹ – pünktlich um 16.00 Uhr.«
Sarah schaute auf ihre Armbanduhr. Es war 15.15 Uhr.
»Sie werden dafür sorgen, dass sich ab 15.50 Uhr weder Besucher noch Techniker oder Darsteller im Kabinett aufhalten. Haben Sie mich so weit verstanden?«
»Habe ich.«
»Noch was, Sarah. Ich habe nachgedacht. Die Falle in der ›Galaktischen Reise‹ war doch Ihre Idee, nicht wahr?«
Sarah antwortete nicht.

»Deswegen überbringen Sie die Scheibe diesmal persönlich. Es scheint mir die vernünftigste Methode zu sein. Angesichts der engen persönlichen Beziehung zwischen uns, meine ich.«

Schweigen.

»Verstehen Sie mich, Sarah?«

»Ich verstehe.«

»Betreten Sie das Kabinett wie ein normaler Besucher. Ich werde drinnen auf Sie warten. Aber diesmal kommen Sie allein! Ich bin sicher, dass ich Sie wegen weiterer unerwünschter Zaungäste nicht zu warnen brauche.«

Sarah wartete. Sie drückte das harte, ihr unvertraute Funkgerät an die Wange.

»Ich brauche Sie doch nicht ausdrücklich zu warnen, oder?«

»Nein.«

»Wusste ich doch. Aber eins möchte ich Ihnen noch mit auf den Weg geben. In ›Die Seele des Menschen unter dem Sozialismus‹ schreibt Oscar Wilde, jedes in der Hoffnung auf Profit erschaffene Kunstwerk sei ungesund. Ich bin nicht ganz seiner Meinung. Ich habe Utopia nämlich zu meinem Kunstwerk gemacht. Ich habe vor, von ihm zu profitieren, und zwar ordentlich. Es wird sich allerdings für jeden als ungesund erweisen, der sich mir in den Weg stellt. Kunst kann in ihrer Schönheit manchmal schrecklich sein, Sarah. Vergessen Sie das bitte nicht!«

Sarah zwang sich zum Luftholen.

»Ich kanns kaum erwarten, Sie wiederzusehen.«

15.15 Uhr

Als der Nachmittag sich dahinzog und das über der Wüste von Nevada herrschende grenzenlose Blau angesichts des allmählich näher rückenden Abends verblasste, näherten sich die schätzungsweise sechsundsechzigtausend über die Utopia-Boulevards schlendernden Menschen jenem Zustand, den die Parkpsychologen Reifestadium nannten. Die erste Aufregung hatte ihren Höhepunkt überschritten. Das Tempo verlangsamte sich leicht, während Eltern mit leicht wunden Füßen und ermüdeten Gliedern zeitweilig Zuflucht in Restaurants, Shows oder Aufführungen wie »Der verzauberte Prinz« suchten, um sich in bequemen Sesseln zu entspannen. Ein kleiner Prozentsatz der Gäste, die keine Lust verspürten, sich nach der Schließung dem Parkplatzgedränge auszusetzen, suchte frühzeitig den Nexus und die Schwebebahnen auf, die heute etwas öfter fuhren als üblich. Doch die große Mehrheit blieb im Gelände, wandte sich lieber der nächsten Achterbahn zu oder besuchte eine Erlebniswelt, in der sie noch nicht gewesen war, um die Zeit bis 20.30 Uhr auszufüllen. Um 20.30 Uhr begann nämlich das größte Utopia-Spektakel: Vier von Computern aufeinander abgestimmte und an bestimmten Stellen der einzelnen Welten gestartete Feuerwerke ließen täglich die dunkle Kuppel in Ehrfurcht erzeugendem Glanz erstrahlen. Den Feuerwerken folgte ein noch größeres, das hoch *über* der Kuppel im Freien stattfand: Der Abschiedsgruß an jene Gäste, die den Park verließen und mit ihrem Auto nach Las Vegas oder Reno fuhren.

Zu den Orten, an denen der nachmittägliche Temporückgang weniger spürbar wurde, gehörten die Warteschlangen vor den Achterbahnen und Freifallattraktionen. An Fahrgeschäften wie »Ereignishorizont« und »Drachenturm« hielten sich noch immer riesige Menschenmassen auf. Die aufgedrehte Atmosphäre und die gespannte Fröhlichkeit waren fast greifbar wie immer.

Dies galt besonders für den Eingang der berüchtigtsten Achterbahn in Boardwalk, des »Kreischers«. Der »Kreischer« war ein Nachbau jenes Achterbahntyps, der in den 1920er Jahren auf Coney Island berühmt geworden war: ein riesiger, in alle Richtungen wuchernder Wald aus Sparren und Balken, dem die Parkingenieure sorgfältig ein gefährlich verwittertes Äußeres verliehen hatten. Schon der Anblick der fast senkrechten Gefälle und schaurigen Korkenzieherwindungen des »Kreischers« überzeugte viele Besucher, die mit dem Gedanken liebäugelten, mit diesem Ding zu fahren, dass es vielleicht besser war, sich eine sanftere Zerstreuung zu suchen.

Wie alle Achterbahnen basierte der »Kreischer« mehr auf Psychologie als auf Ingenieurskunst. Eigentlich war er eine geschickt verkleidete, mit einem Tunnel kombinierte Stahlbahn, die nur wie eine traditionelle Holzachterbahn aussah. Die Metallkonstruktion ließ schärfere Kurven, größere Gefälle und mehr »Luftzeit« zu – Augenblicke negativer Schwerkraft, in denen es die Insassen tatsächlich aus dem Sitz hob. Die komplizierte Einkleidung verstärkte andererseits den Zaunpfahleffekt einer Holzbahn: Sparren und Balken, die nur einige Dutzend Zentimeter vor den Passagieren vorbeirasten, ließen die etwa achtzig Stundenkilometer betragende Geschwindigkeit vielfach höher erscheinen. Außerdem hatten die Erbauer der Bahn das Gefühl der Bedrohung mit Absicht gesteigert: Am Eingang fiel der Besucherblick auf einige für Utopia sehr untypische Warnschilder über die gefährlichen Auswirkungen hoher Schwerkraft. Des Weiteren war am Ausgang ganztägig eine Krankenschwester postiert. So war es auch kein Wunder, dass sich die nur in Boardwalk erhältlichen T-Shirts mit der Aufschrift »Ich habe den ›Kreischer‹ überlebt« wie die sprichwörtlichen warmen Semmeln verkauften.

Eric Nightingale hatte verfügt, dass der »Kreischer« das höchste Startgefälle – hundert Meter – aller Achterbahnen westlich des Mississippi haben solle. Es war eine Herausforderung an die Technik gewesen: Bei einer solchen Höhe hätte die gewaltige Auffahrtssteigung so dicht an die Kuppel herangereicht, dass die künstliche Perspektive beeinträchtigt worden wäre. Die Ingenieure hatten das Problem gelöst, indem sie die Bahn so gebaut hatten, dass das erste Gefälle unterhalb der normalen Bodenebene lag: Man hatte einen Teil der unterhalb Boardwalks liegenden A- und B-Ebenen ausgeschachtet und das Doppelgleis bis dort hinunter gezogen. Wenn die »Kreischer«-Insassen die erste Steigung hinter sich gebracht hatten, rasten sie fast senkrecht in die Tiefe, in einen Tunnelabschnitt von absoluter Dunkelheit hinein. Dann ging die Fahrt abrupt nach oben und brachte die Leute, die wegen der Aufhebung der Schwerkraft nur noch Grimassen zogen, wieder ans Licht und aufs Niveau von Boardwalk, ohne dass sie merkten, dass sie einige Sekunden lang sozusagen im Keller gewesen waren.

Diese Lösung hatte jedoch ein neues Problem beschert. Das Dröhnen der in Minutenintervallen vorbeirasenden Wagen war so laut, dass kein in der Unterwelt tätiger Utopia-Mitarbeiter sich darum gerissen hätte, in den Abschnitten der Ebenen A und B zu arbeiten, die in der Nähe der Gleise lagen.

Auch dafür hatten die Ingenieure eine Lösung gefunden.

Während des Parkbaus waren die unterirdischen Ebenen in einem Kabelmeer schier ersoffen: Das Handbuch des Touristenführers behauptete, die hinter den Kulissen liegenden Gebiete Utopias enthielten mehr Verkabelung als zwei Pentagons oder die Stadt Springfield in Illinois. Die Konstrukteure hatten beschlossen, das Niemandsland rings um das Gleisgefälle als Kanal für die interne Verkabelung zu nutzen. Sie hatten das Gefälle mit zwei Schichten schalldichter Wände umgeben. Zwischen diesen schalldichten Wänden, einem schmalen, zwölf Meter hohen Raum, lag Utopias zentrales Nervensystem. Endlose Ströme von Koaxial-, Cat-5- und Digitalkabeln liefen, von Glasfaserkupplungen und Anschlussdosen unterbrochen, an den Wänden hinauf. Der gesamte Kanal war autonom und erforderte außer monatlichen Inspektionen keinerlei Wartung. Demgemäß war er eine lichtlose Zone, in der nur ein einsamer Reinigungsroboter hauste.

Heute jedoch hatte der Reinigungsroboter Gesellschaft.

In einer Ecke des Kabelkanals saß ein Mann auf einem Campingklappstuhl. Er trug den blauen Overall eines Utopia-Elektrikers und lehnte mit dem Rücken an einem großen Mehrzweckkoffer, der an einen roten Handkarren geschnallt war. In dem offenen Koffer befand sich ein leistungsstarker Minicomputer, auf dessen Frontverkleidung Kontrolllämpchen wie feurige Nadelspitzen im matten Licht des Kanals leuchteten. Ein Dutzend Kabel unterschiedlicher Dicke führten von dem Computer zur nahen Wand. Sie waren dort mit Alligatorklemmen und digitalen Kopplern an Anschlussstellen und Datenleitungen befestigt. Auf dem Schoß des Mannes ruhte eine Tastatur. Vor ihm, auf dem Boden, standen zwei kleine Flachbildschirme. Während der Mann seine Eingaben machte, huschte sein Blick von einem Schirm zum anderen. Unter dem Klappstuhl lag ein Haufen Abfall: zerknüllte Servietten mit Erdnussbutter- und Geleeflecken,

leere Slim-Jim-Packungen, eine leere, zerbeulte Cherry-Cola-Dose.
Hinter dem Mann fing die Innenwand des Kanals leicht an zu vibrieren. Eine Sekunde später, als der »Kreischer« nach unten sauste, die tiefste Stelle erreichte und dann wieder ins Licht und an die Luft von Boardwalk hinaufraste, ertönte ein schreckliches Dröhnen. Der Mann beachtete es nicht. Er tippte weiter, und das Getöse ebbte ab und verstummte. Der mit einer Lärmschutzvorrichtung versehene Militärkopfhörer des Mannes verschluckte alle Töne über fünfzig Dezibel.
Seine Finger wurden langsamer. Dann stellte er seine Arbeit ein. Er rutschte nach vorn und massierte seinen Nacken. Anschließend streckte er die Beine aus. Er rieb zuerst das linke, dann das rechte, damit das Blut wieder zirkulierte. Er saß seit den frühen Morgenstunden hier, überwachte die Videoaufzeichnungen Utopias, störte ausgewählte Kameraeinstellungen und zapfte die Bandbreite des Intranets an. Er war mit seiner Arbeit fast fertig.
Der Mann schaute auf, bewegte den Kopf von einer Seite zur anderen und löste die Verspannungen in seinem Hals. Sein Blick schweifte instinktiv zu den beiden Überwachungskameras hin, die ihm gegenüber in die Wand eingelassen waren. Sogar hier, im leeren Kanal, war die Überwachung allgegenwärtig. Doch der Mann schaute eher uninteressiert als ängstlich drein: Er hatte die beiden Kameras an eine Schleifenroutine angeschlossen, die Wochen alte Aufzeichnungen abspulte. Die Aufsicht im Bienenstock sah nur einen dunklen, völlig leeren Raum.
Der Mann war jung, nicht älter als fünfundzwanzig. Trotz des matten Lichts waren die dunklen Nikotinflecken an seinen Fingerkuppen deutlich sichtbar. Da Rauchen an diesem Ort

zur sofortigen Entdeckung geführt hätte, kaute er nikotinversetzten Kaugummi, und zwar in dem Tempo, in dem ein Kettenraucher sich eine Zigarette nach der anderen ansteckt. Seinen Hals noch immer massierend, nahm er den Gummi, den er gerade kaute, aus dem Mund und drückte ihn neben sich in eine Buchse. Gleich daneben klebten schon einige Dutzend andere. In der abgestandenen Luft des Kanals wurden sie allmählich hart.

Der Mann lehnte sich gegen den Mehrzweckkoffer, hob die Tastatur auf seine Knie und fing wieder an zu tippen. Er überprüfte den Zustand verschiedener versteckter Routinen, die er im Inneren des Utopia-Netzes zum Laufen gebracht hatte. Dann hielt er inne, runzelte die Stirn und musterte einen der Bildschirme.

Alles war nach Plan verlaufen – ohne Mucken und Zicken.

Bis jetzt.

Als Vorsichtsmaßnahme hatte er in einigen kritischen Utopia-Terminals Keylogger installiert. Diese Überwacher verbargen sich im Hintergrund und sammelten insgeheim alles, was auf bestimmten Tastaturen geschrieben wurde. Einmal pro Stunde schickten die Überwacher ihre Ausbeute verschlüsselt und getarnt über das Utopia-Intranet an das Terminal im Kanal.

Bis jetzt hatte sich das wackere Utopia-Personal so verhalten wie erwartet. Mit einer Ausnahme: der Rechner, der das Metanet steuerte. Man würde ihn im Auge behalten müssen.

Der Mann blätterte sich durch das letzte Überwachungsprotokoll vom Metanet-Terminal. Jemand setzte dieses Terminal dazu ein, um ältere Protokolldateien zu begutachten und Routinen und Befehlssätze zu untersuchen. Es war eindeutig, dass da jemand zielgerichtet herumsuchte:

Jemand, der wusste, was er tat, nahm bewusst eine Analyse vor.

Der Mann schaute kurz nach oben in den Kanal hinauf. Er ragte in die Dunkelheit und war so hoch und eng wie der Schornstein eines Riesen. Die Wände waren mit einem komplizierten Wirrwarr aus Kabeln und Drähten bedeckt. Langsam, nachdenklich hob der Mann eine Hand und zog den Kopfhörer von seinen Ohren. Er hörte das ferne Ticken von Maschinen und das Schwirren der Antriebseinheit des Reinigungsroboters, der hier irgendwo seiner Arbeit nachging.

Hinter dem Mann fing die schallgedämpfte Innenwand erneut an zu beben.

Er legte die Tastatur beiseite und wandte sich dem neben den Monitoren stehenden Funkgerät zu. Oben war ein großes bernsteinfarbenes Blinklicht angebracht, das ihn, wenn er den Kopfhörer trug, auf eingehende Meldungen aufmerksam machte. Er hob das Gerät hoch, gab einen Zerhackercode ein und führte es an die Lippen.

»Cracker Jack an Prime Factor«, sagte er. »Cracker Jack an Prime Factor. Hören Sie mich, Factor?«

Ein kurzes Zischen antwortete ihm. Dann kam die kultivierte Stimme John Does durch den Lautsprecher. Sie war trotz der digitalen Verschlüsselung deutlich zu verstehen. »Cracker Jack, Sie kommen klar durch. Wie ist die Lage?«

»Abgesehen von den Bewegungsaktivierten ist in zehn Minuten alles fertig.«

»Wozu dann die Meldung?«

»Ich habe mir die Tastaturüberwachungsprotokolle der Terminals angesehen, die wir überwachen. Alle scheinen normal – bis auf den Metanet-Master-Computer. In der letzten Stunde hat da jemand eine Menge Zeit damit zugebracht, in alten Sachen rumzubuddeln.«

»Mit irgendwelchen Ergebnissen?«
»Natürlich nicht. Aber ... Wer es auch ist, er versteht was von seinem Handwerk.«
»Lassen Sie mich raten. B-Ebene, was?«
»Richtig.«
»Wir besuchen ihn mal. Ende.«
Das Funkgerät verstummte. Kurz darauf ertönte lauter Lärm, und der »Kreischer« raste hinter der Innenwand vorbei. Der Kanalboden bebte. Cracker Jack zuckte unweigerlich zusammen. Dann schaltete er das Funkgerät aus und stellte es dorthin, wo er das bernsteinfarbene Blinklicht sehen konnte. Als das Dröhnen der Achterbahn nachließ und sich wieder Stille im Kanal ausbreitete, setzte er den Kopfhörer auf, zog die Tastatur wieder auf seinen Schoß, schob sich einen neuen Kaugummistreifen in den Mund und fing an zu tippen.

15.15 Uhr

Was, zum Henker, macht das Ding jetzt?«
Andrew Warne brauchte einige Sekunden, bis er erkannte, dass die Frage an ihn gerichtet war. Er löste den Blick unwillig vom Monitor. Poole, der neben ihm auf einem Tisch saß und sich mit den Armen auf zwei Ausdrucksstapel stützte, musterte ihn, wie üblich, mit leichter Neugier.
»Wie bitte?«
»Ich hab gefragt, was das Ding jetzt macht.« Poole deutete mit dem Kinn auf Flügelmutter.
Der Roboter bewegte sich unbeholfen vorwärts und rückwärts durch den Raum. Wenn vor ihm ein Gegenstand auf-

ragte, wich er zurück, um sich ihm dann erneut zu nähern. Hin und wieder schwenkten seine Sensoren nach vorn. Er spritzte einen dünnen Strahl farbloser Flüssigkeit an einen Labortisch oder ein Stuhlbein.

»Er markiert sein Territorium«, sagte Warne. Er widmete sich wieder dem Monitor.

»Was?«

Warne seufzte. »Es liegt an seinem Verhaltensprogramm. Er hat jetzt genug Zeit in diesem Raum verbracht, um ihn für einen Bestandteil seiner Welt zu halten. Er geht davon aus, dass er wahrscheinlich öfter hierher kommt und es deswegen der Mühe wert ist, eine topologische Landkarte zu zeichnen. Da er seine Routen durch den Raum nun optimiert hat, markiert er sie mit ultravioletter Tinte. Eigentlich wundert's mich, dass der arme Hund überhaupt noch Tinte hat.«

»Tja, können Sie ihm sagen, er soll aufhören? Er lenkt mich ab.«

»Er lenkt Sie ab?«, fragte Terri. »Wovon denn?« Sie saß neben Warne und balancierte einen Stapel Ausdrucke auf den Knien.

»Von meinen Hausaufgaben.«

»Hausaufgaben?«

»Ja. Ich versuche, genau in Erfahrung zu bringen, wie viele Gesetze diese Typen bereits gebrochen haben.«

Terri blätterte weiter.

»Ich komme auf neununddreißig.«

Terri schaute auf.

Poole zählte die Straftaten der Erpresser an den Fingern ab. »Als Erstes haben wir mal Hausfriedensbruch: wissentliches und ungesetzliches Eindringen in ein Gebäude oder ein Grundstück mit der Absicht, ein Verbrechen zu begehen.

Dann haben wir den illegalen Besitz höchst gefährlicher Waffen. Also den Besitz einer explosiven Substanz mit der verbrecherischen Absicht, besagte Substanz gegen eine Person oder eine Sache einzusetzen. Als Nächstes haben wir den Besitz von Waffen, die …«

»Ich versteh schon«, sagte Terri und verdrehte die Augen. »Um was für eine Art Hausaufgabe handelt es sich dabei?«

»Um die Prüfungsfragen der TEA.«

»TEA?«

»Treasury Enforcement Agency.«

»Tja, ich hab den Eindruck, Sie haben mit Eins bestanden.«

Poole hob die Schultern. »Hab oft bestanden.«

»Oft? Wie viele Prüfungen haben Sie abgelegt?«

»Drei. Auch die schriftlichen und mündlichen Prüfungen für den Geheimdienst, das ATF und die DEA.«

»Und warum sind Sie jetzt noch kein Bundesagent?«

»Weiß nicht. Ich glaube, es hapert mit dem Lügendetektortest.«

Warne forderte die beiden mit einer Geste auf, still zu sein. Er kontrollierte die auf seinem Bildschirm nach oben wandernden Spalten voller Hexadezimalzahlen.

Er hatte Terris Kernel-Mode-Debugger eingesetzt und versuchte nun, den versteckten Code des Hackers zu knacken. Aber es war wie das Einfädeln einer Nadel mit Handschuhen. Er hatte nur nackten Assemblercode vor sich, ohne Symbole oder erklärende Kommentare. Er beugte sich vor, betastete seinen Kopfverband und fragte sich im Stillen, was Georgia in diesem Moment wohl machte? Schlief sie noch? Was würde sie wohl denken, wenn sie aufwachte und sah, dass er nicht bei ihr war? Nach allem, was hinter ihr lag, spielte sie gewiss die Tapfere. Trotzdem wäre er lieber bei ihr gewesen, statt in einem Labor dieses Puzzle zu legen. Die Manipulation war weitaus verzwickter und subtiler als erwartet. Es war verrückt gewesen zu glauben, er könne die Sache aufklären. Außerdem war die Krise vielleicht schon vorüber. Vielleicht hatte der mysteriöse John Doe längst das, was er haben wollte, und ritt schon in diesem Moment in den Sonnenuntergang hinein.

Terris Stimme unterbrach seine Gedanken. »Was gefunden?«

Er ließ die Hand sinken. »Der Schweinehund hat seinen Code optimiert. Als hätte er es uns so schwierig wie möglich machen wollen.«

»Eine logische Annahme.« Terri lächelte wieder geschäftsmäßig.

»Ich kann zwar hier und da Zeilen rekonstruieren, aber nicht genug, um genau zu erkennen, was hier abläuft.« Warne deutete auf den Bildschirm. »Diese Routine fügt dem täglichen Download offenbar unautorisierte Befehle hinzu.« Er hielt inne. »Aber das ist wohl noch nicht alles. Da ist irgendwas, das über die Metanet-Hackerei hinausgeht.«

»Was könnte es sein?«

»Ich weiß nicht genau. Es sieht so aus, als würden heimlich Daten ins Utopia-Hauptnetz umgeleitet. Ich versuche gerade, dahinter zu kommen.«

Er beugte sich wieder über die Tastatur, fügte eine neue Haltemarke ein und ging einige Dutzend Zeilen Assemblercode durch. Der dafür Verantwortliche hatte nicht nur das Metanet infiziert: Der Einbau seiner Funktionsstörungen zog auch Warnes Glaubwürdigkeit in Zweifel. *Es sei denn, sie sind bessere Programmierer als Terroristen ...* Er begriff, dass er sich in diesem Hacker getäuscht hatte. Der Mann war hoch begabt.

Warne schaute Terri an. »Hier wird eindeutig irgendwas an einen Port im Utopia-Intranet gesendet.«
Terri legte die Ausdrucke beiseite, trat hinter ihn und begutachtete den Bildschirm. »Und wie?«
»Sie haben irgendein Gerät im System versteckt. Wahrscheinlich setzen sie es ein, um Informationen am Utopia-Firewall vorbeizuschleusen.«
»Können Sie es aufspüren? Rauskriegen, wo genau im Netz es steckt?«
Der feine Duft ihres Parfüms stieg ihm in die Nase. Terri beugte sich nun tief hinunter. Eine Strähne ihres pechschwarzen Haars streifte seine Wange. Er konnte sich nur mit Mühe auf das Problem konzentrieren. »Ich versuche es, aber der Code ist zu gut geschützt. Wir müssen einen anderen Dreh versuchen. Haben Sie Zugang zu einem Packet Sniffer? Oder noch besser, zu einem Protokollanalysator?«
Terri runzelte die Stirn. »Klar, oben in der Netzverwaltung. Warum?«
»Wenn sie einen Router ans Netz gehängt haben, müssten wir ihn suchen können. Ich habe genug Krümel aufgespürt, um einen Anfang zu machen. Vielleicht kriegen wir raus, auf welchem TCP/IP-Port er läuft.«
Terris Stirnfalten wurden tiefer. »Unmöglich.«
»Jeder Routertyp hat eine eigene Handschrift. Vielleicht passt der, den diese Leute benutzen, nicht zum Rest der Hardware, die man in Utopia verwendet. Selbst wenn er dazu passt, könnten wir nach Packet-Verlust suchen. Oder einen Trakt-Ping abschicken, um zu sehen, welcher Node nicht richtig reagiert.«
Terri schüttelte den Kopf. »*Inay!* Wo haben Sie gelernt, wie man so was macht?«

»In schlechter Gesellschaft. Hab in meiner Jugend immer in einem MIT-Computerlabor rumgehangen statt hinter den Hasen herzuhecheln.«

Terri musterte ihn argwöhnisch. »Und so was klappt?«

»Ja. Oder nein. Wir würden es nach zehn Minuten wissen. Ist jedenfalls besser, als hier rumzusitzen und sich den Kopf an diesem Code einzuschlagen.«

Das Telefon klingelte – überraschend laut. Terri drehte sich um und hob ab. »Robotik. Ja. Ja, er ist hier. Okay, klar, ich sags ihm.«

Sie legte auf. »Sarah Boatwright. Sie möchte, dass Sie sofort in die VIP-Suite kommen.«

»Wohin?«, fragte Poole. Er hatte während ihrer Unterhaltung kein Wort gesprochen.

»In die VIP-Suite. Ich bring Sie hin«, sagte Terri.

Warne stand auf. Er fragte sich, was Sarah wohl veranlasst haben konnte, das medizinische Zentrum zu verlassen.

»Okay«, sagte er. »Aber zuerst wollen wir ein paar Minuten mit dem Packet Sniffer arbeiten. Wir gehen zuerst zur Netzverwaltung und prüfen, ob wir einen unautorisierten Router aufspüren. Dann gehen wir zur VIP-Suite.«

Sie verließen das Büro. Poole fluchte ausgiebig, als der bei der Markierung seines Territoriums unterbrochene Roboter Flügelmutter in hektischem Eifer an ihm vorbeiflitzte, um mit Warne Schritt zu halten. Terri schloss die Tür hinter ihnen ab und geleitete sie durch den Korridor.

»Wie weit ist es bis zur Netzverwaltung?«, fragte Warne.

»Es liegt eigentlich auf dem Weg. Es ist gleich um die Ecke, beim …«

Terris Stimme wurde schlagartig von einem Reifenquietschen übertönt. Flügelmutter hatte einen vor ihnen im Gang

wendenden Elektrokarren erspäht. Er jagte aufgeregt hinter ihm her.
»Was macht er da?«, fragte Terri.
»Hab ich doch schon erzählt. Er jagt gern hinter Sachen her. – Flügelmutter!«, rief Warne und setzte zu einem leichten Trab an. »Keine Hatz! *Keine* Hatz!« Er rannte um eine Ecke, und Terri und Poole hefteten sich an seine Fersen.

Warnes Rufe verstummten bald. Mehrere Minuten lang blieb der Gang vor dem Robotiklabor still. Hin und wieder kam ein Utopia-Techniker vorbei. Dann tauchte am Ende des Korridors eine kostümierte Gestalt auf, die eindeutig zum Personal von Gaslight gehörte. Sie trug ein Highlander-Cape, einen wollenen Anzug, einen schweren hölzernen Spazierstock und schwarze Knopfstiefel. Während der Mann durch den Korridor schritt, musterten seine mandelförmigen Augen eine Tür nach der anderen und lasen die an ihnen befestigten Schilder.
Vor der Tür von Terris Büro blieb er stehen und schaute ziemlich beiläufig nach rechts und links. Er blieb außerhalb der Sichtweite des Türfensters, legte eine Hand auf den Knauf, drehte ihn langsam und leise und registrierte, dass die Tür verschlossen war.
Mit der Hand auf dem Knauf blieb er eine Weile stehen und horchte auf Geräusche im Inneren des Raums. Schließlich zog er die Hand zurück. Er ging ohne besondere Eile weiter und verschwand in der Richtung, aus der er gekommen war.

15.25 Uhr

Die für die Prominenz reservierten Räumlichkeiten ähnelten eher einem italienischen Palazzo statt einem Warteraum, mit dem Warne gerechnet hatte. Raffiniert gemeißelte Alabastersäulen strebten einer hohen Decke entgegen, die als ein blauweißer *Trompe-l'œil*-Himmel gestrichen war. Zwischen den Säulen plätscherten Barockspringbrunnen. Die Wände waren mit großen Landschaftsgemälden in schweren goldenen Rahmen verziert. In einer fernen Ecke spielte ein würdevoll aussehendes Streichquartett Kammermusik.

Hinter dem Eingang standen ein halbes Dutzend Wachmänner. Warne nannte dem ersten, der ihm über den Weg lief und Flügelmutter argwöhnisch beäugte, seinen Namen. Der Mann nickte und forderte ihn mit einer Geste auf zu folgen. Sie durchquerten einen großen Raum, und ihre Absätze quietschten auf rosarotem Carraramarmor. Terri folgte ihnen auf dem Fuße. Poole kam als Letzter. Er reckte neugierig den Hals und schaute sich um.

Sie kamen zu einer breiten Schwingtür, die in einen schmaleren, mit Teppichboden ausgelegten Gang führte. An beiden Wänden waren – meist geschlossene – Türen zu sehen. Aus einem Raum ganz in der Nähe hörte Warne eine sehr britisch und unnachgiebig klingende Frauenstimme laut und protestierend sagen: »Wir sind jetzt eine Stunde hier. Eine *ganze* Stunde! Stellen Sie sich das mal vor! Wir sind doch Gäste, keine Gefangenen. Mein Gatte gehört dem Hochadel an. Sie können doch nicht …«

Die Stimme schwand, während sie weitergingen. Der Wachmann blieb vor einer anderen Tür stehen, klopfte an und wartete, bis sie geöffnet wurde. Hinter der Tür tauchte ein

Gesicht auf und nickte dem Wachmann zu, der sich umdrehte und den Rückweg antrat.

»Wieso haben Sie so lange gebraucht?«, sagte der Mann. »Wir haben uns schon Sorgen gemacht.« Warne erkannte die stämmige Gestalt, das sonnengebräunte Gesicht und das helle, schüttere Haare des Sicherheitschefs Bob Allocco.

»Wir haben noch woanders vorbeigeschaut«, erwiderte Warne und folgte Allocco. Der Raum war klein, aber geschmackvoll eingerichtet. Wie überall in der Unterwelt Utopias ähnelte die künstliche Beleuchtung dem Tageslicht, um über die nicht vorhandenen Fenster hinwegzutäuschen. Ein Großbildfernseher stand ganz in der Nähe in einer Ecke; er war auf einen internen Kanal eingestellt. Warne entdeckte Sarah Boatwright. Sie war neben einem Sessel in die Hocke gegangen und sprach konzentriert mit einem Mann, der im Sessel saß und der Tür den Rücken zuwandte. Als sie Warne bemerkte, unterbrach sie das Gespräch und richtete sich abrupt auf. Ihre Lippen bildeten eine dünne Linie. Sie sah ganz anders aus als sonst.

»Was ist denn?« Warne ging rasch zu ihr hin. »Wo ist Georgia?«

»Gott sei Dank, du bist gesund! Georgia geht es gut. Dr. Finch kümmert sich persönlich um sie. Er sagt, sie schläft mindestens noch eine Stunde.« Sie schaute zu Allocco.

»Was ist denn?«, wiederholte Warne.

»Drew, kannst du dich daran erinnern, heute Morgen einen Norman Pepper kennen gelernt zu haben?«

»Pepper?«, murmelte Warne. Der Name kam ihm bekannt vor. »Pepper ... Ja, klar. Der Orchideenfachmann. Ich bin mit ihm in der Schwebebahn gekommen.«

»Er ist tot.«

»Tot?«, fragte Warne überrascht. »Wie das?« *Wahrscheinlich ein Herzinfarkt,* dachte er. *Der Mann hatte fünfzig Pfund Übergewicht. Wahrscheinlich war er der Aufregung nicht gewachsen. Was für eine Tragödie! Der Bursche hat sich so gefreut, hier zu sein. Er hat auch erzählt, dass er Kinder hat. Wie schrecklich …*

»Er wurde erschlagen.«

»Was?« Eine plötzliche Kälte durchrieselte Warne. Er schaute Sarah wortlos an.

»Mit einem schweren, stumpfen Gegenstand.« Alloccos ernste Stimme erfüllte den kleinen Raum. Er deutete mit dem Kopf auf den Sessel. »Dieser Herr hat ihn entdeckt. Er ist in den Salon für Experten von außerhalb gegangen, weil er glaubte, er bekäme hier ne Tasse Kakao. Stattdessen hat er Pepper gefunden.«

Der Mann im Sessel drehte sich um. Er war kahlköpfig, von unbedeutender Statur und trug einen winzigen Zahnbürstenschnauz. Eine dicke Brille mit runden Gläsern thronte auf seiner Nase. Er war noch bleicher als Sarah. Der noch immer verschreckte Warne brauchte eine Weile, um ihn zu erkennen: Es war Smythe, der Fachmann für Feuerwerke oder so was.

»Gott im Himmel«, murmelte Warne. Er sah Pepper vor seinem geistigen Auge. Er sah ihn vom Park schwärmen und sich auf fast theatralische Weise die Hände reiben.

»Warum hat man ihn umgebracht?«, fragte er.

»Das haben wir uns auch gefragt«, erwiderte Allocco. »Jedenfalls am Anfang. Er wurde nicht ausgeraubt. Seine Brieftasche war noch in seiner Jackentasche. Sie war so in Blut getränkt, dass wir große Mühe hatten, etwas Entzifferbares zu finden, um wen es sich handelt. Deswegen haben wir den Identifikator von seinem Revers gelöst und ausgelesen.«

Im Raum breitete sich Stille aus.

»Und?«, fragte Warne.
Allocco blickte zu Sarah. Warne drehte sich stumm und fragend zu ihr um.
»Er hat deinen Identifikator getragen.«
»Meinen Identifikator?«, sagte Warne mit trockener, wie betäubt klingender Stimme. »Wie ist das möglich?« Im gleichen Moment fiel es ihm ein: Der temperamentvolle Pepper hatte in der Schwebebahn die kleinen weißen Umschläge zu Boden gefegt. Dann hatte er sie aufgehoben und ihm den seinen zurückgegeben ...
»Unsere Identifikatoren wurden bei der Ankunft vertauscht«, sagte er. »Es kann nicht anders gewesen sein. Dann hat der Identifikator, den ich in ›Finsterwasser‹ verloren habe, wohl Pepper gehört.«
Sarah trat einen Schritt auf ihn zu. »Ich weiß. Es ist eine schreckliche Sache.«
Eine schreckliche Sache ... Auch in diesem extremen Moment konnte Warne Peppers Bild nicht aus seinem Geist vertreiben. *Es hätte auch mich treffen können. Es hat mich treffen sollen ...*
»Was werden Sie in dieser Sache unternehmen?«, fragte Poole.
»Das Einzige, was wir tun können. Wir lassen den Toten dort, wo er ist, und versiegeln den Salon. Und wir alarmieren die Polizei.« Sarah tauschte einen Blick mit Allocco. »Sobald wir es können.«
Jemand klopfte an die Tür. Allocco öffnete. Eine junge Frau in einem weißen Blazer trat ein. Sie trug eine riesige Teetasse, die sie Sarah reichte. Sarah bedankte sich murmelnd und bot Smythe die Tasse an, der jedoch mit einem kurzen, raschen Kopfschütteln ablehnte.
»Ihnen ist natürlich klar, dass Sie vorerst hier bleiben müs-

sen«, sagte Allocco und drehte sich zu Warne um. »Oder im medizinischen Zentrum, bei Ihrer Tochter, falls Ihnen das lieber ist. Wir haben beide Bereiche abgeriegelt.«

Warne, der noch immer über Pepper nachdachte, kam nicht ganz mit. »Wie bitte?«

»Dass diese Leute Sie suchen, haben wir schon gewusst. Jetzt wissen wir, dass sie Sie umbringen wollen.«

Die Furcht machte Warnes Glieder schwer und träge. »Aber warum? Warum mich? Es ergibt doch keinen Sinn.«

»Und ob es einen Sinn ergibt.« Terri ergriff das Wort, und alle Blicke richteten sich auf sie. Sie errötete kurz, als überrasche sie der Klang ihrer eigenen Stimme. Dann holte sie tief Luft und schob das Kinn hervor. »Es beweist, dass Sie Recht haben. In Sachen Metanet, meine ich – und was den Trojaner betrifft.«

»Ich kann Ihnen nicht folgen«, sagte Allocco.

»Dr. Warne sollte ursprünglich erst nächste Woche hier sein. Dass er jetzt schon gekommen ist, konnten diese Typen nicht einplanen. Außerdem würden sie nicht versuchen, ihn umzubringen, wenn sie nicht wüssten, dass er ihnen schaden kann.«

»Es passt zusammen«, sagte Poole. Er war zur Kaffeemaschine gegangen und genehmigte sich eine Tasse.

Allocco musterte ihn finster, dann murmelte er etwas Unverständliches vor sich hin.

»Das glaube ich auch«, sagte Warne langsam. Er wandte sich jäh zu Sarah um. »Ich kann nicht hier bleiben. Ich muss etwas unternehmen.«

»Zum Beispiel?«, fragte Allocco sarkastisch. »Wollen Sie ein paar Achterbahnfahrten machen? Sich eine Vorstellung anschauen?«

»Ich glaube, ich bin auf etwas gestoßen. Auf etwas Wichtiges.«

Sarah sagte nichts. Sie wartete ab und musterte ihn konzentriert.
Warne sprach weiter. Er bemühte sich, seine trockene Kehle zu ignorieren. »Ich glaube, ich habe den Port lokalisiert, den diese Leute benutzen.«
»Port?«, sagte Allocco. »Was soll das nun wieder heißen?«
»Na, den Port. Den physikalischen Knoten, an dem sie das Utopia-System angezapft haben.«
»Verstehen *Sie* das?«, fragte Allocco Sarah.
»Woher weißt du das?« Sarah schaute Warne noch immer an.
»Deswegen habe ich mich auch verspätet. Ich habe einen Trojaner entdeckt, den jemand ins Metanet kopiert hat, Sarah. Er schickt Informationen von Terris Terminal in euer Netz. Ich habe einen Teil einer internen Adresse rekonstruiert. Es ist nicht viel, aber für einen Anfang reicht es. Wir sind damit zur Netzverwaltung gegangen, haben einen Packet Sniffer laufen lassen und nach anomalen Aktivitäten Ausschau gehalten. Du weißt schon: Packet-Verlust; irgendwas, das vielleicht eine Manipulation verrät …« Er hielt inne. »Ich kann es später genauer erläutern. Tatsache ist, dass wir einen unautorisierten Router aufgespürt haben. Er benutzt einen Port in dem …« Er wandte sich an Terri. »Wie heißt das noch mal?«
»Dem Kanal.«
»Vielleicht bringt es nichts. Es besteht die Möglichkeit, dass wir es nur mit einem falsch konfigurierten Switch zu tun haben. Aber wenn diese Leute das Gerät *wirklich* dort platziert haben, müssen wir es untersuchen, um rauszukriegen, was es bewirkt.«
»Eins muss ich Ihnen klarmachen«, sagte Allocco. »Wir

haben Ihnen gerade mitgeteilt, dass *diese Leute* Sie umbringen wollen. Es *ist* bereits jemand an Ihrer Stelle gestorben. Wollen Sie sich trotzdem mit ihnen anlegen?«

»Ich lege mich mit niemandem an. Ich suche nur ein Stück Hardware.« Warne schaute sich in dem kleinen Raum um und musterte die ihn umgebenden Gesichter. Dann wandte er sich wieder an Sarah. »Du hast mich um Hilfe gebeten, weißt du noch? Versteh mich nicht falsch. Ich hab die Hosen gestrichen voll. Aber es stimmt auch, dass ich *zu viel* Angst habe, um jetzt untätig auf dem Hintern zu sitzen. Draußen bin ich wenigstens ein *bewegliches* Ziel.«

Niemand sprach ein Wort.

»Der Router, den Sie erwähnt haben«, sagte Allocco. »Könnte es sich um das Ding handeln, das sich so verheerend auf unsere Überwachungskameras auswirkt?«

»Höchstwahrscheinlich.«

Allocco fragte Sarah: »Was halten Sie davon?«

Sarah ließ Warne nicht aus den Augen. »Bitte, Andrew, hör auf mich! Diese Leute schrecken nicht davor zurück, jemanden umzubringen, um ihr Ziel zu erreichen.« Ihre Stimme klang bemerkenswert fest. Warne fragte sich, wie es ihr angesichts dieses schrecklichen Drucks gelang, sich so zusammenzureißen. »John Doe hat selbst gesagt, dass wir bei der Explosion in ›Finsterwasser‹ großes Glück hatten. Ein Unschuldiger ist gestorben, weil man ihn mit dir verwechselt hat. Verstehst du, was ich meine?«

Ich glaube, du willst sagen, dass Georgia schon einen Elternteil verloren hat. Dass du meine Hilfe brauchst. Dass du aber nicht dafür verantwortlich sein willst, wenn ich das Opfer abgebe. »Ja«, sagte er.

»Und?«

»Wenn es schon einer tun muss, kann ich es auch tun.«

Allocco seufzte schwer. »Herrgott! Tja, dann gebe ich Ihnen eine Sicherheitstruppe mit.«

Warne schüttelte den Kopf. »Nein. Es wäre mir lieber, wenn diese Truppe meine Tochter bewacht.«

»Gut«, sagte Poole vom Kaffeeautomaten her. »Eine Sicherheitstruppe würde nur Aufmerksamkeit erregen. Für diesen Job reicht ein kleines Team.«

»Hab ich Sie um Ihre Meinung gebeten?«, fragte Allocco. Seine Stimme klang gepresst und gereizt.

»Die Leute, mit denen Sie es zu tun haben, sind eindeutig gut vorbereitet«, fuhr Poole fort, als hätte er ihn nicht gehört. »Wir können davon ausgehen, dass sie auch gut bewaffnet sind. Wenn sie eine Phalanx von Wachmännern sehen, die sich schützend um einen einzelnen Zivilisten schart ...« Er zuckte mit den Achseln und trank einen Schluck Kaffee. »Dann bräuchten sie nur noch eine kleine Handgranate. Ich würde eine M433A1 Dual Purpose nehmen: 45 Gramm A5-Verbindung. Mit einem Aufschlagzünder. Wenn man eins von diesen Dingern in eine Gruppe wirft – bumm! –, dann gute Nacht, Marie!«

Allocco stierte finster und schweigsam vor sich hin.

»Es ist ein Aufklärerjob. Für ein kleines Team. Holen Sie sich den richtigen Mann und geben Sie ihm ne Schrotflinte.«

»Der richtige Mann«, echote Allocco trocken. »Stimmt. Aber wer könnte das sein?«

Poole lächelte zurückhaltend und zupfte an seiner Tweedmütze.

»Trauen Sie diesem Burschen?«, sagte Allocco spöttisch zu Warne.

»Wenigstens ist er kein Maulwurf. Er ist ein Gast, kein Utopia-Mitarbeiter. Er ist zufällig hier.«

»Zufällig, aha.« Allocco zog Warne und Sarah abrupt zur Seite.
»Woher wollen Sie wissen, dass er nicht zu denen gehört?«, fragte er Warne.
»Wenn er mich umbringen wollte, wäre ich längst tot.« Warne zögerte. »Hören Sie, ich bin kein Held. Aber ich bin am besten qualifiziert, um der Sache nachzugehen.«
Allocco wirkte einen Moment nachdenklich. Dann ließ er die Arme sinken und trat zurück.
»Ich möchte, dass Sie meinen Mitarbeiter Ralph Peccam mitnehmen«, sagte er. »Er ist unser bester Videotechniker und zudem vertrauenswürdig. Außerdem ist er der einzige Mann bei der Sicherheit, der weiß, was hier läuft. Wenn die etwas haben, womit sie unsere Einrichtungen manipulieren, möchte ich, dass er es zu sehen kriegt.«
Warne nickte.
»Ich rufe Fred Barksdale an«, sagte Sarah. »Er soll euch noch einen Netztechniker mitgeben.«
»Okay«, sagte Warne. »Nein, einen Moment noch! Das dauert zu lange. Terri kennt das Netz aus dem Effeff.« Er drehte sich zu ihr um. »Wollen Sie mitkommen?«
Terri hob mit versuchsweiser Nonchalance die Schultern. »Ist vielleicht sicherer als in meinem Computerraum zu sitzen.«
Warne musterte Sarah, die einen nach dem anderen anschaute. Dann löste sie den türkisfarbenen Identifikator von ihrem Revers und heftete ihn an sein Jackett.
»Es ist ein Managementidentifikator«, sagte sie. »Solange du ihn trägst, hält dich niemand auf oder stellt dir Fragen.«
Sie wandte sich an den Mann im Sessel. »Mr. Smythe, bleiben Sie doch einfach für den Rest des Tages hier. Ruhen Sie

sich aus! Legen Sie sich hin, bis es Ihnen besser geht! In Ordnung?«

Smythe nickte schweigend.

Warnes Blick fiel auf den neben ihm hockenden Roboter. »Flügelmutter, *bleib hier!«*, befahl er mit ernster Stimme. Die Stereokameras des Roboters richteten sich auf ihn, als bettele er um eine Wiederholung der Anweisung. Da keine kam, gab er frustrierte Geräusche von sich und rollte langsam rückwärts in eine Ecke.

Sarah sagte zu Warne: »Ich muss John Doe die zweite DVD um 16.00 Uhr im ›Holokabinett‹ übergeben. Danach bleibe ich bei Georgia und beaufsichtige die Sache vom medizinischen Zentrum aus, bis du zurückkehrst. Sei vorsichtig! Tu nichts, was vielleicht Vergeltungsmaßnahmen provozieren könnte! Aber lass mich wissen, was ihr gefunden habt und ob es eine Möglichkeit gibt …«

»Moment mal«, fiel Warne ihr ins Wort. *»Du* sollst die Scheibe überbringen?«

Sarah nickte. »Er hat es ausdrücklich verlangt. Um sicherzugehen, dass wir diesmal keine Tricks versuchen.«

»Herrgott!« Warne fehlten die Worte. Dann umarmte er Sarah impulsiv. »Pass bloß auf!«

»Das Gleiche könnte ich zu dir sagen«, erwiderte sie. Sie küsste ihn auf die Wange und löste sich von ihm. Ein kurzer Blick nach hinten zeigte Warne, dass Terri ihn und Sarah mit dunklen Augen konzentriert musterte.

15.30 Uhr

Was genau ist eigentlich der Kanal?«, erkundigte sich Warne. Sie durchquerten einen breiten Korridor auf der B-Ebene, der am Bürokomplex der Kasinobetriebsleitung vorbeiführte.

»Der Kanal ist Utopias zentrale Routingstation«, erwiderte Ralph Peccam. »Sind Sie nicht in der Robotik an der – wie heißt die Uni noch mal: Carnegie-Mellon – tätig?«

»War ich mal.«

»Haben die Netzwerktypen da nen Verteilerschrank?«

»Natürlich.«

»Tja, der Kanal ist so was wie ein Verteilerschrank. Er ist nur ein paar Stufen größer.«

Der Mann nieste und vergrub sein Gesicht flink im Ellbogen seiner aufgeplusterten Bomberjacke. *Mann* war nach Warnes Ansicht leicht übertrieben: Mit dem roten Haarschopf und den zahllosen Sommersprossen ähnelte Peccam weniger einem Topvideotechniker als einem zur Algebrastunde gehenden Halbwüchsigen. Warne brauchte ihn nur anzuschauen, schon kam er sich alt vor.

Warnes Gedanken kehrten in die VIP-Suite zurück. Ihm fiel ein, wie Allocco ihn angeschaut hatte. Er hatte fast verächtlich gewirkt. *Wir haben Ihnen gerade mitgeteilt, dass diese Leute Sie umbringen wollen. Wollen Sie sich trotzdem mit ihnen anlegen?*

Der Druck auf seinem Brustkorb und das schnelle Pochen seines Herzens sagten Warne, dass dies das Letzte war, was er wollte. Aber er wusste auch, dass er nicht einfach in der VIP-Suite herumsitzen und Däumchen drehen konnte. Er konnte auch nicht im medizinischen Zentrum bleiben und darauf warten, dass Georgia erwachte oder die nächste Flut von Verletzten hereinströmte. Die Szene in »Finsterwasser« lief immer wieder in seinem Kopf ab: der plötzliche, heftige Ruck, die über ihm in der Dunkelheit ertönenden Schmerzensschreie. Und das Allerschlimmste: Georgias Gesichtsausdruck.

Seine Wut auf die Leute, die für all dieses Leid verantwortlich waren, stieg. Falls er etwas herauskriegen, irgendetwas in Erfahrung bringen konnte, das dazu beitrug, Sarahs Park zu retten, wollte er es tun. Es war zwar nicht viel, aber immerhin etwas.

»Was glauben Sie, was wir da drin finden?«, fragte Poole.

»Switches«, erwiderte Peccam. Sie kamen nun an eine Kreuzung. Er führte sie um eine Ecke und durch einen schmalen, zweckmäßigen Gang. »T-1- und T-2-Verbindungen. Stromanschlussdosen. Und jede Menge Strippen. Im Grunde handelt es sich beim Kanal um die riesige Umhüllung der unterirdisch gelegenen ›Kreischer‹-Senke. Um einen Kasten, der um einen anderen Kasten herumläuft. Da geht nie jemand rein, es sei denn, aus Gründen der Wartung. War gar nicht so einfach, jemanden aufzutreiben, der eine Zutrittskarte hat.« Peccam hob das an einer Kordel um seinen Hals hängende Plastikdreieck hoch. »Wie man hört, ist es da auch dunkel. Hoffentlich hat jemand an eine Taschenlampe gedacht.«

Pooles Blick huschte von Peccam zu Warne, dann zu Terri. »Verdammt«, sagte er leise. »Wonach suchen wir eigentlich genau?«

»Nach einem Router«, sagte Terri. »Es ist ein grauer Kasten, der ungefähr dreißig Zentimeter lang und zehn hoch ist. Den man irgendwo unerlaubt dort installiert hat.« Sie schwenkte einige gefaltete Papiere. »Ich hab die Netzwerkstruktur mitgebracht und kenne die ungefähre Lage. Wenn wir erst mal drin sind, können wir nach Spuren suchen.«

»Im Kanal gibt es wahrscheinlich hundert Router«, sagte Peccam. »Wie kommen Sie darauf, dass gerade dieser unautorisiert ist?«

»Ich habe das interne Netz durchsucht«, erwiderte Warne. »Sein Banner passt nicht zu den anderen.«

Nun schaute Peccam verblüfft drein. »Wie meinen Sie das?«

»Jede Netzwerkhardware hat einen Identifikationsbanner, der angezeigt wird, wenn man sie richtig anpingt. Ich bin über einen Banner gestolpert, der nicht zur Standardkonfiguration passt. Laut Terris Plan muss es ein Router im Kanal sein.«

»Hm«, machte Peccam. Er klang irgendwie skeptisch.

Warne schaute ihn kurz an. Die Spannung fiel unter einem Aufwallen von Unsicherheit von ihm ab. Seine linke Schulter pochte. Möglicherweise war alles ein fruchtloses Unterfangen. Was ihm in Terris Büro wie ein schlauer Einfall erschienen war, kam ihm jetzt töricht vor. Wahrscheinlich würden sie eine Stunde lang suchen und dann auf irgendeine schadhafte Schalttafel stoßen. Sie sollten lieber in den Computerraum zurückkehren, den Code bearbeiten und versuchen, die manipulierten Roboter aufzuspüren und vom Netz zu nehmen.

Der Korridor endete an einer kleinen, bis auf ein rotes Schild unbeschrifteten Tür: »Vorsicht! Hochspannung. Eintritt nur für Personal.«

»Hier ist es.« Peccam zog die Kordel über seinen Kopf und hob die Kennkarte in Richtung Lesegerät.

Poole packte plötzlich sein Handgelenk.

»Was soll das?«

»Wir haben die Schlachtordnung noch nicht festgelegt.«

»Die Schlachtordnung?« Peccam schnaubte. »Das ist doch nur ein Kabelraum.«

»Und wenn es das Vereinslokal der Vereinigung wohltätiger Pfarrerswitwen wäre. Wer keinen Schlachtplan aufstellt, wird selbst geschlachtet.« Poole deutete auf die verschlossene Tür. »Hören Sie jetzt mal auf einen ausgebildeten Profi! Wir müssen wie bei einer Infiltration vorgehen. Wenn wir drin sind, wird erst mal die Lage gepeilt. Ist sie sicher, können Sie mit der Suche nach diesem … Router weitermachen.«

»Verdammt noch mal«, sagte Peccam. »Wenn ich gewusst hätte, dass ich hier Schütze Arsch spielen muss, hätte ich meinen Kampfanzug angezogen.«

Poole musterte ihn von oben bis unten. »Wäre vielleicht hilfreich gewesen«, sagte er spöttisch.

Peccam zog die Karte durch das Lesegerät.

Ein Klicken ertönte. Die Tür sprang auf. Poole gab ihnen mit einer Geste zu verstehen, dass sie warten sollten. Dann blickte er sich kurz um. Schließlich drückte er sich an den Türrahmen und schob die Tür mit einem Finger auf. Warne registrierte, dass sie ungewöhnlich dick und innen mit etwas beschichtet war, das wohl den Schall dämpfen sollte.

Poole streckte den Kopf mit einer schnellen, schlangenhaften Bewegung um die Ecke. Er blieb einen Moment reglos, dann wich er zurück und bedeutete ihnen mit einem Nicken, ihm zu folgen.

Das Innere des Kanals war nur spärlich beleuchtet. Kabel und Drähte in jeder vorstellbaren Dicke und Farbe verliefen an beiden Wänden des schmalen Ganges nach oben. Warne kam sich vor wie im Inneren eines monströsen Albtraumhauses. Er schaute nach oben, kniff im Dunkel die Augen zusammen und versuchte, die Decke ausfindig zu machen. Auf beiden Seiten blinkten und flackerten Gruppen winziger Lämpchen. Etwa sieben Meter weiter ragte in dem voll gestopften Gang eine Eisenleiter auf. Sie führte zu einem Laufsteg, der an der Außenwand entlang verlief. Schaltungen und Relais rauschten und klickten in der Finsternis wie mechanische Insekten. Alles wurde von einem leisen, kaum wahrnehmbaren Dröhnen untermalt.

Als Warne die nicht enden wollenden elektronischen Einrichtungen sah, verschlechterte sich seine Stimmung. Die Überzeugung, die in ihm heranwuchs, wurde noch stärker. Es war ein fruchtloses Unterfangen. In diesem Gekröse würden sie den Router nie finden …

Das leise Dröhnen wurde plötzlich stärker, höher und lauter, bis es den Kanal mit einem gespenstischen Geheul erfüllte. Die Wände um sie herum schienen zu tanzen.

»Heiliger Bimbam!«, übertönte Poole den Lärm. »Was ist denn das?«

»Der ›Kreischer‹«, rief Peccam. Er zog ein Taschentuch hervor, putzte sich die Nase und verstaute es wieder. »Das Gleis führt gleich dahinter unter die Parkebene.« Er deutete mit dem Daumen auf die Wand. »Der Kanal ist wie ein dünner Karton, der die Grube umgibt. Warum, glauben Sie, hat man die ganze Verkabelung hierher verlegt? Für etwas anderes wäre der Raum nicht zu gebrauchen.«

Sie warteten reglos ab, bis der Lärm abnahm und dann völlig verstummte. Nach dem schrecklichen Dröhnen wirkte die Stille nun noch betonter.

Warne schaute zu Terri zurück. Ihre Augen waren groß und hell. Sie presste die Lippen aufeinander. Ihr weißer Laborkittel schien im matten Licht zu leuchten.

»Haben Sie nicht gesagt, Sie leiden an Klaustrophobie?«, fragte er leise.

Terri nickte. »In der U-Bahn. In Tunnels. Ich würde in keine Achterbahn steigen.«

»Wie halten Sie es dann hier aus?«

»Weil es dunkel ist. Außerdem muss ja jemand Ihr Händchen halten.«

Sie bahnten sich hintereinander einen Weg durch den Schacht.

Der Kanal hatte den Grundriss eines Quadrats: Vier lange, enge Gänge stießen in einem Winkel von neunzig Grad aufeinander. An der ersten Biegung hielt Poole an und lugte langsam um die Ecke.

Peccams Niesen klang in der Stille wie eine Explosion.

Poole zuckte von der Gangbiegung zurück, musterte den Techniker finster und legte tadelnd einen Finger auf seine Lippen.

Warne spürte, dass er schneller atmete. Er redete sich ein, dass hier nichts war. Im besten Fall würden sie auf irgendeinen unansehnlichen Metallkasten voller Platinen und Strippen stoßen. Sie brauchten schon Glück, um nur ihn zu finden. Doch irgendwie stieg die Spannung der Gruppe so schnell an, dass sie fast greifbar wurde. Es lag zum Teil an Poole – an seiner gewohnheitsmäßigen Vorsicht und seinem absurden paramilitärischen Gehabe. Zum Teil lag es aber auch an der Stille, die in dieser Dunkelheit fast wie eine wachsame und feindselige Präsenz wirkte. Außerdem hatte das plötzliche Aufbrüllen der Achterbahn Warnes Nerven gehörig mitgenommen. Was auch immer der Grund sein mochte, die Gruppe, die Poole um die Ecke und tiefer ins elektronische Dickicht hinein folgte, bewegte sich nun so verstohlen wie möglich.

Sie begegneten einem Reinigungsroboter, der langsam an der Außenwand entlangfuhr. Ein Miniaturstaubsauger, an einen langen Stiel montiert, glitt sanft über zahllose Koppelungen. Warne huschte an ihm vorbei und nahm

sich vor, seine Programmierung später mit Terri zu überprüfen.
Auf halbem Weg durch den zweiten Gang des Quadrats kam das ferne Grollen zurück: Wieder raste ihnen von oben eine Bahn entgegen. Diesmal wartete Warne nicht. Er wandte sich von der Wand ab, drückte das rechte Ohr an seine Schulter und hielt sich das linke mit der Hand zu. Terri folgte seinem Beispiel. Das Gepolter wurde zu einem Brüllen. Das Beben nahm zu und ebbte schließlich ab. Die Gruppe ging weiter.
Bald erreichten sie die nächste Biegung. Auch diesmal schaute Poole vorsichtig um die Ecke. *Warum macht er sich die Mühe?,* dachte Warne. Bei dieser matten Beleuchtung konnte man doch ohnehin gerade mal sieben Meter weit sehen. Er folgte Poole fröstelnd in den dritten Gang des Quadrats. Herrgott, war es kalt hier unten. Jetzt nur noch eine Biegung, noch ein Gang, dann waren sie wieder da, wo sie angefangen hatten. Dann endete dieses sinnlose Spähtruppunternehmen und sie konnten sich an die Arbeit machen, den Router aufzuspüren. Natürlich nur, wenn …
Tief in Gedanken versunken knallte Warne gegen Pooles Rücken.
Der Mann war urplötzlich stehen geblieben und stand reglos in der Finsternis. Poole streckte langsam die rechte Hand aus und hob die Handfläche nach oben. Warne hörte Peccam schwerfällig hinter sich atmen und reckte den Hals, um im Dunkeln etwas zu sehen.
Dort, wo sein Blickfeld endete, glaubte er eine vage, fast traumhafte Gestalt zu erblicken. Warne kniff die Augen zusammen und beugte sich vor. Pooles Vorsicht war so ansteckend, dass er spürte, wie seine Nerven sich spannten. Er war sich nun ganz sicher: Da saß ein schlanker Mann in einem

blauen Overall auf einem Hocker und lehnte sich mit dem Rücken an eine Art Karren. Ein Kopfhörer bedeckte seine Ohren, sein Gesicht war abgewandt. Er schien auf einer Tastatur zu tippen und schaute auf einen kleinen Bildschirm zwischen seinen Knien.

Das leise Beben der nächsten sich nähernden Bahn ließ den Kanal langsam vibrieren.

Poole gab Warne ein äußerst langsames Zeichen: Er wollte, dass er sich zurückzog. Das Grollen der Bahn wurde lauter, das Kreischen von Rädern auf Metall war durch die schalldichten Wände deutlich zu vernehmen.

Dann schaute der Mann am Ende des Korridors auf.

Poole verharrte augenblicklich. Warne sah, dass der Fremde den matt erleuchteten Gang absuchte. Seine Augen blitzten auf, als er sie erspähte. Er schaute sie an und fing wieder an zu tippen. Zuerst langsam, dann schneller.

Poole trat einen Schritt vor.

Der Mann im Overall ließ sie nicht aus den Augen. Er nahm Eingaben vor, betätigte die Entertaste und schrieb weiter. Dann schob er ziemlich beiläufig eine Hand in den neben ihm stehenden Mehrzweckkoffer und kramte nach irgendetwas.

Das Brüllen der vorbeirasenden Achterbahn erfüllte den kaminartigen Raum mit fast körperlicher Präsenz.

Poole ging einen weiteren Schritt vorwärts.

In der gleichen Sekunde – völlig unerwartet und rasend schnell – war der Mann auf den Beinen. Die Tastatur flog nach hinten. Poole schrie etwas, aber Warne konnte ihn wegen des Lärms nicht verstehen. Der Mann schaute sich kurz um, als suche er etwas. Dann schob er eine Hand in den Overall und zog sie wieder hervor.

Poole wirbelte herum und stieß Warne grob zu Boden. Während Warne fiel, sah er, dass ein plötzlicher Blitz die nur schwach erkennbaren Umrisse des Ganges erhellte. Poole schoss im gleichen Moment mit hastigen, krebsartigen Bewegungen in den Gang hinein. Der Mann im Overall richtete etwas auf ihn, dann blitzte es erneut. Wieder wurde ein Heulen laut, und als das Dröhnen der Achterbahn nachließ, vernahm Warne das Krachen einer Schusswaffe. Er wich instinktiv zurück und seine Schultern drückten sich an die scharfen Kanten von Schalttafeln. Er wandte sich zu Terri um und drückte ihren Kopf schützend nach unten.

Poole und der Mann im Overall waren nun in einen verzweifelten Kampf verwickelt. Als Warne hochschaute, hob Poole eine Faust, riss den Ellbogen hoch und drosch ein-, zweimal auf das Gesicht des Mannes ein. Der Mann wankte und schüttelte den Kopf, als wolle er seine Benommenheit vertreiben. Dann sprang er plötzlich vor und hob die Hand mit der Waffe: Poole schlug mit der Handkante auf das Gelenk seines Gegners. Das Schießeisen fiel scheppernd zu Boden. Der Mann ging nun wie ein Nahkämpfer in Stellung, dann schwang er mit großer Schnelligkeit herum und holte mit einem Schwingertritt gegen Pooles Magen aus. Poole taumelte zurück, der Mann folgte ihm und zielte mit gemeinen Tritten auf seinen Kopf. Poole duckte sich. Da nahm der Mann Reißaus, lief um die Ecke und verschwand.

»Mein Gott!«, rief Terri.

Warne schaute hinter dem Flüchtenden her und drückte Terri fest an seine Brust. Er war sprachlos. Seine Ohren klingelten. Der Kampf war so kurz gewesen, so unerwartet, dass er sich fragte, ob er überhaupt stattgefunden hatte. Obwohl er keine zehn Sekunden gedauert hatte, war er brutal und grauenhaft besonnen gewesen. Eine professionelle Auseinandersetzung, bei der sich jeder so schnell wie möglich

bemüht hatte, den anderen auszuschalten. Trotz seines militärischen Gehabes war Poole Warne bisher stets unbedrohlich, ja, sogar irgendwie drollig erschienen. Doch seine Meinung hatte sich in weniger als einer Minute geändert.
Poole war hinter der Ecke verschwunden, in der Richtung, die der Flüchtling genommen hatte. Nun tauchte er wieder auf und bedeutete ihnen, zu ihm zu kommen. Neben ihm flackerte der Mehrzweckkoffer des Fremden hell auf, als werde er von innen beleuchtet. Eine Rauchfahne stieg in die Höhe.
Warne ließ Terri los und stand auf. Seine Beinmuskeln zitterten und zuckten. Er nahm ihre Hand, und zusammen schritten sie vorsichtig durch den Gang. Peccam schloss sich ihnen an.
Poole hatte das Schießeisen aufgehoben und in seinen Gürtel gesteckt. »Bleiben Sie da stehen«, sagte er, als sie die Ecke erreichten. Dann winkte er Peccam zu sich.
»Wohin führt die Tür da?«, fragte er schwer atmend.
Warne schaute um die Ecke und erspähte in der Innenwand des Kanals eine kleine Tür. Sie stand offen und blockierte so seinen Blick auf den hinter ihr liegenden Gang. Statt mit einem Lesegerät war sie mit einer altmodischen Eisenhaspe versehen.
»Zum ›Kreischer‹-Gleis«, sagte Peccam. »Der Kanal ist um das Ding herumgebaut.«
»Führt hier noch ein anderer Weg raus?«
»Nein. Es sei denn, Sie wollen über das Gleis der Achterbahn laufen. Aber die Grube ist unglaublich steil. Wenn da eine Sicherheitsüberprüfung ansteht, sind die Leute immer angeseilt.«
Poole zögerte. Der ätzende Geruch aus dem Mehrzweckkoffer wehte ihnen entgegen und brannte Warne in den

Augen. Dann griff Poole in ein nahes Geräteregal und entnahm ihm mit einem Brummen eine eiserne Querstange. »Verrammeln Sie die Tür hinter mir!«, sagte er und reichte Peccam die Stange. »Machen Sie erst wieder auf, wenn ich es sage. Wenn ich in fünf Minuten nicht zurück bin, holen Sie Hilfe. Sie alle. Bleiben Sie zusammen! Trennen Sie sich nicht!« Er zog die Pistole aus dem Gürtel, lud sie durch und eilte schnell und zielbewusst Richtung Tür.

Warne wollte ihm automatisch folgen, doch sein Fuß stieß gegen etwas Schweres. Er schaute zu Boden. Da stand eine große Sporttasche. Unter einem niedrigen Regal war sie fast unsichtbar. Wahrscheinlich hatte der Mann im Overall sie gesucht. An einem Ende des geöffneten Reißverschlusses leuchtete die Mündung einer großen Waffe.

Neben Warne rührte sich etwas. Er drehte sich um. Es war Peccam. Auch er hatte die Sporttasche gesehen. Einen Moment lang starrten sie beide die Waffe schweigend an.

»Ich nehm sie lieber an mich«, sagte Warne leicht unsicher.

Peccam schaute ihn an. »Nein, ich glaub, die nehm lieber ich.«

»Ich hab sie zuerst gesehen.«

»Ich bin Utopia-Mitarbeiter.«

»Aber ich bin derjenige, der umgebracht werden soll …«

»He!«

Die beiden Männer reckten den Hals. Es war Poole.

»Fassen Sie *nichts* an! Verrammeln Sie nur die Tür hinter mir!«

Er ging mit erhobener Pistole zu der offenen Tür. Dann nickte er ihnen zu, huschte durch den Türrahmen und verschwand.

15.33 Uhr

Poole trat ins Dunkel hinein und duckte sich angesichts des trüben Lichtrechtecks, das schräg in den offenen Durchgang fiel. So düster der Kanal auch war, die Grube, die er umgab, war noch finsterer. Poole lehnte sich an die Wand, holte langsam Luft und wartete. Das Lichtrechteck wurde schmaler. Als die Tür zu war, verschwand es abrupt. Er hörte das Klappern von Metall, als Peccam die Tür verrammelte.

Mit der Pistole im Anschlag schlich Poole ein paar Schritte an der Wand entlang. Er glaubte zwar nicht, dass der Mann im Overall noch eine Waffe hatte, aber er wollte kein Risiko eingehen. Jahrelange Ausbildung, halb vergessen, machte sich instinktiv wieder geltend. Er holte mehrmals gleichmäßig Luft. Seine Blicke suchten die nur undeutlich erkennbare Umgebung ab.

Seine Augen passten sich schrittweise an. Er befand sich im Inneren eines riesigen Tunnels, der an allen Seiten an die Kabelwände grenzte. Vor ihm wucherte ein Wald aus Stahlpfeilern, die von den Verankerungen im Betonboden zu einer komplizierten Architektur aus Sparren und Balken in die Höhe stiegen. Irgendwo, weit über ihm, schwebte ein schmaler Lichtkreis: die enge Öffnung, durch die die in die Tiefe sausende Achterbahn kurz unter die Parkebene fuhr. Als er mit dem Rücken an der Wand stand, glaubte er von Boardwalk herab Gesang oder Gelächter zu hören. Hier in der Schwärze wirkte es unglaublich weit entfernt: ein Traumkönigreich, das die Fantasie einem vorgaukelte, ohne dass man es je sah.

Pooles Blick wanderte von der schwachen Lichtquelle fort. Im Moment brauchte er die Dunkelheit.

Er pirschte verstohlen an der Wand entlang, dämpfte jeden Schritt und suchte die fast schwarze Umgebung vor sich pausenlos ab. Er wusste nicht genau, warum der Mann hierher geflüchtet war. Ihre Ankunft hatte ihn zweifellos überrascht. Trotz alledem hatte er, als sie sich ihm genähert hatten, weitergearbeitet. Dieser Hacker war ganz schön kaltblütig und bestimmt keine Memme. Poole fragte sich, was dem Burschen so wichtig gewesen war. Warum hatte er seine Flucht so lange verzögert, um noch etwas in die Tastatur einzugeben?

Aber im Moment spielte es keine Rolle. Das Wichtigste war, dass der Typ nicht leicht in Panik geriet. Er war aus einem bestimmten Grund hier.

Poole schob sich weiter an der Wand entlang. Hätte er ein Quäken oder Rauschen gehört, irgendetwas, das nach einem Funkgerät klang, hätte er keine Wahl gehabt und wäre sofort zur Tat geschritten. Doch jetzt bestand seine beste Option darin, im Dunkeln zu bleiben und zu warten, bis …

Mit urplötzlicher Brutalität stürzte ein Tollhaus auf ihn herab. Die Stahlträger bebten. Eine Woge von Überdruck zerrte an seinen Trommelfellen. Poole duckte sich und bedeckte sein Gesicht. Das Dröhnen war wie eine Maschine Gottes. Er war schlagartig von aufblitzenden Funken umgeben; Schreie und fröhliche Rufe hallten wider, als die Achterbahn über seinem Kopf dahinfegte, wieder in die Höhe jagte und den Lärm hinter sich her zog, als sie die Rampe hinaufschoss.

Erneut breitete sich in der Schwärze Stille aus. Poole richtete sich auf. Er verharrte reglos. *Wieso Funken? Muss irgendein Spezialeffekt sein.* Was es auch war, in sechzig Sekunden zog die nächste Bahn vorbei, um ihn mit Licht und Lärm zu überschütten. Er musste sich einen Platz suchen, an dem er nicht so einfach auszumachen war.

Er stieß sich mit dem Ellbogen von der Wand ab und schlich, die Pistole in der Hand, geduckt von einem Pfeiler zum anderen. Unter seinen Füßen knirschte etwas, und er fluchte und duckte sich hinter eine tragende Säule. Über ihm wanden sich die gewaltigen »Kreischer«-Gleise in die Tiefe. Sie leuchteten stumpf in der schweren Luft.

Von seinem Aussichtspunkt hinter der Säule aus schaute Poole sich um und lauschte. *Was hat der Typ vor, verdammt?* Er versuchte, sich in den Hacker zu versetzen. Der Bursche hatte nie im Leben damit gerechnet, ihnen plötzlich gegenüberzustehen. Er hatte auch unmöglich ahnen können, dass sie ebenso überrascht waren wie er, hier unten auf jemanden zu stoßen. Er musste also davon ausgehen, dass man ihm auf die Spur gekommen war. Er konnte nicht wissen, mit wie vielen Gegnern er es zu tun hatte und ob sie von beiden Seiten auf ihn zukamen.

Das musste es sein. Der Bursche hatte geglaubt, er sei eingekreist. Deswegen hatte er sich hierher verdünnisiert.

Aber in eine Sackgasse. Wenn der Kerl hier rauskommen wollte, musste er klettern …

Als das nächste Beben einsetzte, war Poole vorbereitet. Er schmiegte sich an die Säule und richtete den Blick nach unten, weg von der heranrasenden Bahn. Einmal mehr fiel das Gekreisch wie ein schwerer Klangteppich über ihn her. Künstlich erzeugte Funken sprühten von den Rädern. Poole sah für einen kurzen Augenblick, dass der Boden heller wurde. Er erkannte zahlreiche Gegenstände: Ohrringe, Haarspangen, Mützen, Brillen, Münzen. In einer kleinen Lache aus öliger Schmiere lag ein Gebiss. Poole glaubte zuerst, es handele sich um Abfall. Dann wurde ihm klar, dass Insassen vorbeirasender Achterbahnen das Zeug verloren hatten.

Als die Bahn wieder hinaufraste und das grauenhafte Getöse sich legte, schaute er nach oben. Das Funkengeflacker erstarb. Er sah in seiner Nähe eine Gestalt. Zumindest glaubte er sie zu sehen. Sie hob beide Hände über den Kopf und machte dort irgendetwas. Als das schwache Licht verblasste, blieb die Gestalt stehen. Ihre Hände rührten sich nicht mehr.

Poole trat hinter die Säule zurück. Es war der Mann im Overall. Na schön. Außerdem schien er heftig an etwas zu arbeiten.

Was er auch tat – er brauchte Licht dazu.

Poole wartete und zählte die Sekunden, bis die nächste Bahn in die Tiefe schoss. Er erlaubte sich keine Bewegung, nicht mal das kleinste Flackern eines Lides. Hier, zwischen zwei durchfahrenden Bahnen, würde auch der Mann im Overall wachsam sein.

Dann kam es wieder: das Beben, das im Bauch anzufangen und sich dann bis in die Fingerspitzen und Zehen auszubreiten schien. Um Poole herum wurde ein leises Grollen hörbar. Dann das Abstiegsbrüllen der Bahn.

Als der Lärm seinen Höhepunkt erreichte, lugte Poole um die Ecke des Stahlträgers. Da war der Mann, erhellt vom vorbeiziehenden Leuchten. Er hielt die Hände auch diesmal über den Kopf, und seine Unterarme bewegten sich, als schraube er irgendwo irgendetwas ein.

Poole schaute zu, bis der Mann seine Arbeit beendete, die Arme jäh sinken ließ und aus seinem Blickfeld verschwand. Doch er hatte seine Bewegungen längst durchschaut. Inzwischen wusste er nur allzu gut, wie der Mann hier herauskommen wollte.

Poole schob die Waffe ohne einen weiteren Gedanken in seinen Gürtel und sprang vor. Er raste auf die Stelle zu, an der der Mann gestanden hatte. Er riss beide Arme hoch, tastete sich am Gestänge nach oben und spreizte verzweifelt suchend die Finger. Da war es: die kühle, gummiartige Substanz von Plastiksprengstoff. Poole umschloss sie mit den Händen. Seine Finger fuhren leicht bebend und suchend in das Zeug hinein.

Dann krachte urplötzlich etwas heftig gegen seine Schläfe. Er sackte zur Seite. Seine Füße gaben nach. Die Pistole rutschte aus seinem Gürtel, fiel zu Boden und verschwand aus seinem Blickfeld. Der Mann im Overall hechtete sich auf die Waffe und tastete im Dunkel nach ihr. Poole rappelte sich auf, hob erneut die Arme, fand das C-4 und suchte so schnell wie möglich nach dem Zünder. Seine Finger schlossen sich um ihn.

Hinter ihm wurde ein Prasseln laut.

Langsam, fast liebevoll zog Poole den Draht aus der Ladung und hielt die Luft an, als er das Ende in der Luft hängen sah. Er drehte sich um und warf den Zünder in die Finsternis.

Das Dröhnen einer neuen Bahn ertönte. Im Funkenregen sah er den Mann im Overall, der, nur wenige Schritte von ihm entfernt, auf Händen und Knien noch immer die Waffe suchte. Poole stürzte sich auf ihn, doch der Mann wich ihm geschickt aus. Dann waren beide wieder auf den Beinen und jagten von einem Träger zum nächsten.

Poole folgte dem Geräusch sich entfernender Schritte. Dann erhaschte er einen Blick auf eine Gestalt, die sich schwarz von einem dunklen Hintergrund abhob, und hechtete sich auf sie. Er erwischte sie an den Knien, und beide Männer fielen in einem Knäuel zu Boden. Der Mann trat wild um sich, aber Poole wich ihm aus und schlug ihm heftig ins Gesicht. Zwei, drei weitere Schläge. Der Mann stöhnte, dann blieb er reglos liegen.

»Nummer eins«, sagte Poole keuchend und lehnte sich an einen Stahlträger.
In einigem Abstand erklang ein kurzes Zischen, dann blitzte es auf und qualmte. Der Zünder ging hoch. Poole machte sich nicht die Mühe, sich umzudrehen. Eine Achterbahn brauste wieder in die Tiefe und erfüllte die Umgebung mit wütendem Lärm. Poole hörte nicht hin. Er lehnte sich an den Träger und atmete tief ein und aus, bis die herrliche Stille endlich wieder zurückkehrte.

15.40 Uhr

Der Vorraum der Utopia-Sicherheitsabteilung wirkte auf Warne eher wie eine Grundschule statt wie ein Polizeirevier. Die in hellen Primärfarben gehaltenen Plastikstühle, der funkelnde Fliesenboden, die überdimensionale Analoguhr hinter dem Drahtgitter – all dies strahlte die Botschaft froher institutioneller Solidität aus. Sogar die Plakate an den Wänden, die die Sicherheitsvorkehrungen des Parks lobten oder den nächsten Notausgang für den Fall einer Feuersbrunst anzeigten, hingen nicht zufällig hier. Wie alles andere in Utopia hatte man auch diesen Bereich sorgfältig geplant. Die meisten Menschen, die den Weg in diese Abteilung fanden, waren schließlich zahlende Kunden: Opfer von Taschendieben, Eltern, die verirrte Kinder suchten, und Jugendliche, die ein Ding gedreht hatten. Es war wichtig, dass die Sicherheitsabteilung etwas Friedliches, Beruhigendes ausstrahlte, denn hier rechnete man nicht mit Kapitalverbrechern. Und man war auch nicht auf sie eingerichtet.
Warne schaute auf die Stühle in seiner Umgebung. Terri

Bonifacio saß neben ihm. Rechts von ihr kramte Peccam behutsam in der großen Sporttasche herum, die sie aus dem Kanal mitgebracht hatten. Hinter den beiden sprach Allocco mit Poole.

Warne legte einen Arm um Terris Schulter. »Gehts Ihnen gut?«

»Obs mir gut geht? Man hat mich verdächtigt, verfolgt und auf mich geschossen. Und der Tag ist noch jung. Und da soll es mir nicht gut gehen?«

Warne zog sie liebevoll an sich. »Ist meine Schuld. Tut mir Leid, dass Sie in die Sache reingezogen wurden.«

»Machen Sie sich bloß nichts vor! So was ist viel aufregender, als Servos zu programmieren und Codes zu studieren.« Terri lächelte schwach.

Warnes Blick fiel auf Allocco. Er wusste, dass er ihm zuhören sollte. Aber es war so, wie Terri gerade gesagt hatte: Der Nachmittag gestaltete sich dermaßen surreal, dass weit und breit keine Normalität in Sicht war. Warne fühlte sich wie in einem Traum, in dem man alles Unerwartete oder Unerhörte tun oder sagen konnte, weil die Situation sich daran anpassen würde ...

Also wirklich: Er ließ sich schon wieder ablenken. Er musste sich zum Zuhören zwingen.

»Soll das heißen, der Typ hat die Ladung *eigenhändig* angebracht?«, fragte Allocco gerade.

»So ist es. Die Ladung unter dem Gleis der riesigen altmodischen Achterbahn war schon da, als ich hinkam. Es ist zweifellos eine von vielen, die diese Typen im ganzen Park verteilt haben. Verstehen Sie?«

Allocco erblasste leicht, aber er nickte. »Fahren Sie fort!«

»Tja, als er gemerkt hat, dass wir ihm auf den Pelz rückten, ist er da reingelaufen, zwischen die Gleisstützen. Er hatte seine Waffe verloren und keine Zeit mehr, eine andere zu packen. Aber er hatte den *Zünder* bei sich. Er wollte die Ladung scharf machen und in Deckung gehen, bis sie hochging. Wäre die nächste Bahn nach unten gekommen …« Poole zuckte die Achseln und machte eine Handbewegung. »In dem danach herrschenden Inferno wäre er uns sicher entwischt.«

»Gott, wie kaltblütig!«, sagte Allocco. Seine Stimme klang ungläubig. »In jeder ›Kreischer‹-Fuhre sitzen hundertzwanzig Menschen!«

Die kleine Gruppe nahm dies schweigend zur Kenntnis.

Allocco schaute Warne an. »Vielleicht hat mich die Sache etwas durcheinander gebracht, aber … Haben Sie nicht gesagt, Sie wollen irgendein *Gerät* suchen? War das nur ein Vorwand? Haben Sie gewusst, dass wir Sie nicht da runtergehen lassen, wenn Sie uns die Wahrheit erzählen?«

Warne schüttelte den Kopf. »Nein. Die sind sehr gerissen vorgegangen. Der Bursche hat da unten eine Fernsteuerungsstation installiert und sie als simplen Hardware-Router getarnt. Als einen von tausend. Wer nach einem Eindringling gesucht hätte, hätte ihn nie gefunden. Hätte ich seinen Code nicht auseinander genommen und gewusst, wonach ich suchen musste …« Er hielt inne. »Aber es war trotzdem mehr oder weniger Glück.«

»Wir werden ja sehen, wie viel Glück wir hatten, wenn John Doe erfährt, dass wir einen seiner Männer geschnappt haben. Falls er es nicht schon weiß.«

Warne schaute Allocco an. »Was meinen Sie damit?«

»Weil uns die Bildzufuhr flöten gegangen ist, als Sie im Kanal Verstecken gespielt haben.«

»Flöten gegangen? Was soll das heißen?«

»Wir sehen nichts mehr. Die Überwachungskameras sind tot.

Im Park und in der Unterwelt. Überall. Die einzigen nicht betroffenen Bereiche sind die Spielkasinos, die ein eigenes, in sich geschlossenes Überwachungssystem haben, und die C-Ebene unter uns. Wir sind sozusagen blind.«

»Heiliger Bimbam!« Poole pfiff durch die Zähne.

»Ich glaube, das haben wir unserem fingerfertigen Freund zu verdanken«, sagte Warne. Ihm fiel der dunkle Kanal wieder ein, wo der Mann sie angeschaut hatte, ohne die Hände von der Tastatur zu nehmen. »Als er uns sah, hat er schnell noch was eingetippt.«

»Eins muss man dem Burschen lassen«, sagte Poole. »Er ist wirklich kaltblütig.«

»Das Einzige, das ich ihm *lasse*, ist ne Fahrkarte für eine einfache Fahrt ins Zuchthaus von Nevada«, sagte Allocco. »Was hat er sonst noch für Hinweise hinterlassen? Können wir aus seiner Ausrüstung schließen, was er genau vorhatte?«

Warne schüttelte den Kopf. »Er hatte einen Minicomputer neuester Machart bei sich. Er war in einem Koffer versteckt. Aber er hat ihn irgendwie frisiert. Bevor er abhaute, hat er ihn platt gemacht. Er ist in Rauch aufgegangen.«

»Eine Thermitladung«, fügte Poole hinzu. »Hat sämtliche festen Teile geschmolzen.«

»Verstehe. Dann sind die Typen uns bei allem, was wir tun, noch immer zwei Schritte voraus.« Allocco wandte sich an Peccam. »Was hast du gefunden, Ralph?«

Der junge Mann kramte in den Tiefen der Sporttasche. »Mal sehen … Hier isn Ersatzfunkgerät …« Er zog die Nase hoch und legte das Gerät auf einen niedrigen Tisch. »Aber mit nem Zerhacker und deswegen so nutzlos wie das im Kanal. Dann noch verschiedene Klemmen, Kabel und sonstiger Kram. Und ne ziemlich moderne Netzwerkausrüstung. Etwa fünfzig Päckchen Nikotinkaugummi. Was das hier ist, weiß ich nicht.« Er hob einen dünnen, kabelähnlichen Strang hoch.

»Zündschnüre«, sagten Allocco und Poole wie aus einem Munde.

»Zündschnüre. Ein paar Brote mit Erdnussbutter und Gelee.«

Poole streckte die Hand aus, nahm ein Brot an sich, holte es aus einer beschichteten Papierhülle und klappte es auf. »Vermutlich Jif. Erste Wahl!«

»Machen wir weiter«, knurrte Allocco. Er fuhr sich mit einem Fettstift über die Lippen.

»Dann noch das hier.« Peccam hielt einen schwarzen Kunststoffgegenstand mit drei Knöpfen in die Höhe: Zwei der Knöpfe waren grau, einer rot. Das Ding sah aus wie eine überdimensionale TV-Fernbedienung.

»Was ist das?«

»Ein Infrarotsender. Für große Entfernungen präpariert.« Peccam schwieg und hatte einen eigenartigen Ausdruck im Gesicht.

»Weiter, weiter!«

»Tja, ich hab keine Ahnung. Ich weiß nicht, was es bringen soll, nen Infrarotsender auf große Entfernungen zu frisieren.«

Allocco seufzte. »Erklär uns das!«

»Tja, im Grunde gibt es zwei Arten von Fernbedienungen. Die eine funktioniert im Infrarotbereich, die andere arbeitet mit Funkfrequenzen. Funk zieht man normalerweise vor, weil er ne größere Reichweite hat.« Peccam hob den schwarzen Gegenstand hoch. »Aber der Infrarotsender hier wurde weit über die Reichweite von Funkfrequenzen hinaus präpariert. Er reicht mindestens siebenhundert Meter weit. Ein sehr teurer Schnickschnack. Tja, wie schon gesagt, ich weiß nicht, was das soll. Funk kann durch Wände und um Ecken rum senden. Mit ner Infrarotfernbedienung wie der hier kann man zwar weiter senden, aber man braucht ein absolut freies Blickfeld. Warum sollte man sich also die Mühe machen, einen so teuren und starken Sender zu basteln, wenn man das Ziel sehen muss, auf das man ihn richtet?«

In der nun folgenden Stille fing Warne Pooles Blick auf. Der Mann wirkte nachdenklich.

»Danke für die Unterrichtsstunde«, sagte Allocco. »Sonst noch was?«

»Nein. – Ach ja, da ist noch ein Ding.« Peccam griff behutsam in die Tasche und entnahm ihr eine Waffe: eine kurze, flache Maschinenpistole mit einer hölzernen Schulterstütze und einem schweren Magazin. Der Lauf steckte in einem kegelförmigen Metallstück.

»Heckler & Koch, MP5SD«, sagte Poole mit einem anerkennenden Nicken. »Das Lieblingswerkzeug gut betuchter Verbrecher. Achten Sie auf den integrierten Schalldämpfer. Solange man Unterschallmunition verwendet, ist das Ding so leise, dass es praktisch keinen Geschossknall gibt. Man hört nur das Klicken des Verschlusses. Falls überhaupt.«

Einen Moment lang sagte niemand etwas. Alle saßen reglos da und starrten die tückische kleine Waffe an. Schließlich erhob sich Allocco von seinem Stuhl.

»Ich gehe lieber zu unserem Freund zurück«, sagte er. »Obwohl ich bezweifle, dass er irgendwas gesagt hat, seit ich ihn verlassen habe. Er gehört eindeutig nicht zur geschwätzigen Sorte.«

»Ich würde gern mitgehen«, sagte Poole.

Allocco schaute ihn an. »Warum?«

»Warum nicht?«
Allocco machte ein missgestimmtes Geräusch. Dann wandte er sich an den Videotechniker. »Bring das Zeug weg, Ralph! Und behalt die Zivilisten für mich im Auge!«
»Genosse Allocco kann mich wohl nicht besonders leiden«, sagte Poole sanft, nachdem er aufgestanden war. »Warum nur?«
Das frage ich mich auch, dachte Warne. Er wollte automatisch aufstehen, um Poole zu folgen. Dann fiel sein Blick wieder auf Terri. Sie saß aufrecht da und drückte die Hände an die Knie unter ihrem Laborkittel.
»Macht es Ihnen was aus, hier zu warten?«
»Wollen Sie mich auf den Arm nehmen? Gefängniszellen kann ich noch weniger ausstehen als verschlossene Schränke.«
»Wir sind gleich wieder da.« Warne stand auf, wandte sich um und ließ Terri bei Peccam zurück, der die Maschinenpistole vorsichtig wieder in der Sporttasche verstaute.

In Utopia gab es nur eine echte Gefängniszelle. Sie lag am anderen Ende des kahlen Korridors, der in den Vorraum der Sicherheitsabteilung mündete. Aber auch sie war nicht besonders gesichert. Es handelte sich lediglich um einen kleinen Raum mit einer festen Tür und einer an eine gepolsterte Wand geschraubten Pritsche. Im Gang vor dieser Zelle standen mehrere Wachmänner.
»Habt ihr ihn noch mal durchsucht?«, fragte Allocco.
»Ja, Sir«, erwiderte ein schwarzhaariger junger Mann. »Er hat keine Brieftasche bei sich. Auch kein Geld und keinen Ausweis. Nichts. Rein gar nichts.«
»Gut. Sperren Sie bitte auf, Lindbergh!«
Warne warf einen neugierigen und ziemlich vorsichtigen

Blick über Pooles Schulter. Der Hacker, wie er ihn inzwischen nannte, lümmelte sich auf der Pritsche herum. Er trug zwar noch immer den blauen Overall, doch das Elektrikerabzeichen hatte man von seinem Kragen entfernt. Er war drahtig und jung, etwa Mitte zwanzig, hatte einen dunklen Teint und langes, schwarzes, zu einem Pferdeschwanz zusammengebundenes Haar. Für Warne sah er wie ein Südamerikaner aus. Der Mann hatte die Unterschenkel übereinander geschlagen, seine nikotinfleckigen Hände lagen hinter seinem Kopf. Im Gesicht hatte er mehrere hässliche Schrammen; das glänzende Rosa verwandelte sich bereits in ein gesprenkeltes Gelbblau. Er schenkte der Gruppe kaum einen Blick.

Allocco trat breitbeinig vor und verschränkte die Arme vor der Brust. »Na schön«, sagte er. »Versuchen wirs noch mal. Wie heißen Sie?«

Schweigen.

»Wo sind Ihre Komplizen?«

Schweigen.

»Wie viele Sprengladungen haben Sie verteilt – und an welchen Orten?«

Der Mann auf der Pritsche schloss die Augen und nahm eine bequemere Position ein.

Allocco wippte auf den Fersen und atmete frustriert aus. »Die Polizei ist schon unterwegs. Sie sitzen bis zum Hals in der Scheiße. Wenn Sie kooperieren, kommen Sie vielleicht mit nem blauen Auge davon. Fangen wir also noch mal von vorn an. Wo sind die anderen Bomben?«

Auch auf diese Frage erhielt er die gleiche Antwort wie bisher.

Allocco drehte sich um.

»Darf ich mal?«, fragte Poole.

Allocco musterte ihn finster. »Was haben Sie vor? Wollen Sie ihm Zahnstocher unter die Fingernägel schieben? Ihn mit nem Brandeisen behandeln?«

»Möchte nur mit ihm reden.«

Allocco seufzte noch einmal. Dann gab er Poole einen zustimmenden Wink.

Warne schaute zu, als Poole seine Jacke glatt strich und den Sitz seiner Tweedmütze korrigierte. Er trat jedoch nicht vor. Er blieb, wo er war, und sprach den Mann auf der Pritsche quer durch die Zelle an.

»Die kleine Schlägerei tut mir Leid«, begann er. »Aber du weißt ja, wies ist. Ich kann doch nicht zulassen, dass du hier alles kaputtmachst und den Leuten den Spaß verdirbst. Was für ein schlechter Pfadfinderführer wäre ich dann wohl?«

Der Mann schwieg. Seine Augen waren noch immer geschlossen.

Warne hatte das Empfinden, dass die Atmosphäre urplötzlich noch surrealer wurde. Noch vor wenigen Minuten waren die beiden Männer mörderisch entschlossen aufeinander losgegangen. Nun fläzte sich der eine reglos auf einer Pritsche, während der andere in einem sanften, fast verständnisvollen Tonfall auf ihn einsprach.

»Traust dich wohl nicht, deinen Namen zu sagen, was?«, fuhr Poole fort. »Na, dann nenn ich dich Lump Nummer zwölf.«

Der Mann öffnete die Augen und richtete den Blick zur Decke.

»Ist schließlich nur ein Name. Dass du nicht Lump Nummer eins oder nur Nummer zwei bist, sieht man doch sofort. Ich hab überhaupt den Eindruck, dass du der unterste Mann an nem Totempfahl bist. Wie viele von euch sind hier? Zwölf?«

Der Hacker wandte den Blick von der Decke ab und schloss erneut die Augen.

»Nein, nicht so viele. Euer Anführer hat offenbar was auf dem Kasten. Ich wette, der setzt nur ein kleines Kommando ein. Fünf Mann, vielleicht ein halbes Dutzend. Utopia ist groß. Mit so was würde niemand rechnen. Eine kleine, erfahrene Gruppe: Da kann man genau nach Drehbuch arbeiten. Aber es muss schon ein sehr gutes Drehbuch sein. Sorgfältig ausgetüftelt. Damit jeder im Voraus weiß, wo was hinsoll. Zu weit im Voraus natürlich auch nicht: Man kann ja nicht das Risiko eingehen, dass jemand zufällig über eins eurer kleinen Geschenke stolpert, oder?«

Der Mann öffnete erneut die Augen. Schaute Poole an.

Poole lachte. »Na, wie mach ich mich?«

Der Mann wandte den Blick ab, schloss die Augen aber nicht. Er stierte die Wand an.

»Natürlich würde niemand von dir erwarten, dass du das System ganz allein beackerst. Da braucht man jemanden, der mittendrin sitzt. Der hier arbeitet. Nein, wenn ich richtig drüber nachdenke … Wenn ich die Sache durchziehen würde, müssten es zwei Mann sein. Eine Hilfskraft; jemand, den man einkauft und umdreht, damit er die Laufereien und das Organisieren übernimmt. Den anderen würde ich mir in ner höheren Etage suchen.« Poole nickte vor sich hin und fuhr beim Sprechen mit der Hand über den Kragen seines Rollkragenpullovers. »Ja. Der wäre dann mein Trumpf. Ein Typ, der weiß, wie alles abläuft; der weiß, wie man Systeme, die vor Eindringlingen warnen, und die anderen Abwehreinrichtungen des Parks umgeht. Aber er – oder sie – bräuchte sich die Hände natürlich nicht schmutzig zu machen. Könnte in aller Ruhe seine Nummer abziehen und so weiter.«

Der Hacker musterte erneut die Wand. Sein Mund war eine unbewegliche Linie.

Poole schüttelte den Kopf. »Ist wirklich schade. Denn wenn der Tag zu Ende geht, ist es immer Lump Nummer eins, der nach Hause fährt, ohne sich schmutzig gemacht zu haben. Und Lump Nummer zwölf kriegt alles ab. Spürst dus schon?«

Alle schwiegen still. Poole warf Warne einen Blick zu und zwinkerte. Die Stille zog sich hin.

»Schön, schön«, sagte Allocco schließlich. Sein ungeduldiger Tonfall wies eine Spur von Ironie auf. »Nun hat jeder seinen Senf abgelassen. Haben Sie noch irgendwelche Fragen, Lindbergh? Oder Sie, Dr. Warne?«

Mit dem Mann auf der Pritsche ging urplötzlich eine bemerkenswerte Veränderung vor. Er hatte bisher scheinbar entspannt dagelegen, ohne auf die Fragen zu achten. Doch nun setzte er sich auf. Sein Blick wanderte über die Gruppe an der Tür und blieb auf Warne haften.

»Warne!«, bellte er. *»Sie!* Sie haben diese Sache vermasselt! Sie blöder *Sack!«* Er sprang auf.

Poole schoss sofort vor und drängte den Hacker brutal mit der Schulter zurück. Er drückte einen Ellbogen gegen die Kehle des Mannes und presste ihn gegen die Wand. Der Hacker stieß einen würgenden Laut aus. Poole gab nach und gestattete ihm, auf die Pritsche zurückzusinken.

Der Mann saß einen Moment da, griff sich an den Hals und hustete. Poole trat einen Schritt zurück und gab Warne mit einer Geste zu verstehen, er solle hinter ihm bleiben.

Der Hacker schaute Warne nun an. Sein Wutausbruch verging so schnell, wie er gekommen war. Doch nun teilten sich seine Lippen zu einem geringschätzigen Lächeln. Seine Zähne waren abscheulich gelb.

»Ich weiß alles über Sie. Ich hab Sie überwacht, als Sie rauszukriegen versucht haben, was mit Ihrem beschissenen kleinen Programm los ist.« Er lachte trocken. »Es ist übrigens *jämmerlich* programmiert. Der Typ, der Ihnen Inline-Assembler beigebracht hat, war ne absolute *Lusche.*«
Als Warne ihm zuhörte, wurde er sich vage bewusst, dass der Mann einen eindeutig amerikanischen Akzent sprach, obwohl er wie ein Maya wirkte.
»Sie haben doch überhaupt keine Ahnung, was hier abgeht! Und wenn Sie Ihre Nase noch so tief in die Sache reinstecken, Sie werden nichts dran ändern.« Er lachte erneut, kalt und ohne jede Fröhlichkeit. »Wissen Sie was? Sie sind im Arsch. Sie sind alle im Arsch!«
Dann verschränkte er die Hände hinter dem Kopf, schloss die Augen und sagte kein Wort mehr.

15.40 Uhr

Der Anruf kam, als Sarah Boatwright die Abteilungsleiter aus der eilig einberufenen Stegreifkonferenz entließ. Kaum drei Minuten zuvor waren alle bei ihr anmarschiert: einige ungeduldig und geistesabwesend, andere nervös und unsicher. Sarah hatte die übliche Nachmittagskonferenz abgesagt. Seither brodelte in den Reihen der höheren Chargen eine wilde Gerüchteküche. Was war während der »Greifenturm«-Vorstellung um 13.20 Uhr passiert? Was war bei »Finsterwasser« schief gelaufen? Und was sollte der Sicherheitsalarm? Sarah hatte alle Fragen in der Hoffnung abgeschmettert, dass man ihr ansah, wie unbekümmert sie in dieser Hinsicht sei: die üblichen Krisen, keine große Sache.

Dann hatte sie sich vorsichtig nach eventuell bekannt gewordenen neuen Zwischenfällen erkundigt, die Luft angehalten und mit Vorboten neuen Unheils aus John Does Richtung gerechnet. Doch alle Meldungen waren harmlos und beruhigend alltäglich gewesen: unhygienische Zustände in der Damentoilette im Restaurant »Poor Richard«, dem Nachtclub Camelots. Beschwerden über einen übereifrigen Fahrdienstleiter auf der Achterbahn »Hindernislauf«. Das Parkplatzpersonal hatte wieder mal einen besonders nervenden Rechtsanwalt ausgemacht, der am Ausstieg der Schwebebahn nach potenziellen Klägern Ausschau hielt.

Sarah hatte den Leuten zugehört und sie dann unter dem Vorwand eines dazwischengeschobenen Termins freundlich verabschiedet. Nun schaute sie ihnen zu, als sie Schnellhefter und Klemmbretter unter den Arm nahmen und den Raum verließen. Es war sehr einfach gewesen, sie zu beruhigen. Die Leute waren geradezu darauf versessen ihr zu glauben, denn Alternativen waren kaum vorstellbar. Für die Utopia-Abteilungsleiter war ein Park, in dem alles glatt lief, fast so wichtig wie das Leben an sich. Sarah fragte sich, ob sie je eine Möglichkeit finden würde, den Leuten die Wahrheit zu sagen, falls dieser Albtraum je endete.

Grace, ihre Assistentin, streckte den Kopf durch die Tür. »Mr. Emory ist am Apparat, Miss Boatwright. Und Ihr Flugticket liegt auf meinem Schreibtisch.«

Emory, dachte Sarah. Sie hatte ihn vor einer halben Stunde auf den aktuellen Stand der Dinge gebracht. Was konnte er jetzt wollen? Die Übergabe hatte doch noch gar nicht … Ihr fiel auf, dass Grace noch immer im Türrahmen stand.

»Wie bitte? Was für ein Flugticket?«

»Für die Maschine nach San Francisco.«

»Natürlich. Danke, Grace.« Sarah lächelte und wartete darauf, dass die Tür zuging. Sie hatte den Kongress völlig vergessen.

Die Tür fiel klickend ins Schloss. Sarahs Lächeln verflog. Sie nahm den Hörer ab. »Mr. Emory?«

»Ich bins, Sarah«, sagte der Geschäftsführer. »Ich muss Ihnen unbedingt etwas sagen. Die neue Entwicklung, über die Sie mich informiert haben ... Nun, der Vorstand ist außer sich.«

»Der *Vorstand,* Mr. Emory?«

»Nach unserem letzten Gespräch habe ich den Vorstand zu einer Notsitzung einberufen.«

Sarah wartete ab, hörte zu. Typisch Emory. Da er in Krisensituationen selbst keine Entscheidungen fällen wollte, hatte er den Vorstand einberufen, um sich den Rücken freizuhalten. Nun hatte sie es nicht nur mit ihm zu tun, sondern mit einem Dutzend Leuten. Alle würden hektisch durch die Gegend rennen, die Lage anhand von Ferngesprächen beurteilen und widersprüchliche Anweisungen erteilen, die die Situation nur noch verschlimmerten.

»Ich musste den Vorstand informieren, Sarah. Auch wenn *Sie* sozusagen im Schützengraben liegen – am Ende wird man den Vorstand für alles verantwortlich machen, was passiert. Was schon passiert *ist.* Offen gesagt, Bob Allocco überrascht mich. Sind Sie noch immer ganz sicher, dass er nicht ...«

»Ja, Mr. Emory. Ich habe die Anweisung erteilt, und ...«

»Sie brauchen nichts zu erklären, Sarah. Was getan wurde, wurde getan. Ich weiß, dass Sie im besten Interesse des Parks gehandelt haben. Aber angesichts der jetzigen Verzögerung, der Verletzten und nicht zuletzt der beiden Todesfälle will der Vorstand Taten sehen. Die Herren wollen nicht, dass man glaubt, Sie säßen nur herum und schauten zu, wie alles den Bach runtergeht.«

»Aber ich habe es Ihnen doch erläutert, Mr. Emory. Wir sitzen nicht herum. Die Übergabe ist auf 16.00 Uhr festgelegt. Wir sind nahe daran, die Situation zu entspannen. John Doe hat gesagt …«

»Ich weiß. Aber dieser John Doe ist unberechenbar, vielleicht sogar instabil. Mit dem Abschmieren der Überwachungskameras sind die Sicherheitsabteilung und die öffentliche Sicherheit ernsthaft ins Hintertreffen geraten. Wir können keinerlei Risiken mehr eingehen.«

Sarah öffnete den Mund zu einem Protest. Aber es war auch teilweise ihre Schuld, dass Emory nun diesen Schritt unternahm. Sie schwieg.

»Leider nimmt der Vorstand keine einmütige Position ein. Aber wir haben einen Mehrheitsbeschluss. Wir machen weiter und setzen unsere Reservezugriffscodes ein, um eine zweite DVD zu brennen. Wir können aber nicht länger als eine halbe Stunde warten. Wenn die Sicherheit des Parks bis dahin nicht gänzlich wiederhergestellt ist, benachrichtigen wir das FBI.«

»Das FBI?«

»Je länger die Sache dauert, umso gefährlicher wird sie. Der Vorstand meint, wenn die Situation sich nicht sofort entspannt, wird der Punkt überschritten, an dem eine Umkehr noch möglich ist. Außerdem haben wir dann keine Möglichkeit mehr, eine schlechte Presse zu verhindern. Wenn es zu einer Katastrophe kommt, möchte der Vorstand lieber, dass die Polizei die Kritik einsteckt. Habe ich mich verständlich ausgedrückt?«

Sarah biss sich auf die Unterlippe. »Das kann man wohl sagen, Sir.«

»Eine halbe Stunde, Sarah. Seien Sie vorsichtig! Und möge Gott Ihnen allen beistehen!«
Dann war die Leitung tot.

15.45 Uhr

John Doe saß unter einer Markise im »Chumley's«, dem Biergarten in Gaslight. Mit seinen schlanken Händen blätterte er die Seiten einer frisch gedruckten Ausgabe der Londoner »Times« aus dem Jahr 1891 um. Er war so gut gelaunt, dass er sich kaum bezähmen konnte, den Gästen zuzunicken, die vor ihm über das Straßenpflaster flanierten. Die meisten Menschen waren zwischen dem Soho Square, einer schicken Einkaufsstraße, und den »Mayfair Follies« unterwegs, einer Liveshow, die nur ein paar Häuser weiter aufgeführt wurde. »Hallo!«, sagte er hin und wieder mit einem starken britischen Akzent und lächelte die Leute an, die Augen hinter der Sonnenbrille versteckt. »Hallo!« Einige Besucher schauten ihn nur irritiert an und beschleunigten ihren Schritt. Die Mehrheit jedoch lächelte ebenfalls und erwiderte seinen Gruß. Die Verwandlungskraft Utopias war wirklich bemerkenswert. Sie war fast wie eine Droge.
Ja, diese Freiterrasse war wirklich ein herrlicher Fleck. Genau der richtige Ort, um sich mit einer beruhigenden Tasse Tee vor einer Verabredung zu entspannen. Der Tee im »Chumley's« hatte sich jedoch als enttäuschend erwiesen, deswegen war John Doe auf Kaffee umgestiegen, denn der war besser. Er musste Sarah Boatwright unbedingt fragen, in welchem Restaurant es den köstlichen Jasmintee gab. Aber dazu hatte er ja bald Gelegenheit.

Der für John Does Tisch zuständige Kellner, ein großer, in Tweed und mit einem riesigen Schlips gekleideter Bursche, trat an seinen Tisch. »Darfs noch ein Tässchen sein?«

»Aber gern«, sagte John Doe. Er seufzte zufrieden und blätterte eine Seite um.

Der Kellner begutachtete ihn mit einem amüsierten Lächeln. »Sie wirken so aufgekratzt, Chef.«

»Ach, ich hab nur Spaß an meiner Arbeit.«

John Doe schaute zu, als der Kellner sich an den weißen Tischdecken vorbei einen Weg zurück bahnte. Sein Akzent war nicht mal übel, aber ein echter Cockney hätte vermutlich etwas gegen seine Sprüche gehabt. Trotzdem, er war mehr als akzeptabel. Gaslight gefiel John Doe wirklich viel besser als alle anderen Erlebniswelten Utopias. Camelot bestand nur aus grellen Kostümen und martialischem Geschrei, und Callisto strahlte einen postmodernen Glanz aus, der ihm auf die Nerven ging. Abgesehen natürlich von dem abscheulichen Piccadilly mit den T-Shirt-Läden und Schmuckgeschäften wirkte Gaslight kultivierter. Und der kleine Biergarten hier war eine echte Entdeckung. Er war schlicht und gemütlich – und nur ein Stückchen vom Holokabinett entfernt. Als John Doe sich umschaute, erspähte er ein, zwei gut getarnte Überwachungskameras. Wie schade, dass sie momentan außer Betrieb waren. Seine gute Laune wurde noch besser.

Der Kellner kehrte mit einer neuen Tasse Kaffee zurück. »Bitte«, sagte er und stellte sie mit einer schwungvollen Gebärde auf dem Tisch ab. »Möge er Ihnen munden!«

»Danke.« John Doe blickte von seiner Zeitung auf. »Ein leckeres Käffchen servieren Sie hier«, sagte er und verfiel in einen ähnlichen Akzent. »Nicht son Spülwasser wie in den Fischbuden auf dem Weg hier rauf.«

Der Kellner lächelte. »Oh, das Geschäft läuft gut.«
John Doe umfasste die Tasse mit beiden Händen. »Is aber ein bisschen feucht hier draußen, wenns so pieselt.«
»Hätten Sie lieber einen Tisch drinnen?«
»Nee, da sitzen überall Onkel Paul und Tante Martha rum. Hätte aber kaum was dagegen, einen Blick auf Ihre Speisekarte zu werfen.«
»Da tun Sie recht dran. Wollense ein Hauptgericht? Oder nur ne Kleinigkeit zum Reinbeißen?« Der Kellner lächelte. Die Herausforderung schien ihm zu gefallen. »Es sei denn, Sie sind völlig blank und ham keine Scheinchen mehr.«
»Nee, zum Spachteln reichts noch. Schieben Sie mir doch mal die Speisekarte rüber!«
»Schon passiert.« Der Kellner verschwand, um die Speisekarte zu holen.
John Doe trank noch einen Schluck, grüßte abermals einige Spaziergänger und stellte die Tasse dann ab. Vor der Markise fing es wieder an zu regnen. Eigentlich war es weniger Regen als feiner Dunst, der gerade ausreichte, um die Straßen zu befeuchten und der Umgebung zarten Glanz zu verleihen. John Doe wusste, dass es in Gaslight nicht zu festgelegten Zeiten regnete, sondern auf der Basis einer komplizierten Reihe von Umständen: dem Fluss der Massen, der Lufttemperatur der Umgebung und den Eigenschaften des Lichts am echten Himmel über der Utopia-Kuppel, die von dichtem Londoner Nebel verhüllt wurde. Er beobachtete die Passanten, die sich nun unter Markisen und in Hauseingängen unterstellten und darauf warteten, dass der Regen endete. Er dauerte offenbar nie länger als neunzig Sekunden. Schon ebbte das leise Prasseln wieder ab. Die Menschen gingen auf die Straße zurück und schüttelten die Tropfen plappernd und lachend ab.

Eigentlich war alles enttäuschend leicht gegangen. Nicht mal der Zwischenfall, von dem er kurz zuvor erfahren hatte, war ein gewichtiges Malheur. Sie waren auf alle Eventualitäten vorbereitet. John Doe seufzte. Er empfand einen Anflug von Bedauern. Dies war sein letztes Unternehmen. Er hatte gehofft, es würde sich als größere Herausforderung erweisen und ein paar echte Überraschungen bieten. Damit er endlich mal Gelegenheit hatte, seinen Intellekt zu beweisen, und damit er sich im Ruhestand an eine interessante Sache erinnern konnte. Aber nein, gerade diese Freude war ihm nicht vergönnt gewesen. John Doe beobachtete die sich ahnungslos unterhaltenden Passanten. Sie waren wie Vieh. Wäre er nicht so gut gelaunt gewesen, hätte er nur Verachtung empfunden: Verachtung für menschliche Gepflogenheiten, menschliche Schwächen, menschliches Leid, menschliche Güte. Für menschliche Güte ganz besonders.

Es wurde Zeit, sich um das unvorhergesehene Ereignis zu kümmern. Er legte die Zeitung beiseite, zog ein Mobiltelefon aus dem Jackett und wählte eine Nummer.

»Ah«, sagte er, als sich eine Stimme meldete. »Da sind Sie ja.«

Die Stimme am anderen Ende klang gedämpft und verschwörerisch. Trotzdem waren die Nervosität, die Gereiztheit und die Unsicherheit, die sie transportierte, unmissverständlich. »Höchste Zeit, dass Sie anrufen. Die Sache läuft nicht wie geplant. Und mir persönlich gefällt das gar nicht.«

»Nicht wie geplant? Wie meinen Sie das genau?«

»Das habe ich schon mal gesagt.« Die Stimme war jetzt kaum mehr als ein Flüstern. »Die ›Greifenturm‹- und ›Finsterwasser‹-Unfälle. Es sollte doch niemand verletzt werden. Und was den Wachmann anbetrifft, in den Kulissen der ›Galaktischen Reise‹ … Mein Gott, *mussten* Sie ihn umbringen?«

»Ich hatte leider keine andere Wahl.«
»Es hat einfach zu viele böse Überraschungen gegeben. Außerdem ist Tibbald nicht von der Übergabe zurückgekehrt, sodass ich mich frage, ob er fahnenflüchtig geworden ist.«
John Doe trank einen Schluck Kaffee, nahm die Speisekarte entgegen und schaute dem fortgehenden Kellner nach.
»Über Tibbald würde ich mir keine Sorgen machen. Ich bin sicher, der taucht schon wieder auf.«
»Was soll das mit der zweiten Übergabe? Es ist völlig unannehmbar und steht nicht im Drehbuch …«
»Vielleicht doch. Vielleicht nicht. Das ist im Moment nicht wichtig.« John Does Stimme verlor nun ein wenig von ihrer guten Laune. »Viel wichtiger ist, dass Cracker Jack nicht mehr sendet.«
»Wieso? Was ist da los?« Der unsichere Klang in der Stimme am anderen Ende der Leitung war deutlicher vernehmbar.
»Ich weiß es nicht genau. Vielleicht wird da jemand zu übermütig. Vielleicht ist es auch das Werk unseres unerwarteten Gastes Andrew Warne, der seine Nase in Sachen steckt, die ihn nicht zu interessieren haben. Vielleicht sind es aber auch unvorhergesehene Umstände. Jedenfalls hat Cracker Jack die Überwachungskameras ausgeschaltet.«
»Ich weiß.«
»Es ist das Signal dafür, dass seine Arbeit oben erledigt ist, dass wir aber, was die … ähm … Vorbereitungen im Untergeschoss angeht, nicht auf ihn zählen können. Sie müssen also an der Sache dranbleiben. *Persönlich.* Verstehen Sie?«
»Ich bin dran, seit ich weiß, dass die Kameras weg vom Fenster sind. Ich bin in ein paar Minuten fertig.«
»Gut.« Das unvorhergesehene Ereignis war – wie erwartet – mit fast bedrückender Leichtigkeit abgehakt. »Wir werden

gewisse Ereignisse beschleunigen, um etwaigen Kontrollverlust auszugleichen. Trotzdem bleibt eine Sache offen. Ihr Freund Warne. Cracker Jack hat ihn schon mal aufgespürt. Wir wollten uns mit ihm unterhalten. Aber es hat sich herausgestellt, dass ein Fremder seinen Identifikator trug. Wir haben es auch in dem Labor versucht, das Sie erwähnt haben. Es war leer.«

»Ich bin erst seit einer halben Stunde hier unten. Ich weiß nicht, wohin er gegangen ist.«

»Dann müssen wir *herauskriegen*, wo er steckt. Dies ist der letzte Akt unserer kleinen Vorstellung. Wir müssen ihn überzeugen, dass es auch in seinem Interesse liegt, sich nicht weiter in die Sache einzumischen.«

Am anderen Ende der Leitung entstand eine Pause. »Versprechen Sie, dass niemandem mehr ein Haar gekrümmt wird?«

»Natürlich.«

»Ich nehme nämlich kein Blutgeld an. Es hat keinen Sinn weiterzumachen, wenn es zu mehr Gewalttaten kommt.«

»Keinen *Sinn?«* Nun wurde John Does Stimme ganz anders: leise, geringschätzig, bedrohlich. Sogar seine Aussprache veränderte sich leicht. »Ich warne Sie. Verhöhnen Sie nicht meine Intelligenz. Die Zurschaustellung von Selbstlosigkeit bringt mich auf die Palme. *Alles,* was wir tun, tun wir aus Eigennutz. Sie, mein Freund, machen da keine Ausnahme. Wer das Gegenteil behauptet, lügt sich was in die Tasche. Muss ich Sie etwa daran erinnern, wer überhaupt auf diese Idee gekommen ist? Wer *wen* angesprochen hat? Muss ich Sie etwa *noch mal* an die Konsequenzen erinnern, die einem drohen, wenn man in letzter Sekunde ein Gewissen entwickelt? Vergessen Sie nicht, wem ich in wenigen Minuten begegnen werde!«

Wieder eine Pause. Diesmal dauerte sie länger.
»In wenigen Minuten«, sagte John Doe, wobei seine Stimme wieder sanft und seidenweich wurde, »haben wir alles, weswegen wir hier sind. Also?«
Endlich wurde das Schweigen am anderen Ende gebrochen.
»Warne hat eine Tochter«, sagte die Stimme gepresst. »Sie heißt Georgia. Sie ist im medizinischen Zentrum.«
John Doe runzelte die Stirn. »Tatsächlich? Das ist aber interessant.«
»Denken Sie an Ihr Versprechen!«
»Und Sie an das Ihre! Reißen Sie sich am Riemen! In einer Dreiviertelstunde sind wir alle hier weg.« Mit diesen Worten schob John Doe sein Telefon in die Tasche zurück, trank aus der Kaffeetasse und widmete sich wieder seiner Zeitung.

Am anderen Ende der Leitung, in einem großen, doch einfachen Büro tief unter dem »Chumley's«, klapperte leise ein Telefonhörer, als er auf den Apparat zurückgelegt wurde. Die Hand, die ihn ablegte, drückte kurz auf ihn, als wolle sie jedes weitere Geräusch ersticken. Dann glitt sie über den Schreibtisch zu einer frisch gebrannten Disc, die wie ein blasser Kristall in ihrer Schutzhülle schillerte. Die Hand verharrte eine Weile. Die Finger trommelten ungeduldig. Dann griff die Hand nach einer Computertastatur, zog sie heran, und die Finger begannen zu tippen – zuerst zögerlich, dann immer schneller.

15.45 Uhr

Also noch mal, damit ich es richtig verstehe«, sagte Warne. »Dies hier ist der wichtige Zwischenhalt?«

Poole hielt eine vorbeigehende Kellnerin an. »Bier für uns drei.«

»Für mich bitte ein Mineralwasser«, sagte Warne. Die Kellnerin nickte, schloss das Visier ihres Helms und huschte durch die Tischreihen davon.

Warne wandte sich wieder Poole zu. »Peccam ist bestimmt vor Freude außer sich, wenn er erfährt, dass wir ihn nur allein gelassen haben, um etwas zu kippen.«

Poole zuckte mit den Achseln und lächelte kurz.

Sie befanden sich im »Meer-der-Stille«-Salon, einem großen, kreisförmigen Raum, der in schwaches Schwarzlicht getaucht war. An den Tischen in ihrer Umgebung unterhielten sich die Gäste, nippten an Getränken und mümmelten exotisch aussehende Häppchen. Von draußen vernahm Warne Rufe und Gelächter von der Hauptpromenade Callistos. Hinter ihm waren das Klicken von Münzen und das Surren der Spielautomaten im Inneren des Kasinoanbaus zu hören. Über ihnen, am mitternächtlichen Himmel, funkelten endlose Galaxien. Der Boden bestand aus dunklem Kunststoff, durch den eine riesige Sternenansammlung strahlte. Obwohl Warne alles Mögliche im Kopf herumging, ertappte er sich dabei, dass er über diese Illusion nachdachte: Es sah wirklich so aus, als schwebten die Tische um sie herum in einem endlosen Weltraum. Es war ein entnervendes Gefühl.

Terri hängte den Laptop an die Lehne ihres Stuhls. »Es ist gegen die Vorschriften. Utopia-Mitarbeiter dürfen sich während der Arbeitszeit nicht in den Kasinos aufhalten.« Es sollte ein Scherz sein, aber ihre Stimme klang angespannt.

»Wer ist denn im Kasino?«, fragte Poole. »Das ist doch nebenan. Und außerdem – wer arbeitet denn?«

»Wir *müssten* aber arbeiten«, erwiderte Warne. »Da liegt das Problem.«

»Ach, ja?«, fragte Poole. »Und woran müssten wir arbeiten?«

»An dem Trojaner. Wir müssen ihn finden und herauskriegen, welche Roboter er modifiziert hat.«

Poole schüttelte den Kopf. »Sie wollen doch wohl nicht wirklich ins Büro zurück, oder? Hier ist es sicherer – ein öffentlicher Ort, matt beleuchtet. Außerdem …«

Er beendete den Satz mit einer kaum wahrnehmbaren Geste, aber sie reichte aus. *Diese Typen sind hinter Ihnen her,* sagte seine Hand. *Mehr Rechenleistung bringt Sie da auch nicht weiter.* Warne hatte sich bisher noch nicht getraut, sich dies einzugestehen. Doch nun kehrten seine Gedanken zu dem Hacker zurück, der in der Zelle der Sicherheitsabteilung saß. Ihm fiel ein, wie er aufgesprungen war und ihn verhöhnt hatte. Seine abfälligen Worte erzeugten in seinem Geist Echos. *Ich weiß alles über Sie und Ihr beschissenes Programm … jämmerlich. Sie haben doch überhaupt keine Ahnung, was hier abläuft.* Der Code des Typen war weitaus listiger gewesen, als Warne zugeben wollte. Reiner Zufall, dass sie ihm auf die Schliche gekommen waren.

Sie haben doch überhaupt keine Ahnung, was hier abgeht!

Warne rutschte nervös auf seinem Stuhl herum.

Die Kellnerin kam mit den Getränken und stellte sie mit silbernen Handschuhen vor ihnen auf dem Tisch ab. Obwohl das bandagierte und verschrammte Trio einen bizarren Anblick bot, lächelte sie durch das Visier und ließ sie allein.

Neben ihnen brachen einige Leute in lautes Gelächter aus. Warne schaute hinüber. Zwei Jugendliche, dem Aussehen nach unter zwanzig, machten sich am Nebentisch über große, grellbunte Eisgetränke her. Der eine trug den offenbar in Camelot erworbenen Umhang eines Zauberers über dem T-Shirt. Ansonsten war er mit ausgefransten Shorts und Halbschuhen bekleidet. Außerhalb von Utopia hätte die Kostümierung ausgesprochen deplatziert gewirkt.

Warne sah aus den Augenwinkeln, dass Poole sein Glas aus der Flasche füllte, es an die Lippen hob und einen großen Schluck trank. Ein rotfleckiger Gazeverband flatterte lose an seinem Handgelenk.

Plötzlich durchbrach Terri das an ihrem Tisch herrschende Schweigen. »Sie haben noch immer nicht erzählt, warum Sie das alles tun.«

Poole stellte das Glas ab und wischte sich mit einer eigenartig gezierten Bewegung über die Lippen.

»Stimmt«, sagte Warne. »Sie könnten es sich hier doch gut gehen lassen. Sich entspannen. Stattdessen lassen Sie sich treten, mit Schusswaffen bedrohen und gehen weiß Gott was für Risiken ein.«

Poole lächelte. »Denken Sie mal an die Leute, die Tausende ausgeben, um an inszenierten Krimiwochenenden in irgendwelchen Hotels teilzunehmen! Das hier ist doch viel besser. Und auch viel billiger.«

»Sie tun gerade so, als wäre dies alles ein Teil des Unterhaltungsprogramms.«

»Ist es das nicht auch?« Pooles Lächeln wurde breiter. »Außerdem hab ich dabei die Gelegenheit, im Training zu bleiben, und kann an meinem Können feilen.« Er trank noch einen Schluck.

Warne musterte ihn mit einem resignierenden Seufzer. Er war noch nie einem so schwer durchschaubaren Menschen begegnet.

»Aber was den Computerraum angeht, haben Sie schon Recht«, erwiderte er. »Wenn es Ihnen egal ist, können Terri und ich auch meine Tochter besuchen.« Er machte Anstalten, sich zu erheben.

»Was soll die Eile? In einer Viertelstunde hat John Doe seine Scheibe. Dann verschwindet er im Sonnenuntergang, hier schaltet man das Licht ein, und die Musik wird lauter. *So* sieht doch wohl ein Happy End aus.« Doch keins von Pooles Worten klang überzeugend.

»Worauf wollen Sie hinaus?«, sagte Terri. Sie nippte an ihrem Bier, verzog das Gesicht und schob es von sich weg.

»Ich habe doch gesagt, dies hier ist ein wichtiger Zwischenaufenthalt. Es war mir ernst damit. Aber sosehr ich mich auch nach einem Bier gesehnt habe – ebenso wichtig ist der Zwischenaufenthalt an sich.«

Warne setzte sich wieder. Er schüttelte den Kopf. »Sie sprechen in Rätseln.«

»Nein, keinesfalls. Vergessen Sie nicht, wer ich bin. Ich bin hier der Beobachter, der Mann von draußen, der eigentlich nicht weiß, was hier gespielt wird.« Poole trank wieder einen Schluck. »Ich will damit sagen, dass ich die Augen aufgehalten habe, während alle anderen wie kopflose Hühner rumgelaufen sind. Und ich habe zugehört.«

Warne musterte Terri kurz über den Tisch hinweg. Ihre Antwort bestand aus einem Achselzucken.

»Also, auf was wollen Sie hinaus?«, wiederholte er Terris Frage.

Poole packte die Bierflasche und kratzte verspielt mit einem Finger an ihrem Etikett. »Ist Ihnen nichts Besonderes aufgefallen?«

»Nein.«

Poole kratzte weiter. »Diese Leute verlangen, dass nichts von dem, was sich hier abspielt, nach draußen getragen wird. Dann hetzen sie Sie herum, jagen Sie von Pontius zu Pilatus, damit niemand Zeit zum Luftholen hat – um mal innezuhalten und sich ein paar grundlegende Fragen zu stellen.« Er stellte die Flasche hin. »Weil die ganze Sache wie ein Puzzle ist. Findet man das richtige Stück, sieht man das ganze Bild. Aber das müssen diese Leute verhindern.«

»Grundlegende Fragen?«, wiederholte Warne. »Welcher Art genau?«

»Ich hab eine. Wenn diese Typen so gut sind, warum haben sie die ›Finsterwasser‹-Sache vermasselt? Sie wollten das Ding in die Luft jagen, um Ihnen eine Lehre zu erteilen. Welch ein Glück, dass der Stützbalken so gebrochen ist, dass er den Laden vor dem völligen Einsturz bewahrt hat. Aber ich seh die Sache anders. Ich hab nämlich die Stelle gesehen, wo die Ladung deponiert wurde. Wer sie angebracht hat, war ein verdammter Künstler. Wenn sie das Ding wirklich hätten platt machen wollen, hätten sie es auch geschafft.«

Dann haben sie sich also doch nicht verrechnet, dachte Warne insgeheim und finster.

Terri rutschte ungeduldig auf ihrem Stuhl herum. »Okay. Vielleicht bin ich doof, aber ich kann darin nichts erkennen.«

»Diese Typen wollen es ein paar Leuten zeigen, damit die sich ordentlich die Haare raufen. Aber trotz allem, was John Doe sagt, wollen sie *keine* Panik. Nicht jetzt. Es würde nicht in ihre Pläne passen. Wir müssen davon ausgehen, dass alles, was sie tun, aus einem bestimmten Grund geschieht. Die ›Finsterwasser‹-Explosion sollte genau *das* kaputtmachen, was sie kaputtgemacht hat.«

Stille. Warne und Terri mussten dies erst verdauen.

»Wenn Sie mich fragen, klingt es dämlich«, sagte Terri. »Aber eins möchte ich noch wissen. Sie sagen, alles, was sie tun, geschieht aus einem bestimmten Grund. Sie haben doch gewiss nicht vergessen, dass Allocco gesagt hat, der Hacker habe im Kanal die Videobildzuführung sabotiert. Er hat bis auf die Kasinos und die C-Ebene alles lahm gelegt. Die C-Ebene gehört aber zum allgemeinen Überwachungsnetz. Warum hat er nicht auch die platt gemacht?«

»Ich weiß nicht«, sagte Poole. »Was ist denn da unten?«

»Das Kraftwerk. Die Wäscherei. Die Umweltdienste. Die Kasse. Das Lebensmittellager. Werkstätten, Datenverarbeitung. Verwaltungskram aller Art.«

»Das Kraftwerk, das Sie erwähnt haben«, sagte Poole. »Es wird atomar betrieben, oder?«

Terri verdrehte die Augen.

Poole hob die Schultern. »Es geht son Gerücht.«

Am Tisch breitete sich wieder Schweigen aus.

»Sie haben von einem Puzzle gesprochen«, sagte Warne. »Aber wir haben keine Einzelteile. Was soll das Ihrer Meinung nach für ein Puzzle sein?«

»Sie vergessen, dass wir ein wichtiges Teil haben«, erwiderte Poole. »Unseren Freund in der Zelle. Und er hat etwas sehr Interessantes gesagt.«

»Was denn?«

»Haben Sie vergessen, wie er reagiert hat, als er erfuhr, wer Sie sind? *Das* zumindest war kein Scherz. Er wollte Ihnen an die Kehle. Was immer das besagt.«

»Es besagt eine Menge«, sagte Terri. »Andrew hat ihm nämlich einen Knüppel zwischen die Beine geworfen. Hat ihm alles kaputtgemacht.«

»Kann sein. Aber wissen Sie noch, *warum* er so stinkig war? Überlegen Sie, was er gesagt hat. Es hat ihn doch auf die Palme gebracht, dass Sie Ihre Nase so tief ins System gesteckt haben.«

»Und?«, fragte Warne.

»Warum war er nicht wütend über die Falle, die man ihm und seinen Leuten in der ›Galaktischen Reise‹ gestellt hat? Das war doch das wahre Problem. Wäre das nicht passiert, hätten sie ihre Disc bekommen und wären längst über alle Berge. Oder?«

Warne hielt inne. Er dachte nach.

»Inay«, murmelte Terri neben ihm.

Die zerbrochene DVD. Warne hatte sie völlig vergessen. Er griff in die Tasche und zog die Plastiktüte hervor, die Sarah im medizinischen Zentrum hatte liegen lassen.

»Was ist das?«, fragte Poole.

»Bruchstücke der ›Patent‹-Scheibe«, erwiderte Warne. »Sie ist bei der Rauferei zerbrochen.« Er legte sie auf den Tisch. »Was genau vermuten Sie?«

»Meiner Meinung nach klingt die ganze Geschichte nach einem Hinhaltemanöver. Nach einem sorgfältig geplanten, sorgfältig getarnten Hinhaltemanöver.«

»Aber warum?«, fragte Terri. Sie ergriff den Beutel und drehte ihn neugierig in den Händen. »Auf was warten die?«

»Tja … Das ist die Millionendollarfrage, nicht wahr?«

In der nun folgenden Stille leerte Poole sein Glas und stellte es mit einem zufriedenen Seufzen auf die Tischplatte.

15.50 Uhr

Obwohl in den öffentlichen Bereichen Utopias keine Uhren hingen, betrug die Zeit genau 15.50 Uhr.

In Gaslight hatte sich vor dem Eingang des »Holokabinetts« eine große Menschenmenge versammelt. Der wirkliche

Name der Attraktion lautete freilich anders: Auf den Lageplänen und dem verzierten Schild über dem Vorshowbereich stand deutlich hervorgehoben »Professor Cripplewoods Kammer der fantastischen Illusionen«. Das »Holokabinett« war eine großväterliche Spiegelhalle, in der die Technologie des »Patents« eingesetzt wurde, um aus heimlich aufgenommenen Fotos der Kabinettbesucher lebensgroße Hologramme anzufertigen. Die Hologramme wurden so verarbeitet, dass sie Spiegelbildern ähnelten und in Echtzeit im gesamten matt beleuchteten Irrgarten der Kammer herumschwebten. Dazu kamen noch normale Spiegel, sodass sich eine teuflisch verwirrende Atmosphäre ergab. Besucher, die durch die gewundenen Gänge des Labyrinths stolperten, begegneten fortwährend sich selbst und anderen Gästen, ohne genau zu wissen, ob es sich um Spiegelbilder oder holografische Abbildungen handelte, die zuvor an anderen Stellen des Kabinetts aufgenommen worden waren. Wenn sie das Holokabinett verließen, waren sie desorientiert, verschreckt, immer aber fasziniert. Das Erlebnis war so ungewöhnlich, dass die meisten Gaslightbesucher das »Holokabinett« wiederholt besuchten, öfter als jede andere Attraktion.

Diesmal freilich war die am Eingang wartende Menge nicht voll freudiger Erwartung. Besucher, die seit fast einer Stunde in der Warteschlange ausharrten, machten ihrer Frustration mit Unmutsrufen Luft, doch sie erfuhren nur, dass das Kabinett wegen einer Betriebsstörung kurz geschlossen werden musste. Mitarbeiter in Reif- und Gehröcken kümmerten sich um die Wartenden und dämpften ihre schlechte Laune mit Gutscheinen und Jetons. Sarah Boatwright, die mit vor der Brust verschränkten Armen neben dem Haupteingang stand, war im Nebel fast unsichtbar. Sie beobachtete die Menschenmenge und drückte schützend eine Hand auf die DVD in ihrer Jackentasche.

Hoch über ihr, in der gnadenlosen Sonne Nevadas, schien der kühle, feuchte Nebel von Gaslight da unten wie der Traum von einer freundlicheren Welt. Der als Water Buffalo bekannte Mann hatte seine Tätigkeit beendet. Er saß nun in einer Rinne und ruhte sich in dem Schatten aus, den die glatte Wölbung der Utopia-Kuppel warf. Vor ihm lag ein Walkie-Talkie, daneben eine Wasserflasche aus Plastik. Das Proust-Buch lag auf seinem Schoß. Er las langsam darin, sorgfältig und bedächtig. Von Zeit zu Zeit schaute er von dem Buch auf, hob den Kopf und beobachtete über den felsigen Rand des Steilabbruchs hinweg die lange, dämmerige Straße, die sich tief unter ihm vom Mitarbeiterparkplatz fortschlängelte und im trockenen Tafelland der Yucca Flats verschwand.

Fünfundzwanzig Kilometer weiter, außerhalb seines Blickfeldes, fuhren zwei Fahrzeuge über den Highway 95 nach Nordwesten. Der hintere Wagen war eine nagelneue Limousine, auf deren Armaturenbrett ein bernsteinfarbenes Blinklicht steckte. An der Scheibe der Fahrerseite war außen ein klotziger Suchscheinwerfer befestigt. Auf beiden Seiten des Kofferraums wippten lange Peitschenantennen. Der Wagen war zwar weiß gespritzt, wirkte aber aufgrund des Staubes, den das Fahrzeug vor ihm seit vielen Kilometern aufwirbelte, völlig braun.
Das erste Fahrzeug war ein gepanzerter roter Ford F8000. Weiße Streifen verliefen um seine Schießscharten und Scheibenrahmen. Der Zehngangdiesel grollte traurig vor sich hin, weil er das Gewicht des viertelzölligen Stahls tragen

musste, der die Karosserie umhüllte. Ein einsamer Wachtposten saß auf der Ladefläche. Er lehnte mit dem Rücken an der Wand, seine bestiefelten Beine ruhten auf einer den Boden bedeckenden Filzunterlage. Zwischen seinen Knien ragte eine Pump-Action-Schrotflinte auf. Mensch und Knarre wiegten sich im gleichen Rhythmus und wurden von der schweren Aufhängung durchgeschüttelt.

Im Führerhaus lenkte der Fahrer den Transporter eine Anhöhe hinauf. Über dem Armaturenbrett wirkten das Braun, Gelb und Grün der Hochwüste leicht unheimlich, da die Farben durch die kugelsichere Windschutzscheibe changierten.

Der Fahrer setzte den Kopfhörer auf und sprach in ein Mikrofon. »Utopia-Zentrale, hier ist AAS-Transport Neun Echo Bravo. Ende.«

Im Kopfhörer knisterte es. »Utopia-Zentrale. Bestätige.«

»Wir haben die Fünfundneunzig verlassen und sind im Anmarsch. Geschätzte Ankunft 16.10 Uhr.«

»Neun Echo Bravo, 16.10 Uhr. Verstanden.«

Der Kopfhörer knisterte noch einmal, dann schwieg er. Das gepanzerte Fahrzeug steuerte die unmarkierte Highwayausfahrt an, die zur Zufahrtsstraße führte. Die Anhöhe wurde steiler. Der Fahrer wechselte den Gang und beschleunigte den großen Laster in Richtung des Haupteingangs von Utopia.

15.50 Uhr

Kyle Cochran stand vor dem »Meer der Stille«-Salon. Er trug den schwarzvioletten Umhang des Erzmagiers Mymanteus. Trotz der recht schwachen Beleuchtung der Promenade war es im Salon noch dunkler gewesen, deshalb wartete er, bis sich seine Augen anpassten. Neben ihm produzierte Tom Walsh – er war etwas größer und viel schlanker als Kyle – einen Rülpser. Sie hatten gerade pro Nase vier Supernovas vernichtet. Damit hatten sie den Collegerekord gebrochen. Dass das Getränk alkoholfrei war, schmälerte ihre Heldentat keineswegs: Eine Supernova war ein riesiges, buntes Gebräu mit zerstampftem Eis. Kyles Magen war längst taub und verstimmt. Wie immer fand er es irgendwie ärgerlich, dass er noch ein Jahr warten musste, bevor er etwas *Richtiges* trinken durfte. Aber an einem Ort wie Utopia machte es nichts. Sie hatten einen Kumpel in ihrem Wohnheim, Jack Fischer, der hatte schon mal eine Pulle Bourbon hier eingeschmuggelt, sich die Hucke voll gesoffen und anschließend alle seine Mitfahrer im »Kreischer« voll gekotzt. Es war erst ein paar Wochen her.

Walsh rülpste erneut. Diesmal so laut, dass einige Passanten sich nach ihnen umdrehten.

»Sie hörten den Landfunk«, sagte Kyle und nickte seinem Freund anerkennend zu. »Es sprach die Sau.«

Als Erstsemester an der UCSB kannte Kyle grauenhafte Geschichten über höllische Zimmergenossen: zum Beispiel über den Partylöwen, der sich bis zum Morgengrauen an Death-Metal-Musik ergötzte, und über den Schmutzfink, der nur einmal pro Woche seine Unterwäsche wechselte. Tom Walsh hatte sich in dieser Hinsucht als angenehme Überraschung erwiesen. Außerdem teilten sie viele Interessen: Leichtathletik, Ska-Musik und Motorräder. Tom war ein naturwissenschaftliches Ass, während Kyle ordentliche Aufsätze schrieb und fließend Französisch sprach. Sie ergänzten sich prima, deswegen war das erste Jahr nicht besonders schwierig gewesen. Im zweiten Jahr hatten sich ihre Wege als Studenten zwar getrennt, aber sie waren weiterhin dicke Freunde geblieben. Leider hatte Tom zu Weihnachten eine Tragödie erlebt: Sein älterer Bruder war bei einem Motorradunfall ums Leben gekommen. Im Winter war Tom deprimiert gewesen und hatte sich zurückgezogen. Deswegen hatte es Kyle sehr überrascht, als sein Freund mit der Idee gekommen war, die Semesterferien in Las Vegas zu verbringen. Es schien fast, als finde Tom allmählich zu seinem alten Ich zurück. Anfangs hatte es so ausgesehen, als müsse er sich zwingen, sich zu vergnügen. Doch seit sie in Utopia waren, war er viel gelöster und sein Lächeln wirkte nicht mehr aufgesetzt. Er hatte sogar darüber gesprochen, sich in den Sommerferien hier um einen Job zu bewerben.

Kyle gähnte und reckte sich. »Was jetzt, Alter?«

Tom klopfte auf seinen Bauch. »Ich weiß nicht. Was hältst du von ›Station Omega‹?«

Kyle musterte ihn ungläubig. »Willst du mich verarschen? Mit vier Supernovas im Bauch? Komm zu dir!«

Toms einzige Antwort war ein schiefes Grinsen.

Kyle stand auf der Promenade und überlegte den Vorschlag, ohne auf die sie umgebende Menge zu achten. »Station Omega« war die Freie-Fall-Attraktion von Callisto, ein relativ neues Fahrgeschäft, das den Besuchern erlaubte, sich aus ziemlich großer Höhe in die Tiefe zu stürzen. Normalerweise wurden die Teilnehmer eines solchen Vergnügens wie auf einer vertikalen Achterbahn angeschnallt. Doch die Utopia-Konstrukteure hatten das Standardkonzept des freien Falls leicht variiert. Man stieg im Weltraumhafen auf eine Rolltreppe und betrat dann eine aufzugähnliche Kabine, die die Fahrgäste laut Ankündigung zu einer wartenden Raumfähre brachte. Doch sobald die Lifttüren sich schlossen, ging irgendwas grauenhaft schief. Dann gab es einen Ruck und ein Beben. Man hörte unheimliche Knackgeräusche. Anschließend ging das Licht aus und Rauch drang in die Kabine ein. Nun raste das Ding ohne Warnung dreißig Meter in die Tiefe, bis das Licht wieder anging, die Bremsen griffen und der Aufzug langsamer wurde und bemerkenswert sanft anhielt. Es war eine kurze Fahrt, aber sie hatte es in sich. Sie hatte es so in sich, dass ihre Sicherheitsvorschriften zu den rigidesten in Utopia gehörten.

Kyle und Tom hatten den Absturz heute schon sechsmal hinter sich gebracht.

Kyle warf einen Blick auf die Promenade und die sich auf dem Weltraumhafen tummelnden Massen. Sechs Abstürze in »Station Omega« waren UCSB-Rekord. Aber da hinten wimmelte es von Menschen. Und die Warteschlange am letzten Fahrgeschäft, das sie ausprobiert hatten, war die längste des ganzen Tages gewesen.

Trotzdem … Siebenmal würde ihre Leistung festschreiben. Besonders nachdem sie auch noch vier Supernovas verdrückt hatten.

Außerdem hatte Tom den Vorschlag gemacht.

Kyle schaute ihn an und hob den Daumen. Toms Grinsen wurde zu einem echten Lächeln.

»Los, komm!«, sagte Kyle und schwang seinen Umhang unternehmungslustig um sich. »Machen wirs!«

15.50 Uhr

Moment mal«, sagte Terri. »Hier stimmt was nicht.«

Warne hob den Kopf und musterte sie über den Tisch hinweg. Angus Poole ließ sein Bier sinken und schaute sie an. Irgendetwas an ihrer Stimme ließ ihn aufhorchen.

Terri hatte den Plastikbeutel geöffnet. Sie hielt ein großes Bruchstück in der Hand und drehte es zwischen den Fingern. »Diese Disc«, sagte sie, »ist leer.«

»Was?«, erwiderte Warne. »Das ist doch unmöglich! Auf ihr ist die ›Patent‹-Technologie gespeichert, die John Doe übergeben werden sollte.«

»Und ich sage, sie ist leer. Schauen Sie. Hier unter dem Schwarzlicht kann man es erkennen.« Sie reichte ihm das Bruchstück. »Sehen Sie? Hätte man Daten auf das Ding gebrannt, müsste man es sehen. Ich sehe aber nichts. *Nada.*«

Poole packte den Beutel. »Ich sehe überhaupt nichts.«

Terri musterte ihn ironisch. »Dann hören Sie einfach auf einen ausgebildeten Profi.«

»Aber das passt doch nicht zusammen!«, sagte Warne. »Warum sollte man ihm eine leere Disc übergeben haben?«

»Hat man vielleicht gar nicht«, erwiderte Terri.

Warne hielt jäh inne. Diese Überraschung kam ein bisschen plötzlich, deswegen brauchte er eine Weile, um John Does schrägen Zug zu durchschauen. Was hatte Poole gesagt? *Anhalten und ein paar grundlegende Fragen stellen.*

Ihm kam plötzlich eine Idee.

»Terri«, sagte er, »der Trojaner, den wir gefunden haben, wurde vor einem Monat in Ihren Rechner eingepflanzt. Gibt es irgendeine Möglichkeit, dass man ihn aus der Ferne rübergeschickt hat, etwa übers Netz?«

»Nee. Sämtliche Utopia-Rechner haben ihre eigene Firewall. Ich kann mit dem Gerät nicht mal E-Mails empfangen.«
»Ist es unangreifbar?«
»Kein Hacker käme zu ihm durch.«
»Extern *oder* intern?«
Terri schüttelte den Kopf.
»Dann bleibt nur eins: Das Ding muss *physikalisch* auf Ihren Rechner kopiert worden sein. In Ihrem Büro.« Warne hielt inne. »Denken Sie genau nach! Wer könnte in diesem Zeitraum Zugang zu Ihrem Rechner gehabt haben?«
»Niemand.«
»Keine Kollegen? Nicht mal Ihr Chef?«
»Ich müsste es wissen.«
»Sind Sie ganz sicher?«
»Klar.«
Warne lehnte sich zurück. Die Spekulation mündete in Enttäuschung.
Dann hatte er einen anderen Einfall. »Und was ist mit Ihnen selbst? Haben Sie irgendwas auf dem System installiert? Irgendwelche neuen Programme, OS-Aktualisierungen, irgendwas?«
»Nichts. Bei uns ist man sehr streng, was die Rechner in diesem Bereich angeht. Ohne vorherige Erlaubnis der IT wird nichts installiert. Aber da hats nichts gegeben; nicht mehr, seit wir das Metanet haben. Also seit fast einem Jahr.«
Warne sackte auf seinem Stuhl zusammen. Das »Meer der Stille« summte vor sich hin. Die beiden Rabauken am Nebentisch waren gegangen, eine sechsköpfige Familie hatte sie ersetzt. Die Kinder tranken Malzbier und spielten mit Schaumstoffschwertern.
»Moment mal!«

Als Warne Terris Stimme hörte, setzte er sich schnell aufrecht hin.
»Da war *doch* etwas. Vor einem knappen Monat.«
Warne schaute sie an.
»Es ist aber nicht der rauchende Colt, den Sie suchen. Eigentlich ist es genau das Gegenteil.«
»Raus damit!«
»Wir haben doch darüber gesprochen, dass eine Putzkolonne das System erst vor kurzem durchforstet hat.«
»Ja. KIS, die gleiche Firma, die auch für die Carnegie-Mellon-Uni arbeitet.« Barksdale hatte es bei der Besprechung heute Morgen erwähnt.
»Putzkolonne?«, fragte Poole und leerte sein Bier.
»Hacker, die man engagieren kann«, erläuterte Warne. »Legalisierte Schnüffler. Große Firmen heuern sie an, damit sie versuchen, in ihre Rechner reinzukommen und Sicherheitslücken aufspüren.« Er wandte sich wieder an Terri. »Fahren Sie fort!«
»Tja, wir hatten ein astreines Ergebnis. Die Typen von der Putzkolonne haben gesagt, unser Netzwerk sei ein echt harter Brocken. Aber sie haben ein Systempatch an einige Hochsicherheitsrechner verteilt. Um einen Unix-Bug zu reparieren, der ihrer Meinung nach von Hackern ausgenutzt werden könnte.«
»Ein Systempatch? Für wie viele Rechner?«
»Nicht viele. Ein, zwei Dutzend etwa.«
»Und Ihrer gehörte dazu.« Es war keine Frage, sondern eine Feststellung.
Terri nickte.
Warne blieb eine Weile reglos. Dann stand er auf. Sein Stuhl glitt über den transparenten Boden nach hinten.
»Wo ist das nächste Telefon?«, fragte er.

»Die öffentlichen Zellen sind im Nexus. Wir müssen die Promenade runter und …«

»Nein«, fiel er ihr ins Wort. »Wir brauchen *jetzt* ein Telefon. *Sofort.*«

Terri schaute ihn kurz und stumm an. Dann stand sie ebenfalls auf und machte den beiden Männern ein Zeichen, ihr zu folgen.

Warne legte ein paar Scheine auf den Tisch, dann eilten sie mehr oder weniger im Laufschritt zum Ende des Salons und in einen breiten Gang, der zum Kasino von Callisto führte. Terri steuerte auf eine Wand zu und öffnete eine gut getarnte Tür. Warne huschte über die Schwelle, Poole folgte ihm.

Terri schloss hinter ihnen die Tür, geleitete sie über eine Metalltreppe in einen Servicekorridor hinunter und ging zu einem großen Büro mit dem Schild »Anträge«. An der Wand gegenüber saßen mehrere Sekretärinnen in Einzelnischen und arbeiteten. Eine oder zwei schauten kurz auf und wandten sich dann wieder ihren Bildschirmen zu.

Terri deutete auf ein Telefon auf einem leeren Schreibtisch. Warne hob ab, drückte die Amtstaste und wählte eine Nummer.

»Auskunft? Ich brauche eine Nummer in Marlborough, New Hampshire: Keyhole Intrusion Systems.«

Kurz darauf wählte er erneut.

»KIS«, sagte eine Frauenstimme am anderen Ende der Leitung.

»Verbinden Sie mich bitte mit dem Büro von Walter Ellison!« Warne drückte geistig beide Daumen. Soweit er wusste, war Walt Ellison arbeitssüchtig. Wenn er nicht gerade bei einem Kunden war, standen die Chancen gut, dass er ihn erwischte. *Heb ab, verdammt noch mal, heb ab …*

»Ellison«, meldete sich die ihm bekannte Stimme: laut, nasal, mit Bostoner Akzent.
»Walt, hier ist Andrew Warne. Sie haben im letzten Jahr unser System an der Carnegie-Mellon überprüft. Erinnern Sie sich daran?«
Am anderen Ende herrschte Stille. Warne befürchtete einen Übelkeit erregenden Augenblick lang, Ellison könnte ihn vergessen haben. Dann hörte er ein träges Lachen.
»Warne, klar. Robotik, nicht?«
»Ja.«
»Was macht denn Ihr Eiskremverkäufer? Wie hieß er noch?«
»Scylla.«
»Ja, Scylla. Putzig. Ein tolles Ding!« Ellison lachte erneut.
Warne drückte den Hörer fest an sein Ohr. »Hören Sie mal, Walt. Sie müssen mir einen Gefallen tun. Es geht um einen KIS-Kunden.«
»Meinen Sie die Carnegie-Mellon?«
»Nein.«
Ellisons Stimme klang nun weniger interessiert. »He, Dr. Warne – Sie wissen doch, dass ich nicht mit Ihnen über andere Kunden sprechen kann.«
»Wenn ich Recht habe, brauchen Sie es auch gar nicht zu tun. Ich möchte nämlich gar nicht wissen, was Sie getan haben, sondern was Sie *nicht* getan haben.«
Ein kurzes Schweigen. »Da komm ich nicht mit.«
»Wissen Sie noch, für wen ich Scylla gebaut habe?«
»Klar, für diesen Freizeit... Ich meine, ja, ich erinnere mich an die Körperschaft.«
»Gut. Wissen Sie auch, dass ich für diese ... ähm ... Körperschaft arbeite?«
»Hab ich mir schon gedacht.«

»Dann könnten Sie eigentlich nichts dagegen haben, meine letzte Frage zu beantworten. Hat KIS je einen Putzauftrag für diese Firma übernommen?«
Schweigen in der Leitung.
»Hören Sie«, sagte Warne. »Ich *muss* es wissen.«
Noch immer Schweigen.
»Es geht möglicherweise um Leben und Tod, Walter.«
Ein Seufzer ertönte. »Schätze, es ist kein Geheimnis«, sagte Ellison. »Wir haben nie für dieses Unternehmen gearbeitet. Es wäre aber ein Auftrag, nach dem ich mir die Finger lecken würde. Könnten Sie da mal dran drehen? Jemandem was ins Öhrchen flüstern?«
»Vielen Dank«, sagte Warne und legte auf. Er drehte sich um und schaute Terri und Poole an.
»KIS hat nie für Utopia gearbeitet«, sagte er.
Terri setzte eine ungläubige Miene auf. »Das ist doch nicht möglich! Ich hab das Team selbst gesehen. Sie waren fast einen ganzen Tag lang hier.«
»Was Sie gesehen haben, war John Does Voraustrupp.«
Terri schwieg.
»Und der Systempatch, den sie verteilt haben, war kein Bugfix. Als Sie ihn überspielt haben, haben Sie den Trojaner auf Ihrem eigenen System installiert.«
»Soll das heißen ...« Terri zögerte. »Soll das heißen, die ganze Sache war ein Trick?«
»Ein sehr gerissener und unverfrorener Trick. Um bestimmte Utopia-Systeme zu infizieren – und um das vorzubereiten, was momentan hier abläuft.«
»Aber das kann doch nicht sein! KIS ist eine echte Firma, das haben Sie selbst gesagt. Das kann doch keine Scheinfirma sein!«
Terri sprach schnell. *Allmählich begreift sie,* dachte Warne.

Und die Spur, die sich dabei auftut, gefällt ihr ganz und gar nicht.

»Ja, es ist wirklich eine echte Firma. John Doe hat es gewusst. Auf Hochstapler wäre Utopia nie reingefallen. Aber die Leute, die hier aufgetaucht sind – die die Integritätsprüfung vorgenommen und Ihnen die Systempatches gegeben haben –, waren Schwindler, keine KIS-Mitarbeiter. Statt Schlupflöcher abzudichten, haben sie sie geschaffen.«

»Sira ulo«, murmelte Terri. »Nein.«

»K.I.S. war *nie* hier.« Warne deutete auf das Telefon. »Ich habs aus sicherer Quelle.«

»Aber das hätten wir doch *gewusst«*, sagte Terri. »Fred hat die ganze Sache persönlich eingefädelt. Er hätte den Braten doch gerochen. Er hätte gemerkt, wenn da irgendwas …«

Sie verstummte abrupt. Warne ergriff ihre Hände.

»Terri«, sagte er. »Fred Barksdale ist der Braten.«

»Nein«, wiederholte sie.

»Und ob er es ist. Er ist John Does Mann in diesem Unternehmen. Er hat ihm alles Nötige zur Verfügung gestellt, um das System zu missbrauchen. Außer Fred hat niemand den nötigen Zugang und die Autorisation. Kein anderer hätte dieses Ding drehen können.«

Warne erkannte nun mit schrecklicher Klarheit, wie sich die einzelnen Schichten des Täuschungsmanövers ablösten. Zweifellos hatte John Doe seine Leute schon im Vorfeld einen absichtlich stümperhaften Versuch machen lassen, sich von außen ins Rechnernetz Utopias zu hacken. Dies hatte Fred Barksdale dann legitimiert, die Firma Keyhole Intrusion Systems zu holen. Bloß waren in Utopia keine KIS-Leute aufgetaucht, um die Abwehrsysteme zu überprüfen, sondern John Does Verbrecher. Man hatte ihnen nicht nur ahnungslos erlaubt, sich in ihre Systeme zu hacken – man hatte sie auch noch dazu eingeladen. Die eigenartigen Fehler, die Sarah anfangs erwähnt hatte, die Katastrophe bei der »Notting-Hill-Hatz«, waren vermutlich Nebenprodukte des Installationsprozesses. Vielleicht auch ein kaltblütiger Funktionstest John Does. Obwohl der Beweis Warne förmlich ins Gesicht sprang, wollte er sich nicht einmal jetzt den Konsequenzen eines so perfekten, verheerenden Betruges stellen.

Nein, nicht Barksdale, er weiß zu viel über …

Als er den Gedanken beendete, fing sein Herz in seiner Brust heftig an zu schlagen.

Terri starrte ihn an. Ein eigenartiger Ausdruck war auf ihrem schönen exotischen Gesicht. Dann wandte sie den Blick langsam ab und schüttelte stumm den Kopf.

»Ich weiß. Es ist eine schreckliche Sache. Ich verstehe es ebenso wenig wie Sie.« Warne drückte fest ihre Hände. »Aber wir haben jetzt keine Zeit, um Spekulationen darüber anzustellen.«

Er wandte sich an Poole. »Sie müssen Barksdale finden. Bringen Sie ihn in die Sicherheitsabteilung, bevor er noch mehr Schaden anrichtet.« Er kramte in seiner Tasche herum. »Hier ist meine Kennkarte. Ich habe Sarahs Identifikator. Ich brauche sie nicht.«

Poole rührte sich nicht. »Barksdale finden? Was ist, wenn er Widerstand leistet? Glauben Sie, man glaubt mir mehr als ihm?«

»*Sie* sind doch hier der Kriegsheld. Denken Sie sich was aus! Erzählen Sie den Wachmännern, was Sie gerade von mir erfahren haben.«

Poole brummte, nahm die Karte an sich und schob sie in seine Jacke. Als er die Hand wieder herauszog, hielt sie eine automatische Pistole.

Warne musterte sie überrascht. Dann fiel ihm ein, dass der

Hacker im Kanal auf sie geschossen und die Waffe im anschließenden Tohuwabohu hatte fallen lassen. Komisch, dass er keinen weiteren Gedanken an sie verschwendet hatte.

»Was wird aus Ihnen?«, fragte Poole. Er überprüfte die Waffe und schob sie in die Jacke zurück. »Ich bin noch immer scharf auf die lebenslange Freikarte.«

»Ich komm schon durch. Wir treffen uns in der Sicherheitsabteilung. Sie greifen sich Barksdale.«

»Passen Sie auf sich auf!« Poole verschwand im Korridor.

Warne drehte sich zu Terri um. Sie schwieg noch immer. Ihre Lippen waren blass. »Ist Ihnen klar, was das bedeutet? Wenn die Disc leer ist, kann es nicht die sein, die Sarah Doe überlassen wollte. Doe hat die funktionierende DVD. *Er verfügt längst über die Technologie des ›Patents‹*. Warum bittet er Sarah also, ihm noch eine *zweite* Scheibe auszuhändigen – und zwar persönlich? Er will *sie!* Aber warum? Eins weiß ich: Sarah ist in Gefahr.«

Während er dies sagte, blitzte ein noch schrecklicheres Bild in seinem Geist auf: Barksdale, der Terri heute Morgen vorgeschlagen hatte, Georgia in die Cafeteria mitzunehmen. *Barksdale weiß, dass ich eine Tochter habe. Aber weiß John Doe es auch?*

Terri beobachtete Warne konzentriert. Plötzlich riss sie die Augen auf. Es schien, als sei sie auf den gleichen Gedanken gekommen.

Warne wirbelte herum und ballte die Fäuste. Was sollte er nun tun? Sarah Boatwright befand sich in großer Gefahr. Sie lieferte sich John Doe ahnungslos aus. Andererseits aber war auch Georgia einem Risiko ausgesetzt. Es musste zwar nicht so sein, aber wenn diese Leute ihn suchten … Wenn sie schon jemanden getötet hatten, den sie für ihn gehalten hatten ... Wenn John Doe von Georgias Existenz erfuhr ...

Er konnte nicht beide warnen. Er hatte nur Zeit für eine. Die eine befand sich mit Gewissheit in Gefahr, die andere vielleicht nicht. Die eine liebte er, die andere hatte er einst geliebt. Es war ein schreckliches, unvorstellbares Dilemma.

Er spürte, dass sich eine Hand auf seine Schulter legte. »Ich gehe«, sagte Terri.

Warne schaute sie an.

»Ich gehe«, wiederholte Terri leise. »Ich passe auf Georgia auf.«

Warne ließ die Hände sinken. »Wirklich?«

Terri nickte.

Das Gefühl der Erleichterung war einen Moment lang so stark, dass Warne sich körperlich schwach fühlte. »Sie wissen, wo sie ist, nicht wahr? Sie ist noch im medizinischen Zentrum, in einer Erholungsnische.« Er überlegte schnell. »Bringen Sie Georgia irgendwohin und verstecken Sie sich! Bringen Sie sie, wenn möglich, in die Sicherheitsabteilung – auf alle Fälle an einen Ort, an dem Sie beide sicher sind. Für den Fall des Falles. Tun Sie das?«

Terri nickte erneut.

»Danke, Terri. Danke. Danke.«

Warne nahm sie in die Arme und drückte sie kurz an sich, dann löste er sich von ihr. Terris Blick ließ sein Gesicht nicht los, bis er zur Tür ging.

Kurz darauf befand er sich wieder im Korridor. Dann rannte er los und eilte in den öffentlichen Bereich von Utopia zurück.

15.55 Uhr

Die Hauptgarderobe bestand aus einem weit verzweigten Labyrinth von Räumen und lag auf der B-Ebene. Obwohl die Gänge eigentlich immer von Darstellern wimmelten, schienen sie kurz vor 16.00 Uhr besonders stark bevölkert zu sein. Herzöge und Knappen aus Camelot, die ihre Schicht beendet hatten, standen neben Straßenhändlern mit Strohhüten und Leinenanzügen, die sich auf die abendlichen Festivitäten in Boardwalk vorbereiteten. Verschleierte Hofdamen in fließenden Gewändern unterhielten sich mit interstellaren Forschern in Druckanzügen. Garderobieren, Modistinnen, Kostümassistenten, Schneiderinnen und Sprachlehrer wanderten durch die Flure, passten hier etwas an und gaben dort eine Anweisung. Es war eine bizarre, lärmende, hektische Mischung aus Alt und Neu, Vergangenheit und Zukunft.

Die schlafsaalgroße Herrentoilette lag zwischen dem Kostümfundus und der Maskenbildnerei. In ihr stand ein einzelner Mann vor einer Reihe von Waschbecken, säuberte sorgfältig seine Hände und ließ sich Zeit, um etwas unter seinen Fingernägeln zu entfernen. Als er fertig war, zog er ein Papierhandtuch aus einem Wandspender und schaute in den Spiegel. Zwei verschlossen wirkende mandelförmige Augen blickten ihn an.

Die Tür ging auf. Einige Jongleure in hellbunten Klamotten traten lachend und tratschend ein. Der Mann entsorgte das Handtuch, verließ den Raum und ging an Umkleideräumen und der Requisitenkammer von Camelot vorbei. Lange Reihen von Schwertern, Lanzen, Kettenhemden, Schilden, Wimpeln und Brustpanzern glänzten im fluoreszierenden Licht. Er betrat den Herrenumkleideraum, trat an einen Spind, gab eine Zahlenkombination ein und öffnete die graue

Metalltür. Den gesäuberten und auf Hochglanz polierten Malakkaspazierstock hatte er bereits in der Requisite von Gaslight in einem Regal mit fünfzig gleich aussehenden anderen abgestellt. Das Highlander-Cape und den Wollanzug hatte er in eine der zahlreichen Luken des Hochdruckwäscheleitsystems geworfen, die die Wände der Hauptgarderobe säumten. Er lugte in den Spind und betrachtete mit einem prüfenden Blick den glänzenden, leicht schillernden Anzug eines Callisto-Raumfährenpiloten, der neben einem dunkelblauen Overall auf einem Bügel hing.
Ein kurzes, gedämpftes Zirpen ertönte. Der Mann drehte sich um und schaute, ob er beobachtet wurde. Dann zog er ein Funkgerät aus der Tasche. Er lehnte sich lässig an den Spind, nutzte die offene Tür als Abschirmung, schaltete das Gerät ein und aktivierte den Zerhackercode.
»Hardball«, sagte er ins Mikrofon hinein.
»Hardball, hier ist Prime Factor«, ertönte die Stimme John Does. »Irgendwelche neugierigen Zuschauer?«
»Negativ.«
»Ihre Tätigkeit in Gaslight?«
»Alles erledigt.«
»Sozusagen.« Ein trockenes Lachen kam aus dem Funkgerät. »Hören Sie gut zu! Der Plan wurde geändert. Sobald Sie den letzten Auftrag in Callisto erledigt haben, müssen Sie auf dem Weg zur C-Ebene einen Zwischenaufenthalt einlegen. Sie erinnern sich doch gewiss an unseren schwer fassbaren Freund Andrew Warne?«
»Und ob.«
»Es hat sich herausgestellt, dass er seine Sippschaft mit in den Park gebracht hat. Seine Tochter ist unten im medizinischen Zentrum. Erholt sich wohl von der Unerfreulichkeit in ›Finsterwasser‹. Sie heißt Georgia.«

»Verstanden.«
»Bringen Sie sie zum Umgruppierungspunkt. Sie könnte uns unter Umständen nützlich sein.«
»Verstanden.«
»Cracker Jack hat sich noch immer nicht gemeldet. Da ich den Ersatzsender habe, ist es zwar kein Problem, aber dass dieser Warne uns ständig durch die Lappen geht, stört mich. Mit Hilfe seiner Tochter werden Sie ihn vermutlich finden. Es würde die Sache erleichtern. Sie können also so oder so mit Gesellschaft rechnen.«
Der Mann, der Hardball genannt wurde, blickte in den Spind hinein. Da lag eine große Pilotentasche, die im reflektierten Licht mattsilbern glänzte. »Ist kein Problem.«
»Wusste ich doch. Aber die Zeit drängt. Ich habe einen Termin. Und Sie haben auch noch einiges vor. Können Sie jetzt loslegen?«
»Zieh mich gerade dafür um.«
»Alsdann: Lassen Sie die Fetzen fliegen!« John Doe legte eine Pause ein. »Das wollte ich schon immer mal sagen.«
Sein leises Lachen erstarb, und der Mann mit den mandelförmigen Augen schob das Funkgerät wieder in die Tasche. Dann schaute er sich noch einmal um, nahm den Anzug eines Raumfährenpiloten vom Bügel und zog ihn rasch an.

16.00 Uhr

Die Warteschlange war glücklicherweise überraschend kurz, und die letzte Supernova lag noch kalt in seinem Bauch, als Kyle Cochran sah, dass das Absperrseil am Fuß der Rolltreppe entfernt wurde. Eigentlich war es gar kein Seil, sondern irgendein Hologramm – eine schicke Hightechimitation der dicken, dunkelroten Seile, mit denen man früher das Foyer eines Kinos abgesperrt hatte. Das Hologramm erhellte sich ein wenig, der funkelnde Purpurstrang flammte gelb auf, dann schien er sich in Luft aufzulösen. Ein Raumfährenmitarbeiter trat lächelnd vor und signalisierte den ersten Leuten in der Schlange, dass sie die Rolltreppe nun benutzen konnten. Während Kyle darauf wartete, dass sie an die Reihe kamen, boxte sein Freund Tom Walsh ihm leicht ins Kreuz.

»Langsam, Alter!«, sagte er lachend.

Auch die Rolltreppe war toll: Der Handlauf strahlte in gedämpftem blauem Neonlicht. Die Stufen bestanden aus irgendeiner halbtransparenten Substanz. Die Rolltreppe bewegte sich langsam, aber sanft und glatt. Der Blick auf den langsam unter ihnen schrumpfenden Weltraumhafen wurde immer reizvoller. Kyle drehte sich um und erfreute sich an der Aussicht. Zwar genoss er sie inzwischen zum siebenten Mal, aber sie war toll und wurde nie langweilig. Besucherschlangen bewegten sich über den beleuchteten Boden des Weltraumhafens. Laser und andere fremdartige Lichteffekte ließen die massive Architektur deutlich hervortreten. Über allem wölbte sich die gigantische Sternenkuppel. Das einzige Fahrgeschäft, vor dem keine Schlange stand, war »Flucht von Finsterwasser«. Eigenartigerweise hatte man den Laden genau während des größten Besucherandrangs aus Wartungsgründen geschlossen.

Sieben Abstürze auf »Station Omega«. Gottverdammt.

Am Ende der Rolltreppe führte ein anderer Mitarbeiter die Besucher in einen Gang mit dem Schild »Zum Transport«. Tom marschierte mit der Menge weiter und reckte den Hals, um über die vor ihm gehenden Leute hinwegzusehen. Da war er mit weit geöffneten Luken am anderen Ende des Korridors, die Wände schillerten blass: der Shuttle zur Fähre. Der angebliche Shuttle. Einfache Fahrt, geradewegs in die Tiefe. Das Innere der Kabine leuchtete in blassem Scharlachrot und erinnerte an ein riesiges offenes Maul. Tom schüttelte sich in Vorfreude.

Eine dritte Mitarbeiterin erwartete sie am Ende des Gangs. »Die Fahrtzeit zur Fähre beträgt ungefähr fünf Minuten«, sagte sie und führte die Leute in die Shuttlekabine. »Bitte halten Sie die Bordkarten bereit. Die Fähre legt in zwanzig Minuten vom Weltraumhafen ab. Sobald Sie den Shuttle verlassen haben, gehen Sie bitte schnell an Bord.«

Als Kyle sich in die Kabine führen ließ, grinste er vor sich hin. Er war ein Insider. Er hörte sich das sorgfältig einstudierte Täuschungsgeschwafel aber trotzdem gern an. Es war so, als durchschaue man die gerissenen Manöver eines großen Bühnenzauberers. Er musterte seine Mitfahrer. Einige grinsten wissend.

Für die »Station Omega«-Veteranen war der Absturz an sich nur das halbe Vergnügen. Ebenso viel Spaß machte es, die Reaktion der Mitreisenden zu beobachten. Obwohl das Fahrgeschäft ziemlich berühmt war – die Illustrierten und Websites, die sich mit »Station Omega« befassten, waren Legion –, gab es immer wieder ein paar Passagiere, die nicht wussten, worauf sie sich einließen. Sie glaubten tatsächlich, sie würden eine Fahrt mit einer Raumfähre machen und der überdimensionale Aufzug sei nur ein Transportmittel, um sie in den Einstiegsbereich zu bringen. Kyles geübter Blick schweifte über die etwa sechzig sich um ihn drängenden Gäste. Er suchte nach Ahnungslosen. Die japanische Reisegruppe, die sich aufgekratzt miteinander unterhielt, bestand aus möglichen Kandidaten. Das minderjährige Liebespärchen in der Ecke da, das sich lieber befummelte als sich für die Umgebung zu interessieren, vielleicht auch. Das völlig gleich angezogene ältere Ehepaar mit den Hütchen, das sich laut fragte, wie lange die Fahrt mit der Raumfähre wohl dauerte, eindeutig. Kyle nickte selbstgefällig vor sich hin. Sobald hier die Hölle los war, würde er die beiden ganz bestimmt im Auge behalten.

Draußen, im Korridor zum Shuttle, sah er, dass die dort tätige Mitarbeiterin leise und eindringlich auf ein weißhaariges Paar einsprach. Die Leute waren zwar noch nicht so alt – etwa sechzig, vielleicht auch etwas älter –, doch sie wurden von der Frau allem Anschein nach abgewiesen. Utopia ging kein Risiko ein. Aus den Websites, die Kyle besuchte, wusste er, dass die Mitarbeiter von »Station Omega« nicht nur ein veritables Bodenpersonal, sondern auch medizinisch ausgebildet waren, und so hielten sie ständig nach Personen Ausschau, die auch nur entfernt den Eindruck machten, sie seien für einen Absturz im freien Fall ungeeignet. Kyle sah, dass die beiden sich zwar beleidigt, aber mit Kasinogutscheinen in der Hand davonmachten. Sie hätten seine Eltern sein können. Irgendwie befriedigte es ihn, dass sie die Fahrt nicht mitmachten.

Er stupste Tom in die Rippen und deutete mit dem Kopf auf das identisch gekleidete Touristenpaar. Tom folgte seinem Blick und verdrehte die Augen. *Jaaa,* schien sein Ausdruck zu besagen, *das sind Opfer.*

Kyle grinste. Neben dem zunehmenden Gefühl der Vorfreude empfand er irgendwo im Hinterkopf auch etwas anderes. Er war fast erleichtert. Tom benahm sich inzwischen wieder so, wie es seinem alten Ich entsprach. Vielleicht hielt es ja nur einen Tag an, aber es war auch möglich, dass er inzwischen wieder Licht am Ende des Tunnels sah.

Die Aufzugkabine war nun fast voll. Die Leute standen in Grüppchen beisammen und bildeten unbewusst lockere kleine Ansammlungen, wie dies oft in U-Bahnen geschieht. Doch bald würde es ganz anders aussehen: Dann würden sich sämtliche Liftinsassen schreiend an jedem festkrallen, der neben ihnen stand, und während des schrecklichen Absturzes in die Finsternis auf persönlichen Freiraum verzichten.

Kyle fragte sich leicht träge und nicht zum ersten Mal, wie die Sache eigentlich bewerkstelligt wurde; wie es kam, dass man während des Absturzes nicht hinfiel. Bei ähnlichen Fahrgeschäften in anderen Parks wurde man angeschnallt, bis man sich wie in einer Zwangsjacke fühlte. Hier jedoch, wo nur das Überraschungselement zählte, hätten Sitzplätze und Anschnallgurte natürlich alles verraten. Kyle kannte einen Absolventen der Ingenieurschule der UCSB, der hierzu eine Theorie aufgestellt hatte. Es hatte irgendwas mit dem Einsatz komprimierter Luft zu tun. Kyle nahm sich vor, diesmal genau aufzupassen. Aber es war schwierig: Der Absturz kam so abrupt und fiel so kurz und heftig aus, dass er fast schon vorbei war, bevor man Luft geholt hatte, um aufzuschreien. Und dann kam …

Seine Gedankengänge wurden unterbrochen. Die Luken schlossen sich leise und schnitten die volle Kabine vom Korridor ab. Kyle hörte draußen ein lautes Scheppern, dann meldete sich eine Stimme über einen unsichtbaren Innenlautsprecher. »Shuttle legt ab vom Fährendock. Wenn wir die Luftschleuse verlassen, spüren Sie möglicherweise leichte Vibrationen.«

Ja, leichte Vibrationen, dachte Kyle. *Gleich wird es euch die Schuhe ausziehen, Leute!*

Dieser Augenblick gefiel ihm am besten. Die letzten Sekunden, bevor die Welt den Boden unter den Füßen verlor. Seine Nerven spannten sich vor Vorfreude. Er fing Toms Blick auf und hob den Daumen. Dann schaute er in die Gesichter, die ihn umgaben. Einige lächelten verschwörerisch, andere wirkten gelangweilt oder entzückend ahnungslos. Schließlich konzentrierte er sich auf das Ehepaar mit den Hütchen.

Außerhalb des Shuttles ertönte ein Summen, als liefe ein Triebwerk an. Je höher dieses scheinbar beschleunigte, umso lauter wurde das Summen. Dann das Gefühl einer sanften Bewegung.

Dann ein plötzlicher Ruck.

»Scheiße!«, sagte jemand unwillkürlich.

Die Bewegung endete. Wieder ein Ruck, diesmal heftiger. Die Beleuchtung flackerte kurz auf. Kyle musterte das identisch gekleidete Paar. Die beiden tauschten leicht irritierte Blicke. In Kürze würden ihre Augen nackte Angst spiegeln.

Das Triebwerk heulte lauter. Das Geräusch klang abgehackt. Dann verstummte es ganz. In der plötzlichen Stille konnte man das Knirschen von Metall hören. Dann knackte etwas, diesmal sehr laut. Dann ruckte es wieder. Dann ging plötzlich das Licht aus.

Es wurde stockfinster. In Fußbodennähe leuchtete eine Reihe blutroter Notlämpchen auf. Dies gefiel Kyle besonders: Das Licht leuchtete nach oben statt nach unten und formte die Gesichtszüge der Anwesenden zu grotesken Reliefs.

»Achtung«, sagte die Lautsprecherstimme, »wir haben Probleme mit dem Hauptbeschleunigungssystem. Wir werden die Fahrt in Kürze fortsetzen. Geraten Sie nicht in Panik.«

Oh, doch, dachte Kyle, *los, fangt an zu kreischen!* Sein Blick fiel wieder auf das identisch gekleidete Paar. Die Augen der beiden waren groß, sie schauten sich mit starrer Miene um.

Dann kam das nächste von Unheil kündende Knacken. Dann das spröde Zischen von Funken. Und schließlich, wie aufs Stichwort, der Rauch.

Kyle spannte seine Muskeln an. Gleich war es so weit. Gleich würden sie in die Tiefe stürzen.

Halb begierig, halb ängstlich wartete er auf den unbeschreiblichen Augenblick, in dem einem urplötzlich bewusst wurde, dass man keinen Boden mehr unter den Füßen hatte und in die Tiefe raste. Er holte tief Luft. Dann noch einmal.

Nun passierte jedoch etwas höchst Eigenartiges: Die rote Notbeleuchtung erlosch.

Kyle wartete ab und lauschte auf das Knarren und Zischen, das von außerhalb der Kabine kam. Als die Menschen in der Finsternis um ihn herum von einem Bein aufs andere traten, schubste ihn jemand. Kyle konnte sich nicht daran erinnern, dass die Notbeleuchtung je zuvor ausgefallen war – jedenfalls nicht ganz. War es ihm in der Aufregung nie aufgefallen?

Er spürte, dass die anderen Fahrgäste sich nicht von der Stelle rührten. Manche blieben starr stehen, weil sie wussten, dass es gleich losgehen würde, andere bewegten sich unsicher. Er konnte sich auch nicht daran erinnern, dass es so lange dauerte. Vielleicht hatte er sich aber auch nur an das Erlebnis gewöhnt.

Aber da war noch etwas anderes. Sämtliche Orte in Utopia, die er inzwischen kannte, waren kühl, wenn nicht gar kalt. Dies galt nicht nur für die Fahrgeschäfte, sondern auch für die Boulevards und Promenaden. Die Kühle war so selbstverständlich, dass sie einem nicht mal auffiel. Aber in der Aufzugskabine war es heiß. Und es wurde immer heißer.
Um Kyle herum wurden nun langsam aufgeregt klingende Stimmen laut.
»Was ist denn los?«, hörte er jemanden fragen.
»Wann fahren wir denn?«, meldete sich eine klagende Stimme.
»Sind wir schon zur Fähre unterwegs?«, fragte eine dritte.
Kyle zupfte an seinem Hemd, löste es von seinem Brustkorb. Der Umhang auf seinen Schultern kam ihm nun erstickend schwer vor. Gott, war das heiß hier …
Wieder wurde er von jemandem geschubst, diesmal fester, und als er einen Arm ausstreckte, um das Gleichgewicht zu bewahren, wischte sein Ellbogen über ein schwitzendes, stoppeliges Männergesicht. Kyle wich zurück. *Vielleicht gibts wirklich ein technisches Problem,* dachte er in einer Mischung aus Verärgerung und Besorgnis. *Bei der vielen Kohle, die man hier bezahlt, dürfte so was eigentlich nicht passieren.*
In der Dunkelheit fing jemand leise an zu weinen.
Das Gemurmel wurde lauter. Man spürte die Angespanntheit der Menschen. Kyle schaute sich um. Er riss die Augen wegen der Dunkelheit weit auf. Doch die Schwärze wollte nicht weichen und wurde von keinem Licht durchdrungen. Nur einmal in seinem Leben war er ganz ohne Licht gewesen – bei einem Höhlentrip mit einigen Kommilitonen. Aus Spaß hatte der Expeditionsleiter sie an der tiefsten Stelle der Grotte angewiesen, die Lampen am Helm auszuschalten. Aber es hatte nur einen Moment gedauert. Außerdem hatte

jeder eine Taschenlampe dabeigehabt. Und sie hatten wieder rausgehen können.

Warum mussten wir es unbedingt siebenmal machen?, fragte sich Kyle. Die unsichtbaren Gestalten in seiner Umgebung wurden ruheloser und ihre Stimmen aufgeregter. *Hätten wir es nicht bei sechs Fahrten belassen können?* Jetzt hatten sie sich alles kaputtgemacht.

Absolute Dunkelheit war schrecklich. Man fühlte sich wehrlos, hilflos, desorientiert. Und es war noch viel schlimmer, wenn man in einem überdimensionalen Schuhkarton steckte, sich den Arsch abschwitzte und in einem Schacht in der Schwebe hing, der …

Es gelang Kyle nur mit Mühe, sich zu beherrschen. *Vielleicht steckt ein Plan dahinter. Wahrscheinlich beobachten sie die Fan-Sites im Netz und halten Ausschau nach Besuchern, die zu selbstzufrieden werden und sich zu sehr an alles gewöhnen. Vielleicht haben sie den Ablauf verändert. Damit die Passagiere was zum Nachdenken haben. Damit ihnen die Sache nicht langweilig wird. Wäre eigentlich typisch für diese Leute …*

Selbst wenn sie es wirklich mit einem technischen Versagen zu tun hatten: Kyle sah keinen Grund zur Sorge. Hier wimmelte es von Ingenieuren und Mechanikern. Es lag in der Natur der Sache. Noch ein paar Sekunden, dann waren sie im freien Fall. Keine Frage. Dann konnte er im Wohnheim eine zusätzliche Geschichte erzählen …

Wie als Antwort auf seine Gedanken machte die Kabine wieder einen Ruck. Ein angespanntes, aufgeregtes Stimmengewirr erhob sich, als die etwa sechzig Menschen in der stockdunklen Schwärze die Balance zu halten versuchten. *Jetzt gehts los,* dachte Kyle. Die Erleichterung, die ihn durchströmte, war fast überwältigend.

Aber es ging nicht los. Und nun begriff der in der schwü-

len, bedrückenden Dunkelheit wartende Kyle, dass etwas schrecklich schief gegangen war. Es war zu heiß in dem engen Raum, zu drückend. Die Menschen konnten nicht dafür verantwortlich sein. Er spürte, dass der Rauch weiter auf sie eindrang. Aber es war nicht der ihm schon bekannte Effektqualm, denn der war kühl, feucht und geruchlos – fast erfrischend. Der hier war heiß. Er verbrannte einen fast.
»Ich krieg keine Luft mehr!«, rief jemand. Rechts von Kyle bewegte sich jemand heftig.
Kyle schnappte nach Luft. Seine Lunge war wie ausgedörrt. Verwirrt und verzweifelt fuhr er herum.
»Holt uns hier raus!«, schrie eine andere Stimme.
»Wir stecken fest! Hilfe! *Hilfe!*«
Es war, als sei der Damm mit einem Mal gebrochen. Mit einem einzigen elektrisierenden Schritt hechteten Dutzende von Menschen in Panik Richtung Luke, die sich erst wenige Minuten hinter ihnen geschlossen hatte. Sie schrien, bettelten und schlugen hektisch auf die unnachgiebigen Wände ein. Kyle wurde angerempelt und von unsichtbaren Gestalten hin und her geschoben. Ein fester Hieb wirbelte ihn herum. Er strauchelte.
Kyle kämpfte verzweifelt darum, sein Gleichgewicht zu bewahren. Er hielt sich an Gliedmaßen fest und zog sich hoch. Selbst in dieser verzweifelten Situation vernahm er eine innere Stimme, die ihn leise daran erinnerte, dass man ihn gnadenlos zu Tode trampeln würde, wenn er hinfiel. Die sengende Luft erstickte nun unter Rufen, Flüchen und abgehackten Schreien. Dann meldete sich eine andere Stimme über den Lautsprecher, eine männliche Stimme, die schnell und drängend sprach, aber sie war weit entfernt und in dem allgemeinen Chaos nicht zu verstehen.
Irgendetwas Kreischendes prallte mit unheimlicher Gewalt

mit Kyle zusammen. Hände rissen an seinem Haar, Fingernägel schrammten durch sein Gesicht. Er fiel nach hinten, prallte gegen schlüpfrige Leiber und stellte trotz aller Anstrengungen fest, dass er abrutschte – in eine Region, in der Stiefel, Schuhe und Sandalen dominierten. Der Boden glich einem Backblech. Kyle drehte sich um. Er wollte sich auf die Knie erheben, aber der Druck um ihn herum war einfach zu groß, er konnte sich nicht gegen ihn zur Wehr zu setzen. Er hörte das grauenhafte Klatschen von Fleisch auf Knochen, als die Menschen sich mit Zähnen und Klauen zur geschlossenen Luke durchschlugen. Irgendetwas traf ihn – einmal, zweimal – ins Gesicht, und plötzlich schienen die Panik, die Verwirrung und sogar die Blasen werfende Hitze abzunehmen. Kyle fragte sich vage, was aus Tom geworden war. Dann fielen die Menschen auf ihn, erdrückten ihn mit ihrem Gewicht, und sein Bewusstsein fing an zu flackern. Als seine Glieder sich unfreiwillig entspannten, begriff er, dass er wie ein Herbstblatt nach unten sank. Er sank immer tiefer. Er schwebte sanft herab, um sich am Boden auszuruhen.

16.00 Uhr

Angus Poole hockte mit vor der Brust verschränkten Armen auf einem Schreibtisch im Großraumbüro der Abteilung Informationstechnologie und pfiff unbekümmert eine leicht schräge Fassung von »Knock me a kiss« vor sich hin. Er war von mindestens drei Dutzend Schreibtischen umgeben. Sie waren in der Mehrzahl besetzt. Alle Tische waren mit Tastaturen und Flachbildschirmen ausgerüstet, die man im gleichen Winkel ausgerichtet hatte. Trotz seiner Größe wirkte der Raum still. Pooles Pfeifen übertönte problemlos das leise Gesprächsgemurmel, das Klacken der Tastaturen und das Klingeln der Telefone.

Am anderen Ende des Raumes befand sich eine Reihe fensterloser grüner Türen. Über ihnen hing ein Schild, dessen warnenden Text man sogar aus der Ferne lesen konnte: »Nur für autorisiertes Systempersonal. Netzhaut- und Handabdruckscanner prüfen Zutrittsberechtigung.« Hinter den Türen standen riesige Rechner: Utopias Gehirn. Eine Metropolis aus Silizium und Kupfer, die Fahrgeschäfte, Roboter, pyrotechnische Effekte, holografische Darstellungen, Shows, Überwachungskameras, Spielkasinos, die Stromversorgung, die Müllverarbeitung, Brandmelder, die Schwebebahn, Heiß- und Kaltwassereinrichtungen und zahllose andere Dinge steuerte, damit der Park funktionierte. Es schien unvorstellbar, dass sich ein solch wundersamer Ort hinter einer Fassade verbarg, die so nüchtern und farblos war wie dieses Großraumbüro.

Während Poole wartete, stand an einem Tisch in seiner Nähe jemand auf und kam auf ihn zu. Er schaute hinüber. Eine weiße Frau, Ende zwanzig, schlank, einsachtundsechzig groß, fünfzig Kilo schwer. Grüne Augen, verborgen hinter getönten Kontaktlinsen. Poole pfiff weiter.

Die Frau kam leicht zaghaft näher und beäugte die an Pooles Jacke geheftete Kennkarte. Sie war eindeutig nicht daran gewöhnt, in den heiligen Hallen der Systemverwaltung Spezialisten von außerhalb zu begegnen.

»Kann ich Ihnen helfen, Sir?«, fragte sie.

Poole schüttelte lächelnd den Kopf. »Nein, danke«, sagte er. »Mir wird schon geholfen.« Er pfiff weiter.

Die Frau musterte ihn kurz. Dann nickte sie, drehte sich

um und ging – nach einem kurzen Blick zurück – wieder an ihren Schreibtisch.
Poole schaute hinter ihr her. Dann fiel sein Blick auf seine Armbanduhr. Es war genau 16.00 Uhr. Sein Pfeifen ging langsam in ein Summen über.
Während er vor sich hin summte, dachte er rasch nach. Seine Mission war unangenehm zäh und dauerte viel zu lange. Trotzdem musste sie unter diesen Umständen gelingen.
Warnes Plan – auch wenn man ihn, wie Poole meinte, als solchen eigentlich kaum bezeichnen konnte – enthielt eine Reihe ärgerlicher Lücken. Erstens war der Vorwurf gegen diesen Fred Barksdale nur umständlich und schwierig zu beweisen. Doch was noch schlimmer war: Poole hatte weder gewusst, wie er den Mann finden sollte, noch, wie er aussah. Glücklicherweise verfügte Utopia über ein internes Telefonbuch. Und ebenso glücklicherweise hatte man Pooles Anruf – er hatte das Gespräch von einem leeren Büro am Ende eines Nebenganges aus geführt – nach dem ersten Klingeln entgegengenommen. Nun fiel sein Blick auf eine kleine schwarze Aktentasche, die unter einem unbesetzten Schreibtisch etwa ein Dutzend Meter entfernt stand. Poole schaute sich um, rutschte von der Tischplatte, ging ganz beiläufig zu dem Schreibtisch hinüber und nahm die Tasche an sich. Sie konnte sich als nützliches Requisit erweisen.
Aus den Augenwinkeln nahm er eine Bewegung wahr. Jemand näherte sich mit schnellen, zielbewussten Schritten. Als er sich umdrehte, gewahrte er einen großen, hageren Mann mit blauen Augen und einer dichten blonden Haarmähne, der sich einen Weg durch die Schreibtischreihen bahnte. Er war aus der Richtung der grünen Türen gekommen. Obwohl sein wie angegossen sitzender Anzug makellos war und sein Schlips tadellos saß, strahlte er für Poole die

Aura eines Erfolgsmenschen aus, der einen unerwartet turbulenten Tag hinter sich hat.

Poole streckte eine Hand aus. »Mr. Barksdale?«

Der Blonde schüttelte sie automatisch. Sein Griff war trocken und sehr kurz. »Ja.« Poole erkannte den britischen Akzent wieder, den er erst vor kurzem am Telefon gehört hatte. »Verzeihen Sie, ich bin ziemlich beschäftigt. Worum also geht es …?«

Barksdale verstummte plötzlich. Erst jetzt sah er die an Pooles Kordjacke befestigte Kennkarte. Er runzelte die Stirn. »Moment mal. Am Telefon haben Sie doch …«

»Verzeihung«, fiel Poole ihm ins Wort, »aber hätten Sie was dagegen, wenn wir uns draußen unterhalten?« Er schob geschickt einen Arm unter Barksdales Ellbogen und geleitete den Mann mit so sanftem Nachdruck zur Tür, dass Widerstand ein mühsames Unterfangen gewesen wäre. Es war wichtig, Barksdale von seinem Grund und Boden zu entfernen und in neutrales Gebiet zu bringen.

Mit der entwendeten Aktentasche in der anderen Hand bugsierte Poole Barksdale aus der Abteilung Informationstechnologie auf den breiten Korridor der B-Ebene. Barksdale ließ sich zwar führen, wirkte aber verärgert. Dennoch erhob er keinen Einspruch. Er war in Utopia ein hohes Tier: Unter normalen Umständen hätte er angesichts dieses respektlosen Vorgehens Krach schlagen müssen, überlegte Poole. Aber wenn Warne Recht und Barksdale Dreck am Stecken hatte, durfte an dieser Stelle des Spiels keine Verzögerung eintreten. Barksdale war, was Tätigkeiten dieser Art anging, kein Profi: Er musste aus tiefstem Herzen besorgt sein und sich vor unerwarteten Komplikationen fürchten. Er hatte keine andere Wahl, er musste mitmachen. Und er *würde* mitmachen. Pooles instinktive Skepsis ließ nach.

Einige Minuten zuvor, als er sich in der Umgebung umgesehen hatte, war ihm etwa dreißig Meter den Korridor hinunter ein Pausenraum aufgefallen. Er ging mit Barksdale in den leeren Raum und deutete lächelnd auf eine Sofareihe, die sich an einer blau gestrichenen Wand entlangzog.
Barksdale befreite sich aus Pooles Griff. »Hören Sie mal, ich glaube, ich verstehe nicht, was Sie wollen. Am Telefon haben Sie gesagt, Sie seien Mechaniker in Camelot.«
Poole nickte.
»Sie haben gesagt, es gebe ein Problem mit den Reglern eines Fahrgeschäfts. Sie haben gesagt, jemand habe das System manipuliert. Sie haben Sabotage vermutet. Sie wollten nur mit mir darüber sprechen.«
Poole nickte erneut. Dies war der Köder gewesen, um Barksdale mit genau der roten Fahne aus seinem Bau zu locken, die zu ignorieren er nicht wagen würde.
Barksdale deutete auf Pooles Kennkarte. »Aber Sie sind ein auswärtiger Spezialist. Sie gehören gar nicht zum Utopia-Stab. Was geht hier vor?«
Poole neigte den Kopf. »Sie haben natürlich Recht. Ich bin kein Utopia-Mitarbeiter. Der Anruf tut mir Leid, aber Sie sind nun mal schwer erreichbar. Über die normalen Kanäle bin ich einfach nicht zu Ihnen durchgekommen.«
Barksdale kniff die blauen Augen zusammen. Poole sah im Gesicht seines Gegenübers eine Mischung von Gefühlen: Verärgerung, Unsicherheit, Furcht.
»Wer sind Sie?«, fragte Barksdale.
Poole lächelte entschuldigend. »Ich bin Verkaufsberater eines externen Händlers. Mein Chef hat gesagt, ich *müsse* mit Ihnen reden, egal, was es kostet.«
»Sie sind ... was? Sie sind ein verfluchter *Vertreter?*«
Poole lächelte erneut und nickte.

Die Gefühlsmischung auf Barksdales Gesicht verschwand. Er war jetzt nur noch empört. »Wie sind Sie hier reingekommen?«

»Das ist doch unwichtig. Tatsache ist, dass ich hier bin. Und dass ich hier bin, um Ihnen zu helfen.« Poole klopfte auf die Aktentasche. »Wenn Sie einen Moment Platz nehmen, möchte ich Ihnen gern eine Demonstration unseres …«

»Ich werde nicht Platz nehmen«, sagte Barksdale. »Ich werde die Sicherheitsabteilung anrufen.« Er wandte sich um.

»Wenn Sie sich nur einen Moment hinsetzen.« Pooles Hand schoss vor, erwischte Barksdale an der Schulter und schob ihn zum nächsten Sofa.

Barksdales Miene verdüsterte sich, aber er blieb, wo er war.

»Danke. Ich verspreche Ihnen, es dauert nur eine Minute.« Poole drehte die Aktentasche schwerfällig in den Händen und tat so, als wolle er sie öffnen. »Als Chef der Informationstechnologie dieses schönen Parks sind Sie sich gewiss auch der Gefahren der … ähm … Infiltration von außen bewusst.«

Barksdale starrte ihn schweigend an.

»Je automatisierter, je computerisierter unsere Infrastruktur wird, desto anfälliger sind wir für Angriffe.« Poole verfiel in einen Singsang von Stegreifgeschwafel. »Es ist eine traurige Begleitmusik der Zeiten, in denen wir leben. Auf Computern basierender Schutz ist jedoch im Geschäftsleben zur Notwendigkeit geworden. Da draußen existieren Elemente, die nichts lieber täten, als in Ihr System einzudringen, Mr. Barksdale. Und dagegen können wir Sie schützen.«

So schnell sie gekommen war, wich die Farbe aus Barksdales Gesicht.

»Die Firma, die ich vertrete, kann Ihr System diagnostizieren, auf Schwächen überprüfen und Abhilfe vorschlagen.

Und heute – *nur* heute – haben wir ein Sonderangebot für Sie. Darf ich Sie vormerken?« Poole suchte in der Tasche nach einem Stift.

»Für welche Firma, haben Sie gesagt, arbeiten Sie?« Barksdales Stimme war so trocken und dünn wie altes Pergament.

»Ach, hab ich das nicht gesagt? Keyhole Intrusion Systems.«

Auf Barksdales Gesicht zeigte sich ein gequälter Ausdruck. Er schaute schnell nach rechts, dann nach links.

Sämtliche Zweifel, die Poole noch hatte, schwanden. Er hob die Kennkarte vor Barksdales Nase, und zwar so dicht, dass er Andrew Warnes aufgedruckten Namen lesen konnte.

»Reingefallen«, sagte er lässig.

Barksdale sprang abrupt auf und rannte zum Ausgang.

»Mr. Barksdale!«, sagte Poole im Kommandoton.

Irgendetwas an seiner Stimme ließ Barksdale mitten in der Bewegung verharren. Er drehte sich langsam um. Poole hatte zwei Finger in seine Kordjacke geschoben und den Knauf der Pistole des Hackers hervorgezogen.

»Wenn wir es auf meine Weise machen, Mr. Barksdale, wird es weniger blutig«, sagte er.

Dann entspannte er mit einem aufmunternden Lächeln seine Finger und ließ die Pistole verschwinden.

16.00 Uhr

Terri Bonifacio ging mit hängenden Armen und geradeaus gerichtetem Blick durch einen breiten Korridor. Es war 16.00 Uhr, und nach dem Schichtwechsel wimmelte es in Utopias Unterwelt von Mitarbeitern. Mehr als einmal winkte, nickte und lächelte man ihr zu. Doch Terri reagierte nicht. Sie war in Gedanken versunken.

Was als normaler Tag begonnen hatte, hatte sich in eine Art Wachtraum verwandelt. Eigentlich war es eher ein Albtraum.

Wenn man bedachte, dass alles mit einer erfreulichen Überraschung – nämlich Dr. .arnes verfrühter Ankunft – angefangen hatte … Seit sie das Metanet verwaltete, es bei der Steuerung der Roboter und der eigenen Vervollkommnung beobachtete, hatte sie Warne in zahllosen Telefonaten informiert. Ihr Interesse an diesem Mann hatte ständig zugenommen. Er war jemand, der von maschineller Intelligenz ebenso fasziniert war wie sie. Er hatte zu dieser Disziplin tatsächlich grundlegend beigetragen. Er war jemand, von dem sie lernen konnte. Ein geistreicher, schlauer Mann mit ziemlich drögem Humor. Als der Tratsch über seinen Bruch mit Sarah Boatwright zu ihr gedrungen war, hatte sie sogar begonnen, sich insgeheim eine berufliche Zukunft an seiner Seite auszumalen: Warne, das ikonoklastische Genie; sie, die technische Zauberin, die seine Visionen ergänzte, vervollständigte und publik machte. Hand in Hand mit ihm.

Die Überraschungen, die dann auftauchten, waren jedoch weit unerfreulicher gewesen.

Und jetzt auch noch diese Enthüllung! Barksdales Verrat hatte sie sprachlos gemacht. Sie konnte es eigentlich noch immer nicht richtig glauben. War vielleicht alles nur ein schrecklicher Irrtum? Hatte Warne in seiner Beurteilung einen grundlegenden Fehler gemacht?

Die Tür des medizinischen Zentrums war zu. Helle Lampen leuchteten hinter den Milchglasscheiben. Je näher Terri ihnen kam, desto langsamer wurde sie.

Und jetzt … Was stand ihnen nun bevor? Wie die Wahrheit

über Barksdale auch aussehen mochte, sie hatte den Kampf im Kanal und die mit Munition voll gestopfte Sporttasche gesehen. Jetzt hatte sie sich freiwillig in die Schlacht gemeldet und stand vor dem medizinischen Zentrum. *Klar, ich mach mit. Lasst mich irgendein verwöhntes Gör vor einem Söldnerheer retten. Du schaffst das schon, Terri!*

Sie verjagte den Gedanken. Die Möglichkeit, dass diese Leute gegen ein vierzehnjähriges Mädchen vorgingen, stand tausend zu eins. Selbst wenn sie von Georgias Anwesenheit wussten, was unwahrscheinlich war, hatten sie gewiss andere Dinge zu tun. Aber sie wollte sichergehen. Andrews wegen.

Terri atmete tief durch und drückte die Tür auf.

Sie hatte das medizinische Zentrum noch nicht oft betreten – einmal, um sich gegen Grippe impfen zu lassen, ein anderes Mal, als ihr ein Antriebssystem auf den Fuß gefallen war –, aber es war hier immer ziemlich leer gewesen. Das Zentrum hatte den Grundriss eines Quadrats. Die beiden breiten Hauptkorridore bildeten dort, wo sie sich kreuzten, ein riesiges Pluszeichen. Terri malte sich in aller Deutlichkeit die Szenerie aus, die sie gleich erblicken würde: ein halbes Dutzend untätig herumstehender Lernschwestern, die sie sofort fragen würden, was sie wolle. Doch als sie an den Türen vorbeikam, war alles ganz anders. Am Empfang, einer offenen Fläche, die sich links von ihr an der Gangkreuzung befand, stand eine einzelne Schwester. An jedem Ohr klemmte ein Telefon, sie machte sich hektisch Notizen. Andere Schwestern eilten hin und her, schoben Rollwagen oder transportierten medizinische Gerätschaften.

Terri ging zum Empfang und schaute sich neugierig um. Eine Gruppe von Ärzten kam ihr entgegen. Sie steckten die Köpfe zusammen und redeten schnell miteinander. Als sie an ihr vorbeikamen, spitzte Terri die Ohren. In Callisto hatte es offenbar gerade einen Unfall gegeben. Meldungen über zahlreiche Verletzte waren eingegangen. Die Brandwundenexperten waren alarmiert.

Terri spürte, dass es ihr kalt den Rücken hinunterlief. *Nicht schon wieder …*

Ihr Blick fiel auf zwei Wachmänner. Sie standen an der Kreuzung der Hauptkorridore, dem Empfang gegenüber, und unterhielten sich leise.

Terri blieb stehen und zwang sich zum Nachdenken. Sie hatte zwei Möglichkeiten. Die erste bestand darin, dass sie ehrlich und aufrichtig war. Sie konnte zu einer Schwester oder zu den Wachen gehen und sagen: *Hallo, ich bin Terri Bonifacio aus der IT-Abteilung. Haben Sie eine Patientin namens Georgia Warne? Tja, da wir nicht genau wissen, ob sie hier sicher ist, will ihr Vater, dass ich sie irgendwo verstecke, also …*

Terri verwarf die Möglichkeit, ohne sie sich weiter auszumalen. Sie musste es anders versuchen.

Sie ging weiter, streckte die Hand aus und stibitzte so lässig wie möglich ein Klemmbrett von der Ablage am Ende des Empfangsbereichs. Sie trug noch immer ihren weißen Laborkittel. Im Notfall konnte er als Krankenhauskleidung durchgehen. Sie zog die Kittelaufschläge fest um ihren Hals, hielt das Klemmbrett vor die Brust und ging am Empfang vorbei zur Kreuzung. Vor ihr lagen der Operationssaal und die Intensivstation. Rechts waren die Behandlungszimmer und Labors. Links lagen die Erholungsnischen und Utensilienräume. Der Quergang war von Patientennischen gesäumt. Die Vorhänge waren zurückgezogen, Betten und Stühle für jeden sichtbar. In einigen Nischen sah sie Pfleger, die eilig Betten bezogen und Laken glatt strichen. Es sah so aus, als erwarte man eine große Anzahl von Verletzten. Vielleicht war es auch so.

Terri ignorierte das Pochen ihres Herzens und überlegte schnell. Laut Warne waren Georgias Verletzungen nicht schlimm, aber die Medikamente würden sie noch eine Weile betäuben. Das Mädchen lag in einer Erholungsnische. Terri schaute sich um. Sämtliche Nischen waren leer, die Vorhänge zurückgezogen … abgesehen von den wenigen, die sich links von ihr befanden, im Quergang.
Als sie die Wachmänner passierte, warf sie einen Blick auf das Klemmbrett, bog in den linken Gang ein und schritt so lässig wie möglich aus. Die Wachmänner schauten sie zwar kurz an, unterbrachen ihr Gespräch jedoch nicht.
Terri eilte zu den verhängten Nischen. Es waren insgesamt drei. Die hellblauen Vorhänge waren fest zugezogen und schirmten die Betten vor jedem Blick ab. Als Terri vor ihnen stand, registrierte sie mit einem unguten Gefühl, dass sie sich im Blickfeld der beiden Wachmänner und des Empfangs befand. *Gottverdammt,* dachte sie. *Das schaff ich nie.* Sie fühlte sich abscheulich, wie auf einem Präsentierteller.
Ein bewusster Willensakt ließ sie nach vorn und auf das leere Bett zuschnellen, das den drei verhängten Nischen am nächsten war. Sie drehte den Vorhängen den Rücken zu, legte das Klemmbrett auf dem Bett ab und tat so, als überprüfe sie die Lage eines am Kopfteil befestigten Blutsauerstoffmessers. Gleichzeitig warf sie einen heimlichen Blick auf die Kreuzung. Niemand beobachtete sie. Sie huschte rückwärts hinter den Vorhang.
Terri drehte sich um und schnappte nach Luft.
Auf dem Bett lag ein alter Mann. Die Decke war bis an sein Kinn hochgezogen. Seine Augen schauten verschleiert und rheumatisch drein. Seine leberfleckigen Hände zitterten, er krallte sich ans Laken. Neben ihm piepste monoton ein Monitor. Terri arbeitete sich flink an seinem Bett vorbei und

bemühte sich, den Vorhang nicht zu berühren oder den Leuten im Gang auf andere Weise zu verraten, wo sie war. Hinter dem Bett blieb sie stehen und holte noch einmal tief Luft. Sie wandte sich von dem alten Mann ab, blieb dicht an der Wand und zog den Vorhang beiseite, der in die nächste Nische führte.

Leer. Das Bett war frisch bezogen, die Instrumentenschirme dunkel. *Das führt doch zu nichts,* dachte Terri. *Sie kann überall sein.*

Jetzt konnte sie es nur noch in der dritten Nische versuchen. Danach musste sie zur Sicherheitsabteilung runter. Niemand konnte sagen, dass sie es nicht versucht hatte, nicht mal Andrew. *Außerdem,* dachte sie, als sie an dem leeren Bett vorbeischlich und den Vorhang dahinter leise beiseite zog, *ist Georgia hier möglicherweise sicherer als sonst wo. Möglicherweise.* Sie holte noch einmal tief Luft, und schon war sie in der dritten Nische.

Georgia schlief noch immer friedlich und fest. Ihr kastanienbraunes Haar floss über das Kissen. Terri blieb kurz stehen und schaute sie an. Aus diesem Winkel sah sie in ihrem Gesicht eine jüngere Version von Andrews Zügen: Georgia hatte seine hohe Stirn, seine tief liegenden Augen und seine vollen Lippen.

Dann zwang Terri sich zum Nachdenken. Andrew hatte sie gebeten, Georgia, falls möglich, in die Sicherheitsabteilung zu bringen. Falls es sich als unmöglich erwies, standen ihr noch eine Menge anderer Möglichkeiten zur Verfügung: Orte, an denen man sie nicht suchen würde; Orte, die aller Wahrscheinlichkeit nach keine ungewollte Beachtung auf sich zogen. Es gab hier im Umkreis von zwei Minuten Fußmarsch Dutzende von harmlos aussehenden Büros, Labors und Lagerräumen. Am anderen Ende des Ganges war ein

Notausgang, der in einen Dienstkorridor führte. Ein Versteck zu finden war einfach.
Aber es war vielleicht unmöglich, Georgia ungesehen hier herauszuschmuggeln.
Terri trat von dem Bett zurück und schaute sich zögernd in der Nische um. *Das ist doch Irrsinn. Was soll ich machen? Soll ich sie vor den Augen der Wachen auf der Schulter hier raustragen?* Ebenso gut konnte sie sich auch hinsetzen und warten, bis Georgia zu sich kam. Was sollte schließlich schon passieren?
Terri drehte sich um und musterte die schlafende Gestalt und die frische, irgendwie wütend wirkende Schramme auf ihrem Wangenknochen. Etwas an dem Mädchen erinnerte sie an sich selbst. Es war keine körperliche Ähnlichkeit. Terri wusste, dass sie nicht mal ansatzweise so hübsch war wie Georgia. Außerdem fehlte ihr jene natürliche Anmut des Mädchens, die bei Vierzehnjährigen gar nicht so häufig war. Es lag an ihrer Haltung, an der Art, wie sie sich der Welt zeigte. Terri war in Georgias Alter still und zurückhaltend gewesen. Sie war gerade erst in die Staaten eingewandert: eine Asiatin mit Köpfchen, die Kleinste ihrer Klasse. Auch wenn die Erwachsenen ihr mehr oder weniger dumm erschienen waren – sie war besser mit ihnen zurechtgekommen als mit den sie ständig aufziehenden aggressiven Gleichaltrigen. Vierzehn war ein beschissenes Alter.
Während Terri das Mädchen beobachtete, empfand sie ein zunehmendes Maß an Entschlossenheit. Die Wahrscheinlichkeit, dass Georgia in Gefahr war, stand eine Million zu eins. Aber sie würde dennoch eine Möglichkeit finden, sie in Sicherheit zu bringen. Sie wollte es für Georgia tun – und für deren Vater.
Terri trat rasch an die andere Bettseite, teilte die Vorhänge

und schaute zum Ende des Korridors hinaus. Sie suchte ein Rollbett, irgendetwas, in dem sie das schlafende Mädchen transportieren konnte. Doch sie sah nichts, und ihre Stimmung verschlechterte sich.

Dann fiel ihr Blick auf eine zusammengeklappte Gerätschaft aus glänzendem Metall: An der Wand gegenüber lehnte ein Rollstuhl.

Terri zog den Vorhang behutsam beiseite, huschte in den Gang hinaus und achtete sorgfältig darauf, dass man sie von der Gangkreuzung aus nicht sah. Sie hörte Stimmen und leise Schritte, doch in dem Gang mit den leeren Nischen und Lagerräumen blieb zum Glück alles still. Sie packte den Rollstuhl, schob ihn so leise wie möglich zu Georgia hinein und schloss den Vorhang hinter sich. Sie drückte die Haltestangen nach unten und ließ den Stuhl in Sitzposition einrasten.

Nun wandte sich Terri schwer atmend dem Bett zu. Sie musste schnell handeln, damit sie gar keine Zeit hatte, über den Irrsinn nachzudenken, den sie hier veranstaltete.

Sie manövrierte den Rollstuhl zum Bett, zog Georgia die Decke weg und hob sie so sanft wie möglich von der Matratze.

»Gott, Schätzchen«, ächzte sie. »Du bist ja so schwer wie ich.«

Mit Mühen verfrachtete sie Georgia in den Rollstuhl. Das Mädchen seufzte und murmelte leise. Terri nahm ein Kissen vom Bett, setzte Georgia möglichst aufrecht hin und deckte sie mit einem dünnen Krankenhauslaken zu.

Sie hatte es fast geschafft. Jetzt war es zu spät für einen Rückzieher.

Terri umrundete das Bett und zog die Vorhänge gerade so weit auf, dass sie einen Blick auf die Gangkreuzung und den Empfang werfen konnte. Das aktive Treiben hatte zwar etwas nachgelassen, aber die beiden Wachmänner standen noch dort und unterhielten sich miteinander.

Sie schauten nicht in Terris Richtung. Es konnte höchstens eine halbe Minute dauern, Georgia aus der Nische herauszuschieben, das andere Ende des Ganges zu erreichen und ihn durch den Notausgang zu verlassen. Die Wachmänner würden gar nichts mitkriegen. Wenn sie sich dicht an der linken Wand hielt, war die Sicht der Männer eingeschränkt. Selbst wenn sie sie sahen, würde sie kaum ihre Aufmerksamkeit erregen. Man würde sie für eine Krankenschwester halten, die einen Rollstuhl vor sich her schob.

Na los, Terri! Immer mutig!

Terri umfasste die Handgriffe des Rollstuhls, zog den Vorhang ganz beiseite und schob Georgia entschlossen in den Korridor. Die Räder eierten und quietschten. Terri biss sich auf die Unterlippe und sprach sich Mut zu.

In einer Minute sind wir draußen und weg.

Doch der Weg war länger als gedacht. Das Schieben des Rollstuhls erwies sich als anstrengend, und der Notausgang schien, als wolle er sie verhöhnen, immer weiter zurückzuweichen. Terri biss die Zähne zusammen und machte einen Versuch, ihr Tempo zu beschleunigen.

Dann hörte sie hinter sich eine neue, lautere Stimme.

Am Empfang ging irgendetwas vor. Traf schon der erste Verletzte ein? Terri wagte nicht, sich umzudrehen. Sie fühlte sich nackt und verletzlich. Etwa die Hälfte der Strecke zum Notausgang lag hinter ihr. Sie war zu weit gegangen, um jetzt noch umzukehren. Aber sie traute sich auch nicht weiterzugehen, ohne zu wissen, was hinter ihr los war, ob sie auf dem Weg zum Notausgang beobachtet wurde. *Jetzt hast du es einmal angefangen – also bring es auch zu Ende.*

Sie spürte, dass ihre Nerven allmählich versagten. Ihr Blick zuckte hin und her.
Da, rechts war eine Tür mit der Aufschrift »Wäschekammer«.
Nein, nein.
Aber es war die einzige Tür in ihrer Nähe. Sie konnte sich hinter ihr verstecken, bis das, was sich am Empfang tat, vorbei war. Dann konnte sie in den Korridor zurück und den Rollstuhl durch den Notausgang schieben.
Alte Ängste, halb unterdrückte Phobien, brüllten zurück: *Bitte nicht! Nicht in einen engen Raum!*
Wäschekammern waren klein. Und dunkel. Es war viel leichter, einfach weiterzugehen und darauf zu hoffen, dass niemand sie entdeckt hatte.
Aber eine Wäschekammer …
Hinter ihr wurden nun mehrere Stimmen laut.
In dem Bemühen, ihrer zunehmenden Panik Herr zu werden, bog Terri mit dem Rollstuhl dennoch zur Richtung Wäschekammer ab. Ihre Hände zitterten, als sie sie öffnete und das Gefährt schnell hineinschob.
Das Licht in der Wäschekammer kam aus einer einzelnen Neonröhre. Terri schaute sich schnell atmend um. Der Raum war – Gott sei Dank – groß, aber dunkel, so dunkel. Grüne Garnituren, weiße Schwesternschürzen und Kittel in verschiedenen Größen hingen an Kleiderstangen oder lagen auf zahllosen hölzernen Regalbrettern. Der hintere Teil des Raums wurde von einer riesigen Röhre aus Metall und Kunststoff eingenommen, die waagerecht von einer Wand zur anderen führte. Kleinere Rohre verliefen wie Adern auf ihrer Oberfläche. Die Hauptröhre hatte zwei große Luken mit Messinggriffen. Das Hochdruckwäscheleitsystem schlängelte sich durch die Unterwelt Utopias. Tagsüber, hauptsächlich

aber nach dem Ende der beiden Hauptschichten wurden über Hunderte von Luken mit pneumatischem Druck Kostüme, Uniformen, Handtücher, Servietten, Tischdecken und Bettlaken zur Zentralwäscherei in der C-Ebene transportiert. Terri hörte, dass das System auch jetzt arbeitete. Sie vernahm ein feines, hohles Trommeln, das in dem dicken Rohr Echos und Pfeiftöne erzeugte.

Sie atmete schnell und abgehackt. Die dunklen Wände schienen sich ihr zu nähern. Sie bekämpfte ihre Panik. Sie beugte sich über den Rollstuhl und richtete das Laken und das Kissen. Dann ging sie zur Tür zurück, öffnete sie einen Spalt und lugte hinaus.

Am Empfang stand ein Mann. Er war mittelgroß und muskulös. Selbst aus der Ferne wirkten seine Augen irgendwie exotisch. Er trug einen dunkelblauen Overall, unterhielt sich mit der Oberschwester und schaute sich dabei langsam um, als nähme er die Umgebung nur beiläufig wahr. Als es so aussah, als falle sein Blick auf die Wäschekammertür, wich Terri zurück. Dann beugte sie sich wieder vor und spitzte die Ohren.

»Ich möchte eine Patientin besuchen«, sagte der Mann gerade. Sein Akzent war fast so exotisch wie der Schnitt seiner Augen.

»Wie ist ihr Name?« Die Schwester schaute mit geneigtem Kopf auf einen Computerbildschirm.

»Georgia Warne.«

Terri spürte, dass sie den Türknauf heftiger umfasste.

»Und wer sind Sie, bitte?«, fragte die Schwester, ohne den Blick zu heben.

»Ich bin Mr. Warne. Ihr Vater.«

»Ah, ja.« Die Schwester betrachtete eine Tabelle. »Sie liegt in … Nein, ich muss mich korrigieren. Sie wurde wohl verlegt. Sie finden sie in Erholungsnische 34. Links den Gang runter. Hinter den geschlossenen Vorhängen, Mr. Warne.«

Doktor Warne!, hätte Terri am liebsten geschrien. *Doktor, nicht Mister!* Aber die Schwester war schon wieder auf Trab und verschwand in entgegengesetzter Richtung. Der Mann passierte den Empfang und durchquerte den Korridor. Als er vollständig in Terris Blickfeld war, sah sie durch den Türspalt, dass er eine riesige Sporttasche mit sich führte. Sie schillerte im fluoreszierenden Licht wie Silber.

Der gesunde Menschenverstand schrie ihr förmlich zu, sie solle sich verdünnisieren. Doch Terri merkte, dass sie nicht fähig war, sich von dem Türrahmen und dem vertikalen Lichtschlitz zu entfernen und sich in die finstere, einhüllende, erstickende Wäschekammer zurückzuziehen.

Jesus, Maria und Josef, beschützt mich vor dem Bösen! Jesus, Maria und Josef, beschützt mich vor dem Bösen! Sie hatte seit der Klosterschule nicht mehr gebetet, doch nun ertappte sie sich dabei, dass sie stumm die altvertrauten tröstenden Worte sprach: *Ich glaube an Gott, den allmächtigen Vater, den Schöpfer des Himmels und der Erde …*

Hinter ihr im Rollstuhl rührte sich Georgia. Der Mann kam näher.

O Gott, es tut mir von ganzem Herzen Leid, dass ich dich gekränkt habe. Ich verabscheue all meine Sünden, denn ich fürchte den Verlust des Himmels und die Schmerzen der Hölle, aber hauptsächlich bereue ich sie, weil sie dich kränken …

Der Mann kam näher.

16.00 Uhr

Vor »Professor Cripplewoods Kammer der fantastischen Illusionen« spiegelte sich das Licht der Gaslaternen unruhig auf dem feuchten Straßenpflaster. Die wartenden Besucher hatten sich mit Eintrittskarten in der Hand zerstreut, die ihnen für Punkt 16.30 Uhr den Zutritt garantierten. Vor dem aus Ziegeln gemauerten prächtigen Eingang war eine dicke dunkelrote Kordel gespannt. In der nächsten halben Stunde galt für das »Holokabinett«: Zutritt verboten.

Vier Meter unter der Straße, in den niedrigen Räumlichkeiten der Bildverarbeitung, rieb sich Sarah Boatwright die Arme, denn hier war es unglaublicherweise noch kälter als in ihrem Büro. Ihr Blick wanderte über einen Wald von riesigen Displaysystemen und Kontrollgehäusen. Sie waren ausnahmslos mit roten Identifikationsetiketten versehen: »Akustisch-optischer Modulator Nr. 10«, »Überlagerungsprozessor«, »Randzonenkodierer A«. Eine ganze Stadt aus patentrechtlich geschützter Hardware, die dafür sorgte, dass der Zauber des holografischen Spiegelsaals über ihr reibungslos funktionierte. Normalerweise durchquerten in jeder halben Stunde fünfhundert Menschen den Saal. Doch im Moment war er leer. Sarah sollte die einzige Besucherin sein.

Nein. Es stimmte nicht ganz. John Doe würde auch da sein.

Sarah drehte sich zu Bob Allocco um. Die stämmige Gestalt des Sicherheitschefs nahm den schmalen Raum zwischen zwei hoch auflösenden Modulatoren ein. Ein ganzes Stück hinter ihm standen Rod Allenby, der für das Funktionieren Gaslights verantwortliche Manager, und Carmen Florez, die Chefin des »Holokabinetts«. Ihre Mienen drückten Furcht aus.

»Glauben Sie, er ist schon drin?«, fragte Sarah.
Allocco hob die Schultern. »Hab nicht die geringste Ahnung. Jetzt, wo alle Kameras ausgefallen sind … Er ist verdammt raffiniert. Von hier aus führen mindestens vier Serviceeingänge in den Saal, und von der Bildverarbeitung aus hat man Zutritt zur A-Ebene und zum Park.« Er schaute seitlich in ihre Richtung. »Sie haben ausdrücklich gesagt, dass wir keine Posten aufstellen sollen. Nicht im Saal und nicht davor.«
»Sie wissen ja, was beim letzten Mal passiert ist. Diesmal machen wir es so, wie er es will. Ich übergebe ihm die DVD. Ohne Tricks. Dann haut er ab. Anschließend sammeln wir die Scherben ein.«
»Die Scherben einsammeln. Hübsche Vorstellung.«
»Hören Sie, Bob. John Doe bestimmt jetzt das Spiel. Uns bleiben nur noch ein paar Minuten, bis es losgeht.« Im hinteren Teil ihres Bewusstseins vernahm Sarah Chuck Emorys klagende und resignierte Stimme: *Wir können aber nicht länger als eine halbe Stunde warten. Wenn die Sicherheit des Parks bis dahin nicht gänzlich wiederhergestellt ist, rufen wir das FBI an.*
»Auch wenn John Doe jetzt am Zug ist, muss es nicht bedeuten, dass er jedes Mal die letzte Karte hält.« Allocco zog etwas aus der Tasche und reichte es ihr: eine Art Brille mit dunkelblauem Rahmen, die an eine Skibrille erinnerte.
»Was ist das?«
»Ein modifiziertes Nachtsichtgerät. Es spürt Wärme auf und filtert zudem holografische Bilder heraus. Die Techniker benutzen es bei Reparaturarbeiten im ›Holokabinett‹. Wenn Sie drin sind, setzen Sie es auf. Der Schalter ist hier.« Allocco verstummte und schaute sie an. »Wir haben die Technik, verdammt noch mal. Also können wir sie auch einsetzen. Sie wissen doch, wie verwirrend es da drin ist. Mit dem Gerät haben Sie wenigstens einen Vorteil.«

»Ausgezeichnet.« Sarah hängte sich die Brille um den Hals und schaute auf ihre Armbanduhr. »Es ist Zeit. Ich muss gehen.«

»Noch einen Moment, bitte.« Allocco hielt ihr ein Funkgerät hin. »Lassen Sie den offenen Kanal eingeschaltet. Wenn Sie drin sind, höre ich mit. Sind Sie mit der Umgebung vertraut?«

Sarah nahm das Funkgerät. »Mehr oder weniger.«

»Ob mit oder ohne Gerät: Der Laden wirkt desorientierend, also verlieren Sie keine Zeit! Geben Sie ihm die Disc und kommen Sie zurück! Ein Wort von Ihnen genügt, dann kommt die Kavallerie.«

»Ich *will* aber keine Kavallerie. Ich möchte, dass das Unternehmen ungestört verläuft. Wenn wir den Park retten wollen, müssen wir dafür sorgen, dass Doe das Gelände so schnell wie möglich verlässt.«

Allocco seufzte. »Ja, Ma'am. Aber die Sache geht diesmal in *Ihre* Personalakte, nicht in meine.«

Sarah nickte und drehte sich um.

»Und passen Sie auf sich auf!«

Sarah signalisierte Allocco mit dem Funkgerät, dass sie verstanden hatte, dann bahnte sie sich einen Weg durch die Reihen der Apparate und ging zur Treppe an der Wand gegenüber.

Die Bildverarbeitung nahm den gesamten Raum unter dem »Holokabinett« ein. Jede hier befindliche Displayeinheit steuerte in dem Saal darüber ein Hologramm. Sarah hatte den Komplex bis auf eine Notbesatzung evakuieren lassen. Schon auf dem umständlichen Weg zur Treppe hatte sie das Gefühl, mutterseelenallein zu sein.

Sie erreichte die Treppe, legte die Hand auf das kalte Geländer und blieb stehen. Mit der freien Hand drückte sie auf ihre

Jacke, um sich zu versichern, dass die DVD noch dort war. Sie warf wieder einen Blick auf ihre Uhr.
Sinnlose, verzögernde Handlungen. Warum hatte John Doe ausdrücklich verlangt, dass sie die Übergabe vornahm? Mit einem überraschend flauen Gefühl wurde ihr bewusst, dass sie die Treppe eigentlich lieber nicht hinaufsteigen wollte. Sie wollte sich nicht in dem verwirrenden Irrgarten aus Holografien und Spiegelbildern verlieren. Doch am allerwenigsten wollte sie John Doe begegnen, seine verschiedenfarbigen Augen auf sich gerichtet und das eigenartig anzügliche Lächeln sehen, das von seinem gestutzten Bart umrahmt wurde. Nicht hier. Nicht allein.
Sie hielt sich am Geländer fest. *Sie wissen ja, was beim letzten Mal passiert ist,* hatte sie zu Allocco gesagt. Sie waren aggressiv und reaktiv vorgegangen. Es hatte sie einen Wachmann und eine Menge verletzter Besucher gekostet. Und es war ihre Schuld gewesen. Vielleicht hatte John Doe nicht gelogen, als er gesagt hatte, sie solle ihm die Disc überbringen, damit es nicht zu weiteren Zwischenfällen kam. Vielleicht hatte er die Wahrheit gesagt. Aber es spielte keine Rolle mehr. Nach dem, was in der »Galaktischen Reise« passiert war, war nun sie in der Pflicht. Sie, kein anderer.
Sarah richtete sich auf, schob das Kinn vor, ging mit festen Schritten die Treppe hinauf, packte den Knauf der Tür und zog sie auf.
Hinter der Tür breitete sich ein großer, in edwardianischer Üppigkeit ausgestatteter Raum aus. Gemusterte Tapeten bedeckten die Wände, riesige Strudel aus scharlachrotem Paisley stiegen zur Decke hinauf. Verzierte Gaslampen in geschliffenen Glasschalen ragten zwischen goldgerahmten Ölgemälden aus der Wand und tauchten den Raum in mildes Licht. Der Boden war ein Parkettmosaik aus bunten Edel-

hölzern und stellte ein kompliziertes spiralförmiges Labyrinth dar. Dies war der Vorshowbereich des »Holokabinetts«. Normalerweise wimmelte er von aufgekratzten, schwatzenden Besuchern, die darauf warteten, dass kostümierte Mitarbeiter sie der Reihe nach in den Saal ließen. Nun war alles still und leer. Lange, kahle Schatten fielen über den Boden. Die Ecken des großen Raumes verschwanden in der Dunkelheit.

Sarah machte einen Schritt vorwärts. Die Tür zur Treppe schloss sich leise hinter ihr. Ihre Schritte hallten auf dem Holzboden wider. Sie blieb stehen und lauschte. Sie hörte das Zischen der Gaslaternen und das Ticken eines halben Dutzends Standuhren, die an den Wänden des Vorraums standen. Links machte sie hinter der geschlossenen Eingangstür schwach die Geräusche des Parks aus: Gelächter, Fetzen von Liedern … Rechts, wo ihr der Eingang zum Labyrinth entgegengähnte, war nur Stille. Irgendwo dort drinnen wartete John Doe auf sie.

Sarah wusste, dass sie zum Eingang gehen, ihn mit festen Schritten überschreiten und ihre Ankunft melden sollte. Und doch schien irgendetwas in der lauschenden Stille ihre besten Absichten zu vereiteln und ihren Willen zu lähmen. Noch nie in ihrem Erwachsenendasein hatte Sarah sich gestattet, irgendjemanden oder irgendetwas zu fürchten. Doch als sie nun allein in dem lauernden Saal stand, war der metallische Geschmack in ihrem Mund unmissverständlich.

Sie atmete tief durch, dann noch einmal. Jetzt erst ging sie leise zu dem offenen Türrahmen und umklammerte das Funkgerät mit fester Hand. Sie hatte es ziemlich beiläufig an sich genommen, ohne darüber nachzudenken; nun erschien es ihr wie eine Art Rettungsleine.

Keine Hinhaltemanöver mehr. Sie trat über die Schwelle, ließ den Türrahmen hinter sich und drang in den Saal vor.
Er war raffiniert beleuchtet, aber nicht dunkel. Statt der Gaslaternen des Vorraums gab es hier eine verborgene indirekte Beleuchtung, die dem vor ihr liegenden Gang einen weichen Brennpunkt verlieh. Die Wände waren mit großen, in dunkles Holz gerahmten Spiegelflächen bedeckt. Als Sarah vortrat, sah sie, dass ihr Spiegelbild ihr auf beiden Seiten folgte.
Dass der erste Saalabschnitt gänzlich aus Spiegeln bestand, war ihr bekannt. Aber sie wusste auch, dass in Rahmenteilen und hinter Einwegspiegeln versteckte Kameras ihr Bild abtasteten und an die Rechner in der Bildverarbeitung sandten, die es verarbeiteten, eine Reihe komplizierter digitaler Konvertierungen vornahmen und das Ergebnis an die holografischen Wiedergabegeräte schickten, die es in andere Teile des Saals projizierten. Sensoren an der Decke registrierten ihr Näherkommen, legten fest, wo die soeben entstandenen Hologramme gezeigt wurden, und gaben ihre Bewegungen sogar in Echtzeit wieder, wenn sie auf sie zuging. Je tiefer man in den Saal eindrang, desto weniger wusste man, was man zu sehen bekam: ein Bild in einem Spiegel oder ein Hologramm von sich selbst oder einem anderen Besucher. Es war ein klassisches, an das einundzwanzigste Jahrhundert angepasstes Spiegelkabinett. Sarah fragte sich erneut, warum John Doe sich zur Übergabe ausgerechnet hier mit ihr treffen wollte.
Als sie weiterging, erblickte sie ein Abbild ihrer selbst, das auf sie zukam: Vor ihr machte der Gang eindeutig einen jähen Knick, also musste es ein Spiegel sein, der ihr den Weg verstellte. Sie trat näher heran und musterte ihr Spiegelbild: eine Frau mit einem Funkgerät in der Hand, die Lippen auf-

einander gepresst. Sie hob einen Arm. Ihre Doppelgängerin tat das Gleiche. Sarah drückte die Finger auf das harte, kalte Glas.
Ihr Spiegelbild war kaum merklich verschwommen. Die Spiegel im Kabinett waren absichtlich unscharf, damit sie den Hologrammen ähnlicher waren und die Täuschung noch perfekter machten. Sarah ließ die Hand sinken, bog ab und ging durch den nächsten Korridor. Wieder spürte sie, dass ihr Abbild ihr zu beiden Seiten folgte. Das Funkgerät in ihrer Hand quäkte leise, dann war es still.
Der Gang mündete abrupt in einen kleinen sechseckigen Raum. Um sie herum erwiderten andere Sarah Boatwrights ihren Blick. Sarah überlegte, versuchte im Geiste den Bauplan des Saals zu rekonstruieren. Ihr fiel ein, dass drei der sechs Wände aus Spiegeln bestanden. Eine Seite war der Gang, durch den sie gerade gekommen war; die beiden anderen waren Hologramme, die weitere Gänge verbargen.
Sie schaute sich ihre Abbilder genauer an. Alle hielten ein Funkgerät in der Hand, die Arme baumelten an ihrem braunen Anzug herab. Sarah hob die Arme. Drei Abbilder taten es ebenso. Also mussten die beiden anderen Hologramme sein. Sarah konnte durch sie hindurchgehen und in einen der beiden Gänge eintreten. Doch in welchen?
Sarah überlegte, ob sie bleiben und warten solle, bis John Doe den nächsten Schritt machte. Vielleicht war er hier, im nächsten Gang. Vielleicht war all dies aber auch nur ein Trick, und er und seine Kumpane waren schon Kilometer entfernt und jagten über den Highway 95. Was auch der Fall sein mochte, es war einfacher, in Bewegung zu bleiben, als hier herumzustehen, zu lauschen und zu warten.
Sarah machte einen Schritt auf eines der beiden Hologram-

me ihres Ichs zu. Es erwiderte ihren Blick und hob abrupt einen Arm. Bei der Bewegung blieb Sarah instinktiv stehen. Jetzt verstand sie: Eine Kamera war hinter dem Spiegel am Ende des vorherigen Gangs verborgen. Sie hatte sie beim Berühren des Spiegelglases aufgezeichnet.

Sarah trat behutsam durch das Hologramm. Als sie es durchquerte, verzerrte es sich. Dahinter begann ein weiterer von Spiegeln gesäumter Gang. Sarah verharrte, wartete auf ein Geräusch, auf das Anzeichen einer Bewegung. Doch nichts geschah. Einige Sekunden später setzte sie ihren Weg fort.

Sie war nun tiefer im Labyrinth, und die Wahrscheinlichkeit wurde größer, dass die Wände rechts und links nicht mehr aus Glas waren. Einige mussten Hologramme sein, Neuschöpfungen ihrer Gestalt, die zuvor an irgendwelchen Spiegeln vorbeigekommen war. Langsam wurde ihre Erinnerung an den Bauplan nebelhafter. Auf alle Fälle war es einfacher, allein hier zu sein: Normalerweise fingen die Spiegel das Abbild zwanzigköpfiger Gruppen ein, nicht nur das einzelner Besucher. Dies erschwerte es noch mehr zu erkennen, was ein projiziertes Hologramm, ein Spiegelbild oder ein lebendiger Mensch war. Doch auch jetzt nahm das Gefühl von Desorientierung zu.

Sarah fiel das an ihrem Hals hängende Nachtsichtgerät ein. Sie schaltete die Batterie ein und setzte die Brille auf. Die Ansicht des Gangs veränderte sich schlagartig: Die Hologramme vor ihr wurden matt und geisterhaft. Nun konnte sie Illusionen von Reflexionen unterscheiden. Neue Zuversicht stellte sich ein.

Der Gang machte einen scharfen Knick und mündete in eine Gabelung. Sarah schaute in die beiden Abzweigungen vor ihr hinein, deren Spiegelwände flimmerten. Sie zögerte, dann wählte sie aus einem Impuls heraus den Gang, der nach links führte. Als sie weitergehen wollte, meldete sich knisternd das Funkgerät.

»Sarah, hören Sie mich?« Alloccos verstärkte Stimme wirkte in dem stillen Gang unerträglich laut.

Sarah drehte das Gerät schnell leiser. »Ja.«

»Was ist los?«

»Nichts. Hier ist keine Spur von ihm zu sehen. Warum melden Sie sich? Wir sollten lieber ...«

»Hören Sie zu, Sarah. In Callisto hat es einen Unfall gegeben.«

»Einen Unfall? Was für einen Unfall?«

»Ich weiß es nicht. Da die Überwachungskameras noch immer nicht funktionieren, sind wir über das Geschehen nicht genau informiert. Aber es sieht so aus, als sei auf ›Station Omega‹ irgendwas schief gegangen. Mir liegen Meldungen ...« Alloccos Stimme wurde von einem kurzen Störgeräusch überlagert. »... über einen Neunhundertvierer vor.«

Sarah spürte, dass ihr kalt wurde. Im allgemeinen Verkehrscode bedeutete neunhundertvier, dass Gäste verletzt worden waren.

»Sarah? Sarah, sind Sie noch da?«

»Ja, ich höre Sie. Wissen Sie es genau? Es ist kein Fehlalarm?«

»Ich habe zwei separate Meldungen erhalten. Es sieht ernst aus. Vielleicht sollten wir die Leute von der Massensteuerung einsetzen.«

»Dann gehen Sie rüber und stabilisieren Sie die Lage!«

»Das kann ich nicht machen. Sie sind ...«

»Mir geht es gut. Kümmern Sie sich um die Besucher! Alarmieren Sie das medizinische Zentrum und schicken Sie, falls nötig, ein Bergungsteam hin! Positionieren Sie

Leute vom Sicherheitspersonal und von der Infrastruktur am Unfallort. Die Besucherbetreuung soll sich um die Eindämmung kümmern.«

»Na schön. Ich gebe Florez das Funkgerät und sage ihr, sie soll diese Frequenz abhören.« Allocco schwieg kurz. »Vergessen Sie nicht, was ich gesagt habe, Sarah!«

Das Funkgerät quäkte leise, dann verstummte es. Sarah drehte die Lautstärke wieder höher und stopfte es in eine Jackentasche.

Nun, da der Kontakt zu Allocco unterbrochen war, blieben ihr nur noch die Techniker unter dem »Holokabinett«. Von diesen Leuten wusste niemand, was sie hier tat. Auch wenn Carmen Florez nun das Funkgerät hatte – sie war wie alle anderen nicht informiert.

Nun war Sarah wirklich allein.

Auch wenn sie Allocco das Gegenteil erzählt hatte – es ging ihr *nicht* gut. An der nächsten Gabelung zögerte sie. Schon wieder ein Unfall. Nach dem, was in »Finsterwasser« passiert war, kam er ein wenig schnell. Es konnte unmöglich ein Zufall sein.

Was ging also hier vor? Gehörte der Unfall zu John Does Plan? Wenn ja, wieso? Sie hatte seinen Forderungen doch nachgegeben. Sie hatte eine neue DVD brennen lassen und war unterwegs, um sie abzuliefern. Nahm er etwa an, sie sei nicht gekommen? Sollte die Sache in »Station Omega« eine Art Vergeltungsmaßnahme sein? Aber es war unmöglich. Wenn Allocco jetzt davon erfahren hatte, musste der Unfall schon *vor* 16.00 Uhr stattgefunden haben.

Dann war er möglicherweise auch Stunden zuvor in Gang gesetzt worden.

Wie auch immer – John Doe hatte den Unfall *gewollt.*

Sarah stand regungslos in dem flimmernden Gang. Wut,

Frustration und Fassungslosigkeit stritten in ihr miteinander. Was war schief gegangen? Wie viele Verletzte hatte es gegeben? War in Callisto eine Massenpanik ausgebrochen?
Ihre Wut übermannte sie. Sarah betrat abrupt den linken Gang, ohne das Klappern ihrer Absätze auf dem Boden zu hören. Immerhin hatte sie die Brille. Sie gab ihr einen Vorteil. Sie würde diesen Schweinehund finden und ...
So schnell sie losgelaufen war, so rasch blieb sie wieder stehen. Vor ihr, an einem anderen Labyrinthknick, stand John Doe.
Zumindest hielt sie ihn für John Doe. Durch die Brille war sein Bild so schwach, dass man es nur schwer bestimmen konnte. Sarah nahm sie ab. Auf der Stelle bildete sich ein Hologramm.
Sarah sog die Luft ein. Sie sah ihn zum ersten Mal wieder, seit er in ihr Büro gekommen war, sich auf den Tisch gesetzt, ihren Tee getrunken und ihre Wange gestreichelt hatte. Sie spürte, dass ihre Kiefermuskeln sich unwillkürlich spannten. John Doe wirkte nun noch lockerer als zuvor: Seine schlanken Hände baumelten herab, der teure Anzug saß makellos. Der Anflug seines selbstsicheren Lächelns enthüllte vollkommene Zähne.
»Sarah«, sagte eine Stimme. »Wie schön, dass Sie gekommen sind.« Die Stimme war weit entfernt. Der echte John Doe befand sich irgendwo in den Tiefen des Labyrinths.
Sarah wartete reglos. Sie starrte das Abbild an.
»Hübsch, wie Sie diesen Ort ausgestattet haben. Es spricht den Narziss in mir an.«
Sarah wartete noch immer.
»Haben Sie die Disc mitgebracht, Sarah?«
Langsam, vorsichtig näherte Sarah sich dem Abbild. John Doe wich nicht zurück, seine merkwürdigen verschieden-

farbigen Augen schauten zuerst nach links, dann nach rechts. Vielleicht hatte eine Kamera ihn an einer Kreuzung erfasst, als er angehalten und sich gefragt hatte, welchen Weg er nehmen sollte.

»Ich habe gefragt, ob Sie die Disc mitgebracht haben.« Die Lippen des Abbildes bewegten sich nicht.

»Ja«, erwiderte Sarah. Sie wollte dieses Gesicht plötzlich nicht mehr sehen. Sie setzte die Brille auf, und die Hologramme in ihrer Umgebung wurden wieder matt und geisterhaft.

»Gut. Dann können wir fortfahren.«

»Was haben Sie angerichtet, Mr. Doe?«

»Wie bitte?«

»Die Callisto-Attraktion ›Station Omega‹. Was haben Sie da angerichtet?« Sarah hörte das Zittern in ihrer Stimme.

»Wieso?«, erwiderte Doe leicht spöttisch. »Stimmt was nicht?«

»Ich habe alles getan, was Sie verlangt haben!«, schrie Sarah. »Ich habe Ihnen vertraut! Also verscheißern Sie mich nicht!«

»Au weia. Und ich dachte, Sie hätten eine gute Kinderstube.«

Sarah keuchte. Ihre Hände ballten sich zu Fäusten.

»Wir sind fast fertig, Sarah. Schließen wir unser Geschäft ab, dann können Sie sich persönlich diesen unerfreulichen Sachen widmen und … Moment mal. Einen Moment. Ich sehe gerade eine neue Aufnahme von Ihnen. Was haben Sie da für eine schicke Brille auf? – Ah, ich verstehe. Sie wird Ihnen aber nichts nützen, Sarah. Sie ist viel zu plump für Ihre feinen Gesichtszüge. Dagegen müssen wir etwas unternehmen.«

Ein kurzes Schweigen folgte. Dann kam von irgendwo tief in der Finsternis ein klickendes Geräusch.

Einen Moment lang veränderte sich nichts. Dann fiel Sarah an den Rändern der Brille ein grünes Leuchten auf. Auf dem Gang vor ihr fingen die Hologramme, die gerade noch zu matt gewesen waren, an zu leuchten: grüne, immer heller werdende Gespenster. Sarah blinzelte und wandte sich von dem schmerzhaften Licht ab. Als sie den Kopf bewegte, huschten helle Wärmespuren durch ihr Blickfeld.
Sie nahm die Brille mit einem wütenden Aufschrei ab und griff zum Funkgerät. »Carmen?«
Einige Sekunden herrschte Stille. »Ja, Miss Boatwright?«, kam dann die knisternde Antwort.
»Carmen, ist bei Ihnen irgendwas los?«
»Vor einigen Sekunden hat sich der Stromverbrauch der Hologeneratoren plötzlich vervierfacht. Sie überhitzen, und zwar alle.«
»Können Sie die Dinger abschalten?«
»Ja, aber das kostet Zeit. Alles wird von Rechnern gesteuert. Wir müssen rauskriegen, woher der Befehl kommt. Solange wir das nicht wissen, traue ich mich nicht mal, nur einen Stecker rauszuziehen.«
»Bleiben Sie an der Sache dran!« Sarah ließ das Funkgerät sinken. *Er war also auch auf die Brille vorbereitet. Er ist auf alles vorbereitet. An alles, was wir uns ausdenken, hat er schon vorher gedacht.*
»Sehen Sie, was ich meine, Sarah?«, sagte John Does glatte Stimme aus der Ferne. Wieder ein leises Klicken. »Wie können Sie von Vertrauen sprechen, wenn Sie selbst keins zeigen? Geben Sie mir die Disc, dann sind Sie mich für immer los.«
Sarah antwortete nicht. Es gab nichts mehr zu sagen. Sie fühlte sich urplötzlich geschlagen.
»An welchem Pfosten sind Sie jetzt, Sarah?«

Sarah reagierte nicht.

»Sarah?«

»Ja?«

»An welchem Pfosten sind Sie?«

»Ich verstehe nicht.«

»Gehen Sie zu dem Spiegelrahmen, der Ihnen am nächsten ist. Schauen Sie sich den Rand links oben an. Da ist eine Zahl eingebrannt.«

Sarah schaute ratlos hinüber. Sie brauchte eine ganze Weile, doch dann sah sie eine kleine, ins Holz gebrannte Zahlenreihe.

»Sieben, neun, zwei, drei«, murmelte sie.

»Wie bitte?«

»Sieben, neun, zwei, drei habe ich gesagt.«

»Ausgezeichnet. Hören Sie jetzt zu, Sarah. Ich geleite Sie nun dorthin, wo ich auf Sie warte. Wir bleiben während dieser Zeit ständig in Sprechkontakt. Verstanden?«

»Ja.«

»Gut. Sie müssten … Sie müssten in einem Linkskorridor sein, der nach einer Y-Kreuzung kommt. Folgen Sie dem Gang bis zum Ende. Geben Sie mir Bescheid, wenn Sie dort sind.«

Sarah ging widerwillig weiter und beobachtete die sie begleitenden Reflexionen. Plötzlich tauchte rechts von ihr John Does Abbild auf. Sie erstarrte: schon wieder ein Hologramm, diesmal ein anderes. Er hielt etwas in der Hand, das wie ein Bauplan aussah, und schaute in einem fortwährenden Kameraschleifenballett ständig auf ihn und wieder hoch.

»Ich bin am Ende des Korridors«, sagte sie.

»Sehen Sie sich den Spiegel an, der links von Ihnen hängt. Trägt er die Nummer sieben, acht, vier, sieben?«

»Ja«, erwiderte Sarah nach einer Weile.

»Jetzt biegen Sie noch mal links ab und gehen durch den Korridor. Rechts geht es dann in einen Gang, der von einem Hologramm verborgen wird. Suchen Sie ihn!«

Sarah durchquerte den Korridor. Ihre Schritte waren langsam und resigniert. John Doe hatte sich nicht verirrt. Er kannte seinen Weg genau. Möglicherweise kannte er das Labyrinth sogar besser als die Leute, die es gebaut hatten. Er war auch über die Brillen des Wartungspersonals informiert. Er hatte Pläne für jeden Fall und kannte sogar die Zahlen, die auf den einzelnen Spiegeln standen.

Sämtliche Instinkte schrien Sarah zu, nicht weiterzugehen. Aber sie hatte keine andere Wahl: Sie musste John Doe die DVD aushändigen. Egal, um welchen Preis.

Sie blieb plötzlich wieder stehen. Ihr Abbild – hier ein Spiegelbild, da ein zuvor eingefangenes Hologramm – begegnete ihr von allen Seiten. Doch links vor ihr war ein anderes: das Abbild eines Mannes. Aber es war nicht John Doe.

Sarah trat näher heran und konzentrierte sich, als das gerahmte Abbild schärfer wurde.

Es war Andrew Warne.

Sarah wirbelte herum. *Andrew? Hier?*

Sie hatte keine Zeit für Überlegungen. Sie konnte nur reagieren. Sie hatte allein kommen sollen. Wenn Warne sich hier aufhielt, musste er einen Grund dafür haben – einen triftigen Grund. Er musste irgendwo zwischen ihr und dem Eingang sein. Wenn John Doe sich tiefer in diesem Labyrinth aufhielt, brauchten die Bildrechner unter ihr etwas mehr Zeit, um Warnes Abbild bis zu ihm zu übertragen.

Sarah ging schnell zur letzten Kreuzung zurück, dann bog sie nach rechts ab und nahm die Richtung, aus der sie gekommen war. Irgendwo vor ihr ertönte das Geräusch näher kommender Schritte.

»Sarah?« Sie hörte Warnes Stimme. Es war ein heftiges, ungeduldiges Flüstern. »Sarah? Wo bist du?«
Die Stimme wurde kurz leiser, dann war sie wieder da, diesmal näher. »Sarah? Wo bist du?«
»Hier«, flüsterte sie zurück.
An der Gabelung der Y-Kreuzung tauchte eine Gestalt auf. Diesmal war es kein Hologramm, aber auch kein Spiegelbild. Es war Andrew Warne. Der dicke Verband hing lose an seinem Schädel. Sein Blick drückte eindeutig Furcht aus. Dann sah er Sarah. Er runzelte kurz die Stirn, als müsse er sich anstrengen, um die Realität von der Täuschung unterscheiden zu können. Sarah trat auf ihn zu. Seine Miene hellte sich sofort auf.
»Sarah«, sagte er und packte ihre Hände. »Gott sei Dank!«
Einen Moment lang überwältigte die Berührung eines ihr sympathischen Menschen alles andere. Sarah schloss die Augen.
Dann riss sie sich jäh von Warne los.
»Was machst du hier?«, flüsterte sie hektisch. »Wie bist du hier reingekommen?«
»Ich musste dich aufhalten«, erwiderte er leise. »Du bist hier nicht sicher.«
»Du darfst nicht hier sein. Ich muss John Doe die Disc allein übergeben. Ich ...«
Warne packte ihre Unterarme. »Es ist eine Falle.«
Als Sarah hörte, dass er ihre schlimmsten Befürchtungen bestätigte, war sie wie betäubt. »Woher weißt du das?«
Sie spürte, dass sein Griff fester wurde. »Es fällt mir nicht leicht, es zu sagen, Sarah, aber ... Wir haben den Maulwurf entdeckt. Den Mann, der für John Doe hier tätig ist.«
Sarah wartete ab. Sie wagte nicht zu atmen.
»Es ist Barksdale.«

Sarahs erster Impuls bestand darin, Warne zu ohrfeigen. Sie riss sich von ihm los.
»Lügner!«
Warne kam wieder näher. »Bitte, Sarah. Du musst mir zuhören; die Zeit ist knapp. Die Sicherheit eurer Systeme ist nie von außen überprüft worden. Die Leute von KIS haben nie für Utopia gearbeitet. Barksdale hat alles nur vorgetäuscht. Die Techniker, die letzten Monat hier waren, um eure Firewalls zu testen, waren John Does Leute. So haben sie euer System infiltriert und ihre Fallen eingebaut.«
Sarah schüttelte heftig den Kopf. Es konnte nicht wahr sein. Es war unmöglich. Es musste irgendeine andere Erklärung geben.
»Nein«, sagte sie. »Ich glaube dir nicht.«
»Es ist mir nicht wichtig, dass du mir glaubst. Ich bitte dich nur, sofort von hier zu verschwinden, dann kannst du dich selbst von der Wahrheit überzeugen. Die Disc, die ihr gefunden habt ... die der Wachmann angeblich zertreten hat ... Sie war leer. Also hat Doe die echte an sich genommen und durch eine andere ersetzt. Es war alles geplant. Wozu braucht er deiner Meinung nach also eine zweite? Warum, glaubst du, hat er darum gebeten, dass ausgerechnet du ihm das Duplikat überbringst? Dass du dich allein mit ihm triffst?«
»Ich weiß nicht.«
»Ich auch nicht. Jedenfalls nicht genau. Aber es kann nichts Gutes bedeuten. Du musst ...«
»Sarah?«, meldete sich John Does Stimme.
Warne verstummte auf der Stelle. Er schaute Sarah rasch an, und sie drückte einen Finger auf ihre Lippen.
»Sarah, ich habe doch gesagt, dass wir in Sprechkontakt bleiben. Warum haben Sie ihn unterbrochen?« Seine Stimme

klang nun noch entfernter als zuvor. Zwischen den Reflexionen im Gang flackerte in Sarahs Blickfeld eine neue auf: John Doe. Er hielt den Lageplan nun gesenkt und hatte den Kopf schief gelegt, als lausche er. Sarah schaute stumm zu, während das Hologramm die kurze visuelle Schleife ständig wiederholte.

»Wissen Sie, was ich glaube, Sarah? Ich glaube, wir sind nicht mehr allein.«

Sarah wartete ab. Warnes Hand war noch immer erhoben und gebot ihr zu schweigen.

»Ehrlich gesagt, ich *weiß*, dass wir nicht allein sind. Ich sehe ein drittes Hologramm, Sarah. Aber es bildet nicht Sie ab und auch nicht mich. Wer ist dieser Mann?«

Im Gang war es still.

»Ich glaube, ich kann es erraten. Es ist der lästige Dr. Warne. Der aufdringliche Dr. Warne. Habe ich Recht?«

Sarah schaute Warne an. Er erwiderte ihren Blick.

»Das gehört aber nicht zu unserer Abmachung, Sarah. Zuerst die Brille – jetzt das. Ich bin ernstlich verärgert.«

John Does Hologramm schwankte, dann veränderte es sich, als die Wiedergabe das Bild durch ein neueres ersetzte: Es war wieder John Doe. Eine kurzläufige Pistole baumelte in seiner Hand.

Aus den Tiefen des Labyrinths drang das Geräusch laufender Schritte an ihre Ohren.

»Er kommt!«, flüsterte Warne.

Sarah gab ihm mit einer Geste zu verstehen, er solle ihr folgen. Dann rannte sie geradeaus durch den Gang, vorbei an Spiegelbildern und Hologrammen, fort von der Richtung, aus der John Does Stimme ertönte. Sie sah schwache Abbilder ihrer selbst, die beim Passieren an ihr vorbeieilten. Das Geräusch ihrer Absätze und ihr lauter Atem er-

füllten den engen Gang. Sie bog um eine Ecke, dann um eine weitere.
Dann blieb sie so plötzlich stehen, wie sie losgelaufen war.
»Halt!«, wies sie Warne an.
Irgendetwas veränderte sich in ihr. Vielleicht lag es an der unglaublichen Geschichte, die Warne erzählt hatte; vielleicht auch am Anblick von John Does Waffe. Der Gefühlssturm in ihr löste sich nun auf und ließ nur wilde, stählerne Wut zurück.
Sarah zog das Funkgerät aus der Tasche. »Carmen?«, sagte sie schwer atmend. »Carmen, sind Sie da?«
»Ja, Miss Boatwright«, kam die Antwort. »Können Sie mir bitte sagen, was da los ist?«
»Später. Können Sie etwas für mich tun? Schalten Sie im ›Holokabinett‹ das Licht aus.«
»Das Licht ausschalten?«
»Sämtliche Lampen. Und zwar *sofort*. Können Sie das machen?«
»Ja ... Ja, das kann ich.«
»Dann tun Sie es.«
Sarah schob das Funkgerät in die Tasche zurück. Dann beugte sie sich zum nächsten Spiegel vor und registrierte die in den Rahmen eingebrannte Zahl. Sie zog die frisch kopierte Disc aus der Tasche und lehnte sie an den unteren Rand des Spiegelrahmens. Dann bedeutete sie Warne, ihr zu folgen, und führte ihn, nun langsamer, zu dem sechseckigen Raum zurück. Von dort aus würde sie den Rückweg finden. Auch im Dunkeln.
Sarah holte tief Luft. Dann drehte sie sich um und rief so laut und entschieden, wie sie nur konnte: »Mr. Doe! Wenn Sie die Disc haben wollen, bleiben Sie auf der Stelle stehen!«

Sie verharrte, um zu lauschen, doch die Antwort bestand nur aus Schweigen.

»Sie haben gesagt, ich hätte Ihr Vertrauen missbraucht. Nun, diesmal haben Sie das meine missbraucht.«

»Tatsächlich«, meldete sich Does Stimme. »Ich bin hingerissen.«

»Sie haben ein weiteres Fahrgeschäft sabotiert, worauf noch mehr Menschen verletzt wurden. Grundlos. Ich habe Ihre Befehle befolgt, ich habe Ihnen die DVD gebracht. Was also soll die Waffe?«

Stille.

»Das kann ich beantworten!«, mischte Warne sich ein. »Sie wollen nicht nur die Disc, Sie wollen auch Sarah. Als Geisel. Aber vielleicht wollen Sie sie auch nur umbringen und im anschließenden Durcheinander verschwinden. Wäre das nicht eine schöne Überraschung?«

»Eine Überraschung, Mr. Warne?«, erwiderte die seidige Stimme. »Ich habe noch jede Menge Überraschungen auf Lager.«

»Dann überraschen Sie mich doch mal damit, dass Sie das Unerwartete tun. Lassen Sie Sarah einfach gehen! Zeigen Sie uns, dass Sie flexibel sind!«

Das Licht ging schlagartig aus und hüllte alles in Finsternis. Sarah packte Warne am Ellbogen.

»Mr. Doe!«, rief sie und wich langsam zurück. »Hören Sie! Die Disc ist hier. Sie lehnt am Pfosten sechs, neun, vier, zwei. Hören Sie? Pfosten sechs, neun, vier, zwei, unten am Rahmen! Ich gehe aber jetzt. Sie haben die Regeln verletzt, deswegen spiele ich nicht mehr mit. Im Dunkeln wird es zwar eine Weile dauern, aber ich bin sicher, dass Sie den Ausgang finden werden. Ich lasse das Kabinett noch zwanzig Minuten in Ruhe. Tun Sie also, was Sie versprochen haben. Nehmen Sie

die Disc und verschwinden Sie gefälligst aus meinem Park! Sonst eröffne ich die Jagd auf Sie und lege Sie persönlich um.«
Aus der Schwärze kam ein Lachen: langsam, zynisch, amüsiert. »Nun, das ist schon eher ein Spiel nach meinem Geschmack, Sarah. Ich spiele mit.«
Falls er noch mehr sagte, hörte Sarah es nicht. Denn inzwischen waren sie in dem Gang, der in den Vorraum von »Professor Cripplewoods Kammer der fantastischen Illusionen« führte, und sie hörte nur noch ihre im Dunkeln klappernden Schritte, die auf die Treppe zu eilten, die sie von diesem unheimlichen Ort fort brachte.

16.03 Uhr

Terri stand im Schatten des Türrahmens. Als der Mann im Overall näher kam, war sie vor Angst und Unschlüssigkeit wie gelähmt. Schon hatte er die erste verhängte Nische passiert. Gleich würde er an Georgias Bett stehen, erkennen, dass es noch warm war und …
»Entschuldigen Sie! Mister!«
Es war einer der Wachmänner. Terri schob die Tür ein Stück weiter auf und reckte den Hals, um mehr zu sehen. Ihr Herz schlug spürbar gegen ihre Rippen. Die Wachmänner hatten ihr Gespräch unterbrochen und nahmen den Mann im Overall in Augenschein. Er blieb stehen. Als er sich langsam zu ihnen umdrehte, lag seine Hand schon auf dem Vorhang der dritten Nische.
»Verzeihung, Sir, wie war noch mal Ihr Name?«, fragte eine der Wachen. Die beiden Männer hefteten sich an die Fersen des Fremden.

Terri beobachtete die Szene. Erleichterung überkam sie. Vielleicht hatte man die Männer speziell angewiesen, sich jeden vorzuknöpfen, der Georgia besuchen wollte. Sie würden sich den Kerl schnappen. Jetzt wurde alles gut.

Als sie hörte, dass Georgia sich wieder hinter ihr rührte, schaute Terri sich um. Ihr Herz machte einen Riesensprung. Das Mädchen war wach. Es setzte sich aufrecht hin und blinzelte sie stumm und fragend an.

Terri riss sich mit Gewalt von der Tür los und eilte zum Rollstuhl.

»Hör zu, Georgia«, flüsterte sie und ging neben ihr in die Hocke. »Ich bin hier, um dich zu deinem Vater zu bringen. Okay? Wir müssen einen Augenblick warten. Nur einen Augenblick. Dann können wir gehen.«

Georgia schaute sie an. Ihre Augen glitzerten verwirrt in dem matten Licht.

Terri drückte beruhigend ihre Hand. Dann kehrte sie zur Tür zurück.

Die Wachmänner hatten sich nun vor und hinter dem Fremden postiert. »Na schön, Mr. Warne«, sagte der eine und musterte den Overall des Mannes mit einem neugierigen Blick. »Aber bevor Sie Ihre Tochter mitnehmen können, müssen Sie sich irgendwie ausweisen.«

»Ausweisen?«, fragte der Fremde. Im gleichen Moment teilte er beiläufig den Vorhang der dritten Nische und lugte hinein.

»Wenn Sie nichts dagegen haben.«

Der Fremde schaute ziemlich lange in Georgias Nische. Dann trat er zurück und ließ den Vorhang fallen. »Darf ich fragen, warum?«, erkundigte er sich. Er sprach langsam und bedächtig.

»Tut mir Leid, Sir«, sagte der Wachmann. »Aber wir haben

unsere Anweisungen. Wir müssen die Identität aller Spezialisten von außerhalb überprüfen, die das medizinische Zentrum betreten oder verlassen.«

Scheiße, Scheiße, Scheiße! Dann waren sie also nicht hier, um Georgia zu bewachen. Sie befanden sich nur in erhöhter Alarmbereitschaft. *Natürlich. Sonst hätten sie Georgias Nische genauer im Auge behalten. Sie hätten mich reingehen und mit dem Rollstuhl rauskommen sehen. Mist! Jetzt steck ich, von der Klaustrophobie verblödet, in dieser Kammer fest und …*

Terris Gedanken wurden jäh unterbrochen, als der Fremde herumfuhr und sein Blick schnell in beide Richtungen des Korridors ging. Wieder hatte sie den Eindruck, dass er sich genau auf sie richtete. Sie fuhr zurück.

»Na schön, meine Herren.« Der Fremde schwang die Sporttasche über seine Schulter und schob sich zwischen den Wachen durch. »Wenn Sie darauf bestehen.«

Er ging ebenso leichtfüßig und zuversichtlich los wie zuvor – in Richtung Wäschekammer.

Terri wich mehr stolpernd als gehend in den Raum zurück. Sie fuhr herum und schaute sich in neuer Verzweiflung um. Abgesehen von Stapeln zusammengelegter Kleider, aufgehängten Uniformen, Handtuchhaufen und einigen Tischchen war der Raum leer. Es gab nur eine Möglichkeit, sich zu verbergen: in den halbdunklen, beengten Nischen hinter der großen Wäscheröhre.

Die Vorstellung, sich an einem solchen Ort zu verstecken, rief Entsetzen in ihr hervor. Aber sie hatten keine andere Wahl.

Sie wandte sich schnell zu Georgia um. »Hör zu, Georgia!«, sagte sie so gelassen wie möglich. »Hör genau zu! Da draußen ist ein böser Mann – ein sehr gefährlicher Mann. Wir müssen uns verstecken, bis er wieder gegangen ist.«

Georgia schaute sie stumm an, als stünde sie unter Schock. Auf dem Gang wurden protestierende Stimmen und die Geräusche sich nähernder Schritte laut.

»Schaffen wir das, Georgia?«

Das Mädchen stierte sie noch immer an.

»Kannst du mir helfen? *Bitte!*«

»In Ordnung«, murmelte Georgia langsam.

Terri schob den Rollstuhl schnell in den hinteren Teil des Raumes, manövrierte ihn behutsam unter die riesige weiße Röhre und schob ihn in die finsterste Ecke, die sie fand. Dann duckte sie sich neben ihn und drückte Georgia an sich.

»Sei jetzt still!«, sagte sie leise. »Und sag nichts, bevor sie weg sind. Egal, was auch passiert.«

Die Wäschetransportröhre lag nun genau vor ihnen. Sie hatte etwa einen Meter Durchmesser und lief quer durch den ganzen Raum. Dort, wo sie in der Wand verschwand, war sie mit schweren Messingringen befestigt. Terri hörte das Summen der trocken durch das Rohr pfeifenden Druckluft.

Dann ging die Tür auf. Licht aus dem Gang überflutete den Raum. Terri duckte sich noch tiefer hinter das Rohr und zog Georgia an sich. Ihr Herzschlag wurde immer schneller. Als die erste Gestalt eintrat, huschte ihr Schatten über die Wände. Ihr folgten eine zweite und eine dritte.

»Was soll das?«, fragte einer der Wachmänner.

»Die Bürokratie geht mir einfach auf den Senkel«, erwiderte der Fremde mit seinem seltsamen Akzent. »Dass ich meinen Ausweis vorzeigen soll, um meine Tochter zu besuchen. Mein Ausweis liegt natürlich ganz unten in der Tasche. Ich muss sie irgendwo abstellen, um ihn zu suchen.«

Ein klatschendes Geräusch. Irgendetwas Schweres landete auf einem Tisch. Terri beugte sich vorsichtig vor und versuchte, einen Blick zu erhaschen.

»Tut uns Leid, Mr. Warne«, sagte die Stimme des Wachmannes. »Aber, wie schon gesagt – unsere Anweisungen …«
»Ich bezweifle, dass Ihre Anweisungen auch die Belästigung von Wissenschaftlern beinhalten, die zu Besuch weilen. Es ist schon schlimm genug, dass meine Tochter hier landen musste – was zweifellos hundertprozentig auf Schlamperei zurückzuführen ist. Ich werde mich noch mit Ihren Vorgesetzten darüber unterhalten müssen.«
Terri schob den Kopf noch etwas weiter vor. Sie sah, dass die Wachmänner den Fremden mit den mandelförmigen Augen wieder zwischen sich genommen hatten. Er hatte die Tasche auf einem Tisch abgestellt und zog gerade den Reißverschluss auf.
»Das ist natürlich Ihr gutes Recht, Mr. Warne«, sagte der Wachmann. »Aber ich muss darauf bestehen, dass wir dieses Gespräch an einem anderen Ort forts…«
Mit einer fließend glatten Bewegung griff der Fremde in die nun offene Tasche und zog etwas hervor. Im ersten Moment erkannte Terri es nicht. Es war lang und dünn, und an einem Ende befand sich ein spitz zulaufender Kegel. Dann schwang der Fremde das Ding zu den Wachmännern herum. Feuer spritzte aus dem Ende. Der erste Wachmann zuckte jäh zurück; Blut spritzte aus seiner durchlöcherten Uniform. Terri unterdrückte ein Keuchen und hielt Georgia instinktiv die Augen zu.
Der Fremde wirbelte vor der Tür herum und richtete die Maschinenpistole auf den zweiten Wachmann. Ein stotterndes Geräusch ertönte – wie eine Nähmaschine. Staub und Verputzstücke fielen von der Wand und regneten auf Terri und Georgia herab. Der Wachmann fiel lautlos nach hinten. Seine Finger griffen unstet an seine Kehle. Sein Schlagstock und sein Funkgerät schepperten über den Boden.

Der Rollstuhl quietschte, als Georgia sich versteifte und sich fest an Terris Hand klammerte. Terri hielt das Mädchen noch fester und starrte, vor Schreck wie gelähmt, auf das, was sich vor ihr abspielte.

Der Fremde trat einen Schritt zur Seite, richtete seine Waffe nach unten und feuerte eine Salve in die Körper seiner reglosen Opfer. Die Wachmänner zuckten im Rhythmus des Mündungsfeuers. Terri verstand nicht, dass all dies fast lautlos vor sich ging. Hatten der Schock und die Panik sie taub gemacht und paralysiert? Die einzigen Geräusche waren ein starres mechanisches Klicken – wie das Rattern einer riesigen Nähmaschine – und das Klingeln der zu Boden fallenden leeren Patronenhülsen.

So schnell es begonnen hatte, war es vorbei. In den Raum kehrte wieder Stille ein. Pulverdampf stieg zur Decke empor. Terri, die sich nicht mal Luft zu holen traute, schaute zu, als der Fremde die rauchende Waffe senkte und das Blutbad begutachtete. Mit raschen, professionellen Bewegungen schob er die Maschinenpistole in die Sporttasche zurück. Dann spähte er wie kurz zuvor Terri in den Gang hinaus.

Der Rollstuhl neben Terri quietschte erneut. Georgia stieß einen entsetzten Schluchzer aus.

Terris Hand bedeckte schnell den Mund des Mädchens. Der Fremde drehte sich um. Sein Blick wanderte über die Konturen des Raumes. In dem spärlichen Licht leuchteten seine Augen wie die einer Katze.

Das Seufzen entweichender Luft und das Klirren von Metall waren zu hören, als einer der Wachmänner noch einmal zuckte und inmitten der verstreuten Patronenhülsen zusammensackte.

Plötzlich war das heisere Knistern eines Störgeräuschs im

Raum zu hören. Der Fremde schloss die Tür, griff in die Sporttasche und entnahm ihr ein Funkgerät.

»Hardball«, meldete er sich.

»Hier ist Prime Factor«, sagte eine verzerrte Stimme. »Position?«

»Medizinisches Zentrum.«

»Lagezustand?«

»Das Mädchen ist weg.«

»Wohin?«

»Unbekannt.«

Schweigen.

»Wir können nicht mehr Zeit aufwenden«, sagte die Stimme aus dem Funkgerät. »Es gibt Probleme mit Schneewittchen. Ich brauche Sie wieder am Sammelpunkt. Sofort. Verstanden?«

»Verstanden.« Das Funkgerät wurde ausgeschaltet.

Der Fremde wich von der Tür zurück und schob die Leichen mit der Stiefelspitze unter den Tisch. Dann griff er in eins der Wandregale und warf einen Stapel Handtücher auf den Boden, um die größer werdenden Blutlachen unter einem nachlässig verteilten Stoffhaufen zu verbergen. Während Terri ihm zuschaute und Georgia weiterhin an sich drückte, schälte sich der Mann im kargen Licht aus seinem Overall, und die silbern-platinfarbene Kombination eines Callisto-Raumfährenpiloten kam zum Vorschein. Sie passte perfekt zu seiner Sporttasche. Er warf den Overall einfach auf den Handtuchhaufen.

Schließlich schaute er sich noch einmal um, hob die Tasche hoch und schwang sie mit halb offenem Reißverschluss über seine Schulter. Er öffnete die Tür und ging in den Korridor hinaus.

Ein leises Klicken ertönte, als er die Tür schloss. Eine Weile war alles still. Dann wurden mit einem dezenten, wälzenden Geräusch Kleider durch die Wäscheröhre geschoben und bewegten sich rollend und purzelnd in Richtung Reinigung. Dann folgte das Zischen komprimierter Luft. Schließlich erstarb auch dieses Geräusch. Terris Glieder fingen zuerst leicht, dann wild an zu zittern. Georgia, die sie noch immer im Arm hielt, gab keinen Laut von sich. Sie weinte auch nicht. Sie klammerte sich einfach nur an Terri, und zwar so fest, als hätte sie nicht vor, sie je wieder loszulassen.

16.03 Uhr

Als der Haupteingang der Sicherheitsabteilung in Pooles Blickfeld kam, blieb er abrupt stehen. Fred Barksdale, der vor ihm her ging, brauchte eine Weile, bis er es bemerkte. Dann hielt auch er an.

»Hören Sie zu!« Poole trat hinter ihn und sprach leise in sein Ohr. »Wir verhalten uns schön brav. Sie machen den Mund erst auf, wenn ich es sage. Keine schrägen Tricks! Wenn es sein muss, verpass ich Ihnen eine Kugel und scheiß auf den bürokratischen Teil.«

Falls Barksdale ihn verstanden hatte, ließ er es sich nicht anmerken. Er ging weiter. Poole schloss sich ihm wortlos an.

Bis jetzt war alles glatt gelaufen. Die kurze Androhung von Gewalt und der Anblick des Schießeisens hatten gereicht. Poole war die Auswirkung solchen Vorgehens nicht unbekannt. Es funktionierte speziell bei Menschen, die sich mit Dingen beschäftigten, die ihren Horizont überstiegen. Junge Rebellensoldaten – mit automatischen Waffen nicht vertraut und bei der Vorstellung an einen Zweikampf vor

Furcht paralysiert – wirkten manchmal geradezu erleichtert, wenn man sie gefangen nahm. Barksdale hatte ebenso reagiert und sich ohne Gegenwehr ergeben. Jedenfalls hatte er diesen Eindruck erweckt. Doch der schwierigste Teil lag noch vor Poole: Er musste Allocco und seine Gesellen überzeugen, dass Frederick Barksdale, der Herrscher über sämtliche Utopia-Systeme, mit dem Feind im Bunde war. Wenn Barksdale wollte, konnte er ihm dies ordentlich vermasseln, und dann stand seine Aussage gegen die eines rabiaten Gastes. Poole musterte Barksdales blonden Hinterkopf und runzelte die Stirn. Der Mann schritt resolut und teilnahmslos vor ihm her. Poole fragte sich, was in seinem Schädel vor sich ging.

Keine Stunde zuvor war die Sicherheitsabteilung ein Ort hektischer Aktivitäten gewesen. Mindestens ein Dutzend Wachmänner waren hier hin und her geeilt: Sie hatten Unfallmeldungen verarbeitet, Anrufe entgegengenommen und äußerst neugierig auf den ungewohnten Anblick des Insassen ihrer Knastzelle reagiert. Doch nun, als Poole die Tür aufmachte und Barksdale durch den hellen, in fröhlichen Farben leuchtenden Vorraum geleitete, bot sich ihm ein überraschender Anblick: Der Laden war fast leer. Nur drei Mann waren zu sehen. Sie befanden sich hinter dem Empfangstresen und redeten durcheinander: Zwei Mann telefonierten, der dritte sprach in ein Funkgerät.
Poole schob eine Hand zwischen die Knöpfe seiner Kordjacke, legte die andere auf Barksdales Ellbogen und schob den Engländer mit einem festen Griff zum Empfangstresen. Je schneller er handelte, umso besser. Einen der Uniformierten kannte er noch von seinem früheren Besuch: Es war ein junger Bursche mit schwarzem Haar, blassgrauen Augen

und den Spuren einer schlimmen Akne. Offenbar erkannte der Mann auch ihn wieder – Poole sah es an seinem Blick und an der Art, wie er den Telefonhörer auflegte, als er näher kam. Auf der linken Brusttasche des Wachmannes war ein bronzenes Rechteck mit der Aufschrift »Lindbergh« befestigt. Lindbergh machte den Mund auf, um etwas zu sagen.

»Wo ist Allocco?«, fiel Poole ihm ins Wort.

»In Callisto«, erwiderte Lindbergh. Er schaute Poole an, dann Barksdale, dann wieder Poole. »Am Unfallort.«

»Am Unfallort?«

Der Wachmann nickte. »Eine der Weltraumhafenattraktionen, ›Station Omega‹.«

»Was ist da passiert?«

»Ich kenn die Einzelheiten nicht. Irgendeine Fehlfunktion.«

»Heiliger Bimbam!« Poole dachte an seine Kusine Sonya Klemm, ihren Ehemann Martin und ihre drei Rotzlöffel. Er hatte sie am Weltraumhafen verlassen und gedrängt, alle Fahrgeschäfte auszuprobieren. Die Wahrscheinlichkeit war zwar gering, sehr gering ... aber er musste die Frage trotzdem stellen. »Hats Verletzte gegeben?«

»Soweit ich weiß ... einen ganzen Haufen. Da oben ist die Hölle los.«

Poole drehte sich zu Barksdale um. »Haben Sie das gehört, Sie Lump?« Er zerrte brutal an Barksdales Ellbogen. »Was wissen Sie darüber?«

Barksdale war deutlich erblasst. Er gab keine Antwort, machte nicht mal eine Geste. Es schien, als habe er sich innerlich längst verabschiedet.

Poole wandte sich wieder an Lindbergh. »Ich muss Allocco sprechen.«

Der Wachmann stierte ihn an, gab aber keine Antwort.

»Ich habe gesagt, ich *muss* Allocco sprechen.«

Diesmal wandte Lindbergh sich an den Wachmann am Funkgerät. »He! Mit wem redest du gerade?«

»Mit Tannenbaum.«

»Sag ihm, er soll mal Mr. Allocco holen.«

Der Wachmann sprach in sein Funkgerät, dann reichte er es Lindbergh. »Beeilen Sie sich!«, sagte Lindbergh, als er es an Poole weitergab. »Die haben da oben allerhand zu tun.«

Poole nahm das Funkgerät entgegen.

»Gott, was ist denn jetzt schon wieder?«, hörte er Allocco dröhnen. Im Hintergrund waren allerlei Geräusche zu hören: Rufe, Schluchzen, zusammenhangloses Geschrei. »Reiß dich zusammen! Reiß dich zusammen!«, rief jemand.

»Mr. Allocco, hier ist Poole. Angus Poole. Sie erinnern sich?«

»Yeah. Ich hab jetzt keine Zeit, Poole.«

»Was ist passiert? Was ist schief gegangen?«

Erneuter Lärm überlagerte Alloccos erste Worte. »… weiß ich noch nicht. Hier oben siehts aus wie in nem Schlachthaus.«

»Wie *was?* Soll das heißen, es hat Tote gegeben? Wie viele?«

»Wir zählen sie noch. Die Mediziner sind gerade erst eingetroffen.«

»Hören Sie, es besteht die Möglichkeit, dass meine Verwandten dabei sind. Eine Frau mit einem Magierhut, ein Mann in einem grünen T-Shirt, drei Jungs …«

»Dafür hab ich jetzt keine Zeit«, fiel Allocco ihm ins Wort. Seine tiefe Stimme klang wütend. Poole vernahm ein dumpfes Seufzen. »Hören Sie, ich hab niemanden gesehen, der so aussieht, okay? Wenn ich sie sehe, lasse ich es Sie wissen. Haben Sie deswegen angerufen?«

»Nein. Eigentlich nicht.« Poole zögerte und überlegte. »Ich weiß nicht, wie ich es Ihnen beibringen soll, aber ich hab Fred Barksdale hier, und ...«
»Darüber weiß ich schon Bescheid.«
Poole hielt inne. Er war überrascht. »Sie wissen es?«
»Yeah. Andrew Warne hat mich vor ein paar Minuten angefunkt, als ich hierher unterwegs war. Er hat mir alles erzählt.«
»Und?«
»Es klingt völlig verrückt, aber ich hab jetzt keine Zeit, darüber nachzudenken. Halten Sie Barksdale fest, bis ich zurück bin. Dann sehen wir weiter. Der Himmel stehe Ihnen bei, falls Sie sich irren!«
»Können Sie das bitte Ihren Leuten hier sagen? Es wäre bestimmt besser, wenn Sie es von Ihnen hören.«
»Geben Sie das Funkgerät weiter. Beeilung, Mann! *Beeilung!*«
Poole gab Lindbergh das Funkgerät zurück. »Hier ist Eric Lindbergh«, meldete sich der Mann.
Poole hörte Alloccos blechern bellende Stimme an Lindberghs Ohr. Der Wachmann lauschte und riss abrupt seine grauen Augen auf. Dann starrte er Barksdale wieder an.
»Ja«, erwiderte Lindbergh. »Ich verstehe. In Ordnung, Sir.« Er ließ das Funkgerät sinken und gab es seinem Kollegen langsam zurück. Sein Blick blieb fest auf Barksdale gerichtet.
»Sie haben gehört, was er gesagt hat?«, sagte Poole.
Lindbergh nickte.
»Dann wissen Sie, was Sie jetzt zu tun haben. Schließen Sie ihn sicherheitshalber in die Arrestzelle.«
Lindbergh nickte erneut. Er wirkte fast so betäubt wie Barksdale.

Poole wandte sich um, zog Barksdale vom Empfangstresen weg und schob ihn brüsk vor sich her. Lindbergh bedeutete einem Kollegen, ihm zu folgen. Er nahm einen Schlagstock, umrundete den Tisch und öffnete eine Tür, die in den Vorraum führte.

Hinter den der Öffentlichkeit zugänglichen Räumen gab es keine fröhlichen Farben und bequemen Sofas. Hier herrschten graue Ziegelwände und Linoleumböden vor. »Gleich haben Sie Gelegenheit, einem Ihrer Komplizen zu begegnen«, sagte Poole und versetzte Barksdale einen erneuten Schubs. Sie bogen in einen Gang ein, der vom Vorraum wegführte. »Wird ein richtiges Kameradschaftstreffen.«

Der Gang mündete in einen rechteckigen Raum, von dem an allen Seiten Türen abwichen. Eine Tür an der linken Seite unterschied sich von den anderen: Sie bestand aus schwerem Stahl und hatte ein kleines Drahtglasfenster. Der zweite Wachmann trat an die Tür und warf einen Blick durch das Fenster. Dann schloss er sie auf und öffnete sie vorsichtig. Lindbergh bezog Position an der anderen Seite. Seine Hand ruhte auf dem Griff des Schlagstocks. Poole schaute in den Raum. Der junge Hacker lag noch immer auf der Pritsche. Als er den Schlüssel hörte, hatte er sich auf den Ellbogen gestützt. Nun musterte er die Ankömmlinge uninteressiert.

Bisher hatte Barksdale sich so entrückt verhalten, als stehe er unter Schock. Als die Zellentür aufging, veränderte sich sein Verhalten jedoch. Er schaute hinein, sah den Gefangenen und zuckte sichtbar zusammen. Der Hacker setzte sich auf. Ein schiefes Grinsen legte sich auf sein zerschrammtes und verquollenes Gesicht.

»Gehen Sie rein!«, sagte Poole und schob Barksdale durch den Türrahmen. Er trat beiseite. Der zweite Wachmann warf die Tür ins Schloss, drehte den Schlüssel herum und zog ihn heraus.

Barksdale klammerte sich an das Fensterchen. »Ich möchte nicht eingesperrt werden!«, schrie er. *»Bitte!«*

»Keine Sorge«, sagte Poole. »Ich bleibe hier und behalte Sie im Auge. Ich werde Sie beobachten wie ein Falke.«

Er trat von der Tür zurück und verschränkte die Arme vor der Brust. Die beiden Wachleute, sah Poole aus den Augenwinkeln, tauschten einen Blick.

Es würde interessant werden, Barksdales Reaktion auf den kriminellen Hacker zu beobachten. Vielleicht erfuhr er etwas, wenn die beiden miteinander sprachen. Es war alles viel einfacher gewesen, als er erwartet hatte, besonders, da Warne Allocco informiert hatte. Sonst wäre die Sache vielleicht weniger glatt verlaufen. Warne war schlau; der Mann hatte Weitblick. Vielleicht hatte er ihn doch unterschätzt.

Barksdale ging an der Zellenwand gegenüber furchtsam auf und ab und warf dem Hacker hin und wieder rasch einen Blick zu. Poole beobachtete ihn durch das Fenster. Ohne die nagende Saat des Zweifels im Hinterkopf hätte er seinen Spaß daran gehabt. Die Wahrscheinlichkeit, dass seine Kusine und ihre Familie in der Nähe von »Station Omega« gewesen waren, lag bei fast null. Außerdem konnte er ohnehin nichts daran ändern. Trotzdem. Er würde erst Ruhe finden, wenn er wusste, ob …

»He!«

Der dritte Wachmann kam vom Empfangstresen aus dem Vorraum und winkte Poole.

»Sind Sie Poole?«

»Ja, bin ich.« Poole wandte sich von dem Fensterchen ab.

»Da ist jemand für Sie am Funkgerät. Vorn, am Empfang.«

Poole ging in den Vorraum und nahm das Funkgerät. »Hier ist Poole«, meldete er sich.
Er hörte eine aufgeregt und zusammenhanglos redende Stimme über den Sender.
»Wer ist da?«, fragte er. *»Was?* Beruhigen Sie sich. *Beruhigen* Sie sich, Terri! Wo sind Sie genau? Sind Sie verletzt? Nein – bleiben Sie, wo Sie sind. Ich komme sofort.«
Poole fuhr herum und ließ das Funkgerät auf den Tresen fallen. Er jagte zur Tür und schrie in den Gang hinein: »Lindbergh! *Lindbergh!«*
Ein schwarzer Haarschopf tauchte auf. »Ja?«
»Hören Sie, ich muss weg. Ich bin so schnell wie möglich zurück. Passen Sie auf die beiden auf, haben Sie verstanden? *Passen* Sie auf sie auf!«
Lindbergh kratzte sich verdutzt an der Nase. »Mach ich«, erwiderte er. »Mr. Allocco hat gesagt …«
Doch Poole war schon verschwunden.

16.08 Uhr

Eigenartigerweise war die Musik das Schlimmste: die sterilen, ätherischen New-Age-Klänge, die aus Hunderten von verborgenen Lautsprechern sickerten und Callisto mit dem Versprechen einer friedlichen Zukunft überfluteten. Normalerweise war die Musik bei dem Lärm der zahllosen Gäste kaum zu hören. Doch nun hielten sich keine Besucher mehr im Weltraumhafen auf. Man hatte die Warteschlangen aufgelöst und die Besucher gebeten, sich den anderen Attraktionen Callistos zuzuwenden. Ein silberner Vorhang – Teil eines Systems, mit dem man Abschnitte des Parks in zivilen Notfallsituationen isolieren konnte – schirmte nun am Ende der Promenade den Weltraumhafen vor Blicken von außen ab. Obwohl er ätherisch und leicht wie feine Gaze wirkte, war er absolut undurchsichtig und mit schalldämpfenden Schichten verstärkt. Zwei Sicherheitsleute in Uniformen des zweiundzwanzigsten Jahrhunderts hielten vor ihm Wache.

Als Bob Allocco durch den Weltraumhafen schritt, hörte er ebenso das Klacken seiner Schuhe auf dem glänzenden blauen Bodenbelag wie die eisigen Kadenzen der Hintergrundmusik. Sie war auf grausame, diabolische Weise fehl am Platze, und er hätte sie am liebsten aus seinem Kopf vertrieben. Er wünschte sich, er könne auch einiges andere vergessen. Zum Beispiel das, was einst »Station Omega« gewesen war. Aber er wusste schon jetzt, dass sich dieser Anblick für immer in sein Gedächtnis eingebrannt hatte.

Abends, wenn der Park geschlossen war und es keine Warteschlangen mehr gab, kam ihm ein Spaziergang durch den Weltraumhafen immer sehr lang vor. Heute wirkte er auf ihn noch länger. Allocco schaute sich um und sah einen uniformierten Sicherheitsmann, der ihm entgegentrabte.

»Status?«, fragte Allocco schon, als der Mann noch nicht ganz bei ihm war.

»Wir haben noch mal gründlich aufgeräumt, Sir«, sagte der Mann schwer atmend. »Es sind keine Besucher mehr hier. Der Weltraumhafen ist hundertprozentig abgeschirmt.«

Nach allem, was Allocco im »Greifenturm« erlebt hatte, konnte er sich nicht vorstellen, dass es in Utopia überhaupt einen völlig abgeschirmten Ort gab. Doch er brummte anerkennend. Unter den gegebenen Umständen war die Evakuierung eigentlich relativ glatt verlaufen. Es hatte keine Panik gegeben und auch keine empörte Weigerung, den Weltraumhafen zu verlassen. Sämtliche Besucher, die angestanden hatten, um Fahrgeschäfte zu besteigen, schienen die Geschichte von der amtlich verordneten Notfallübung geglaubt zu haben. Der Sperrvorhang hatte sich unaufdringlich herabgesenkt, die Posten hatten ihre Plätze eingenommen. Früher hatten sie solche Prozeduren immer nur simuliert. Die beste bei solchen Simulationen herausgeholte Zeit lag bei vier Minuten. Heute hatte die echte Prozedur viereinhalb Minuten gedauert. Unter anderen Umständen wäre Allocco darüber sehr erfreut gewesen.

Doch die Leistungsfähigkeit seiner Truppe würde den Fahrgästen aus »Station Omega« auch nicht mehr helfen.

»Ich möchte, dass ständig zwei Patrouillen zu je sechs Mann hier unterwegs sind«, wies er den Vormann an. »Ist der Behelfskommandoposten installiert?«

»Am Eingang zum ›Mondflug‹.«

»Gut. Die Teams sollen mit dem Posten in Funkkontakt bleiben und sich alle zehn Minuten melden. Sie sollen den Weltraumhafen durchkämmen, bis wir wissen, dass er völlig sicher ist.« Allocco schaute sich um. »Hat irgendjemand was Ungewöhnliches beobachtet, bevor es losging? Irgendwas, das ihm nicht ganz geheuer vorkam?«

Der Uniformierte schüttelte den Kopf. »Eine Frau vom Fahrdienst hat einen Darsteller beobachtet, den sie nicht kannte. Das ist aber auch schon alles.«

Allocco überlegte. »Den sie nicht kannte? Wieso ist er ihr aufgefallen?«

»Sie sagt, es sei ihr komisch vorgekommen, einen Darsteller in einer Pilotenkombination aus dem Ausgang kommen zu sehen.«

»Wie heißt die Frau?«

»Piper, Sir. Sie ist noch da hinten ... bei den anderen.«
Allocco überlegte kurz. »Zivilteams sollen in ganz Callisto ausschwärmen. Auch in den anderen Erlebniswelten. Kleine Gruppen, unauffällig, zwei Teams pro Welt. Auch in Atlantis.«
»In den anderen Welten auch, Sir?« Der Sicherheitsmann war überrascht. »Wonach sollen sie suchen?«
»Nach allem und jedem. Ich erwarte ihre Meldungen in einer halben Stunde. Dann bewerten wir die Lage neu.«
Als Allocco in Richtung »Mondflug« abbog, warf er einen Blick auf seine Armbanduhr. 16.08 Uhr. Mein Gott, war er wirklich erst sieben Minuten hier? Ihm war, als sei er um ein Jahr gealtert.
Als er die Wartungstreppe hinaufgeeilt und hier angekommen war, war ihm der vom Raumhafen aus – Gott sei Dank – nicht einsehbare Ausstieg von »Station Omega« wie ein Pandämonium hektischer Aktivitäten erschienen. Er hatte verzweifelte Sanitäter und weinendes oder unter Schock stehendes Fahrdienstpersonal gesehen. Aber da war die Lage natürlich noch anders gewesen. Da hatte man noch geglaubt, es gebe eine Chance, Leben zu retten. Jetzt, nur sieben Minuten später, herrschte eine völlig andere Atmosphäre. Eine grimmige, gespenstische Stimmung lag wie eine Hülle über dem Raumhafen.
Nur die verfluchte Musik war geblieben.
Ein Grüppchen hatte sich um den hastig aufgebauten Behelfskommandoposten versammelt. Als Allocco ihn erreichte, sah er Angehörige der Besucherbetreuung, der Betriebsleitung und des Bereitschaftsdienstes. Alle hingen hier, fern vom Unfallort, wie Mauerblümchen beim Abschlussball herum. Und alle hatten die gleiche ungläubige und bleiche Miene. Wenn Sarah kam, würde sie ...

Allocco wurde plötzlich klar, dass er Sarah und das »Holokabinett« völlig vergessen hatte. Er empfand urplötzlich ein Gefühl brennender Besorgnis um sie. Es schwand jedoch sofort wieder, als mehrere Telefone auf den Klapptischen zugleich klingelten und Malcolm Griff, der Chef der Besucherbetreuung, ihn an seinem Ärmel zupfte.

»Ja?« Allocco schaute ihn an.

»Ich habe Neuigkeiten über die Eindämmungsaktivitäten«, sagte Griff laut, um die Telefone zu übertönen.

»Nur zu!«

»Die Geschichte mit der amtlichen Notfallübung scheint hinzuhauen. Ich habe nichts Nennenswertes über undichte Stellen gehört.«

»Gut.« Allocco hörte Griff zu, doch sein Blick war ständig in Bewegung. Er beobachtete die telefonierenden Wachmänner, sah jemanden, der eine riesige Spule Fiberglaskabel entrollte, und schaute dem Sicherheitsmann zu, der die erste Patrouille in Marsch setzte.

»Mit Hilfe der Betriebsleitung bemühen wir uns, die Fluktuation von Callisto in die anderen Erlebniswelten zu beschleunigen. Wir haben dagegen den Eingangsverkehr an den Portalen gebremst, um auch die Zeugenzerstreuung zu beschleunigen und um zu verhindern, dass es zu Gerüchteballungen kommt.«

»Yeah, yeah.« Zeugenzerstreuung, Gerüchteballungen. Die Besucherbetreuung hatte mehr Fachgeschwafel auf Lager als ein Soziologenkongress. Trotzdem spürte Allocco instinktiv, dass der Mann ihm etwas verschwieg. Er gab seine Beobachtungen auf und konzentrierte sich auf Griff.

»Sonst noch was?«

Griff zögerte. »Als die Besucher den Weltraumhafen verließen, haben wir ein paar Leute in die Ausgangsschlangen eingeschleust. Sie sollten sich umhören, die Stimmung einfangen; was die Leute so reden.«

»Fahren Sie fort!«

»Einer unserer Leute hat eine Unterhaltung zwischen zwei Besuchern belauscht. Eine Touristin ist offenbar auf der Suche nach einer Toilette hinter die Kulissen geraten. Bevor die Umgebung abgesperrt wurde, hat sie einen kurzen Blick in den Ausgang von ›Station Omega‹ geworfen.«

»Einen *kurzen* Blick?«

»Ähm, ja. Nach dem, was unser Mann gehört hat, klang alles ziemlich akkurat.«

Gott im Himmel! Das hat uns gerade noch gefehlt! »Haben Sie eine Beschreibung der Zeugin?«

Griff schüttelte den Kopf.

»Gibts irgendwelche vergleichbare Meldungen?«

»Nein, nur diese eine.«

Alloccos Blick begann wieder zu wandern. Er sah Tom Rose, den Chef der Infrastruktur, der aus den Kulissen des Weltraumhafens trat. »Wir können nur hoffen, dass sich das nicht verbreitet. So was hören die Besucher doch immer wieder – aber mit etwas Glück verläuft die Geschichte im Sande. Ihre Leute sollen sich aber weiterhin unter die Besucher mischen und die Ohren spitzen. Ich möchte wissen, ob diese Geschichte noch anderswo auftaucht.«

Griff nickte, dann marschierte er zu den Telefonen zurück.

Tom Rose kam Allocco entgegen. Er bewegte sich mit schnellen Schritten. Sein Gesicht war bleich, sein Hemdkragen durchgeschwitzt.

»Tom«, sagte Allocco und nickte ihm mit ernster Miene zu.

Der Leiter der Infrastruktur schaute ihn nur an.

»Irgendeine Ahnung, wie das passieren konnte?«

Rose nagte an seiner Unterlippe. Er schien über die Frage

nachzudenken. »Die Inspektoren und Ingenieure schauen sich gerade alles an«, sagte er. Allocco blieb stehen, wartete darauf, dass er weitersprach.

»Sie wissen noch nicht genau, was es war. Aber es hat nichts mit dem Wärmeeffekt zu tun, wie wir zuerst angenommen haben. Es scheint an der Sicherungskonstruktion zu liegen.«

»An der Sicherungskonstruktion?«

Rose nickte. Er wirkte, als wolle er in Tränen ausbrechen.

»Du weißt doch, wie das hydraulische Bremssystem in ›Station Omega‹ nach einem freien Fall von dreißig Metern eingreift? Es ist gewaltig überkonstruiert, aber das muss es auch sein, so wie der Absturz vom Einspritzmechanismus angetrieben wird.« Rose sprach nun schneller, als wolle er die schmerzliche Erklärung so schnell wie möglich hinter sich bringen.

»Ich kenn die Pläne. Erzähl weiter!«

»Tja, es sieht so aus, als hätte sich der Normalbetrieb umgekehrt. Das Bremssystem hat am Ende des Falls nicht so eingegriffen wie sonst. Es hat sich am Anfang eingeschaltet, genau in dem Moment, als der Injektor anfing, die Kabine in Bewegung zu versetzen.«

»Und?«

»Tja, es gab eine Menge Druck. Der eine hat die Kabine beschleunigt, der andere hat gleichzeitig versucht, sie zu bremsen … Das hat gewaltige Hitze erzeugt.«

»Wie viel Hitze?« Allocco hatte die Frage kaum gestellt, als er sie auch schon bedauerte.

Auch Rose sah aus, als bedauere er sie. »Die Ingenieure schätzen, etwa achthundertfünfzig Grad Celsius. Und sie ist … sie ist …« Er verstummte.

»In die Aufzugkabine eingedrungen«, beendete Allocco den Satz für ihn.

Ein kurzes, schreckliches Schweigen folgte.
»Aber wie konnte das passieren?«, fragte Allocco.
Tom Roses Lippen zitterten. »Wir haben dieses Fahrgeschäft narrensicher gebaut. Die Sicherheitsmaßnahmen waren dreimal so hoch wie erforderlich.«
»Und?«
»Verstehst du nicht? Unsere Hauptsorge galt der Sicherheit. Wir haben das Ding so sicher wie möglich konstruiert. Aber nicht so *manipulationssicher* wie möglich.«
Allocco verstand plötzlich, was Rose nicht auszusprechen wagte. Man hatte die Sicherungskonstruktion der »Station Omega« gegen die Weltraumbahn eingesetzt. Welch teuflische Ironie.
»Wie kann man so was machen?«, fragte er.
»Wenn jemand genau weiß, was er tun muss, ist es relativ einfach. Er braucht nur ein halbes Dutzend Schalter umzukehren und die Verdrahtung der Steuerkonsole zu ändern. Eine Arbeit von ein, zwei Minuten. Aber der Sicherungsregler müsste abgeschaltet werden. Das ist ein Job für die Systemverwaltung. Er ist viel komplizierter. Dazu braucht man höchste Privilegien und jede Menge anderen Kram. Das kann man nur aus der Ferne machen.«
Allocco trat einen Schritt zurück. Seine Kiefer mahlten. Vor seinem geistigen Auge tauchte John Doe auf, der geklaute Schaltpläne durchblätterte und festlegte, welches Fahrgeschäft am leichtesten zu sabotieren war. Er sah aber auch noch etwas anderes: den Unbekannten in den Klamotten eines Raumfährenpiloten, den die Frau vom Fahrdienst kurz vor dem katastrophalen Absturz aus »Station Omega« hatte kommen sehen. Dann fiel ihm ein, was Poole über den Hacker gesagt hatte: Er war einfach im Kanal sitzen geblieben und hatte seine Eingaben noch gemacht, als Poole sich ihm

schon näherte. Als hätte er etwas Wichtiges beenden müssen, bevor … Allocco wurde sich schwach bewusst, dass Tom Rose ihm eine Frage stellte.

»Wie bitte?« Er wandte sich um.

Rose weinte nun wirklich. »Wer?«, fragte er leise. Tränen liefen ungehemmt über seine Wangen. »Wer tut denn so was? Und warum?«

Allocco konnte den flehenden Blick Roses nicht ertragen. Er wandte sich wieder ab.

John Doe hatte gesagt, sie sollten die Klappe halten. Aber nun war er für diese Katastrophe verantwortlich. Also sollte er ihn am Arsch lecken.

»Mein Freund«, sagte Allocco leise, »wir haben heute einige sehr üble Burschen hier im Park.«

Als er sich umdrehte, war Rose verschwunden.

Allocco seufzte und blinzelte, dann wischte er sich mit dem Ärmel über die Stirn. Bis Sarah kam, musste er den Laden hier schmeißen. Im Kopf ging er mindestens zum fünften Mal die Notfallübungen durch. Mit der Sicherheitsabteilung, der Infrastruktur und der Gästebetreuung hatte er die nötigsten Abkommen getroffen. Blieben noch das medizinische Zentrum und der Krisenstab.

Doch dazu musste er an den Tatort zurück. Allocco war schon einmal dort gewesen. Er hatte nicht das geringste Verlangen, sich die Sache zweimal anzuschauen.

Er seufzte erneut, zog seinen Fettstift aus der Tasche und fuhr sich über die Lippen. Dann schaute er sich langsam um, als suche er in dem irreführend ruhigen Weltraumhafen etwas, das ihn vielleicht trösten konnte. Schließlich verließ er den Kommandoposten, machte sich am Rand entlang auf den Weg zum »Station Omega«-Ausstieg und kehrte in die Hölle zurück.

Im Ausstiegskorridor roch es wie nach Schweinebraten. Ein großes, langes Zelt aus transparentem Kunststoff war in aller Eile um den Unterbau des Liftschachts aufgestellt worden. Es verbarg die Stelle, an der »Station Omega« nach dem Aussetzen der Sicherungsmechanismen ohne Strom in die Tiefe gestürzt war, sodass endlich die Klappe aufsprang. Allocco war dankbar für das Zelt. Die Musik erklang hier leiser. Auch dafür empfand er Dankbarkeit. Ihm fiel unweigerlich der erste Blick ein, den er durch die offene Kabinenklappe geworfen hatte. Der Inhalt der Kabine war gnadenlos in sein Blickfeld gerückt: eine Masse ineinander verkeilter Glieder, die grotesk aus versengten Hemden, Hosen und Schuhwerk herausragten ...

Das Bild flammte in seinem Geist auf, und er blieb stehen. Schließlich zwang er sich, zum Zelt zu gehen. Jetzt war es vielleicht nicht mehr so schlimm. Wahrscheinlich hatte man inzwischen etwas Ordnung geschaffen.

Neben dem Zelteingang stand ein eilig aus dem Kostümfundus herangeschafftes Regal auf Rädern. Mehrere Dutzend große, schwere schwarze Kunststoffkleidersäcke hingen an einer Stange. Das Regal war schon halb leer.

Allocco sah lange Reihen von Sauerstoffgeräten. Daneben standen leere, nutzlose Rollstühle. Ein Mann mit einer Videokamera ging an ihm vorbei und entfernte sich schnell vom Ort des Geschehens. Sein Gesicht hatte einen grünen Schimmer. An seiner Schulter hingen ein Fotoapparat und ein Videorecorder. Er machte Beweisaufnahmen. Kleine Gruppen waren überall in der Ausstiegszone verteilt: Angehörige des Fahrdienstes, Schlosser, Ingenieure, Wachleute. Auch hier wurde natürlich geweint, aber weniger als noch vor einigen Minuten. Die meisten Angehörigen der »Station Omega«-Mannschaft saßen zusammen und stierten vor sich hin. Allocco erkannte Dickinson, den Mann aus dem Kontrollraum, und Stevens, den Vorarbeiter. Um sie herum hatte sich eine Traube von Wachmännern gebildet. Bevor Allocco ging, wollte er noch Miss Piper ausfindig machen und sich ihre Geschichte anhören. Im Vorübergehen hörte er jemanden reden. Es war eine junge Frau, die am Ausstieg gearbeitet hatte. Mit gebrochener Stimme wiederholte sie immer wieder die Geschichte, die er schon kannte. Sie schien nicht damit aufhören zu können. Allocco musterte sie kurz. Eine Krankenschwester saß neben der Frau und wischte ihr das Gesicht und die Hände mit einem Tuch ab.

»Es war so still, so still, als die Kabine runterkam«, sagte die Frau. Ihr metallisch wirkender Ärmel war hochgekrempelt, ein Blutdruckmesser war um ihren Arm gewickelt. »Nach dem Geschrei kam nichts mehr, *nichts*. Ich hab es nicht verstanden, ich hab nur gewusst, dass etwas Schreckliches passiert war. Dann sprang die Klappe auf und ... und sie waren so hoch dahinter gestapelt, dass sie einfach rauspurzelten, an mir vorbei. Es ging völlig lautlos vor sich, sie fielen einfach immer weiter raus und ... *O Gott ...*« Sie verfiel in Schweigen. Sie schluchzte und schüttelte sich nur noch. Die Krankenschwester strich ihr über den Kopf und flüsterte ihr etwas zu. Ein Mann aus der Gruppe stand auf und begab sich mit steifen Schritten in eine ferne Ecke der Ausstiegszone. Dann hörte Allocco die Geräusche eines Menschen, der sich übergibt.

Mit fest zusammengebissenen Zähnen ging er an der Gruppe vorbei, streckte einen Arm aus, zog die Plane beiseite und betrat das Sanitätszelt.

Hier im Kunststofftunnel war der Geruch verbrannten Fleisches noch stärker. Tragen und Rollwagen standen in zwei Reihen, damit man die Leichen so gut wie möglich registrieren konnte. Bei seinem ersten Besuch an diesem Ort war man nur langsam vorangekommen: Das medizinische Zentrum hatte mit zahlreichen Verletzten gerechnet und sich entsprechend vorbereitet. Doch nun konnten die Ärzte, Pfleger, Krankenschwestern und Hilfskräfte, die Leben hatten retten wollen, nur noch die Toten mit so viel Würde wie möglich aufbahren.

Chefarzt Dr. Finch, der sich fast am Ende der linken Reihe aufhielt, beugte sich gerade über einen großen Leichensack. Er trug wie die anderen Latexhandschuhe und zwei Chirurgenmasken übereinander. Allocco ging zu ihm und versuchte, nicht zu der riesigen, eigenartig höckerigen Plane hinzusehen, die den Boden am anderen Ende des Zeltes bedeckte, wo die Klappe der Liftkabine noch immer offen stand.

»Wie siehts aus, Doktor?«, fragte er.

Dr. Finch zog den Reißverschluss des Sackes zu, trug etwas in eine Liste ein und drehte sich zu Allocco um. »Wir lassen Notärzte und Sanitäter aus Columbia Sunrise und Lake Mead einfliegen.«

»Wann sind sie hier?«

Die Augen des Arztes über der Maske waren schon jetzt erschöpft und rot umrandet. »Sie brauchen etwa zweiundzwanzig Minuten.«

Selbst wenn sie schon hier wären, würde es nichts mehr nützen, dachte Allocco. *Was wir jetzt brauchen, ist ein Heer von Leichenbeschauern.*

»Wir haben das Büro des Sheriffs und den Chefcoroner von Clark County benachrichtigt«, sagte der Arzt, als hätte er Alloccos Gedanken gelesen. »Sie sind in einer halben Stunde hier – höchstens in vierzig Minuten.«

Allocco nickte. Er fragte sich, was John Doe wohl davon halten würde, wenn sich die Hälfte aller uniformierten Beamten

Nevadas auf diesen Ort stürzte. Es war ihm plötzlich völlig egal.

»Wie verfahren Sie jetzt weiter?« Allocco deutete mit der Hand auf die Reihen der Tragen. Die Notfallvorschriften Utopias waren zwar ziemlich umfangreich, aber für Fälle wie diesen gab es keine Anleitung.

»Wir stabilisieren nur den Unfallort und sortieren die Leichen, damit der Chefcoroner sie identifizieren kann.«

»Haben Sie schon Zahlen?« Laut dem automatischen Zählwerk hatten einundsechzig Personen »Station Omega« betreten, bevor die Klappe zugegangen war, aber es bestand noch immer Hoffnung, dass in Wirklichkeit weniger Passagiere mitgefahren waren, als angenommen wurde.

»Nein. Denken Sie an den Zustand, in dem sich das da befindet.« Dr. Finch deutete mit dem Kopf auf die klumpige große Plane im hinteren Teil des Zeltes. »Bisher sind wir bei siebenundzwanzig.«

Siebenundzwanzig, dachte Allocco. In den 1990er Jahren hatte es in sämtlichen Freizeitparks der USA insgesamt einundzwanzig Todesfälle gegeben. Im letzten Jahr waren es nur fünf gewesen. Bei dieser unfassbaren Tragödie war die Zahl mehr als zehnmal so hoch. Sie würde in die Geschichtsbücher eingehen und dem Park für alle Zeiten anhängen. Wenn sich die Klappe von »Station Omega« in Zukunft schloss, mussten sich die Passagiere stets fragen, ob es noch einmal passieren konnte: ein plötzlicher Stopp, Finsternis, Panik; unbeschreibliche, gnadenlose Hitze …

Allocco schüttelte sich. »Danke, Doktor. Ich möchte Sie nicht weiter aufhalten. Bis die Behörden hier sind, leite ich das Unternehmen vom Kommandoposten aus. Falls Sie hier unten irgendwas brauchen, geben Sie mir Bescheid!«

Der Arzt schaute ihn kurz an, dann nickte er und wandte sich wieder seiner Liste zu. Allocco drehte sich um. Sein Blick schweifte durch das Zelt. Am anderen Ende wuchtete ein Mann einen Sack mit Reißverschluss von einer Trage. Der Sack schien ziemlich leicht. Während Allocco zuschaute, trat der Mann zurück, machte eine Drehung und legte seine Last vorsichtig am Ende einer Reihe gleichartiger Säcke ab. Dann wandte er sich der großen Plane zu, die die Kabinenklappe von »Station Omega« verhüllte, streckte einen dick behandschuhten Arm aus, hob sie an einer Ecke an und griff hinter sie. Allocco erhaschte einen flüchtigen Blick auf etwas, das so rot glänzte wie ein gekochter Hummer, dann drehte er sich um und verließ das Zelt.

16.10 Uhr

Fred Barksdale war, als laufe er schon eine ganze Stunde auf und ab: acht Schritte geradeaus, kehrt, acht Schritte zurück. Wahrscheinlich waren aber nur fünf Minuten vergangen. Während dieser Zeit hatte er sich angestrengt bemüht, an nichts zu denken. Denken war ihm zu schmerzhaft. Doch all sein Bemühen hatte nicht verhindern können, dass sich allmählich Scham, Wut, Furcht, Verwirrung und Verdruss wie ein Umhang um seine Schultern legten.

Der andere Zelleninsasse hatte sich längst wieder hingelegt und die Augen geschlossen. Obwohl sie sich bei den Planungssitzungen ein halbes Dutzend Mal begegnet waren, kannte Barksdale seinen Namen nicht. Er wurde einfach Cracker Jack genannt. Er kannte auch die Namen der anderen nicht – sie hatten alle ein Pseudonym, wie Water Buffalo, Candyman und der Typ, der einem wirklich Angst einjagte:

Hardball. Barksdale hatte sich in dieser Anonymität stets rückversichert gefühlt, als könne seine Unwissenheit ihn irgendwie schützen. Jetzt war er sich nicht mehr so sicher.
Seit der seltsame Unbekannte mit der Kordjacke aus dem Nichts aufgetaucht war, ihn mit der KIS-Geschichte aufs Kreuz gelegt und ihm die Kanone gezeigt hatte, war für Barksdale Feierabend gewesen. Die Aufregung, die ihn im Laufe der letzten Woche immer mehr vereinnahmt hatte, war erstaunlicherweise schlagartig einer Art Erleichterung gewichen. Es war aus. Er hatte verloren. Es war endlich aus.
Beim Betreten der Sicherheitsabteilung war seine Betäubung freilich in einen schrecklichen inneren Konflikt übergegangen. Er verwünschte sich, weil er die Sache überhaupt erst angefangen hatte; weil er zugelassen hatte, dass die Dinge sich jeglicher Kontrolle entzogen; weil er sich von John Doe bis zu diesem würdelosen Ende hatte abwechselnd verführen und bedrohen lassen. Das Gerede über die Toten in Callisto, so vage es auch war, fühlte sich zudem an wie ein Dolch, der sich in sein Herz bohrte. Trotzdem hatte er seine Überraschung zu verbergen versucht, als die Zellentür aufgegangen war und den Blick auf Cracker Jack auf der Pritsche freigegeben hatte. Jedes Zeichen, das besagte, dass sie sich kannten, musste nun gegen ihn arbeiten. Trotz des Schmerzes und Abscheus, den Barksdale sich selbst gegenüber empfand, wusste er instinktiv, dass er noch immer darauf hoffte, sich herauswinden zu können.
Cracker Jack öffnete die Augen und beobachtete ihn bei seinem nervösen Gerenne. »Wie ham eigentlich die Lakers gespielt?«, fragte er.
Sein Witz erntete nur Schweigen. Barksdale beschleunigte seinen Schritt. Er ging auf und ab. Auf und ab.

»›Ich bin ein Mensch, den das Glück schnöde missachtet hat‹«, zitierte er Shakespeare so leise, dass Cracker Jack es nicht hörte.

Er hatte Sarah im medizinischen Zentrum nicht ganz die Wahrheit gesagt. Ihm war nämlich doch ein Shakespearezitat eingefallen: »Alles wird gut.« Aber es war zu unpassender Zeit von einem unpassenden Menschen ausgesprochen worden – von Claudius, dem Mörder von Hamlets Vater. Deswegen hatte er es nicht über die Lippen gebracht.

Oh, meine Untat ist widerlich – sie stinkt zum Himmel …

Barksdale verdrängte den Gedanken. Heute würde Shakespeare ihm keinen Trost spenden.

Wieso war alles schief gegangen? Es hatte doch so einfach ausgesehen. Jedes Teilstück war locker an seinen Platz gerutscht, fast so, als hätte ein anderer das Puzzle für ihn zusammengesetzt.

Vielleicht war es auch so. Er hätte es nur erkennen müssen. Dieser Jemand hieß John Doe.

Für Barksdale hatte alles mit einer Riesenwut angefangen. Er war der ideale Betriebsleiterkandidat gewesen, doch man hatte ihn übergangen. Dass die Herrscher Utopias, statt ihn zu nehmen, jemanden von der Carnegie-Mellon-Universität abgeworben hatten, hatte ihn gewaltig auf die Palme gebracht. Sarah Boatwrights makellose Referenzen – sie war Geschäftsführerin bei Busch Gardens und Vizepräsidentin der Verwaltung eines Mikrochipherstellers im Silicon Valley gewesen – hatten ihn weniger gestört. Ihn wurmte vor allem, dass sie von außerhalb gekommen war. Chuck Emory, das arrogante Geschäftsführerschwein, hatte ihn nie richtig leiden können. Barksdale hätte vor Empörung beinahe gekündigt.

Doch dann war ihm eine Idee gekommen. Eine Idee, die besser war als eine Kündigung.
Zuerst hatte er nur mit der Idee gespielt. Sie war eine intellektuelle Herausforderung. Er hatte sie lösen wollen. Erst als ihm klar geworden war, wie listig, wie absolut einfach die Lösung war – dass er sich als Chef der Systemverwaltung als Einziger in der Position befand, diese Idee umzusetzen –, hatte er allmählich ernsthaft über sie nachgedacht.
Die Lösung lag in dem hohen Automationsgrad, dem sämtliche Prozesse auf dem Utopia-Gelände unterworfen waren. Die Automatisierung beherrschte hier alles: die Bewegungsmelder, die die Verteilung der Massen im Park registrierten; die Computer, die Beleuchtung, Temperatur, Luftfeuchtigkeit, Wasserdruck und zahllose andere Umweltvariablen überwachten, und schließlich das für die Einnahme und Weiterleitung aller Gelder zuständige System.
Das Finanzleitsystem war wirklich wunderbar. Barksdale hatte seine Entwicklung geleitet und seine Einführung überwacht. Er hatte das in alten Zeiten durch Europa und Asien verlaufende Straßennetz der Römer als Vorlage verwendet. Er wusste noch genau, welche Faszination er als Gymnasiast für diese Straßen empfunden hatte. Die Via Domitia, die Via Aurelia, die Via Appia und all die anderen waren gerade gewesen, gepflastert und einheitlich – und alle führten zum Milliarium Aureum zurück, dem Goldenen Meilenstein auf dem Forum in Rom.
Mit den Identifikatoren und Besucherparkkreditkarten wollte Utopia zwar so weit wie möglich ohne Papiergeld auskommen, aber es existierten noch immer zahllose Imbiss- und Andenkenbuden, Holofotogalerien, T-Shirt-Lädchen und Kassenhäuschen, an denen man bar zahlte. Im Gegensatz zu anderen Freizeitparks verfügte Utopia aber noch über

etwas anderes: vier gigantische Spielkasinos, deren Automaten, Blackjack- und Roulettetische unersättliche Bargeldmagneten waren.

Barksdales Finanzleitsystem nahm Geld aus zahllosen und weit verstreuten Parkunternehmungen ein, gab es ohne menschliche Einmischung an eine Vielzahl von Sammel- und Verwertungsstationen weiter und deponierte es schlussendlich im Hauptgewölbe der C-Ebene – dem pekuniären Forum Romanum Utopias. Dort wurde es einmal wöchentlich zu festgelegter Zeit von einem eskortierten Panzerfahrzeug abgeholt. All dies ging automatisch und autonom unter der Kontrolle der Systemverwaltung vor sich. Nur die Betriebsleiterin konnte die wöchentliche Geldübergabe abblasen. Nur ein Anruf Sarah Boatwrights konnte die Abholung canceln. Doch Sarah würde einen solchen Anruf nur tätigen, wenn die Stabilität und Ordnung im Park eindeutig bedroht waren.

Was aber – Barksdale hatte sich auch diese Frage gestellt – passierte, wenn *trotzdem* ein Panzerfahrzeug eintraf?

Sarah konnte den regelmäßig verkehrenden Laster der von Utopia beauftragten Firma American Armored Security wohl abbestellen – aber es war Barksdales Aufgabe, den internen Verlauf zu regeln, der die Geldübergabe betraf. Wenn man listig vorging, erfuhr das Systempersonal auf der C-Ebene nie etwas von der Abbestellung des echten Panzerwagens. Führte er Sarahs Befehl nicht aus, gab er ihn nicht weiter, endete die Wissenskette bei ihm. Traf dann das Ersatzpanzerfahrzeug ein, würde es wie üblich binnen weniger Minuten beladen werden – mit einer Summe, die, wenn man den Durchschnitt der letzten zwei Monate als Grundlage nahm, nicht weniger als hundert Millionen Dollar betrug …

Barksdale blieb stehen. *Hundert Millionen Dollar.* Wenn er

ehrlich war, musste er zugeben, dass ihn nicht nur rechtschaffene Wut angetrieben hatte. Es war auch das Geld gewesen.

Die Fassade, die er seinen Untergebenen und Vorgesetzten präsentierte – Frederick K. Barksdale, reinblütiger englischer Adel, Herrenreiter –, war von vorn bis hinten erlogen. Er war in einem ärmlichen Mietshaus in Clapham zur Welt gekommen, hatte modrig riechende Bücher gelesen und sich ausgemalt, eins der privilegierten Bürschlein zu sein, die in Eton, Harrow oder Sandhurst zur Schule gingen. Die Vorstellung, sich von Arbeit ernähren zu müssen, war ihm abscheulich erschienen, unter seiner Würde. Seine wahre Berufung waren die Bretter, die die Welt bedeuteten: als Shakespeare Darsteller, wie Laurence Olivier und John Gielgud. Natürlich hatten seine Eltern kein Geld für seine kindischen Schwächen gehabt, geschweige denn Sinn für sein offenkundiges Interesse an der Schauspielerei. So hatte er ein Stipendium fürs Canterbury Technical College bekommen und bald eine weitere Begabung an sich erkannt: Er hatte in Sachen Computerdesign einiges drauf. Nach dem Examen hatte er in den Staaten eine Systemverwalterstellung gefunden und schnell Karriere gemacht. Bald hatte er gemerkt, dass er *noch* ein Talent hatte: Er war der geborene Hochstapler. Es fiel ihm leicht, den Engländer aus der Oberklasse zu spielen. Seine Eloquenz und die ihm angeborene Liebe zu den schönen Dingen des Lebens hatten ihm dies leicht gemacht. Sein Ich hatte sich unmerklich entwickelt. Niemand stellte ihn in Frage. Irgendwann hatte auch Barksdale sich keine Fragen mehr gestellt. Er hatte schließlich angefangen, sich das zu gönnen, von dem er wusste, dass es ihm zustand.

Was freilich äußerst kostspielig gewesen war. Seine Schulden hatten sich mit Furcht erregender Schnelligkeit multipliziert. Trotzdem lagen die Dinge, nach denen er sich am meisten sehnte – der Luxus und das ihm gemäße kultivierte Leben – noch immer außerhalb seiner Reichweite.

Hundert Millionen Dollar.

Natürlich war es unmöglich. Kaum möglich. Konnte er etwa sein eigenes System manipulieren? Außerdem war es kein Job für einen Einzelnen. Dazu brauchte man ein erfahrenes Team. Männer, die wussten, wo man Uniformen, gepanzerte Geldtransporter und dergleichen herkriegte. Dinge, von denen er selbst nicht das Geringste verstand.

Obwohl Barksdale wagemutig war, ziemlich verzweifelt nach Geldquellen suchte und rechtschaffenen Zorn empfand, war er nicht besonders mutig. Seine diskrete und geheimnisvoll klingende Annonce in der Londoner »Times«, im »Punch« und einigen anderen Zeitschriften, von denen er wusste, dass sie von Exmitarbeitern des Geheimdienstes MI5 gelesen wurden, war eigentlich eher ein Witz gewesen. *Ungewöhnliche Investitionsgelegenheit. Potenzieller Mitinvestor muss in einer Sondereinheit gedient haben. Kaltblütigkeit, höchste organisatorische und Führungsqualitäten erforderlich. Kleine Anfangsinvestition, großer Gewinn. Bewerbungen von Hasenfüßen und Moralisten zwecklos.* Die Annonce hatte seiner Empörung Ausdruck verliehen: *Schaut mal her, was ich tun würde, wenn ich nur wollte!,* hatte sie gesagt.

Doch dann hatte jemand auf die Annonce geantwortet. Und eins hatte zum anderen geführt. Und jetzt war er hier, in dieser Zelle.

In dieser Zelle …

Vor der Tür ging offenbar etwas vor sich. Barksdale blieb stehen und lauschte. Allem Anschein nach wurden weitere Wachleute fortgerufen, um sich um das zu kümmern, was in

Callisto passiert war. Der Wächter, den er durch das kleine Drahtglasfenster gesehen hatte, war weg. Bei dem Gedanken an Callisto und den Wachmann Chris Greene spürte Barksdale wieder einen Schmerzensstich. *Es sollte doch niemand zu Schaden kommen. Das war die Abmachung.*

Auch Cracker Jack war von den Geräuschen ausreichend fasziniert, um sein Nickerchen zu unterbrechen. Er ging ans Fenster und schaute hinaus. Dann klopfte er an die Tür und schrie »He!«.

Niemand antwortete.

»He!«, schrie er, nun noch lauter.

Das jugendliche, von Akne gezeichnete Gesicht Lindberghs tauchte hinter dem Fenster auf.

»Wo ist die Toilette?«, fragte Cracker Jack.

»Später.«

»Scheiß auf später, Mann! Ich muss *jetzt.* Was soll ich machen – mir in die Hose kacken?«

Hinter der Tür schaute Lindbergh erst nach links, dann nach rechts. Nun drehte sich ein Schlüssel im Schloss. Die Tür ging langsam auf.

»Halt die Hände so, dass ich sie sehen kann«, sagte er. Er hob den Schlagstock. »Und versuch keine Tricks. Ich schlag zwar nicht gern mit dem Ding zu, aber wenns nicht anders geht, prügle ich los.«

Barksdale schaute zu, als die Tür sich wieder schloss. Er hörte das Knirschen des Schlüssels. Er wandte sich mit einem Seufzer um. Im Gegensatz zu Cracker Jack war ihm nicht aufgefallen, dass Lindbergh als Einziger in der Sicherheitsabteilung zurückgeblieben war.

Barksdale nahm seinen Trott wieder auf. Ihm wurde nun klar, dass die Sorglosigkeit, mit der sie alles betrieben hatten – der Plan hatte sich fast wie von selbst entwickelt –, eine Täuschung gewesen war. Es war wie in einem schrecklichen Traum, in dem ein scheinbar harmloses Ereignis auf natürliche Weise zum nächsten und übernächsten führt und man gedankenlos mitmacht, bis man sich plötzlich in einem Albtraum wiederfindet, dem man nur noch durch Erwachen entkommen kann. Ein von John Doe sorgfältig und in irreführender Absicht inszenierter Albtraum.

Barksdale blieb schlagartig stehen. Er drehte sich zur Wand um und schlug ein-, zweimal vorsichtig mit der Stirn dagegen. Hätte er doch *jetzt* aufwachen können ...

Trotzdem hätte es klappen müssen. Sie hatten jedes kleine Problem, das sich bei der Planung ergeben hatte, und jeden möglichen Fallstrick rasch beseitigt. Obwohl der Mann, der auf die Annonce geantwortet hatte und sich John Doe nannte, ebenso mysteriös wie schwer fassbar war, hatte er sich als äußerst gerissen entpuppt. Er stammte fraglos aus einem guten Stall, war hoch kultiviert und kannte Bach, Raphael und Shakespeare. Er war ein Mann, den Barksdale verstand. John Doe wirkte tatsächlich so, als sympathisiere er mit ihm. Im Verlauf der Planung hatte er immer mehr die Kontrolle an sich gerissen. Er hatte Barksdale genau erklärt, welches System näherer Erläuterung bedurfte oder von welchen Plänen er Kopien brauchte. Er hatte die Anwerbung weiterer Kräfte auf sich genommen und Tom Tibbald zum Mitmachen überredet, der sich um die leichteren Innenaufgaben kümmern sollte. Außerdem hatte Doe auch das *wahre* Potenzial gesehen, das alles übertraf, was Barksdale sich je erträumt hatte. Anfangs war es nur ums Geld gegangen. Doch dann hatte sich die Sache zu etwas Größerem entwickelt. John Doe hatte ihm gezeigt, dass man den Trick, mit dem Sarah Boatwright dazu gebracht werden sollte, die Notstandsvorschriften anzuwenden und den AAS-Geldtransporter abzubestellen, auch dazu nutzen konnte, das »Patent« zu erbeuten – jene Technologie, die mehr wert war als das Bargeld. Alles sollte sehr schnell und ohne große Mühen über die Bühne gehen. Und außerdem ohne Gewalt.

Zu diesem Zeitpunkt hatte Barksdales einziger Vorbehalt mit dem Plan nicht das Geringste zu tun gehabt: Er betraf vielmehr Sarah Boatwright, die Frau, der er verübelte, dass sie ihm die Stelle als Betriebsleiter weggenommen hatte. Er hatte nie eingeplant, sie zu mögen. Er wusste nicht mal genau, wie es dazu gekommen war. Sie war nämlich gar nicht sein Typ – sie war so selbstbewusst, so amerikanisch. Er hatte sich nicht mal besondere Mühe gemacht, ihr zu gefallen. Er hatte sich nur so gegeben, wie er eben war. Komischerweise hatte es genügt. Es war eigenartig: Je weiter sich seine Pläne mit dem Park entwickelt hatten, desto enger war ihr Verhältnis geworden. Hätte eins von beiden – seine Sarah betreffenden Gefühle oder sein Plan, sich zu bereichern – schon vorab existiert, wäre es zum anderen vermutlich nie gekommen. Doch so hatten sich die Widersprüche gehäuft. Immer wenn er entschlossen gewesen war, das Unternehmen abzublasen, hatte John Doe mit ihm diskutiert, ihn beschwatzt und daran erinnert, wie tief er schon drinsteckte. Er hatte ihm den Trugschluss seiner Befürchtungen verdeutlicht. Barksdale hatte jedes Mal erkannt, dass der Mann Recht hatte. Wenn alles vorbei war, bestand vielleicht die Möglichkeit, mit Sarah Verbindung aufzunehmen und sich ihr zu erklären. Vielleicht, hatte er sich eingeredet, konnte er sie sogar überreden, zu ihm zu kommen. Madeira war ein wunderschönes Fleckchen, ein grünes Paradies in einem azurblauen Meer und …

Nun jedoch wurden seine Gedankengänge sehr schmerzhaft. Barksdale schüttelte den Kopf. Wieder ging er auf und ab.

An Georgia Warnes Bett hätte er sich Sarah beinahe offenbart. Er hätte sie fast um Verzeihung und darum gebeten, mit ihm zu verschwinden. Doch nun in der kahlen Zelle begriff er, dass er einer Selbsttäuschung aufgesessen war. Sarah würde ihm diesen Betrug niemals vergeben. Er hatte nicht nur sie betrogen, sondern – und das machte die Sache wohl noch schlimmer – auch ihren Park. Er konnte nur hoffen, dass sie ihr Glück anderswo fand; vielleicht sogar, trotz ihres abschlägigen Bescheids, an Andrew Warnes Seite.

Er dachte an das, was sie über John Doe gesagt hatte: dass er so aufgetreten war, als schaue er in ihre Seele; dass er genau das gesagt hatte, was sie hatte hören wollen. Ihm war es ebenso ergangen. Doe hatte sich wie der aus gutem Hause stammende Brite gezeigt, der er selbst insgeheim gern gewesen wäre. Does Referenzen waren makellos. Er hatte Barksdale gesellschaftlich und intellektuell wie einen Ebenbürtigen behandelt. Doch wie überrascht war Barksdale gewesen, als er schließlich erfahren hatte, dass John Does chamäleonartiges Gehabe so aufgesetzt war, wie sich seine Referenzen als echt herausstellten.

Es hatte weitere Überraschungen gegeben: den verletzten Jungen auf der »Notting-Hill-Hatz«. Es hatte nicht passieren dürfen. John Doe hatte zerknirscht getan und versprochen, ein solcher Fehler werde nicht mehr passieren. Doch die allergrößte Überraschung hatte er heute erlebt, als Andrew Warne eine Woche zu früh auf der Szenerie erschienen war.

Natürlich hatte man von Warnes Besuch gewusst. Es gehörte zum Plan, dass er früher oder später eintraf, um die Fehler im Metanet zu korrigieren. Barksdale hatte die Idee gehabt, John Does Team in der Maske einer KIS-Putzkolonne hier auftreten zu lassen, damit sie ihre schräge Software ins

Utopia-Netz einspeisen konnte. John Doe war auf den listigen Einfall gekommen, Cracker Jack als Hacker einzusetzen: Er hatte sich an der Firewall Utopias zu schaffen gemacht und einen halbherzigen Versuch unternommen, sie zu durchbrechen. Der Angriff war natürlich erfolglos gewesen, hatte aber das gewünschte Resultat erbracht: Der Utopia-Vorstand hatte sofort auf Taten bestanden. Dies hatte Barksdale in die Lage versetzt, auf Anweisung Dritter hin die KIS an Bord zu holen – beziehungsweise die falschen KIS-Leute. Somit konnte kein Verdacht auf ihn fallen. Die übliche Geheimnistuerei des Vorstandes hatte ihm erlaubt, sämtliche nötigen Verbindungen selbst aufzunehmen. Utopia zahlte alle zehn Wochen. Irgendwann würde jemand nachfragen, warum die KIS für ihre Dienste nie eine Rechnung geschickt hatte. Aber bis dahin würden das Gaunerstück und die Rolle, die Barksdale in ihm gespielt hatte, längst bekannt sein. Dann war er weit, weit weg.

Warne hatte erst nächste Woche hier auftauchen sollen. Leider war er schon heute Morgen angereist, dem schlimmsten Zeitpunkt für eine Überraschung überhaupt. Barksdale hatte sofort eine böse Vorahnung gehabt. Seither würzte John Doe seine leutseligen Beruhigungssprüche mit ziemlich erschreckenden Drohungen. Er versuchte kaum noch die Geringschätzung zu überspielen, die er für Barksdale empfand. Auch seine Shakespeare-Zitate hatten inzwischen eine zynische und spöttische Schärfe angenommen. Es galt also, das Unternehmen fortzusetzen, auch wenn er jetzt der Meinung war …

Auf dem Gang waren Geräusche zu hören. Es war Cracker Jack, der von der Toilette zurückkehrte. *Er war ziemlich lange weg,* dachte Barksdale desinteressiert. Erneut knirschte der Schlüssel im Schloss. Die Tür ging auf. Barksdale drehte sich um und sah Lindbergh im Türrahmen stehen: Eine Hand auf dem Schlagstock, die andere auf dem Knauf. Neben ihm stand Cracker Jack. Diesmal hielt er seine Hände nicht vor dem Bauch, sondern hinter dem Rücken.

Als Barksdale hinschaute, riss Cracker Jack plötzlich die Arme hoch und hob sie über Lindberghs Kopf. Zwischen seinen Händen blitzte eine Schlaufe Eisendraht auf. Sie funkelte kurz im Licht, als sei sie gerade erst aus dem Wasser gezogen worden. Barksdale sah den Draht wie in Zeitlupe. Schlagartig wurde ihm klar, dass er lieber nicht darüber nachdenken wollte, wo er bislang versteckt gewesen war.

Schon zuckten Cracker Jacks Hände nach unten. Der Draht drückte sich ins Fleisch von Lindberghs Hals.

Der Wachmann riss instinktiv die Arme hoch. Er keuchte und würgte. Der Schlagstock fiel zu Boden, rollte über die Fliesen und blieb halb im Zelleninneren liegen. Barksdale schaute zu, vor Grauen erstarrt. Lindbergh torkelte umher, doch Cracker Jack blieb genau hinter ihm und kreuzte seine Arme. Die Würgeschlinge bohrte sich tiefer in Lindberghs Hals.

Dann verringerte Cracker Jack den Druck ein wenig. Lindberghs Arme sanken herab, er rang hustend und würgend nach Luft.

Cracker Jack drückte seine Hände an Lindberghs Hals und beugte sich über sein Ohr. »Wo ist meine Tasche?«

»Spind«, rasselte Lindbergh. »Spind.«

»Wo?«

Lindbergh wies mit den Augen zum Ende des Korridors.

»Abgeschlossen?«

Lindbergh nickte mit dunkelrotem Gesicht kaum wahrnehmbar.

»Der Schlüssel?«

»Tasche …«
»Hol ihn raus!«
Lindberghs Hand suchte seine Hosentasche. Da er nicht nach unten schauen konnte, dauerte es eine Weile. Barksdale stand wie vom Donner gerührt da, als des Wachmanns zuckende Finger über seinen Hosengürtel fuhren. Neue Hoffnung keimte in ihm auf. Da sie unerwartet kam, war sie besonders erfreulich. Er kam also doch hier raus. Er würde es schaffen.
Lindbergh hatte seinen Schlüsselbund gefunden und hielt ihn mit dem Zeigefinger und dem Daumen hoch. Die Schlüssel klirrten laut in seiner zitternden Hand.
»Welcher ist es?«
Lindbergh hob die Schlüssel mühsam vor die Augen, sortierte sie und hob einen kleinen bronzefarbenen hoch.
Cracker Jack beäugte den Schlüssel ausgiebig. »Du hältst mich doch jetzt nicht zum Narren, oder?«
Der Wachmann schüttelte den Kopf.
»Gut.« Mit einem von der Anstrengung kündenden Grunzen zog Cracker Jack die Würgeschlinge wieder zu.
Lindbergh fing wild an zu zucken. Seine Finger rissen an seinem Hals, seine Füße rutschten über den Boden. Cracker Jack strengte sich an, um auf den Beinen zu bleiben. Er zog den Körper des Wachmannes mit dem Draht nach hinten. Die Luft war von einem schrecklichen Röcheln erfüllt.
Barksdale stierte ihn an. Er war starr vor Grauen. »Nein«, murmelte er.
Cracker Jack zog die Schlinge gnadenlos zu. Sein Gesicht verzerrte sich vor Anstrengung. Lindbergh hatte sich inzwischen herumgeworfen und blickte zur offenen Zellentür herein. Sein Mund stand offen und war voller Blut, seine Augen waren groß und bittend.

»Das geht nicht«, sagte Barksdale, nun lauter.
Lindberghs Augen rollten gespenstisch weiß in scharlachroten Augenhöhlen nach oben.
»*Nicht!*«, schrie Barksdale. Und ohne genau zu wissen, was er tat, sprang er vor, packte Lindberghs Schlagstock, holte weit aus und drosch ihn Cracker Jack seitlich über den Schädel.
Das hässliche Geräusch von Holz, das auf Knochen traf, war zu hören. Der Schlagstock flog aus Barksdale Händen und knallte zu Boden. Einen schrecklichen Augenblick lang hielt Cracker Jack noch stand. Dann fiel er um. Lindbergh brach über ihm zusammen. Er streckte die Arme aus. Seine Finger zuckten unkontrolliert.
Barksdale kniete sich neben den Wachmann und drehte ihn behutsam auf die Seite. Die Würgeschlinge war so tief in Lindberghs Hals eingedrungen, dass sie auch nach dem Sturz noch stecken blieb. Das Blut hatte sie schlüpfrig gemacht, man konnte sie kaum fassen. Barksdale schälte den Draht von Lindbergh ab, öffnete den Kragen seines Hemdes und strich ihm über die Stirn.
»Kommen Sie, Kumpel!«, murmelte er und schüttelte ihn vorsichtig. »Kommen Sie! Sie schaffen es!«
Plötzlich krachte von hinten etwas in Barksdales Kreuz. In seinem Rückgrat explodierte der Schmerz wie eine Mörsersalve. Er fiel mit einem Aufschrei zur Seite. Cracker Jack stand leicht wankend hinter ihm und schaute sich um. Barksdale folgte seinem Blick. Als ihm Cracker Jacks Absichten klar wurden, hatte dieser den Schlagstock schon gesichtet. Er bückte sich nach ihm und schob Barksdales ausgestreckte Hand beiseite. Dann richtete er sich auf, jetzt viel schneller. Er schaute auf den Wachmann am Boden, sah den Schlüsselbund und wollte ihn aufheben.

Barksdale wich schwankend einen Schritt zurück. Sobald er sich bewegte, fuhr Cracker Jack zu ihm herum. Er hob eine Hand, griff sich an den Schädel und zuckte zusammen. Barksdale sah wie aus weiter Ferne, dass seine Knöchel weiß hervortraten, so fest hielt er den Knüppel.
»Du Mistkerl!«, murmelte Cracker Jack und näherte sich Barksdale, der zurückwich.

16.12 Uhr

Als sich der Geldtransporter und seine Begleitlimousine Utopia auf dem langen Zufahrtsweg näherten, nahm der Gegenverkehr allmählich zu. Große Sattelschlepper, hochwandige Kühlwagen und Lieferantenlaster jagten nun, nachdem sie ihre Waren in den endlosen Labyrinthen von Utopias Magen abgeladen hatten, um ihre Fracht erleichtert an ihnen vorbei. Den Lastern folgte eine Prozession von Personen-, Gelände- und kleinen Lieferwagen: Die Techniker und Darsteller der ersten Schicht hatten Feierabend und fuhren nach Hause. Während sie in die Vorstädte nördlich von Las Vegas und die nicht weit entfernte Partygemeinde Creosote zurückkehrten, wirkten ihre Mienen glücklich und zufrieden.
Nun, da die letzte Kurve überwunden war und die massive Rückwand Utopias in Sicht kam, schaute der Fahrer kurz auf seine Armbanduhr. 16.10 Uhr: Sie waren pünktlich wie die Maurer.
Er griff in ein gepanzertes Fach, zog ein Funkgerät heraus, behielt die Straße im Auge und gab einen Zerhackercode ein. Dann hob er das Gerät an die Lippen.

»Prime Factor, hier ist Candyman. Hören Sie mich?«
Candyman nahm den Finger vom Sendeknopf und lauschte. Kurz darauf erwiderte eine aufgrund des Rauschens quäkend und künstlich klingende Stimme: »Ich höre, Candyman. Haben Sie Sichtkontakt?«
»Gerade jetzt.«
»Ausgezeichnet. Weitermachen mit Kontaktaufnahme. Wir treffen Sie am Sammelpunkt.«
»Ende.« Candyman legte das Funkgerät neben sich. Er warf kurz einen Blick auf eine getippte Liste, die unter dem Armaturenbrett angeklebt war. Dann drückte er mit der anderen Hand einen Knopf an seinem Kopfhörer. »Utopia-Zentrale, hier ist AAS-Transporter Neun Echo Bravo. Ende.«
Diesmal kam eine gänzlich andere Stimme knisternd aus dem Kopfhörer. »Utopia-Zentrale.«
»Wir sind im Anmarsch, erbitten Einfahrtsgenehmigung.«
»Neun Echo Bravo, warten Sie einen Moment.«
Der Kopfhörer verstummte. Candyman verlangsamte und wechselte den Gang. Der Schichtwechsel war nun abgeschlossen. Die Pkw-Prozession ebbte ab. Vor ihm, hinter dem Wachlokal, dehnte sich die Straße zu einem endlosen Asphaltozean aus. Die Fahrzeuge der in Utopia tätigen Techniker und Darsteller standen in langen, glänzenden Reihen auf einer Seite. Auf der anderen parkten Laster und andere Dienstfahrzeuge. Ziemlich am Ende stand ein fensterloser brauner Lieferwagen in der gnadenlosen Sonne. »Exoten-Vogeldressur Las Vegas« stand in großen palmenblätterartigen Buchstaben auf der Seite. Als wäre er ein Werbeblickfang, hockte ein großer Bussard mit ausgebreiteten Schwingen und gerecktem Hals auf dem Dach und pochte mit dem Schnabel ein-, zweimal auf das Dach des Lieferwagens.

Hinter dem Mitarbeiterparkplatz und den Wartungsportalen begann der endlose Komplex Utopia. Das offiziell Service- und Verwaltungsbereich genannte Gelände bot einen Anblick, den man weder in Werbevideos noch in Prospekten je zu Gesicht bekam. Der Bereich war höchstens mal auf heimlich geknipsten Fotos in Fanzeitschriften und Websites zu sehen. Trotzdem erweckte er auf seine Weise Ehrfurcht. Die Rückwand des Parks wölbte sich sanft von einer Schluchtwand zur anderen – wie ein riesiger, nur von einer Ansammlung winziger Fenster durchbrochener Staudamm. Über der Rückwand ragten die schwungvollen Linien der in der Sonne des Spätnachmittags glitzernden Kuppel auf. Ihr monströser Schatten reichte nun fast an den äußersten linken Parkplatzrand.

»Utopia-Zentrale, bestätige«, kam die Stimme über den Kopfhörer. »Sie können weiterfahren. Zufahrt wird frei gemacht.«

»Neun Echo Bravo, bestätige«, sagte der Fahrer. »Danke. Ende.«

Am Kontrollpunkt winkte ein einzelner Wachmann das gepanzerte Fahrzeug durch. Der Fahrer reagierte mit einem Schnaufen der Druckluftbremse, dann fuhr er gemächlich über den Bodenbelag auf eine große Einfahrt zwischen zwei Laderampen im Untergeschoss des Utopia-Hauptgebäudes zu. Über der Einfahrt war in ein Meter achtzig hohen schwarzen Buchstaben ein »C« gemalt. Obwohl die Einfahrt für den Laster geräumig genug war, wirkte sie in der hohen Wand kaum größer als ein Mauseloch.

Die Begleitlimousine trennte sich vom Geldtransporter, fuhr neben die Einfahrt und hielt mit laufendem Motor und dem auf dem Dach träge flackernden bernsteinfarbenen Blinklicht an. Der Fahrer des Panzerwagens schaute in den Rückspiegel und warf dem bewaffneten Begleiter im hinteren Teil einen Blick zu. Der nickte und packte sein Schießeisen.

Das Einfahrtsmanöver musste beim ersten Mal klappen: Jeder Fehler, jede Abweichung von der Norm würde sofort auffallen. Aber Candyman hatte bis vor eineinhalb Jahren die Panzerwagen der Firma gefahren. Er hatte sich sehr schnell wieder daran gewöhnt. Außerdem hatte er das Manöver in Esmeralda County einige Dutzend Mal in Arroyos und ausgetrockneten Bachbetten zwischen aufgestellten Warnkegeln geübt. Deswegen kannte er kein Zögern. Er näherte sich der Einfahrt, drehte den Lenker flink zur Seite und wendete langsam den großen Ford. Schließlich schaltete er in den Rückwärtsgang und fuhr in die Einfahrt hinein. Als das Lasterheck in den Bauch Utopias eintauchte, wurde das Motorengebrumm, das stetige Hintergrundblöken, schlagartig schroff und hallend.

Langsam verschwand der blaue Himmel. Das Dach der C-Ebene schob sich vor und ersetzte ihn. Nun war der gepanzerte Wagen vollständig im Gebäude und fuhr vorsichtig rückwärts durch die breite, sanft gekrümmte Einfahrt. Als der Fahrer das Wachlokal passierte, nickte der darin sitzende Mann ihm zu.

»Kuckste mal nachm Öl und nach den Reifen?«, rief der Fahrer durch die Schießöffnung.

Der Wachmann hob lächelnd einen Daumen und winkte ihn durch.

16.15 Uhr

Sie durchquerten halb laufend die B-Ebene. Sarah hatte die Führung übernommen. Warne gab sich Mühe, mit ihr Schritt zu halten. Sie schaute geradeaus. Ihre Lippen waren eine gerade Linie, ihre Augen blinzelten kaum. Ein Funkgerät, das sie von Carmen Florez erhalten hatte, hielt sie in ihrer rechten Hand. Techniker und Darsteller, die ihnen begegneten und den Ausdruck auf dem Gesicht der Parkchefin sahen, machten ihnen großzügig Platz.

»Erzähls mir noch mal!«, sagte Sarah schroff und schaute zu Warne zurück.

»Mehr gibts nicht zu erzählen«, keuchte Warne. »Ich kenne auch nicht alle Antworten. Aber als sich herausstellte, dass die Disc leer war, deren Scherben ihr gefunden habt, fiel es mir wie Schuppen von den Augen.«

»Wie ist es dir aufgefallen?«

»Terri hats gesagt.«

»Terri muss sich einfach irren.« Der verwirrte, unsichere Blick, den er im blassen Licht des »Holokabinetts« in Sarahs Augen gesehen hatte, war nun verschwunden.

»Wenn sie Recht hat, hat John Doe schon eine Disc. Warum sollte Barksdale dir außerdem eine leere Scheibe in die Hand drücken, wo er doch mit ihm unter einer Decke steckt? Daraufhin wurde mir klar, dass Doe vermutlich nicht auf eine zweite Scheibe aus ist, sondern auf dich.«

»Auf mich?« Sarahs Stimme klang angespannt und skeptisch.

»Er braucht dich aus irgendeinem Grund. Immerhin bist du die Parkchefin. Er wollte dich zweifellos kidnappen – oder noch was Schlimmeres mit dir anstellen. Eine desorientierende Umgebung wie dieser Irrgarten ist perfekt dafür geeignet. Warum hat er sich dir in der Öffentlichkeit gezeigt und ist in dein Büro gekommen? Er wirkt doch nicht wie ein Typ, der über so was nicht nachdenkt.« Ihr Gespräch verlief nicht so, wie Warne es geplant hatte. Ihm wurde mit einem unbehaglich hohlen Gefühl bewusst, dass er instinktiv gehandelt hatte; dass er eigentlich nichts von all diesem Zeug beweisen konnte. Aber etwas anderes ergab keinen Sinn.

»Und warum ausgerechnet *jetzt?«*, fragte Sarah skeptisch, als sie in einen neuen Gang einbogen.

»Vielleicht ist dies ein kritischer Punkt ihrer Planung. Hier geht irgendwas vor, von dem wir nichts ahnen. Sie brauchen vielleicht ein Ablenkungsmanöver. Warum sonst sollten sie ›Station Omega‹ sabotieren, nachdem du zugestimmt hast, ihm die zweite Disc zu geben?«

»Ja, warum sollten sie?« So, wie Sarah es betonte, klang es nicht wie eine Frage. »Nachdem wir dank deiner Mithilfe einen seiner Leute festgenommen haben? Übrigens müsste ich jetzt in ›Station Omega‹ sein. Stattdessen führen wir ein absurdes Manöver durch.«

Warne war aufgewühlt. Bis zu ihrer Fragensalve hatte Sarah seit dem Verlassen Gaslights nur wenig gesprochen. »Warum nennst du es so?«, fragte er.

»Weil es so ist. Deine schöne Theorie hat eine Schwachstelle: Freds Schuld. Ohne sie stürzt alles ein. Außerdem kaufe ich dir das alles nicht ab. Keine Sekunde lang.«

»Aber ich habe dir doch die Sache mit KIS erklärt. Es gibt keine andere …«

»Ja, ja, ich habe es gehört. Ich habe auch gemerkt, dass du eifersüchtig auf ihn bist, Andrew, aber dies ist absolut nicht hinnehmbar.« Sarah beschleunigte ihr Tempo. »Ich werde mich nur so lange in der Sicherheitsabteilung aufhalten, bis ich Freds Erklärung gehört habe. Dann werde ich natürlich anordnen, dass er freigelassen wird. Damit er sich um das kümmern kann, was seine Aufgabe ist: das Funktionieren des Parks. In etwa fünf Minuten ruft Chuck Emory das FBI an. Sobald diese Leute hier aufmarschieren, haben deine schönen Theorien nur noch akademischen Wert.« Sie schaute gerade so lange zurück, um Warne mit einem hasserfüllten Blick zu strafen.

Sein innerer Aufruhr nahm zu. Er war erleichtert und – wenn er ehrlich war – sogar irgendwie selbstzufrieden gewesen. Er war Barksdale auf die Schliche gekommen, hatte den Knoten entwirrt. Er hatte Sarah vor einem ungewissen Schicksal bewahrt, das John Doe ihr zugedacht hatte. Er hatte sich nur um eins gesorgt: Georgias und Terris Verbleib. Mit Sarahs ungläubigem Wutausbruch hatte er überhaupt nicht gerechnet.

Vor ihnen kam die Doppeltür der Sicherheitsabteilung in Sicht. *Sie ist einfach nur trotzig,* sagte er sich. *Sie kann nicht glauben, was Barksdale getan hat.* In seinem Kopf sagte eine andere Stimme, leiser, aber kälter und beharrlicher: *Angenommen, du hast dich geirrt? Angenommen, es gibt eine andere Erklärung und du hast nur etwas übersehen? Haben deine Gefühle dein Urteilsvermögen beeinflusst?*

Sarah stieß die Tür auf und trat ein. Dann blieb sie abrupt stehen und runzelte die Stirn.

Der Vorraum war leer. Die bunten Plastikstühle waren nicht besetzt. Der lange, polierte, glänzende Empfangstresen war leer. Eine eigenartige, lauernde Stille schien über dem Raum zu liegen. In der Ferne klingelte ein Telefon.

»Was …?« Sarah trat vor, schaute sich um.

Warne folgte ihr. Wo steckte Poole? Warum war Terri nicht mit Georgia hierher zurückgekehrt? Warteten sie etwa alle in den Büros im hinteren Teil?

Warne öffnete eine Tür neben dem Empfangstresen und schaute in den Gang dahinter. Nichts deutete an, dass sich hier jemand aufhielt. Kein Geräusch, keine Bewegung. Seine Verwirrung verwandelte sich in Beunruhigung.
Er ging durch den Korridor. Noch immer nichts. Das Ticken einer Uhr, das leise Schnurren der Klimaanlage. Das entfernte Telefon fing wieder an zu klingeln. Am Ende des Ganges: eine geöffnete Tür. Dahinter: eine Reihe großer Eisenspinde. Einer war offen, in seinem Schloss steckte ein Schlüssel.
Warne blieb stehen. Sein Instinkt hatte ihn urplötzlich anhalten lassen.
Auf der Korridorwand glänzte etwas. Er näherte sich neugierig. Ein Blutfleck. Er war noch feucht und hob sich hellrot von den grauen Ziegeln ab.
Das Herz pochte Warne im Halse, als er weiterschlich und in den vor ihm liegenden Raum spähte. Dort war noch mehr Blut: an Stühlen, an einem Arbeitstisch und in dünnen Rinnsalen an den Wänden.
War John Doe wegen der Gefangenen hier gewesen? Was war da Schreckliches passiert?
Noch immer kein Geräusch. Dann leise Schritte hinter ihm.
Warne hatte Sarah völlig vergessen. Er drehte sich um und sah, dass sie schnell auf ihn zukam.
»Sarah!«, sagte er und versuchte, sie zurückzuhalten. *»Nicht!«*
Sarah eilte geduckt an ihm vorbei, lief in den Raum. Als sie das Blut sah, blieb sie stehen.
»O Gott«, murmelte sie.
Warne schaute sich erneut um. Er musste sich zusammenreißen. Sein Blick fiel auf die Tür der Gefängniszelle. Sie stand ein Stück offen. Vor ihr breitete sich eine Blutlache aus.

Langsam, fast mechanisch trat er an die Tür, hob den Kopf zum Sicherheitsfenster und schaute hindurch.
Zwei Männer lagen mit dem Gesicht nach unten auf dem Boden. Durch das Fenster konnte er außer ihren Köpfen und Schultern kaum etwas sehen. Beide trugen die schwarzen Blazer des Sicherheitspersonals.
Sie sind ausgebrochen, dachte er. *Alle beide. Barksdale und der Hacker. Sie haben die Wachen getötet und sind entwischt.*
Und Poole? Lag seine Leiche auch irgendwo? Und wo – er verspürte plötzlich eine schreckliche Kälte – waren Terri Bonifacio und Georgia?
Warne spürte plötzlich, dass er zur Seite geschoben wurde. Sarah lugte durch das Fenster. Im gleichen Moment hörte er sie nach Luft schnappen. Sie stieß die Tür auf und ging in die Zelle. Sie schrie sofort auf, als litte sie körperliche Schmerzen. Ohne einen weiteren Gedanken folgte ihr Warne in die Zelle.
Sarah kniete neben einem der Uniformierten auf dem Boden. Erst jetzt erkannte Warne, dass er kein Wachmann war. Er trug einen hellen Anzug, doch der Rücken seines Jacketts war vom Blut so dunkel, dass er wie schwarz wirkte. Sarah beugte sich vor, um die Gestalt in ihre Arme zu nehmen. Der blonde Schopf des Mannes fiel kraftlos zurück.
Es war Barksdale.
Warne stand einen Moment entsetzt und wie angewurzelt da.
Sarah fuhr wild zu ihm herum. »Hilf mir doch, um Gottes willen!«, schrie sie. »Hol Wasser und ein Handtuch! Und ruf das medizinische Zentrum an!«
Zum Handeln genötigt, fuhr Warne herum und eilte durch den Gang zum Empfangstresen.
Im Vorraum sah er eine Bewegung. Es war Poole. Er hatte

einen Arm um Terri gelegt. Er geleitete sie behutsam mit einer Hand durch die Tür; mit der anderen schob er einen Rollstuhl.

Und in dem Rollstuhl saß Georgia. Ihre Augen waren geschlossen, ein Krankenhauslaken war um ihre Schultern geschlungen.

Einen Moment lang überwältigte seine Erleichterung alle anderen Emotionen. Er schaute Terri an. Sie war unter ihrer bronzenen Haut blass. Ihr Blick begegnete dem seinen, dann schaute sie weg. Schließlich drehte sie sich mühsam zu ihm um. Ihre rechte Hand war glitschig von Blut.

»Sind Sie verletzt?«, fragte er sofort.

»Sie ist in Ordnung«, sagte Poole. »Es war Blut an dem Funkgerät, mit dem sie mich kontaktiert hat.«

»Was ist passiert?«

»Wir haben uns versteckt«, sagte Terri. »In der Wäschekammer.« Ihre Stimme zitterte. Sie rang mit sich, um Haltung zu bewahren.

»Wir reden später darüber«, wandte Poole ein. »Ich glaube, es ist wichtiger, dass Sie mir erzählen, was *hier* los ist.« Er blickte bezeichnenderweise auf den Boden.

Als Warne dem Blick folgte, sah er, dass auch seine eigenen Schuhe voll Blut waren. Eine Blutspur verlief zur Tür und in den Gang, aus dem er gerade gekommen war. Er winkte Poole beiseite.

»Barksdale ist da hinten«, murmelte er ihm ins Ohr. »Ich glaube, er ist tot. Er und ein Wachmann. Der Hacker ist weg.«

Poole stieß einen kurzen Fluch aus, dann eilte er an Warne vorbei zur Zelle.

Warne ging zu Terri und legte einen Arm um ihre Schultern.

»Sind Sie in Ordnung?« Er strich über ihre Wange und legte eine Hand unter ihr Kinn, um zu verhindern, dass sie die Blutspur sah.
Terri nickte. »Ich bin in Ordnung.«
»Und Georgia …?« Irgendetwas in Terris Blick hinderte ihn daran, den Satz zu beenden.
»Sie ist kurz aufgewacht. Jetzt schläft sie wieder.«
Die Tür ging auf. Ein sehr junger Mann stand plötzlich im Rahmen. Warne erkannte Ralph Peccam, Alloccos Videotechniker.
»Wo waren Sie?«, fragte Peccam. »Ich hab Sie überall gesucht. In Callisto ist die Hölle los, und hier war auch niemand, also …« Als er die blutigen Fußabdrücke sah, verstummte er auf der Stelle.
»Poole ist da hinten«, sagte Warne und deutete über seine Schulter. »Er wird Ihnen alles erklären. Vielleicht können Sie uns helfen. Aber jetzt muss ich erst telefonieren.«
Während Peccam sich entfernte, brachte Warne Terri und Georgia hinter den Empfangstresen. Dort gab es zwei kleinere Räume, ein Büro und eine Toilette. Er schob Georgia behutsam in das Büro. Sie bewegte sich ruhelos im Schlaf. Einmal schrie sie auf, und er strich ihr übers Haar und küsste ihre warme Stirn. Sie brabbelte und schien sich zu beruhigen.
»Ich liebe dich, Prinzesschen«, murmelte Warne. Dann ging er hinaus zu Terri.
Sie schaute ihn an. »Sie hat nicht geweint«, sagte sie. Ihre Stimme klang monoton, als stünde sie unter Schock. »Nachdem der Mann mit dem Schießeisen gegangen ist. Es war so dunkel in unserem Versteck. Sie ist wieder eingedöst. Ich glaube, es liegt an den … den Medikamenten.«
»Danke«, sagte Warne fast im Flüsterton und nahm ihre

Hand. »Ich werde nie vergessen, was Sie heute für mich getan haben.«

Terri schaute ihn an.

»Können Sie *noch* etwas tun?« Warne musterte sie eingehend. Er versuchte die Emotionen auf ihrem Gesicht zu erkennen und fragte sich, wie er es am besten ausdrücken sollte. Dann beschloss er, ihr alles zu sagen. »Hier sind zwei Männer schwer verletzt worden. Der eine ist ein Wachmann. Der andere ist Fred Barksdale. Können Sie bitte das medizinische Zentrum anrufen, damit man uns sofort einen Arzt schickt?«

Bei der Erwähnung des Namens Barksdale zuckte Terri zusammen und schien noch blasser zu werden. Doch sie wandte sich ohne ein Wort ab und ging zum Empfangstresen. Sie fand das Telefon und hob ab. Es klapperte leise in ihrer Hand.

Warne eilte zur Toilette, packte ein halbes Dutzend Handtücher und feuchtete sie im Spülbecken an. Dann lief er durch den Gang zur Zelle zurück.

Da Sarah und Poole neben Barksdale knieten, war der kleine Raum mehr als voll. Warne reichte Sarah stumm einige Handtücher, dann zog er sich zur Tür zurück und blieb neben Peccam stehen. Poole hatte den Wachmann Lindbergh inzwischen auf den Rücken gedreht und überprüfte seinen Zustand. Das Gesicht des Mannes war grotesk angeschwollen, die Spitze seiner geschwärzten Zunge ragte fast schüchtern zwischen seinen offenen Lippen hervor. Sarah, die Barksdales Kopf noch immer in den Armen hielt, wischte vorsichtig sein Gesicht ab. Der Engländer war so übel zugerichtet, dass seine fein gemeißelten Züge kaum noch zu erkennen waren.

»Terri benachrichtigt das medizinische Zentrum«, sagte Warne.

Poole nahm ihm die restlichen Handtücher ab und tauschte sie gegen Sarahs blutige aus. »Er lebt noch«, sagte er zu Warne. »Sozusagen.«
Sarah tupfte Barksdale unendlich behutsam das Gesicht ab. Er regte sich und stöhnte leise.
»Freddy«, sagte Sarah und zog ihn an sich. »Ich bins, Sarah. Ich bin hier.«
Barksdale regte sich erneut.
»Entspann dich!«
Barksdales Lippen zuckten. »Sarah ...« Er lallte, war kaum zu verstehen.
»Sag jetzt nichts! Es wird alles wieder gut.«
»Nein. Muss reden. Sarah ... Tut mir Leid ...«
Die Handtücher waren aufgebraucht. Warne ging zurück, um Nachschub zu holen. Am Empfangstresen sprach Terri mit leiser, drängender Stimme ins Telefon. Warne kramte in einigen Schränken herum und suchte nach einem Erste-Hilfe-Kasten. Da er nichts fand, begab er sich erneut zur Toilette, um Handtücher zu suchen. Schließlich kehrte er wieder in den Gang zurück. Zu seiner Überraschung kamen Poole und Ralph Peccam ihm auf halbem Wege entgegen.
»Ich dachte, Sie sollten es wissen«, sagte Poole. »Er hat gestanden.«
»Was hat er gesagt?«
»Noch nicht viel. Er hat fürchterliche Schmerzen.«
»Gehen wir!« Warne wollte zu Sarah zurückkehren, doch Poole legte eine Hand auf seinen Arm.
»Was ist denn?«
»Also, ich bin zwar kein Arzt ... aber einen solchen braucht man auch nicht, um zu sehen, dass der Typ das nicht übersteht.«

Warne schaute Poole an. »Was wollen Sie damit sagen?«
»Dass es besser wäre, wenn Sie sie ein paar Minuten mit ihm allein lassen.«
Warne zögerte.
»Was er auch zu sagen hat – sie wirds uns erzählen, sobald sie dazu in der Lage ist. Falls es uns überhaupt was angeht.«
»Sie haben Recht.« Warne drehte sich um und ging langsam in den Vorraum zurück. Peccam stand verständnislos blinzelnd da und war vor Sprachlosigkeit wie gelähmt.
Als Warne zurückkehrte, legte Terri gerade den Hörer auf. In dem riesigen Ledersessel wirkte sie klein und verletzlich. Ihre Augen waren rot, aber sie weinte nicht. Obwohl er nicht genau wusste, was im medizinischen Zentrum vorgefallen war, ließ das Blut an ihrer Hand es ihn leicht erraten. Warne empfand das Stechen eines schlechten Gewissens. Irgendwie, nahm er sich vor, würde er es wieder gutmachen.
Er ging neben dem Sessel in die Hocke und wischte mit einem Handtuch das Blut von Terris Hand ab. Als sie den Kopf neigte, berührten sich ihrer beider Schultern. Er hob den anderen Arm und zog sie an sich. Terris Schultern fingen in stummem, rhythmischem Schluchzen an zu zucken.
»Ist schon in Ordnung«, sagte Warne. »Jetzt ist alles vorbei.«
Er hockte da und hielt sie in den Armen. Minuten vergingen. Wie viele es waren, wusste er nicht. Er roch ihr sauber duftendes Haar und spürte, dass ihr Schluchzen verebbte. Es war vorbei. Ob es nun gut oder schlecht ausgegangen war, es war vorbei. Es *musste* vorbei sein.
Dann hörte er die Stimme – Sarahs Stimme –, die seinen Namen rief. »Andrew! Andrew!«

Warne löste sich so sanft wie möglich von Terri. Er streichelte sie noch ein letztes Mal, dann wandte er sich ab und lief zur Zelle.

Poole war vor ihm da. Er kniete wieder neben Barksdale und hörte zu.

»Der Panzerwagen«, sagte Sarah und strich Barksdale übers Haar. »Er ist das eigentliche Ziel. Der Panzerwagen und das ›Patent‹. Alles andere ... die durchgedrehten Roboter ... sollte uns nur davon ablenken.«

Während sie sprach, wiegte sie sich leicht vor und zurück.

»Damit niemand bemerkt, was hier wirklich abläuft.« Poole nickte Sarah zu. Sein Gesicht zeigte einen Ausdruck von Mitgefühl. »Was hat es mit dem Panzerwagen auf sich?«

»Er kommt einmal pro Woche, immer montags.« Sarah schaute weder Poole noch Warne an. Ihr Blick galt Barksdale, ihre Stimme klang monoton. Blut war über die Ärmel ihres Jacketts gelaufen und klebte nun an ihren Unterarmen. »Das gesamte Verfahren ist automatisiert. Nur Chuck Emory in New York und ich können es canceln. Wir tun es im Fall einer Notsituation oder wenn die öffentliche Sicherheit bedroht ist. Ich habe den Transport heute Morgen abbestellt, aber Freddy hat meine Anweisung nicht weitergegeben. Die Leute unten im Tresorraum erwarten also einen Geldtransporter. Und Fred hat gesagt, es ist einer unterwegs. – Wo bleibt der gottverdammte Arzt?«

»Ist unterwegs«, sagte Warne.

»Wann soll der Transporter hier sein?«, fragte Poole.

»Genau jetzt.«

»Jetzt?«, wiederholte Poole überrascht. Sein Blick fiel auf Warne. »Das erklärt vielleicht, warum sie die Überwachungskameras auf der C-Ebene nicht platt gemacht haben. Die Jungs im untersten Keller hätten womöglich misstrauisch werden können. Und es erklärt vielleicht auch, was bei dem Fahrgeschäft am Weltraumhafen passiert ist: ein letztes Ablenkungsmanöver. Auch diesmal haben sie Nägel mit Köpfen gemacht.«

Sarah fuhr jäh herum. »Davon hat Freddy nichts gewusst.« Sie erdolchte Poole mit einem Blick. »Sie haben ihn reingelegt. Es sollte keine Verletzten geben. Er hats mir gerade erzählt.« Sie wandte sich dem reglosen Barksdale zu.

Schweigen breitete sich aus.

»Aber deswegen habe ich dich nicht gerufen.« Sarahs Stimme bebte nun, aber sie riss sich zusammen. »Sie haben die Kuppel mit Sprengstoff gespickt.«

Der kleine Raum hallte wider, als beide Männer zugleich sprachen.

»Was?«, schrie Warne.

»Woher wissen Sie das?« Poole stand auf.

»Der Lump hat Freddy für tot gehalten. Aber Freddy hat ihn über ein Funkgerät reden hören. Die Beteiligten treffen sich bei dem falschen Panzerwagen.«

Einen Moment lang waren alle wie erstarrt und schauten sich entsetzt und ungläubig an. Dann eilte Poole aus der Zelle und winkte Warne, er solle ihm folgen.

Der auf dem Gang stehende Peccam reagierte sofort auf Pooles ungeduldiges Winken und gesellte sich zu ihnen.

»Erinnern Sie sich noch an den starken Sender, den wir in der Sporttasche gefunden haben?«, sagte Poole zu Peccam. »Der Ihnen ein Rätsel aufgab?«

Peccam nickte.

»Sie haben gesagt, er kann Signale über eine relativ lange Strecke absenden.« Poole drehte sich zu Warne um. »Aber dafür braucht man freie Sicht. Weil er Wände nicht durchdringen kann.«

»Ja, ja, ich weiß.«

Poole lehnte sich mit einem überraschten Blick zurück. »Ja, *verstehen* Sie denn nicht?«

Es fiel Warne schwer, geradeaus zu denken. »Nein.«

»Sobald Doe und seine Leute das Gebäude verlassen haben, setzen sie den Sender ein, um die Kuppel implodieren zu lassen. Das Ding wird über den Besuchern zusammenkrachen – und in dem sich daran anschließenden Chaos werden sie entkommen.« Ein eigenartiges Lächeln legte sich auf Pooles Züge. »Sie müssen es von Anfang an geplant haben. Das Sicherheitspersonal und alle hier eintreffenden Polizeikräfte werden nach diesem Blutbad alle Hände voll zu tun haben. Tja, das nenn ich nun wirklich ein Ablenkungsmanöver.«

Warnes Realitätssinn geriet ins Wanken. *Die Kuppel in die Luft jagen?* Er musste es erst mal verdauen.

»Sie wirken so, als verspürten Sie Bewunderung«, sagte er.

Poole zuckte mit den Achseln. Dann wandte er sich um und verschwand wieder in der Zelle. Warne folgte ihm. Er fühlte sich noch immer wie betäubt. *Die Kuppel in die Luft jagen …* Einen Moment lang verspürte er nur einen Impuls: Er wollte Georgia und Terri packen und sich mit ihnen in Sicherheit bringen. Doch so schnell ihm der Gedanke gekommen war, wurde ihm klar, dass sie dazu keine Zeit mehr hatten – nicht mal dann, wenn er gewusst hätte, wohin sie fliehen konnten.

»Was hat er sonst noch gesagt?«, hörte er Poole Sarah fragen.

»Das war alles. Jetzt ruht er sich aus.« Sarah wiegte Barksdales übel zugerichteten Kopf behutsam in den Armen.

»Wie lange dauert es ungefähr, bis der Panzerwagen beladen ist?«

»Ich weiß nicht. Freddy hat sich … kümmert sich um alle finanziellen Dinge. Ich schätze, etwa zehn Minuten.«
Poole schaute Warne an. »Zehn Minuten. Wir sitzen gewaltig in der Scheiße, Bruder.«
Er eilte in den Vorraum zurück. Warne und Peccam hefteten sich an seine Fersen. Er schaute sich kurz um, dann griff er zu einem Telefonverzeichnis auf dem Tresen und blätterte es durch. »Tresorraum«, murmelte er leise. Als er die Nummer gefunden hatte, griff er nach einem Wandtelefon und wählte. Kurz darauf legte er den Hörer fluchend wieder auf. »Ich krieg keine Verbindung. Natürlich nicht.«
»Terri hat aber das medizinische Zentrum gerade anrufen können.«
»Überrascht Sie das? John Doe hat allem Anschein nach nur die Verbindung zum Tresorraum unterbrochen.«
»Aber wir wissen jetzt über den Panzerwagen Bescheid. Wir können ihn aufhalten.«
»Das entscheidende Wort in diesem Satz ist *Panzerwagen*, alter Knabe. Außerdem sind die Typen bewaffnet. Haben Sie das vergessen? Sie haben massenhaft Kanonen. Ich habe nur eine Pistole mit wenigen Patronen.«
»Was ist mit Allocco?« Warne hörte die Verzweiflung in seiner Stimme.
»Der kann nicht schnell genug hier sein.«
»Sicherheitspersonal?«
»Es würde länger dauern, die Leute zu überzeugen, als wir Zeit zur Verfügung haben. Außerdem ist das Sicherheitspersonal Utopias unbewaffnet. Was schlagen Sie vor? Sollen wir diese Verbrecher zu Tode spucken? Eine Menschenkette bilden?«
»Irgendwas müssen wir tun«, sagte Warne drängend. Das Gefühl der Unwirklichkeit war nun verschwunden, jetzt war

er nur noch ergrimmt und entschlossen. »Wir können nicht *zulassen,* dass der Wagen den Park verlässt. Wir sind jetzt völlig auf uns allein gestellt.«

»Sie erfüllen mich mit Zuversicht!«

»Peccam hat gesagt, zwischen dem Sender und dem Ziel darf sich nichts befinden«, fuhr Warne fort. »Oder? Das bedeutet, sie müssen außerhalb des Parks sein, um die Sprengladungen zu zünden. Wenn wir den Panzerwagen aufhalten können, bevor er das Gebäude verlässt, können sie den Sender nicht einsetzen. Das ist das Entscheidende. Sie können die Kuppel erst in die Luft jagen, wenn sie freies Feld haben, wenn sie sicher von hier verschwinden können.«

Poole überlegte. »Klingt logisch. Aber ich werfe mich nicht in der Hoffnung vor einen Panzerwagen, dass er anhält. Holen Sie doch Ihren mechanischen Köter, damit er ihn zu Tode beißt.«

»Vielleicht tue ich das.« Warne dachte schnell nach. »Verstehen Sie was von Sprengstoff?«

»Oh, nein. Ich weiß, auf was Sie rauswollen.«

»Beantworten Sie meine Frage! Kennen Sie sich mit Sprengstoff aus?«

»Was glauben Sie denn? Jedenfalls entschieden besser als Ihre Großmutter.«

»Lassen Sie meine Familie aus dem Spiel! Warum steigen Sie nicht einfach auf die Kuppel und schauen nach, ob Sie das Zeug entschärfen können?«

»Ich könnte Ihnen etwa vierzig Gründe dafür nennen. So viele Ladungen braucht man nämlich, um die gute Kuppel zu zerlegen. Ich kenne die Konstruktion nicht, ich kenne das Zuleitungssystem nicht, ich …«

»Es brächte mehr, als hier zu bleiben.«

»Ich weiß nicht genau. Hier unten ist es wenigstens sicher.«

»Sicher?«, schrie Warne. »Woher wollen Sie wissen, dass der Einsturz der Kuppel nicht auch die Unterwelt platt macht? Außerdem haben Sie den Leibwächterjob doch angenommen, oder? Nur geht es jetzt nicht mehr nur um mich. Jetzt geht es um ungefähr siebzigtausend Menschen. Einschließlich einiger Leute, von denen ich glaube, dass Sie sie kennen.«
Poole schaute ihn an. »Okay. Eins zu null für Sie.« Er hielt inne. »Falls sie Standardsprengladungen verwendet haben, könnte ich vielleicht genug Zünder rausziehen, um das Ganze so zu destabilisieren, dass die Kuppel nicht einstürzt. Aber es ist eine sehr unsichere Angelegenheit. Sie müssen eine Möglichkeit finden, den Panzerwagen aufzuhalten.«
Warne nickte.
»Diese Kerle können die Sprengsätze erst zünden, wenn der Wagen aus dem Gebäude raus ist. Sie müssen sie daran hindern, dass sie verschwinden. Alles kommt darauf an, wie viel Zeit Sie für mich rausschinden können. Verstanden?«
Warne nickte erneut.
»Gut. Wenn Sie es vermasseln und ich in die Luft fliege, wird mein Geist Ihren Arsch bis in alle Ewigkeit verfolgen.«
»Das wäre nur gerecht.«
»Jedes weitere Gerede ist jetzt Zeitverschwendung.«
Poole trabte in den Vorraum. An der Tür blieb er stehen und schaute sich um. »Passen Sie auf sich auf, alter Junge!«
»Sie auch!«, erwiderte Warne.
Die Tür schloss sich hinter Poole. Er war verschwunden.
Warne wandte sich zu Peccam um. »Warten Sie bitte einen Moment auf mich!«
Er umrundete schnell den Empfangstresen. Der Ledersessel war leer, und er empfand kurz so etwas wie Angst. Doch

dann sah er Terri durch den offenen Eingang des nächsten Büros. Sie stand bei Georgia.

Als er eintrat, drehte sie sich um und bemerkte sofort, dass etwas nicht stimmte. »Was ist denn?«, fragte sie.

Warne zögerte, doch nur kurz. »Ich habe mich geirrt, als ich sagte, es wäre vorbei. Ich muss noch etwas tun.«

Terri schluckte mühsam und packte die Handgriffe des Rollstuhls. Georgia, die ihre Stimmen hörte, seufzte und bewegte sich.

Warne legte eine Hand auf Terris Schulter. »Hören Sie«, sagte er, »ich muss Ihre Hilfe noch mal in Anspruch nehmen. Sie müssen noch einmal stark sein – für mich.«

Terri erwiderte seinen Blick, sagte aber nichts.

»Bleiben Sie hier, solange ich weg bin! Hier sind Sie sicher.« Er zögerte. »Terri, ich liebe meine Tochter mehr als alles andere – mehr als mein Leben. Es fällt mir sehr schwer, sie jetzt allein zu lassen. Sie können es sich nicht vorstellen. Aber denken Sie an das, was ich gesagt habe: Wie sehr es mich geängstigt hat, Georgia könnte etwas passieren – und dass es dann wirklich eingetroffen ist. Tja, jetzt habe ich keine Angst. Ich *kann* gehen, weil ich weiß, dass ich Ihnen vertrauen kann, dass Sie sich um Georgia kümmern. Ich kenne niemanden, dem ich mehr vertrauen würde. Wollen Sie mir also diesen Gefallen tun? Werden Sie sich um Georgia kümmern, werden Sie sich umeinander kümmern, egal, was auch passiert? Werden Sie das tun?«

Terri nickte erneut. Ihre braunen Augen wichen ihm nicht aus.

»Sie verstehen mich also? Was auch passiert?«

Terri beugte sich vor. Warne umarmte sie, schloss die Augen und murmelte ein Gebet. Dann eilte er in den Vorraum zurück, wo Peccam auf ihn wartete.

»Sie müssen mich wohin bringen«, sagte er. »Können Sie mir den schnellsten Weg zeigen?«
»Wohin?«, fragte Peccam, als sie in den Korridor traten. Die Tür fiel hinter ihnen ins Schloss, und in der Sicherheitsabteilung breitete sich absolute Stille aus.

16.15 Uhr

In New York hatte Charles Emory III., Geschäftsführer und Vorstandsvorsitzender der Utopia Holding, den Telefonhörer abgehoben und wählte die Nummer des FBI in Las Vegas. Seine Bewegungen waren langsam und automatisch. Sein normalerweise sonnengebräuntes Gesicht wirkte grau und sehr alt.

In der Hochwüste südlich der Luftwaffenbasis Nellis lag der Water Buffalo genannte Mann auf dem Sandsteinsteilabbruch, der Utopia umgab. Er hatte den Panzerwagen planmäßig über den Zufahrtsweg herankommen sehen. Nun wandte er den Blick kurz vom Horizont ab und schaute auf den gläsernen und stählernen Berg, der in einer perfekten logarithmischen Kurve hinter ihm aufragte. Die Sprengladungen waren zwar aus der Ferne nicht sichtbar, aber im Geiste rekonstruierte er den Sprengplan und suchte die Konstruktion noch einmal nach übersehenen Mängeln oder Strukturschwächen ab. Die Kuppel war außergewöhnlich gut gebaut, die Ladungen hatte er perfekt über die einzelnen Abschnitte verteilt. Normalerweise hätte er sie lieber in drei verschiedenen Höhen angebracht, damit sie in Intervallen von einer Viertelsekunde von unten nach oben detonierten.

Bei der Sprengung stahlverstärkter Brücken war er im Auftrag tschetschenischer und kongolesischen Rebellen immer gut damit gefahren. Doch angesichts der Größe gerade dieses Auftrags und der begrenzten Menge an C-4, die er hierher hatte schleppen können, musste er auf maximale Wirkung setzen. Ein einzelner Kreis aus zwanzig Sprengladungen, rings entlang des Sockels angebracht, musste der Kuppel das Kreuz brechen. Eine zweite Reihe von Ladungen, in einem kleineren Kreis auf halber Höhe verteilt, sollte gleichzeitig hochgehen, den oberen Teil zerschmettern und dann implodieren lassen.

Der Mann trank einen Schluck aus der Feldflasche und vollzog die Geometrie der Explosion mit Höchstgeschwindigkeit in seinem Kopf nach. Er ließ die Kuppel einstürzen und baute sie im Rückwärtsgang wieder auf. Dann wieder ab, auf, ab. Der Plan war perfekt. Er brummte zufrieden. Demontagearbeit gehörte an sich zu den schönen Künsten. Sie war wie umgekehrte Architektur. Außerdem war sie, wie die Tätigkeit des Heckenschützen, eine Einmannkunst, die zu Einzelgängern passte.

Er löste den Blick von der Kuppel und schaute auf das Funkgerät. John Doe würde sich jeden Moment melden. Der Mann schob die Feldflasche in die Sporttasche, dann legte er das Buch von Proust dazu. Schließlich zog er sich in den Schatten zurück, beobachtete wieder den Horizont und wartete. Wartete.

Tief unter ihm, in den höhlenartigen Räumen des Callisto-Weltraumhafens, stand Bob Allocco hinter den Schreibtischen, aus denen der Behelfskommandoposten bestand. In einer Hand hielt er ein Telefon, in der anderen ein Walkie-Talkie. Er sprach gleichzeitig in beide Geräte hinein. Im Zuge

der Rettungs- und Ermittlungsarbeiten war das medizinische, technische und sicherheitstechnische Personal immer größer geworden. Doch die Ein- und Ausstiegsbereiche von »Station Omega« wirkten trotz der vielen hier versammelten Arbeiter leer und klangen hohl. Allocco beendete das Gespräch und legte den Hörer auf. Er lag kaum auf dem Apparat, als es wieder klingelte.
In der ganzen Hektik hatte er Sarah Boatwright völlig vergessen.

Nicht weit entfernt stand John Doe im göttlich kühlen Zwielicht der Promenade. Er lehnte an einer der zahlreichen Leuchtsäulen, die den Eingang des Fahrgeschäfts »Angstplanet« säumten. Seit der plötzlichen Schließung des Weltraumhafens waren die Warteschlangen beträchtlich länger geworden. Er verschränkte die Arme vor der Brust und beugte sich vor, um dem Gerede der Besucher zu lauschen.
»Ich hab gehört, es soll ne Bombe gewesen sein«, sagte jemand. »Eine Neutronenbombe. Terroristen haben sie hochgehen lassen.«
»Ich hab gehört, es war ein Gasangriff«, sagte jemand anderes. »Wie damals in Indien. Da sind dreihundert Leute gestorben. Die Opfer liegen noch immer da drin.«
»Das ist doch alles Quatsch. Wir sind hier in Utopia. Da stirbt doch niemand! Wenn wirklich was passiert wäre, hätte man den Laden längst dichtgemacht. Glaubst du, dann wären wir noch hier?«
»Ich weiß nicht. He, siehst du die Leute, die zum Ausgang gehen? Die sehen ganz schön durcheinander aus. Die rennen ja geradezu. Vielleicht wissen sie was. Vielleicht sollten wir auch lieber gehen. Es ist schon nach vier, und bis zum Hotel ist es eine lange Fahrt.«

»Kommt gar nicht in Frage! Ich hab den ganzen Tag darauf gewartet, dass ich endlich den Holofilm sehen kann. Das sind doch alles nur Gerüchte, verdammt noch mal! Die werden wahrscheinlich nur von der Konkurrenz verbreitet.«

John Doe hörte den Leuten mit einem breiten Lächeln zu. Das Gerücht von Bomben und Explosionen war nicht zu verachten. Da fehlte nur noch ein Aufschrei, der plötzliche Anblick von verbrannten Kleidern und Eingeweiden, um schlagartige Panik zu erzeugen. Es war wunderschön, einem Gerücht bei der Arbeit zuzusehen. Es war, als verteile man einzelne Blutstropfen auf die glatte, unbewegte Oberfläche eines Teiches. Die Wellchen verbreiteten sie langsam und unaufhaltsam. Und so war es beabsichtigt.

Does Blick fiel auf eine Gruppe von Wachleuten. Sie trotteten über die Promenade und waren zu dem eigenartig aussehenden Vorhang unterwegs, den man vor dem Eingang des Weltraumhafens herabgelassen hatte. Die Männer waren natürlich in Zivil, aber auf ein geübtes Auge wirkten sie wie Eunuchen in einem orientalischen Harem. Gab es wirklich Touristen, die sich mit derart finsterer Miene praktisch im Gleichschritt bewegten? Doe hatte auch ein paar PR-Fritzen gesehen. Sie hatten sich in der Menge verteilt, beobachteten die Leute und machten Aufzeichnungen. Wenn die Gerüchte sich allmählich verbreiteten und die Unruhe der Besucher zunahm, hatten sie mehr am Hals, als sie schaffen konnten. Das machte alles noch perfekter. Eine Explosion konnte man eindämmen. Aber ein Gerücht? Ebenso gut konnte man versuchen, einen Sonnenstrahl einzufangen.

Seit seinem ersten neugierigen Versuch bei dem Wachmann, kurz nach dem Eindringen in die Unterwelt, hatten die Sicherheitskräfte mit genau dem Kniesehnenreflex reagiert, auf den er gewartet hatte. Nach jedem neuen Zwischenfall – bei der Explosion in »Finsterwasser«, dem Versagen der Überwachungskameras, dem unerfreulichen Vorfall in »Station Omega« – hatte seine Zuversicht zugenommen, dass sie in zombiehaftem Bemühen alles nach Vorschrift tun würden. Doe warf einen Blick auf seine Armbanduhr. In wenigen Minuten würden Alloccos Untergebene noch mehr zu tun kriegen – und damit unwissentlich für die Gewährleistung seines persönlichen Entkommens sorgen.

Doe stieß sich von der Säule ab und tauchte in die vorbeispazierenden Besucherscharen ein. Nun spürte er es wieder – das fast frustrierende Gefühl, dass am Ende alles so ablief wie erwartet. Er hatte gründlich recherchiert, sich makellos angepasst und einem guten halben Dutzend Menschen verschiedene Gesichter gezeigt. Er lächelt vor sich hin. Aber die Wahrheit, den wahren John Doe, kannten sie nicht. Tja, da wären sie *wirklich* entsetzt.

Sein Schritt wurde langsamer. »Wie erwartet« stimmte eigentlich nicht ganz. Sein Blick fiel auf das Big-Dipper-Restaurant, wo Scyllas Abwesenheit noch immer die Besucher frustrierte. Dieser Dr. Warne hatte ihm und seinen Leuten einen Knüppel zwischen die Beine geworfen. Genau genommen mehr als einen. Zweifellos war er auch direkt oder indirekt für Cracker Jacks vorübergehende Festnahme verantwortlich. Auch war die Art und Weise, wie er aus dem Nichts aufgetaucht war und Sarah Boatwright aus dem »Holokabinett« fortgelockt hatte, mehr als ärgerlich gewesen.

Auf Sarah Boatwright war John Doe besonders stolz gewesen. Fred Barksdale hatte ihm während ihrer zahlreichen Gespräche, ohne es freilich zu ahnen, eine äußerst akribische Charakteranalyse der Parkchefin geliefert. John

Doe kannte Menschen dieses Typs: Sie waren eigensinnig, über Gebühr strebsam, revierbewusst und leicht defensiv eingestellt. Seiner Meinung nach hatte er nur den richtigen Knopf zu drücken brauchen, um sie zu voreiligen Handlungen zu verleiten. Und er hatte Recht gehabt. Der Einsatz der Wachmänner in der »Galaktischen Reise« hatte ihm erlaubt, rechtschaffenen Zorn zu demonstrieren, die falsche Disc zurückzulassen und die echte einzusacken. Und noch wichtiger: Er hatte keinen Grund mehr für die notwendige Verzögerung zu *erfinden* brauchen – also nicht behaupten müssen, die Scheibe sei unlesbar oder dergleichen. Die andere Seite sollte annehmen, dass er die Disc nicht bekommen hatte. Man würde nie auf die Idee kommen, ihm eine neue zu verweigern. Das Beste war jedoch, dass Sarah sich die Schuld an der Panne geben musste. Demzufolge hatte sie auch zustimmen müssen, sich bei der zweiten Übergabe persönlich mit ihm zu treffen.

John Doe hatte ihren Tod eingeplant. Er hatte sie – wie passend – in den finsteren Gängen des »Holokabinetts« eigenhändig ins Jenseits befördern wollen, um der Verwirrung die Krone aufzusetzen; um eine Führungskrise hervorzurufen, die sein Verschwinden aus dem Park noch leichter machte. Doch Andrew Warne, dieses Haar in der Suppe, hatte ihm das wunderbare Manipulationsspiel verdorben.

Natürlich spielte es, aufs Ganze gesehen, keine Rolle. Nun, da Cracker Jack erneut auf dem Posten war, lagen die Verluste des Teams wieder bei null. Na schön, Fred Barksdales Verfallsdatum war etwas früher abgelaufen als veranschlagt, aber dies ersparte weiteren Ärger. John Doe hatte eigentlich noch nie zu denen gehört, die einen hart errungenen Gewinn teilten. Sie hatten schon *zwei* DVDs. *Zwei* unbezahlbare Speichermedien, die aufgrund des Kopierschutzes der

Abteilung Bildverarbeitungstechnik nicht duplizierbar waren. Damit konnten sie das »Patent« *zweimal* verkaufen und doppelt so viel Gewinn machen. Was Gewinn im Allgemeinen anging: Genau in diesem Moment musste der Panzerwagen im Tresorraum vorfahren.

John Doe betrachtete wieder die Promenade. Erneut stieß er einen Seufzer aus. Ach, es fiel ihm nicht leicht, diesen Ort zu verlassen. Nach all den Vorbereitungen, den Planungen und der Ausführung wirkte der erfolgreiche Abschluss eines Unternehmens immer wie eine Antiklimax auf ihn. Allerdings gab es diesmal einen Unterschied: Er war zum ersten und einzigen Mal sein eigener Kunde. Die Sicherung seiner Altersvorsorge sollte sein letztes Unternehmen sein.

Andererseits jedoch ... Falls sich herausstellte, dass ihn sein Rückzug ins Privatleben einengte, kehrte er vielleicht zurück, stattete Andrew Warne einen Besuch ab und belohnte ihn für seinen ungebetenen Beitrag zu den Ereignissen des heutigen Tages. Mal sehen.

Doe verharrte noch einen Moment. Er beobachtete die Massen, die kostümierten Darsteller, die fremdartige Aura seiner Umgebung. Dann wandte er sich ab und betrat eine nahe liegende Toilette.

Er ging zu den Waschbecken, wusch sich sorgfältig die Hände und wartete, bis der einzige andere Besucher hinausging. Dann trat er an eine Wartungstür im hinteren Teil des Raumes, gab den für den heutigen Tag gültigen Zugangscode ein, und das Schloss öffnete sich mit einem Klicken. Doe griff in die Tasche, zückte eine Kennkarte und einen neuen Identifikator – der selige Tom Tibbald hatte ihn besorgt – und befestigte diesen an seinem Jackett. Dann trat er über die Schwelle und machte die Tür ordentlich hinter sich zu.

Der kalte Wartungsgang war aus Beton und roch leicht nach

Kühlmittel. John Doe blieb stehen und schaute nach links und rechts. Dann zog er ein Funkgerät aus dem Jackett und gab eine Frequenz ein.

»Water Buffalo, hier ist Prime Factor«, sagte er ins Mikro. »Bitte melden!«

Er wartete einen Moment und lauschte.

»Hier ist Water Buffalo.«

»Wie ist die Aussicht?«

»Hervorragend. Sind pünktlich angekommen.«

»Habe ich gehört. Sonst was seither? Vielleicht die Ankunft amtlicherer Varianten?«

»Nein. Nur routinemäßige Lieferanten.«

»Ausgezeichnet. Ihre Arbeit da oben ist getan. Wir treffen uns am Sammelpunkt. Aber im Laufschritt!«

»Roger, Ende.«

Alle weiteren Neuankömmlinge – sie würden früh genug hier auftauchen – spielten von nun an keine Rolle mehr. In zehn Minuten würden sie Utopia mit hundertzehn Stundenkilometern verlassen, und zwar mit dem sichersten Transportmittel überhaupt.

John Doe steckte das Funkgerät ein. Da fiel ihm auf, dass seine Leinenhose verschmutzt war. Es musste im »Holokabinett« passiert sein. Wie ärgerlich! Andererseits war es jedoch unwichtig. Er würde den Anzug ohnehin heute Abend in der Verbrennungsanlage des Hotels verschwinden lassen.

Er drehte sich um und ging mit unbekümmertem Schritt durch den Wartungsgang zu dem Treppenhaus, das zur A-Ebene führte.

16.16 Uhr

William Verne gähnte, dann lehnte er sich in den Sessel zurück und reckte sich ausgiebig. Er hatte sich in der letzten Stunde kaum gerührt und er hatte das Gefühl, dass seine Schultergelenke knirschten und knackten. Dann wurde ihm auf einer fernen, kaum bewussten Ebene klar, dass ein Überwachungsmonitor seine Bewegungen einfing. Aber es war nicht schlimm. Seine Arbeitsplatzbeschreibung verbot ihm nicht, sich hin und wieder zu recken. Außerdem war alles so zur Routine geworden, dass wahrscheinlich ohnehin niemand darauf achtete. Falls überhaupt jemand zuschaute, interessierte ihn eher der Transporter als er.

Verne beugte sich wieder vor und begutachtete die Schalttafel. Es war alles im grünen Bereich. Wie immer. Tresorstatus okay, Übergabekammer okay, Einfahrt okay, Finanzüberwachung okay. Okay, okay, okay. Manchmal ertappte Verne sich dabei, dass er sich wünschte, es würde mal was schief gehen. Wegen der Abwechslung.

Vor fünf Monaten hatte man ihn von seinem Softwareentwicklerjob in Palo Alto abgeworben. Die Stelle, die man ihm beschrieben hatte, hatte zu gut geklungen, um sie abzulehnen. Er sollte nicht nur in der Abteilung Neue Technologien Utopias arbeiten – die Stelle hatte auch einen sehr faszinierenden Pssst-Pssst-Hochsicherheitsaspekt. Verne hatte zahllose Verzichtserklärungen und Formulare unterschrieben, die ihn zum Stillschweigen verpflichteten und eine ausführliche Überprüfung seiner Vergangenheit erlaubten. Was für eine Überraschung, dass er sich gleich darauf bei der gleichen Tätigkeit wie in Palo Alto wiedergefunden hatte. Systementwicklung und Wartung fielen, so schien es, überall gleich aus, ob man nun für einen Freizeitpark oder kleine, aufstrebende Unternehmen tätig war. Hier verdiente man zwar mehr Kohle und konnte mit tolleren Sachen rumspielen, aber dafür trug man viel weniger kreative Verantwortung. Und der Hochsicherheitsaspekt seines Jobs? Er bestand darin, eine Schalttafel im Auge zu behalten, Dieseldämpfe einzuatmen und sich einmal pro Woche den Arsch eines gepanzerten Fahrzeugs anzusehen.

Ein leises Geräusch ertönte, dann ein Summen. Vor dem Tresorraum aktivierte jemand den Retinaabtaster. Die schwere Tür öffnete sich klickend, dann kam Tom Pritchard von der Revision zu ihm hinein.

Verne musterte ihn uninteressiert. »Wie läufts?«

»Die Schlösser hier sind sicherer als die am Keuschheitsgürtel deiner Schwester.« Pritchard drückte die Tür zu und schloss sie ab. Er war gerade von der vorschriftsmäßigen Inspektionsrunde zurückgekehrt. In den wenigen Minuten, in denen die Geldübergabe stattfand, war jener Teil der C-Ebene, in dem der Tresorraum und der Einfahrtstunnel lagen, vom Rest der Utopia-Unterwelt abgeriegelt.

»Gut. Bringen wirs hinter uns!« Aus dem Fahrtkorridor vernahm Verne das beharrliche Zirpen des Panzerwagenwarntons. Das Fahrzeug, das rückwärts durch den hundert Meter langen Gang fuhr, kam näher. Verne legte einen Schalter um und aktivierte damit die starken Ventilatoren, die die Motorabgase in die Wüste hinausbliesen, wo sie hingehörten.

»Wo ist unser Babysitter?« Pritchard trat ans Beobachtungsfenster. Zwar waren für den Transfer nur zwei Mann erforderlich – einer aus dem Tresorbereich und ein Verbindungsmann aus der Systemverwaltung –, aber während der Übergabe hielt sich wenigstens ein Mann von der Sicherheit bei ihnen auf.

»Heute sind wir wohl allein«, erwiderte Verne. »Die Typen stehen wahrscheinlich alle wieder an dem verwünschten Automaten.« Vor einer Woche hatte ein Sicherheitsfritze an einem Videopokerautomaten im Kasino von Boardwalk acht Riesen gewonnen. Zwar hatte man das Geld beschlagnahmt und dem Mann eine Abmahnung wegen Zockens im Dienst erteilt, aber sein Gewinn hatte unter den jüngeren Angehörigen der Sicherheit einiges in Bewegung versetzt.

»Vielleicht sind sie auch bei dem Unfall in Callisto. Da soll irgendwas passiert sein.«

»Ach, ich weiß nicht. Das ist der dritte Unfall, von dem ich heute höre. Ich frag mich, wer die Geschichten alle erfindet.« Selbst wenn die Geschichte stimmte: Natürlich würden sie erst in einigen Tagen etwas darüber hören, denn sie steckten ja hier im abgelegenen Kielraum. Verne hatte mal eine Erzählung von Joseph Conrad gelesen. Da hatten zwei gestrandete Engländer auf einem wirklich abgelegenen Außenposten im finstersten Afrika gearbeitet. Irgendwann hatten sie es nicht mehr ausgehalten. Sie hatten einen Koller gekriegt und sich gegenseitig abgemurkst. Jedenfalls war ihm die Geschichte so in Erinnerung. Er hatte sie immer für ziemlich weltfern gehalten. Aber vielleicht kam so was wirklich vor.

»Ich weiß nicht. Für mich klang es schon echt. Ich hab gehört, jemand soll ums Leben gekommen sein.«

»He, wer weiß? Vielleicht sind sogar hundert draufgegangen.«

»Hör mit dem Scheiß auf! Man redet sogar von Terroristen.«

»Du hörst doch *immer* jemanden von Terroristen reden.« Verne musterte Pritchard spöttisch. »Weißt du was, Alter? Du bist in der falschen Branche tätig. Du solltest bei den

Achterbahnkonstrukteuren und kreativen Tüftlern arbeiten. – Jedenfalls«, fuhr er besänftigend fort, »hätte unsere Lordschaft die Fahrt bestimmt abgeblasen, wenn wirklich was nicht in Ordnung gewesen wäre.«

Als »unsere Lordschaft« bezeichnete ein Großteil des Stabes Fred Barksdale, der als schwer arbeitender und begabter Chef, aber auch als beinharter Bürokrat bekannt war. Er hatte das Finanzleitsystem teilweise ausgetüftelt und überwachte die wöchentliche Geldübergabe im automatisierten Tresorraum stets persönlich. In der Probezeit hatte Verne gelernt, wie die Kommandokette genau verlief. Wenn wirklich etwas schief ging, würde Barksdale ihnen mitteilen, dass die Übergabe abgeblasen war. Bisher hatte aber immer alles geklappt, und deswegen hatte er noch nie etwas gecancelt. Er meldete sich zwar schon mal, um eine zu langsame oder schlampige Übergabe zu bekritteln, aber abgeblasen hatte er noch nie eine.

Das in die Schalttafel integrierte Funkgerät rauschte. »Utopia-Zentrale, hier ist Neun Echo Bravo.« Es war die Stimme des AAS-Fahrers. »Wir haben die Kammer jetzt im Blickfeld.«

Verne beugte sich über das Schwanenhalsmikro. »Utopia-Zentrale, bestätige. Wir haben Grün für die Übergabe.«

Er schaute kurz auf seine Armbanduhr. 16.18 Uhr. Pünktlich auf die Minute. Zumindest heute hatte Barksdale keinen Grund zum Meckern.

Verne stand auf und gesellte sich zu Pritchard ans Beobachtungsfenster. In der sanften Krümmung des Tunnels sah er das Heck des Panzerwagens langsam und beständig näher kommen. Auf seiner Seitenwand stand in großen goldenen Buchstaben »American Armored Security«. Verne musterte den Wagen interesselos. Der Tresorraum stank trotz der

Ventilatoren allmählich nach Dieselabgasen. Der Mief würde die Rückfahrt des Lasters um mindestens zwanzig Minuten überdauern. Verne fragte sich, ob Dieselabgase Krebs erzeugten. Vielleicht sollte er auf einer Gefahrenzulage bestehen.

Der Transporter war nun auf einer Höhe mit dem Kontrollraum und hielt mit in jähem Protest kreischenden Bremsen an. Wie immer blieb er einen Moment stehen. Seine unsichtbaren Insassen gingen nun ihre Checkliste durch. Dann betätigte der Fahrer den Türöffner. Die schwere Tür, an der sein Begleiter saß, schwang auf. Ein Mann trat leichtfüßig hinaus. Er hielt ein Gewehr in der einen und ein Klemmbrett in der anderen Hand. Er schaute zu Verne und Pritchard am Fenster und winkte.

Verne drückte einen Knopf. Zum Tunnel hin öffnete sich eine kleine Tür. Verne schob sie ganz auf und ging die zehn Stufen in den Gang mit der hohen Decke hinunter. Der Lärm des Dieselfahrzeugs war hier viel lauter, und er wünschte sich inbrünstig, man könne ihn abstellen. Aber das wäre gegen die Vorschriften gewesen.

Der Bewaffnete trat nun auf ihn zu. Verne musterte ihn mit einem leichten Stirnrunzeln.

»Wie läufts denn?«, fragte der Mann. Er war Ende dreißig, hatte einen kurzen kupferfarbenen Schnauzbart und war tief gebräunt. Er lächelte. Er sprach mit einem lockeren, selbstsicher klingenden texanischen Akzent, der zu seinem Auftreten passte.

»Läuft so«, sagte Verne.

Der Mann nickte lächelnd. Er kaute Kaugummi.

»Sie sind nicht der Fahrer, der sonst immer kommt«, sagte Verne.

Der Mann lächelte noch immer. »Nee. Ich bin Earl Crowe

von der AAS-Fahrtaufsicht. Hin und wieder fahr ich selbst mit, um zu prüfen, ob alles nach Plan verläuft und die Kunden mit uns zufrieden sind. Und Sie sind nun mal unser bester Kunde.«

Er reichte Verne das Klemmbrett. Verne nahm es, ohne den Mann aus den Augen zu lassen.

»Johnny ist aber auch da«, sagte Crowe. »Draußen in der Limousine. Ein paar von den Jungs haben gestern Abend die Sau rausgelassen. Er hat sich ordentlich einen angesoffen. Deswegen lass ich ihn heute nicht den Transporter fahren, sondern das Begleitfahrzeug. Was gibt es Besseres als sechzig Kilometer lang Staub zu schlucken, um einen Mann auszunüchtern?«

Schließlich lachte Verne leise. Er zog einen Stift aus der Tasche, warf einen Blick auf das Formular und kritzelte seinen Namen hin, ohne es zu lesen.

»Sind Sie mit uns zufrieden?«, fragte Crowe, als Verne ihm das Klemmbrett zurückgab. »Gibts irgendwelche Probleme oder Bedenken, die ich unserer Geschäftsleitung vortragen sollte?«

Verne, daran gewöhnt, am passiven Ende der Befehlskette zu stehen, war angesichts dieser Frage überrascht, fühlte sich aber auch geschmeichelt. »Nee«, sagte er. »Mir fällt nichts ein.«

»Freut mich wirklich, das zu hören. Sie brauchen aber nicht hinterm Berg zu halten, falls Ihnen einfällt, was wir ändern können, damits noch besser flutscht.«

»Mach ich, danke.« Es gelang Verne sogar, den Eindruck zu erwecken, als hätte er hier etwas zu sagen. »Wenn Sie so weit sind, mach ich jetzt die Übergabekammer auf.«

Er ging in den Tresorraum zurück und schloss wegen des Lärms und der Abgase hastig die Tür. Als sie klickend ins

Schloss fiel, wurde ein rotes Lämpchen auf der Schalttafel grün. Verne drehte sich zu Pritchard um, der den Wortwechsel durch das Fensterchen beobachtet hatte. Sie nickten einander zu: Das visuelle »Händeschütteln« mit dem Transporter war beendet.

»Öffne Übergabekammer«, sagte Pritchard und gab über die Tastatur eine Reihe von Befehlen ein. Verne trat vor die Schalttafel und gab über eine andere Tastatur einen separaten Zugangscode ein.

Das Summen der aktivierten Maschinerie war zu hören. Neben der Kontrollraumwand drehte sich das zum eigentlichen Tresor führende Tor lautlos in seinen Angeln. Pritchard und Verne traten an ein Seitenfensterchen und schauten zu. Für Verne war dies der spannendste Teil seines Berufes.

Sobald das Finanzleitsystem Utopias – ob an den Kasinotischen in Gaslight, den Hot-Dog-Ständen in Boardwalk oder bei einem Schleierverkäufer in Camelot – Geld einnahm, kam es mit menschlichen Händen nicht mehr in Berührung. Es verschwand in Sammelstationen, wurde geprüft, sortiert, gezählt, gebündelt und – unter ständiger maschineller Kontrolle, damit niemand in Versuchung kam – in den Tresorraum gebracht. Nun ging das schwere gewölbte Tor auf, verschloss den tiefer ins Innere Utopias führenden Gang und gab den Blick auf die Übergabekammer und den dahinterliegenden Tresor frei. Als das Tor die gegenüberliegende Wand erreichte, krachte es laut.

Verne schaute durch das Fensterchen. Normalerweise verbarg das riesige halbkreisförmige Tor den Tresor vor den Augen der Menschen. Doch nach der Eingabe des entsprechenden Doppelbefehls drehte es sich um neunzig Grad und machte aus dem Tunnel eine abgeschlossene Röhre, an deren einem Ende das Tageslicht wartete, am anderen eine riesige

Summe Bargeld. Dazwischen stand das gepanzerte Fahrzeug.
Die beiden Männer schauten nun Crowe zu, der mit zwei leeren Leinwandsäcken in der linken Hand durch die Übergabekammer in den Tresor schritt. Etwa zwanzig Sekunden später tauchte er wieder auf. Die Säcke waren nun prall gefüllt und hingen über seiner Schulter. Automaten hatten das Geld in braun eingeschlagene Bündel zu jeweils achtzig Scheinen verpackt. Es war, auch dies hatte Verne während der Probezeit gelernt, das ideale Format, das Systemautomaten verarbeiten und weiterleiten konnten.
Crowe kam zurück, um die nächste Ladung zu holen. Er ging schnell. Man sah ihm an, dass er diese Arbeit nicht zum ersten Mal machte. *Ganz schön braun gebrannt für einen leitenden Angestellten,* dachte Verne geistesabwesend. *Der hängt sicher oft auf dem Golfplatz rum. Bei dem Akzent könnte es aber auch sein, dass er Kühe zusammentreibt.* Obwohl er den Fahrer des Geldtransporters hinter der kugelsicheren Scheibe nicht sah, wusste er, dass dieser Crowe genau beobachtete und ständig mit ihm in Funkkontakt war.
Crowe kehrte mit der nächsten Ladung zurück. Er verschwand im Inneren des Wagens und kam mit dem Gewehr unter dem rechten Arm wieder heraus. Verne musterte das Schießeisen ohne besonderes Interesse. Ein hübsches Kanönchen, sauber und sehr gepflegt. Die Utopia-Mannschaft kam aber ebenso wenig mit Waffen in Berührung wie mit Geld. Für dergleichen heuerte man Spezialisten von außerhalb an und mischte sich während der gesamten Transaktion nicht ein. Den Versicherungsfritzen war so was bestimmt lieber.
Crowe tauchte wieder auf. Trotz seines energischen Vorgehens würde es noch einige Minuten dauern, bis die hundert

Millionen Dollar verstaut waren. Vernes Neugier ließ nach. Er zog sich vom Fenster zurück, plumpste schwer in den Sessel hinter der Schalttafel und streckte sich noch einmal.

Earl Crowe stieg in das gepanzerte Fahrzeug, begab sich ins Heckabteil und ließ die schweren Säcke von seinen Schultern gleiten. Der Fahrer, der hier wartete, stülpte die Säcke um und kippte Dutzende von identisch eingewickelten Päckchen auf den mit Gummi ausgelegten Stahlboden. Es war zwar nicht gerade das Standardverfahren – der echte Fahrer wäre hinter dem Steuer geblieben, hätte das Verladen beaufsichtigt und nach potenziellen Räubern und Entführern Ausschau gehalten –, doch in dem abgeschlossenen und menschenleeren Gang konnte ihn niemand sehen.

Crowe schwang die leeren Säcke über seine Schulter und drehte sich um. Er schaute dem Fahrer zu, der die braunen Päckchen eilig in den Kästen verstaute, die die Wände des Fahrzeugs einnahmen. »Es gefällt dir wohl, wieder mal einen Panzerwagen zu fahren, was?«, fragte er.

Der Fahrer nickte, ohne in seiner Tätigkeit innezuhalten. »Jaaa. Wo ich doch zum ersten Mal auf eigene Rechnung fahre.«

Crowe lachte leise. Dann drehte er sich um, trabte die Stufen hinunter und kehrte in den Tresor zurück.

16.16 Uhr

Die Phalanx der Wachleute in den VIP-Räumen hatte sich drastisch verringert, seit Warne das letzte Mal hier war. Als er eintrat, sah er nur zwei Mann: Einer bewachte den Eingang, der andere stand im Schatten einer Alabastersäule und hielt die Hände hinter dem Rücken. Irgendwo ganz im Hintergrund erklang die besinnliche, melancholische Musik eines Streichquartetts.

Der Wachmann am Eingang warf einen Blick auf den Identifikator auf Warnes Revers, dann nickte er und winkte ihn und Peccam durch.

»Was genau sollen wir tun?«, fragte Peccam, als sie über den Marmorboden schritten.

»Ich weiß nicht«, sagte Warne. »Fragen Sie mich in fünf Minuten noch mal.«

Natürlich wusste er es. Er hoffte zumindest, dass er es wusste.

Trotz der dezenten Musik, des leisen Plätscherns eines Springbrunnens und der Stimmen einiger nervöser Gäste, die auf ledernen Sofas saßen, fielen ihm Pooles Worte ein: *Der Sender, den wir in der Sporttasche gefunden haben … Man braucht freie Sicht, weil er Wände nicht durchdringen kann … Sobald sie das Gebäude verlassen haben, lassen sie die Kuppel implodieren … Und in dem sich daran anschließenden Chaos werden sie entkommen.*

Vielleicht kam Poole rechtzeitig an die Sprengladungen heran und machte so viele unschädlich, dass die Kuppel nicht zusammenbrach. Aber er durfte sich nicht darauf verlassen. Also konnten sie nur eins tun: Sie mussten den Panzerwagen daran hindern, die Unterwelt Utopias zu verlassen.

Wieder ertönte Pooles Stimme in seinem Kopf: *Außerdem sind die Typen bewaffnet … Sie haben massenhaft Kanonen … Außerdem ist das Sicherheitspersonal Utopias unbewaffnet.*

Er hatte Recht. In Utopia gab es keine Waffen, die man gegen ein gepanzertes Fahrzeug einsetzen konnte. Aber vielleicht gab es etwas anderes.

Warne schob sich durch Türen und ausgelegte Gänge und versuchte, sich an den Grundriss der Räume zu erinnern. Bei seinem ersten Besuch im VIP-Salon hatte er es eilig gehabt. Seine Erinnerungen waren schwach. *Dies ist die Tür, glaube ich.* Er machte sich nicht die Mühe anzuklopfen; er packte den Knauf, drehte ihn herum und stieß die Tür auf.

In dem Raum dahinter drehte sich Mr. Smythe um, als er Warne und Peccam eintreten hörte. Seine dicke Brille saß auf seiner Nasenspitze. Seine heute Morgen in der Schwebebahn noch sorgfältig gekämmten und pomadisierten Haarsträhnen ragten wirr in die Höhe. Allem Anschein nach ging er seit einer geraumen Weile auf und ab.

Hinter dem Tisch mit der Kaffeemaschine ertönte ein Surren. Flügelmutter tauchte auf und schwenkte seine Sensoren. Die Zwillingskameras des großen Roboters erfassten seinen Herrn. Er ruckte vor und stieß ein lautes, wie ein Rülpsen klingendes Bellen aus. Warne tätschelte Flügelmutters Sensoren. Er war erleichtert, dass der Computer noch da war. Und der Mensch war auch noch da. Gott sei Dank!

»Mr. Smythe«, sagte er. »Ich bin Andrew Warne. Erinnern Sie sich an mich?«

Der kleine Mann mit dem schmalen Oberlippenbart runzelte die Stirn. »Aber ja. Sie waren doch heute Morgen in der Schwebebahn. Außerdem hat Miss Boatwright Sie hergebeten, nachdem … nachdem …« Er hielt inne.

»Stimmt«, sagte Warne eilig. »Das hier ist Ralph Peccam. Er ist Videotechniker und arbeitet für die Sicherheitsabteilung. Er untersteht Bob Allocco. Sie haben ihn ebenfalls hier kennen gelernt.«

Zehn Minuten, raunte die kalte leise Stimme in seinem Kopf. *Du hast nur zehn Minuten. Vielleicht auch weniger.* Das Geschwafel, das gegenseitige Vorstellen kostete nur Zeit. Aber es war lebenswichtig: Falls überhaupt eine Möglichkeit bestand, seinen Plan in die Tat umzusetzen, brauchte er unbedingt Smythes Vertrauen.

»Mr. Smythe«, fuhr er fort. »Verzeihen Sie bitte, aber wir sind sehr in Eile. Ich möchte Sie bitten, uns bei etwas zu helfen.«

Smythe nahm die Brille ab und putzte sie mit dem Ende seiner Krawatte. Ohne die ihn vor der Außenwelt abschirmenden Gläser wirkten seine blassblauen Augen verletzlich und erstaunt.

»Natürlich«, sagte er. »Wenn ich kann.«

»Mr. Smythe, können Sie mir sagen … Tja, können Sie mir sagen, welche Feuerwerkskörper hier im Park gelagert werden?«

Smythe polierte seine Brille weiter. »Ach, die üblichen. Sie wissen schon: Klasse B.«

»Klasse B?«

»Natürlich. Orange-Buch-Klassifikation 1.3.« Da niemand auf seine Worte reagierte, fügte er hinzu: »Das ist eine UN-Klassifikation für gefährliche Güter. Eins Punkt drei. Feuergefährliche Projektile. Natürlich nur fürs Schaugeschäft, nicht für die Öffentlichkeit.« Es schien ihn zu schockieren, dass dies nicht allgemein bekannt war.

»Gibt es hier viele davon?«

»Viele? Ach, Sie meinen Feuerwerkskörper? Oh, aber ja! Es würde Sie überraschen, was hier so bei den allabendlichen Shows verbraucht wird. Besonders an Heulern, Kometen und …«

»Verstehe. Und welche von denen explodieren?«

Smythes Brillenputzerei ging nun langsamer vonstatten. Dann stellte er sie ein.

»Explodieren?« Er hatte die unangenehme Angewohnheit, das letzte Wort jeder Frage zu wiederholen. »Tja, warten Sie mal. Alle Feuerwerkskörper explodieren ... Das liegt so in ihrer Natur.« Er holte langsam und geduldig zu einer Erklärung aus, als stünde er vor einem kleinen Kind. »Es gibt natürlich zwei Arten von Schwarzpulver: Die eine braucht man für den Aufstieg. Und für die Explosion ...«

»Nein, nein«, fuhr Warne dazwischen. »Ich meine, welche Art geht hoch?«

»Welche Art hochgeht? Tja, kommt darauf an, was Sie mit Hochgehen meinen. Es gibt Crossettes und Tourbillons. Sie sind, wie allgemein bekannt, Zierkracher. Sie fliegen rauf, runter und seitwärts. Dann gibts noch die bunten Fontänen, die ...«

»Nein!« Warne hielt sich nur mühsam zurück. »Welche Art richtet *Schaden* an?«

Smythe wirkte nun entsetzt. Er setzte die Brille wieder auf. »Ich muss sagen, dies gilt für die ... ähm ... meisten. Oder es würde für sie gelten, wenn man sie unfachmännisch eingesetzt.« Er zögerte, dann musterte er Warne genauer. »Aber die Zierheuler, die im Freien gezündet werden, die Multisternraketen und Kanonenschläge, die könnten vielleicht ...« Seine Stimme verlor sich im Nichts.

»Wo werden sie aufbewahrt?«, fragte Warne, der sich vor Ungeduld nun beinahe aufbäumte.

»In den Lagerräumen der C-Ebene.«

»Haben Sie dort Zutritt?«

»Natürlich. Ich habe die Unterbringung beaufsichtigt.«

Warne warf Peccam einen Blick zu, der ihrem Wortwechsel mit zunehmendem Unglauben lauschte. Dann wandte er sich wieder an Smythe.

»Hören Sie«, sagte er. »Wir brauchen Ihre Hilfe. Es hat mit ...

mit dem zu tun, was sie im Expertensalon entdeckt haben. Könnten Sie uns bitte das Magazin zeigen?«

Smythe zögerte erneut, diesmal länger.

»Bitte, Mr. Smythe. Es ist lebenswichtig. Ich erkläre es Ihnen unterwegs. Wir müssen uns beeilen!«

Endlich nickte Smythe.

»Also los«, sagte Warne. Er packte Smythe am Ärmel und zerrte den Mann in Richtung Tür. »Und so schnell wie möglich, wenn ich Sie bitten darf.«

Dann blieb er stehen und schaute zurück. »Flügelmutter«, sagte er. »Bei Fuß!«

Der Roboter schoss mit einem freudigen Hupen vor und folgte den Männern.

Als Warne durch den Korridor eilte, strich er nachdenklich über Flügelmutters Echoorter und ließ ihn immer wieder um sein Handgelenk kreisen.

16.20 Uhr

Angus Poole nahm auf der schmalen Eisentreppe immer zwei Stufen auf einmal und zog sich dabei links und rechts am Geländer hoch. Es war viele Jahre her, seit er zum letzten Mal mit vollem Marschgepäck unterwegs gewesen war, deswegen kam er ganz schön außer Atem. Linkerhand wölbte sich die Betonwand des Treppenhauses nach oben ins Nichts hinein. Leuchtstoffröhren waren in einem aufsteigenden Winkel an der Oberfläche festgeschraubt. Rechts unten wurden die grünen Auen und bunten Zelte Camelots kleiner. Ein bunter Baldachin aus Brustwehren, Wimpeln und grellbunten mittelalterlichen Sehenswürdigkeiten.

Das Treppenhaus zu finden hatte länger gedauert als erwartet: Er hatte einen Mitarbeiter beschwatzen und sich mit Hilfe von Warnes Kennkarte an einem Wachmann vorbeimogeln müssen. Als er nun nach oben eilte, wagte er kaum daran zu denken, wie viele Minuten er vergeudet hatte.
Außerdem wollte er auch nicht über diese verrückte Mission nachdenken. Die Vorstellung, dass jemand die massive Riesenkuppel zum Einsturz bringen wollte, um zahllose Glasscherben und Eisenteile über den Park zu verstreuen, erschien ihm selbst für einen Fiesling wie John Doe recht extrem. Poole fragte sich, ob Sarah Boatwright die Worte des schwer verletzten Barksdales überhaupt richtig verstanden hatte. War Barksdale überhaupt glaubwürdig? Vielleicht war er nicht mehr ganz bei sich gewesen. Vielleicht hatte er all dies nur erzählt, um leichter zu entwischen, wenn er im medizinischen Zentrum lag und allein war. Doch tief in seinem Inneren vertraute Poole Barksdale. Der Chef der Systemverwaltung hatte sich wirklich schwer abgemüht, um seine Aussage zu machen. In seinem Bestreben, die Parkchefin vor dem zu warnen, was ihnen bevorstand, hatte er sogar Blut erbrochen. Schon das Bewegen seines gebrochenen Kiefers musste ihm fürchterliche Schmerzen bereitet haben. Der Mann hatte wohl die Wahrheit gesagt.
Die Treppe vollführte eine sanfte Biegung. Camelot verschwand. Weiter oben endeten die Stufen an einer Eisentür. Ein dünner Streifen Sonnenlicht zeichnete ein Rechteck um die dunkle Türfüllung. Ein Arbeiter aus der Abteilung Infrastruktur in einem beigefarbenen Overall kam ihm mit einer großen Sporttasche in der Hand von oben entgegen. Als Poole den Arbeiter eilig passierte, warf dieser ihm einen kurzen Blick zu. Poole erwiderte diesen, lief aber so schnell wie möglich weiter: Das Letzte, was er sich jetzt leisten konn-

te, war eine Quizveranstaltung mit irgendeiner Pappnase. Glücklicherweise rief der Mann ihm weder eine Warnung zu noch forderte er ihn zum Anhalten auf, sodass Poole sich weiter der Tür näherte und über die vor ihm liegende Aufgabe nachdachte.

Wenn die Kuppel *wirklich* mit Sprengladungen gespickt war, was konnte er in den wenigen ihm noch verbleibenden Minuten bewirken? *Du läufst in die falsche Richtung, du Idiot,* schrie sein Selbsterhaltungstrieb. Diese Typen waren offensichtlich vom Fach. Was ihn dort oben auch erwartete, es war mit Sicherheit keine mit einem normalen Wecker verbundene Kunstdüngerbombe. Dies hier war eine Aufgabe für eine ganze Mannschaft von Sprengmeistern mit erstklassiger Ausrüstung und viel Zeit …

Dann dachte Poole an seine Kusine und ihre Familie, die ihm zwar gehörig auf den Keks ging, aber immerhin seine Verwandtschaft war. Und er dachte an die zahllosen Tausend anderen Besucher, von denen Utopia wimmelte. Sie hatten zum Glück keine Ahnung und gingen lächelnd und labernd im Schatten der riesigen Kuppel spazieren … Poole verdoppelte unversehens seine Geschwindigkeit.

Vielleicht war die Lage gar nicht so hoffnungslos. Sie befanden sich schließlich nicht im Krieg. Vielleicht hatten nur ein oder zwei dieser Typen den Sprengstoff hier raufschleppen können. Hier würden also kaum Zentner von dem Zeug liegen. Wenn sie mit einem Fernzünder arbeiteten, musste hier auch irgendwo ein Empfänger sein. Ihn aufzustöbern ging schneller und war sicherer als die Zerlegung mehrerer Zünder. Der Empfänger musste sich irgendwo an der Rückseite befinden, der Straße gegenüber, die vom Park wegführte. Er war sich ziemlich sicher. Laut Peccam, dem Techniker mit der Sommererkältung, brauchte der Sender freie Sicht.

Noch vier Schritte, dann war er an der Tür. Einen Übelkeit erregenden Moment lang fürchtete Poole, sie könne unpassierbar sein; irgendein Handlesegerät könne ihm den Weg versperren. Doch er stellte erleichtert fest, dass sie nur mit einem normalen Eisenknauf versehen war. Ein fester Tritt reichte, um das Schloss zu sprengen und sie zu öffnen.

Blendendes Licht und brüllende Hitze stürzten sich auf Poole und hüllten ihn ein. Er zögerte kurz, dann wandte er das Gesicht beiseite und kniff die Augen zusammen. Nach der Kühle des Treppenhauses war er wie erstarrt. Er machte einen Schritt nach vorn, dann noch einen. Das schmerzhaft weiße, grelle Licht wich zurück, die ihn umgebende Szenerie wurde erkennbar.

Die Treppe führte zu einem kleinen Metallschuppen, der wie ein Kinderspielzeug auf einem riesigen, flachen Steilabbruch saß. Spärliche Hochwüstenvegetation, Wacholder und verstreut wuchernder Salbei klammerte sich an Spalten und Rinnen, die vor ihm durch den Sandstein verliefen. Die rötliche Oberfläche wirkte verletzt und gichtig; vernarbt, wie nach einer schrecklichen Schlacht. Dies war die Mesa, die den runden Kessel umgab, in dem Utopia lag. Und vor ihm, über die Schale Utopias gewölbt, erhob sich die Kuppel, das Dach des Parks. Stählerne Rippen und sechseckige Glasscheiben, die im Sonnenschein wie Libellenschwingen glitzerten. Als Poole sie sah, verharrte er sofort wieder. Die Kuppel war so massiv – die glatte Wölbung ihrer Oberfläche so präzise, so unglaublich regelmäßig über dem pockennarbigen, unebenen Sandgestein –, dass sie die ferne Unwirklichkeit einer Traumwelt ausstrahlte. Er zwang sich, den Blick zum Himmel zu wenden. Er musste sich orientieren. Dann ging er entschlossen weiter.

Als er die Basis der Kuppel erreichte, erblickte er ein geschickt in die Stützrippen und Querverstrebungen integriertes Netz aus Laufstegen und Leitern. Nichts deutete an, dass sich hier jemand zu schaffen gemacht hatte. Nichts wirkte irgendwie verdächtig. Er stöhnte vor Erleichterung. Vielleicht hatte Barksdale sich doch geirrt …

Dann sah er die Zündschnur.

Sie war um den untersten metallenen Laufsteg gewickelt und folgte ihm um den Kuppelsockel. Poole ging zum Laufsteg hinauf, streckte die Hand aus und drehte die mit Kunststoff umhüllte Schnur behutsam zwischen den Fingern. Professionelle Qualität, dünn und leicht, doch sehr verlässlich.

Er richtete sich auf, lief mit einem unguten Gefühl im Bauch am Sockel entlang und verfolgte die Schnur. Nach ungefähr fünfzehn Metern fand er die erste Sprengladung – einen kleinen Plastikklumpen, von fachkundiger Hand um einen Trägersockel gedrückt. Zu anderen Zeiten hätte er die subtile Schönheit des Fundortes bewundert. Als Fachmann wusste er ökonomischen Materialeinsatz zu schätzen. Der Abbruchspezialist – Poole zweifelte nun nicht mehr daran, dass ein solcher für die Sprengladung verantwortlich war – hatte eindeutig für einen chirurgischen Eingriff optiert und Präzision über das bloße Volumen der Ladung gestellt.

Poole ging weiter am Kuppelsockel entlang, bis er an die Rückwand des Parks kam. Er stieß auf eine zweite Ladung, dann auf eine dritte. Alle waren so fachmännisch angebracht, dass sie mit einem Minimum an Aufwand ein Maximum an Zerstörung anrichteten. Und dies hatte nur ein Mann getan. Höchstens zwei. Ein hoch disziplinierter Job. Mehr als das: Hier würde Poole weder auf schlampige Arbeit noch auf Schwächen stoßen, die er für sich nutzen konnte. Das Gefühl seiner Machtlosigkeit wurde stärker.

Als er weitereilte, blieb sein Blick stets auf die Zündschnur gerichtet, die sich unter dem Laufsteg entlangschlängelte. Vor sich, gleich an der Wölbung der Kuppel, sah er nun einen größeren Kontrollkasten. An ihm endeten mehrere Zündschnüre. *Das muss der Empfänger sein,* dachte er mit frisch aufkeimender Hoffnung.

In einer niedrigen Rinne, die vor ihm verlief, kam plötzlich ein Gegenstand in Sicht. Poole schwenkte seitlich ab, um ihm auszuweichen. Dann blieb er stehen, drehte sich schnell wieder um und kniete sich nieder.

»Heiliger Bimbam!«, murmelte er.

Es war eine männliche Leiche: Ende dreißig, groß, mit dem Overall eines Wartungsarbeiters bekleidet. Schuhe mit Gummisohlen lagen neben ihm. An seinem Werkzeuggürtel hing irgendein elektronisches Gerät. Auf dem weißen Stoff seines Arbeitszeugs breitete sich ein großer Blutfleck aus. Poole streckte einen Finger aus und berührte den Toten. Das Blut war hart, die tödliche Wunde musste Stunden alt sein.

An der Unterseite des Laufstegs, knapp eineinhalb Meter unterhalb der Leiche, war sorgfältig eine weitere Ladung in Position gebracht worden. Poole beugte sich vor, um sie genauer zu betrachten.

Am Rande seines Blickfelds bewegte sich etwas. Alte, halb vergessene Reflexe schalteten sich ein. Poole drückte sich neben der Leiche ans Gestein. Er hob vorsichtig den Kopf und benutzte den Toten als Deckung.

Anfangs sah er nichts. Die knorrige, schrumpelige Oberfläche der Mesa wirkte absolut reglos. Dann war die Bewegung wieder da. Ein Mann im Sonnenschein, gleich neben dem riesigen Schatten, den die Kuppel warf. Er drückte sich an den Sockel und schlich langsam voran. Aus Pooles Position war nur die linke Seite seines Körpers sichtbar. Er trug den beigefarbenen Overall eines Wartungsarbeiters. Poole fluchte unterdrückt, als er den Mann erkannte, dem er im Treppenhaus begegnet war. Sein aktuelles Problem hatte ihn so beschäftigt, dass ihm nicht mal die Idee gekommen war, sich zu fragen, wer da wohl die Treppe heruntergekommen war. Er war davon ausgegangen, dass John Does Männer sich inzwischen neu formiert hatten und unterwegs waren, um mit dem Geldtransporter zu verschwinden. Aber er hatte sich geirrt: John Doe war gründlich. Er hatte bestimmt einen Beobachter zurückgelassen, der den Fluchtweg bis zur letztmöglichen Minute im Auge behielt. *Niemals von etwas ausgehen,* dachte Poole. *Ständig alles in Frage stellen. Nichts ist selbstverständlich.*

Poole lag reglos hinter dem Toten. Er sah, dass der Mann kurz verlangsamte, sich umschaute und dann weiterschlich. Seine Haltung und seine besonnenen Bewegungen waren Poole nicht unbekannt: Der Mann war auf der Pirsch. Und Poole wusste nur allzu gut, hinter wem er her war.

Als der Fremde die Schattenlinie erreichte, löste er sich kurz von der Kuppel, um einem unsichtbaren Hindernis auszuweichen. Seine rechte Seite kam kurz ins Blickfeld, und im gleichen Moment blitzte im Sonnenschein der Lauf eines schweren Gewehrs auf.

Poole stieß einen leisen, doch wüsten Fluch aus. Eine solche Waffe veränderte die Spielregeln grundlegend. Einen fairen Kampf gegen einen Heckenschützen konnte er sich nicht leisten. Er hatte keine andere Wahl. Wenn er nicht wollte, dass der Fremde ihn aus der Ferne ausschaltete, musste er in Verteidigungsstellung gehen. Außerdem hatte er jetzt keine Zeit für abenteuerliche Spielchen.

Es gab nur eins für ihn: Er musste den Gegner überraschen. Er musste ihn so nahe herankommen lassen, bis sein Gewehr ihm keinen Vorteil mehr bot.

Poole schaute erneut hinüber. Der Mann im Overall war jetzt aus dem Sonnenschein herausgetreten und im Kuppelschatten untergetaucht. Um den Vorteil einer Überraschung zu nutzen, solange er noch bestand, duckte Poole sich tiefer hinter die Leiche. Der Fremde musste wissen, dass hier ein Toter lag. Zweifellos war er für ihn verantwortlich. Er würde kaum damit rechnen, dass sich jemand hinter der Leiche versteckte.

Poole griff in seine Jacke und zog vorsichtig die Pistole des Hackers heraus. Er schränkte seine Bewegungen auf ein Minimum ein und versicherte sich, dass eine Patrone im Patronenlager war. Dann führte er den Arm wieder über seinen Brustkorb, wartete ab, blieb unter dem Rand der Rinne und lauschte. Auf seine Augen konnte er sich nicht mehr verlassen, denn der Fremde befand sich nun ebenfalls im Schatten. Wenn Poole den Kopf hob, musste dem Mann die Bewegung auffallen. Also wartete er in der Rinne auf das Geräusch von Schritten. Spitze Steine stachen in seinen Rücken. Der Geruch des billigen Rasierwassers des Toten drang in seine Nase. *Hast ne gute Wahl getroffen, Poole,* dachte er. *Inzwischen könntest du im ›Meer der Stille‹ schon das nächste Bierchen zischen. Stattdessen schmiegst du dich an ne Leiche und fragst dich, ob dir gleich jemand ne Kugel in den Kopf ballert oder deinen Arsch in die Luft sprengt …*

Schließlich hörte er Schritte. Sie wurden langsamer, hörten ganz auf, wurden wieder wahrnehmbar und kamen näher. Poole atmete langsam und wartete. Fünf Sekunden. Dann ragte der Schatten einer sich nähernden Gestalt über der Rinne auf.

Als ihr Kopf ins Blickfeld kam, hob Poole die Pistole und den linken Arm, um seine Waffenhand abzustützen. »Keine Bewegung!«, rief er.

Der Mann blieb abrupt stehen. Dann stellte er sein angezogenes und gestiefeltes Bein vorsichtig auf den Boden. Poole lag in der Rinne. Seine Pistole zielte auf den Kopf des Fremden. Einen Moment lang schauten sie sich nur an.

»Schöner Tag, wenns nicht regnet«, sagte Poole schließlich.

Falls der Fremde ihn gehört hatte, gab er es nicht zu erkennen. Er war kräftig gebaut und hatte kurzes Haar, das in dichten Wellen über seine Schläfen und in seinen Nacken fiel. Das Gewehr war in seiner rechten Hand, vom Körper abgewandt. Der Mündungsfeuerdämpfer wies nach unten.

Poole schob sich mit äußerster Vorsicht voran und stand auf. Die Pistole blieb pausenlos auf den Fremden gerichtet. Poole spürte, dass sich kleine Steinchen von seinem Rücken lösten. Er wich ein paar Schritte zurück, achtete vorsichtig darauf, wo er hintrat, und sorgte dafür, dass er das Gleichgewicht nicht verlor. Dann nickte er in Richtung des M24.

»Ich kenn nur eine Art von Menschen, die am liebsten mit dieser Knarre arbeiten. Warst du beim Corps?«

Der Fremde schaute ihn schweigend an.

»Ich war bei der sechsundneunzigsten Marine Expeditionary Unit«, fuhr Poole fort. »Bis man keinen Wert mehr auf meine Gesellschaft legte. Ist die Geschichte meines Lebens.«

Der Mann schwieg noch immer. Er musterte Poole teilnahmslos.

Poole seufzte. »Tja, wenn du schon keine gepflegte Konversation führen kannst … Wie wärs, wenn du die Knarre fallen lässt?«

Der Mann rührte sich nicht. Ein, zwei Sekunden später richtete Poole seine Pistole jäh auf die Beine seines Gegenübers. Er hatte keine Zeit mehr für Nettigkeiten. Er musste seinem Gegenspieler eine Kniescheibe zerschmettern, ihn kampf-

unfähig machen und sich dann die Information holen, die er brauchte.
Plötzlich entkrampfte der Mann seine rechte Hand. Er ließ das Gewehr los, und es fiel, mit der Schulterstütze voran, zu Boden. Poole lächelte. Der Mann hatte es an seinem Blick gesehen. Er war kein Dummkopf.
»Das ist ja schon mal ein Anfang«, sagte Poole. »Leg jetzt die Hände auf den Kopf, spreiz die Finger und sag mir, wie ich den ganzen Scheiß hier am schnellsten deaktivieren kann.«
Der Mann hob unverschämt langsam die Arme. Poole wollte sich gerade beschweren, als er sah, dass der rechte Arm des Fremden mit der Geschwindigkeit einer zubeißenden Schlange zurückzuckte und hinter seinem Rücken verschwand.
Poole hob seine Waffe und schoss. Doch er hörte nicht das Krachen einer Explosion, sondern nur ein leises, trockenes Klicken. Als er begriff, dass die Patrone ein Blindgänger war und er den Schlitten durchzog, um die Kammer zu leeren, war die Hand des Fremden wieder in seinem Blickfeld. Sie hielt eine .45er. Dann wurde der riesige Kracher von einer gelben Flamme verdeckt, und Poole spürte, dass ein glühender Pferdehuf in seine Eingeweide schlug. Seine eigene Kanone bellte zwar los, doch er fiel schon nach hinten. Die schwarze Wölbung der Kuppel und das Blau des Himmels kreisten Schwindel erregend über ihm. Dann kam ihm das grausame, unnachgiebige Felsgestein des Steilhangs entgegen und berührte seine Schultern. Jeglicher Atem floh aus seiner Lunge. Nun wurde es schlagartig stockfinster.

16.20 Uhr

Auf der schweren Stahltür stand »Hochsicherheitsgebiet – Zutritt nur für autorisiertes Personal«. Warne stand vor ihr, und während Smythe einen Code in die Wandtastatur eingab, schaute er nervös in beide Richtungen des Ganges. Schließlich nahm Smythe eine Kennkarte aus seinem Jackett, zog sie durch das Gerät und legte eine Handfläche auf die Lesescheibe. Ein hörbares Klicken. Die Tür sprang auf. Trockene Luft pfiff heraus. Warne sah, dass der Türrahmen mit Gummistreifen abgedichtet war.

»Sieht ziemlich verlassen aus hier unten«, sagte er. Die Bemerkung klang schon albern, als er sie aussprach, aber er hatte das Bedürfnis, etwas zu sagen. *Irgendetwas.* Auf dem Weg nach unten war er den meisten Fragen Smythes ausgewichen. Er hatte ihm nur mitgeteilt, dass der Park sich in großer Gefahr befand; dass er, Smythe, der Einzige war, der ihnen noch helfen konnte. Es war besser, die Stille mit müßigem Geschwätz zu übertönen, als sich weiteren Fragen auszusetzen. Peccam wartete neben der Tür. Seine ungläubige Miene legte sich nur langsam.

»Solange der Panzerwagen im Gebäude ist, darf niemand dieses Gebiet betreten«, sagte Smythe. »Nur Experten und Techniker ab Sicherheitsstufe 2 haben Zutritt.« Er ging hinein. Warne und Peccam hefteten sich an seine Fersen.

Der Raum wirkte bemerkenswert groß. Seine Länge und relative Leere erinnerten Warne an eine Turnhalle. Der Boden war mit quadratischen schwarzen Gummimatten bedeckt. Die Wände waren bis auf eine Reihe von Plakaten und Warnschildern kahl. »Keine synthetische Kleidung. Möglichst die Haut bedecken. Entsprechend APA 87-1.« In der Mitte des Raums stand eine lange Reihe von Metallcontainern, die ungefähr zwanzig Meter voneinander getrennt waren. Sie sahen alle gleich aus, waren etwa zwei Meter hoch und vier Meter lang und an einem durch den ganzen Raum führenden Betonfundament befestigt. An den Fronttüren waren schwere Vorhängeschlösser befestigt. Neben jedem Container stand ein kleiner Kunststoffmülleimer mit der schwarzen Aufschrift »Organische Abfälle«.

»Sind das die Feuerwerkscontainer?« Warne deutete auf die riesigen Kästen.

Smythe nickte. »Wie Sie sehen, weisen sie den Trennungsabstand auf, den das Amt für Alkohol, Tabak und Schusswaffen festgelegt hat. Eigentlich entspricht hier alles den gültigen Vorschriften oder übertrifft sie sogar. Von einem abgesehen.« Smythe trat vor eine kleine Tür am Ende des Raumes und ruckelte an der Klinke. »Sehen Sie?«, sagte er mit finsterer Miene, als er zurückkam. »Sie ist verschlossen.«

»Und?«

»Sie ist elektronisch verschlossen. Als Sicherheitsmaßnahme, während das Panzerfahrzeug beladen wird. Das ist ein eklatanter Verstoß gegen die von der OSHA festgelegte Notausgangsverordnung. Ich habe mich schon mehrmals darüber beschwert, aber ich kriege immer nur zu hören, dass es lediglich zehn Minuten dauert und nur einmal pro Woche vorkommt. Wenn der Tresorraum wieder geschlossen und der Wagen abgefahren ist, schaltet sich die elektronische Verriegelung ab. Ist aber trotzdem ein Verstoß gegen die Vorschriften.« Smythe schaute Warne plötzlich an, als käme ihm ein neuer Gedanke. »Vielleicht können Sie bei den richtigen Leuten mal ein Wort für mich einlegen?«

Dann ist der Wagen also noch hier, dachte Warne. Er wandte sich mit verstärkter Dringlichkeit an Smythe: »Zeigen Sie mir bitte die Speicher. Die mit den …«

»… Hochstufenraketen«, beendete Smythe den Satz für ihn. Warne nickte. Smythe spitzte zwar missbilligend die Lippen, führte die beiden Männer aber über den Gummiboden zu den Feuerwerkscontainer. Flügelmutter folgte ihnen auf dem Fuße. Der Roboter bewegte sich vorsichtiger als sonst voran. Seine Kameras schwenkten über die Wände und die Decke. Seine Prozessoren legten eine topologische Landkarte des riesigen Raumes an.

Smythe blieb vor dem vierten Container stehen und kramte in seinen Taschen nach dem Schlüssel. Auf dem Boden vor dem Container befand sich ein Isolierrost. An der Frontwand war ein wasserdichter GFI-Lichtschalter, auf einem großen roten Transparent stand »Explosivstoff 1.3 g«.

Smythe öffnete das Vorhängeschloss, schaltete das Licht an, wuchtete die schwere Eisentür beiseite und ging hinein. Warne folgte ihm. Auf dem Boden stand ein Hygrometer. Von der Decke hingen Dochte. Hohe hölzerne Gestelle säumten die Wände des Speichers. Auf den Regalbrettern standen Dutzende von Pappkartons mit identischen Etiketten: »Feuerwerkskörper UN 0771. Vorsicht – offenes Feuer verboten.« Lange Zahlenkolonnen waren mit einem schwarzen Stift auf die Schachteln gemalt. Am Ende des Containers sah Warne zahllose Röhren, die aussahen, als wären sie aus dicker schwarzer Pappe. Ihre Enden waren je nach Größe andersfarbig.

Smythe blieb vor einem Gestell stehen und fuhr mit den Fingern über die handgeschriebene Zahlenkolonne eines Kartons. Er nahm ihn aus dem Regal, stellte ihn auf dem Boden ab und öffnete ihn vorsichtig. Der Karton enthielt mehrere kugelförmige, in Plastiktüten verpackte und in braunes Papier eingeschlagene Gegenstände. »Das sind die Feuerwerkskörper, die wir im Freien einsetzen«, sagte Smythe.

»Für das Feuerwerk, das draußen stattfindet, wenn der Park schließt.« Er nahm eins der Dinger aus dem Karton heraus, befreite es behutsam von der Plastikhülle, hielt es ins Licht und drehte es in den Händen, als suche er nach Rissen oder Unregelmäßigkeiten. Dann streckte er es Warne entgegen.

Es war überraschend schwer. Als Warne es in den Händen wog, bemerkte er eine Zündschnur aus gedrehtem Papier, die mit einer weißen Schnur an der Seite befestigt war. Die Verpackung war mit mehreren kleinen Etiketten beklebt. Warnungen: »Hochgradig gefährlich. Nur zum professionellen Einsatz.«

»Das ist eine ›Goldene Weide‹«, sagte Smythe. »Die ist zwar nicht besonders hell, aber sie steigt sehr hoch – über dreihundert Meter –, bevor sie ihren Inhalt ausspuckt. Ein prächtiger Anblick. Die ›Goldene Weide‹ hat einen starken Treibsatz und braucht für das ganze Schwarzpulver mindestens einen Zehnzollmörser.«

Warne gab ihm das Ding schnell zurück. Smythe legte es neben dem Karton auf den Boden und ging noch tiefer in den Container hinein. »Das hier sind ›Doppelchrysanthemen‹, sehr große Raketen, die normalerweise im Finale zusammen mit Böllern und Illuminatoren eingesetzt werden.« Er trat an das gegenüberliegende Regal und deutete auf einen Kartonstapel. »Und das da sind ›Silberdrachen‹. Sie sind voll mit Aluminium- oder Magnesiumblitzpulver. Magnesium ist besonders hell; die Bestandteile verbrennen mit unglaublicher Hitze. Eine perfekte Begleitung für die verschiedenen Kanonenschläge.«

»Kanonenschläge«, wiederholte Warne. »Die haben Sie schon mal erwähnt.«

Smythe blinzelte ihn an und putzte seine Brille. Dann bedeutete er Warne, ihm zu folgen. Sie verließen den Speicher und gingen an der Reihe entlang. Smythe blieb vor einem anderen Container stehen, öffnete das Vorhängeschloss und trat mit Warne ein. Flügelmutter blieb draußen. Er ließ ein mechanisches Grollen ertönen und rollte rastlos hin und her.

Die Containerwände waren mit Holzplatten verkleidet. Hier gab es weder Gestelle noch Regale. Auf dem Boden standen in Zweierreihen schwere metallene Munitionskisten.

»Kanonenschläge«, sagte Smythe. Er öffnete die Kiste, die ihm am nächsten war. »Sie sind gänzlich mit Schießpulver gefüllt. Sie spucken keine Sterne aus und erhellen auch nichts. Sie machen nur gewaltigen Krach. Sehr brutal und energisch. Spanische Pyrotechniker arbeiten am liebsten mit dem Zeug.«

»Schießpulver«, sagte Warne. Er musterte die zylinderförmigen Gegenstände, die in der Kiste lagerten. »Reines Schießpulver.«

»Ja, oder Blitzpulver.«

In diesem Moment ertönte ein leises Piepsen.

»Das Tresorsignal«, sagte Smythe. »Es bedeutet, dass der Tresorraum versiegelt und unser Notausgang wieder geöffnet wird. Ich glaube, es dauert nur noch wenige Minuten bis zur Klarmeldung. Sie kommt, sobald das Panzerfahrzeug die Unterwelt verlassen hat.«

Warne fuhr herum. *»Verlassen?«*

Er deutete auf die offene Munitionskiste. »Wir müssen uns ein paar dieser Dinger ausleihen.«

Smythe blinzelte ihn durch seine Brille an. »Wie bitte?«

»Außerdem ein paar Raketen aus dem anderen Behälter. Für den Fall des Falles. Auch die ›Goldenen Weiden‹ und einige Mörser.«

»Ausleihen?«, sagte Smythe, noch immer blinzelnd.

»Beeilung, Mann! *Beeilung!*«

Smythe nahm behutsam einige Kanonenschläge aus der Kiste, dann verließ er den Behälter und trabte in die Richtung zurück, aus der sie gekommen waren.

Warne wandte sich an Peccam. »Wie viel Zeit haben wir noch, bis der Panzerwagen abfährt?«

Peccam schaute ihn an. »Ich weiß es wirklich nicht. Viel bestimmt nicht. Wenn der Tresorraum versiegelt ist, ist der Wagen schon auf dem Rückweg.«

»Scheiße!« Warne spürte, wie die Verzweiflung ihn packte. »Hören Sie, Sie wissen doch, was ich vorhabe, oder?«

Peccam kniff die Augen zusammen. »Ich glaube schon.«

»Glauben Sie auch, dass wir keine andere Chance haben?«

Peccam nickte langsam.

»Ich muss bei Smythe bleiben, damit ich auch bestimmt kriege, was ich brauche. Vielleicht haben wir noch Zeit. Wir müssen darum beten. Aber inzwischen müssen Sie etwas tun.«

Warne löste den Echoorter von seinem Handgelenk. »Dies ist eine Zielpeilung für Flügelmutter.« Er reichte Peccam den Orter. »Wenn ich es ihm befehle, findet er das Ding, wo es auch ist.«

Der Videotechniker nahm das Gerät zögernd an sich – etwa so, als hätte Warne ihm eine Rakete aus der Munitionskiste ausgehändigt. Flügelmutter, der draußen wartete, schien die Übergabe mit großem Interesse zu beobachten.

»Sie wissen, was Sie mit dem Roboter machen sollen?«

Peccam nickte.

»Dann tun Sies auch. Laufen Sie! Bringen Sie sich nicht mehr in Gefahr als nötig. Ich lasse mir von Smythe zeigen, wo ich Stellung beziehen muss. Falls wir noch Zeit haben. Falls es noch nicht zu spät ist, treffen wir uns dort.«

Peccam nickte erneut. Sein Gesicht war bleich, seine Miene grimmig und entschlossen. Er drehte sich ohne ein weiteres Wort um, eilte aus dem Container und rannte zum Notausgang.

Auch Warne ging hinaus. »Komm mit, Junge«, sagte er leise zu Flügelmutter.

Er schaute auf seine Armbanduhr. Es war 16.24 Uhr.

16.24 Uhr

Der letzte Leinwandsack mit den in braunem Papier verpackten Banknoten war im Bauch des gepanzerten Fahrzeugs verstaut. Die Checkliste war durchgearbeitet, die übergebene Summe bestätigt. Der schnauzbärtige Earl Crowe hatte der Aufsicht im Kontrollraum lächelnd grünes Licht gegeben. Verne winkte ihm zur Bestätigung zu. Crowe bestieg den Transporter durch die Tür im Heck, die sich mit einem festen Knall schloss. Nach der Eingabe einiger Befehle ins Kontrollboard im Tresorraum rollte das riesige halbkreisförmige Tor aus glänzendem Stahl an seinen Platz zurück, machte den Weg in den Gang frei und verschloss die Übergabekammer und den nun leeren Tresor. Das leise Läuten des Kontrollsignals verlor sich im Brummen des Dieselfahrzeugs.

Mit einem letzten Winken legte der Lastwagenfahrer den Gang ein und fuhr langsam zurück. Fünfzig Meter vor ihm, außerhalb von Vernes Blickfeld, gab es in der leichten Biegung des Tunnels eine Abzweigung. Fünfzig Meter weiter kam dann der Kontrollpunkt. Dahinter erstreckten sich der Mitarbeiterparkplatz und die Straße, die vom Plateau hinunter zum U.S. Highway 95 und von dort aus ins Land der unbegrenzten Möglichkeiten führte.

Doch der Laster durchfuhr den Tunnel nicht in einem Stück. Er blieb einige Meter weiter stehen und kroch dann sehr langsam weiter, bis er die Aussicht zweier in der Nähe befindlicher Überwachungskameras blockiert hatte. Dann blieb er wieder stehen.

Gleich darauf öffnete sich in der nahen Wand eine zu einem Leitungsschacht führende Klappe. Sie schlug leise gegen die Karosserie des Transporters, dessen Tür mit einem Zischen aufging.

John Doe tauchte als Erster hinter der Klappe auf. Er schaute in beide Richtungen, glättete sein Hemd und stieg dann über die Trittstufe in den Transporter. Dann kam die nächste Gestalt aus dem Leitungsschacht. Es war Hardball, der nun wieder die Lederjacke trug, in der er heute Morgen Tom Tibbald in Empfang genommen hatte. Auch er sah sich zuerst vorsichtig um. Seine mandelförmigen Augen wirkten verschleiert und ausdruckslos, als er im Panzerwagen verschwand. Als Letzter erschien Cracker Jack, der junge Hacker. Sein Gesicht war geschwollen und voller Schrammen und die Knöchel seiner rechten Hand waren aufgeschlagen und blutig, als hätte er sich an einem spitzen Gegenstand oder möglicherweise auch an Zähnen geschnitten. Er schleifte eine Sporttasche hinter sich her, schloss die Klappe und stieg, die Tasche voran, über die drei Stufen in den Wagen. Dann wurde die Tür wieder geschlossen.

Im Inneren des Geldtransporters schob John Doe sich an Earl Crowe vorbei nach hinten. Crowe beobachtete ihn, als er einen der seitlichen Kästen öffnete und mit Augen und Händen die in vier Reihen dort ruhenden Stapel der gleichmäßig verpackten Banknoten liebkoste.

»Wie sagte doch schon George Bernard Shaw? Geldmangel ist die Wurzel allen Übels.« John Doe schloss den Kasten wieder. »Das hier müsste brave Jungs wie uns eine ganze Weile über Wasser halten.«

»Haben Sie die Disc?«, fragte Crowe.

John Doe nickte und klopfte geistesabwesend auf eine Tasche seines Leinenjacketts. Sein Blick fiel auf seine Armbanduhr.

»Water Buffalo ist nicht am Sammelpunkt aufgetaucht. Hat er sich über Funk gemeldet?«

Der Fahrer, Candyman, schüttelte den Kopf. In seinem Kopfhörer ertönte ein Quäken. Er hob eine Hand und betätigte den Sendeknopf.

»Hier ist AAS Neun Echo Bravo.«

»Neun Echo Bravo, hier Utopia-Zentrale. Wie wir sehen, haben Sie in der Einfahrt angehalten. Der Tresorraum signalisiert okay. Wir wollen das Alles-klar-Signal erteilen. Melden Sie Ursache der Verzögerung. Ende.«

»Utopia-Zentrale, es ist nichts Besonderes. Der Motor hat wohl eine Macke. Ich glaube, die Luftansaugung ist verstopft. Wir versuchen, sie gerade zu reinigen.«

»Verstanden, Neun Echo Bravo. Falls das Problem nicht gelöst werden kann, bitten wir darum, die Prozedur im Freien fortzuführen. Wiederhole: im Freien.«

»Utopia-Zentrale, ich sags noch mal: Es ist kein großes Problem. Wir können gleich weiterfahren.«

Candyman schaltete den Funkkopfhörer aus und warf einen Blick nach hinten in den Frachtraum.

»Ich hab das interne Geschwafel des Sicherheitsdienstes abgehört«, sagte er. »Die Sache mit ›Station Omega‹ ist in die C-Ebene durchgesickert. Die Eingeborenen werden allmählich nervös.«

»Kein Grund zur Sorge«, sagte John Doe. »Wir geben Water Buffalo noch ein paar Minuten. Dann fahren wir ab.«

»Soll ich rausgehen und die Motorhaube aufmachen?«, fragte Crowe.

John Doe schüttelte den Kopf. »Machen Sie sich keine Mühe. Die Kameras können doch nichts sehen, oder?«

Der Fahrer schaute durch das transparente Panzerglasfenster. Er blickte zuerst in den riesigen Rückspiegel, dann auf den konvexen Spiegel auf der Motorhaube über der Vorderachse.

»Natürlich nicht.« Dann schaute er nach hinten und musterte den Scanner, der den Funkverkehr der Sicherheitskräfte Utopias überwachte.

Deswegen konnte er den Mann nicht sehen. Das heißt, es war eigentlich kaum mehr als ein Halbwüchsiger: sommersprossig, ängstlich, mit geröteten Augen und einer Nase, die fast so rot war wie sein Haar. Er kroch nervös aus einem Notausgang hinter dem Geldtransporter, befestigte etwas, das wie ein Uhrenarmband aussah, unter der Heckstoßstange und verdünnisierte sich wieder.

16.24 Uhr

Warne durchquerte den Korridor so schnell er konnte. Unter einem Arm klemmten ein halbes Dutzend leere Mörser: mit Harz abgedichtete schwarze Röhren, an deren Rand eingeprägte Zahlen ihre Ladekapazität nannten. Unter dem anderen Arm trug er alle möglichen, in transparente Hüllen verpackte Raketen. Er drückte sie schützend an sich: Smythe hatte ihm in unerfreulichen Einzelheiten erläutert, was

Goexpulver und Blitzkomponenten anrichteten, wenn sie ungebremst auf einen Betonboden fielen.
Hinter Warne kam Smythe. Er hatte die Arme voll sperriger, braun verpackter Kanonenschläge und einer Vielzahl von Raketen, die Warne nicht kannte. Smythe folgte mit kurzen, ruckartigen Bewegungen Flügelmutter. Vier schwere Kanonenschläge waren an seinen Gliedmaßen befestigt. Lange Zündschnüre aus fest geflochtenem braunem Papier schleiften hinter ihm her.
Der Gang war leer. Warne bemerkte, dass die Türen, an denen sie vorbeikamen – Requisitenkammern für verschiedene jahreszeitlich bedingte Veranstaltungen, Holografie- und Videolager, Wasserfiltrierstationen –, ausnahmslos in nur selten aufgesuchte Räume führten. Mithin störte es niemanden, dass sie während der wöchentlich stattfindenden Geldtransporte automatisch verriegelt waren. Seit das Tresorsignal ertönt war, konnten sie sich dank Smythes Hochsicherheitskennkarte im Sperrgebiet bewegen. Doch die Masse der Utopia-Techniker und Darsteller konnte sich erst wieder in diesen Gängen bewegen, wenn das Alles-klar-Signal kam.
»Wissen Sie genau, dass es hier langgeht?«, rief Warne über die Schulter zurück.
Smythe, außer Atem und darum kämpfend, seine Last nicht zu verlieren, gab keine Antwort. Warne drehte sich kurz um. Das Gesicht des Pyrotechnikers spiegelte alle möglichen Emotionen wider: Bestürzung, Missbilligung, Besorgnis. Was hätte Smythe wohl getan, wenn ihm alle Einzelheiten von Warnes Plan bekannt gewesen wären?
Während sie weitereilten, mischte sich nach und nach ein Geruch in die kühle, normalerweise neutrale Luft der Unterwelt: der Mief von Dieselabgasen. *Kommen wir zu spät?*, fragte

Warne sich in einem plötzlichen Aufzucken von Furcht. Es war schon zu viel Zeit verstrichen. Das Alles-klar-Signal hätte längst ertönen müssen. John Doe und seinen Gangstern war bestimmt sehr daran gelegen, schnell zu verschwinden. Wenn sie das Geld schon hatten, was taten sie dann noch hier?
Dann hörte Warne etwas, das ihre hallenden Schritte übertönte: ein leises, kehliges Grollen, das in diesen Betongängen völlig ungewohnt klang. Ihm fiel ein, dass Amanda Freeman bei der Eingangsprozedur gesagt hatte, das einzige nicht mit Strom betriebene Fahrzeug, das hier erlaubt sei, sei der wöchentlich eintreffende Panzerwagen.
Warne verlangsamte seinen Schritt. Vor ihm mündete der Gang in einem anderen, breiteren, der nach rechts und links verlief. Links glaubte er, einen schwachen Anflug von Tageslicht zu sehen. Die Betonwände waren leicht erhellt.
Er drehte sich zu Smythe um, deutete nach links und stellte mimisch die Frage. Smythes Antwort bestand aus einem Nicken. Das also war die Einfahrt.
Warne näherte sich nun langsamer der Einmündung. Das Klopfen des Dieselmotors kam eindeutig aus dem rechten Teil des Ganges. Also musste das gepanzerte Fahrzeug, um Utopia zu verlassen, genau an ihnen vorbeifahren.
Warne empfand einen seltsamen Ansturm von Gefühlen. Eines davon war Erleichterung: Obwohl er es kaum zu hoffen gewagt hatte, waren sie noch rechtzeitig eingetroffen. Ein anderes Gefühl aber war nackte Angst. Zweifel machten sich in ihm breit: Was machte er, der rebellische Symposien- und Labortheoretiker, eigentlich hier? Müsste er sich in diesem Moment nicht lieber darum bemühen, seinem im Sinken begriffenen Stern neuen Auftrieb zu verleihen, indem er für eine wissenschaftliche Zeitschrift Artikel verfasste und

Laborforschung betrieb? Was, um alles in der Welt, machte er ausgerechnet *hier?*

Er hatte sich diese Frage an diesem Tag schon öfter gestellt und immer wieder die gleiche Antwort erhalten: Mach dich aus dem Staub! Aber wer außer ihm sollte es tun? Nur er hatte eine Chance, diese Leute daran zu hindern, die Kuppel in die Luft zu jagen. Deswegen musste er sie daran hindern, die Unterwelt zu verlassen.

Dreißig Meter vor der Einmündung blieb Warne stehen. Er ging mit bebenden Händen in die Hocke und legte die Röhren auf dem Boden ab. Flügelmutter verharrte nicht weit von ihm und stellte seine normalerweise wippenden Bewegungen ein. Der Roboter versuchte wohl noch immer, seine Bewegungen dem Gewicht der vier großen Schwarzpulverladungen anzupassen, die in Zeichenpapier eingewickelt an seinem Rücken festgeschnallt waren. Hätte Flügelmutter eine unglückliche Miene aufsetzen können, wäre jetzt der richtige Zeitpunkt dafür gewesen.

Warne legte die Raketen neben den Mörsern ab. »Was jetzt?«, fragte er Smythe so ruhig wie möglich.

Der kleine Mann verteilte seine eigene Fracht vorsichtig auf dem Boden. »Nun, bei einer manuell gesteuerten Vorstellung müsste man die Mörser mit Sandsäcken befestigen und jede Rakete im Ständer auf loses Pulver hin überprüfen. Ist eine Aufhängevorrichtung gebrochen, muss man sie reparieren, um die Führung zum Ende der Rakete zu sichern.«

Warne hörte Smythe zähneknirschend zu. Der Gestank der Dieselabgase und das Brummen des unsichtbaren Transporters schienen zuzunehmen. Trotzdem war er der Meinung, dass er nichts überstürzen durfte: Smythe musste es ihm erklären.

»Und wie lenkt man Raketen?«, fragte er.
Smythe schaute ihn an und strich mit den Fingern einer Hand über seinen Oberlippenbart. »Wie bitte?«
»Ich habe gefragt, wie man Raketen *lenkt.* Sagen wir mal, wenn man sie nicht vertikal, sondern horizontal abschießen will.«
»Aber das tut doch niemand.« Smythe wirkte verdutzt, fast beleidigt, als sei ihm der Gedanke noch nie gekommen. »Diese Raketen haben Treibsätze, die sie mehr als hundert Meter in die Luft heben. Das entspricht mehreren Stangen Dynamit. Die Feuerwehr würde das nie zulassen. Weil die Trennungsdistanz und das Niederschlagsgebiet exponential größer wären als bei einer normalen …«
»Mr. Smythe«, fiel Warne ihm ins Wort, »im Moment ist hier nichts normal. Sagen Sie mir, wie es geht!«
Smythes Finger erstarrten, doch seine überraschte Miene blieb. »Tja, ich schätze, das Verfahren wäre in etwa das gleiche. Man schiebt die Rakete so in den Mörser, dass sie freies Gleitfeld hat. Sie muss rechtwinklig zum Boden stehen. Hier aber müsste man …« Smythe hielt inne. Seine Miene nahm einen säuerlichen Ausdruck an. »Hier aber müsste man den Mörser auf die Seite legen. Natürlich nicht genau horizontal, weil dann …« Er schüttelte den Kopf und klickte bei der Vorstellung mit der Zunge.
»Verstehe.« Warne deutete auf eine der größten Raketen. »Zeigen Sie es an der da … an der …«
»… ›Goldenen Weide‹.«
»›Goldenen Weide‹, genau.«
Smythe zog die Plastikhülle der Rakete vorsichtig ab, prüfte den schweren Sockeltreibsatz und löste das die Zündschnur haltende Geflecht und die Banderole. Dann hielt er die Rakete am Ende mit dem Zünder, schob sie langsam in einen

großen schwarzen Mörser, zog sie wieder heraus und passte sie erneut ein. Als die Einpassung stimmte, bog er das Ende der Zündschnur zur Seite. Dann nahm er eine der dünnsten Mörserröhren, legte sie flach auf den Boden und legte den geladenen Mörser vorsichtig über sie, als sei sie eine Abschussrampe.

Warne nickte. »Verstehe. Wie steckt man sie an?«

»Wie man sie ansteckt?«

Warne nickte. Das Brummen des Dieselmotors war nun eindeutig lauter, der Fahrer ließ ihn aufheulen.

»Wozu wollen Sie das wissen?«

»Weil ich sie abschießen werde, Mr. Smythe.«

Der Pyrotechniker starrte ihn überrascht an. »Abschießen? Aber warum denn?«

Die Zeit reichte nur noch für eine kurze Erklärung oder eine Drohung. Warne wählte das Erstere.

»Weil gleich ein paar sehr gefährliche Männer durch diesen Gang kommen. In einem gepanzerten Fahrzeug. Wenn wir sie entwischen lassen, sprengen sie die Utopia-Kuppel in die Luft und vernichten den Park. Deswegen dürfen wir sie nicht entkommen lassen.«

Hinter ihnen ging eine Wartungsluke auf und spuckte Peccam aus. Er blickte in beide Gangrichtungen und gesellte sich dann zu ihnen. Seine Knie waren staubbedeckt, sein Blick wirkte gequält.

Smythe machte keine Anstalten, ihn anzusehen. »Sie wollen *hier drin* eine ›Goldene Weide‹ abschießen?«

»Ich muss es tun, Mr. Smythe. Falls nötig, schieße ich auch alle anderen Raketen ab. Aber zuerst setzen wir mal Flügelmutter ein. Er ist, wie Sie sehen, bis zu den Kiemen mit Schwarzpulver beladen. Ich werde ihn auf den Transporter hetzen.«

Smythe riss die Augen auf. »Wollen Sie damit sagen«, keuchte er erschreckt, »dass es gefährlich werden könnte?«
Warne sagte kein Wort. Das Entsetzen und der Unglaube, die das Gesicht des Pyrotechnikers zeigte, waren unbeschreiblich komisch. Vielleicht hatte Smythe sich eingeredet, all dies sei nur eine Notfallübung. Vielleicht glaubte er auch, dass die Utopia-Geschäftsführung ihn irgendwie auf die Probe stellen wolle. Was er auch annahm – Warne musste trotz des in seiner Brust hämmernden Herzens und des Abgasgestanks des Fahrzeugs hinter der Ecke urplötzlich lachen. Er lachte, bis die Wände der Unterwelt Echos warfen, die den Leerlauflärm des Fahrzeugs übertönten. Als sein Lachen erstarb, endete es in einem würgenden Laut, der einem Schluchzen ähnelte.
»Ja, Mr. Smythe.« Warne wischte sich über die Augen. »Ich glaube schon, dass es gefährlich werden könnte.«
Smythe musterte zuerst Peccam, dann wieder Warne. Er nickte mehrmals schnell, dann nahm er seine Brille ab und putzte sie unstet mit einem Hemdsärmel.
»Alles klar?«, fragte Warne Peccam. »Haben Sie den Echoorter angebracht?«
Peccam nickte.
»Okay.« Warne ging zu dem Roboter und legte einige Schalter auf seinem Gehäuse um. Dann trat er zurück. »Sehen Sie die Knöpfe auf dem Gehäuseoberteil? Wenn ich das Zeichen gebe, drücken Sie den zweiten Schalter von links. Flügelmutter ist normalerweise programmiert, seinem Avatar zu folgen. Also mir. Aber ich habe das Programm so umgestellt, dass der Knopfdruck die Programmierung außer Kraft setzt und sofort auf seine Firmware umschaltet. Flügelmutter wird den Echoorter anpeilen, egal, wo der ist. Die schweren Sprengsätze auf seinem Rücken werden den Panzerwagen

ausschalten. Die Raketen setzen wir nur ein, um die Insassen am Aussteigen zu hindern. Haben Sie verstanden? Wenn der Wagen also ...« Peccams Gesichtsausdruck ließ ihn innehalten. »Was ist denn?«
Peccam deutete in Richtung der Einmündung. »Der Wagen braucht höchstens ein bis zwei Sekunden, um aus unserem Blickfeld zu verschwinden. Wie wollen Sie das alles in so kurzer Zeit schaffen?«
Warne musterte ihn bestürzt. Während der hektischen Planungen hatte er nicht den geringsten Gedanken daran verschwendet.
»Dann müssen wir das Ding irgendwie anders aufhalten«, sagte er. »Wenn das Fahrzeug die Einmündung erreicht, muss es eine Weile stehen bleiben.«
Doch ihm wurde mit zunehmender Verzweiflung klar, dass es keine Möglichkeit gab, den Wagen anzuhalten. Pooles Worte fielen ihm ein: *Ich werfe mich nicht in der Hoffnung vor einen Panzerwagen, dass er anhält.* Poole hatte Recht. Es gab keine ...
Dann erinnerte er sich plötzlich an etwas.
»Bleiben Sie hier!«, sagte er zu Smythe. Er drehte sich zu Peccam um und winkte ihm. »Kommen Sie mit!«
Er lief durch den Korridor zurück. Peccam folgte ihm auf dem Fuße. Vor einer Tür, die ihm auf dem Hinweg aufgefallen war, hielt Warne an. »Holografie- und Videolager.« Er griff nach dem Türknauf. Die Tür war verschlossen. Peccam zog seine Kennkarte durch das Lesegerät und die Tür ging klickend auf. Warne schlüpfte hinein, schaltete das Licht ein und suchte den überfüllten Lagerraum mit hektischen Blicken ab. *Sie haben den ganzen Tag über die Oberhand gehabt,* dachte er. *Wir hatten nie eine Chance. Einmal, nur einmal, muss das Glück jetzt auf unserer Seite sein.*

Da war es. Das niedrige, schwarze, zylinderförmige Gehäuse, das er suchte. Es stand in einer fernen Ecke zwischen zwei anderen: ein fahrbarer Holoprojektor der Art, die Terri ihm heute Morgen in ihrem Büro vorgeführt hatte.
Warne lief zu dem Gerät, dann schob er es auf seinen großen Rädern vor sich her. Peccam beobachtete ihn neugierig und kniff die Augen zusammen. Dann dämmerte es ihm. Er riss die Augen weit auf.
»Reicht die Zeit dafür?«
Warne blieb stehen und lauschte. Der Dieselmotor war hier zwar nur leise zu hören, aber er lief noch immer im Leerlauf.
»Wir müssen es versuchen.«
»Aber wenn der Geldtransporter abfährt, bevor wir …«
Warne brachte Peccam mit einer Handbewegung zum Schweigen. »Eins nach dem anderen! Auf gehts!«
Er schob den niedrigen Zylinder so schnell wie möglich vor sich her und lenkte ihn aus dem Raum hinaus in den Korridor.

16.25 Uhr

Terri ging im kleinen Vorraum der Sicherheitsabteilung auf und ab. Sie bemerkte, dass sie die Hände unbewusst zu Fäusten ballte. Sie zwang sich stehen zu bleiben. Wo war Andrew? Was ging hier vor? War er unverletzt? Die Warterei und die Ungewissheit waren schmerzhaft. Ihr Blick schweifte durch das Büro, über den Empfangstresen und zu der Tür, die zu den Gängen der C-Ebene führte. Der Arzt hatte sie weit offen stehen lassen, als er vor ein paar Minuten hereingeeilt war. Terri spürte, dass ihre Fäuste sich schon wieder

ballten. Dann fiel ihr Blick auf Georgia, die sich ruhelos in ihrem Rollstuhl bewegte.
Um jeden Preis, ermahnte sie sich. *Um jeden Preis.*
Das laute Weinen hatte vor etwa ein oder zwei Minuten angefangen. Es wurde von den Zwischenwänden gedämpft. Obwohl Terri sich nicht vorstellen konnte, dass die Parkchefin um irgendjemanden Tränen vergoss, wusste sie, dass die Stimme nur Sarah gehören konnte. Ihre Aufregung nahm zu, ihr Schritt beschleunigte sich.
Hinter ihr ertönte ein Rascheln. Sie schaute sich schnell um. Georgia stand gerade auf. Sie stützte sich auf den Rollstuhl und blinzelte mehrmals. *Sie ist noch benommen,* dachte Terri. Ob es an dem Beruhigungsmittel oder an dem Schock der Ereignisse des heutigen Tages lag, wusste sie nicht.
Georgia machte einen schlurfenden Schritt vorwärts, dann noch einen. Sie ging in Richtung Bürotür. Der Stimme nach.
Terri legte vorsichtig eine Hand auf den Arm des Mädchens. »Wo willst du hin, Georgia?«
»Ich suche meinen Vater. Ich glaube, ich habe seine Stimme gehört.«
»Dein Vater ist im Moment nicht hier.«
Georgia schaute sie erst jetzt an. Ihr Blick wurde klarer, die Benommenheit fiel allmählich von ihr ab. »Wo ist er?«
Terri befeuchtete ihre Lippen. »Ich weiß nicht genau. Er ist ... Er muss sich um irgendwas kümmern.«
Georgia schaute sie blinzelnd an.
»Ich soll dir etwas ausrichten. Er hat gesagt, er kommt bald zurück. Außerdem hat er gesagt, wir sollen uns bis dahin umeinander kümmern.«
Plötzlich durchschnitt Sarahs Stimme die Luft. »Freddy, lass mich nicht allein! Hörst du? Bleib bei mir, Freddy – bitte!«

Georgia reckte den Hals. »Wer ist das?«

Terri schwieg, als das Weinen wieder begann.

»Es klingt nach Sarah.« Georgia drehte sich um. »Ist sie es? Was ist passiert?«

Terri zögerte noch immer. *Was soll ich sagen?* Sie wusste nicht, was Warne getan hätte. Was erwartete er von ihr?

Wäre ich an ihrer Stelle, würde ich die Wahrheit wissen wollen.

Sie drückte leicht Georgias Unterarm und zog sie zu sich herum. »Erinnerst du dich noch an die Besprechung von heute Morgen? An die anderen Erwachsenen?«

Georgia nickte.

Terri ergriff nun auch Georgias anderen Arm. »Erinnerst du dich noch an den Mann mit dem britischen Akzent?«

Georgia nickte erneut.

»Nun, er ist verletzt – schwer verletzt. Sarah ist völlig durcheinander. Sie kümmert sich um ihn.«

Obwohl Terri sie festhielt, drehte Georgia sich wieder in die Richtung, aus der die Stimme kam. »Sollten wir ihnen nicht helfen?«

»Ich glaube, Sarah möchte jetzt am liebsten allein gelassen werden. Aber es ist lieb von dir, daran zu denken. Ich weiß, sie würde es zu schätzen wissen.«

Das Weinen wurde noch lauter. Es war ein quälendes Geräusch: Es klang so untröstlich und absolut verlassen. Georgia lauschte einen Moment, dann musterte sie Terri mit einem Ausdruck, den diese nicht ganz verstand. Sie neigte langsam den Kopf.

Georgia hatte alles, was hinter ihnen lag – auch die Tortur im medizinischen Zentrum – mit äußerlicher Ruhe über sich ergehen lassen. Doch nun verzog sich ihr hübsches Gesicht. Ihre Lippen zitterten und teilten sich. Tränen traten in ihre Augen.

Terri zog das Mädchen impulsiv an sich – fast so, wie Warne es vor kurzem mit ihr getan hatte. Georgia brach in Tränen aus. Es war, als sei ein lange unter Druck stehender Damm endlich gebrochen. Ein, zwei Minuten lang ließ Terri Georgia einfach schluchzen und strich ihr leicht übers Haar.

»Erwachsene weinen doch angeblich nicht«, sagte Georgia schließlich.

»Auch Erwachsene weinen«, erwiderte Terri und streichelte sie weiter. »Hast du deinen Vater noch nie weinen sehen?«

Georgias Antwort bestand zunächst nur aus weiteren Schluchzern. »Einmal.«

Abgesehen von Georgias leisem Schluchzen und dem entfernteren Weinen wurde es still im Raum.

»Hast du eigentlich Geschwister?«, fragte Georgia plötzlich und zog die Nase hoch.

Die Frage kam so unerwartet, dass Terri kurz aufhörte, dem Mädchen über den Kopf zu streichen. »Nee«, sagte sie. »Ich bin ein Einzelkind. In einem so katholischen Land wie den Philippinen kommt das nicht sehr oft vor.«

»Ich hab mir immer eine Schwester gewünscht«, murmelte Georgia.

Terris Antwort bestand darin, dass sie erneut über ihr Haar strich.

»Hat mein Vater gesagt, was wir tun sollen?«, fragte Georgia kurz darauf.

»Wir sollen hier bleiben. Aufeinander aufpassen. Wachsam sein. Und Sarah beschützen.«

Georgia löste sich von ihr. »Wachsam sein?« Die Furcht, die plötzlich in ihre feuchten Augen trat, konnte zuvor nicht weit entfernt gewesen sein. »Glaubst du, er kommt zurück? Der Mann mit dem Schießeisen?«

Terri zog sie wieder an sich. »Nein, Schätzchen. Das glaube ich nicht. Aber wir müssen trotzdem wachsam sein.«
Georgia schwieg einen Augenblick. Dann rührte sie sich wieder.
»Sollen wir dann nicht lieber … die Tür zumachen?«
Terri schaute zur Tür. In ihrem noch andauernden Schockzustand hatte sie vergessen, dass der Arzt den Eingang zur Sicherheitsabteilung hatte offen stehen lassen.
Sie nickte. »Wirklich keine üble Idee.«
Sie ließ Georgia behutsam los und ging in den Vorraum.
»Vielleicht … vielleicht solltest du sie sogar abschließen.«
Terri überquerte den funkelnden Fliesenboden des Vorraums, schob vorsichtig den Kopf durch die Tür und schaute in beide Gangrichtungen. Niemand war zu sehen. Irgendwo in der Ferne schrillte ein Alarm. Sie machte die Tür zu, schloss sie ab und prüfte nach, ob sie auch wirklich zu war.
Das Weinen hatte nun aufgehört. Als Terri ins Büro zurückkehrte, legte sich der Schleier absoluter Stille über die Sicherheitsabteilung.

16.25 Uhr

Das Meer: tiefblauer, ungebrochener Azur, nur hier und da von weißen Tupfen bewegt. Es war klar und still bis auf das ferne Geräusch der lauter und leiser werdenden Brandung in einer zeitlosen Ode: der vollkommene Strand, von dem jeder Träumer weiß, dass er an den Antipoden der Erde liegt und unser sein könnte – wüssten wir nur, wo wir ihn finden.
Dann schärfte sich Pooles Blick. Die Vision floh in weite Fernen.

Einen Moment lang bedauerte er es, sie verschwinden zu sehen. Da war gar kein friedliches Meer. Vor ihm wölbte sich nur die blauschwarze Kuppel Utopias. Die Scheitelpunkte glänzten in der Nachmittagssonne. Der Ruf der Brandung war das in seinen Ohren rauschende Blut gewesen. Da war auch kein Alabasterstrand. Nur die harten Kanten gnadenlosen Sandgesteins drückten in sein Kreuz und die Höhlung seines Nackens. Außerdem spürte er einen heftig pochenden Schmerz in den Schläfen – und einen anderen, durchdringenden in den Eingeweiden.

Dann fiel ihm alles wieder ein, und er machte einen jähen Versuch, sich aufzusetzen.

Der Schmerz stach wie eine Feuerlanze durch seinen Bauch. Er sank mit einem Stöhnen zurück.

Er hatte sich wie ein Trottel benommen. Eine am Rücken befestigte Kanone war der älteste Trick der Welt, den er selbst mehr als einmal angewandt hatte. Er wurde zu alt für dieses Spiel.

Aber er hatte keine Zeit, um hier herumzuliegen und zu schmollen.

Poole richtete sich erneut auf, krabbelte auf allen vieren rückwärts durch die Rinne. Der Schmerz in seinem Bauch wurde unerträglich, und mit einem Laut, der eine Mischung aus Keuchen und Schluchzen war, warf er sich schließlich unter den untersten Laufsteg zwischen zwei massive Schrauben am Kuppelsockel. Dort war eine Sprengladung befestigt. Niemand würde wagen, auf ihn zu schießen, wenn er nahe genug an ihr war.

Er hielt sich am Laufsteg ein und zog sich langsam hoch. Schwarze Punkte tanzten vor seinen Augen. Er war zwar ständig einer Ohnmacht nahe, aber es war lebenswichtig, über die Lage Bescheid zu wissen.

Poole stützte sich an die Basis der Kuppel und schaute sich um. Er sah den toten Arbeiter kaum zwei Meter entfernt in der Rinne liegen. Hinter der Rinne lag der Mann in dem beigefarbenen Overall – der mit den Waffen – ausgebreitet auf dem Rücken. Hinter dem Gesteinsvorsprung sah Poole nur seine Beine und einen ausgestreckten rechten Arm. Doch der Mann rührte kein Glied. Er musste ihn getroffen haben, als er selbst nach dem Einschlag der Kugel nach hinten gefallen war.

Trotz der ihn benebelnden Schmerzen versuchte Poole zu überlegen. Vielleicht war der Mann nicht allein gekommen. Zuerst galt es, sich zu bewaffnen. Aber um das zu tun, musste er sich bewegen.

Schau dich an!, hatte einst einer seiner Ausbilder in einem Trainingszelt für Fortgeschrittene gesagt. *Krieg raus, wie schwer du verwundet bist!* Auf dem Bildschirm war ein Dia aufgeflammt: ein Schwarzweißfoto von einem Schlachtfeld aus alter Zeit. Soldaten, die in Schützengräben hockten. Sie trugen Kappen, komische, viel zu große Stiefel, und ihre Kleidung war in Unordnung. *Schau dir die toten Konföderierten an!,* hatte der Ausbilder gesagt. *Warum, glaubst du, sind ihre Hemden alle so zerfetzt? Das waren keine Fledderer auf dem Schlachtfeld. Die Kerle haben es selbst getan. Sie haben nach Ein- und Ausschusslöchern gesucht. Sie haben gewusst, wenn sie einen Bauchschuss haben, ist der Ofen aus. Schau dich also an! Krieg raus, wie schwer du verwundet bist! Und dann orientierst du dich neu.*

All dies ging in einer Zehntelsekunde durch Pooles Kopf.

Mit kurzen, unruhigen Atemzügen schaute er an sich hinab. Abgesehen vom grauen Staub der Mesa schien seine Kordjacke unversehrt zu sein. Dann sah er das kleine Loch, ein paar Zentimeter über der linken Seitentasche. Er knirschte mit den Zähnen, fasste die Jacke an und schälte sie äußerst vorsichtig von seinem Körper.

Als Erstes sah er Blut. Eine Menge Blut. Es hatte den unteren Teil des Hemdes durchnässt. Der Anblick ließ Poole kurz schwindlig werden. Er biss sich auf die Unterlippe und zwang sich zur Konzentration. Er knöpfte das Hemd auf und löste es auch langsam von seinem Leib. Während er dies tat, quoll ein frischer Blutstrom hervor.
Nun konnte er die Wunde sehen – ein schartiges kleines Loch im Segment links unten. Die Kugel hatte offenbar keine lebenswichtigen Organe getroffen, aber er blutete stark. Das Ausschussloch, dies wusste er, musste viel größer sein. Die Wunde tat saumäßig weh. Poole hatte gelernt, was Schusswunden bewirken. Man hatte ihm verdeutlicht, was er zu erwarten hatte. Aber er hatte nie mit einem so gnadenlosen und überwältigenden Schmerz gerechnet.
Er ließ sich wieder zu Boden sinken. Seine Hand löste sich von der Wunde. Wieder dachte er an seinen Kampfausbilder. *Mitten in einer Schlacht,* hatte der gesagt, *kann man sich nicht einfach hinlegen und auf einen Sanitäter warten. Man muss trotz der Schmerzen weitermachen. Der Schmerz ist dein Freund. Ihn zu spüren bedeutet, man ist noch nicht so erledigt, dass man nichts mehr machen kann. Leg dein Gehirn in eine Kiste. Schließ sie ab und wirf den Schlüssel weg! Dann packst du die Kiste in eine andere, noch größere. Schließ sie auch ab, aber wirf den Schlüssel diesmal nicht weg! Steck ihn in die Tasche! Stell die Kiste dann beiseite! Du kannst sie später wieder aufschließen, wenn du Zeit dazu hast.*
Poole verharrte einen Moment und keuchte. Dann hob er den rechten Arm und schaute auf seine Armbanduhr. 16.27 Uhr.
Er hielt sich erneut am Laufsteg fest, zog sich zuerst auf die Knie und dann, mit großer Anstrengung, auf die Beine. Die Welt um ihn herum schwankte gefährlich. Er schloss die

Augen, hielt sich am Geländer fest und wartete darauf, dass die Dinge wieder stabil wurden. Ein paar Sekunden später machte er die Augen wieder auf.

Hier, im Schatten der Kuppel, wirkten die Mulden und Grate der Mesa wie seichte Labyrinthe aus Braun und Grau. Er hielt nach seiner Pistole Ausschau, doch in der monochromen Landschaft sah er nur das M24-Heckenschützengewehr. Es lag dort, wo sein Gegner es hatte fallen lassen. Als Poole den Kopf nach rechts drehte, sah er etwa fünfzehn Meter entfernt an der Kuppelwölbung den kleinen quadratischen Umriss des Kontrollkastens, den er entdeckt hatte, bevor er auf die Leiche in der Rinne gestoßen war.

Er machte einen Schritt vorwärts. Dann noch einen. Dann machte er erneut die Augen zu, denn die Welt drehte sich um ihn. Er musste das Gleichgewicht bewahren. Langsam wie ein alter Mann kniete er sich hin, um das Gewehr an sich zu nehmen. Der Schmerz ließ ihn zusammenfahren, und er verbiss sich mit aller Mühe einen unfreiwilligen Schmerzensschrei. Wieder drohte die Schwärze ihn zu überwältigen, und so wartete er in der Rinne, dass sie abebbte. Dann rappelte er sich, das Gewehr im Vorhalt, wankend auf die Beine und näherte sich dem Mann im beigefarbenen Overall.

Er lag mit gespreizten Beinen auf dem Rücken. Sein rechter Arm war ausgestreckt, der linke lag auf seiner Brust. Von einer Wunde war nichts zu sehen. Poole fragte sich kurz, ob all dies nur eine bizarre Einbildung war: Ob er in Wirklichkeit sterbend in der Rinne lag und die Realität längst von ihm gewichen war.

Dann bemerkte er dort, wo das rechte Auge des Mannes gewesen war, ein rot umrandetes Loch, einen dunklen Fleck, aus dem etwas in die trockenen Gesteinsspalten sickerte.

Poole wandte sich ab. Er atmete flach und abgehackt und gab

sich alle Mühe, die Schmerzen zu ignorieren. Er wusste, dass er noch immer stark blutete, aber er hatte keine Zeit, sich darum zu kümmern. Das Gewehr lag schwer und nutzlos in seiner Hand. Für ihn gab es jetzt nur eins zu tun: Er musste den Kontrollkasten unbrauchbar machen.

Langsam kehrte er zum Kuppelsockel zurück. Er griff nach dem Geländer des untersten Laufstegs, schleppte sich – einen schmerzhaften Schritt nach dem anderen – vorwärts und folgte dem Zündschnurkabel, das sich in Richtung des Kastens schlängelte. Genau vor ihm, etwa dreißig Meter vom Kuppelsockel entfernt, sah er die Oberkante der Rückwand Utopias. Entlang der Kante führte ein langes Flachdach von einer Schluchtwand zur anderen. Ventilationsrohre, Schornsteine, Abschussplattformen für das Feuerwerk, Aufzuggehäuse und Leitungsmasten zernarbten die Oberfläche und erzeugten einen von Menschenhand geschaffenen Sparren- und Spierenwald. Hinter der Rückwand lag ungefähr siebzig Meter tiefer der Mitarbeiterparkplatz, von dem die Zufahrt sich durch die öde Ebene der Hochwüste dem Highway 95 entgegenwand.

Poole sah all diese Dinge nur beiläufig. Sein Blick galt dem nur noch ein paar Schritte von ihm entfernten Kontrollkasten. Er wollte nicht über die Zeit nachdenken; über die Tatsache, dass das Panzerfahrzeug jeden Moment aus der Unterwelt auftauchen, dass John Doe oder einer seiner Kumpane den Sender aktivieren konnte und die Menschen später sehr lange Zeit nach Angus Pooles Überresten würden suchen müssen. Wenn es ihm gelang, den Kontrollkasten zu erreichen und unschädlich zu machen, hatten sie vielleicht noch eine Chance.

Das Ding war fest unten am Laufsteggeländer befestigt. Zündschnüre verliefen in mehrere Richtungen. Poole wollte sich neben den Kontrollkasten knien, doch ein erneuter zuckender Schmerz warf ihn mitsamt dem Schießeisen der Länge nach in den Staub. Er rappelte sich wieder auf und es gelang ihm, den Schmerz so lange zu verdrängen, bis er nach oben greifen, den Empfänger herausreißen und die Höllenmaschine deaktivieren können würde.

Seine Finger schrammten sinnlos über eine glatte, ebene Oberfläche. Er strengte sich an, um seinen Blick zu schärfen, und musterte den Kasten genauer.

Da war überhaupt kein Empfänger. Es war nur eine Relaisbox, ein Sammelpunkt für die einzelnen Zündschnüre.

Poole blinzelte. Überraschung und Unglauben betäubten ihn.

Einige Schritte von ihm entfernt war über dem Laufsteg eine Leiter angebracht. Ein dünner Draht, der von dem Relais wegführte, schlängelte sich am Leitergeländer in die Höhe. Pooles Blick verfolgte den Draht an der Kuppel entlang nach oben … Da stand der Empfänger, den er gesucht hatte. Er schaute höhnisch zu ihm herab. Der Abbruchspezialist hatte ihn an die Unterseite des zweiten Laufstegs geschnallt, der die Kuppel etwa fünfzehn Meter über dem ersten umrundete. Damit John Does Sender ein sauberes Blickfeld hatte.

Pooles Knie gaben nach. Er fiel auf den steinigen Boden. »Herr im Himmel«, stöhnte er. »O nein! Nein, nein, nein!«

Die Leiter führte fünfzehn Meter in die Höhe. Es hätten auch fünfzehnhundert sein können. Er würde es nie schaffen. Poole schloss die Augen. Es war zu spät. Zu spät, um den Empfänger zu erreichen; zu spät, um den Zündmechanismus zu entschärfen; zu spät, um sich in Sicherheit zu bringen. Genau genommen war es zu spät für alles.

16.28 Uhr

Candyman saß hinter dem Steuer des Geldtransporters und drückte eine Hand an den Kopfhörer. Sein Gesicht zeigte einen verwirrten Ausdruck. Nach einer Weile ließ er die Hand sinken und schüttelte langsam den Kopf.

»Was ist denn?«, fragte der hinter ihm sitzende Earl Crowe.

»Ich weiß nicht. Ich könnte schwören, ich hab jemanden lachen hören.«

Crowe tauschte einen Blick mit Hardball und Cracker Jack. Dann zuckte er abweisend mit den Achseln.

John Doe, der allein im Heck des Frachtabteils saß, hatte eines der zahllosen Banknotenbündel auf dem Schoß und bastelte Papierschwalben. Der Infrarotsender lag neben ihm bereit. Er warf einen Blick auf seine Armbanduhr.

»Noch immer nichts von Water Buffalo?«

Candyman schüttelte den Kopf.

»Dann geben wir ihm noch *eine* Minute.«

Stille breitete sich im Inneren des Panzerwagens aus. John Doe faltete eine Papierschwalbe, stellte sie vorsichtig neben sich hin, nahm die nächste Banknote und faltete eine weitere. Die Minute vertickte. Dann schaute er nach vorn.

»Na schön, fahren wir ab«, sagte er. »Water Buffalo kann auch zu Fuß nach Las Vegas zurück.«

Candyman justierte den Kopfhörer und sagte: »Utopia-Zentrale, hier ist Neun Echo Bravo. Problem beseitigt. Wiederhole: Problem beseitigt. Fahren jetzt ab.«

»Utopia-Zentrale bestätigt«, kam die knisternde Antwort. »Wird aber auch Zeit. Melden Sie sich, wenn Sie an der Auffahrt zur 95 sind. Ende.«

Candyman griff nach oben und schaltete den Polizeifunk ein. Dann warf er einen Blick auf eine Schalttafel rechts von ihm und drückte einen gelben Knopf. Der Laster legte den höchsten Gang ein und wurde mit zusätzlichem Strom versorgt. Dann löste Candyman die Handbremse und schaute noch mal nach hinten.

»Es geht weiter, meine Herren!«, sagte er.

Das Geräusch des Dieselmotors veränderte sich in dem Moment, in dem Warne und Peccam zu Smythe zurückliefen. Es wurde leiser, kehliger. Luftdruckbremsen pufften und zischten. Ein protestierendes Kreischen ertönte. Eine Kupplung wurde gelöst, Gänge schrammten durch eine Übersetzung. Warne und Peccam tauschten einen schnellen Blick.

»Wollen Sie es wirklich tun?«, fragte der Videotechniker.

»Ich weiß nicht. Ich schätze doch.« Warne wandte sich an Smythe. »Wie also geht der Abschuss?«

Smythes Lippen bewegten sich zwar, doch man hörte keinen Laut. Warne beugte sich näher zu ihm.

»Ohne Logistiker«, sagte Smythe kopfschüttelnd vor sich hin. »Ohne Feuerlöscher. Ohne Ladepersonal. Ohne Beobachter. Ohne Überwachung.« Er zählte offenbar etwas an den Fingern ab; vielleicht handelte es sich um sämtliche lokalen, bundesstaatlichen und nationalen Gesetze, gegen die sie in Kürze verstoßen würden.

Der gesamte Gang schien vom Grollen des sich nähernden Fahrzeugs erfüllt zu sein. Der Panzerwagen musste gleich in Sicht kommen.

»Smythe! Zeigen Sie es mir!«

Smythe schaute Warne überrascht an. »Lösen Sie die Schutzkappe von der Zündschnur.«

Warne riss die perforierten Enden der Zündschnüre ab, die unter den Mörsern heraushingen.

»Zünden Sie die Schnur mit einer Lunte an! Strecken Sie

den Arm ganz aus. Die Verzögerung beträgt nur eine halbe Sekunde, Sie müssen sich schnell in Sicherheit bringen. Blicken Sie nicht in den Schein, er könnte Sie blenden …«

»*Womit* wird die Schnur angezündet?«

»Mit einer Lunte.« Smythe deutete mit der Hand auf ein Bündel roter Streifen. Warne packte einen und drehte ihn in den Händen.

»Sie brennt ja gar nicht«, sagte er dämlich.

Smythe blinzelte ihn an.

»Sie brennt nicht!«, schrie Warne, um das lauter werdende Brüllen zu übertönen.

»Natürlich nicht. Lunten steckt man erst an, wenn man eine Rakete abschießen will, oder?«

»Dann geben Sie mir die Streichhölzer! Ich zünde sie selbst an.«

Smythe musterte ihn mit einem leeren Blick.

Eine plötzliche, schreckliche Angst überkam Warne. »Die Streichhölzer, Mr. Smythe!«

Smythe blinzelt erneut. Dann breitete er die Arme aus, als wolle er sagen: *Wieso sollte ich Streichhölzer bei mir haben?*

Warne fror plötzlich. *O Gott. Nach allem, was hinter uns liegt …*

Er sackte an die Betonwand zurück. Sein Blickfeld schien zu verschwimmen. Dann spürte er, dass ihm jemand etwas in die Hand drückte.

Ein Wegwerffeuerzeug.

Er blickte hoch und sah Peccam, der neben Flügelmutter stand. Der Videotechniker hob die Schultern und lachte nervös. »Manchmal rauch ich ne Zigarre«, sagte er.

Warne beugte sich über die Lunte und hielt sie über die kleine Feuerzeugflamme. Die Lunte erwachte sofort zum Leben. Sie flackerte und sprühte mit einem wütenden Zischen Fun-

ken. Warne warf Peccam das Feuerzeug zu und drehte sich genau in dem Moment wieder zu der Mörserreihe um, als der Kühler des Panzerwagens langsam in sein Blickfeld kam.
Vor dem Hintergrund des Tunnels wirkte der Geldtransporter unglaublich riesig, elefantenartig, unverletzlich. Bänder aus schwerem, rot gestrichenem Stahl rahmten die Kotflügel, die Schießöffnungen und die schussfesten transparenten Scheiben. Hohe, an der Spitze weiße Stahldornen ragten auf der verstärkten Stoßstange hoch. Das bernsteinfarbene Licht auf dem Dach und der Lärm des Motors badeten den Gang in Licht und Ton. Warne starrte den Wagen an, die Lunte baumelte in seiner Hand. Nun kam das Fahrerabteil in Sicht und spiegelte sich grün im Licht der Leuchtstofflampen. Warne hielt den Atem an und wartete. Nun war die ganze Einmündung vom Fahrzeug ausgefüllt. Einen Moment lang befürchtete er, sein Coup könne schief gegangen sein und der Laster würde weiterfahren. Doch dann hielt er mit einem schrillen, protestierenden Kreischen seiner Bremsen an und blieb stehen. Die ganze Karosserie schaukelte.
»Soll ich?«, rief Peccam, der hinter Flügelmutter stand.
Warne schaute kurz hinüber. An Flügelmutter war die eigentliche Ladung befestigt: vier riesige Pakete voll Schwarzpulver. Warne hatte die Zündschnurlänge nur schätzen können, deswegen war es nicht ausgeschlossen, dass die Pakete zu früh hochgingen. Aber er hatte jetzt keine Zeit, sich Gedanken darüber zu machen. Er nickte und schaute zu, als Peccam die Zündschnur in Brand setzte und dann den richtigen Knopf auf Flügelmutters Steuertasten drückte. Der Kopf des Roboters schwenkte herum und suchte das Signal des Echoorters. Dann ruckte er und richtete sich genau auf den Panzerwagen aus.
Warne behielt ihn im Auge. Er verspürte ein stechendes

Bedauern und hatte ein schlechtes Gewissen, weil er den Roboter auf diese Weise opfern musste. »Machs gut, Flügelmutter!«, murmelte er. »Tut mir Leid.«

Der Roboter blieb einen Moment reglos stehen. Seine Sensoren waren auf den Panzerwagen gerichtet. Warne kam der eigenartige Gedanke, dass er vielleicht wusste, was nun passierte; dass Flügelmutter sich auf irgendeiner tiefen, atavistischen Ebene weigern würde, einem Befehl zu gehorchen, der in seinem Selbstmord gipfelte. Doch dann schoss er mit einem dumpfen Schnurren seiner starken Batterien voran und sauste der fernen Stoßstange entgegen.

Dann hielt er ebenso schnell wieder an. Die Zündschnur, die er hinter sich herzog, flackerte und zischte.

Von Grauen erfüllt stierte Warne den Roboter an und versuchte, sich zu erklären, was schief gegangen war. Hatte er möglicherweise Recht? Weigerte sich Flügelmutter, seiner Programmierung zu gehorchen? Doch als er den Blick zum Ende des Ganges hob, begriff er.

Unter dem Heck des schaukelnden Transporters lag etwas auf dem Betonboden, das wie ein großes Uhrenarmband aus Kunststoff aussah. Es war zerbrochen. Beim Schaukeln des Fahrzeugs war der Echoorter abgerissen und kaputtgegangen. Nun war Flügelmutter mit zehn Pfund Sprengstoff auf dem Rücken im Gang gestrandet und hatte keine Instruktionen mehr, wie er seinen Auftrag ausführen solle.

»Was ist denn?«, fragte John Doe aus dem Heckabteil heraus. Er warf die Arme in die Luft, wobei sein Jackett aufklappte und ein elegantes Seidenfutter sowie das sich unter seinen linken Arm schmiegende Holster enthüllte.

»Jemand ist vor uns im Gang«, erwiderte der Fahrer. »Er ist erst aufgetaucht, als ich um die Kurve gekommen bin.«

»Tja, geben Sie ihm einen Moment. Er wird schon wieder abhauen.«
»Er bewegt sich aber nicht.«
»Dann drücken Sie auf die Hupe.«
Candyman führte die Anweisung aus. »Er ist noch immer da. Er will sich einfach nicht bewegen.«
John Doe ließ die Arme sinken und beugte sich vor. »Ist er taub?«
»Der Typ schaut uns genau an.«
»Ist es ein Wachmann?«
»Nein. Nur ein Zivilist in nem Anzug.«
John Doe runzelte die Stirn. »Könnte es sein oder ist auch nur vorstellbar, dass …« Er stand auf, hielt sich an der unter der Decke entlangführenden Haltestange fest und schaute durch die Windschutzscheibe nach vorn.
»Ich habe den Mann schon mal gesehen«, murmelte er. Dann verzog er überrascht und verärgert das Gesicht.
»Es ist Warne!«, rief er. »Geben Sie Gas! Fahren Sie ihn über den Haufen! Sofort! *Sofort!*«

Als der Motor aufheulte und der Fahrer den Gang wieder einlegte, widmete Warne sich wieder den vor ihm auf dem Boden liegenden Mörsern. Er hielt die Lunte an die Zündschnur einer »Goldene Weide«. Da Flügelmutter sich nicht mehr rührte, da der Roboter keine Ahnung hatte, was er tun solle, gab es für Warne nur noch eins: Er musste selbst eine Rakete auf den Laster abschießen. Trotzdem überfiel ihn eine eigenartige Mattigkeit. Einen Moment lang stand die Zeit still.
Eine Abfolge von Bildern blitzte in seinem Kopf auf, eine beschleunigte Laterna-magica-Vorführung: Norman Pepper in der Schwebebahn, ausgiebig gestikulierend und unglaublich

breit lächelnd, während er sich die Hände reibt. Sarah mit großen Augen im »Holokabinett«. Die in der Sicherheitsabteilung an seiner Schulter weinende Terri Bonifacio. Georgia in »Metamorphosen«, wie sie ihr auf magische Weise gealtertes Gesicht betrachtet. Und dann später, in der Nische im medizinischen Zentrum …

Warne beugte sich schnell vor und hielt die Lunte an die Zündschnur.

Weißes Licht zuckte kurz auf, als diese Feuer fing. Schon raste die Flamme mit überraschender Schnelligkeit knisternd und Funken sprühend an der Strippe hinauf. Im letzten Moment fiel Warne ein, dass es angeraten war, den Blick abzuwenden. Ein eigenartiges Geräusch ertönte, als werde unter Wasser komprimierte Luft freigesetzt. Dann jagte die Rakete mit einem wilden Zischen aus der Röhre. Warne schaute zu, als sie mit unglaublicher Schnelligkeit durch den Gang fegte – ein Komet aus Licht mit einer starken Rauchfahne, der von einer Wand zur anderen karambolierte, bis er schließlich über dem wartenden Geldtransporter an die Decke krachte.

Eine Sekunde lang passierte nichts. Dann wurde die Welt weiß.

Mit einem schrecklichen schmetternden Knall explodierte der Rest des Treibsatzes. Hundert Zungen aus goldenem Mischmaterial rasten durch den Gang, schlängelten sich zischend an den Wänden und der Decke entlang und kräuselten sich in einer feurigen Liebkosung um den Geldtransporter. Eine unglaubliche Geräuschsalve setzte ein – wie zahllose, in rascher Abfolge explodierende Granaten. Das weiße Licht wurde von einer seltsam rauchigen Goldkorona verhüllt, die gleichermaßen Ehrfurcht erweckte und Furcht erzeugte. Warne duckte sich, als die immer heller werdenden

feurigen Tentakel über seinen Kopf hinwegschossen, bevor sie sich endlich in Nichts auflösten.
Als die Echos erstarben, vernahm er ein anderes Geräusch: das ferne Heulen von Warnsirenen. Nun trieb der gezackte Rauchvorhang allmählich auseinander. Warne bemühte sich, etwas zu sehen.
Der Druck hatte den Geldtransporter zur Seite an die Tunnelwand geworfen. Warne sah, dass das linke Vorderrad sich leer drehte und der Fahrer sich abmühte, den Wagen wieder auf Kurs zu bringen.
Warne warf schnell einen Blick nach hinten. Smythe, der Pyrotechniker, lag auf dem Boden, hatte sich zusammengerollt und die Arme schützend über den Kopf gelegt. Peccam hockte nicht weit von ihm. Seine Miene zeigte nichts als Unglauben.
Warne fuhr wieder herum. Der gebrauchte Mörser lag qualmend neben ihm. Flügelmutter stand noch immer mehrere Meter vor ihnen im Gang. Seine Zündschnur war inzwischen beängstigend kurz geworden. Warne stellte fest, dass der Kopf des Roboters sich ihm zuwandte, als wolle er eine Frage stellen. Am Ende des Gangs versuchte der Transporter noch immer, auf alle vier Räder zu kommen. Der Motor brüllte, als der Fahrer den riesigen Wagen hin- und herschaukelte. Noch ein paar Sekunden, dann würde er im Gang verschwinden.
Warnes Blick fiel auf die ihm verbliebenen Mörser. Die Gewalt des Abschusses hatte die Stützröhre darunter weggefegt. Die Zylinder lagen quer vor ihm auf dem Boden. Ihm fehlte die Zeit, einen für den nächsten Abschuss vorzubereiten. Selbst wenn er die Zeit gehabt hätte – es war nun fast unmöglich geworden, genau zu zielen. Warne schaute zu Flügelmutter hinüber und wünschte, er könne ihn noch erreichen, um seine Programmierung zu ändern. Aber er hatte keine

Zeit. Und so stand der Roboter da, mit der Ladung auf dem Rücken, die gedacht war, den Panzerwagen auszuschalten, ohne Anweisungen, denen er folgen konnte …

Vor Warne, an der Einmündung, schob jemand den Lauf eines Gewehrs durch eine Schießöffnung des Geldtransporters.

Warne duckte sich instinktiv. Plötzlich kam ihm eine Idee. Vielleicht gab es *doch* eine Anweisung, der Flügelmutter folgte. Es widersprach zwar allem, was er ihm beigebracht hatte, aber vielleicht …

»Flügelmutter!«, brüllte er und deutete auf den Panzerwagen. »Hatz!«

Der Roboter rührte sich nicht.

»Hatz!«, schrie Warne erneut. *»Hatz!«*

Der Roboter zögerte noch immer, als versuche er, den ihm unvertrauten Befehl zu verarbeiten. Dann bewegte er sich voran, zuerst langsam, dann mit rasch zunehmendem Tempo. Warne richtete sich sprachlos auf. Die Zündschnur loderte und sprühte zwischen den knaufartigen Hinterrädern des Roboters Funken. Im gleichen Moment schien Flügelmutter sowohl Entschlusskraft als auch Geschwindigkeit zu gewinnen, denn je näher er dem großen Transporter kam, desto schneller wurde er.

Warne schloss instinktiv die Augen und wandte sich ab.

Ein blendendes Licht zuckte auf, das seine Augäpfel noch durch die geschlossenen Lider zu versengen schien, dann ertönte ein gewaltiger Donnerschlag, der Utopia in den Grundfesten wanken ließ. Warne spürte, dass eine Druckwelle an ihm vorbeifegte. Er schnappte nach Luft und wollte sich aufrichten. Einen Moment lang verweigerten seine Muskeln ihm den Gehorsam. Dann wankte er mühsam auf Händen und Knien zurück.

Er sah nun, dass der Geldtransporter ganz auf einer Seite lag. Sein Kühlergrill hatte sich unwiderruflich in eine Wand des Korridors verkeilt. Die Räder in der Luft rotierten träge und eiernd wie trunkene Kreisel. Die Seitenwände waren schwarz und qualmten. Die schwere Panzerung an der Unterseite des Wagens war zerfetzt und ausgefranst und an einer Stelle wie Aluminiumfolie abgeschält. Die Sprinkleranlage an der Einmündung hatte sich eingeschaltet. Ströme von Wasser regneten durch die wogenden Schießpulverschwaden herab.

Warne schaute geduckt zu. Sein Atem kam in flachen Stößen. Eine ganze Weile war außer dem Geräusch seines mühsamen Luftholens, dem leisen Plätschern des auf Metall und Beton fallenden Wassers und dem Heulen des Feueralarms nichts zu hören.

Dann bewegte sich die Tür des Geldtransporters.

Warne starrte sie an und fragte sich, ob er einer Täuschung erlegen war; ob die Wasserströme und die wogenden Rauchwolken eine optische Täuschung hervorgerufen hatten. Doch dann ruckte die Tür erneut, als werde sie von unten aufgedrückt.

Jemand im Wageninneren versuchte, ins Freie zu gelangen.

Warne atmete nun noch schneller. Er musterte die quer vor ihm liegenden Mörser. Ihr Inhalt hatte sich verstreut und lag überall herum. Zündschnüre hingen wie Schwänze an ihnen. Er versuchte, sein Hirn zu einer Handlung zu veranlassen, und erblickte die »Doppelchrysanthemen« mit den schweren Treibsätzen. Was hatte Smythe über sie gesagt? *Das Äquivalent mehrerer Stangen Dynamit …*

Die Tür des gepanzerten Fahrzeugs flog nun hoch und knallte gegen die Gangwand. Der Kopf eines Mannes tauchte

auf, dann sein Oberkörper. Er war mit einer eng sitzenden Lederjacke bekleidet. Der Mann zog sich hinauf, seine Hände hielten eine bullige, tückisch aussehende Maschinenpistole.
Warne sank zurück und schaute sich verzweifelt um. Die Lunte lag neben ihm, sie sprühte noch immer Funken und warf ein flammendes Scharlachrot auf den Betonboden.
Er hatte weder Zeit zum Nachdenken noch andere Optionen, die überlegt werden mussten. Warne packte die Lunte, griff wild nach dem nächsten Mörser, warf ein, zwei Treibsätze hinein und zog die Zündschnüre hektisch in Position. Der Mann hob seine Waffe und stützte sich auf die offene Tür. Ein Feuerstoß schoss aus der Mündung. Irgendwas heulte an Warnes Schädel vorbei.
Warne schob keuchend die riesige Chrysanthemenrakete in den Mörser, drehte ihn schräg von sich und hielt die Lunte ans Ende der Zündschnur. Seine dämlichen Finger verweigerten ihm den Dienst. Wieder spuckte das Schießeisen stotternde Blitze aus, und wieder hörte er das Heulen einer Geschosssalve. Betonsplitter flogen ihm ins Gesicht und stachen in seine Augen. Doch nun brannte die Zündschnur. Warne hielt den Mörser so weit wie möglich von sich und zielte genau auf den Schützen.
Erneut ein wütendes Zischen. Rauch fegte aus dem Mörserrohr. Ein brutaler Rückstoß warf Warne zurück. Wieder raste ein Lichtkomet, noch heller als der erste, durch den Gang. Er fegte zuerst aufwärts, dann abwärts, eine sengende Lanze aus Helligkeit, die direkt auf die offene Tür des Transporters zuraste. Warne fiel zu Boden, hielt sich die Ohren zu und schirmte den Kopf mit den Armen ab.
Eine Millisekunde lang: Stille. Dann wurde ein schreckliches zweifaches Krachen laut. Eine Explosion aus brennenden

Farben – eine innerhalb der anderen – erschütterte die Umgebung. Glänzende Lichtpunkte breiteten sich aus: weißglühendes Rot, Gelb und Türkisblau; hundert winzige Sonnen, die zu hell und zu schrecklich waren, um sie anzuschauen. Warne fühlte sich von dem Licht attackiert. Er wollte aufstehen, aber die starke Druckwelle zwang ihn wieder zu Boden, wo er kurz wie betäubt liegen blieb. Dann hatte er das Gefühl, dass rings um ihn Konfetti zu Boden sank. Er blieb reglos und zitternd liegen, hielt die Augen fest geschlossen und wagte nicht, sich zu rühren.

Er hörte einen Moment lang nur ein schroffes Summen. Als es verebbte, machten sich andere Geräusche bemerkbar: der rollende Donner des Kanonenschlags, der in den Gängen der C-Ebene ein Echo nach dem anderen warf; das entfernte Heulen von hundert Alarmsirenen auf dem Parkplatz draußen. »Ich kann nichts mehr sehen!«, schrie Peccam hinter ihm. »Ich kann nichts mehr sehen!«

Nun schalteten sich noch mehr Sprinkler ein. Wasser lief über Warnes Haar, seinen Hals und in die Vertiefung zwischen seinen Schulterblättern. Endlich zog er sich an der Wand nach oben, machte die Augen auf und schaute nach vorn.

Der Geldtransporter lag da wie zuvor. Die Räder drehten sich langsam. Wasser tröpfelte in dünnen Rinnsalen seitlich an ihm herab. Der Gestank von Schießpulver und Phosphor hing schwer in der Luft. Überall lagen zerfetzte Geldscheine herum. Sie bedeckten den Laster, seinen Boden und seine Wände und verfärbten sich dunkel, als das Wasser sie durchnässte. Der Mann mit der Maschinenpistole war verschwunden. Die offene Tür des Geldtransporters war voll Blut und Gewebe. Ein Vorhang aus Blut floss fächerförmig und riesengroß an der Wand hinter dem Wagen hinab.

Warne sah, dass die Sprinkler klare Linien durch das Scharlachrot zogen.

Er sank an die Wand zurück. Er war zu betäubt, um etwas zu empfinden. Er verspürte weder Erleichterung noch Angst, nur ein unangenehmes Gefühl in den Händen. Er schaute hinab und registrierte geistesabwesend und überrascht, dass seine Hände wie rohes Fleisch aussahen. Die Hitze der Rakete hatte seine Haut abgebrannt. Er ließ die Hände sinken. Sein Blick fiel wieder in den Korridor. Seine Bewegungen waren langsam, wie in einem Traum. Peccam saß an der Wand und hielt sich die Augen mit den Händen zu. Smythe war nirgendwo zu sehen.

Warne atmete langsam aus und lehnte sich mit dem Kopf an die kühle Gangwand. Die Lunte klebte völlig durchnässt an seinem Schoß. Sie war ausgegangen. Der Schmerz in seinen Handflächen wurde schlimmer, und er fühlte sich sehr müde. Das Heulen der Alarmsirenen, das auf sein Gesicht tropfende Wasser – all dies erschien ihm weit entfernt. Wenn er die Augen schloss, konnte er vielleicht schlafen.

Dann fiel sein Blick wieder auf den Panzerwagen, und er richtete sich so abrupt auf, als hätte er einen Stromschlag erhalten. Die Lunte löste sich von seinem Schoß und fiel zu Boden.

John Doe schob sich mühsam über die Kühlerhaube des Fahrzeugs. Sein Gesicht war geschwärzt, sein Haar verbrannt. Von den Schultern seines Leinenanzugs stieg Rauch auf. Blut lief aus seiner Nase und seinen Ohren. Er schien weder Warne noch das überall verstreute Geld noch sonst etwas zu bemerken. Sein Blick war auf den Tunnelausgang gerichtet.

Warne erstarrte und blickte auf John Does Hände. In der

einen hielt er eine Pistole, in der anderen das schwarze Rechteck der Fernbedienung.
Warne schaute sich wild um. Seine Hände waren zu verbrannt, um noch eine Lunte anzuzünden. Und selbst wenn es anders gewesen wäre: Hier war es zu nass, hier konnte nichts mehr brennen. Er hatte keine Waffe mehr. Er konnte nichts mehr unternehmen.
Er warf einen verzweifelten Blick auf den Transporter. Doch John Doe war schon über die Kühlerhaube gerutscht und verschwand aus Warnes Blickfeld im Tunnel.

16.32 Uhr

John Doe ging durch den Gang und entfernte sich von dem Rauch, dem Wasser, dem Chaos und dem unbeschreiblichen Grauen im Inneren des Panzerwagens. Sein Schritt war zwar unstet, doch er hielt den Sender mit festem Griff umklammert. Feuer-, Rauch- und Notfallalarme heulten überall, aber er nahm nichts davon wahr, denn die dritte Raketenexplosion hatte seine Trommelfelle platzen lassen. Blut und Eingeweide bedeckten seine Brust, doch da das meiste davon nicht von ihm stammte, beachtete er es nicht.
Durch den Gang rannte ein Wachmann auf ihn zu. Sein Gesicht war eine Maske des Entsetzens und der Besorgnis. Er rief etwas – *Was ist passiert, verdammt noch mal? Sind Sie verletzt?* –, und John Doe hob seine Pistole und schoss ihn nieder. Seine Augen bluteten und waren vom Pulver verätzt, aber er konnte noch immer den Halbkreis aus Tageslicht ausmachen, der das Ende des Ganges signalisierte. *Jetzt ist es nicht mehr weit.*

Ein weiterer Wachmann kam ihm durch den Gang entgegen, und John Doe hob den Arm, feuerte erneut und ging weiter. Er kam am verlassenen Kontrollpunkt vorbei. Jetzt nur noch ein paar Schritte. Dann stand er draußen auf dem Asphalt und die gigantische Rückseite Utopias ragte hinter ihm auf. Der Schatten der Kuppel hatte den Parkplatz vereinnahmt, aber trotzdem war das Licht fast zu viel für seine verletzten Augen. Doe wankte vorwärts. Er spürte, dass Blut aus seinen Ohren tropfte. Einige Utopia-Mitarbeiter, die bei der Explosion von den Ladezonen weggelaufen waren, blieben stehen und starrten ihn an. John Doe ging weiter. Er machte sich nicht die Mühe, die Leute anzuschauen. Ein, zwei Fahrzeuge bewegten sich auf dem Asphalt: vage, undeutliche Formen. Aber er interessierte sich nur für eine – das Begleitfahrzeug, das ihn von hier fortbringen würde; fort von dem tödlichen Chaos, das er gleich über den Park bringen würde. Wie lautete doch noch mal der Spruch Vishnus, den das »Bhagavadgita« zitierte? »Ich bin zum Tod geworden, zum Vernichter der Welten.« Jedenfalls glaubte er, dass der Spruch so lautete, denn sein Verstand war nicht mehr so klar, wie er es hätte sein sollen.

Bargeld hatte er jetzt natürlich nicht mehr, aber die beiden DVDs waren mehr als ein Ausgleich. Vor sich machte er nun die riesige, geschweifte Linie aus, die den Rand des Kuppelschattens markierte. Doe umklammerte den Infrarotsender fester. Wenn er die Linie erreichte, würde er sich umdrehen. Von dort aus hatte er mehr freies Sichtfeld, als er brauchte.

Jetzt ist es nicht mehr weit.

Andrew Warne ballte seine versengten Hände zu Fäusten, kletterte mühsam über die Kühlerhaube des gepanzerten Wagens und wankte durch den Korridor. Er wusste nicht, was er tun sollte: Er wusste nur, dass er John Doe irgendwie aufhalten musste.

Der fahrbare Holoprojektor, den er und Peccam aufgebaut hatten, um den Laster zum Anhalten zu zwingen, lag im Gang auf der Seite, denn die Explosionen hatten ihn umgeworfen. Aber er projizierte noch immer ein Hologramm Andrew Warnes: Sein anderes Ich stand mit gespreizten Beinen und vor der Brust verschränkten Armen da – nun allerdings in Höhe der Decke. Vor ihm am Boden lag ein erschossener Wachmann. Kurz darauf stieß er auf einen zweiten. Hinter ihm wurden Rufe und das Geräusch sich nähernder Schritte laut. Warne ging weiter, am Kontrollpunkt und an den brüllenden Turbinen des Luftreinigungssystems vorbei bis auf den Mitarbeiterparkplatz.

Dort blieb er kurz stehen, schaute sich um und versuchte John Doe zu erspähen. Er sah ihn zu seinem Entsetzen genau vor sich, vielleicht hundert Meter entfernt. Die über den Asphalt fallende Schattenlinie der Utopia-Kuppel durchschnitt seine schmale Gestalt. *Wie konnte er so schnell hier sein?* Warne sah, dass der blutüberströmte Arm John Does sich langsam und zielbewusst hob.

»Nein!«, schrie er und setzte zum Endspurt an. Als er losrannte, richtete sich der Sender gen Himmel. Er sah das leere, glasige Lächeln auf John Does Gesicht und wusste, dass es zu spät war.

Dann löste sich Does Kopf urplötzlich in eine Wolke aus Blut und Hirnmasse auf.

Doe fiel nach hinten. Der Sender schepperte auf den Asphalt. Erst jetzt hörte Warne den Knall eines Schusses. Er hallte über den Parkplatz, übertönte rollend und grollend das Heulen der Sirenen und sein Echo flog wie ein Ball zwischen den Schluchtwänden hin und her.

Warne rannte zu dem Sender und zertrampelte ihn mit dem Absatz. Dann drehte er sich um und spähte zum breiten Betonrücken Utopias. Hoch über dem Dachrand stützte sich die Silhouette einer Gestalt mit einer Tweedmütze und einer Kordjacke vor der Kuppelsilhouette auf ein langläufiges Gewehr. Der Mann winkte Warne einmal schwach zu, dann setzte er sich ziemlich abrupt hin. Das Gewehr entfiel seinen Händen und verschwand aus Warnes Blickfeld.
Auch Warne setzte sich auf den Boden. Nun lag der Asphalt zwar im Schatten, aber er war noch heiß von der Hitze des Tages. Einige Meter von ihm entfernt lag John Does reglose Leiche.
Warne schaute sich um, schlang die Arme um seine Knie und blinzelte träge vor sich hin. Nicht weit von ihm raste eine ziemlich neue Limousine mit einem blitzenden bernsteinfarbenen Licht auf dem Dach schnell davon und hielt auf die Interstate zu. Warne ignorierte den Wagen. Sein Blick galt einem ferneren Punkt – der gezackten roten Linie des Horizonts, an dem sich über der dünnen Wolkenfront eine Reihe flacher Schatten näherte. Wenn man genau hinhörte, konnte man das pulsierende Summen der Motoren hören wie das Schlagen gigantischer Schwingen in der Luft. Die Kavallerie war endlich eingetroffen.

Epilog

Warmer Sonnenschein ergoss sich über die Schluchtwände und sprenkelte den Sandstein mit einer Fülle von Rot, Gelb und Ocker. Warne saß allein an einem Fensterplatz und genoss die Wärme auf seinem Gesicht. Diesmal hatte er an die Sonnenbrille gedacht. Das sanfte Schaukeln des Wagens war behaglich und ihm fast so vertraut wie die Erinnerung an eine Wiege im Säuglingsalter. Die Tonkonserve, die über die Lautsprecher an sein Gehör drang, hatte die gleiche sanfte und kultivierte Stimme wie damals, nur wies sie diesmal auf den Weltraumhafen von Callisto hin, der erst vor zwei Wochen mit neuen Fahrgeschäften wiedereröffnet worden war.

Irgendjemand sprach ihn von hinten an. Warne erwachte aus dem ihn umhüllenden Schleier der Erinnerungen und drehte sich um. Es war ein Mann. Er war etwa Mitte vierzig und hatte schütteres Haar und einen geröteten Teint.

»Wie bitte?«, fragte Warne.

»Ich hab gefragt, ob Sie schon mal hier waren.«

Warne nickte. Er dachte an das letzte Mal, als er die roten Wände der Schlucht gesehen hatte – aus dem Inneren eines Notarzthelikopters heraus, der nach Las Vegas geflogen war. Seine Hände waren in Eis verpackt gewesen. Ein Uniformierter hatte ihn mit Fragen traktiert. Einen Moment lang empfand er das Schaukeln des Wagens als weniger behaglich.

»Ich bin zum ersten Mal hier«, sagte der Mann. »Ich kanns noch immer nicht fassen.« Die Worte schienen in einem atemlosen Schwall aus ihm herauszuströmen. »Und all das nur, weil ich einen Artikel geschrieben habe.«

Das Gefühl wich. Warne verdrängte seine Erinnerungen. »Wirklich?«

»Für das ›Feinschmecker-Magazin‹. Über mittelalterliche Küche. Ich bin nämlich Ernährungshistoriker.«

»Ernährungshistoriker?«

Der Mann brauchte keine weitere Aufforderung. »Ja. Daraufhin hab ich vorige Woche einen Anruf von Lee Dunwich erhalten. Er ist der oberste Utopia-Küchenchef. Das muss man sich mal vorstellen! Lee Dunwich hat seinen Job in einem Dreisternerestaurant in Paris und alles andere aufgegeben, um hier im Park zu arbeiten! Jedenfalls wollte er, dass ich herkomme, um ein paar der Camelot-Menüs zu besprechen. Die machen hier nämlich zwei neue Restaurants auf. Offenbar hat eine Umfrage ergeben, dass die Leute mit einigen Gerichten nicht zufrieden sind, weil die mittelalterlichen Essgewohnheiten etwas ... Oh, mein Gott, wir sind da!«

Die Schwebebahn war im Canyon um eine enge Kurve gefahren. Vor ihnen lag die riesige, kupferfarbene Kuppel Utopias und zwinkerte und blinkte wie eine gigantische Luftspiegelung im Sonnenschein. Der Wortschwall verstummte auf der Stelle, der Mann bestaunte das sich vor ihm ausbreitende Schauspiel.

Als Warne seinen Blick sah, musste er widerwillig lächeln. »Dann wünsche ich Ihnen viel Vergnügen«, sagte er.

Im Nexus standen alle Uhren auf 0.50 Uhr. Warne stand auf der Ausstiegsrampe und musterte die riesige Mischung aus poliertem Metall und gelbem Holz, die leeren Restaurants und Boutiquen, die elegante blaue Einfassung der sich hoch über ihm wölbenden Kuppel. Er atmete langsam ein, dann noch einmal. Der Ernährungshistoriker – Warne hatte seinen

Namen bereits vergessen – eilte schon die Rampe hinab und näherte sich den mit weißen Blazern bekleideten Einweisern, die militärisch in Reih und Glied dastanden. Als die Spezialisten von außerhalb und die ausgesuchten VIPs auf sie zukamen, löste sich ihre Front und Warne sah eine junge Frau, die sich dem Historiker näherte. Er glaubte Amanda Freeman zu erkennen, die ihn hier vor fünf Monaten in Empfang genommen hatte.

Als er sich schließlich umwandte, um sich den aussteigenden Passagieren anzuschließen, entdeckte er zu seiner Überraschung Sarah Boatwright. Sie kam forsch über die Rampe auf ihn zu.

Zuerst war er wie immer von ihren einfachen, festen Gesichtszügen beeindruckt. Doch als sie näher kam, fiel ihm etwas anderes auf. Ihre Mundwinkel waren leicht nach unten gezogen und die leichten dunklen Linien unter ihren Augen schienen deutlich von privaten Sorgen zu sprechen.

In den Wochen nach der Rückkehr nach Pittsburgh hatte Warne sich mit zahllosen Polizeibeamten, ATF-Agenten und Utopia-Besucherbetreuern unterhalten. Erst kürzlich hatte er mehrere Dutzend Telefongespräche mit Parkgestaltern und Systemtechnikern hinter sich gebracht. Doch es war das erste Mal, dass er wieder mit Sarah Boatwright zu tun hatte. Bei ihrer letzten Begegnung hatte sie am Boden der Arrestzelle gekniet und den sterbenden Fred Barksdale in den Armen gehalten.

Warne fragte sich, ob er sie umarmen solle, doch er reichte ihr nur die Hand. »Was für eine schöne Überraschung, Sarah!«

Sarah schüttelte seine Hand kurz, aber fest. »Ich habe deinen Namen auf der Liste der heute eintreffenden Experten gelesen. Da dachte ich, ich nehme dich selbst in Empfang.«

»Müsstest du jetzt nicht irgendwo anders sein?«, fragte Warne. »Bei eurer täglichen Konferenz vor der Öffnung?«

»Die werden auch ohne mich fertig.«

Sie schritten die Rampe hinab und folgten den Experten und ihren weißbejackten Begleitern, die sich nun im Nexus verteilten. Warnes Blick fiel auf eine Uhr: 0.48.

»Eigentlich ist es ganz schön, mal nicht in einer Konferenz zu sitzen«, sagte Sarah. »Bei uns geht es momentan ziemlich hektisch zu. Wir planen die Feier unseres einjährigen Bestehens. Und dann noch die ganze neue Bürokratie. Wir haben ständig irgendwelche Funktionäre am Hals. Gesundheitsamt, Umweltgutachter, Industriehygieniker. Manchmal glaube ich, wir spielen ›Der Bürokrat der Woche‹.«

»Ist es so schlimm?«

»Schlimmer. Aber es hat dem Geschäft nicht geschadet. Die Umsatzzahlen sind seit dem letzten Quartal um fünfzehn Prozent gestiegen. Wir sind jetzt die Nummer drei.«

Warne wusste, dass Gespräche, in denen es um Zahlen und Quoten ging, Trost spendeten. Aber irgendetwas war an Sarah anders. Er sah es an ihrem Blick, konnte es aber noch nicht identifizieren.

Sie gingen an einigen Springbrunnen und der holografischen Anzeigetafel vorbei zum Eingangsportal Camelots. Techniker und Darsteller trabten an ihnen vorbei, kamen hinter getarnten Türen hervor oder verschwanden durch Luken, um in letzter Minute noch irgendwelche Aufgaben zu erledigen. Weiter voraus, neben dem Eingang zu Callisto, trug ein Musiker in einem quecksilberfarbenen Overall ein Instrument, das einem futuristischen Cello ähnelte. »Komm mit!«, sagte Sarah und brach das allmählich peinlich werdende Schweigen. »Ich möchte dir etwas zeigen, das dir bestimmt gefällt.«

Sie gingen an einer Ansammlung von Läden und am »Inneren Auge« vorbei, dann geleitete Sarah ihn zur gegenüberliegenden Nexuswand und an ein massives sechseckiges Tor. Darüber stand in an rollende Wogen erinnernden Buchstaben das Wort »Atlantis«. *Natürlich,* dachte Warne, als er es sah.

Einige Torwächter, die sie kommen sahen, traten beiseite, nickten Sarah zu und begrüßten sie mit einem Lächeln. Sie schritten durch einen breiten Gang mit einer niedrigen Decke und kamen an einem Strand heraus, der so wirkte, als liege er irgendwo am Äquator. Die Umgebung erweckte den Eindruck eines archäologischen Großprojekts. Warne musterte erstaunt Gitterroste, Absperrungen, Ausgrabungsutensilien und sorgfältig gegliederte Bodenprofile: das gesamte Drum und Dran einer überdimensionalen professionellen Ausgrabung. Zu dieser frühen Stunde war noch alles menschenleer.

»Was hat *das* denn zu bedeuten?«, fragte Warne.

Sarah musterte ihn verblüfft. »Hast du den Konzeptentwurf nicht gesehen?«

»Nur eine Kurzbeschreibung. Ich war mehr mit den technischen Aspekten beschäftigt.«

»Was du hier siehst, wurde nach der Ausgrabungsstätte bei Akrotiri modelliert. Auf Santorin findet gegenwärtig tatsächlich eine archäologische Ausgrabung statt. Wir haben sie bis ins letzte Detail kopiert. Uns kam die Idee, die Besucher zuerst durch eine Ausgrabung von Atlantis zu führen. Zum Spannungsabbau. Dann reisen sie durch ein Portal in die Vergangenheit zurück, ins goldene Zeitalter der Stadt. Wir haben uns bemüht, das Eintauchen besonders realistisch aufzuziehen. Es ist alles fertig, wir haben die Eröffnung nur ein wenig verschoben, um noch ein paar … Feinabstim-

mungen vorzunehmen.« Sie warf Warne einen kurzen Blick zu.
»Die Verzögerung war aber nicht meine Schuld«, sagte er.
»Habe ich auch nicht behauptet. Wir vervollständigen nämlich gerade den Dreiphasentest, und alle Meldungen, die bei uns eingehen, sind unglaublich enthusiastisch.« Sarah streckte einen Arm aus. »Komm, ich zeig dir die eigentliche Welt. Wenn du die Farbtafeln noch nicht kennst, steht dir wirklich einiges bevor.«
Hinter der Ausgrabungsstätte stiegen sie in einen von mehreren riesigen zylinderförmigen Behältern. Als die Tür sich hinter Warne schloss, wurde es kurz finster. Dann wurden die Wände des Zylinders durchsichtig, und er sah, dass sie von Wasser umgeben waren. Reflektiertes Licht tanzte grünlich-blau über die Decke und den Boden. Ein Summen ertönte, dann ruckte es kaum merklich. Als sie langsam in die Tiefe sanken, stiegen winzige Blasenstürme an den Seiten des Zylinders hoch.
Warne schaute Sarah an. »Wir bewegen uns doch nicht wirklich, oder?«
»Sei still! Du zerstörst die Illusion.«
Warne erspähte tief unter ihnen – es sah aus wie ein Meeresboden – verschwommene Umrisse. Sie kamen langsam näher. Er drückte seine Nase an die Plexiglaswand und erblickte die Türme und Minarette einer fantastischen Stadt, deren Lichter wie winzige, verzerrte, unförmige Edelsteine in der Tiefenströmung blinkten. Die Beleuchtung wurde matter, das Bild verschwand. Warne trat zurück.
Der Zylinder hielt mit einem sanften Ruck an. Die Tür auf der anderen Seite öffnete sich mit einem Zischen.
»Komm mit!« Sarah winkte ihm mit einem geheimnisvollen Lächeln zu. Warne trat ins Paradies hinaus.

Jedenfalls hielt er es dafür, denn er hatte nie aufgehört, es sich vorzustellen.
Sie standen auf einem riesigen perlmuttweißen Kai am Ufer eines sanft plätschernden Meeres: Es war von einem so üppigen Blau, dass Warne am liebsten einen Pinsel ins Wasser getaucht hätte. Großzügig angelegte, elegant geschwungene Laufgänge aus perlmuttartigem Material strebten in eine Unzahl von Richtungen, schwangen sich sanft übers Wasser, ragten vor großen Gebäudeansammlungen auf, führten zu exotischen Türmen und silbernen Brustwehren, erstreckten sich in scheinbar grenzenlose Fernen. Exotische Palmen und Beete mit strahlend bunten Blumen säumten den Rand der Laufgänge. Mehrere hölzerne Schiffe lagen in der Nähe vor Anker und dümpelten auf dem Wasser. Ihre langen Bugspriete wirkten elegant und waren so gestaltet, dass sie Schwänen glichen. Hier und da sprangen silberne Fische aus dem Wasser. Ihre Schuppen blitzten im Sonnenschein. Und über allem wölbten sich die Kuppel von Utopia und dahinter der klare, freie Himmel.
Sarah führte Warne wortlos zu einer nicht weit entfernten Marmorbank und nahm unter einer riesigen Palme Platz.
Warne setzte sich. Die Umgebung hatte ihn verzaubert. Eine frische Brise wehte. Sie war kühl und schmeichelnd und transportierte den Duft eines unbegrenzten Versprechens. Ihm war fast so, als habe sich die zeitlose Stadt als Geschenk für ihn aus den Fluten erhoben.
»Wie gefällt es dir?«, fragte Sarah.
Warne schüttelte den Kopf. »Es ist prächtig. Es ist vollkommen. Es gefällt mir.«
Sarah lächelte. Das Kompliment freute sie sichtlich. »Das ist gut, denn du wirst nämlich den größten Teil der Woche hier verbringen. Wir haben keine Kosten gescheut. Einige der

Wassereffekte, die unsere Ingenieure sich ausgedacht haben, muss man einfach gesehen haben. Von unserem neuen Wasserfahrgeschäft – es heißt ›Die letzten Minuten von Pompeji‹ – nehmen wir an, dass es sich zu Utopias größtem Umsatzmacher entwickeln wird. Wir setzen fahrbare Holoprojektoren als Lockmittel ein, um Eric Nightingale in sämtliche Wagen zu projizieren und …«

Vor ihnen geriet das Meer plötzlich in Aufruhr. Die Oberfläche warf schäumende Blasen. Dann brach ein langer schmaler Kopf durch den Wasserspiegel. Schaum lief an seinem geschuppten Leib herab. Lidlose gelbe Augen schauten die beiden ohne zu blinzeln an.

Warne grinste. »Da bist du ja«, sagte er.

Das Meeresgeschöpf betrachtete ihn aufmerksam, dann setzte es ein Bein vor das andere und schob sich weiter aus dem Wasser hervor. Es war groß und schlank wie eine Riesenschlange, schillerte und glänzte wie Platin und spiegelte die funkelnde Meeresoberfläche. Juwelenartige Tropfen fielen von den mechanischen Finnen. Einen Moment lang verharrte es still und balancierte auf dem Schaum. Dann wandte es sich mit einem Aufklatschen ab, drehte sich schnell und tollte im Wasser herum.

Warne schüttelte den Kopf. Er hatte das Geschöpf nur im Olympiadoppelbecken an der Carnegie-Mellon-Universität testen können. Der Protest des Schwimmlehrers hallte noch in seinen Ohren. Es hier zu sehen, in diesem riesigen Gewässer, war eine Offenbarung. Der Bau eines tauchfähigen Roboters, der die Besucher von Atlantis beeindrucken konnte und zudem über die Intelligenz eines Delfins und die Veränderlichkeit eines Aals verfügte, war seine bisher größte Herausforderung gewesen. Andererseits hatte ihm eine sehr hilfreiche Kollegin assistiert. Trotzdem lagen mehr Fehlstarts und nächtliche Programmierungsmarathons hinter ihm, als er zugeben wollte. Doch das Ergebnis – er hatte den Prototyp auf den Namen Lady Macbeth getauft – war seine erfolgreichste Demonstration maschineller Lernfähigkeit. Lady Macbeth in dieser Umgebung zu sehen hieß hoffen, dass die ganze Arbeit der Mühe wert gewesen war.

Der Roboter stellte seine Possen abrupt ein und verschwand unter Wasser. Eine Weile war alles still. Dann schoss er etwas weiter von ihnen entfernt wieder aus dem Nass empor, riss das Maul auf und zeigte juwelenartige Zahnreihen. Mit einem Brüllen spuckte er eine lange, purpurrote Flamme aus. Dann tauchte er wieder unter, sprang mehrmals ins wärmende Sonnenlicht zurück und kam schließlich wieder an ihre Bank. Er balancierte auf dem Schaum und schaute sie an, als erwarte er ein Lob. Dünne Rauchfäden stiegen aus seinen Nüstern.

»Was wäre Atlantis ohne Seeschlangen?«, murmelte Warne. Er drehte sich zu Sarah um. »Hat Lady Macbeth sich benommen?«

»Seit sie hier ist, durchläuft sie den Betatest. Soweit ich weiß, sind ihre stündlichen Vorstellungen bisher fehlerlos verlaufen. Sie hat aber eine schlechte Angewohnheit.«

»Eine schlechte Angewohnheit? Welche denn?«

Sarah deutete mit dem Kopf auf die Seeschlange. »Pass auf! Du wirst es bald sehen.«

Warne runzelte die Stirn. »Hmm. Die ersten beiden fertigen Modelle warten jedenfalls am Flughafen. Sie sind gestern mit einer Frachtmaschine angekommen. Sobald ich die Installation überwacht habe, bringe ich Lady Macbeth ins Labor runter und überprüfe sie mal nach Lecks oder anomalen Verhaltensweisen.«

Er verfiel in Schweigen. Sobald er nicht mehr nachdachte,

kam es ihm äußerst seltsam vor, wieder in Utopia zu sein und neben Sarah zu sitzen. Bei seinem letzten Besuch hatte er das Metanet abschalten und die sich fehlerhaft verhaltenden Roboter lobotomisieren sollen. Andere Ereignisse hatten es verhindert. Nun hatte sich der Kreis auf ironische Weise geschlossen. Seine Arbeit im Bereich der maschinellen Lernfähigkeit hatte greifbare Fortschritte erbracht. Seine früher als radikal eingestuften Theorien setzten sich allmählich durch. Nun war er wieder hier, um neue, bessere, intelligentere Roboter einzusetzen.

Warne räusperte sich und deutete auf die schillernde Stadtlandschaft. »Tja, es ist wirklich erstaunlich, Sarah. Du kannst stolz sein.«

Sarah nickte. »Wir haben eine Umwälzanlage gebaut, die pro Minute siebenhunderttausend Liter Wasser reinigt und bewegt – Venedig hat uns um die Baupläne gebeten. Wenn Atlantis nächsten Monat seine Pforten öffnet, ist jeder andere Wasserpark auf der Erde überflüssig.«

Sie schaute sich um. Ihr brünettes Haar bewegte sich in der leichten Brise. »Wir werden gute Geschäfte machen«, sagte sie ziemlich leise.

Warne betrachtete sie von der Seite. Das Lächeln war noch auf ihrem Gesicht, ihr Blick war traurig, aber fest und klar. Nun sah er den Unterschied zwischen der Sarah von heute und der Sarah, die er von früher her kannte. Seit dem Tag ihres Kennenlernens hatte sie immer eine deutliche, fast aggressive Selbstsicherheit ausgestrahlt. Er spürte sie noch immer wie die von einer Kohlenpfanne ausgehende Hitze, aber nun wirkte sie aufgrund einer bitteren Erfahrung gezügelt und verschleiert.

Auf der Fahrt von Pittsburgh hierher hatte Warne überlegt, was er wohl sagen würde, wenn dieser Moment gekommen

war. Doch irgendwie fanden angesichts dieser nassen Pracht nur die einfachsten Worte den Weg zu seinen Lippen.
»Aber wie gehts *dir*, Sarah?«
Sie richtete den Blick weiterhin auf die Turmspitzen von Atlantis. »Mir gehts gut. Anfangs war es nicht so. Aber jetzt schon.«
»Als ich nichts mehr von dir hörte ... Als du meine Telefonate nicht beantwortet hast, habe ich befürchtet, du ...« Warne verstummte kurz. »Nun ja, ich hab befürchtet, du würdest mir nicht verzeihen. Wegen Barksdale.«
»Ich konnte es auch nicht, Drew. Damals jedenfalls nicht. Aber jetzt schon.«
Sie drehte sich endlich um und schaute ihn an. »Immerhin hast du dazu beigetragen, den ganzen Laden zu retten. Der Park ist jetzt mein Leben. Ich müsste dankbar sein. Aber ehrlich gesagt, es fällt mir schwer. Manchmal fällt es mir wirklich schwer ...«
Sie wandte sich jäh von ihm ab. Warne beobachtete sie eine Weile, dann richtete er den Blick wieder aufs Wasser und die Sprünge Lady Macbeths, die nun wieder untertauchte.
»Eigentlich«, sagte er langsam, »hab ich Utopia gar nicht gerettet. Flügelmutter hat Utopia gerettet.« Er schwieg, und die letzte Szene im Korridor der C-Ebene lief vor ihm ab.
Sarah schenkte ihm einen fragenden Blick.
»Peccam hat deinen Leuten doch bestimmt erzählt, was wir gemacht haben. Von dem Sprengstoff auf Flügelmutters Rücken, von dem Echoorter, den wir an dem Panzerwagen befestigt haben, damit der Roboter ihn anpeilen konnte.«
Sarah nickte.
»Leider ist der Echoorter abgerissen und hat nicht mehr gesendet. Als Flügelmutter kein Signal mehr bekam, blieb er stehen. Der ganze Plan war in Gefahr. Ohne nachzudenken,

hab ich ihm den Befehl zur Hatz gegeben. Und genau das hat er gemacht. Er hat den Panzerwagen gejagt. Und ihn aufgehalten.«

Sarah nickte erneut.

»Andererseits«, fuhr Warne fort, »habe ich Flügelmutter nie einen Hatzbefehl gelehrt. Im Gegenteil: Ich habe ihm nur den Befehl ›Keine Hatz‹ eingebaut. Trotzdem hat er die Anweisung von sich aus irgendwie grammatisch definiert und den Schluss gezogen, dass eine Handlung angesagt war. Ich habe es nicht verstanden. War mein Tonfall ausschlaggebend? Meine Gestik? Hatte er diese Ad-hoc-Fähigkeit schon immer? Hat ihm nur der Druck gefehlt, in aller Eile etwas definieren zu müssen? Also bin ich neugierig geworden. Als ich hörte, dass Scylla nicht reaktiviert werden soll, habe ich Terri gebeten, mir seine Logikeinheit nach Pittsburgh zu schicken. Ich nahm nämlich an, der Grund seiner plötzlichen Aggression müsse damit zu tun haben, dass der von mir frühzeitig ausgelöste Manipulationscode John Does ihn infiziert hatte. Zum Glück konnte ich Scylla ausschalten, bevor er mich oder andere am Eistresen verletzen konnte. Das habe ich jedenfalls angenommen.«

»Erzähl weiter!«, sagte Sarah.

»Die Untersuchung seiner internen Protokolle ergab, dass ich hinsichtlich des Manipulationscodes Recht hatte. Es gab ihn wirklich und er war vorzeitig ausgelöst worden. Aber in anderer Hinsicht hatte ich mich getäuscht. Ich habe ihn gar nicht abgeschaltet, Sarah. Ich hab den Trennschalter gar nicht getroffen. Ich hab nicht mehr durchgeblickt. Scylla kann sich aber nicht selbst abgeschaltet haben. Dazu fehlte ihm die Fähigkeit.«

»Aber er konnte sein Neuralnetz überlasten«, erwiderte Sarah. »Und so eine Deaktivierung erzwingen. Er hat begriffen, dass sein Tun falsch war und nicht mit seiner ursprünglichen Programmierung übereinstimmte. Also ist er zu einer korrigierenden Handlung geschritten. Anders ausgedrückt: Er hat *gelernt.*«

Warne schaute sie an. »Du hast es gewusst?«

»Ich habe den vertraulichen Bericht gelesen, den du uns zu diesem Thema geschickt hast – und deinen Fachartikel ›Maschinelles Lernen unter Stressempfinden‹.« Sie nickte in Richtung Lady Macbeth. »Deswegen haben wir auch nie in Betracht gezogen, sie von einem anderen bauen zu lassen.«

»Ach, wirklich? Und ich dachte schon, es habe an der Titelgeschichte gelegen, die das ›Robotik-Journal‹ über mich gebracht hat.«

Sarah lächelte kurz.

Warne streckte die Beine aus und steckte die Hände in die Hosentaschen. Im stillen Wasser schwamm ein Fischschwarm vorbei. Lady Macbeth spuckte urplötzlich Feuer und machte sich an die Verfolgung der sich in alle Richtungen zerstreuenden Fische.

»Was ist das denn?«, fragte Warne erschreckt. »Das steht doch gar nicht in ihrem Programm.«

»Das ist einer der Fehler, die die Techniker protokolliert haben«, erwiderte Sarah. »Die schlechte Angewohnheit, die ich erwähnt habe. Sie jagt gern hinter Fischen her.«

Das von Gelb und Chrom strotzende Einschiffungsgebäude füllte sich mit Besuchern, die sich ungeduldig vor den Kassenhäuschen versammelten und auf den Anbruch der magischen neunten Stunde warteten. Warne bahnte sich einen Weg durch die Menge und hielt nach Georgia Ausschau. Schließlich erspähte er sie. Sie stand vor einer Metallsäule an den Ausgängen und schlug mit einem Fuß den Takt. Sie hatte Stöpsel in den Ohren, schaute sich um und ließ den Kopf in einem unhörbaren Rhythmus wippen.

Neben ihr stand Terri Bonifacio. Der helle Sonnenschein, der durch die Oberlichter fiel, verlieh ihrem üppigen dunklen Haar noch mehr Glanz.

Warne nahm aus den Augenwinkeln wahr, dass Sarah kurz stehen blieb. Sie hatte die beiden also auch gesehen.

Dann marschierte Sarah mit ihrem typisch festen Schritt auf Georgia zu. »Hallo, Georgia«, sagte sie und legte eine Hand auf die Schulter des Mädchens. »Wie gehts denn?«

»Nicht gut«, lautete die Antwort.

»Und warum nicht?«

»Weil ich *hier* bin. Papa will mich nicht reingehen lassen.«

Sarah schaute Warne fragend an.

»Ich hab gedacht, wir gehen die Sache diesmal etwas langsamer an«, erwiderte Warne. »Du weißt doch: Zuerst prüft man mal, wie warm das Wasser ist. Oder anders ausgedrückt: Wir gehen erst mal zum Eingang. Es hat sich aber gezeigt, dass meine Sorgen unbegründet sind. Deswegen kommen wir morgen noch mal vorbei und machen es dann richtig.«

Sarah wandte sich wieder an Georgia. »Wenn du etwas freie Zeit hast, komm mich doch mal besuchen! Falls ich nicht in einer Konferenz bin, zeige ich dir Atlantis.«

Georgia musterte sie interessiert. »Papa hat mir schon davon erzählt. Hört sich toll an.«

Sarahs Hand blieb auf Georgias Schulter, als sie sich Terri zuwandte.

»Schön, dich zu sehen«, sagte sie. »Was macht der neue Job?«

»Die Carnegie-Mellon-Universität überhäuft mich mit mehr Arbeit, als ich schaffen kann«, erwiderte Terri mit einem

Lächeln, das auch den Rest ihres Gesichts strahlen ließ. »Es gefällt mir sehr gut dort. Andrew hat mich bis zu den Ohren in die Forschung gesteckt.« Warne spürte, dass Terri seine Hand nahm und sie behutsam drückte. »Gäbe es einen Freizeitpark in der Nähe, wäre ich im siebenten Himmel.«

»Tja, man kann nicht alles haben.«

»Ich weiß. Dann begnüge ich mich halt mit drei Freikarten für morgen.«

»Gemacht!«

Warne beobachtete den Wortwechsel konzentriert, stellte aber zwischen den Frauen keinerlei Verlegenheit fest.

Sarah wandte sich nun wieder an ihn und lächelte. »Ich sollte eigentlich die Hunde auf dich hetzen, weil du der Carnegie-Mellon geholfen hast, uns Terri abspenstig zu machen.«

»Ihr könntet sie noch immer wieder abwerben.«

»Keine schlechte Idee.« Sarah musterte alle drei eingehend. »Lass uns nur Zeit!«

Auf dem Asphalt vor der Einschiffung waren die Parkwächter schon in Aktion und regelten pro Minute das Einparken von hundert Fahrzeugen. Eine Armada gelber Zubringerbusse leerte die Ladezonen, schlängelte sich durch die Reihen und fuhr mit Massen lächelnder, sonnenbebrillter Touristen zurück. Sarah, die sich mit Georgia unterhielt, geleitete sie zu ihrem Mietwagen. Einen Tag wie den heutigen erlebte man in Nevada nur selten: Es war angenehm warm, aber nicht heiß.

Warne zog Terri beim Gehen an sich. »Hör mal, hast du Lady Macbeth hinter meinem Rücken ne Jagdroutine verpasst? Du schlimmes Ding! Warte, bis wir im Motel sind …«

»Das sind doch alles nur leere Versprechungen. Außerdem hätte Flügelmutter es so haben wollen.«

»Setz dich lieber nach hinten«, rief Georgia Terri zu, als sie zum Wagen kamen. »Ich bin nämlich noch nicht fertig.«

»Fertig?«, fragte Warne. »Womit?«

»Terri zu überreden, morgen mit uns eine Fahrt auf dem ›Kreischer‹ zu machen.«

»Lieber sterbe ich«, sagte Terri sofort.

»Du musst aber. Wenn du nicht mitmachst, macht es keinen Spaß.«

»Ich hab doch gesagt, dass ich Achterbahnen nicht ausstehen kann.«

»Also, wirklich.«

Terri zögerte, dann schaute sie das Mädchen von der Seite an. »Krieg ich auch die Brubeck-CD zurück, die du dir vor drei Monaten von mir ausgeliehen hast?«

»Na schön.«

»Auch die Art-Tatum-CD?«

»Mal überlegen.«

Sarah hielt Georgia lachend die Tür auf. Sie schaute zu, als sie sich anschnallte, dann beugte sie sich in den Wagen hinein und umarmte sie fest.

»Tschüss, Georgia!«, sagte sie mit geschlossenen Augen.

»War das dein Ernst?«, fragte Georgia. »Das mit Atlantis, meine ich?«

Sarah öffnete die Augen wieder. »Na klar. Meldet euch bei der Besucherbetreuung! Dein Vater hat meine Durchwahl.« Sie umrundete den Wagen und stützte sich auf Warnes offenes Seitenfenster. Sie hatte kein Make-up aufgelegt; das helle Sonnenlicht verlieh ihren Augen ein blasses Jadegrün.

»Viel Glück bei der Installation!«, sagte sie.

Warne beugte sich vor und küsste ihre Wange. »Wir sehen uns irgendwo im Park.«

Sarah nickte und richtete sich lächelnd auf.

Als sie den Parkplatz verließen, um auf die Interstate und Las Vegas zuzuhalten, sah Warne sie im Rückspiegel: Reglos wie ein vergoldeter Schatten, umrahmt von den einfachen Art-déco-Linien des Einschiffungsgebäudes, den Arm zu einem Lebewohl erhoben.

Dank

Viele Menschen haben geholfen, damit dieses Buch Realität wurde. Mein Cousin Greg Tear war fast von Anfang an dabei und erwies sich als wahrer Quell der Inspiration und unermüdlicher Resonanzboden. Eric Simonoff, mein Agent bei Janklow & Nesbit, tat sich beim Lesen (und gottlob Wiederlesen) des Manuskripts heroisch hervor, seine Kritik war sehr wichtig. Betsy Mitchell war eine scharfsinnige und hilfreiche Leserin, ihre Anregungen und die ihrer Kollegen haben den Roman verbessert. Und Matthew Snyder von der Creative Artists Agency machte einmal mehr klar, dass er der beste Gunman der ganzen Westküste ist.

Ich möchte Jason Kaufman, meinem Lektor bei Doubleday, für seinen Enthusiasmus und seinen unschätzbaren Beistand bei der Arbeit am Manuskript danken. Mein Dank gebührt auch Special Agent Douglas Margini für seine Beratung bei Waffenfragen, gesetzlichen Vorschriften – und für seinen »Geleitschutz«. Speziellen Dank verdient mein Coautor und Mitverschwörer Douglas Preston für seine intensiven Anregungen und dafür, dass er mich ermutigte, dieses Buch überhaupt zu schreiben. Bei sieben Romanen, die wir gemeinsam geschrieben haben, hat er sich als loyaler Partner und guter Freund herausgestellt, und ich freue mich auf unsere nächsten sieben Gemeinschaftsprojekte. Eine Verbeugung – Doug!

Aber auch anderen soll für ihre großen und kleineren Verdienste gedankt werden: Bob Wincott, Lee Suckno, Pat Allocco, Tony Trischka, Stan Wood und Bob Przybylski. Sicher habe ich einige vergessen, und bei ihnen entschuldige ich mich prophylaktisch.

Auch möchte ich den vielen Mitgliedern des Preston-Child-Online-Bulletinboard danken: Eure Begeisterung und euer Engagement sollen niemals vergessen werden.

Und schließlich, bestimmt nicht zuletzt, möchte ich den drei »Frauen

in meinem Leben« Dank sagen: meiner Mutter Nancy, meiner Frau Luchie und meiner Tochter Veronica; sie haben diese Bücher möglich gemacht.
Nicht ungesagt soll sein, dass Utopia – seine Konzeption, seine Belegschaft und seine Besucher – durch und durch Erfindung ist. Die Nennungen von Personen, Schauplätzen und Dingen außerhalb des Freizeitparks sind fiktiv oder fiktiv gebraucht.